탄신 100주년을 맞아
이 책을 민병갈 원장님께 바칩니다.

민병갈, 나무 심은 사람

1판 1쇄 발행 2021. 4. 8.
1판 2쇄 발행 2024. 11. 26.

지은이 임준수

발행인 박강휘
편집 고정용 **디자인** 박주희 **마케팅** 이헌영 **홍보** 반재서
발행처 김영사
등록 1979년 5월 17일(제406-2003-036호)
주소 경기도 파주시 문발로 197(문발동) 우편번호 10881
전화 마케팅부 031)955-3100, 편집부 031)955-3200 | **팩스** 031)955-3111

값은 뒤표지에 있습니다.
ISBN 978-89-349-8990-5   03810

홈페이지 www.gimmyoung.com   **블로그** blog.naver.com/gybook
인스타그램 instagram.com/gimmyoung   **이메일** bestbook@gimmyoung.com

좋은 독자가 좋은 책을 만듭니다.
김영사는 독자 여러분의 의견에 항상 귀 기울이고 있습니다.

The most beautiful arboretum

Carl Ferris Miller

세상에서
가장 아름다운 수목원을 일군
푸른 눈의 한국인

민병갈,
나무 심은 사람

임준수 지음

김영사

저자의 말

2021년은 천리포수목원을 설립한 임산 林山 민병갈 원장의 탄신 100주년이 되는 해이다. 별세 후 20년이 가까운 지금, 고인의 생애를 재조명하려는 것은 탄생 1세기를 맞는 그의 80평생을 더듬으며 생전에 남긴 유산과 정신을 되새기려는 뜻에서다. 특히 세기적인 문제로 떠오르고 있는 심각한 자연 훼손은 평생을 자연보호에 헌신한 민병갈 원장의 공덕을 새삼 되새기게 한다. 그의 투철한 자연보호 사상은 지금도 살아 있는 교훈으로 남아 있다.

미국계 귀화인 임산 선생은 '푸른 눈의 한국인'으로 57년을 이 땅에서 살았다. 김치를 먹어야 입맛이 나고, 온돌에서 자야 잠을 잘 잔 그는 의식주를 한국형으로 바꾸어 생활화했다. 그리고 천리포의 척박한 땅에 세계의 나무를 수집해 보석 같은 자연동산을 꾸며놓았다. 세상을 떠난 뒤에는 자신의 육신마저 나무를 위해 쓰게 했다. 수목장으로 나무 옆에 묻힌 그는 지금도 태산목 한 그루에 자양분을 공급하고 있다. 뉘라서 그를 '한국에 와서 좋은 일을 많이 한 이방인'의 한 사람으로 하찮이 볼 것인가. 이 책의 집필은 그런 시각에서 출발했다.

민병갈 원장은 대한민국 건국 이후 한국에 귀화해 한국에서 숨진 첫 번째 서양인이다. 그보다 먼저 귀화한 길로연 신부가 노년에 고국으로 돌아갔으므로 임산이 사실상 귀화 서양인 1호인 셈이다. 1945년 8월 일본의 항복에 이어 한국으로 진주한 미군의 정보장교로 인천에 첫발을 디딘 그는 해방 후의 혼란과 한국전쟁 등 한국 현대사의 격동기를 온몸으로 겪었다. 1979년 한국에 귀화한 것은 이런 시대적 배경을 거친 34년 만의 결정이었다. 국제화 시대를 맞아 요즘 늘어나고 있는 외국인의 한국 귀화와는 그 배경이 사뭇 다르다.

임산 민병갈 원장의 정신이 가장 잘 살아 있는 곳은 그가 평생을 통해 일군 천리포수목원이다. 이곳에서 자라는 나무 한 그루와 풀 한 포기마다 설립자의 뜻이 담겨 있다. 수목원 직원들도 설립자의 유지를 지키는 데 정성을 다한다. 해가 바뀌면 민병갈 흉상 앞에 모여 신년 인사를 하고, 수목원 행사 때마다 묵념으로 유지 계승을 다짐한다. 이들이 신앙처럼 받드는 설립자의 위상이 무엇인지 더듬고 싶은 마음도 이 책을 쓴 동기에 들어간다.

임산은 반세기 넘게 한국에서 살며 금융, 사회교육, 관광 등 다방면에서 활동했으나 궁극적으로 나무와 함께 산 자연인이었다. 그 실천 도장으로 설립한 천리포수목원은 30년도 안 돼 국제 원예계가 인정하는 나무의 견본장으로 떠올랐다. 나무의 수명이 그러하듯 장구한 시일이 소요되는 수목원 조성에 이 같은 '당대의 성취'가 가능했던 것은 개인의 한계 능력을 넘는 설립자 민병갈 원장의 끈질긴 집념과 초인적 노력이 있었기 때문이다.

민병갈 원장의 생애는 한마디로 '나무와 함께 산 삶'이었다. 그렇다고 자연을 벗 삼아 목가적인 삶을 산 것은 아니다. 만년 식물학도로 보인 그의 나무 인생은 치열한 탐구의 세월이었다. 국제 원예식물계에서 쓰는 용어를 빌리면 식물사냥꾼plant hunter이나 전문 원예인horticulturist이 걸맞다.

이 책의 기본 자료는 그가 가족에게 쓴 편지들이다. 1943년 5월부터 1990년 9월까지 거의 반세기에 걸쳐 쓴 편지의 분량은 1,000편이 넘는다. 한번 쓰기 시작하면 4~5쪽이 넘는 장문이 예사인 편지의 내용은 신변잡기가 대부분이나 시대를 증언하는 기록도 적지 않다. 19쪽에 이르는 한국전쟁 탈출기가 그런 것이다. 편지 외에 그가 국내외 신문·잡지에 기고한 글과 각종 매체에 보도된 인터뷰 기사도 많은 도움을 주었다.

이 책에 쓰인 내용은 90퍼센트 이상이 진실이다. 주인공이 남긴 방대한 자료와 가까이 지내던 많은 사람의 증언을 토대로 썼기 때문이다. 허구가 있다면 그가 남긴 기록의 공백을 필자 나름의 상상력으로 채운 것뿐이다. 기록의 공백이란 가족에게 보낸 편지 일부가 한국전쟁 중에 없어진 데서 생긴 것이다. 보관 중에 멸실되었거나 아직 못 찾은 기록도 있을 것이다. 민병갈 원장은 타이핑을 할 때 반드시 복사본을 만들어두었다. 육필로 쓴 편지도 일부는 유족이 보관해 천리포수목원에 기증했기 때문에 참고할 수 있었다.

필자는 10년 넘게 민병갈 원장을 만나는 동안, 그로부터 살아온 이야기를 직접 들을 기회가 많았다. "원장님의 이야기를 책으로 남기고 싶다"는 필자의 소청을 받아들여 그는 공개적으로 알려지지 않았던 이야기도 들려주며 자신이 죽은 뒤에는 이를 밝혀도 좋다고 했다. 이를테면 미국 정보기관 연줄로 묘목을 몰래 들여왔다거나, 가까웠던 한국인 친구와 술김에 도심 골목에서 노상방뇨를 했다는 식의 이야기이다. 그런 비화들은 주인공이 살아온 삶의 궤적에서 인간미를 엿보게 하는 대목이기도 하다.

이 책을 쓰는 데는 민병갈 원장과 가까웠던 많은 분의 증언이 큰 도움이 되었다. 이들 다양한 계층은 고인의 폭넓었던 교우 관계를 말해준다. 증언을 들은 시기는 그의 생존 당시까지 거슬러 올라간다. 만난 사람 중 가장 나이가 많았던 통문관 주인 이겸로 옹은 2002년 증언 당시 93세였다. 이미 타계한 식물학자 이창복, 양아들 송진수, 평생 친구 캐서린 등 외에 생사를 알 수 없는 고령의 지인이 많다. 이분들의 도움말이 없었다면 그만큼 이 책의 내용은 빈약해졌을 것이다. 증언해주신 분들께 감사를 드린다.

꿈에도 나무만 보이는 나무광 이야기에 그와 인연이 깊은 특정 나무에 관한 세부 설명을 안 할 수 없어 몇 군데서 다루었다. 그러나 식물을 잘 모르는 필자는 전문가의 도움을 청할 수밖에 없었다. 다행히 설립자와 가까웠던 인연으로 천리포수목원과 밀접한 관계에 있는 식물학자와 전문가 몇 분의 자문을 받을 수 있었다. 교수 출신인 이은복 천리포수목원 재단 이사장과 김용식 수목원 원장, 그리고 설립자가 인재로 키운 정문영·최창호 수목원 부원장 등이 그들이다. 그러나 생소한 식물학 용어를 잘못 이해해 오류를 범했을 가능성이 높다. 그 책임은 전적으로 필자에게 있다.

이미 밝힌 대로 이 책을 쓰는 데 기본 자료로 삼은 것은 민병갈 원장이 남긴 방대한 분량의 서간문이다. 수목원 측이 수집한 기사 스크랩도 여기에 포함된다. 이들 서간문과 스크랩, 그리고 이 책에 실린 사진들은 모두 천리포수목원의 소장품이다. 이들의 열람과 활용을 승낙해준 김용식 원장에게 감사한다. 이 책이 나오기까지는 민병갈 원장을 높이 보는 김강유 김영사 회장의 도움이 컸다. 김 회장의 배려와 고세규 사장, 김윤경 이사 및 고정용 편집담당의 노고에 감사한다. 원고를 교정해준 아내 이명현에게도 고마운 마음을 남긴다.

민병갈 원장은 필자에게 큰형님 같은 분이었다. 자상하고 소박한 인품, 그리고 지칠 줄 모르는 탐구심에서 많은 가르침을 받았다. 그분에게 다짐했던 '원장님의 일대기'가 제대로 이루어졌는지 걱정스럽다. 그 다짐의 실천은 원장의 타계 직후에 쓴 《세상에서 가장 아름다운 수목원》, 10주기를 맞아 출간한 《나무야 미안해》에 이어 이번이 세 번째다. 거의 10년 간격으로 오류를 바로잡고 미진한 부분을 보완했다.

24세의 점령군 장교로 인천에 첫발을 디딘 미국인 칼 페리스 밀러는 81세의 한국인 민병갈로 숨을 거둘 때까지 한국의 토종 종교(원불교)에서 받은 법호대로 한국 사랑과 나무 사랑으로 일관된 삶을 살았다. 그가 생전에 보인 불굴의 도전과 빛나는 성취는 나무 사랑을 빼더라도 한 시대에 우뚝 선 거목巨木의 모습이었다. 그 거목의 탄생 100주년을 맞아 그의 생애를 기리며 세대를 뛰어넘은 우정의 정표로 이 책을 바친다.

2021년 4월 민병갈 원장 19주기를 맞아
천리포수목원에서 임준수

차
례

The most beautiful
arboretum

3부
천리포수목원을 일구다

4부
내 전생은 한국인

The most beautiful arboretum

Carl Ferris Miller

프롤로그

한국과의 운명적 만남

그날은 일본 제국이 미국에 무조건 항복을 한 지 24일째 되는 날이었다. 며칠 전까지도 태풍이 몰아친 서해는 이날 새벽부터 유례없는 대규모 선단에 놀랐는지 기세등등하던 풍랑이 한풀 꺾여 있었다. 다만 먹구름이 가시지 않은 채 간간이 가랑비만 뿌릴 뿐이었다. 풍파가 잠든 새벽 바다는 수많은 함선이 물살을 가르는 소리만 요란했다. 먼동이 트기엔 아직 이른 시각, 별빛도 없는 칠흑 같은 어둠을 뚫고 군산 앞바다에 떼 지어 나타난 것은 대형 철갑선이었다. 패망한 일본의 식민지를 접수하기 위해 한반도에 진주할 미 24군단 병력 2만 5,000명을 싣고 인천으로 가는 7함대 소속 함정들이었다.

칼 밀러 중위가 타고 온 미 24군단 병력 수송단의 기함 캐톡틴호.

미군 병력 수송 선단이 인천항에 접근한 시간은 1945년 9월 8일 이른 아침이었다. 잔뜩 찌푸렸던 하늘은 먼동이 트면서 먹구름이 걷히기 시작했다. 오전 7시께 월미도 앞바다에 도착한 42척의 크고 작은 군함은 닻을 내리고 상륙 준비에 들어갔다. 마지막으로 들어온 함정이 엔진을 멈추자 거센 물살을 가르던 수많은 함정의 스크루 소리는 더 이상 들리지 않고 뱃전을 때리며 찰랑이는 파도 소리만 아침 바다의 정적을 깼다.

함선들은 제각각 상륙정을 내리는 등 병력의 하선 준비로 부산했다. 하선을 위해 갑판에 집결한 군인들은 모두 완전무장 상태로 도열했다. 월미도 앞바다는 살벌한 분위기였다. 선단을 이끄는 7,430톤급 기함 캐톡틴Catoctin호는 다른 함선보다 긴장감이 더했다. 인천에 상륙하는 대규모 병력을 지휘하는 24군단 사령관 존 하지John Hodge 중장과 병력 수송을 맡은 7함대 사령관 킨케이드Thomas Cassin Kinkaid 제독 등 거물급이 탑승했기 때문이다.

상륙을 앞두고 갑판에 나온 군인들은 전투부대와 작전 요원 등의 그룹으로 나뉘어 있었으나 모두 완전무장 상태였다. 이 중 군단사령부의 참모진이 끼어 있는 작전 요원 그룹에는 고급장교가 많았다. 이들 틈에서 명함도 못 내밀 초급장교 한 사람이 잔뜩 들뜬 표정으로 갑판의 한구석을 지켜 다른 장교들과 대조된 모습을 보였다. 가슴에 '밀러Miller'라는 명찰을 단 해군 중위였다. 전투복 양 가슴에 수류탄을 달고 허리에 권총을 찬 그의 모습은 누가 봐도 어색해 보이는 초짜 군인이었다. 하긴 전투 훈련을 제대로 받아본 적 없는 정보장교 출신이었으니 그럴 만도 했다.

이 풋내기 장교가 사령관이 타는 기함에 오른 것은 선발대 정보장교라는 신분 때문이었다. 그가 거느린 부하들은 12명밖에 안 되는 소수 병력에 모두 키가 작은 동양계라서 유독 눈에 잘 띄었다. 이들은 미군이 진주하는 점령지 한국에서 정보활동을 위해 특별히 차출된 일본계 미군이었다. 밀러 부대는 하지 사령관보다 먼저 인천에 들어가서 항만 부두에 상륙한 군단 참모부에 합류하라는 작전명령을 받고 있었다.

"이 시간부터 제군은 내 명령을 잘 따라야 한다. 하선 때 바다에 떨어지지 않도록 로프 사다리를 단단히 잡아야 한다. 일단 상륙정에 내리면 자리를 이동해서는 안 된다. 상륙 후 전투는 없으나 흩어지지 말고 만일의 사태에 대비하라. 알겠나?"

앳된 정보장교의 어색한 명령이었지만 12명의 분대급 대원들은 목소리를 높여 일제히 "예!" 소리를 냈다.

이윽고 아침 8시부터 상륙작전을 개시한다는 명령이 각 함선에 전달되었다. 그 시간에 맞추어 남쪽 하늘에서 수백 대의 미군 공군기가 떼를 지어 나타났다. 24군단의 상륙에 맞추어 공중 시위를 위해 오키나와 항공모함에서 날아온 폭격기와 함재기들이었다. 9시가 되자 인천 앞바다와 상공은 상륙정의 기계음과 공군기의 폭음으로 천지가 진동했다. 해방을 맞은 한국인과 패망한 일본군에게 미국이 얼마나 강한 나라인지 보여주려는 군사 시위였다. 당시 한반도에는 미군의 요청으로 상당수 일본군이 잔류해 한국의 치안을 맡고 미군 상륙을 돕고 있었다.

밀러 중위는 다른 대원들과 함께 기함 한쪽에 쳐진 그물 사다리를 타고 상륙정에 올랐다. 가슴에 매달린 수류탄이 거추장스러운 데다 완전무장 차림인 그는 현기증이 날 지경이었다. 이 날 한반도에 진주하는 미군은 전쟁을 끝내고 점령지로 들어가는 전승국의 군인이었지만, 저돌적인 무골武骨로 유명한 하지 중장은 유럽 전선과는 달리 전시체제에 발령하는 데프콘 1 비상령을 발동해 전군이 완전무장을 하도록 지시했다. 당시 한국 땅에 주둔하고 있던 일본군은 항복하지 않은 상태였다. 처음 해보는 줄타기 하선으로 모함을 벗어난 밀러는 기함보다 훨씬 빠른 속도를 내는 상륙정에 오른 것이 기분 좋았다.

9월 3일 오키나와의 화이트비치 White Beach를 떠난 후 5일 동안 악천후 속에서 육중한 철갑선에 갇혀 낮과 밤을 보낸 밀러 중위는 하늘과 바다가 동시에 보이는 상륙정을 타고 물살을 가르니 오랜 체증이 뚫리는 듯했다. 구름이 아침 해를 가렸으나 시야까지 가릴 정도는 아니었다. 그의 첫눈에 들어온 한국 땅은 우거진 숲으로 덮여 있는 한 작은 섬이었다. 이 섬이 월미도라는 사실은 한참 뒤에야 알았다. 먼빛으로 보이는 항구는 아스라한 미지의 땅으로 그의 시야에서 아른거렸다. 수많은 공군기가 위압적인 편대비행을 하는 하늘의 소음만 없다면 아주 낭만적인 상륙작전이었다.

월미도를 지나 인천 부두로 가는 동안 밀러는 아침 공기를 타고 전해오는 한국의 신선한 기운을 온몸으로 느꼈다. 지휘관으로서 상륙정 뱃머리에 자리 잡은 그는 중무장한 전투 복색과는 어울리지 않게 마치 모험 소년 톰 소여가 된 듯 호기심 가득한 눈으로 주변을 돌아보았다. 물살을 가르는 스크루 소리도, 볼을 스치는 초가을의 갯바람도 그의 기분을 돋우었다. 약간 비릿한 바다 냄새도 싫지 않고 흐릿한 시야도 나쁘지 않았다. 만일 날씨가 좋아서 인천 부두의 전경이 한눈에 들어왔다면 미지의 나라로 가는 설렘이 덜했을 것이라 생각하니 약간 흐린 날씨가 차라리 잘되었다 싶기도 했다.

인천항이 가까워지자 구름 사이로 햇빛이 들기 시작했다. 저만치 부둣가로 수많은 인파가 보였다. 해방군을 환영하러 나온 한국인들이 틀림없었다. 그러나 나중에 알고 보니 이날 인천항은 해방군을 환영하는 들뜬 분위기가 아니었다. 도망갔어야 할 일본 경찰이 삼엄한 경비망을 치고 환영 인파에 총부리를 겨누고 있었다. 이는 모두 하지 장군이 항공편으로 보낸 미군 선발대가 조선총독부와 협의한 결과였다. 밀러는 사촌 형 조지 밀러George Miller에게 쓴 편지에서 인천 상륙 당시의 체험을 다음과 같이 털어놓았다.

나는 군함을 타고 오키나와를 출발해 9월 8일 한국의 항구 인천에 도착했습니다. 우리는 한국에 온 최초의 미군 부대로 모두 완전 전시체제 상태에서 상륙 준비에 들어갔습니다. 물론 무슨 일이 일어날지 몰라 만반의 준비를 했습니다. 우리 부대원도 헬멧과 군화, 실탄이 장전된 권총 등으로 완전무장을 했습니다. 군인들은 무리를 지어 그물 사다리를 타고 상륙정에 내렸습니다. 이어 아침 9시경 상륙정들이 줄지어 해안으로 돌진했습니다. 나는 네 번째 상륙 대열에 끼어 있었습니다. 해안에 도착하자 상륙을 지켜보던 한국인 수백 명이 우리 부대를 에워싸는 바람에 부대원은 어찌할 바를 몰라 난감했습니다. 적당한 방도를 몰라서 아이들에게 사탕을 주기 시작했는데, 이건 우리가 저지른 첫 번째 실수였습니다. 좀 과장을 하면 수천 명이 사탕을 받으려고 몰려들었기 때문입니다. 사탕이 바닥났는데도 아이들은 계속 왔습니다.

간신히 진로를 뚫은 밀러 부대는 잠시 근처의 인천 시가지를 돌아본 뒤 상부 지시대로 군단사령부 참모진이 내린 인천항 중앙 부두로 갔다. 그곳에는 놀랍게도 조선총독부와 일본군 고위 당국자가 미리 와서 하지 사령관 등 미 24군단 수뇌부를 영접하고 있었다. 초급장교 밀러 중위가 이 역사적 현장에 끼게 된 것은 한반도에 진주하는 미 24군단의 선봉 정보장교와 일본어 통역장교라는 신분 때문이었다. 그는 이때 처음으로 하지 사령관을 만났다. 생각보다 체구가 크지 않았으나 매서운 눈매가 역전의 용사다웠다. 일본 측 영접 대표로 나온 총독부

정무총감 엔도 류사쿠遠藤柳作는 왜소한 키에 서양식 정장을 해서 눈길을 끌었다.

"하지메마시테."

밀러가 일본어로 짧은 인사말을 건네자 엔도는 상대가 일본어 통역장교라는 사실을 모르고 흠칫 놀라는 기색을 보였다. 뒷날 민병갈이라는 한국인이 된 밀러는 영문 잡지 〈아리랑〉에 실린 회고담에서, 서양 귀족풍의 턱시도를 걸친 정무총감은 복색이 우스꽝스러웠고, 일본군 장성은 손을 너무 꽉 잡고 흔들어 별난 악수를 다 한다는 느낌을 받았다고 술회했다.

이날 인천에서 밀러는 무장한 일본 군인들이 미군을 환영하기 위해 거리에 나온 한국인 인파를 무력으로 견제하고 있는 경비 현장에 놀랐다.

"아니 패망한 일본 군대가 아직도 한국인을 다스리고 있나."

저간의 내막을 모르는 풋내기 미군 장교는 이해하기 어려운 점령지의 현장을 목격하고 혀를 찼다.

미군 지휘부와 일본 수뇌부의 회동 현장에서 벗어난 밀러는 대원들과 간단한 인천 관광에 나섰다. 오후 3시에 인천역을 출발해 서울로 들어가는 미군 병력 수송 열차에 탑승하기까지 시간 여유가 많았기 때문이다. 그들이 가는 곳마다 현지 주민들이 몰려와 태극기와 성조기를 흔들며 환영했다. 간간이 소련

기도 보였다. 곳곳에 미군을 환영한다는 내용의 영어로 쓰인 벽보가 눈에 띄었다.

상륙작전을 앞둔 긴장감 때문에 함상에서 아침을 제대로 못 먹은 대원들은 배가 고팠다. 일행은 '미군 환영'이라는 대형 영문 벽보가 붙어 있는 한 중국 식당에 들어갔으나 도저히 넘길 수 없는 음식이었다. 결국 음식값으로 치른 일본 돈 350엔을 허무하게 날린 꼴이 되었다. 이 돈은 오키나와에서 쓰다가 남겨둔 기념물이었다. 그래도 식당 벽에 붙은 1886년의 미니애폴리스Minneapolis 풍경 사진을 보게 되어 잠시나마 고국에 대한 향수를 느끼는 시간을 가졌으니, 아주 아까운 돈이라 할 것도 아니었다.

중국 음식으로 미흡한 요기를 한 밀러는 대원들을 데리고 2시간가량 인천 시내를 돌아보았다. 이때 그는 비로소 한국인을 가까이에서 볼 수 있었다. 몇 사람과는 일본어로 대화도 했다. 한국에 오기 전 오키나와에서 일본군 포로에 끼어 있던 한국인을 심문한 적이 있던 그는 한국인에 대해 좋은 인상을 갖고 있었다. 밀러는 처음 밟은 한국 땅에서 순박하고 선량한 한국인의 이미지를 재확인했다.

밀러 중위가 이끄는 민간정보검열부대Civil Censorship Intelligence Group-Korea, 곧 CCIG-K는 이날 본대보다 먼저 서울 중심가에 들어가서 중앙우체국에 있는 조선총독부의 통신 시설을 접수하는 선발대 임무를 맡고 있었다. 부대원 12명은 미국에서 태어난 일본계 2세들로 모두 일본어를 잘했다. 미군 사이에서 니세nise, 二世로 불리는 이들은 자신의 모국과 가까이 있는 한국과 그들하고 생김새가 비슷한 한국인에 친밀감을 갖고 있었다. 전투 경험이 없는 밀러가 니세를 이끄는 선발대 대장이 된 것은 일본어를 집중적으로 교육받은 정보장교 신분이었기 때문이다.

한국은 밀러에게 오래전부터 오고 싶은 나라였다. 군사학교 시절 한국을 잘 아는 종군 신부로부터 한국에 관한 이야기를 수없이 들은 그에게 한국은 미지의 나라가 아닌 동경의 나라였다. 그래서 전쟁이 끝나자 전승국 군인으로서 일본보다 한국에 배치되기를 원했다. 그는 원래 CCIG-J(일본) 파견대장으로 발령이 나 있었으나 상부에 요청해 도쿄가 아닌 인천으로 가는 24군단 수송함에 오른 터였다.

밀러는 인천에서 머문 5시간 동안 한국을 새롭게 인식했다. 시가지의 건물들은 초라했지만 대지의 신선한 기운이 그를 감쌌다. 행인들의 차림은 남루했어도 친근미로 그를 사로잡았다. 그로부터 38년이 지난 1983년 그는 〈서울신문〉 11월 27일 자 인터뷰에서 한국의 첫인상을 다음과 같이 회고했다.

1945년 9월 8일 아침, 인천항에 상륙했을 때 나는 이 나라

가 처음이 아니고 전에 한 번 살아보았던 곳이라는 생각이
들었다. 나의 전생은 아무래도 한국인이었던 것 같다.

이날 밀러의 마음을 사로잡은 또 하나는 푸른 하늘이었다.
아침나절만 해도 해를 가렸던 구름이 씻은 듯 사라진 하오의
하늘은 인천 시가지를 탐험하던 이방인의 발걸음을 멈추지
않을 수 없게 했다. 어려서부터 마음이 여렸던 그는 낯선 나라
의 투명한 초가을 하늘을 응시하다가 자신도 모르게 향수에
젖어들었다. 우선 펜실베이니아의 고향 피츠턴Pittston과 가족
들에 대한 그리움이 앞섰다. 그러나 꼬리를 물던 그리운 추억
은 오후 3시 서울행 열차에 오르면서 끝났다. 이때부터 미국
인 칼 밀러가 한국인 민병갈로 바뀌는 운명적인 여로가 시작
되었다.

Carl Ferris Miller

1부.
피츠턴에서 인천까지

'푸른 눈의 한국인' 민병갈은 1921년 미국 펜실베이니아의 광산촌에서 칼 페리스 밀러Carl Ferris Miller라는 이름으로 태어났다. 자동차 정비공인 아버지를 일찍 여의고 홀어머니 밑에서 성장한 그는 대학을 졸업하자마자 해군 군사학교에 입학해 일본어 통역장교 교육을 받았다. 졸업 후 제2차 세계대전 당시 태평양 전선에 배치된 밀러 중위는 오키나와에서 일본군 포로로 잡힌 한국인을 처음 만났다. 이때부터 한국에 호감을 갖고 1945년 8월 태평양전쟁이 끝나자 한국 배치를 지원해 한반도에 진주하는 미 24군단 수송함에 올랐다. 민병갈과 한국의 운명적 만남은 1945년 9월 초 서태평양의 검푸른 바다를 항해하는 것으로 시작되었다.

꿈 많던 학창 시절

나는 제대하면 모교 버크넬대학교 대학원에 진학해 박사 학위를 받을 생각입니다. 엄마와 제가 다닌 버크넬대학교에서 교수가 되는 것이 저의 간절한 소망입니다. 나는 엄마와 함께 대학 풋볼 리그 경기장에서 버크넬대학교를 열렬히 응원하는 꿈을 자주 꿉니다.

1946년 9월 1일 편지

광산촌의 닭집 아들

칼 페리스 밀러가 태어나고 자란 곳은 미국 동부 펜실베이니아에 있는 광산촌 피츠턴이다. 생일은 크리스마스이브인 12월 24일. 그가 태어난 1921년은 제1차 세계대전이 끝난 지 3년 되는 해로 미국 전역에 대공황의 먹구름이 드리우기 시작하던 때였다. 아버지 찰스 밀러Charles Miller는 유럽 전선에서 귀향한 상이군인이었고, 어머니 에드나 오버필드Edna Overfield는 대학교에서 철학을 공부한 재원이었다.

칼 페리스 밀러는 어려서부터 '페리스'라는 애칭으로 불렸다. 밀러는 두 살 터울로 태어난 여동생 준June, 남동생 앨버트Albert와 행복한 성장기를 보냈다. 부모의 극진한 사랑과 이웃에 사는 할아버지 내외, 고모부 내외의 따뜻한 보살핌을 받았기 때문이다. 집안의 걱정거리라곤 아버지의 전상 후유증과 막내 앨버트의 소아마비 정도였을 뿐이다.

밀러 일가는 펜실베이니아주를 흐르는 젖줄인 서스쿼해나Susquehanna강을 사이에 두고 사우스피츠턴과 웨스트피츠턴에서 나뉘어 살았다. 조부모 조지프Joseph 내외는 사우스피츠턴에서 자식이 없는 여동생 루스Ruth 내외와 한집에 살며 강 건너 웨스트피츠턴에 있는 아들 찰스네 집을 수시로 찾았다. 제1차 세계대전에서 큰 부상을 입은 아들 찰스가 일찍 세상을 떠난 뒤

칼 밀러의 생후 사진. 아버지 찰스 밀러와 어머니 에드나의 아들임을 적어놓았다.

에는 아버지 없이 자라는 세 손주가 가여워 이들에게 남다른
애정을 쏟았다. 할아버지 조지프 밀러는 독일에서 신앙의 자유
를 찾아 대서양을 건너온 프로테스탄트의 후예답게 루터교의
신앙 전통을 엄격하게 지켰다. 그는 손주들에게 일요일에 교회
에 나가는 것, 성경학교에서《성경》공부를 하는 것, 식사 때마
다 감사 기도를 하는 것 세 가지를 늘 강조했다.

전상을 입은 채 어렵게 에드나와 결혼한 찰스는 불편한 몸
을 무릅쓰고 자동차 정비 공장에 취직해 가족을 부양했다. 그
의 유일한 꿈은 열심히 일해 가장으로서 사랑하는 아내 및 세
자녀와 행복하게 사는 것이었다. 그러나 그의 건강은 그런 소
망을 이루기에 너무 허약했다. 찰스는 에드나의 헌신적 보살
핌에도 불구하고 전상 후유증을 이겨내지 못하고 결혼한 지

17년 만인 1936년 41세로 세상을 떠났다. 당시 밀러는 중학교를 갓 졸업한 15세였다. 행복했던 그의 성장기는 아버지를 여의면서 끝났다.

젊은 나이에 남편을 잃은 에드나는 생계가 막막했다. 무엇보다 어린 세 자녀를 양육하는 것이 큰 문제였다. 고심한 끝에 소규모 양계업을 시작했으나 근본 대책이 못 되었다. 1년을 버틴 그녀는 취직을 결심하고 공무원 시험에 응시했다. 버크넬대학교에서 철학과 라틴어를 공부한 그녀는 무난히 시험에 합격해 국방부(펜타곤)로 발령을 받았다. 그러나 펜타곤은 피츠턴에서 800킬로미터 떨어진 워싱턴에 있었기 때문에 집을 떠나야만 했다.

에드나는 온갖 궁리에 사로잡혔다. 어린 세 남매를 집에 남겨두고 장기간 멀리 외지로 가야 하는 것이 걱정거리였다. 다행히 가까이 사는 시부모에게 아이들을 맡길 수 있었다. 조지프와 한 집에 사는 하워드Howard 고모부와 루스 고모도 든든한 후원자였다. 큰 걱정을 던 에드나는 짐을 꾸려 떠날 채비를 했다.

워싱턴으로 떠나기 전날, 어린 세 남매를 남겨두고 먼 길을 가야 하는 어머니의 마음은 참담했다. 그러나 약한 모습을 보여서는 안 된다고 생각한 에드나는 마음을 추스르고 아이들을 불렀다. 16·14·12세의 세 남매를 한자리에 불러 앉힌 그녀는 잠시 연애 시절의 남편을 떠올렸다. 찰스가 유럽 전선으로 떠

피츠턴 공동묘지에 있는 밀러 일가 합장 묘비. 칼 밀러의 조부모, 부모, 고모부 내외 등 6명의 유해가 한곳에 묻혀 있다.

나면서, 울먹이는 자신을 다독이며 했던 고별의 말이 새삼 생각난 것이다.

"에드나, 울지 마. 나는 전쟁터에서도 너만 생각할 거고, 반드시 돌아와서 너와 결혼할 거야."

에드나는 찰스의 다부지던 모습을 되새기며 나약한 엄마 모습을 보이지 않으려고 자세를 가다듬었다. 밀러는 처음 보는 엄마의 굳은 표정에 놀라며 숨을 죽였다. 아이들에게 당부의 말을 하는 엄마의 목소리는 가느다랗게 떨렸다.

"이제부터 엄마는 너희들과 오랫동안 떨어져 살아야 한다.

거리도 멀고 교통편도 안 좋아서 한 달에 한 번 오기도 어렵단다. 집안일은 고모님 내외분이 돌봐주시겠지만, 청소와 정돈은 너희들이 맡아 고모님의 수고를 덜어드리도록 해라. 일요 예배에 빠지지 말고 성경학교에도 잘 나가야 한다. 엄마의 마음은 늘 너희들 곁에 있다. 편지는 길게 쓰지 않아도 좋으니 매주 한 번씩 세 명분을 한꺼번에 부치거라."

그때까지 들어본 적 없는 엄마의 엄격한 말에 기가 죽은 밀러는 할 말을 잃은 채 앉아 있기만 했다. 외동딸 준은 고개를 떨구고 돌아서서 손등으로 눈물을 닦았다. 잠자코 앉아 있던 막내 앨버트가 불쑥 용돈은 누구에게서 받느냐고 물었다. 에드나는 다리가 불편한 막내를 가볍게 껴안으며 등을 두드렸다.

"생활비는 루스 고모님한테 부쳐드릴 것이니 용돈도 알아서 주실 것이다. 페리스, 너는 무슨 얘길 하고 싶은 모양인데, 말해보렴."

머뭇거리던 밀러가 마침내 입을 열었다. 그건 정말 꺼내기 싫은 말이었지만, 분명히 답을 얻고 싶은 질문이기도 했다.

"닭은 누가 잡나요?"

오빠 말이 끝나기가 무섭게 동생 준이 끼어들었다.

"엄마, 닭 모이는 내가 줄 거예요."

에드나는 딸의 말을 가볍게 받아넘기고 시선을 밀러에게 돌렸다. 그녀는 마음이 여린 맏아들의 심중을 헤아리고 있었다.

성장기의 밀러 세 남매. 앉아 있는 칼 밀러 옆으로 동생 준과 앨버트가 서 있다.

그때까지 양계업을 부업으로 해왔는데 밀러는 엄마가 해온, 닭의 목을 치는 끔찍한 일이 자기 몫으로 떨어지지 않길 간절히 바랐다. 그러나 그 기대는 희망 사항으로 끝났다.

"페리스, 너는 장차 우리 집의 기둥이 될 남자다. 네 마음에 내키지 않더라도 해야 할 일이라면 마다해서는 안 된다. 엄마는 네가 맏아들로서 솔선하기를 바랄 뿐이다. 그 일은 할아버

민병갈, 나무 심은 사람

지가 정해주실 것이다."

이튿날 에드나는 워싱턴으로 가는 열차를 타기 위해 윌크스배리 Wilkes-Barre 역을 지나는 버스에 올랐다. 이날은 밀러가 어머니와 함께 보낸 청소년 시절의 마지막 날이었다. 에드나는 그후 10여 년 동안 워싱턴에서 직장 생활을 했고, 어머니가 귀향하기 훨씬 전인 1943년 6월에 입대한 밀러는 2년 후부터 줄곧 한국에 머물렀기 때문이다.

에드나가 피츠턴을 떠난 뒤 집안 살림은 거의 고모 루스가 맡았다. 음식 장만과 청소는 물론 닭 키우는 일까지 손수 했다. 자녀가 없던 고모는 엄마와 떨어져 살게 된 어린 세 조카를 돌보는 것이 도리라 생각하고, 남편 하워드와 함께 거처를 올케 에드나의 집으로 옮겼다. 이때부터 밀러와 루스 고모의 끈끈한 관계는 평생토록 이어진다.

버크넬대학교에 입학하다

아버지를 여읜 15세의 밀러는 1936년 9월 웨스트피츠턴고등학교에 진학했다. 어려운 집안 사정을 잘 아는 그는 용돈을 스스로 벌기로 했다. 그가 처음으로 번 돈은 이웃집 마당의 잔디를 깎아주고 받은 2달러였다.

밀러에게는 든든한 용돈 벌이 자산이 있었다. 어머니에게 배운 피아노 실력이었다. 에드나는 맏아들의 풍부한 감수성과 예술적 재능을 알아보고 어려서부터 피아노를 가르쳤다. 고교생 밀러의 피아노 실력은 예배당의 오르간 반주자로 나서기에 부족함이 없었다. 그러나 동네 교회에서 받는 보수는 금액이 적었고 받는 것 자체가 멋쩍었다. 제대로 성가대 반주를 하고 싶었던 그는 대학생이 되자 큰 교회의 성가대 반주자로 올라섰다. 예배 찬송의 반주로 실력을 쌓은 결과였다.

용돈 걱정을 안 하게 되었으나 밀러는 늘 불안했다. 조지프 할아버지로부터 명이 떨어진 닭 잡는 임무가 늘 그의 마음을 옥죄고 있었기 때문이다. 당시 칠순을 넘긴 조지프는 손자를 끔찍이 사랑했지만, 닭 잡는 일까지 봐주지는 않았다.

금요일이 되면 밀러는 몸서리를 쳤다. 토요일 아침마다 오는 식품 회사 트럭에 실을 닭고기를 준비해야 했기 때문이다. 마음이 약한 밀러는 닭의 목을 치는 것이 죽기보다 싫었다. 몇 차례 눈을 감고 도살을 하고서 진저리를 낸 그는 고민 끝에 엉뚱한 궁리를 했다. 자신이 번 용돈으로 두 동생을 꼬드긴 것이다. 고집 센 막내 앨버트는 단번에 퇴짜를 놓았지만 마음이 여린 여동생 준은 세상에서 제일 좋아하는 오빠의 제안을 거절하지 못했다. 그러나 이를 눈치챈 하워드 고모부가 도살을 대신 해줬기 때문에 준이 칼을 드는 사태는 일어나지 않았다.

궁여지책으로 밀러는 도살한 닭의 털을 뽑는 일을 맡았으나 그것도 싫었다. 그에게 더 견딜 수 없는 것은 귀여운 여동생의 손과 옷자락에 닭 피가 묻어 있는 모습을 보는 것이었다. 한때는 닭장의 병아리들이 귀여웠고 달걀 프라이도 좋아했지만, 집 안에서 닭고기 장사를 한 다음부터는 닭 소리만 들어도 닭살이 돋았다. 닭 혐오증은 그로부터 평생 이어져 밀러는 칠면조를 포함한 가금류 전체를 싫어하게 되었다. 그의 생일인 크리스마스이브가 되면 미국 가정에서는 당연히 칠면조 고기를 식탁에 올리기 마련이지만, 성탄 축하를 겸한 그의 생일 파티에는 그런 메뉴가 있을 수 없었다.

밀러는 집안일을 도우며 용돈 벌이와 함께 공부도 열심히 했다. 기억력이 뛰어난 그는 자신의 타고난 재능에 안주하지 않고 시간을 쪼개 취미이기도 한 외국어 공부에 열을 올렸다. 할아버지의 모국어인 독일어를 스스럼없이 구사했던 그는 고교생 때 스페인어의 기초도 닦았다. 그런 노력의 결과, 밀러는 웨스트피츠턴고등학교를 최우등으로 졸업하고 동창생 장학금 125달러를 받았다.

1939년 5월 고등학교를 졸업한 밀러는 대학 진학을 앞두고 어려운 선택의 갈림길에 섰다. 집에서 먼 곳에 있는 4년제 대학에 가느냐, 아니면 가까운 초급대학에 가느냐 하는 문제였다. 그가 가고 싶은 대학은 어머니가 다닌 명문 사립 버크넬대학교였으나 집에서 통학하기에는 너무 먼 거리에 있었다. 어머니 없는 집에 동생들만 남겨둘 수 없었던 밀러는 고심한 끝에 통학하기 편하고 학비가 덜 드는 2년제 윌크스초급대학에 진학하기로 결정했다. 다행히 이 초급대학은 버크넬대학교 부설이어서 2년 과정을 마치면 본교로 진학이 가능했다.

밀러는 2년 동안 마음에 없는 초급대학을 다니면서 엄마 없는 집안의 소년 가장 노릇을 했다. 강의가 있는 평일에도 되도록 일찍 귀가해 두 동생과 놀아주며 고모의 집안일을 도왔다. 목이 잘린 닭의 털을 뽑는 혐오스러운 일도 마다하지 않았다. 일요일에는 교회에서 오르간 연주로 용돈을 벌고, 집에 돌아와서는 엄마 없는 집안의 허전함을 메웠다. 그래도 토요일은 자신만의 휴일로 정해 동네 운동장에서 친구들과 어울려 풋볼이나 수영을 하고 가까운 야외로 나가 하이킹을 즐겼다.

초급대학생 밀러가 유일하게 기다린 것은 6월부터 시작되는 3개월간의 긴 여름방학이었다. 좋아하는 여행을 떠날 수 있는 기회였고, 워싱턴에서 일하는 어머니가 휴가를 얻어 일주일 정도 집에 머물렀기 때문이다. 여행에 쓸 돈이 넉넉하지 않을 뿐더러 두 동생과 장기간 떨어지기 어려워 멀리 가지는 못했다. 기껏해야 집에서 멀지 않은 플로리다 해안에 가서 수영을 즐기는 정도였다.

윌크스초급대학 시절은 '잃어버린 2년'이었다. 공부하는 재미를 별로 못 느낀 데다 캠퍼스의 낭만도 없는 따분한 교양학부 과정이었기 때문이다. 그는 강의실보다 도서관이, 도서관보다는 운동장이 더 좋았다. 그가 남긴 기록에서 윌크스초급대학 시절의 것은 거의 없다.

밀러가 대학 생활의 참맛을 느낀 것은 본격적으로 전공과목을 공부한 버크넬대학교 시절이었다. 화학을 전공으로 정한 그는 이론과 실습을 병행하는 학습에 재미를 붙였다. 왁자지껄한 운동장에서 경기를 하는 것도 재미있었고, 경기장의 관중석에서 고함을 지르는 것도 즐거웠다. 처음 해보는 기숙사 생활도 그에게는 잊을 수 없는 캠퍼스의 낭만이었다.

대학 생활에 재미가 붙자 성적도 올라갔다. 윌크스초급대학에서도 고교 시절 못지않은 성적을 올린 그는 버크넬대학교에 진학할 때 우수 입학생으로 장학금 혜택을 받았고, 2학년 뒤부터는 조교로 발탁돼 학비가 거의 들지 않았다. 이어 졸업 학기에 들어간 1942년 10월에는 미국 대학생들이 선망하는 150년 전통의 파이 베타 카파Phi Beta Kappa° 열쇠를 받는 영광을 안았

°   파이 베타 카파: 미국 대학의 우등생들로 구성된 일종의 엘리트 단체. 1776년 윌리엄앤드메리대학교에서 성적 상위 1퍼센트 안에 드는 학생들로 창립돼 현재 하버드, 예일 등 미국의 286개 대학교가 가입해 있다. 회원 자격은 대학 3년 성적이 상위 1~2퍼센트 안에 들고 소속 대학장의 추천을 받아야 한다. 회원 중에는 빌 클린턴, 조지 H. W. 부시 전 대통령 등 저명인사가 많다.

다. 목에 걸 수 있는 이 열쇠는 전미全美 대학우등생협회가 주는 엘리트 메달로, 후보에 오르려면 3년 동안 상위 2퍼센트 성적에 들어야 했다. 피츠턴 지역신문 〈선데이인디펜던트Sunday Independent〉는 1942년 11월 10일 기사에서 버크넬대학교 재학생 칼 밀러의 수상 사실을 보도했다.

> 에드나 밀러 여사의 아들 칼 페리스 밀러는 최근 전국 우수 학생 클럽인 '파이 베타 카파' 회원으로 뽑혔다. 버크넬대학교 화학과 상급반에 재학 중인 그는 지난여름 화학과 조교로 활동했다. 파이 베타 카파 회원증(열쇠)은 미국 대학생에게 주어지는 최고의 영예로 그 선정 기준은 학업 성취도, 폭넓은 문화적 관심과 소양이다. 페리스 밀러는 화학, 독일어, 수학에서 뛰어난 성적을 보였다. 그는 1939년 웨스트피츠턴고등학교를 졸업하면서 125달러의 동창생 장학금을 받은 바 있다.

평생 친구 캐서린을 만나다

밀러에게 가장 즐거운 자리는 매달 둘째 주 금요일 저녁마다 기숙사 식당에서 열리는 재즈 파티였다. 푸짐한 음식과 다양한

Ferris Miller
nov. 1942
Is Elected To
Phi Beta Kappa

Ferris Miller ,son of Mrs. Charles Miller, of 513 Delaware avenue, was recently elected to membership in Bucknell University's chapter of Phi Beta Kappa, a national honorary scholastic fraternity.

Phi Beta Kappa membership is the highest honor which can be bestowed upon a college student. Selection of the society is made on the basis of scholarly achievement, broad cultural interests and character. Only students doing outstanding work are considered for membership.

In addition to holding the key to Phi Beta Kappa, he also is a member of the national honorary fraternities in chemistry, German and mathematics.

Young Miller, a senior at Bucknell University, is majoring in chemistry and is seeking a bachelor of science degree. During the past summer he worked at the college as a student assistant in chemistry. He graduated from West Pittston High School in 1939 and at that time received the $125 alumni award.

칼 밀러가 전미 대학 우등생 클럽 '파이 베타 카파' 열쇠를 받았음을 보도한 지역신문 기사와 밀러의 버크넬대학교 학생증. 그는 피아노 연주로 용돈을 벌었다.

꿈 많던 학창 시절

음료가 있는 자리였다. 식당 한구석에 연주 무대와 춤과 음악을 즐길 수 있는 공간을 마련했다. 식사가 시작되면 요란한 록 음악과 함께 춤판이 벌어졌다. 밀러는 파티 자체보다 많은 사람 앞에서 신나게 피아노 치는 것을 기다렸다. 그는 5인조 기숙사생 연주단의 교체 멤버로 피아노 반주를 맡았다. 고정 멤버가 되지 못한 것은 2주마다 금요일 오후에는 피츠턴의 집에 가야 했기 때문이다.

첫 겨울방학을 앞둔 12월의 둘째 금요일 저녁. 기숙사 식당에서 피아노 반주를 끝낸 밀러가 객석에서 쉬며 목을 축이려 빈자리를 찾을 때 누군가 자신의 이름을 부르는 소리가 들렸다. 낭랑한 여성의 목소리였다.

"헤이, 피아니스트. 여기에 빈자리 있어요."

목소리의 주인공은 기숙사에서 자주 마주치던 낯익은 여대생이었다. 그녀는 월크스초급대학을 함께 다닌 동창생으로 교양과목인 스페인어를 함께 수강한 적이 있었다. 이성 교제에 별로 관심이 없던 밀러는 같은 버크넬대학교에 진학한 뒤에도 캠퍼스에서 눈인사만 나눌 뿐 그녀가 어느 과에 다니는 누구인지 몰랐다. 그녀 옆에 앉은 밀러는 고맙다는 말과 함께 처음으로 자기소개를 했다.

"화학과 시니어반 페리스입니다."

"영문과에 다니는 캐서린Katherine이에요. 그냥 캐시라고 부

밀러의 대학 동창생 캐서린 프로인드. 평생 독신으로
살았던 그녀는 밀러와 끈끈한 우정을 나눴다.

르면 돼요."

악수를 청하는 캐시의 손은 따듯했다. 둥근 얼굴에 피부가
고운 그녀를 가까이에서 본 밀러는 엄마와 많이 닮았다는 생
각이 들어 호감을 느꼈다. 상대도 싫지 않은 기색으로 먼저 말
을 걸었다.

"재즈곡을 치는 솜씨가 대단해요. 나도 피아노를 좀 치지만
재즈는 잘 못해요."

"교회 성가대 반주를 하며 익힌 건데 어려운 곡이나 독주할
실력은 못 됩니다."

"얼굴을 안 지는 오래됐지만 말은 처음 나누어보네요."

"아니지요. 마주치면 '하이!' 하고 서로 인사를 했던 걸로 알고 있는데."

캐서린은 볼에 보조개를 지으며 까르르 웃었다. 밀러는 맥주잔을 부딪치며 그녀의 웃는 얼굴이 예쁘다고 생각했다.

이윽고 연주단의 연주가 끝나고 녹음된 음악이 무도곡으로 흘러나왔다. 맞은편에 앉은 같은 과 친구가 한 여학생의 손을 잡고 무대 쪽으로 나가며 밀러의 어깨를 툭 쳤다. 나가서 춤을 추라는 사인이었다. 그러잖아도 춤 생각이 없지 않던 터라 밀러는 캐서린에게 손을 내밀었다. 상대 역시 기꺼이 받아들인다는 표정으로 자리에서 일어섰다.

그렇게 캐서린과 즉석 데이트를 한 며칠 뒤, 밀러는 기숙사 개인 사서함에서 예쁜 쪽지 하나를 발견했다. 분홍색 종이에 적힌 메시지는 캐서린이 남긴 것으로, 금요일 저녁 캠퍼스 콘서트홀에서 열리는 종강 음악회에 함께 가자는 내용이었다. 당시 미국 최고의 트럼펫 연주자 잭 티가든Jack Teagarden이 출연하기 때문에 그러잖아도 가보려던 재즈 콘서트였다. 밀러는 기꺼이 응낙한다는 메시지를 캐서린의 사서함에 남겼다.

약속대로 두 사람은 금요일 저녁 식사를 기숙사 식당에서 함께 하고, 캠퍼스 안에 있는 콘서트홀을 찾았다. 연주장에 도착했을 때는 이미 만석이어서 선 채 콘서트를 보아야 했다. 맨

뒷자리에 앉은 한 남학생이 키가 작은 캐서린을 위해 자리를 양보했지만 그녀는 사양하고 계속 밀러 옆을 지켰다. 그녀는 손이라도 잡아주길 바라는 눈치였으나 밀러는 연주 장면에만 집중하고 있었다.

밀러와 캐서린의 두 번째 데이트는 이렇게 싱겁게 끝났다. 그 후 겨울방학이 지나고 봄 학기 동안 두 사람은 몇 차례 더 만났으나 친구 이상으로 발전하지 않았다. 사실 밀러는 사춘기에 들어서도 이성한테 관심을 보이지 않았다. 어머니, 고모, 여동생 등은 끔찍이 사랑했지만 가족 아닌 이성에게는 애정을 느끼지 못했다. 이성에 대한 이런 무관심은 평생의 독신 생활로 이어졌다.

밀러와 캐서린의 관계는 1943년 5월 대학 졸업과 함께 끊겼다. 밀러는 군에 입대하고, 캐서린은 고등학교 영어 교사로 취업해 각자의 길을 갔다. 그로부터 30년이 지난 뒤 두 사람이 다시 만나 평생지기가 되리라고는 어느 쪽도 상상하지 못했다.

고향 집을 떠나던 날

1943년 봄, 대학 졸업을 앞둔 밀러는 장래와 관련해 중대한 갈림길에 섰다. 방위산업체에 취직하거나 군대에 가는 양자택일의 문제였다. 당시 미국은 제2차 세계대전 탓에 징병제를 실시하고 있었다. 밀러는 일단 이름 있는 방위산업체 몇 곳에 취업 신청서를 냈다. 얼마 지나지 않아 이스트먼 코닥Eastman Kodak에서 인터뷰 제안을 받았다. 코닥은 당시 세계 최대의 카메라용 필름 제조 회사였다.

앞서 밀러는 버크넬대학교에 진학하면서 병역 신고를 해 대학 졸업까지 병역을 연기한 상태였다. 18~25세의 남성은 의무적으로 병역 신고를 해야 하고 4년제 대학 재학생은 졸업 때까지 병역을 연기할 수 있는 미국 병역법에 따른 것이었다. 대학을 졸업해도 방위산업체에 취업한 이공 계열 졸업생은 병역을 면제받는 혜택이 있었다. 밀러는 취업 허가나 다름없는 코닥의 인터뷰 제안을 받고 잠시 고민에 빠졌다. 고민 끝에 그가 선택한 것은 군인이 되는 길이었다.

군인이 되기로 작정한 밀러는 또 다른 갈림길을 만났다. 전선의 병사가 되느냐, 아니면 정보장교로 편하게 군 생활을 하느냐 하는 선택지였다. 심약한 밀러는 소총을 들고 전선에서 목숨을 걸고 싸우는 전투병이 되고 싶지 않았다. 결국 일본어 통역장교를 양성하는 해군 군사학교에 지원했다. 그는 잠시 자신의 나약함을 부끄러워했으나 어쩔 수 없는 천성으로 돌리며 자신의 장기인 외국어 재능을 살리는 길이라고 애써 자위했다. 밀러에게는 외국어에 특출한 재능이 있었다. 집에서는 독일계 이민자인 조부모와 독일어로 소통했고, 스페인어와 러시아어 실력도 상당했다.

밀러가 지원한 곳은 미 해군에 소속된 일본어·동양어학교 US Navy Japanese and Oriental Language School°로 1년짜리 단기 코스와 18개월짜리 연장 코스 등 2개 과정을 운영했다. 1년 과정을 마치면 병역의무를 이행한 것으로 인정받고, 연장 코스에서 소정의 학점을 받으면 졸업과 동시에 해군 중위로 임관해 장교가 된다. 그는 입학 경쟁이 치열한 연장 코스에 지원했으나, 우수한 대학 성적과 필라델피아에서 치른 학과 시험 성적 덕분에 어렵지 않게 합격했다. 1943년 6월 18일까지 콜로라도 볼더 Boulder에 있는 군사학교에 등록을 마치라는 통보를 받은 밀러는 느긋하게 남은 대학 생활을 즐겼다.

마침내 고향을 떠나야 할 날이 왔다. 1943년 6월 14일 월요일, 버크넬대학교를 졸업하고 2주가 좀 지난 뒤였다. 짐은 이미 싸놓았고 목사와 이웃 사람 등 웬만한 친지에게는 전날 교

°   미 해군 일본어·동양어학교: 일본어를 집중적으로 가르치는 특수 군사학교로, 1941년부터 5년간 한시적으로 운영했다. 1941년 12월 7일 일본군의 진주만 기습 공격을 받고 전쟁에 돌입한 미국은 일본군의 내막을 탐지할 수 있는 전문 요원을 양성하기 위해 해군 명의로 콜로라도주 정부와 협약을 맺고 볼더에 있는 콜로라도주립대학교에 이 교육기관을 세웠다. 교육과정은 병역의무를 인정받는 1년 단기 코스와 졸업 후 장교로 임관하는 18개월 연장 코스 두 가지였다. 여기서는 편의상 '일본어학교' 또는 '군사학교'로 통칭한다.

회의 송별 예배 때 인사를 마친 상태라 홀가분하게 떠날 수 있으리라고 생각했다. 그러나 막상 가족 품을 떠나는 마음은 그렇지 않았다. 간밤을 뜬눈으로 새운 그는 동이 틀 무렵 욕실로 들어가 찬물을 흠뻑 뒤집어썼다.

"내가 왜 이러지? 전투병으로 전선에 가는 것도 아닌데. 아직도 마음의 준비가 덜 된 탓이 아닐까? 미지의 세계를 동경하던 모험심은 다 어디로 갔단 말인가."

수없이 자문했으나 오랫동안 정든 집과 가족을 떠나야 하는 아쉬움 이상의 답은 나오지 않았다. 뭔가 잃어버리는 듯한 상실감이 가슴을 눌렀다. 찬물 샤워를 해도 마음이 개운하지 않아 새벽 산책에 나섰다. 집 앞을 지나는 델라웨어 거리는 새벽 정적에 휩싸인 채 텅 비어 있었다. 인적 없는 길을 홀로 걷는 입영자는 다시 공허감에 사로잡혔다. 자신이 성장기를 보낸 이 거리가 이제는 추억의 뒷길로 사라질 것 같은 예감이 들었기 때문이다.

밀러가 착잡한 마음을 안고 새벽 산책에서 돌아오니 루스 고모가 이날따라 더 일찍 일어나 부산하게 움직이고 있었다. 게으른 준도 이때만큼은 부지런을 떨었다. 아침 8시에 예정된 '페리스 송별 조찬 기도회'를 준비하는 중이었다. 기도회는 가족 예배 형식으로 간단히 치르기로 했다. 음식은 어머니 대신 고모가 준비했다. 대학에 다니는 준이 주말부터 와서 주방 일을 거들었으나 여전히 서툴기만 했다. 아직 예비 대학생인 앨버트는 식탁을 정리하고 음식을 날랐다.

맨 먼저 도착한 손님은 밀러가 친형처럼 따르는 사촌 형 조지 밀러와 글래디스 부부였다. 특히 글래디스는 밀러가 누나처럼 따르는 네 살 위의 사촌 형수였다. 이윽고 강 건너 사우스피츠턴에 사는 조지프 할아버지가 자동차를 몰고 프레다Freda 할머니와 함께 도착했다.

조찬 기도회 식탁에는 간소하지만 화사한 음식이 차려졌다. 중앙에는 준이 정성 들여 꽂꽂이한 화병이 작은 성조기와 함께 놓였고, 옆에는 반들반들한 은 촛대에 켜진 촛불이 은은한 불빛으로 분위기를 돋웠다. 촛대 주변에는 기도회에 온 사람들이 가져오거나 먼 곳 친지들이 보내온 예쁜 카드들이 놓여 송별 식탁을 장식했다. 형형색색의 봉투 속에는 밀러의 장도를 비는 글귀를 적은 카드가 들어 있었고, 그중에는 할머니가 준 10달러와 고모가 준 15달러 용돈 봉투도 있었다.

이윽고 조찬 기도회가 시작되었다. 자리에 함께하지 못한 에드나는 "사랑하는 아들아, 하나님이 너를 지켜주시길 빈다"는 짧은 문구의 전보 한 통을 보내왔다. 당시 미국의 일부 가정에는 전화가 보급돼 있었으나 밀러 집에는 전화가 없어 전보 통신문을 보낸 것이다.

식사 전 기도를 주재하는 조지프 할아버지의 목소리가 이날 따라 침중했다.

"사랑하는 아버지 하나님, 당신의 귀한 아들이 나라의 부름을 받고 오늘 입영 길에 오릅니다. 페리스가 가는 길을 큰 은총으로 지켜주시고, 그가 무사히 임무를 마치고 가족 품에 돌아올 수 있도록 도와주소서."

식탁 한구석에서 고개를 떨구고 앉아 있던 준이 엄마가 워싱턴으로 떠날 때처럼 손등으로 눈물을 훔쳤다. 밀러 곁에 앉은 막내 앨버트는 말없이 형의 옆모습을 지켜보며 눈인사를 했다. 식사를 끝내고 밀러를 껴안은 할머니와 고모는 쉽사리 포옹을 풀지 못했다.

석별의 행사는 간단히 끝났다. 할아버지 승용차에 트렁크 2개를 실은 밀러는 울먹이는 준을 가볍게 안아주고 조수석에 앉았다. 윌크스배리역으로 가는 30여 분 동안 그는 스쳐 지나가는 사우스피츠턴 거리를 보며 잠시 어린 시절의 추억에 잠겼다. 길가에서 노는 아이들을 보면서는 동네 공터에서 풋볼을 즐겼던 지난날을 떠올렸다. 잔디를 깎아주고 용돈을 벌었던 하얀 3층집을 지날 때는 예쁘게 생기고 목이 길었던 그 집 딸아이는 지금 어디에 있을까 궁금했다.

긴 세월을 두고 보면 이 1943년 6월 14일은 칼 페리스 밀러, 훗날 민병갈의 생애에서 고향과 가족의 품을 영원히 떠난 날이었다. 이후 그는 피츠턴 집을 여러 차례 찾았으나 일시적인 방문이었을 뿐이다. 가장 긴 방문은 1946년 7월 제대 직후와 1948년 군정청 근무 종료 후, 그리고 1951~1953년 한국전쟁 동안이었다. 1979년 한국에 귀화한 후에도 어머니가 타계한 1996년까지 고향을 자주 찾았으나 하루 이틀 묵는 정도였다. 어머니 에드나는 가끔 나타나는 밀러를 볼 때마다 이런 푸념을 했다.

"기다리는 시간에 비해 너를 만나는 시간은 너무 짧구나."

칼 밀러의 바쁜 일생은 고향을 찾아 동심에 젖는 낭만을 허락하지 않았다. 평생 독신으로 산 그는 홀어머니와 동생들에 대한 사랑은 깊었지만, 몸은 언제나 집과 고향에서 멀리 떨어져 있었다. 밀러가 입대한 후 얼마 안 되어 다른 가족들도 뿔뿔이 흩어졌다. 어머니 에드나는 직장 생활을 위해 밀러보다 먼저 집을 떠난 상태였고, 준과 앨버트는 대학 생활을 위해 외지로 나가 있다가 각각 결혼해서 독립했다. 에드나가 직장 생활을 마치고 10여 년 만에 귀향했을 때 피츠턴 집을 지키는 사람은 루스 고모 부부뿐이었다.

군사학교 시절

나는 일본어 공부가 너무 재미있습니다. 언어
구조가 복잡해서 어렵기는 하지만 보통 4과 정
도 앞서 예습을 합니다. 저는 학교가 정한 기본
글자 수보다 더 많은 한자를 익히고 있고, 요즘
은 신문 읽기와 함께 긴 글을 쓰는 작문 공부에
힘쓰고 있습니다.

1943년 8월 17일 편지

해군 일본어학교 생도가 되다

밀러의 입대 길은 열차에서만 25시간을 시달려야 하는 지루한
장정이었다. 거리는 2,000마일(3,200킬로미터)에 달했다. 월크
스배리에서 완행열차로 시카고에 도착한 그는 이곳에서 덴버
까지 가는 급행열차로 갈아탔다. 덴버에 예정보다 5시간이나
늦게 도착한 다음에는 목적지 볼더까지 버스로 48킬로미터를
더 가야 했다. 밀러는 1943년 6월 22일 가족에게 보낸 첫 편
지에서 지루했던 여정을 자세히 밝혔다.

> 시카고에서 덴버까지 가는 열차는 급행 exposition flier이라지
> 만 '굼벵이 exposition crawler'라고 이름을 고쳐야 할 것 같아요.
> 예정보다 5시간이나 늦게 도착했으니까요. 그래도 침대석
> 을 예약해서 25시간 동안 꼬박 앉아서 가는 불편은 없었습
> 니다. 덴버역에 내려 갈아탄 버스는 정원을 초과한 상태에
> 서 험한 길을 마구 달려 조마조마했습니다. 도중에 버스가
> 고장 나서 근처 정비 공장을 찾아가 수리를 받는 소동까지
> 빚었어요. 이 버스에서 통로에 놓는 접이식 보조 의자를
> 처음 보았습니다.

밀러가 볼더에 있는 군사학교에 도착한 것은 집에서 출발한

미 해군 일본어학교 생도 시절의 칼 밀러.

지 하루 반 만인 6월 15일 늦은 오후였다. 거대한 콜로라도주
립대학교 캠퍼스에 자리 잡은 군사학교의 공식 명칭은 '미 해
군 일본어·동양어학교'로 당시 교전국인 일본을 겨냥해 미국
국방부가 설립한 일종의 정보학교였다. 캠퍼스에 들어선 밀러
의 첫눈에 들어온 것은 석양에 빛나는 대학 건물들과 시원한
물줄기를 뿜어내는 잔디밭이었다. 계절은 한여름이었지만 그
렇게 무덥지 않아서 뙤약볕 훈련은 안 해도 되겠다 싶은 생각
에 밀러는 적잖이 마음이 놓였다.

그러나 군사학교 정문을 지키는 위병을 보는 순간, 안도감은 긴장감으로 바뀌었다. 이제부터 군인이 된다 싶으니 정신이 퍼뜩 들었다. 위병의 지시대로 본부 건물 로비로 가서 도착 신고를 할 때는 가슴이 더 두근거렸다. 신고를 받는 해군 근무병은 신참의 긴장을 눈치챘는지 환영한다는 말로 안심시켰다. 도착 신고는 의외로 간단했다. 입학생의 이름을 나열한 문서에서 자기 이름을 찾아 서명하고 생도 수칙과 설문지 등 각종 문서와 기숙사 방 열쇠가 든 봉투 하나를 받는 것으로 끝났다.

밀러가 배정받은 방은 2층 건물의 1층에 자리 잡은 191호 싱글 룸이었다. 자물쇠를 풀고 방문을 여는 순간 목재 가구의 향긋한 나무 냄새가 새 주인을 맞았다. 방 안에는 놀랍게도 램프와 필기도구를 갖춘 책상이 놓여 있었다. 무거운 트렁크 2개를 내려놓고 창밖을 보니 아름다운 캠퍼스가 한눈에 들어왔다. 밀러는 첫 편지에서 기숙사 모습을 이렇게 적었다.

> 기숙사 방이 너무 마음에 듭니다. 향기 나는 나무로 만든 침대와 옷장에 침대 시트, 담요, 양탄자 그리고 커튼까지 모두가 완벽해요. 큼직하고 예쁜 램프가 놓인 책상과 걸상이 있는가 하면, 편안한 팔걸이의자도 있습니다. 화장실도 청결해서 우리 집 같은 느낌입니다. 이곳은 버크넬대학교 기숙사보다 훨씬 좋다는 생각이 들어요.

짐을 정리할 틈도 없이 서둘러 샤워를 끝낸 밀러는 기숙사 식당을 찾았다. 6시 15분에 시작되는 저녁 배식 시간에 맞추기 위해서였다. 저녁 식단은 버크넬대학교 기숙사 식당보다 훨씬 푸짐했다. 그가 좋아하는 쇠고기구이가 넉넉하게 나오고 버섯 수프가 입맛을 돋우었다. 식당 한구석에는 무제한 마실 수 있는 우유 통이 놓여 있었다. 생면부지 사람들 틈에 섞여 저녁 식사를 마친 미국 동부에서 온 청년은 트렁크의 짐을 대충 정리해놓고 낯선 군인 기숙사에서 첫 밤을 맞았다.

10시 반 취침 시간을 넘겨 잠이 든 밀러는 이른 아침 요란한 기상 벨 소리에 소스라치게 놀라 잠을 깼다. 평일에는 6시 반에 기상 벨이 울린다는 걸 안내문을 통해 알고 있었으나 전날의 여독에다 늦잠에 익숙해 있던 터라 침대 밖으로 나가기가 싫었다. 앞으로 겪어야 할 군대식 생활에 잠시 난감해하던 그는 7시의 아침 식사는 거를 생각으로 다시 누워 잠을 청했다. 창문을 커튼으로 가리고 아침잠에 빠진 그는 대낮이 되어서야 일어났다.

평소 버릇대로 아침을 거른 밀러는 12시에 시작되는 점심을 먹기 위해 남보다 먼저 식당에 갔다. 배식 창구를 이용하는 식당의 점심 메뉴는 전날 저녁보다 약간 빈약했다. 햄버거 2개에 감자튀김, 양념한 피클, 구운 옥수수, 샐러드 등이 나왔다. 후식으로는 얇게 썬 토마토, 자두, 멜론 등을 커피와 함께 먹었

민병갈, 나무 심은 사람

다. 밀러는 가족에게 보낸 편지에 이 같은 식단을 자세히 소개하며 과체중이 되지 않을까 걱정했다.

군사학교 입학식은 밀러가 도착한 이틀 후인 6월 18일 금요일 오후 4시에 열렸다. 입학식이 금요일 오후로 잡힌 것은 전시체제의 긴장과 효율적인 시간 관리를 위한 결정으로 보였다. 전날 군복, 군화, 군모 등을 지급받은 밀러는 생전 처음으로 군복을 입은 자신의 모습이 어떨지 궁금해 아침부터 거울 앞에서 매무새를 고치기 바빴다. 한 바퀴 빙 돌아서 다시 봐도 군인으로서 손색없는 모습이었다. 몸에 맞추어 옷을 잘 골랐다는 생각도 들었다. 밀러는 전쟁 영화에서 본 대로 거수경례를 하고 거울 속에 있는 또 다른 자신에게 엄숙히 말했다.

"이봐, 밀러 생도! 앞으로 1년 반 동안 군대 생활을 제대로 감당할 수 있겠나? 제1차 세계대전에 참전했던 아버지를 생각해서라도 나약한 군인이 돼서는 안 된다. 전투는 체질이 아니니 일본어라는 무기로 일본을 잡는 정보장교의 길에 승부를 걸어라."

거울 앞에서 자신을 사열한 밀러는 입학식이 열리는 강당으로 갔다. 걸음도 군대식으로 절도 있게 걸으려고 애썼다. 강당에 도착하니 단상 앞에 신입생과 재학생 자리가 따로 마련돼 있고, 그 뒤로 교직원 자리가 보였다. 신기하게도 좌석에 신입생新入生, 재학생在學生, 교직원教職員 등 한자가 적혀 있고 그 옆에 작은 글씨로 영어가 쓰여 있었다. 교직원 자리가 신입생 자리보다 많은 것도 특이했다.

입학식은 관례대로 국가 제창과 성조기에 대한 경례로 시작되었다. 국가를 제창할 때 밀러는 자신도 모르게 목청을 돋우었다. 전시의 군인으로서 국가를 우렁차게 부른 것은 당연했으나 학창 시절 건성으로 입만 벙긋거린 그로서는 달라진 자신이 대견스럽기만 했다. 생각보다 간소하게 치른 입학식에서 특별히 관심을 끈 것은 학교장 환영사였다. 밀러는 중령 계급을 단 교장이 신부라는 사실을 이때 처음 알았다. 위풍당당할 줄 알았던 군사학교 교장의 목소리는 차분하고 설득력이 있었다.

"나는 군종 신부로 입대한 에드워드 배런Edward R. Barron° 중령이다. 여러분은 신부가 군사학교 교장이 된 것에 의아해할 줄 안다. 나는 일본의 식민지인 한국에서 10년 넘게 선교 활동을 했기 때문에 한국을 식민지로 삼은 일본을 누구보다 잘 안

° 에드워드 배런: 미시간주 리버로지 출생. 캐나다 온타리오 가톨릭신학대학 졸업. 1927년 신부 서품을 받고 하와이에서 사목 활동을 했다. 이듬해 메리놀 선교회 소속으로 한국 평양교구에 파견되어 진남포에서 선교 활동을 하던 중 1930~1937년 평남 안주성당 초대 신부로 재직. 1941년 태평양전쟁이 일어나자 일제에 의해 강제 출국 후 즉시 종군 신부로 입대했다. 1942년 콜로라도대학교 부설 해군 정보학교 일본어 과정 교장으로 취임. 1946년 제대 후에는 1948년부터 일본에서 선교 활동. 이후 심장병이 악화하자 귀국해서 치료하던 중 1965년에 사망했다.

민병갈, 나무 심은 사람

에드워드 배런 중령.

다. 이제 일본은 미국에 먼저 전쟁을 걸어와 우리의 적국이 되었다. 동양의 전술학에 '적을 알면 백전백승한다'는 말이 있다. 우리 학교는 적을 가장 잘 아는 장교를 키우는 곳이다. 오늘 입학하는 신입생은 중도 낙오 없이 소정의 과정을 마치고 조국을 승리로 이끈 미군 장교의 영예를 누리기 바란다."

배런 교장은 졸업을 하더라도 성적이 나쁘면 유럽 전선에 배치된다는 으름장도 놓았다. 당시 유럽 전선은 전투가 치열해 매우 위험하다는 인식이 퍼져 있었다.

판에 박힌 듯한 연설이 약간 식상해지던 밀러는 '한국'이라는 말이 교장 입에서 나오자 자신도 모르게 귀를 세웠다. 그런

반사적 반응이 왜 일어났는지는 알 수 없었다. 그가 어렴풋이 기억하는 아시아 변방국의 이미지가 순간적인 뇌파 작용을 일으킨 것은 확실했다. 그때까지 밀러가 아는 한국이란 나라는 일본에 병합된 동아시아의 한 약소국가라는 게 전부였다. 그 짧은 지식은 입대를 앞두고 버크넬대학교 도서관에서 읽은 일본 관련 책자에서 얻은 것으로, 밀러의 뇌리에 오랫동안 잠겨 있다가 배런 교장의 언급으로 갑자기 떠오른 듯했다.

일본어 공부에 빠지다

입학식 다음 날은 토요일이었으나 휴무 없이 신입생 오리엔테이션으로 오전 한나절을 보냈다. 학교 당국은 신입생에게 까다로운 학습 내용과 기숙사 규칙을 주지시키는 등 잔뜩 겁을 주었다. 이를테면 2개월마다 한 번씩 치르는 중간 평가 시험에서 일정 점수에 미달하면 즉시 퇴교를 당한다는 식이었다. 신원 조회 결과가 나빠도 퇴교 사유라고 했다. 공산주의 성향의 사상을 갖고 있거나 가족 중 체제 전복적subversive 성향의 사람이 있어도 용납되지 않았다. 그런 학칙은 자유분방한 대학 생활을 즐겼던 입학생들로서는 적잖이 긴장할 만한 내용이었다.

첫 학기의 교육과정 시간표를 보니 일본어 학습이 80퍼센

일본어 학습 시간에 생도들이 일본인 교사로부터 한자를 배우고 있다.

트를 차지하고 나머지는 대부분 운동 시간이었다. 군사훈련이라곤 매주 수요일 오후 4시부터 1시간씩 받는 제식훈련과 학기 말에 잡혀 있는 4시간의 권총 사격 훈련 정도뿐이었다. 전투 훈련 시간이 전혀 없어 밀러는 약간 실망했으나 내심으로는 반겼다. 마음이 여린 데다 약간 소심한 그는 강도 높은 훈련이 따르는 야전군 생활을 좋아하지 않았기 때문이다.

밀러가 소속된 연장 코스의 일본어 학습은 월요일인 6월 21일에 시작되었다. 아침 9시부터 90분씩 두 차례 진행하는 오전 수업은 분반 없이 신입생 50명 전원이 합동 수강을 했다.

1교시에 일본어를 언어학 차원에서 다룬 영화를 본 다음, 2교시에 일본인 교수 한 명이 나와 학습 과정 전반을 소개하고 일본어의 알파벳 격인 히라가나와 가타가나를 가르쳤다. 그리고 수업 마무리로 1조 5인씩 10개 학습반을 편성했다. 반 편성에서 밀러는 여교사 요코우치橫內가 담임을 맡은 3반에 속했다.

오후 수업인 3교시부터는 조별 학습으로 이뤄졌다. 조별 강의실은 작은 방이었으나 교사를 포함한 6명이 쓰기에는 충분했다. 오후 1시에 3반 강의실로 찾아가니 담임을 맡은 요코우치 선생이 미리 와서 학생들을 기다리고 있었다. 40대 중반쯤 돼 보이는 그녀는 가냘픈 몸매에 키가 매우 작았다.

"미나상, 곤니치와(여러분, 안녕하세요)."

순간 밀러는 선생님의 목소리가 너무 아름답다고 느꼈다. 일본 말을 전혀 모르는 그는 무슨 뜻인지 알아듣지 못했으나 첫 만남의 인사려니 짐작하고 "굿 애프터눈"이라고 응대했다. 그런데 한 수강생이 뜻밖에도 일본 말로 맞인사를 하는 것이 아닌가.

"요코우치 센세, 오아이데키테 우레시이데스(선생님, 만나서 반갑습니다)."

다른 두 사람도 비슷한 말로 일본어 인사를 했다. 난감해하는 밀러와 또 다른 한 생도의 기색을 눈치챈 담임선생은 영어로 인사하며 자기소개를 했다. 영어 발음 역시 미국 여성과 달

민병갈, 나무 심은 사람

리 상냥한 목소리였다.

"나는 요코우치라고 합니다. 여러분 중 세 학생은 일본어를 어느 정도 배우신 줄 알고 있어요. 하지만 우리는 글자를 전혀 모르는 일본 유치원생을 기준으로 교육을 시작하니 조금도 염려하지 마세요. 당분간 영어를 사용하겠지만 3주째부터는 일본어만 쓰겠습니다."

미국에서 산 지 16년 됐다며, 요코우치는 수강생 5명에게 영어로 각자 자기소개를 해달라고 주문했다. 다른 신입생들의 자기소개를 들은 밀러는 속으로 깜짝 놀랐다. 자기보다 나이가 훨씬 많은 그들은 대부분 일본어를 어느 정도 익혔고 학력 수준도 높았기 때문이다. 그는 가족에게 보낸 편지에서 동료 학생들을 이렇게 소개했다.

내가 소속된 3반은 쟁쟁한 멤버로 짜여 있습니다. 한 친구는 선교사인 아버지를 따라 일본에 가서 15년간 살았기 때문에 일본어를 아주 잘합니다. 일리노이주 에번스턴에서 온 로버트 크리스티는 중국어를 2년간 공부한 친구로 머리가 명석해요. 조 액설로드는 러시아계 유대인인데, 이미 몇 달 동안 일본어를 공부한 언어 학도로 시카고대학교에서 음성학을 전공했다고 합니다. 또 다른 친구는 브라운대학교를 나와 5년 동안 교직 생활을 했다네요. 이 같은 인재들 틈에 끼어 있으니 내가 얼마나 힘든 경쟁자를 만났는지 충분히 짐작이 갈 겁니다.

수강 첫날부터 버거운 경쟁자를 만난 것이 부담스러웠으나 그렇다고 기죽을 밀러가 아니었다. 누구보다 외국어 공부에 흥미가 많고 기억력이 뛰어난 그는 강력한 라이벌을 만난 게 오히려 잘된 일이라 여기고 치열한 학습 경쟁을 벌이기로 단단히 마음먹었다. 그의 심정을 헤아린 요코우치 선생은 반에서 나이가 가장 어린 밀러 상さん에게 개별 지도를 아끼지 않았다.

연장 코스를 택한 생도들은 대부분 대학 졸업 이상의 고학력자로 외국어에 관심이 많았다. 이들은 대학에서 언어학 등 어학 계열을 전공했거나, 일본·중국 등 동양권에서 성장해 일본어를 잘 알거나, 일본어 공부에 필수적인 한자에 밝았다. 그러나 대부분 학생의 일본어 실력은 밀러처럼 백지상태이거나 일본의 유치원생 수준에도 못 미쳤다.

밀러는 처음부터 생소한 일본어를 공부하는 재미에 푹 빠졌다. 생전 듣지도 보지도 못한 동양 문자를 하나씩 익힐 때마다 새로운 세상을 만나는 희열을 느꼈다. 특히 상형문자인 한자가 그의 흥미를 돋웠다. 마치 그림을 그리듯 획을 그어야 글자 한 개가 완성되고, 그 글자 하나마다 뜻이 담겨 있다는 게 신기했다. 어느덧 그의 기숙사 방 벽에는 한 장에 한자 하나씩을

민병갈, 나무 심은 사람

밀러가 가족에게 보낸 편지의 일부. 자신이 배우고 있는 일본어 학습 내용을 자세히 소개하고 새로 배운 한자를 어설픈 글씨로 써 보였다.

쓴 종이가 수십 장이나 붙었다. 그가 입교 후 처음 배운 한자는 책을 뜻하는 '혼本' 자였다. 그는 어머니에게 보낸 첫 편지에서 이 글자를 자랑스럽게 써 보이며 어머니도 배워보라고 권했다.

밀러에게 가장 어려운 과목은 역시 중국 문자인 한자였다. 일본어의 기본 바탕인 한자는 영어와는 언어 체계가 전혀 다르기 때문에 미국인 생도들에겐 무거운 짐일 수밖에 없었다. 그는 이 어려운 문자를 집중적으로 익히기 위해 첫 방학을 반납했다. 7월 9일부터 열흘간의 방학에 들어갔으나 다른 생도들처럼 집에 가는 대신 한자 공부에만 매달렸다. 그가 8월 초까지 한 달 반 동안 익힌 한자는 200자가 약간 넘었다. 학교의 교육 목표대로라면 졸업까지 3,000자를 쓸 줄 알고 그 뜻을 외워야 한다. 밀러는 그 목표를 조기에 무난히 달성했다.

한자를 어느 정도 익힌 밀러는 편지를 통해 가족과 친지들에게 학습 지도까지 하는 열성을 보였다. 편지마다 한자 낱말을 한두 자씩 교재용으로 써서 보내며 배워보도록 권했다. 일본日本, 운동運動, 학교學校 등 기초 낱말이었다. 편지 끝에는 '사요나라'라는 인사말도 잊지 않았다. 그러나 그가 바랐던 대로 일본어를 익힌 친지는 아무도 없었다.

히라가나, 가타가나와 기초 한자를 익힌 밀러는 낱말 공부에 들어갔다. 그는 가족에게 보내는 편지마다 일본어 공부가 재미있다고 하면서도 그 과정은 너무 힘들다고 하소연했다. 그는 혼란스러운 일본어 낱말 공부에 대해 이렇게 썼다.

> 일본어는 숫자를 헤아리는 데도 셈 대상마다 방식이 달라서 헷갈립니다. 지겨울 정도예요. 이를테면 책, 상자, 연필, 구두, 자동차를 세는 방법이 제각각입니다. 같은 동물이라도 고양이처럼 작은 녀석과 코끼리처럼 큰 녀석의 수를 다르게 표현해요. 한 개를 말할 때 책은 '잇사쓰―冊', 연필은 '잇폰―本', 상자는 '히토쓰―つ', 자동차는 '이치다이―台', 고양이는 '잇피키―匹', 코끼리는 '잇도―頭'라고 해요. 배고프다는 말을 일본 사람들은 '위장이 비었다腹減った'고 표현해요.

생도들은 교내 생활도 일본식으로 했다. 교과에 잡힌 운동 명칭도 '운도運動'로 정해놓고 가라테와 검도 등 일본식 운동만 시켰다. 공식 행사에서는 일본어로 쓰인 교가를 불러야 하고 졸업식에서는 졸업생 대표가 일본어로 연설했다. 밀러는 편지에서 하루 중 눈을 뜨고 있는 시간의 70퍼센트는 일본어 공부에 매달린다고 비명을 질렀다.

일본어 학습은 모두 일본인 교사들의 지도로 진행되었다. 사무실이나 카페테리아 등 캠퍼스 시설에서 일하는 직원도 100명 중 90명 이상이 일본인이었다. 이들은 대부분 1941년 일본이 전쟁을 일으키기 전 미국의 서부 해안으로 불법 입국했다가 붙잡혀 수용소에 억류돼 있던 난민이지만 미국에 매우 우호적이었다. 미국 정부는 일본과 전쟁을 벌이게 되자 이들 난민을 석방시켜 적대국의 정보를 탐지하는 요원으로 활용했다.

밀러는 편지에서 일본인 교사들이 매우 친절하고 교육 수준 또한 높으며 가르치는 일에 매우 적극적이라고 평했다. 그중에는 워싱턴대학교 교수를 지낸 다쓰미 같은 언어학자도 있었다. 밀러는 요코우치 선생이 학생들에게 가장 인기가 많다고 썼다. 그녀는 주말이면 제자들을 자택으로 초청해 일본 가정의 전통생활 모습과 일본 음식을 소개하는 열성도 보였다.

거의 일주일 간격으로 보낸 편지에서 밀러는 자신의 일본어

학습 과정과 성적 진도 등을 자세히 소개했다. 이미 일본어를 꽤 익힌 동기생들과 힘겨운 학습 경쟁을 한 그는 8월 4일 편지에서 "우리 반에서 꼴찌를 겨우 면했다"고 실토했다. 그 후 2주가 지난 8월 16일 편지에서는 주말 시험의 3개 과목에서 4점(5점 만점), 2개 과목에서 만점을 받았다고 자랑했다. 그는 자신의 일본어 능력이 동급생 중 상위권에 들어간다며, 입학한 지 두 달도 안 돼 이 정도 실력이면 괜찮은 수준이라고 자평했다.

일본어 기초를 닦고 한자를 어느 정도 익힌 밀러에게 새롭게 떠오른 난제는 받아쓰기 과목이었다. 일본어로 말하는 교사의 말을 그대로 옮겨 쓰는 것은 무난히 따라 했으나 말로 하는 영어를 일본어로 받아쓰는 공부는 정말 힘들었다. 그러나 밀러는 그 어려움을 극복하고 입교 4개월 차 시험에서 만점의 받아쓰기 성적을 올려 동기생들의 부러움을 샀다. 불행히도 그의 경쟁자이자 가장 친했던 유대인 액설로드는 이 중간시험에서 두 과목을 낙제해 학교를 떠나야 했다.

밀러의 첫 학기 말(11월) 평균 성적은 4학점 very good이었다. 이는 100점 만점에 90~94점 수준이다. 한자 3,000자 외우기는 학교 측이 정한 기한보다 두 달 앞당긴 14개월 만에 달성했다.

군복 입고 제3의 캠퍼스 생활

해군 일본어학교는 규모는 작아도 그런대로 캠퍼스의 낭만을 찾을 만한 곳이었다. 이 학교를 품고 있는 콜로라도주립대학교의 널따란 캠퍼스는 낭만의 무대로 부족함이 없었다. 밀러는 이곳에서 윌크스초급대학과 버크넬대학교에 이어 제3의 캠퍼스 낭만에 푹 젖었다. 콜로라도대학교의 도서관, 운동장, 수영장, 승마장 등을 마음껏 이용할 수 있었기 때문이다. 휴일이면 말 타는 재미를 즐겼던 그는 수영과 구기 운동을 좋아했으나, 교과에 잡힌 일본식 '운도' 때문에 평일에는 운동을 즐길 시간이 많지 않았다.

밀러는 군사학교 재학 중 학과 성적 말고는 크게 구애받을 게 별로 없었다. 군대식 생활이라면 정시 기상과 취침, 청결 검사, 그리고 수요일마다 학과 수업 후에 1시간씩 하는 제식훈련 정도였다. 처음에는 크게 신경 쓰였으나 시간이 흐르면서 조금씩 적응되어갔다. 입학 초기에는 기숙사 방의 청결 검사가 정리 정돈에 자신이 없던 밀러에겐 큰 부담이었다. 수요일이면 어김없이 찾아오는 제식훈련도 체질에 맞지 않았으나 군대에 들어온 마당에 총을 메고 구령에 따라 걷거나 대오를 맞추는 훈련까지 마다할 수는 없었다. 다만 어쩌다가 갖는 사격 훈련은 마뜩잖았다.

밀러는 일과 시작 전에 반드시 그날 할 일을 메모해놓고 그대로 실천했다. 그가 남긴 1943년 6월 30일(수요일) 일과 메모는 다음과 같다.

06:30 기상

07:00~08:00 아침 식사, 방 청소

08:00~10:30 예습, 시내로 나가 사진 찾기

10:30~11:00 체력 테스트

11:00~12:00 일본어 회화(교사: 스즈키)

12:00~13:00 점심 식사

13:00~14:00 일본어 받아쓰기(교사: 사토)

14:00~16:00 일본어 독해(교사: 와타나베)

16:15~17:15 제식훈련

17:15~18:15 샤워, 세탁

18:15~19:00 저녁 식사

19:00~22:30 복습, 편지 쓰기(글래디스에게)

22:30 취침

군사학교에서 가장 반가운 것은 모든 게 사실상 공짜라는 점이었다. 처음에는 기숙사비 53달러와 제복 및 구둣값 300달러를 내라는 통지문을 받고 어리둥절했다. 그러나 기숙사비는 매월 나오는 130달러로 해결될 문제였고, 제복값은 별도로 정부에서 250달러의 보조금이 나와 걱정할 것은 못 되었다. 밀러가 받은 첫 월급 48달러(12일분) 가운데 20달러는 입대할 때 할머니에게 빌린 100달러 중 일부를 갚는 데 썼다. 할머니와 고모로부터 받은 전별금 25달러로는 기찻값 75달러를 내기도 어려웠다. 그가 월말 결산한 군사학교 첫 달 살림은 완전히 적자였다. 그 부족액은 애초에 갖고 있던 약간의 비자금으로 충당했다. 다음 달 나온 7월분 월급 명세서를 본 밀러는 기가 막혔다. 총액 130달러에서 소득세 20달러를 뗐기 때문이다. 공짜를 좋아했다가 한 방 맞은 기분이었다.

밀러는 일본어 학습에 쫓기면서도 취미 활동과 체력 단련을 게을리하지 않았다. 그가 즐긴 운동은 풋볼, 핸드볼, 테니스, 볼링 등 구기 종목이었다. 그러나 교과에 일본식 운동을 하는 시간이 많이 잡혀 스포츠를 즐길 기회는 많지 않았다. 카드놀이로는 피노클pinocle 게임을 좋아했다. 가끔 15센트를 내고 영화를 봤지만 대개는 식상한 내용이라서 흥이 나지 않았다. 그가 처음 본 영화는 프레드 아스테어와 리타 헤이워드가 나오는 〈너무도 아름다운 당신You were never lovelier〉이라는 애정물이었다. 일본 영화는 빠른 대사를 알아듣기 어려워 내키지 않았으나 의무적으로 봐야 했기 때문에 억지로 영화관의 자리를 지켰다.

밀러에게 가장 신명 나는 휴일은 말을 타고 달리는 날이었다. 말타기는 고교생 때 승마를 좋아하는 루스 고모를 따라가 몇 차례 해본 적이 있으나 맛만 본 터였다. 그는 승마반에 들지 않았지만 휴일에는 말이 놀기 때문에 심심풀이로 시작한 것이 일요일에 교회 가는 걸 주저할 만큼 빠져들었다. 처음엔 사나운 말을 만나 고생했으나 그런 인연으로 그 말과 더 가까워졌다. 말이 질주하면서 요동칠 때마다 등골에 짜릿한 쾌감이 왔다. 나약한 정보장교 후보생은 진짜 군인이 되고 있다는 자긍심을 느꼈다. 한번은 대학 근처의 플래그스태프Flagstaff산까지 왕복 4시간을 달렸다가 온몸이 쑤시는 후유증으로 며칠을 고생했다.

주말의 또 다른 즐거움은 캠퍼스를 벗어나 멀리 단기 여행을 떠나는 것이었다. 그의 단골 파트너는 덴버에 사는 힐다 아줌마였다. 먼 친척인 그녀는 토요일만 되면 자동차를 몰고 남자 친구 프랭크와 함께 기숙사를 찾아오곤 했다. 물론 사전에 전보를 보내 동행이 가능한지 여부를 타진했다. 밀러는 7월 17일 편지에서 로키산맥 드라이브를 이렇게 소개했다.

로키산맥 드라이브 탐험

우리 세 사람은 로키산맥을 횡단하는 하루 코스 여행을 했습니다. 자동차로 200여 마일을 달리면서 유쾌한 시간을 보냈어요. 저녁 식사는 해발 7,549피트에 있는 에스티스파크 Estes Park에서 했는데, 이날 모든 경비는 프랭크가 부담했습니다. 협곡에 들어가기 전 우리가 바라본 산악 정취

민병갈, 나무 심은 사람

는 그야말로 장관이더군요. 멀리 보이는 산봉우리는 하얀 눈으로 덮여 그림처럼 아름다웠습니다. 에스티스파크는 전형적인 서부 마을을 옮겨놓은 듯한 경관이었습니다. 상점의 절반은 말안장, 부츠 등 카우보이용품을 팔더군요.

우리는 이곳에서 진짜 카우보이와 목장 그리고 가축 떼를 보았습니다. 길을 건너는 말 30여 마리에 도로가 막혀 자동차를 세우기도 했어요. 사람이 타지 않은 말 몇 마리가 대로를 달리는 모습이 정겨웠습니다. 모두가 환상적인 체험이었어요. 우리는 에스티스파크를 벗어나 로키산 국립공원을 찾았습니다. 이곳에서는 비버 beaver가 진흙과 나무로 만든 댐과 오두막을 구경하고 관광 도로인 트레일 리지 로드 Trail Ridge Road를 신나게 달렸습니다. 굴곡 심한 절벽 길을 오를 때는 아슬아슬했어요. 고지에 이르니 7월인데도 많은 사람이 스키를 즐기고 있었어요. 호수도 꽁꽁 얼어붙어 있고요.

7월 14일 편지

일행 세 사람은 시간 가는 줄 모르고 돌아다니다가 오후 8시 30분에 볼더로 돌아와 콜로라도 카페에서 저녁 식사로 머랭 파이를 곁들인 자줏빛 카스텔라를 즐겼다. 힐더·프랭크 커플은 그 후 몇 차례 더 기숙사를 찾아와 밀러에게 즐거운 주말 여행을 선사했다. '타이니 타운Tiny Town'이라는 미니어처 마을을 돌아본 9월 11일의 여행도 그중 하나다. 이 마을은 한 사업가가 어린 딸을 즐겁게 하려고 축소형으로 꾸민 것인데 중부의 관광 명소로 알려졌다. 이 여행에서 밀러는 로키산 전망대에 있는 서부 개척사의 전설적 인물 버펄로 빌Buffalo Bill의 무덤을 처음 보았다.

9월 14일 저녁 밀러는 콜로라도대학교 콘서트홀에서 예기치 않은 추억의 음악회를 관람하게 되었다. 바로 2년 전 겨울 버크넬대학교 음악당에서 캐서린과 함께 보았던 잭 티가든과 그의 오케스트라가 연주하는 재즈 공연을 다시 관람한 것이다. 잭 티가든의 정열적인 트럼펫 연주를 들으며 밀러는 공연장에서 자기 옆을 떠날 줄 몰랐던 캐서린의 모습을 떠올렸다. 지금쯤 무얼 하고 있을까? 불현듯 그녀의 근황이 궁금해진 밀러는 집 주소라도 받아두지 못한 자신이 너무 무성의했다는 생각이 들었다. 공연이 끝나자 그는 혼자 있고 싶은 생각에 들어갈 때와는 달리 친구들과 떨어져 콘서트홀을 빠져나왔다.

해군 장교로 임관하다

마침내 군사학교 졸업이 가까워졌다. 그동안 많은 어려움이 있었지만 밀러는 고비를 잘 넘겼다. 적잖은 동급생이 성적 불량이나 사상 문제로 중도에 퇴교를 당했다. 하버드대학 로스쿨 출신의 한 뛰어난 학생은 형제 중 한 사람이 미국의 적대국인 이탈리아의 군속으로 일했다는 이유로 학교를 떠나야 했다. 밀러는 까다로운 자격 심사에서 모두 합격점을 받았다. 학과 성적에서 단연 두각을 보인 그는 신체검사와 사상 검증도 무난히 통과했다. 졸업 성적은 최상위권으로 평균 4.5였다. 한자와 받아쓰기는 만점(5)인 반면, 말하기와 글쓰기는 4로 약간 뒤처졌으나 이 역시 상위권에 들어갔다.

1944년 12월 초, 밀러가 소속된 미 해군 일본어학교 연장코스 3기생은 졸업 2주를 앞두고 학교를 떠날 준비에 부산했다. 이들은 졸업식을 마치면 해군 중위로 임관됨과 동시에 2주간의 휴가를 끝내고 각자 발령받은 부대를 찾아가 복무하게 되어 있었다. 그중 일부는 워싱턴DC의 펜타곤에서 정보장교로 근무하는 것이 관례였으나, 자신이 어디로 갈지는 발령을 받아봐야 알 수 있었다. 밀러는 최전방 배속을 원했지만 뜻대로 될 일이 아니었다. 무엇보다 어머니와 루스 고모가 졸업식에 참석한다는 소식을 들은 그는 잔뜩 들뜬 기분으로 졸업 준비에 들어갔다.

먼저 반 송별 파티부터 했다. C반은 밀러와 가장 친했던 액설로드가 퇴교당하는 바람에 4명으로 줄었으나 담임인 요코우치 선생이 빈자리를 메웠다. 이들 5명은 볼더 시내에 있는 한 일식집에서 조촐한 송별 파티를 했다.

다음은 에드워드 배런 교장을 찾아가 개별 인사를 할 차례였다. 밀러는 미리 약속을 잡아놓고 같은 반의 로버트 크리스티와 함께 교장실을 찾았다. 그가 배런 교장을 찾은 데는 따로 특별한 이유가 있었다. 교장이 공·사석에서 자주 언급하곤 했던 한국이라는 나라에 대해 좀 더 알고 싶었던 것이다.

밀러에게 한국을 심어준 에드워드 배런 소령은 한국에서 15년간 선교 활동을 한 가톨릭 신부였다. 일본의 박해로 한국을 떠난 그는 귀국 후 미 해군 군종단Navy Chaplin Corps, NCC에 들어가 대위 계급의 군종 장교로 있다가 일본어 군사학교 교장으로 발탁되면서 소령으로 진급했다. 한국을 누구보다도 잘 알았던 그는 생도들에게 말할 기회가 있을 때마다 한국 이야기를 꺼냈다. 매달 첫 월요일에 갖는 전교생 조회 때도 동아시아에 있는 한 약소국가에 관한 설명을 잊지 않았다. 대개 이런 요지였다.

"일본 바로 옆에는 중국 대륙에 붙어 있는 코리아라는 작은 나라가 있다. 현재는 일본의 식민지로 전락했으나 원래는 오랜 역사를 가진 독립 왕국이었다. 내가 보기에 지구상에서 가장 착한 민족은 한국인이다. 그들은 대개 하얀 옷을 입고 느릿느릿 걷는다. 지금은 일본에 점령당해 막심한 고통을 겪고 있다. 일본은 미국과의 전쟁에서 머지않아 패할 것이다. 그렇게 되면 여러분은 전승국 군인으로서 한국에 갈 기회가 있을 것이다. 그때는 한국인을 잘 돌봐주기 바란다."

미국 메리놀 선교회 파송 신부로 1928년 한국에 부임한 배런은 한국에서 장기간 선교 활동을 하며 한국인에 대한 일제의 만행을 직접 목격했다. 1941년 일제에 의해 추방된 그는 귀국 후 해군 군종단에 들어가 군종 신부로서 미사를 집전할 때마다 미군 장병들에게 일본의 잔인성을 알렸다. 그가 일본어학교 교장이 된 것은 일본과 일본어를 잘 알았기 때문이다. 당시 일본과 전쟁을 벌이던 미군 입장에서 배런 신부는 적국을 알기 위해 세운 일본어학교의 교장으로 적임자였다.

밀러와 크리스티의 방문을 받은 배런 교장은 예의 파이프 담배를 입에 물고 졸업을 축하한다며 반겼다. 밀러는 자리에 앉기도 전에 교장의 책상 뒤에 걸려 있는 사진 하나를 유심히 바라보았다. 배런 신부가 동양인 신도들과 성당 앞에 서 있는 모습이었다.

"저 사진은 교장 선생님께서 자주 말씀하시던 한국에서 찍은 건가요?"

배런 교장은 고개를 끄덕이며 기다렸다는 듯이 책장에서 사진첩 하나를 꺼냈다. 한국에서 선교 활동을 할 때 찍은 사진을 모은 앨범이었다. 그는 그중 몇 장을 골라 보여주며 버릇처럼 하던 한국 이야기를 다시 꺼냈다. 그가 보여준 첫 사진은 초가집 앞에서 담뱃대를 물고 서 있는 시골 노인의 모습이었다.

"이 노인의 얼굴을 보게. 얼마나 순하고 편안하게 생겼는가. 이 모자는 갓이라는 것인데 우리가 말하는 하나님[God]과 발음이 같네. 한국인을 지칭하는 말로 백의민족이라는 단어가 있듯이 한국 사람은 흰옷을 좋아해."

배런 교장은 백의민족을 한자로 써 보이며 한국에 관해 이런저런 설명을 했다. 동석한 두 생도는 이미 한자 3,000자를 익혔기 때문에 쉽게 알아보았다.

밀러는 이때 처음으로 사진을 통해 한국인의 모습을 어렴풋이 알았다. 배런 교장의 말대로 순박하다는 인상을 받았으나, 자신이 한국에 갈 일은 없을 것이라 생각하고 호기심 이상의 관심을 보이지는 않았다. 그러나 배런 신부의 생각은 그렇지 않았다. 그는 졸업 성적이 뛰어난 밀러를 알아보고 특별한 당부의 말을 했다.

"밀러 중위, 자네는 한국에 관심이 많은 것 같군. 머지않아 일본이 패전해 미군이 일본 영토로 진주할 것이 확실하네. 그때 자네는 일본으로 가지 말고 지원해서라도 일본의 식민지인 한국에 가기를 권하네. 자네는 반드시 한국을 좋아하고 한국인을 사랑하게 될 것으로 믿네."

며칠 더 있어야 임관이 되는 밀러는 처음으로 들어보는 중위 계급 호칭에 어리둥절했으나 싫지는 않았다. 그는 배런 교장에게 거수경례를 하며 "하신 말씀을 마음속에 새겨두겠다"는 인사치레를 하고 교장실을 나왔다. 그리고 한국을 까맣게 잊고 있던 그가 그로부터 7개월 뒤 오키나와 전선에서 실제로 한국인을 만날 줄은 상상도 못 했다. 며칠 후 그가 확실히 알게

밀러의 임관을 보기 위해 고향 피츠턴에서 2,000마일 떨어진 볼더 미 해군 군사학교 졸업식에 온 어머니 에드나(오른쪽)와 루스 고모.

된 사실은 자신의 첫 임지가 워싱턴의 펜타곤이라는 것뿐이었다. 전선 배치를 원했던 그는 실망했으나 어머니의 직장과 가까이 있게 된 것으로 위안을 삼았다.

1944년 12월 16일, 미 해군 일본어학교 졸업식 날은 매서운 한겨울이었다. 졸업식은 강당에서 치른 입학식과 달리 콜로라도대학교 콘서트홀에서 열렸다. 졸업식장 주변은 오전 11시에 시작하는 행사에 맞추어 많은 차량과 사람이 모여들었다. 졸업생은 연장 코스 40여 명과 단기 코스 90여 명 등 130여 명으로 중도 탈락자가 생겨 입학 정원보다 20여 명이 줄었다.

이날 축하 손님은 대부분 졸업생의 가족으로 그중에는 멀리 펜실베이니아에서 온 밀러의 어머니와 루스 고모도 있었다.

밀러는 다른 생도들처럼 해군 장교 정장 차림으로 자리에 앉았다. 졸업식에는 학교 특성대로 일본어가 자주 등장했다. 해군 군악대가 미국 국가에 이어 일본어로 쓰인 교가를 연주하자 생도들이 이를 따라 제창했다. 졸업생 대표가 하는 졸업 연설도 일본어로 했다. 내빈들은 무슨 말을 하는지 알아듣지 못했지만 연설이 끝난 뒤 요란한 격려의 박수를 보냈다. 일본인 교사들도 자신이 가르친 제자들이 자기네 조국을 불리하게 할 군사 요원이 된다는 사실을 잘 알고 있음에도 새 출발을 하는 제자들을 자랑스럽게 바라보았다.

이날 졸업식의 하이라이트는 장교 임관식이었다. 연장 코스를 졸업한 생도 40여 명은 모두 연단 앞으로 나가서 부모가 해군 중위 계급장을 양쪽 어깨에 달아주는 의식을 치렀다. 아버지가 없는 밀러의 한쪽 어깨는 루스 고모가 맡았다. 시누이와 함께 아들의 계급장을 달아준 에드나는 장교복을 입은 아들이 자랑스러워 눈물을 감추지 못했다.

졸업식이 끝나자 이날의 주인공들은 가족과 기념사진을 찍기에 바빴다. 날씨가 제법 추웠지만 이들은 학창 시절의 추억을 간직하기 위해 캠퍼스를 배경으로 야외 촬영을 많이 했다. 밀러도 기념이 될 만한 자리를 찾아 어머니와 고모 옆에서 포

민병갈, 나무 심은 사람

즈를 취했다. 에드나는 예쁜 모자에 폼 나는 외투로 잔뜩 멋을 냈고, 고모는 고급스러운 자주색 밍크코트를 입고 카메라 앞에 섰다. 사진은 밀러의 졸업을 축하하러 온 볼더의 루터교 목사 앤더슨이 찍어주었다.

1년 반 동안 정들었던 콜로라도대학 캠퍼스를 떠나는 밀러의 마음은 시원섭섭 그대로였다. 무거운 짐은 미리 우편물로 부친 터라 정복 차림의 밀러는 트렁크 하나만 들고 어머니, 고모와 함께 볼더 버스 정류장으로 가는 학교 버스에 올랐다. 버스가 교정을 지나는 동안 밀러는 잠시 추억에 잠겼다. 기숙사, 도서관, 영화관, 승마장 등 자주 들락거리던 대학 시설을 보며 언제 다시 이곳에 올 수 있을까 짚어보았으나 그럴 날은 쉽사리 올 것 같지 않았다.

볼더에서 일반 버스를 타고 덴버역에 도착한 세 사람은 시카고-버펄로-피츠턴으로 이어지는 2,000마일의 열차 여행에 올랐다. 이 경로는 밀러가 1943년 6월 고향 집을 떠나 볼더 해군학교에 입학하러 갔던 여정의 정반대 코스였다. 이들은 거의 하루 반을 걸려 피츠턴 경전철역에 도착했다. 승용차를 가져와 역에 대기하고 있던 73세의 조지프 할아버지는 1년 반 만에 보는 손자를 포옹으로 반겼다. 집에 도착한 시간은 18일 이른 아침이었다.

가족 중 밀러를 가장 반긴 사람은 역시 여동생 준이었다. 대학 재학 중인 준은 겨울방학을 맞아 집에 와서 오빠를 기다리며 사촌 올케 글래디스와 함께 푸짐한 점심을 준비했다. 이날 환영 오찬 자리에는 밀러가 집을 떠날 당시의 송별 조찬 기도 때와 달리 어머니도 참석했다. 할아버지와 사촌 형 조지 내외를 포함해 10명의 가족 친지가 모였다. 오랜만에 가족의 품에 안긴 밀러는 재회의 오찬을 즐긴 뒤 제복을 벗어 던지고 대학생 시절로 돌아가 늦잠을 자는 등 느긋한 일상을 즐겼다.

2주간의 휴가는 꿈결처럼 빨리 지나갔다. 할아버지의 자동차를 빌려 모교인 버크넬대학교를 찾은 것이 고작이었다. 조교로 일했던 화학 실험실을 찾았으나 방학 중이라 연구생 몇 명만 보였다. 낭만 깃든 기숙사도 텅 비어 있어 발길을 돌려야 했다. 가장 보고 싶었던 풋볼 경기는 시즌이 아니어서 썰렁한 경기장을 돌아보는 것으로 만족해야 했다. 캠퍼스를 떠나면서 밀러는 제대하면 박사 학위를 받아 모교의 교수가 되겠다는 무언의 다짐을 했다.

휴가가 끝나기 며칠 전인 12월 24일 저녁, 밀러 집안에서는 근래에 없던 성대한 가족 파티가 열렸다. 크리스마스이브 행사를 겸한 이날 모임은 밀러의 스물세 번째 생일을 축하하고 곧 워싱턴으로 떠나는 그의 장도를 비는 환송의 자리이기도 했다. 이브 예배에 이어 조지프 할아버지 집에서 열린 만찬에는 온갖 특식이 차려졌으나 크리스마스 식탁의 단골 메뉴인 칠면조

고기는 오르지 않았다. 닭고기를 싫어하는 생일 주인공을 위한 페드라 할머니의 배려였다. 막내 앨버트가 불만을 터뜨렸지만 할머니는 모른 체했다.

군사학교 졸업과 함께 크리스마스 휴가를 피츠턴 고향 집에서 보낸 밀러는 워싱턴 임지로 떠나지 않으면 안 되었다. 다시 짐을 싸는 밀러의 마음은 18개월 전 볼더 군사학교로 떠날 때처럼 착잡하지 않았다. 무엇보다 어머니와 함께 워싱턴에 가서 펜타곤의 한 건물에서 근무하게 된 것이 기뻤다. 1945년 새해도 집에서 가족과 함께 맞고 싶었으나 에드나의 직장 복귀가 촉박해 미리 워싱턴에 가 있어야 했다.

섣달그믐날 에드나와 함께 열차 편으로 워싱턴에 도착한 밀러는 어머니가 사는 작은 아파트에서 1945년 새해를 맞았다. 국방부에서 직원용으로 제공한 숙소는 방이 하나밖에 없었기 때문에 24세의 아들은 거실 소파에서 자야 했다. 그러나 엄마와 한집에서 묵으며 새해 첫날을 함께 맞은 것이 그에게는 더할 나위 없는 기쁨이었다.

에드나는 늦잠 자는 아들을 자기 침대에 들게 하고 정성스레 새해 음식을 차렸다. 아침을 겸한 점심 식탁에는 티본스테이크와 함께 밀러가 좋아하는 새우튀김과 감자구이를 내놓았다. 모자 단 두 사람이 함께하는 신년 축하연이었으나 와인 잔을 부딪치며 건배하는 소리는 요란했다. 에드나는 아들의 건강을, 밀러는 미국의 승리를 외쳤다.

　이날 오후 밀러는 어머니와 함께 난생처음 미국 수도 워싱턴DC를 돌아보았다. 새해 첫날에 공휴일이건만 전시 때문인지 인적이 드물고 도시 전체가 가라앉은 분위기였다. 링컨 기념관을 끝으로 몇 곳의 관광을 끝낸 밀러는 백악관 근처에 있는 멋진 식당에 들러 고급 요리를 주문했다. 그에게는 정보학교 시절 생도 월급을 쪼개서 모은 돈이 있었기에 그 정도의 주머니 사정은 되었다. 만찬을 마치고 숙소에 돌아온 에드나는 이튿날 아들이 입고 출근할 정장 장교복을 정성스레 다림질해 놓았다.

병영에서 만난 한국인

우리는 완전무장 상태로 D-데이 H-아워에 인천에 상륙했습니다. 상륙 직후 만일의 사태에 대비해 권총에 실탄을 장전했으나 뜻밖에도 한국인 수백 명이 부대를 에워싸고 환영했습니다. 우리는 어쩔 줄 몰라 하다가 우정의 표시로 사탕 한 줌을 아이들에게 던졌습니다.

가족에게 보낸 편지

펜타곤과 진주만 시절

칼 페리스 밀러 해군 중위의 펜타곤 근무는 1945년 1월 2일부터 시작되었다. 그가 소속된 부서는 미 육군 전략정보국Office of Strategic Service, OSS 아시아 담당과로 군인으로서 첫 신분은 정보장교였다. 소속은 해군이었지만 펜타곤은 일본어학교 출신이라는 그의 전력을 감안해 육군 기관에서 근무하도록 발령을 냈다.

출근 겸 전입 신고를 하러 펜타곤을 찾아간 밀러는 건물의 어마어마한 규모에 입을 다물지 못했다. 미국 국방부 본부인 펜타곤은 당시 지은 지 1년밖에 안 된 세계 최대의 오피스 건물로 펜실베이니아 광산촌의 시골뜨기가 놀랄 만도 했다. 그는 전입 신고하는 자리에서 군사학교 동창생 몇 명을 만나 반가운 인사를 나누었다. 볼더 군사학교에서 뛰어난 일본어 실력을 갖춘 친구들이었다. 그는 이 자리에서 자신이 우수한 성적으로 펜타곤 근무 발령을 받았다는 사실을 확인하고 기분이 좋았다.

밀러와 함께 발령받은 군사학교 동기생들은 각각 펜타곤 근처의 1인용 군인 아파트에서 지내게 되었다. 아파트는 넓지 않았지만 군사학교 기숙사보다는 훨씬 고급스러웠다. 무엇보다 반가운 것은 전화가 놓여 있어 가까운 곳에서 근무하는 어머니와 수시로 통화할 수 있는 편리함이었다. 그러나 어머니가 사는 아파트에는 전화가 없어 근무시간에만 통화가 가능했다. 어머니의 숙소에서 이틀을 지낸 밀러는 군인 아파트에서 느긋한 첫 밤을 보냈다. 군사학교 기숙사처럼 기상 벨이 울리지 않았으나 습관적으로 6시 반에 일어났다. 그리고 버릇대로 실내 정돈부터 했다.

밀러의 워싱턴 생활은 의기양양했다. 바라던 전쟁터는 아니었으나 한 방의 총소리도 들리지 않는 전략정보국에서 손바닥 들여다보듯이 전황을 파악하고 문서만 다루고 있으니 그럴 만도 했다. 여가를 즐기는 데서도 콜로라도의 시골구석에서 보낸 군사학교 시절과는 비교가 되지 않았다. 공연장, 도서관, 영화관, 체력 단련실 등 모두 그가 본 적이 없는 고급 시설이었다. 펜타곤만 나가면 코앞에 있는 알링턴 국립묘지를 포함해 수도 워싱턴의 유서 깊은 기념물이 즐비했다. 시간이 날 때마다 어머니를 만나 식사하며 정담을 나누는 것도 더없는 즐거움이었다. 휴일을 맞아 어머니를 모시고 뉴욕으로 열차 나들이를 가서 브로드웨이 뮤지컬을 보기도 했다.

군사학교 졸업식 이후 중위 계급장을 달고 첫 출근한 밀러는 언제 펜타곤 근무 발령에 불만을 품었느냐는 듯 득의감에 젖었다. 정문에 들어설 때는 위병의 경례를 받는가 하면, 장교 식당을 이용하는 특혜도 주어졌다. 일반 장교는 얼씬도 못 하는 군사기밀에도 3급 정보까지 접근할 수 있었다. 볼더 군사학교에서는 보지 못한 장군들도 수없이 보았다. 갑자기 별천지에 들어와 있는 느낌이 들 정도였다. 아담한 개인 사무실과 함께 일본인 출신 군속 한 명이 보좌역으로 배정되었다. 그는 사토佐藤라는 이름의 40대 남자로 영어를 잘했지만 밀러는 가급적 일본어로 소통했다. 애써 배운 일본어를 잊지 않기 위해서였다.

밀러에게 처음으로 맡겨진 일은 일본군이 사용하는 야전 교범을 영어로 번역하는 작업이었다. 그중에는 일본 군사학교의 전술 교재까지 있어 밀러를 부담스럽게 했다. 그 내용의 일부는 1년 반 동안 배운 일본어 실력으로는 감당하기 어려워 일본인 보좌역의 도움을 받아야 했다. 타고난 학습광인 그는 자신이 좋아하는 공부를 더 할 수 있는 좋은 기회라 생각해 머리를 싸매고 번역에 매달렸다. 그런 노력의 결과, 좋은 점수를 받은 그는 펜타곤 근무 석 달째 되던 어느 날 특별 우대 발령을 받았다. 일본군의 무기 매뉴얼을 번역하라는 새 임무와 함께 이를 위해 진주만으로 파견 나가 일본군 무기의 실체를 점검하라는 명령을 받은 것이다. 당시 진주만 해군기지에는 1941년 12월 기습 공격 중 미군에 포획되거나 추락한 일본군의 어뢰정과 전투기 따위가 군사 자료로 보존돼 있었다.

진주만 파견 근무는 밀러의 요청에 따른 발령이었다. 좀 더 전선 가까이에 있고 싶다는 열망이 그를 신임하던 상관의 마음을 움직인 것이다. 사실 그는 책상머리를 지키는 펜타곤 근무보다 위험하더라도 긴장감 도는 전선에 있기를 더 바랐다. 펜타곤의 정보장교로서 제2차 세계대전의 전황을 잘 알고 있던 그는 전쟁이 머지않아 끝날 거라고 판단했다. 그래서 그 전에 전선 체험을 하고 싶은 생각이 간절했다. 1945년 봄 당시 유럽에서는 연합군이 서부 전선을 장악하고 독일군의 최후 거점을 공략하던 때였다. 아시아 전선에서는 미군이 필리핀 북부 루손섬의 일본군을 몰아내고 마닐라로 진격하는 중이었다.

밀러가 진주만 파견 발령을 받은 것은 펜타곤 근무 석 달째를 맞은 1945년 3월 중순이었다. 보좌역으로는 병기 하사관 한 명이 동행 발령이 났다. 밀러는 생전 처음 비행기를 타고 워싱턴을 떠나 샌프란시스코를 거쳐 하와이로 갔다. 중도에 환승한 군용기는 낙하산 부대원을 가득 태운 C-47 수송기였다. 비행기 안에서 완전무장한 공수부대를 본 밀러는 비로소 전시 상황을 실감하며 평상 군복을 입고 있는 자신이 부끄럽게 느껴졌다. 전투복을 입은 낙하산병과 너무 비교되었기 때문이다.

진주만에 도착한 밀러는 항만에 정박해 있거나 움직이는 수많은 함정을 보고 전시 상황을 또 한 번 실감했다. 당시 진주만은 일본군에 기습당한 피해를 복구하고 미국 태평양 함대의 모항으로 거듭나고 있었다. 비록 전선에서 수만 마일 떨어져 있었으나 해군의 전진기지로서, 그리고 본토에서 수송되는 병력과 무기의 중간 기착지로서 항만 전체가 부산했다. 중무장한 군인들이 바쁘게 움직이는 모습이나 각종 중장비가 쏟아내는 기계 소리에 정신이 없었다. 밀러는 그 틈새를 지나며 함재기를 가득 실은 항공모함의 웅장한 자태에 반했다. 함대사령부 참모실을 찾아간 두 사람은 배정된 막사에서 여장을 풀고 긴장된 첫 밤을 보냈다.

이튿날부터 밀러는 병기 하사관과 함께 전쟁 자료 전시관으로 가서 일본군 무기의 실물 검사에 들어갔다. 전시된 어뢰정과 전투기 등 일본 병기들은 많이 녹슬고 파손돼 있었으나 비교적 보존을 잘해 실체를 파악하는 데 큰 어려움이 없었다. 기술적인 부분은 알 턱이 없는 밀러가 할 일은 준비해간 해당 병기의 매뉴얼과 대조하며 모델과 외형 등을 확인하는 작업이었다. 밀러 팀이 부여받은 궁극적 임무는 현장 조사로 파악한 일본 무기의 실체를 영문으로 자료화해 전선의 장교들이 야전에서 활용할 수 있도록 돕는 일이었다. 그 핵심 업무는 병기의 외형과 규격·성능 등 제원諸元을 소개하는 것이지만, 때로는 병기 모양에 따라 미국식 별칭을 붙이는 일도 수행했다. 무기의 기능이나 구조 등 세부적인 기술 분야에 대해서는 이미 국방과학 팀과 무기 회사 기술자들이 정밀 조사를 마친 상태였다.

그러나 1개월로 예정된 밀러의 진주만 파견 근무는 막판에 어그러졌다. 기한 만료 며칠을 앞두고 펜타곤의 육군 전략정보국, 곧 OSS로부터 미 태평양군 OSS 지부로 전보한다는 긴급 통지문을 받았기 때문이다. 곧이어 이틀 후 진주만에서 출항하는 군함에 승선하라는 명령이 떨어졌다. 이에 따라 밀러는 그동안 해온 일본 병기에 관한 파견 업무를 서둘러 마무리해야 했다. 정리된 문서를 동행한 병기 하사관에게 인계한 그는 명령서에 쓰인 군함에 올라 행선지를 알 수 없는 태평양 항해 길에 올랐다.

영문도 모르고 군함에 오른 밀러는 배정된 선실에 들어서자마자 깜짝 놀랐다. 펜타곤에서 함께 근무했던 동료 장교 10여 명이 그곳에 있었기 때문이다. 이들을 본 밀러는 그제야 자신이 왜 군사학교 동창생들과 한배에 타게 되었는지 짐작이 갔다. 일본어 교육을 집중적으로 받은 장교들이 집단적으로 이동하는 것은 일본군 포로를 심문하는 통역 임무를 위해 곧 전선에 배치된다는 사실을 뜻했다. 알고 보니 이들 동료 장교는 워싱턴에서 군용기 편으로 샌디에이고로 와서 해군 함정에 올라 진주만을 거쳐 태평양 전선으로 가는 중이었다.

밀러 일행이 탄 군함은 샌디에이고 군항에서 보충 병력을 싣고 출항해 진주만에 일시 기항한 후 오키나와 전선으로 향하는 7함대 병력 수송함이었다. 밀러는 해군 장교였지만 군함을 타보는 건 이번이 처음이었다. 진주만으로 올 때 군용 수송기 안에서 공수부대원을 처음 본 그는 이번에는 함정에서 완전무장한 육군 전투병을 만나자 자신도 전시의 군인이라는 사실을 실감하고 되도록이면 신병들과 가까이 있으려 했다. 그러나 그들 중에는 10대 후반의 소년병도 있어 마음 약한 청년 장교는 무안해서 어쩔 줄 몰랐다.

1945년 4월의 태평양은 전운이 가득했지만 밀러가 탄 수송함의 항해는 평온했다. 당시 미국 해군은 미드웨이 해전 이후 제해권을 완전히 장악해 일본 군함은 얼씬도 못 하게 했다. 그러나 지상전에서는 사정이 달랐다. 필리핀을 탈환한 미군은 일본군의 본토 방어 거점인 오키나와를 점령하기 위해 4월 1일부터 상륙전에 들어갔으나 일본군의 완강한 저항에 직면하고 있었다. 지상전에 돌입하자 당연히 포로가 생겼고, 이들을 심문할 통역 요원이 필요했다. 밀러 등 일본어 통역장교가 오키나와에 급파된 것은 이 같은 사정 때문이었다.

목적지를 알 길 없는 밀러는 자신을 실은 군함이 어디로 가는지 궁금했다. 출항 후 일주일쯤 지나서 나침반을 들고 갑판에 나간 그는 별자리를 통해 자신이 태평양 서남해에 있음을 알고 쾌재를 불렀다. 오래전부터 바라던 전선 배치가 확실했기 때문이다. 언제 죽을지 모르는 살벌한 전쟁터를 두려워하는 동료 장교들과 달리 밀러의 머릿속은 미지의 세계를 탐험하고 싶은 모험심으로 가득했다. 그가 점친 상륙지는 미군이 장악한 필리핀의 어느 섬이었으나 실제로는 그보다 훨씬 북쪽, 곧 미군이 오키나와 공격의 전진기지로 삼은 케라마慶良間섬이었다.

밀러는 마침내 바라던 대로 전선에 뛰어든 군인이 되었다. 그가 내린 케라마는 오키나와에서 서쪽으로 30킬로미터 떨어진 바다에 떠 있는 작은 섬이었다. 미군이 오키나와 본섬 공략에 앞서 보급기지로 사용하기 위해 점령한 곳으로 이미 시작된 공격에 투입할 많은 병력이 집결하고 있었다. 이런 사실을 전혀 모르는 밀러는 이 황량한 작은 섬에서 불안한 10여 일을 보냈다. 비록 포성이 멎은 점령지였지만 전쟁의 폐허만 남은 격전지에서 보내는 진중의 밤은 더없이 쓸쓸했다. 생전 처음 대양을 건너 아시아 땅을 밟은 24세의 풋내기 장교는 자신이 살벌한 전쟁터 가까이에 있다는 사실을 잊고 해가 지면 남십자성의 별자리부터 찾았다.

썰렁한 군막에서 새벽잠이 들었던 밀러는 이른 아침 고양이 소리에 잠을 깼다. 미군의 야전식에 맛들인 야생 고양이가 자신을 귀여워하는 미군 아저씨를 찾아온 것이다. 새벽 손님을 맞은 반가움에 레이션을 뜯어 통조림 한 통을 고양이 밥으로 선사한 밀러는 불현듯 고향 생각과 함께 어머니 얼굴이 떠올라 종이와 펜을 꺼냈다. 편지를 쓸 때마다 서두에 날짜부터 쓰는 것이 버릇이었으나 이번에는 전선의 군사 우편물 규정 때문에 날짜를 밝히지 않았다.

10여 일 전 나는 군함에 실려 오랜 항해 끝에 알 수 없는 섬으로 왔습니다. 상륙 직후 우리는 무척 바빴습니다. 야 전식으로 아침을 때우면서 오전 7시부터 오후 5시까지 계속 작업에 매달려야 했지요. 처음에는 함선에 실려 온 대형 군수품 상자를 가져다가 뜯는 일을 했어요. 그리고 주변 정지 작업에 들어가 땅을 고르고 군막을 쳤지요. 이틀 동안은 땅바닥에서 잠을 자야 했습니다. 그러나 이제는 널빤지를 깐 텐트 안에서 잠을 자며 야생 고양이와 친할 만큼 여유가 생겼습니다. 저녁 식사를 끝내고 오후 7시가 되면 등화관제를 하기 때문에 군막 근처를 산책하거나 잠자는 것 빼고는 아무 일도 못 해요.

밀러와 함께 온 전투병들은 케라마섬에 상륙한 후 하루도 지나지 않아 전선으로 떠났으나 정보장교들은 계속 대기 발령 상태로 남아 있었다. 이들이 정보활동을 하기에는 당시 오키나와 본섬의 전황이 아직 불안정했기 때문이다. 1945년 4월 1일부터 시작된 미군의 오키나와 상륙전은 일본군의 강력한 저항에 부딪혀 전선 확보가 여의치 않았다. 전선을 코앞에 두고 작은 섬에 갇힌 밀러는 끝없이 펼쳐진 대양을 바라보며 일본군이 파놓은 동굴이나 탐색하고 있자니 좀이 쑤셨다. 그러던 어느 날, 미 극동군사령부의 OSS 지부로부터 오키나와 본섬으로

민병갈, 나무 심은 사람

들어가라는 명령이 떨어졌다.

일본군 포로로 잡혀온 한국인

밀러 중위 등 정보장교 일행이 작은 함정을 타고 케라마섬을 떠나 내린 곳은 미군이 최초로 오키나와 본섬에 상륙한 북부의 가네다만이었다. 밀러가 실제로 이곳의 지명을 알게 된 것은 훨씬 뒤의 일이다. 정보장교들은 이때서야 미군이 오키나와를 점령한 사실을 알고 반겼으나, 4월 하순이던 당시에는 섬의 절반도 장악하지 못한 상태였다. 이곳에서 며칠간 야전 군인과 숙식을 함께한 정보장교들은 각자 배정받은 임지를 찾아 뿔뿔이 흩어졌다. 각각 다른 전투부대에서 포로 심문을 하는 통역장교 역할을 해야 했기 때문이다.

　밀러가 배속된 부대는 오키나와섬 북부를 점령한 후방 지원군이었다. 점령지의 오키나와 주민을 선무하는 심리전 부대로 전투 일선에 서지는 않았다. 최전방의 군인이 되길 바랐던 밀러는 내심 실망했으나 그보다 더 신경 쓰이는 것은 장차 감당해야 할 통역장교 소임이었다. 군사학교에서 애써 익힌 일본어 실력이 실전에서 어느 정도 효과를 나타낼 수 있을까? 잠자리에 들 때마다 그는 일본군 포로 앞에서 쩔쩔매는 자신의 모습이 떠올라 불안하기만 했다.

심리전 부대에 배속된 지 사흘째 되던 날, 마침내 밀러에게 첫 포로 심문의 명령이 떨어졌다. 배정된 심문 대상은 일본군 병졸 셋이었다. 포로 심문을 하는 군막으로 가는 밀러는 첫 실전에 투입되는 전투병처럼 긴장과 불안으로 발길이 쉽게 떨어지지 않았다. 심문 현장에는 기록을 담당할 미군 하사관이 미리 와 있었다.

"나는 미합중국 육군 포로 심문관 칼 밀러 해군 중위다. 우리 미국은 1931년 발효된 제네바 제3협약에 따라 포로의 인권을 존중한다. 그러나 당신들은 미군에 적대 행위를 하다 잡힌 일본군 포로로서 본관의 질문에 성실히 답변할 의무가 있다. 먼저 이름, 계급, 소속 부대를 밝혀라."

밀러는 목에 잔뜩 힘을 주고 포로 심문 교본대로 첫마디를 꺼냈다. 자신이 생각하기에도 상대가 잘 알아들을 수 있도록 일본어를 또박또박 제대로 했다 싶었다. 그러나 위압과 회유를 적절히 안배해 심문하라는 교범의 규정을 지키기 어려웠다. 3명의 포로는 심문관이 일본 말을 하는 것에 흠칫 놀라는 표정이었으나 소속, 이름, 계급만 밝힐 뿐 병력 배치 등 군사기밀에 관한 질문에는 굳게 입을 다물었다. 밀러는 군사학교에서 연마한 일본어 실력을 총동원해 포로의 답변을 유도했으나 셋 모두 꿀 먹은 벙어리였다.

민병갈, 나무 심은 사람

'아! 나의 첫 작품은 실패작으로 끝나는구나.'

이쯤 생각하니 통역장교로서 수치심을 갖지 않을 수 없었다. 이를 딱하게 본 심문 기록 하사관이 특별한 제안을 했다. 고참 병사인 그는 "이들과 함께 잡힌 조선인 포로를 심문하면 답이 나올 수 있다"며 적당한 사람를 찾아보겠다고 말했다. 그 순간 군사학교의 배런 교장이 했던 말이 불현듯 생각났다. 밀러는 좋은 아이디어라며 한국인 포로를 데려오도록 했다.

이튿날, 하사관이 한국인 포로 2명을 데려왔다. 밀러로서는 생전 처음 보는 한국인이었다. 두 한국인을 본 순간, 인상이 일본인과 크게 다르지 않다는 생각이 들었다. 다만 먼저 본 일본군 포로보다 주눅이 잔뜩 들어 있었다. 불현듯 군사학교에서 들었던 배런 교장의 말이 떠올랐다. "한국인은 이 세상에서 가장 착한 사람들"이라는 얘기였다. 그 말을 염두에 두고 한국인 포로를 다시 살펴보니 일본군 포로보다 온순해 보였다. 그런데 두 포로 중 더 착해 보이는 민간인 차림은 일본어를 전혀 몰라 말이 통하는 군복 차림부터 심문해야 했다. 영양실조로 뼈만 남고 화염방사기를 맞았는지 온몸이 그을음투성이인 포로는 순순히 계급, 소속, 이름을 댔다.

"일본은 한국을 강제로 빼앗은 나라인데, 한국 사람이 왜 일본 군인이 되었나요?"

한국인 포로 역시 전날 심문한 일본인 포로가 그랬듯이 일본어를 하는 미군 장교를 보고 놀란 표정이었으나 아무 대꾸도 하지 않았다. 심문자가 담배를 권하며 은근한 말로 한국 이야기를 꺼내자 숙였던 고개를 든 포로는 자신을 심문하는 사람이 누구인지 의아해하는 눈길을 보냈다. 밀러는 이때다 싶어 일본이 한국인을 얼마나 잔인하게 대하는지 잘 안다며 도서관에서 익힌 한국에 관한 지식을 털어놓았다. 그제야 담배 물기를 거부하던 어린 포로의 무거운 입이 열렸다.

"원해서 일본 군인이 된 게 아니라 강제로 끌려왔습니다."

한국의 한 항구도시에서 보통학교를 나왔다고 밝힌 포로는 18세의 말단 이등병이었으나 일본어를 제대로 했다. 그는 서서히 일본에 대한 적개심을 드러내며 자신이 아는 일본군의 움직임을 소상하게 밝혔다.

"미군한테 붙잡히면 찢어 죽인다는 말을 듣고 많은 한국인 군인이 자결했습니다. 일본군은 전세가 불리해지자 민간인에게도 자살을 강요해 여러 곳에서 주민이 집단 자결하는 사태가 일어났습니다."

밀러는 이 소년병을 통해 함께 온 민간인 포로가 한국에서 끌려온 강제 징용 노무자라는 사실도 알았다. 노무자 심문은 3개 국어 3각 통역으로 진행되었다. 그가 한국어로 말하면 소년병이 일본어로 바꾸어 말하고, 밀러 중위는 그 일본어를 영어로 바꾸어 기록 하사관에 들려주었다. 노무자는 50대의 전라도 해남 출신으로 오키나와에서 일본군의 땅굴을 파는 일에 3년간 강제 노역을 했다고 밝혔다.

밀러는 잔뜩 겁먹은 노무자의 표정에서 배런 교장이 말한 한국인의 이미지를 떠올렸다. 이날 심문에서 가장 놀라웠던 것은 오키나와에 수백 명의 한국 소녀가 위안부로 잡혀와 일본 군인들의 성 노리개 역할을 하고 있다는 혐오스러운 정보였다. 두 포로에게 담배 한 갑과 초콜릿을 선물한 밀러는 심리전 부대 본부를 찾아가 한국인 위안부가 포로로 잡혀오면 자신이 심문하고 싶다는 뜻을 밝혔다.

위안부 포로 심문에서 받은 충격

밀러 중위는 그 후 부대 이동에 따라 장소를 옮기며 몇 차례 한국인 포로를 더 심문했다. 물론 일본군 포로도 수백 명 만났지만, 그가 선호한 심문 상대는 한국인 포로였다. 진술을 순순히 잘하고 개인적 호감이 많았기 때문이다. 한국인을 만날수록 그들이 '착한 백성'이라고 누누이 설명했던 배런 신부의 말이 진실로 다가왔다. 그리고 일본이 얼마나 잔인하게 한국을 통치했는지 그 실상도 알게 되어 한국인에 대한 연민과 함께 호감이 깊어졌다. 그러는 사이 밀러는 일본 식민지로만 알았던 '코리아'라는 나라가 어떤 곳인지 실제로 가보고 싶었다.

오키나와 전세는 시간이 흐를수록 미국의 승리로 굳어졌다. 일본 본토 공략의 거점을 확보하기 위해 미군 18만 대군이 투입된 오키나와 공격은 4월 1일 4개 사단이 가네다만에 상륙하면서 본격화했다. 밀러가 오키나와에 들어간 4월 말경은 미군이 본섬의 절반을 장악한 때였다. 당시 내륙으로 진출한 미군은 곳곳에서 일본군의 완강한 저항에 맞서야 했다.

5월 들어 전세가 불리해진 일본군은 한국인과 현지의 강제 노역 노무자들이 파놓은 땅굴 속으로 들어가 몸을 숨기고 기습 작전을 폈다. 이에 미군은 땅굴 입구를 탐지해 화염방사기로 불길을 쏟아부었다. 뜨거운 화염에 견디지 못한 일본군은 집단 투항할 수밖에 없었다. 이렇게 되니 일본군 포로가 급격히 늘어났고, 미군은 포로 감시에 많은 병력이 들어 골치를 앓았다. 밀러는 이 같은 정황을 알고 포로 수용 부대를 찾아가 부대장에게 기발한 제안을 했다.

"미군의 힘을 안 들이고 일본군 포로를 감시할 좋은 방도가 있습니다."

부대장은 반색하면서도 그런 방법이 어디 있겠느냐며 시큰둥한 반응을 보였다.

"한국인 포로를 활용하면 일본군 포로를 기막히게 잘 감시할 것입니다."

"가재는 게 편인데 그게 될 말이오?"

"아닙니다. 내가 한국인 포로를 심문해보니 일본군에 대한 적개심이 보통 아닙니다."

밀러는 배런 교장에게서 듣고 책에서 읽은 대로 일본이 한국을 얼마나 잔인하게 통치하는지 자세히 설명했다. 동양사 지식을 다 동원해 한국을 괴롭히는 일본의 만행을 역사적 관점에서 설명한 것이다. 처음엔 반신반의하던 부대장도 한국인의 끔찍한 상황을 듣고는 몸서리를 치며 조금씩 마음이 움직이는 기색을 보였다. 그리고 마침내 청년 정보장교의 열띤 제안을 수용하기로 했다.

"정 그렇다면 시험 삼아 5명의 한국인 포로에게 100명의 일본군 포로를 감시하도록 시켜봅시다. 무장한 미군 감시병은 한 명만 세우도록 하지."

이러한 조치는 효과 100퍼센트로 나타났다. 이에 무릎을 친 수용소 부대장은 포로 감시 초소에 한국인 포로의 배치를 늘리고 다른 부대에도 이를 적극 활용하도록 권하는 군사 공문을 띄웠다.

자신의 제안이 효과를 나타내자 의기양양해진 밀러는 한국인에 대한 호감이 더욱 깊어졌다. 그리고 상부에 신청해 일본어에 능통한 한국인 포로 한 명을 자신의 포로 심문 보좌역으로 배정받았다. 밀러는 그를 '미스터 김'이라고 깍듯이 호칭했다.

포로 심문에 이력이 붙은 밀러가 내심 기다린 포로가 있었다. 좀처럼 믿기지 않는 위안부라는 한국인 여성이었다. 아무리 잔인한 일본군일지라도 설마 식민지 부녀자를 전장으로 끌어와 성 노리개로 삼을 수 있겠나 싶어 거짓 정보라고 무시하면서도 혹시나 했던 가상의 존재였다. 그러다가 며칠 후 그 실체를 보게 되었다. 9명의 위안부 포로를 심문하라는 통보를 받은 것이다.

밀러는 차마 못 볼 것을 보게 됐다는 주저와 호기심을 안고 심문 기록 하사관과 함께 포로 심문 막사로 들어섰다. 막사에는 미리 주문한 대로 한국인 포로 미스터 김이 통역 보조원으로 와 있었다. 현장에 모여 있는 여성들을 본 순간, 밀러는 갑자기 전기 충격을 받은 듯 머리가 띵했다. 그 앞에 웅크리고 앉아 있는 포로는 앳된 소녀들이었기 때문이다. 이럴 수가…. 이렇게 어린 나이에 전장에서 짐승 같은 남자들의 노리개가 되었다니 믿기지 않았다. 공포에 질린 표정, 야윌 대로 야윈 모습, 넝마 같은 누더기 등 차마 눈 뜨고 볼 수 없는 남루한 소녀들이 바로 그의 눈앞에 있었다.

소녀들은 일본어를 한마디도 못 했다. 할 말을 잃은 밀러는 준비해온 초콜릿을 한 통씩 나누어주었다. 하지만 누구도 이를 먹으려 하지 않았다. 보다 못한 그는 옆에 있는 미스터 김에게 이럴 때 쓰는 한국말을 물었다. 그가 시키는 대로 "마음 놓고 먹어요"를 더듬거리며 되풀이하자 소녀들은 그제야 긴장을 풀고 초콜릿을 조금씩 입에 대기 시작했다. 미스터 김을 통해 알아본 결과, 이들은 모두 부산 출신으로 1년 전 오키나와로 끌려올 당시 14~16세였다. 부산에서 함께 군함에 오를 때는 50명이었는데 오키나와에 도착한 후 뿔뿔이 흩어졌다고 했다.

1945년 태평양전쟁이 끝나기 전, 오키나와 전선에서 포로로 잡힌 한국인 위안부를 심문한 것은 밀러의 통역장교 시절 중 가장 충격적 체험이었다. 그로부터 50년이 지난 1995년, 그는 〈세계일보〉와의 인터뷰에서 참담했던 위안부 심문 체험을 떠올리며 "포로로 잡힌 한국 소녀 위안부들의 공포에 질린 모습이 지금도 나의 뇌리에 생생하다"고 술회했다. 밀러는 그 후에도 위안부 포로 심문을 몇 차례 했고, 얼마 후 일본의 항복에 따라 종전을 맞이했다.

희미하게만 보이던 한국이라는 나라가 한국인 포로 심문을 통해 보다 선명한 모습으로 밀러에게 다가왔다. 태평양전쟁이 곧 미국의 승리로 끝나리라고 믿고 있던 그는 종전 후 한반도에 진주하는 미군 대열에 끼어 있는 자신의 모습을 상상하기도 했다. 그런 상상을 하면서 밀러는 전쟁 상대국도 아닌 적국의 식민지에 왜 관심을 갖는지 자신도 이해하기 어려웠다. 다만 확실한 것은 자신과 한국 사이에 숙명적 인연의 다리가 놓일 것이라는 예감이었다.

오키나와에서 한국으로

태평양전쟁 중 가장 치열했던 오키나와 전투는 6월 23일 일본군 수비사령관 우시지마 미쓰루牛島滿 중장의 할복자살로 83일 만에 끝났다. 오키나와 점령으로 미국은 일본 본토 공략의 교두보를 확보했으나 5만 5,000명의 전사자를 내는 비싼 대가를 치러야 했다. 이 전투에서 일본군의 완강한 저항을 확인한 미국은 일본 본토 진격이 지난하다는 걸 깨닫고 종전을 당기기 위한 수단으로 원자폭탄 사용을 결정하기에 이르렀다.

오키나와 함락은 밀러 중위가 섬에 상륙한 지 두 달여 만의 일이었다. 치열한 전투가 벌어지는 전선의 장교가 되길 바랐지만 그는 어쩔 수 없이 후방 진지에서 포로를 심문하는 통역장교로 만족해야 했다. 점령지에서의 심리전을 담당한 그의 부대는 전선이 안정된 섬 북쪽에 있었기 때문에 전쟁터의 긴장은 거의 체험하기 어려웠다. 그러나 전선이 바뀜에 따라 부대 이동은 잦았다. 그의 편지에 따르면, 5월 말 내륙 쪽으로 남하한 것이 오키나와 전쟁 중 전선과 가장 가까운 부대 이동이었다. 밀러는 오후 7시 30분만 되면 등화관제로 편지를 쓸 수 없게 되어 불편하다는 불만을 토로하기도 했다.

섬 전체가 미군 수중에 들어와 포성이 멎은 7월의 오키나와는 뙤약볕만 따가운 무풍지대였다. 국지 전투가 끝난 점령 지

민병갈, 나무 심은 사람

역은 전쟁의 상처 속에서도 평온하기만 했다. 밀러는 이곳에서 한 달 넘게 여유 만만한 전시 군인 생활을 보냈다. 그럴 수밖에 없던 것은 그의 주 임무였던 포로 심문이 효용 가치를 잃었기 때문이다. 많은 포로가 오키나와에 잔류하고 있었으나 이들은 더 이상 심문 대상이 아니었다. 전투가 멈춘 곳에 추가로 포로가 생길 리도 만무했다. 정보장교 밀러에게 남겨진 임무는 점령지의 민심을 안정시키는 일 정도였으나 그건 뜬구름을 잡는 것과 다를 바 없었다.

일탈이 몸에 밴 밀러는 한 방의 총소리도 들리지 않는 오키나와의 고요가 마음에 들지 않았다. 동료 장교와 현지 주둔 병사들을 부추겨 럭비 경기를 벌이기도 했으나 성에 차지 않았다. 일요일에는 대민 봉사를 하겠다고 민가의 교회에 가서 오르간 연주로 예배 찬송을 이끌었으나 그 또한 시답지 않았다. 가뜩이나 비전투 장교로 후방을 지킨 것이 민망하던 그는 전쟁의 피비린내로 가득했던 혈전의 현장을 보고 싶었다. 그래서 찾아간 곳이 미군에 막대한 피해를 입힌 일본군의 지하 진지와 땅굴이었다. 당시 밀러가 소속된 심리전 부대는 오키나와 평정 후 일본군 수비사령부가 있던 본섬의 남부로 이동해 일본군이 마지막 보루로 삼은 슈리성首里城 근처에 주둔하고 있었다.

7월의 여름 볕이 쨍쨍한 어느 날, 밀러는 동료 장교들에게 노획한 일본군의 지하 진지 도면을 보여주며 무더위도 식힐 겸 시원한 동굴 탐험을 하자고 제안했다. 이에 찬동한 장교 10여 명이 따라나섰다. 이들이 찾아간 곳은 천연 요새 슈리성에 자리 잡은 일본군 수비사령부의 지휘 본부가 있던 곳으로, 지하 벙커 주변에 수많은 땅굴이 미로처럼 뚫려 있었다. 이 땅굴 탐험에 참여한 존 노드John Knode 중위는 그로부터 58년 뒤 군사학교 동창회보 〈인터프리터Interpreter〉에 기고한 글에서 당시의 밀러를 이렇게 회고했다. 그는 볼더 소재 미 해군 일본어 학교를 나와 오키나와에서 통역장교로 근무한 밀러의 동창생이었다.

오키나와 병영에서의 밀러 중위

태평양전쟁이 끝날 무렵, 미 육군 24군단의 G-2 소속 정보장교들은 군단사령부가 있는 오키나와에 머물고 있었다. 하루는 칼 밀러 중위가 항복한 일본군의 지하 진지를 탐색하자는 제의를 했다. 이에 따라 우리 정보장교 일행은 점심 식사를 마치고 지하 진지 탐험에 나섰다. 동굴이 너무 많고 복잡해서 각자 탐색을 마친 후 오후 4시에 지하 진지 입구에서 만나기로 하고 흩어졌다. 우리가 본 일본의 지하 진지는 놀랍게도 땅속에 5층 구조로 미로처럼 뚫려 있었다.

그런데 문제가 생겼다. 각자 탐험을 끝낸 뒤 동굴 입구에서 만나기로 약속한 시각이 30분이 지나도록 밀러 중위 한 사람만 나타나지 않은 것이다. 혹시 잔류한 일본군에게 당하지 않았나 싶어 크게 당황한 우리는 다시 동굴 속으로 들어가 수색한 끝에 맨 밑바닥 층에서 독서에 빠져 있는

민병갈, 나무 심은 사람

그로부터 열흘도 안 되어 마침내 태평양전쟁이 막을 내렸다. 1945년 8월 15일 정오, 일본 천왕이 무조건 항복을 선언했다는 소식이 라디오 방송을 통해 전해지는 순간 오키나와에 있는 미군 부대는 환호성을 올렸다. 야전 훈련을 받던 병사들은 웃옷을 벗어 던지고, 일부는 바다에 뛰어들기도 했다. 밀러가 소속된 정보장교단 막사에서도 샴페인 대신 캔 맥주를 딴 거품 잔치로 종전을 축하했다. 얼마 후, 그날 오후 근무를 전면 중단하고 저녁에는 특식 만찬을 베푼다는 영내 방송이 흘러나왔다.

밀러는 환호하면서도 들뜨지는 않았다. 종전은 충분히 예견된 일이었기 때문에 그에겐 그렇게 놀랄 일이 아니었다. 그의 관심사는 오직 다음 행선지였다. 전쟁이 끝났으니 분명 승전국은 패전국의 땅에 들어갈 것이다. 달리 말해, 미군은 일본과 그 식민지 한국에 진주할 것이 분명했다. 두 나라 중 어디로 갈 것인가? 그 답은 오래전에 정해져 있었으나 명령에 따라야 하는 군대인지라 개인의 뜻대로 될 일이 아니었다. 그런데 그에게 떨어진 명령은 일본으로 가라는 것이었다.

8월 25일, CCIG-J 지휘 장교로 발령받은 밀러는 난감했다. 간절히 바라던 한국 근무가 좌절된 것이다. 배런 군사학교 교장의 당부와 한국인 포로 심문 기억을 새삼 떠올린 그는 발령자 명단을 찬찬히 검토한 끝에 CCIG-K 대장으로 발령받은 동료 장교의 이름을 발견했다. 밀러는 그를 만나 자리를 바꾸자고 부탁할 생각으로 당사자를 찾아갔다.

"스미스 중위, 당신은 한국보다 일본으로 가고 싶지 않나요?"

밀러의 의도를 알 리 없는 상대는 동료 장교의 우정으로 생각하고 속내를 털어놓았다.

"사실 내가 바라는 쪽은 일본이에요. 한국은 내가 익힌 일본어가 통하지 않는 데다 일본보다 미개한 나라라는 생각이 들어서 내키지 않습니다."

내심으로 반긴 밀러는 이때다 싶어 자신의 바람을 은근히 드러냈다.

"나는 배런 교장의 추천도 있고 해서 한국에서 근무하고 싶은데, 일본으로 발령이 났어요."

"그것참, 잘되었네요. 내 마음은 그와 정반대이니 사령부로 가서 우리 두 사람의 자리를 바꾸어달라고 부탁해봅시다."

뜻밖에 동료 장교의 도움을 받게 된 밀러 중위는 둘이서 군사령부를 찾아가 발령지를 바꾸는 데 성공했다. 사령부 인사 담당 장교는 두말없이 두 해군 장교의 요청을 들어주고, 당일인 8월 26일 자로 수정된 인사 발령을 냈다.

인사 청탁에 성공하고 사령부를 나오는 밀러의 마음은 흐뭇하기만 했다. 그러나 머릿속에는 '내가 왜 그렇게 한국에 가고 싶어 하는가?' 하는 자문이 끊임없이 맴돌았다. 분명한 것은 단지 배런 교장의 당부나 한국인 포로에게서 느낀 호감에서 비롯된 것만은 아니라는 점이었다. 당시 그의 몸에 밴 기독교적 신앙으로 보면 하나님의 인도로 받아들였겠지만, 실제로 그가 느낀 것은 어떤 마법사가 요술 지팡이로 자신의 등을 끊임없이 한국 쪽으로 밀고 있는 듯했다. 어느덧 그의 의식 속에는 동양의 원시적 사고가 스며들고 있었다.

한국행이 확정된 밀러 중위는 8월 31일로 정해진 출항 일정에 맞추어 준비 작업에 들어갔다. 당시 오키나와에 있던 미국 태평양군사령부는 한반도의 38선 이남을 장악하기 위해 24군단 병력 2만 5,000명을 인천에 상륙시키는 '블랙리스트' 작전을 짜놓고 있었다. 병력 수송은 7함대가 맡았다. 밀러가 배정받은 탑승 함정은 수송 함대의 기함 캐톡틴호였다.

당시 밀러에게 주어진 보직은 주한 민간정보검열부대, 곧 CCIG-K 지휘 장교로 대원 12명은 모두 일본계 미군 병사였다. '씨그-K'라 불리는 그의 부대는 24군단 정보참모부 G-2

소속으로 인원은 분대급이었으나 적진의 통신 장악이라는 특수 임무 때문에 최선봉 부대에 끼어 있었다. 임관 후 처음으로 부하가 생긴 밀러 중위는 꽤 자부심이 생겼다. 그러나 한반도 진주군은 전원 완전무장하라는 군단 사령관의 명령에는 난감하지 않을 수 없었다. 군사학교에서 소총과 권총 사격 훈련만 받은 그는 가슴에 수류탄을 매달고 허리에 권총을 차는 것도 남의 도움을 받아야 했다.

그러나 한국으로 가는 길은 순탄치 않았다. 8월 31일, 완전무장하고 기함에 올라 대기하던 중 기상 악화로 출항을 이틀 연기한다는 통보를 받았다. 오키나와 일대에 태풍이 몰아쳐 거센 파도가 일자 대규모 선단의 이동이 어렵게 된 것이다. 이틀 후에도 악천후가 계속돼 출항은 예정보다 사흘 늦은 9월 3일에야 가능했다.

당시 오키나와에서 한반도로 향하는 미군 병력을 지휘한 존 하지 중장은 태평양전쟁에서 용맹을 떨친 전투 전문가로 후퇴를 모르는 저돌적인 장군으로 소문나 있었다. 씨그-K 부대장 밀러 중위는 선발대 정보장교로서 어쩔 수 없이 이 마음에 안 드는 장군과 한배를 타야 했다. 그가 승선한 캐톡틴호는 맥아더 장군이 일본의 항복 문서를 받은 미주리Missouri호만큼 크지는 않았으나 호위함을 거느려 그런대로 기함의 위엄을 갖춘 군함이었다.

민병갈, 나무 심은 사람

한반도로 진주하는 24군단의 병력 수송 함대는 총 42척으로 편성되었다. 모두 7함대에서 긴급 동원된 함선들이었다. 태풍이 지나간 3일 새벽, 비바람이 멎지 않은 가운데 출항 명령이 떨어졌다. 오키나와섬의 태평양 연안 동남쪽 나카구스쿠中城만에 집결해 있던 함선들은 화이트비치를 미끄러지듯이 벗어나 한반도로 향했다. 함대의 최종 목적지는 인천항이었다.

주한 미군 장교가 되다

우리 씨그-K 부대의 주요 임무는 한국 민간인
들이 보내는 전보 통신문을 탐지하는 일입니다.
하루에 2,000~3,000통의 전보를 다루는데, 부
대원이 30명이나 되지만 중요한 일은 내가 도
맡아 하는 실정입니다. 아침 8시부터 오후 5시
까지 근무한 다음 저녁 8시부터 2시간 동안 다
시 야근을 해야 합니다.

1945년 10월(날짜 미상) 편지

첫눈에 반한 한국의 풍물

1945년 9월 8일 이른 아침, 인천 앞바다에 도착한 미군 대병력은 오전 9시를 전후해 상륙작전을 모두 끝냈다. '블랙리스트'라는 이름의 작전명령에 따라 부대별로 상륙한 이들은 해안 요지에 포진해 서울 진주 준비에 돌입했다. 상륙을 진두지휘한 24군단장 하지 중장과 참모진은 인천항 부두로 영접 나온 조선총독부의 고위 관계자를 따로 만나 미군의 서울 주둔지 문제 등을 최종 확인했다. 세부적 내용은 항공편으로 미리 서울에 와 있던 미군 선발대가 총독부와 협의해놓은 상태였다.

'블랙리스트' 2단계 작전은 오후 3시 병력 수송 열차 두 대가 인천역을 출발하면서 시작되었다. 부두에 집결해 있던 탱크 등 군사 장비와 200대의 트럭도 같은 시간에 일제히 출발했다. 이날 서울에 진주한 24군단 병력은 월미도에 잔류한 해병대 등 일부 병력을 제외한 2만여 명이었다. 주력 7사단은 기갑부대와 함께 트럭으로 이동하고 군단 참모진과 행정 요원 등 1,300명은 두 대의 열차에 분승했다. 이들 중 밀러 중위가 인솔하는 씨그-K는 선발대 임무 때문에 선두 열차의 첫 번째 객차에 탑승했다.

열차가 움직이자 밀러는 그토록 가고 싶던 나라의 심장부에 들어간다 싶어 가슴이 설렜다. 다른 대원들은 악천후 항해에 시달린 피로 때문에 열차에 오르자마자 곯아떨어졌다. 하지만 호기심 많은 청년 장교는 조금이라도 더 바깥을 보려고 창가에 바짝 붙어 앉았다. 한껏 기지개를 켜 잠을 쫓은 그는 차창을 최대한 열어놓고 심호흡을 했다. 열차가 시가지를 벗어나자 기대했던 대로 조용한 아침의 나라가 시야에 들어오기 시작했다.

스쳐가는 창밖 풍경은 한결같이 그림처럼 아름다웠다. 해는 많이 기울었지만 하오의 따뜻한 햇살을 받은 들녘은 낯설지 않고 어디서 많이 본 듯한 친밀감으로 다가왔다. 펜실베이니아의 광산촌에서 자란 밀러에게는 처음 보는 한국의 너른 평야와 나지막한 산들이 왠지 고향 피츠턴과 닮았다는 생각이 들어 정감이 갔다. 특히 그의 시선을 끈 것은 옹기종기 모여 있는 농가였다. 그게 초가집이라는 걸 안 것은 한참 뒤의 일이다.

밀러 부대의 객차 바로 뒤 칸에는 하지 중장 등 군단 수뇌부가 타고 있었으나 차창을 통해 보이는 이국의 풍물에 정신이 팔린 청년 장교에게는 옆에 대통령이 탔다 해도 신경 쓸 일이 아니었다. 다만 가슴에 매달린 수류탄과 허리에 걸린 권총이 거추장스러울 뿐이었다. 처음 와보는 나라에 왜 이렇게 끌리는 걸까. 이런 자문에 빠진 그는 이 동방의 나라가 자신에게 그냥 스쳐가는 외국으로 끝나지 않을 것이라는 예감이 들었다.

밀러는 가족에게 보낸 편지에서 인천을 서울로 착각하고 자신이 상륙한 곳을 '게이조Keijo, 京城'라고 소개했다. 그리고 자신이 탄 기차가 낡았지만 고향 펜실베이니아의 열차와 비슷했다고 술회했다. 그런데 이 고물 열차 역시 조선총독부가 마련해주었다는 사실을 뒤늦게 알고는 꽤 의아했다. 미군은 24군단의 주력부대가 인천에 상륙하기 며칠 전 공군기 편으로 선발대를 서울로 보내 한국인을 실망시키는 몇 가지 비밀 협약을 조선총독부와 맺은 터였다.

밀러 부대보다 먼저 서울에 들어온 선발대는 해리스Charles S. Harris 준장이 이끄는 37명의 정예부대였다. 이들은 9월 4일과 6일 두 차례에 걸쳐 B-24기 8대에 차량 등 온갖 장비를 싣고 김포공항에 내렸다. 그리고 조선총독부와 일본군의 협력을 받아 8일 오전 인천에 상륙하는 미군의 한반도 진주를 준비했다. 훗날 미 군정청 부장관을 지낸 해리스 준장은 하지 사령관의 특사 자격으로 조선 총독 아베 노부유키阿部信行 등 일본 수뇌를 만나 조선 주둔 일본군의 항복 조인식을 포함해 몇 가지 중요한 사항을 결정했다. 그 핵심은 일본 측이 조선의 치안을 맡고 미군의 인천 상륙과 서울 진주를 돕는 것이었다.

하급 장교로서 미군과 조선총독부 사이의 밀약을 까맣게 모르고 있던 밀러 중위는 패망한 일본의 군인과 경찰이 한국인을 위협적으로 대하는 것이 이상했다. 특히 일본의 잔인한 박해를 받은 한국민이 압제 세력을 내쫓고 나라를 되찾았음에도 일본 관헌 앞에서 기를 못 펴고, 삼엄한 경비 때문에 해방군(미군)을 제대로 환영하지 못하는 것이 정말 안타까웠다. 실제로 이 날 인천 부두에서는 미군을 환영하기 위해 나온 한국인 2명이 일본 경찰이 쏜 총탄에 맞아 숨지는 사건이 일어나기도 했다.

인천항 외곽에 상륙한 밀러가 일본 경찰의 삼엄한 경비를 목격한 것은 한참 뒤였다. 상륙 지점에서 6시간가량 머문 그는 군단 참모진을 만나기 위해 중앙 부두로 갔을 때 총검으로 무장한 일본 경찰이 미군을 환영하는 군중을 제압하는 모습을 보고 깜짝 놀랐다. 오후 3시 열차에 오를 때까지 머릿속에서는 패망한 일본이 미군의 방관 아래 한국인을 위압적으로 다루는 데 대한 의구심이 지워지지 않았다. 그러나 열차에 오른 뒤부터는 한국인에 대한 연민의 정이 한국의 풍물에 대한 정감으로 서서히 바뀌었다.

수송 열차가 용산역에 도착하자 밀러 부대를 제외한 모든 병력이 하차했다. 그들은 트럭을 타고 뒤따라온 주력부대와 함께 용산의 일본군 본거지를 장악하고 진지 구축에 들어갔다. 이때부터 2018년 미군 사령부가 평택으로 이전하기까지 73년 동안 미 8군은 용산에 주둔했다.

열차를 타고 온 미군 1,300명 중 밀러 중위가 지휘하는 씨그-K 요원 13명은 용산역에서 텅 빈 객차를 지키는 외톨이 신세가 되었다. 밀러 부대가 하차에서 제외된 것은 서울로 진입해 중앙우체국의 조선총독부 통신 시설을 접수하는 선발대 임무 때문이었다. 이들이 탑승한 1호 열차는 선두 객차와 차량 등 장비를 실은 화차 1량만 달고 서울역으로 진입할 태세를 갖추었다.

오후 5시 출발을 앞두고 씨그-K 대원이 탄 객차 안에는 불안한 침묵이 흘렀다. 가장 불안한 사람은 당연히 부대장인 밀러 중위였다. 본대에서 떨어져 나와 소부대를 이끌고 서울의 심장부로 들어가라는 작전명령을 받을 때부터 결심을 단단히 굳혔으나 막상 그 임무가 코앞에 닥치자 긴장하지 않을 수 없었다. 그러나 군단급 대규모 부대의 선발대를 이끄는 지휘관이라는 직책은 심약한 초급장교의 사기를 북돋워줄 만했다. 자신의 막중한 임무를 되새긴 그는 각오를 새롭게 하며 열차 기관사에게 출발 신호를 보냈다.

한국인 군중의 환영을 한 몸에 받다

열차는 5분도 안 돼 서울역에 진입했다. 기관차가 승강장에 멈추자 총독부 통신 관계자가 기다리고 있었다. 일본 관료인 그는 밀러 중위에게 다가와 90도 인사를 하고 역 광장 앞에 많은 한국인이 모여 있으니 조심하라고 귀띔했다. 인천 부두에서와 달리 이번에는 제대로 일본어로 대화하게 된 것이 반가웠던 밀러는 예기치 않은 돌발 상황에 당황하지 않을 수 없었다.

무전으로 상부에 상황 보고를 하는 수밖에 없었다. 곧이어 그대로 서울역 광장으로 진입해 중앙우체국까지 가서 임무를 완수하라는 명령이 떨어졌다. 밀러는 어쩔 수 없이 열차에 싣고 온 차량 등 장비를 내리게 했다. 그리고 자신은 선도 지프에 오르고 나머지 대원은 트럭에 올라 뒤따르도록 했다.

이날 서울역 광장에 나온 서울 시민은 한국에 진주한 미군 주력부대가 용산에 와 있다는 사실을 전혀 모른 채 대대적인 환영 태세를 갖추고 있었다. 그러나 그들 앞에 나타난 미군은 지프와 트럭 한 대에 탄 분대급의 작은 부대뿐이었다. 탱크를 앞세운 대규모 기갑부대가 선두에 나올 줄 알았던 군중은 크게 실망했으나 선두 지프에 탄 밀러 중위를 하지 사령관인 줄 알고 환성을 터뜨리며 두 대의 차량을 에워쌌다.

9월 8일 오후 5시께 서울역 광장에서 13명에 불과한 소수의 미군이 서울 시민의 대규모 환영을 받았다는 사실은 지금껏 알려지지 않았다. 이들 미군은 모두 20대 초반의 젊은이들이었다. 영문 잡지 〈아리랑〉 1980년 겨울호에 실린 밀러의 회고담과 그의 증언을 종합하면 서울역 광장의 당시 정황은 이렇다.

우리 일행 13명은 갑자기 밀어닥친 환영 인파에 어쩔 줄 몰랐다. 나는 길을 뚫어보려고 차에서 내렸으나 이번엔 내가 포위당하는 사태가 일어났다. 나는 본의 아니게 한국민의 대규모 환영을 받는 최초의 미군이 되었고, 다른 대원들에게도 이는 감격스러운 체험이었다. 내가 '나는 말단 장교'라고 일본 말로 외쳤지만 통하지 않았다. 주력부대가 용산에 있다는 의미로 대원들에게 '용산'을 외치라고 지시했으나 군중의 환호성에 묻혀 효과가 없었다. 미국이 한국을 위해 일본과 전쟁을 벌인 것도 아닌데 수많은 한국인으로부터 환영을 받는 것이 미안했다.

밀러 부대가 목적지 중앙우체국까지 가는 길은 이날 오전 인천항에서 그랬듯 일본 경찰이 열어주었다. 미군 사령부가 조선총독부에 경찰권을 주어 미군 보호를 허락했기 때문이다. 밀러 중위는 서울역에서 500미터 떨어진 목적지까지 걸어가기 위해 지프에서 내렸다. 대원 2명이 트럭에서 내려 동행했다. 군중을 벗어난 그들은 서울역으로 마중 나온 일본인 통신 관계자의 안내를 받아 현재 충무로 입구에 있는 중앙우체국에 도착한 다음 조선총독부의 통신망을 접수했다.

그들이 총독부의 통신 시설을 접수하는 동안, 일부 병력은 중앙우체국에서 가까운 조선호텔(지금의 웨스틴조선호텔)의 팔각정 마당에 군막을 쳤다. 부대원 전원이 한국에서의 첫날을 야

조선호텔 앞마당에 서 있는 씨그-K 대원들. 왼쪽 두 번째가 밀러 중위. 대원들은 대부분 일본계 미국인이다. 옛 조선호텔의 철탑 지붕이 멀리 보인다.

영하기로 한 것이다. 그런데 현장 작업을 지휘하던 밀러 중위에게 뜻밖의 무전 연락이 왔다. 그날 저녁 하지 사령관이 주재하는 조선호텔 만찬에 참석하라는 통보였다. 신분에 개의치 않는 밀러도 일개 해군 중위가 육군 중장과 저녁 식사를 한다니 큰 영광으로 받아들이지 않을 수 없었다.

밀러는 좀 멋있는 모습으로 만찬장에 가고 싶었으나 그럴 옷이나 시간도 없었다. 호텔 측의 배려로 객실에서 서둘러 샤워와 면도만 한 그는 거울 앞에서 야전복의 매무새를 바로잡은 다음 연회장인 '팜 코트'로 갔다. 두근거리는 가슴을 진정시키며 연회장에 들어서니 예상했던 파티 분위기가 아니었다. 참석자들이 모두 야전복 차림이었기 때문이다. 연주단과 종업원

민병갈, 나무 심은 사람

들이 입은 제복과 천장에 매달린 샹들리에만 번쩍거릴 뿐이었다. 만찬 시간에 임박해서 하지 군단장이 7함대 사령관 킨케이드 제독과 함께 나타났다.

성조기에 대한 경례와 미국 국가 연주가 끝난 뒤 헤드테이블에 있던 하지 중장이 일어나서 환영의 인사말을 꺼냈다.

"오늘 이 자리는 우리 24군단이 한반도에 진주하는 '블랙리스트' 작전을 성공적으로 완수한 것을 기념하고 축하하기 위한 모임입니다. 작전이 시작된 지난 8월 31일부터 오늘 이 시간까지 9일 동안 여러 지휘관이 보여준 애국심과 통솔력에 사령관으로서 찬사와 격려를 보냅니다. 또한 해상의 악천후에도 불구하고 우리 군단 2만 5,000명의 병력과 수많은 장비를 오키나와에서 인천까지 무사히 수송해준 7함대 장병과 킨케이드 제독께 감사의 마음을 전합니다."

만찬 메뉴는 고급 와인과 함께 스테이크 풀코스로 나왔다. 30여 명의 참석자 중 유일하게 위관 계급장을 단 밀러 중위는 장군들 틈에서 태어난 이래 최고의 만찬을 즐겼다. 생음악으로 연주되는 만찬장의 우아한 선율도 시골뜨기 청년 장교의 마음을 들뜨게 하는 데 부족함이 없었다. 연회가 끝나자 하지 사령관은 출구 앞에 서서 이날 만찬을 준비한 공로空路 선발대장 해리스 준장의 소개로 참석자들과 일일이 악수를 나눴다.

"장군님, 인천에 상륙한 미군 2만 5,000명 중 가장 먼저 서울 중심부에 입성한 씨그-K 지휘관 칼 밀러 중위입니다."

하지 사령관은 고개를 끄덕이며 아들뻘 되는 초급장교를 악수로 환대했다. 킨케이드 제독은 상대가 해군 장교라는 사실이 반가웠는지 엄지손가락을 세우며 격려했다. 인천항 부두에 이어 하지를 두 번째 본 밀러는 평소 '저돌적인 전쟁광'이라고 마땅찮게 여기던 기억을 까맣게 잊은 채 장군 중의 장군처럼 우러러보았다. 어머니에게 보낸 편지에서도 "조선호텔의 멋진 연회장 팜 코트에서 별 3개짜리 장군과 해군 제독 등 거물들과 최고급 요리를 즐겼다"고 자랑할 정도였다.

일제강점기 장안에서 최고의 시설을 자랑하던 조선호텔은 이날 점령군 사령관을 맞아 최상의 음식을 마련했다. 호텔은 24군단의 서울 입성 전에 해리스 준장이 이끄는 미군 선발대가 이미 장악하고 있었다. 선발대는 조선총독부와 일본 주둔군 수뇌를 위압적으로 다루며 38선 이남의 한반도 관할권을 접수하고 24군단의 안전한 서울 입성을 위해 만반의 준비를 마쳤다. 이날의 주빈들은 이튿날(9월 9일) 용산에 머물던 대부대를 조선총독부가 있는 중앙청 앞으로 이동시켜 일장기를 내리고 아베 조선 총독으로부터 일본의 항복 문서를 받는 의식을 치렀다.

밤늦게 만찬장을 나온 밀러는 호텔 마당에 쳐놓은 군막으로 돌아왔다. 그의 손에는 만찬장 식탁에 꽂혀 있던 꽃 한 송이가 들려 있었다. 밤늦도록 보초를 서고 있는 부하에게 주기 위한 선물이었다. 꽃을 건네준 보초와 함께 바라본 서울의 밤하늘에는 별들이 총총했다.

'지구 반대편에 있는 내 고향 피츠턴에도 저 별이 뜨겠지? 이 시간에 엄마는 워싱턴 직장에서 업무에 매달리고 계시겠군.'

생각이 여기에 이르자 장성한 24세의 아들도 갑자기 어머니가 보고 싶었다.

아직 여름의 잔서殘暑가 남아 있는 9월 초였으나 밤공기는 차가웠다. 잠시 향수에 젖어 호텔 마당을 서성이던 밀러는 하루 종일 시달린 피곤에 지쳐 군막으로 들어가 침낭 속에 몸을 뉘었다. 지난밤도 뜬눈으로 지새운 데다 새벽의 상륙 준비부터 저녁의 작전 완료까지 종일 긴박한 하루를 보낸 터라 긴장감이 풀리며 걷잡을 수 없는 피로가 몰려왔다. 차가운 땅바닥에 누운 그는 그토록 가보고 싶었던 한국에서 첫날 밤을 맞는다는 설렘을 느낄 겨를도 없이 곯아떨어졌다.

그로부터 정확히 50년 뒤, 한 이방인 청년 장교가 한국과 끈끈한 인연을 맺게 된 날과 그 장소를 기념하는 특별한 행사가 같은 호텔에서 열렸다. 웨스틴조선호텔로 이름을 바꾼 옛 조선호텔이 1995년 9월 6일 저녁 '민병갈 선생 한국 생활 50주년 기념 모임'이라는 만찬 행사를 연 것이다. 원래는 9월 8일로 해야 하나 추석 연휴와 겹쳐 이틀을 앞당겼다. 연회장은 팜 코

칼 밀러가 조선호텔 앞마당에서 야영하며 한국에서의 첫 밤을 보낸 것을 기념하는 50주년 행사가 1995년 9월 같은 호텔(웨스틴조선호텔)에서 열렸다. 한복을 입고 서서 연설하는 사람이 당시 74세이던 민병갈이다.

트에서 '튤립룸'으로 바뀌었다. 주인공은 24세의 앳된 청년 장교에서 어느덧 백발이 성성한 74세의 노신사가 되었다.

50년 전 하지 중장이 주재한 만찬장에서는 'US NAVY'라는 마크가 붙은 야전복을 입고 말석에 앉았던 칼 밀러 중위가 이번에는 민병갈이라는 한국인 할아버지가 되어 호박 달린 마고자를 입고 만찬의 주빈으로 나타났다. 하지 사령관이 팜 코트에 초대한 손님은 30여 명에 불과했으나 이날 튤립룸에 초대받은 손님은 그보다 배나 많은 60여 명이었다. 그리고 만찬장의 시설과 분위기, 차려진 음식도 당시와 비교가 안 될 만큼 고급스러웠다. 감회 깊은 표정으로 마이크를 잡은 민병갈은 반세

민병갈, 나무 심은 사람

기 전의 희미한 기억을 더듬었다.

"50년 전 하지 사령관이 이 호텔에서 베푼 만찬 때 먹은 스테이크 맛을 잊을 수 없습니다. 생전 처음 먹어보는 성찬이었지요. 그러나 오늘 메뉴판에 있는 연어 요리는 없었습니다. 이렇게 격조 높은 분위기도 아니었고요. 한국에 온 지 며칠 안 돼 야전식이 지겨워진 저는 한국 음식도 맛볼 겸 식당을 찾아 거리로 나섰다가 남대문 근처에서 한 무리의 외국인을 만나 깜짝 놀란 적이 있습니다. 알고 보니 북한에 진주한 소련군의 노무자로 있다가 38선을 넘어온 터키인들이었습니다."

대단한 미식가이던 민병갈은 만찬을 베풀어준 웨스틴조선호텔 측이 고마웠는지 호스트를 잔뜩 추켜세우며 음식 이야기를 많이 했다. 이런저런 사정으로 조선호텔은 반도호텔(지금의 롯데호텔)과 함께 그에게 평생 잊을 수 없는 추억의 장소로 남았다.

광복 직후의 사회 혼란

미군 정보장교로 시작한 밀러의 한국 생활은 정신없이 바쁜 일과로 점철되었다. 조선호텔 마당에서 야영한 씨그-K는 이튿날 숙소를 근처에 있는 반도호텔로 정한 뒤 중앙우체국의 통신 시설을 점검하고 장비 교체에 들어갔다. 반도호텔은 조선호텔에 버금가는 고급 호텔이었으나 점령군 선발대 장교로서 일본인 재산이라면 못 차지할 게 없었다. 밀러 중위는 부대장 자격으로 부대원이 쓰는 방 중에서 가장 좋은 710호실을 전용 숙소로 정했다. 그가 긴장을 풀고 숨을 돌린 것은 꼬박 사흘에 걸쳐 시설 작업을 끝낸 뒤였다.

부대 본연의 업무인 통신 검열은 9월 13일에 시작했다. 씨그-K에 떨어진 당장의 임무는 통신 검열을 통해 일본인이 한국을 떠나면서 재산을 못 가져가도록 하는 일이었다. 그 방법은 일본인들 사이에 오가는 전보와 편지를 체크하고 통화 내용을 감청하는 것으로, 이를 위해서는 부대원의 일본어 실력이 필수였다. 밀러 휘하의 대원 12명은 '니세'라고 부르는 일본계 미국인 2세로 모두 일본어에 능통했다. 하지만 검열 내용을 영어로 보고하는 작업을 할 수 있는 부대원은 밀러 혼자뿐이었다.

밀러는 가족에게 보낸 편지에서 자신의 바쁜 일과를 이렇게 소개했다.

숙소를 호텔로 정해 잠자리는 편해졌으나 업무량이 과중해 일과 후에도 오후 8시부터 2시간을 더 일해야 합니다. 그뿐 아니라 시도 때도 없이 통역 요원으로 호출당해요.

내가 이렇듯 바쁜 이유는 이런 일을 할 수 있는 사람이 나밖에 없기 때문입니다.

며칠 동안 보고서 작성에 시달린 밀러 중위는 녹초가 되었다. 부하 12명 역시 매일 쏟아지는 우편물을 감당하기에 역부족이었다. 밀러는 여러 생각 끝에 인원 보충과 현지인 채용을 상부에 요청했다. 며칠 후 추가 인원이 배정되고, 한국인을 고용해도 좋다는 허락이 떨어졌다. 한숨 돌린 밀러는 한국인 채용 공고문을 사무실 건물 밖에 붙였다. 일본어를 잘하고 영어가 통하면 우대한다는 내용이었다. 공고를 내자 수많은 지원자가 몰렸다. 그들을 일일이 만나 적합한 사람을 고르는 작업도 보통 일이 아니었다.

밀러는 고르고 골라 한국인 10명을 1차로 채용했다. 모두 일본어는 잘했으나 영어는 의사소통만 가능할 뿐 영문 보고서를 작성할 실력은 못 되었다. 그 일을 맡아줄 미군 장교 한 명과 사병 7명이 들어와 부대 운영에 겨우 숨통이 트였다. 이로써 10월 중순 부대원은 모두 30명으로 늘어났다.

그런데 얼마 후 상급 부대인 G-2 정보사령부는 씨그-K에 새로운 정보 수집 업무를 부여하며 소령급 지휘관과 하사관 한 명을 발령했다. 새 업무는 미군정에 반대하는 한국 정계 요인의 동태를 탐지하는 것이었다. 이를 위해 크램Kram 소령이 부대장으로 왔다.

밀러 중위는 부대 안에서 지위가 낮아졌으나 지휘관 임무에서 벗어난 것이 홀가분했다. 그러나 신임 부대장은 정계 요인에 관한 정보 수집을 포함한 모든 업무를 밀러에게 일임해 업무량은 조금도 줄지 않았다. 밀러는 1945년 12월 28일 편지에서 자신의 부대 업무에 관해 이렇게 썼다.

> 우리가 고용한 한국인들이 하는 일은 한국어나 일본어로 오가는 모든 전보 내용을 탐지해 일본어로 작성하는 것입니다. 영어로 해주면 좋겠지만 그럴 만한 한국인은 찾기 어렵네요. 이들은 주로 사상적으로 믿을 수 없거나 미군정에 반대하는 사람들의 신원을 찾아내 그들의 움직임을 살피는 작업을 합니다. 미국에 적대적인 통신문은 모두 특별 취급됩니다. 한국인 직원들이 일본어로 작성한 보고 내용은 12명의 일본인 2세들이 취합해 나에게 제출합니다. 나는 취합된 전보 통신 내용을 면밀하게 검토해 문제가 될 만할 것을 골라 영어 문서로 상부에 보고합니다. 이 일이 나에게는 너무나 과중한 업무입니다.

50년 만에 공개된 미국 국립문서보관소의 자료에 따르면, 씨그-K는 우편물 검열 외에 8·15 광복 직후 한국 정계 요인들의 동태를 탐지한 것으로 알려졌다. 감시 대상에 오른 주요 인물은 이승만, 김구, 여운형, 박헌영 등 해방 직후 혼란기의 지도층 인사들이다. 당시 씨그-K에서 일한 한국인은 최대 190명에 이르렀다. 이는 초기의 10명에서 19배 늘어난 수치이다. 그중엔 훗날 한라그룹을 창업한 정인영도 있었다. 정주영 현대그룹 창업자의 친동생인 그는 일본 아오야마靑山학원 영문과 출신으로, 한국인으로는 드물게 영어를 할 줄 알았다.

일설에 의하면, 씨그-K에서 근무한 한국인 중에 북한 부수상을 지낸 박헌영의 애인 앨리스 현이 있었다고 한다. 미국 시민권자이던 그녀는 공산주의자로 활동한 전력이 드러나 부대에서 해고된 것으로 알려졌다. 그러나 밀러의 편지나 증언에는 그런 내용이 전혀 없다. 재미 언론인 피터 현의 동생인 앨리스 현은 미국으로 돌아가 지내던 중 1949년 북한으로 들어가 공산 정권에 협력했으나 1956년 '미제 간첩' 혐의로 박헌영과 함께 처형된 것으로 전해진다.

씨그-K는 반도호텔에 본부를 두고 명동의 메트로호텔을 별관으로 쓰던 중 한국인 고용자가 늘면서 명동 시공관(지금의 예술극장)으로 사무실을 이전했다. 부대원 숙소도 1946년 초 회현동에 있는 취산장翠山莊으로 옮겨 밀러 역시 반도호텔을 떠나지 않으면 안 되었다. 남산 밑에 자리 잡은 취산장은 일본군이 쓰던 장교용 숙소를 미군이 서양식으로 개조한 것인데, 시설은 반도호텔에 못 미치지만 거실과 주방을 갖춰 장기 투숙자에게는 편리한 곳이었다. 밀러는 1953년 말까지 2년여의 공백 기간을 포함해 거의 7년을 이 집에서 살았다.

미군 정보장교로 한국 생활을 시작한 밀러는 해방을 맞은 한국의 민심과 정치적 소용돌이를 생생하게 체험했다. 그는 편지에서 한국인은 위생 관념이 약하지만 매우 친절하다고 썼다. 그러나 일부 한국인은 미국이 일본 통치로부터 자신들을 해방시킨 걸 별로 고마워하지 않는 것 같다고 밝히고, 한국인이 거칠게 나오지 않길 바라는 마음을 나타냈다. 당시(12월 28일) 미군정청은 군정 기간을 5년으로 연장한다고 발표해 한국인의 심한 반발을 사고 있었다. 이때 밀러는 편지에서 서울에 있는 미군 대부분이 한국인보다 일본인을 좋아한다며 "친구로 삼아야 할 사람보다 적대 관계에 있는 사람을 가까이하는 것은 웃기는 현상"이라고 썼다.

밀러의 편지에 나타난 군정 초기의 한미 갈등 사례는 다음과 같다.

- 새벽 4시에 잠자리에서 불려 나와 미군에게 폭행당한 한국인의 진술을 통역했습니다. 나는 한국어를 모르기 때문에 일본 말로 들어야 통역이 가능해요. (1945년 10월 중순)

- 한국인은 미군정 기간을 5년으로 정한 것에 크게 반발하고 있습니다. 모든 상점과 술집은 문을 닫고 대규모 군중집회를 열었습니다. 간밤에는 한국인 몇 사람이 미군의 총에 맞아 부상당하는 사태가 일어났습니다. (1945년 12월 29일)
- 한국인은 거의 날마다 데모를 합니다. 한국인 몇 명이 총에 맞아 죽고 미군 한 명이 부상을 입었습니다. 이틀 전에는 적십자 건물에서 수류탄이 터져 한국인 한 명이 사망했습니다. (1946년 1월 9일)
- 서울에서 테러와 방화 등 폭력 사태가 잇따르고 있습니다. 며칠 전 전신전화국 건물 바로 옆에서 방화로 보이는 화재가 발생했고, 어제는 용산에서 큰불이 났습니다. 정보에 의하면 어제 일어난 화재만 모두 6건이라는데, 나는 그중 2건을 목격했습니다. 군정청이 있는 중앙청 인근의 한 멋진 벽돌 건물에서 많은 미군이 불길을 뚫고 들어가 중요한 서류와 장비 등을 밖으로 꺼내는 모습을 보았습니다. (1946년 1월 13일)
- 군정청과 가까운 교도소 옆 건물에서 폭발물 사건이 일어났습니다. 내가 갔을 때는 죄수들을 대피시키고 있었습니다. 현장에 출동한 미군의 양해를 얻어 가까이에서 보니 죄수들이 포승줄로 묶인 채 짐짝처럼 트럭에 실려

어딘가로 이송되고 있더군요. (1946년 1월 16일)

- 어제 오후 우리 사무실에서 가까운 건물에 폭탄 투척이 있었습니다. 현장에 가보지는 않았으나 심각한 사태는 아닌 것 같습니다. 어떤 이는 5월까지 서울 전체가 불에 탈 것이라고 말하지만 정신 나간 사람의 이야기일 뿐입니다. 지금 서울이 광란의 도시인 것은 사실이나 한국인은 제대로 나라를 세울 것으로 봅니다. (1946년 1월 26일)

- 우리 사무실 앞 대로에서 대규모 군중 시위가 있었어요. 시위를 주도한 세력은 신탁통치를 지지하는 공산주의자들이랍니다. 이들과 맞서는 우익 진영을 포함해 이날 거리에 나온 군중은 5만여 명이라고 합니다. 한쪽 사람들은 붉은 소련 국기를, 또 한쪽 사람들은 미국 성조기를 흔들고 있더군요. 시위는 아주 무질서했고 폭력적이었어요. 신탁통치를 반대하는 시민들이 더 난폭한 것 같습니다. 중앙전화국 건물 바로 앞 거리는 몸싸움과 돌멩이 싸움으로 마치 전쟁터 같았습니다. 긴급 출동한 경찰과 미군이 진압에 나서자 1시간쯤 후 조용해졌어요. 한국인들은 싸우는 것을 좋아하나 봐요. (1946년 2월 6일)

- 소련 고위 당국자 여러 명이 미국과 한국 문제를 협의하기 위해 지금 서울에 와 있습니다. 그들이 조종한 게 확실한 폭력 시위와 방화 사태가 잇따르고 있습니다.

민병갈, 나무 심은 사람

어젯밤에도 반도호텔 앞에서 많은 시민이 다치는 폭력 시위가 벌어졌는가 하면, 내가 잠시 묵고 있는 오스카호텔 근처에서 방화가 일어나 불을 끄는 소방차의 물줄기가 내 방에까지 뻗쳐올 정도였습니다. 그 직전에는 남산 밑에 자리 잡은 건물 밀집 지역에서 화재가 발생해 마침 불어닥친 강풍을 타고 불길이 확산돼 20~30개 건물을 잿더미로 만들었습니다. (1946년 4월)

밀러는 편지에서 서울의 물가고와 식량난이 심각하다고 밝혔다. 식량 부족에 항의하는 데모가 서울시청 앞에서 끊이지 않고 있으나 군정청은 곡물값을 동결하는 조치 이상의 대책을 내놓지 못하고 있다고 했다. 곡물값 동결도 농부들이 그 값에 곡물을 내놓지 않기 때문에 실효를 거두지 못하고 있다며, 쌀값이 너무 비싸서 서민들은 사 먹을 엄두조차 못 낸다고 쓰기도 했다. 아울러 달걀 한 줄 값이 미국 돈으로 30센트나 된다고 놀라워했다.

한국의 생활 문화 체험

미 해군 중위 칼 밀러의 한국 생활은 미군정 초기의 어수선한 분위기 속에서 계속되었다. 미국-소련 신탁통치 찬반론과 우익-좌익이 첨예하게 대립한 사회 분위기 속에서 점령군의 정보장교로 해야 할 일이 너무 많았다. 눈코 뜰 새도 없이 바쁜 날을 보내다 보니 그가 바라던 한국의 풍물을 접할 기회는 좀처럼 찾아오지 않았다. 그러나 한국에 대해 알고 싶은 열정은 식지 않았다. 그래서 틈만 나면 명동 사무실과 회현동 숙소로 이어지는 이른바 '본정통(충무로 입구)'에서 벗어나 남산, 남대문, 덕수궁 등을 배회했다.

이어 지도를 보며 시작한 서울 답사는 전찻길과 고궁이 있는 중심가를 벗어나 주택가의 골목길까지 좀 더 세밀해졌다. 이때 그는 자신이 사는 일본식 집에서 못 느낀 한식 기와집의 아름다움을 발견했다. 삐걱거리는 대문 소리와 그 너머로 보이는 장독대의 우아한 곡선미가 정겹기만 했다.

밀러에게 처음으로 한국의 생활 문화를 보여준 사람은 한국인 직원 '미스터 박'이었다. 서울의 명문가 출신인 그는 가끔 밀러를 자기 집에 초대해 한국 음식 등 양반집 생활 모습을 보여주었다. 그러나 밀러가 제대로 차린 한국 음식을 맛본 곳은 또 다른 한국인 직원이 초대한 설 잔치 자리였다. 1946년 음력설 이튿날인 2월 3일, 밀러를 포함한 미군 부대원 10명은 두 대의 지프에 올라 부대로부터 100여 리(30~35마일) 떨어진 시골집에서 전통 한국 음식을 즐겼다. 당시 한국에 온 지 5개월째 된 밀러가 편지에서 소개한 설 잔치 체험담이 흥미를 끈다.

한국 가정집 설 잔치 체험기

음력으로 새해 첫날은 한국의 최대 명절로, 한국인은 이날을 '설'이라고 부릅니다. 설 이튿날, 일요일을 맞아 우리 부대원 10명은 한 한국인 직원의 점심 초대를 받고 부대에서 30~35마일 떨어진 그의 집을 방문하게 되었습니다. 그날은 엄청 추웠어요. 바람막이도 없는 두 대의 지프를 나눠 타고 강추위 속에서 30~35마일을 가자니 얼어 죽을 지경이었습니다. 울퉁불퉁한 빙판의 산길을 지나 한 마을에 이르니 평화로운 농촌이 시야에 들어왔습니다. 산과 마을 모두 내가 한국에 온 이래 처음 보는 아름다운 풍경이었습니다. 마을 주변의 산세는 로키산을 빼다 박은 듯이 아름다웠습니다.

산은 멋대로 들쭉날쭉하고 가팔랐습니다. 그리고 눈 덮인 바위 사이로 물이 흐르는 계곡에는 소나무들이 군데군데 아름다운 숲을 이루고 있었습니다. 우리가 지나온 산길은 길이라고 말할 수 없을 만큼 거칠고 꾸불꾸불했지만, 그런 길을 오르내리는 것도 재미있는 체험이었어요. 작은 개울도 건넜는데 폭 100피트에 깊이는 3~4피트 정도인 것 같았습니다. 물은 얼어 있었으나 빙판이 지프 무게를 감당하기 어려울 것 같아 우리가 탄 차는 수심이 낮은 곳을 찾아 엉금엉금 기어가듯 건넜지요.

우리 일행은 정말 멋진 시간을 보냈기 때문에 누구도 추운 날씨를 원망하지 않았습니다. 우리가 방문한 곳은 편안함을 안겨주는 시골 농가로, 고생하며 찾아갈 만한 충분한 가치가 있었습니다. 식사는 낮 12시 30분에 시작되었는데, 나온 음식이 25가지나 되어 그 이름을 다 기억할 수 없네요. 일부 음식은 우리가 상상할 수 없는 것이었지만, 나는 성게와 문어 등 몇 가지 해산물을 빼고는 다 먹어보았습니다. 우리는 무려 4시간 동안 밥상 앞에 앉아 담소를 즐겼습니다.

우리가 설 잔치에 초대받은 집은 500여 년 전에 죽은 한국의 한 황태후 무덤과 가까운 곳에 있었습니다. 식사가 끝난 후 우리는 이 능을 돌아보았는데, 내가 이때껏 본 것 중에서 자연의 아름다움이 가장 많이 담긴 곳이라는 생각이 들었습니다. 함께 간 동료들도 같은 생각이었어요. 해가진 뒤 이곳을 떠날 때의 내 기분은 무언가에 세게 얻어맞은 느낌이었습니다. 밤이 늦어서야 부대에 돌아온 우리는 모두 얼어 있었지만, 예외 없이즐거운 하루를 보냈다는 표정이었어요.

1946년 2월 8일 편지

한국인 가정의 설 잔칫상에서 전통 한국 음식을 맛본 밀러는 자신도 모르게 한국인의 입맛을 닮아갔다. 이미 몇 차례 김치를 맛보았던 그는 설음식에서 시원한 동치미 맛과 따끈한 떡국의 맛을 알게 되었다. 조기구이와 생선전의 부드럽고 짭짤한 맛도 서양 음식에서는 느끼지 못한 풍미였다.

한국 생활이 점점 재미있어지고 한국인 친구와 시골 민가에 정이 든 밀러는 한국을 떠날 날이 가까워지는 게 싫었다. 그가 소속된 씨그-K는 정보 수집 업무가 군정청으로 넘어감에 따라 6월 말에 해체될 처지에 있었다. 부대가 해체되면 밀러는 자동으로 일본 도쿄에 있는 G-2 정보사령부로 복귀해 대기 발령 상태에 놓일 터였다. 일본에 가서 장교 생활을 계속하면 승진과 함께 보수도 늘어 생활이 안정되겠지만 대학원 진학을 포기해야 했다. 그러나 무엇보다 그의 발목을 잡는 것은 한국에 대한 미련이었다. 이제 정을 붙일 만한 시기에 이별해야 한다

밀러(맨 오른쪽)가 한국인 동료의 조상 묘소 앞에서 제사 음식을 즐기고 있다. 그는 가끔 한국인 동료의 집을 방문해 한국 음식과 민속을 체험했다.

싫으니 한국에 대한 오랜 애정이 허무하기만 했다.

부대 해체를 앞두고 밀러는 울적한 심사도 달랠 겸 인천 상륙 때 동행했던 일본계 부하 직원 니세 몇 사람과 38선 접경지대 여행에 나섰다. 목적지를 개성 근처의 백천白川온천으로 정한 데는 곧 헤어지게 될 니세들의 노고에 대한 위로의 뜻도 담겨 있었다. 한반도 온천 중에서 수온이 가장 높은 백천온천은 당시 미군이 휴양지로 쓰고 있었다. 일요일인 4월 28일, 밀러와 니세 8명은 두 대의 지프에 분승해 소련군의 38선 초소와 가까이 있는 개성 쪽으로 차를 몰았다. 동행자는 이토, 후키아게, 아지미네, 이치카와, 기하라, 야마다, 후지모토, 니타 등 모두 일본계 미국인이었다. 밀러가 편지에 남긴 백천온천 여행담은 다음과 같다.

백천온천 여행기

나는 일요일인 4월 28일, 함께 일했던 니세 8명과 38선 근처의 온천지를 여행했습니다. 군용식과 크래커로 조반을 때운 우리는 두 대의 지프에 가솔린을 가득 채우고 8시 30분에 38선 쪽으로 차를 몰았습니다. 우리가 달린 길은 내가 본 가장 형편없는 도로였습니다. 길은 온통 울퉁불퉁한 데다 곳곳에 구덩이가 있어서 위험했습니다. 1시간쯤 달렸더니 내가 탄 지프의 냉각수가 바닥났습니다. 차를 세우고 물을 보충한 뒤 20마일쯤 더 달리자 임진강 나루터가 나타났습니다. 우리 지프를 실은 나룻배는 중세에 쓰던 배처럼 낡고 원시적 모습이었습니다.

강을 건넌 우리는 다시 지프를 몰아 평소 가고 싶었던 한국의 옛 왕도 개성에 도착했습니다. 개성은 흥미를 불러일으키는 아담한 도시라 더 둘러보고 싶었으나 목적지 백천까지 가려면 오래 머물 수 없었어요. 시간은 이미 정오를 지나고 있었습니다. 옛 성을 벗어나 경비 구역에 이르자 북한 주민이 38선을 넘어오지 못하도록 감시하는 소련군 초소가 있었습니다. 길목을 지키고 있는 소련군 보초병이 저만치 보이더군요.

그런데 개성에서 10마일 떨어진 백천에 가려면 공동경비구역을 통과할 수 있는 허가증이 필요하다네요. 할 수 없이 개성으로 되돌아와 허가증을 받는 바람에 우리는 오후 1시 15분에야 최종 목적지에 도착할 수 있었습니다. 허기에 지친 우리는 이곳에서 점심을 때우자마자 노천 온천으로 뛰어들었습니다. 온천에 몸을 담그니 비로소 먼 길을 달려온 피로가 스르르 풀렸습니다.

출발 후 거의 5시간 만에 도착했지만 다시 돌아가야 할 길이 멀기 때문에 온천장에서 오래 머물 수 없었습니다. 온천욕을 대충 끝낸 우리는 곧장 서울로 가는 귀로에 올랐습니다. 그런데 얼마 못 가서 내가 탄 지프의 냉각수에 또 이상이 생겼습니다. 물을 채웠으나 8마일도 못 가서 같은 현상이 또 일어났습니다. 다행히 일행 중 자동차 내연기관에 밝은 친구가 있어서 냉각수가 크랭크 케이스로 흘러들어 기름과 섞였다는 사실을 알아냈습니다. 그때는 이미 나루터까지 온 터라 우리는 배에 차를 싣고 강을 건넌 다음 한국 트럭으로부터 오일을 얻어 냉각수 문제를 해결할 수 있었습니다.

1946년 5월 6일 편지

밀러가 고심 끝에 선택한 길은 군복을 벗고 학업을 계속하는 것이었다. 본래부터 군인 체질이 아니었던 그는 귀국을 결심하고 제대 신청을 하기로 했다. 그러나 운명의 신은 그가 한국과의 인연을 끊도록 허용하지 않았다. 주한 미군 사령부(군정청)가 제대 후에도 민간인 자격으로 군정청에서 근무해줄 것을 강력히 요청했기 때문이다. 군정청이 제시한 계약 조건은 밀러의 결심을 흔들 만큼 파격적이었다. 즉 원하는 시기에 제대하되 1947년 1월에 한국으로 돌아와 첫 연봉 5,800달러를 받는 미국 공무원으로 군정청에서 일하라는 내용이었다.

밀러는 두 마리 토끼를 눈앞에 두고 고민에 빠졌다. 한국에 계속 머무르며 좋아하는 한국 생활을 즐길 것인가, 아니면 미국에 돌아가서 대학원을 마치고 학자의 길을 갈 것인가? 전자는 당장의 문제이고 후자는 장래 문제라고 생각한 그는 대학원 진학을 연기하는 쪽으로 마음을 굳혔다. 그러나 홀어머니

자동차를 구경하려고 미군 지프에 올라타 있는 어린이들. 밀러 중위(운전석)는 지방 여행 중 아이들에게 자동차를 보여주는 것을 즐겼다.

와 떨어져 살아야 한다는 게 마음에 걸렸다. 효심이 두터웠던 밀러는 어머니에게 장문의 편지를 보내 허락을 구했다. 1년 반 동안 만나지 못한 아들을 그리워하던 에드나는 두말없이 "네 뜻대로 하라"는 답장을 보냈다.

고민거리가 해소된 밀러는 군정청 근무를 결심하고 고용 계약서에 서명했다. 계약은 1년이었으나 군정 종료 시까지 근무 기간을 연장할 수 있다는 단서를 달았다. 밀러는 규정에 따라 일본에 주둔하는 미국 극동군사령부 정보처(G-2)에 가서 제대 절차를 밟은 후 일단 귀국했다가 연말께 다시 한국에 오기로 했다. 그에게 통보된 제대 신청 가능 기간은 7월 12일부터 2개

민병갈, 나무 심은 사람

월로 잡혀 있었다. 제대 신청에 앞서 소속 부대의 업무를 정리하는 일이 급했다. 씨그-K는 6월 말 해체를 앞두고 기구가 축소되면서 부대원이 대폭 줄고 지휘권도 밀러에게 다시 넘어온 상태였다.

부대가 해체되는 6월 30일, 그동안 관할하던 중앙우체국마저 군정청에 넘긴 밀러는 명동 사무실에서 부대원 몇 명과 조촐한 해단식을 가졌다. 조선호텔 앞마당에 군막을 치고 첫 밤을 보낸 지 9개월 만이었다. 만감이 교차한 밀러는 일본인 2세가 대부분인 부하들과 술잔을 부딪치며 "사요나라"를 목청껏 외쳤다.

밀러는 특별한 직책 없이 잔무 정리를 하며 두 달 동안 한국에서 제대 말년을 즐겼다. 그에게 부여된 임무는 씨그-K 활동 보고서 작성과 군정청 사법부의 업무를 지원하는 것으로 별로 부담되는 일이 아니었다. 부하를 거느린 지휘 장교가 아니었기 때문에 신경 쓸 일도 없어서 틈틈이 한국 관련 책자를 읽으며 한국 공부를 하는 재미가 쏠쏠했다. 주말이면 지프를 타고 그동안 못 가본 서울 주변의 자연과 풍물을 즐겼다. 밀러의 첫 한국 생활은 11개월 만에 끝나 맛만 보는 데 그쳤지만 그의 의식 구조나 생활 습관에서 한국화의 시동이 걸리기에는 그렇게 짧은 기간이 아니었다.

Carl Ferris Miller

2부.
한국에 반하다

한국에서 11개월간의 군대 생활을 마친 칼 밀러 중위는 일본에 가서 제대
절차를 마치고 미국으로 돌아갔다. 한국에 머문 기간은 채 1년도 안 되었
지만 한국을 못 잊어 한 그는 5개월 만에 군정청(주한 미군 총사령부) 직원으
로 다시 한국에 왔다. 점령군의 민간 요원으로 거칠 것 없던 그는 자동차
로 전국을 누비며 한국의 자연과 풍물을 탐험했다. 한국전쟁 발발 직후 아
슬아슬하게 일본으로 탈출한 뒤에는 석 달 만에 전시 부산으로 입국해 참
혹한 전란을 목격했다. 1954년 한국은행 취업과 함께 안정된 직장을 얻
은 밀러는 1979년 58세 때 한국에 귀화했다. 한국을 떠나야 할 일이 여
러 번 벌어졌으나 운명의 신은 끊임없이 그를 한국인 민병갈이 되도록 이
끌었다.

다시 찾은 한국

한국인들은 싸우는 것을 좋아하나 봐요. 좌익과
우익 세력 간 대결에서 폭력 사태가 잇따르고
있습니다. 서울시청 앞 광장에서는 폭력적인 데
모가 거의 날마다 일어나고 있어요. 그러나 나
는 어느새 한국에 정이 들어서 이곳을 떠나기가
싫어졌습니다.

1946년 3월 24일 편지

군정청 직원으로 다시 한국에

11개월간의 한국 근무를 마친 밀러 중위는 1946년 8월 중순 일본 교토에 있는 미국 극동군사령부 정보처(G-2)에 가서 제대 절차를 밟았다. 그는 자신이 근무할 뻔했던 일본을 돌아보고 잠시 감개에 젖었다. 전쟁이 끝난 직후 발령받은 대로 일본으로 갔다면 자신은 지금 어떤 처지에 있을까? 잠시 그런 상상을 한 밀러는 설사 일본에서 복무했더라도 한국과는 아주 멀어졌을 거라고 생각하지 않았다. 어떤 인연에서든 한국과 엮였을 거라는 느낌이 들었다.

밀러는 일본에서 두 달가량 머물며 한국과는 다른 또 하나의 동양 문화에 깊이 빠졌다. 일본어가 유창했던 그는 교토의 유서 깊은 명승지를 답사하는 데 아무런 소통의 불편이 없었다. 미군의 폭격으로 폐허가 된 도쿄에 가서는 패전의 아픔을 이기고 수도 재건에 힘쓰는 일본인들의 굳건한 정신력에 깊이 감동받았다. 공업 생산력으로 봐서는 상대도 안 되는 작은 섬나라가 거대 미국을 상대로 전쟁을 수행할 수 있었던 능력이 어디서 나왔는지 짐작이 갔다.

제대를 앞두고 일본 G-2에서 한 달 넘게 머문 밀러는 펜타곤과 한국에서 겪어보지 못한 야전군사령부의 정보 체계를 체험했다. 그러나 군인 체질이 아니었던 그는 군복을 벗자 오랫동안 관여했던 군사정보 분야에서 벗어나 쉬고 싶은 생각밖에 없었다. 야인으로 돌아가 홋카이도 등 몇 곳을 돌아본 그는 마지막으로 벳푸別府에서 온천욕을 즐긴 뒤 귀국길에 올랐다. 도쿄를 출발해 워싱턴 공항에 내린 그는 곧장 국방부에 근무하는 어머니를 찾아 감격의 해후를 했다.

1년 반 만에 아들을 만난 에드나의 기쁨은 말할 수 없이 컸다. 아들의 귀향에 맞춰 휴가를 낸 그녀는 이튿날 아들과 함께 워싱턴역을 출발해 피츠턴으로 향했다. 필라델피아에서 열차를 환승한 모자가 피츠턴에서 가까운 윌크스배리에 도착했을 때는 조지프 할아버지가 마중 나와 있었다.

밀러는 1년 반 만에 찾은 고향 집에서 뻐근한 환대를 받았다. 루스 고모 내외는 물론 외지에서 대학에 다니는 동생 준과 앨버트도 환영 파티에 합석했다. 밀러를 누구보다 반긴 가족은 여동생 준이었다. 밀러는 집을 나설 때 여대생이던 준이 대학을 졸업하고 고등학교에서 영어를 가르치는 선생님이 되어 있는 게 대견했다. 이날의 만찬에 이어 일요일에는 밀러 일가가 다니는 루터교회에서 또 한 차례 환영을 받았다. 제대군인의 귀향을 환영하는 전통적인 마을 예배의 주인공이 된 그는 제2차 세계대전 참전 용사의 예우를 받았다.

부담스럽던 군복을 벗어버린 밀러는 홀가분한 마음으로 고향에서의 시간을 즐겼다. 그가 전례 없이 느긋할 수 있었던 것은 한국의 군정청 근무가 예정되어 있고 출국할 날짜도 넉넉히 잡혀 있었기 때문이다. 미래가 보장된 터에 시간까지 충분하니 못 갈 곳도 없고 못 만날 사람도 없었다. 그런 밀러가 맨 먼저 찾은 곳은 모교인 버크넬대학교였다. 캠퍼스의 낭만을 함께했던 동창생 캐서린 프로인드를 만나고 싶은 마음 또한 당연했다. 정들었던 교정을 돌아보다 불현듯 캐서린이 생각난 밀러는 그녀의 연락처를 수소문해 모교 근처의 한 카페에서 만나기로 약속했다.

1년 반 만에 만난 캐서린은 윌크스배리의 한 고등학교에서 영어를 가르치고 있었다. 밀러보다 한 살 아래인 그녀의 해맑은 미소는 여전했다.

"한국은 어떤 나라인가요?"

"지금은 전쟁에 시달리고 가난에 찌들어 있으나 매우 호감이 가는 나라입니다. 특히 자연이 아름다워요. 캐시도 가보면 좋아할 겁니다."

뜻밖의 만남을 반긴 캐서린은 아직 남자 친구가 없는 듯 자주 만나고 싶어 하는 눈치였으나 밀러는 그녀를 친구 이상으로 대하지 않았다. 그에게는 어머니와 여동생 이상으로 마음을 줄 여성이 없었다. 밀러가 고향에 머문 석 달 동안 두 사람의 만남은 이것으로 끝났다.

1946년 말, 밀러는 다시 한국으로 떠날 채비를 했다. 그러나 3년 전 군에 입대하기 위해 집을 나설 때처럼 착잡하지 않았다. 직장이 보장돼 있고 가고 싶은 나라로 떠나는데 섭섭해 할 이유가 없었다. 당초에 뜻했던 대학원 진학을 접은 게 아쉬웠으나 1년 정도 늦추었을 뿐이라 생각하니 크게 신경 쓸 일은 아니었다.

밀러가 한국으로 떠나기 직전인 12월 24일 저녁은 집 안이 시끌벅적했다. 크리스마스이브와 밀러의 생일이 겹치는 데다 환송 파티까지 곁들였기 때문이다. 세 가지 파티를 한꺼번에 즐긴 밀러는 사흘 뒤 한국으로 가는 여정에 올랐다. 그 여정은 워싱턴에서 국내 항공편으로 샌프란시스코로 가서 군용기로 환승해 서울(김포공항)로 들어가는 긴 코스였다.

밀러가 1947년 1월 1일 자로 발령받은 주한 미군 총사령부(군정청)의 직책은 사법처 정책고문관이라는 자리였다. 한국을 점령한 미군 장교에서 한국을 다스리는 군정청의 미국 관리가 된 것이다. 그가 소속된 사법처 사무실은 조선총독부가 사용하던 군정청 건물(중앙청) 안에 있었다. 전에 관할했던 중앙우체국과는 비교가 안 될 만큼 웅장한 석조 건물에 밀러는 잠시 넋이 나갔다. 그러나 그 서양식 건물이 한국을 수탈했던 일본 제국주의의 본산이었다는 생각이 들자 기분이 썩 좋지 않았다. 다행히 예전 근무지에서 가까웠던 남산보다 산세가 아름다운 북악산이 근처에 있는 것은 마음에 들었다.

밀러는 정보장교 시절 묵었던 남산 아래의 미군 장교용 숙사 취산장을 다시 숙소로 쓰기로 했다. 민간인 신분으로 한국에 다시 온 그가 가장 궁금한 것은 다섯 달 만에 보는 한국이 얼마나 달라졌는가 하는 점이었다. 그러나 그 앞에 놓인 각종 자료는 실망스러운 지표로 가득했다. 국민 생활은 여전히 궁핍하고 좌우익의 대립은 오히려 더 첨예화한 상태였다. 거리의 무질서와 혼돈이 여전한가 하면, 남산 움막촌의 다 쓰러져가는 집이나 그 안에서 사는 사람들의 행색도 달라진 게 별로 없었다. 눈에 띄게 변한 점이 있다면 일본 색깔이 많이 지워진 정도였다.

군정청 사법처는 명목상으로 적산敵産이라 불리는 일본인 재산을 관리 감독하는 기관이었으나, 실제로는 그보다 더 중요한 임무가 따로 있었다. 그것은 한국에 친미 우익 정부가 들어서도록 사법적 뒷받침을 하는 일이었다. 당시 한국은 신탁통치를 반대하는 우익과 이를 찬성하는 좌익 간 대립으로 심각한 사회 불안에 휩싸여 있었다. 미군 장교로 11개월간 한국에 근무하면서 한국에 정이 들었던 밀러는 점령국 관리로서 미국의 힘이 조금이라도 한국과 한국민에게 도움이 되도록 하려고 애썼다. 특히 선량한 한국인이 폭력적인 좌익 세력의 선동에 넘어가는 것을 가장 경계했다.

밀러의 군정청 재직 기간은 1947년 1월부터 이듬해 8월

15일 한국 정부 수립까지 1년 반을 약간 웃돈다. 이 기간 동안 밀러의 행적은 그가 쓴 편지와 기록들이 소실되어 구체적으로 알 길이 없다. 다만 같은 정보 요원으로 그와 가까웠던 재일 동포 윤응수의 증언을 들어보면 좌익에 맞선 우익 세력에 사법적·재정적 도움을 준 것은 사실이다. 주일 미군 정보참모부 직원으로 업무상 밀러와 자주 만난 그는 밀러가 군정 기간 동안 우익 세력을 많이 도왔다고 회고했다. 그중 한 사례는 다음과 같다.

군정청에서 일한 지 석 달쯤 된 어느 날, 밀러는 업무 협의차 미군 헌병 부대를 찾았다. 그곳에서 한국인 수십 명이 2개의 퀀셋에 나뉘어 수용된 모습을 보고 깜짝 놀랐다. 사정을 알아보니 미국의 신탁통치를 놓고 찬반으로 갈려 거리에서 맞붙어 싸우다가 연행돼온 시위자들이었다. 밀러는 그 즉시 헌병 대장을 찾아가 군정청 사법부 요원 자격으로 우익 연행자들을 방면해줄 것을 요청했다. 헌병 대장은 미국의 신탁통치를 반대하는 우익 세력이 마음에 안 들었으나 젊고 의기 있는 군정청 관리의 주장이 옳다고 여겨 그들을 모두 풀어주었다.

원한경 목사.

본격적인 한국 학습

군정청 근무는 밀러에게 한국을 공부할 수 있는 좋은 기회였
다. 그리고 한국과 친해지는 계기가 되기도 했다. 당초 그는
한국을 깊이 있게 공부할 생각이 없었다. 1년 계약 기간이 끝
나면 고국으로 돌아가 대학원에 진학하기로 마음먹고 있었
기 때문이다. 그러나 한국에 대한 깊은 애정과 타고난 학습열
이 어물쩍 넘어가도록 내버려두지 않았다. 특히 한국 학습을
독려하는 또 다른 미국인이 나타난 것도 중요한 이유 중 하나
였다. 한국에서 태어난 미국 선교사 원한경 元漢慶, Horace Horton

Underwood(1890~1951)$^{\circ}$ 목사를 만난 것이다.

원한경 목사는 아버지 원두우 元杜尤, Horace Grant Underwood (1859~1916) 목사와 함께 기독교의 한국 전파에 큰 자취를 남긴 종교인이다. 대를 이어 한국에서 선교 활동을 하던 그는 일제의 추방령으로 1941년 미국에 가 있던 중 미군의 한반도 진주와 함께 돌아와 군정청의 교무처장 고문으로 일하고 있었다. 밀러는 같은 직장의 상사인 원한경과 자연스레 친해졌다. 원 목사도 한국을 사랑하는 아들뻘 되는 미국 청년을 만난 걸 더없이 반가워했다.

"페리스, 한국을 좋아하는 미국 청년을 만나서 기쁘네. 내가 한국을 잘 알도록 도와주지."

"한국은 이상하게 끌리는 나라입니다. 사실은 군사학교에 다닐 때 교장으로 계시던 에드워드 배런 신부님의 영향으로 한국 근무를 지원하게 되었습니다."

원 목사는 배런 신부 이름이 나오자 깜짝 놀랐다. 일제강점기 때 선교 활동을 하다가 한국에서 함께 쫓겨났기 때문이다.

○   원한경: 서울에서 태어난 미국의 장로교 선교사이자 교육자. 아버지 원두우에 이어 한국에서 선교 활동과 교육 사업을 하다가 부산에서 사망했다. 1945년 영국 왕립아시아학회를 재창건해 회장직을 맡았다. 1947년 밀러와 함께 RAS를 활성화해 주한 외국인에게 한국 문화를 소개하는 데 크게 기여했다.

민병갈, 나무 심은 사람

"배런 신부의 가르침을 받았다니 놀랍군. 그분이 평양에서 선교 활동을 할 때 여러 번 만난 적이 있네. 한국에서 추방당할 때도 같은 배를 타고 미국으로 갔다네. 그러고 보니 자네는 하나님으로부터 한국에서 살아야 할 미국인으로 선택받은 사람이군."

"저도 예사롭지 않다는 생각이 듭니다. 가톨릭 신부님에 이어 개신교 목사님이 저를 한국으로 인도하시니 말입니다."

밀러도 놀라기는 마찬가지였다. 배런 신부에 이어 또 다른 미국 종교인으로부터 한국 특강을 들은 그는 한국과의 숙명적 인연을 느끼지 않을 수 없었다. 원 목사는 한국어를 배우라며 자신이 펴낸 《일용 조선어 Every Day Korean》를 주고 자신이 영어로 발표한 몇 편의 한국 관련 논문도 건네주었다. 그리고 밀러보다 네 살 위인 아들 원일한元一漢, Underwood H. Grant(1917~2004)을 소개해주며 가까이 지내라고 조언했다. 뒷날 연세대학교 교수를 지낸 원일한과의 관계는 이때부터 평생 지기로 이어졌다.

밀러는 즉시 한국 공부에 돌입했다. 한국어를 조금 알고 있던 그는 언어 공부는 천천히 하기로 하고 영어로 쓰인 한국 관련 자료부터 찾았다. 이 단계에서 가장 많은 도움을 준 한국인은 인사동 고서점 '통문관'의 주인 이겸로李謙魯(1909~2006)°와 군정청 외무부 문서과 직원 최병우崔秉宇였다. 이겸로는 시중

인사동 통문관 주인 이겸로.

에 나도는 한국 관련 영문 책자를 구해주고, 최병우는 군정청
으로 넘어온 조선총독부의 영문 자료를 챙겨주었다.

　밀러의 한국 학습은 시간이 흐르면서 재미와 탄력이 붙었
다. 군정청에는 조선총독부가 소장했던 한국 관련 일본어 서적
이 무진장했다. 당시 군정청에서 일본어로 된 문서를 읽을 수
있는 몇 안 되는 미국인이던 밀러는 특별 대우를 받으며 한국

ㅇ　이겸로: 한국 근대 서지학계의 원로. 16세에 고서점 '금문당' 점원으로 들어가
　일하던 중 이를 인수하고, 해방 후부터 통문관으로 개칭해 통산 70여 년을 고서
　와 함께 살았다. 《월인석보》 《월인천강지곡》 《청구영언》 등 국보급 문화재가
　그에 의해 보존되었다. 이희승, 이가원, 김원룡, 최순우 등 당대 학자들과 교분
　이 두터웠다.

관련 자료를 섭렵했다. 그러나 일본어 책들은 너무 전문적이고 세부적이라서 밀러가 원하는 한국 관련 지식을 얻기에는 미흡한 점이 많았다. 그에게 가장 절실한 자료는 한국을 포괄적으로 다룬 영문 서적이었으나 도서관에서는 그런 책자를 찾기 어려웠다. 그래서 열심히 뒤진 곳이 한국 관련 영문 책자가 있을 법한 고서점이었다.

군정 때부터 밀러가 자주 들락거린 고서점은 인사동에 있는 통문관이었다. 서점 주인 이겸로는 소년 시절 통문관을 차려 장안의 고문학자와 교분이 두터웠다. 산기山氣라는 호를 쓰는 그는 책값을 깎아주지 않기로 소문난 책방 주인이었지만, 밀러에게는 이례적으로 책값을 높게 부르지 않았다. 젊은 이방인이 한국 공부에 빠진 것을 기특하게 여겨 한국 관련 영문 책자를 적잖이 구해주었다. 그중 가장 값진 책은 17세기에 영국에서 출판된《하멜 표류기》영역본으로 알려졌다. 뒷날 이 희귀본은 이화여자대학교 도서관에 기증되었다.

한국 학습에 재미를 붙인 밀러는 차츰 현장학습으로 방향을 돌렸다. 그러잖아도 가보고 싶은 곳이 너무 많았다. 이때 그가 적극적으로 관심을 보인 곳은 농촌이었다. 농촌은 인천에 첫발을 디딘 날 열차에서 먼빛으로 본 추억의 한국 땅이기도 했다. 장교 시절에는 서울과 가까운 몇몇 곳에서 맛만 들인 터였다. 그의 농촌 여행은 김포평야에서 파주, 일산 등 서울 근교의 서

군정청 시절 밀러는 농촌으로 여행을 자주 떠났다. 여행 중 지나던 농가 앞에 차를 세우고 농부와 대화를 나누는 것이 그에게 큰 즐거움이었다.

북쪽으로 이어졌다.

당시 밀러가 가장 좋아한 한국의 농촌 풍경은 해가 기울 무렵이었다. 집집마다 초가지붕 위로 솟아오르는 밥 짓는 연기는 감수성 많은 미국 청년에게 환상적 그림처럼 보였다. 어떤 주말에는 날이 저무는 줄도 모르고 농가 마을을 구경하다가 귀로에 길을 잃어 애를 먹기도 했다. '저 초가집 안에서는 지금 무슨 일이 일어나고 있을까?' 늘 그런 상념에 젖어 있었기에 직접 들러 그 집 식구들과 대화를 나누고 싶은 생각이 간절했다. 그러나 유감스럽게도 그의 한국어 실력은 그럴 수준이 못되었다.

농촌 여행에 맛을 들린 밀러는 틈만 나면 카메라를 들고 지방 여행에 나섰다. 군정청의 중견 직원인 그에게는 전국을 돌아볼 수 있는 탐험가의 요건이 모두 갖춰져 있었다. 시간과 자금에 여유가 생긴 데다 점령군 사령부의 집행관으로 거칠 것이 없고 보통 사람은 꿈도 못 꾸던 자동차까지 있으니 못 가볼데가 없었다. 일본어 소통 능력을 포함해 건강한 체력도 큰 자산이었다.

한국의 농촌 풍경을 바라보는 밀러의 시각은 문명국에서 온 이방인이 미개한 나라의 풍물을 보며 느끼는 호기심과는 기본적으로 달랐다. 한국을 처음 찾은 19세기 서양인 선교사나 여행자들이 그랬듯 밀러도 한국의 진풍경을 열심히 카메라에 담았으나 호기심으로 찍은 것은 아니었다. 어디선가 본 듯한 친밀감으로 다가오는 모습에 앵글을 잡았다. 개울에서 빨래하는 아낙네들, 느티나무 아래서 장기를 두는 촌로村老들, 익어가는 곡식을 지키기 위해 새를 쫓는 아이들 등 모두가 그의 눈에는 한 폭의 수채화처럼 보였다.

한국 생활에 재미가 붙은 밀러는 계약 기간이 만료되는 연말이 다가오는 게 싫었다. 군정청에서 1년만 근무하고 귀국해 학업을 계속하겠다는 결심이 열 달도 안 되어 흔들리고 있었다. 그러던 차에 군정청 인사처로부터 반가운 제의가 왔다. 계약서의 단서 조항대로 군정 종료 때까지 근무 기간을 연장해

도 좋다는 내용이었다. 당시 군정청은 신탁통치를 반대하는 거
센 여론에 밀려 남한의 단독정부 수립을 모색하고 있었다. 그
렇게 되면 한국 사정에 밝은 밀러의 정보 수집 역량이 필요할
터였다.

밀러는 두말없이 고용계약 연장에 동의했다. 계약을 앞두고
고민에 빠졌던 1차 계약 때와는 너무 대조되는 모습이었다. 그
가 이처럼 빠른 결정을 내린 데는 그만한 이유가 있었다. 이듬
해(1948년) 9월 학기 시작 전에 군정이 끝날 것으로 예상했기
때문이다. 그렇게 되면 대학원 등록에 차질이 없으리라는 게
그의 계산이었다.

근무 기간을 연장한 밀러는 느긋한 마음으로 다시 한국 탐
험에 들어갔다. 이번에는 학습을 위한 정해진 코스가 아니라
탐험을 위한 자유 코스였다. 탐험 대상도 먼빛으로 막연하게
보는 풍취보다 가까이에서 보는 풍물이나 풍속으로 바뀌었다.
농촌을 다니면서 한국의 전통적 습속과 그 유산을 자연스레
만나게 된 그는 한국인의 순박함과 여유로움이 그대로 담겨
있는 생활 문화가 정겹기만 했다. 그런 풍물과 풍속은 한국을
사랑하는 이방인에게 또 다른 매력으로 다가왔다.

밀러의 풍물 여행은 근무 기간 연장 이후 더욱 활발해졌다.
빨리 귀국해서 대학원에 진학하겠다는 생각은 점점 줄어들고,
한국에 더 머물고 싶은 욕심이 자꾸 들었다. 그의 지방 탐방 여

민병갈, 나무 심은 사람

로는 서울 근교의 농촌에서 자꾸 멀어져 1948년 봄에는 동쪽으로 강릉까지, 서쪽으로 충남 당진까지, 남쪽으로는 전남 남원까지 이어졌다. 탐방 대상도 소박한 농촌 풍경에서 한국인의 다양한 생활 풍습으로 다양해졌다. 그를 사로잡은 또 다른 한국의 풍물은 향토색 물씬 풍기는 지방 시장이었다.

시끌벅적한 시골 장터는 농촌의 한가로운 정취를 즐기던 밀러에게 새로운 볼거리로 떠올랐다. 한국인은 무덤덤하고 느리며 잘 웃지 않는 백성인 줄 알았는데, 호객과 흥정이 요란하게 벌어지는 저잣거리에서 역동적 모습을 보았다. 특히 그를 사로잡은 것은 풍악과 묘기로 왁자지껄한 난장판이었다. 부채를 들고 줄 타는 곡예사의 공중 묘기도 신기했지만 그 모습을 보고 즐기는 장꾼들의 활달한 모습이 정겨웠다. 그가 군정청 시절에 본 수원장, 일산장, 강경장, 안동장은 오랫동안 기억에서 지워지지 않았다.

대한민국 정부 출범을 보다

밀러가 한가로이 농촌 여행을 하는 동안 한반도 정세는 숨 가쁘게 돌아가고 있었다. 38선을 경계로 남북이 분할된 뒤 신탁통치를 놓고 좌우익 세력 간에 벌어진 극렬한 대립은 밀러가 부임한 1947년 초까지 계속되었다. 이해 7월 미소공동위원회 2차 회의가 결렬되자 미국은 골치 아픈 한반도 문제를 국제연합(유엔)에 넘겼다. 이에 따라 신탁통치 쟁점은 사라졌으나 분단된 한반도 정세는 유엔의 뜻대로 풀리지 않았다. 유엔은 1947년 11월 한반도에서 인구 비례로 선거를 치러 중앙정부를 세우도록 결의했으나, 소련의 반대로 1948년 5월 10일 남한 단독으로 국회의원 선거를 치를 수밖에 없었다. 그 결과, 그해 8월 15일 대한민국 정부 수립 선포식을 갖고 한반도의 반토막만 관할하는 정부가 들어서게 되었다.

남한이 독립국가가 되면 미 군정청은 자동 해체되기 때문에 군정청 직원 밀러 역시 자동으로 직장을 잃을 터였다. 그는 이 같은 사실을 예견하고 군정청 근무가 끝나면 9월 학기 대학원에 등록할 방침을 세워놓고 있었다. 그러나 정작 퇴임을 앞둔 그의 마음은 크게 달라졌다. 정이 들 대로 든 한국을 떠나기 싫어진 것이다. 오빠의 진학 계획을 알고 있던 여동생 준이 버크넬대학교 대학원 입학 원서를 미리 보냈으나, 그 서류는 책상 서랍에 방치되어 있었다. 밀러는 그 원서를 보내지 않는 이유를 어머니와 여동생에게 알려야 했지만, 계속 미루며 다른 궁리만 했다. 그것은 한국에서 새 직장을 물색하는 일이었다.

때마침 좋은 일자리가 생겼다. 미국 대사관 측이 국무부 산하 해외 원조 기관인 경제협조처 Economic Cooperation Administration,

ECA° 한국 지부에서 1949년 초부터 근무할 의향이 있는지 물어온 것이다. 두말없이 응낙한 밀러는 이를 핑계로 당분간 대학원 진학이 어렵다는 내용의 편지를 고국의 가족에게 보냈다. 한국 생활 4년째를 맞고 있던 그의 의식 속에는 평생 소망이던 대학교수의 꿈을 포기할 만큼 한국에 대한 애정이 깊이 뿌리내려 있었다. 그는 뒷날(1978년) 미국호랑가시학회 Holly Society of America, HSA 학회지에 기고한 글에서 한국을 이렇게 소개했다.

> 문헌상으로 나타난 한국의 역사는 수천 년에 이른다. 문화적으로는 중국의 절대적 영향을 받았으나 한국인들은 고집스럽게 그들의 문화, 언어 그리고 전통을 지켰다. 한국은 이웃 나라인 일본과 다르며 영향을 많이 준 중국과도 다른 아주 멋진 unique 나라다.

군정청 임무를 마무리하던 밀러는 자신이 그토록 좋아하는 한국이 독립국가로 새 출발하는 역사적 장면을 보고 싶었

° 경제협조처: 미국의 대외 원조 기구. 제2차 세계대전 후 유럽 부흥을 위한 마셜 플랜의 일환으로 1948년 4월 발족했다. 지원 대상국은 영국, 프랑스, 노르웨이 등 유럽 국가였으나 1949년 그 범위를 확대해 한국도 수혜국이 되었다. 광복 후 피폐했던 한국 농촌에 많은 도움을 준 원조 단체이다.

다. 대한민국 정부 수립을 선포하는 공식 행사는 1948년 8월 15일 오전 11시 중앙청 앞에서 열렸다. 행사장에는 제헌국회에서 초대 대통령으로 선출된 이승만 박사와 미 극동군사령관 맥아더 원수가 미국 대표로 참석했다.

그날은 일요일이라 늦잠에서 깨어난 그는 아침 식사를 거른 채 카메라를 챙겨 들고 걸어서 행사장으로 갔다. 서울시청 앞에서 중앙청까지 가는 대로에는 사람이 많지 않았으나 중앙청 앞 광장에는 조국의 독립정부 탄생을 축하하러 나온 시민들로 가득했다. 미군 경비병의 도움으로 인파를 뚫고 행사장에 접근한 밀러는 이승만, 김구 등 한국의 저명한 지도자와 맥아더 장군을 처음으로 보았다. 낯익은 하지 장군도 끼어 있었다. 한국의 역사를 어느 정도 알고 있던 밀러는 왕정과 외세의 압제에서 벗어나 첫 공화 정부를 세우는 한국민의 감격이 어떨지 짐작할 수 있었다. 무엇보다 미국이 바라던 대로 한국에 우익 정부가 세워진 것이 반가웠다.

중앙청 앞에서 3년간 걸려 있던 성조기가 내려지는 순간, 밀러는 불현듯 3년 전 미군 장교로 인천항에 내리던 자신의 모습이 떠올랐다. 생판 모르는 나라에 첫발을 디디며 허리에 찬 권총을 거추장스러워한 자신을 생각하니 웃음이 절로 나왔다. 그러나 성조기가 내려진 깃대에 태극기가 오를 때는 자신도 모르게 자세를 가다듬었다. 한국과는 이제 끊을 수 없는 관계라는

밀러가 중앙청 앞에서 찍은 1948년 8월 15일 정부 수립 기념식장.

의식이 심어진 그에게는 태극기가 남의 나라 국기 같지 않았다.

참석자들이 만세 삼창으로 감격에 겨워할 때도 밀러는 그 기쁨을 함께했다. 두 손을 높이 들지는 않았어도 일제의 식민 통치가 얼마나 잔인했는지 잘 아는 그는 독립된 자기 나라를 갖는 한국민의 기쁨이 얼마나 클지 충분히 짐작할 수 있었다. 그러나 당시의 상황은 한국민이 마냥 기뻐만 할 것이 못 되었 다. 국토는 여전히 분단된 상태로 남아 있었고, 남한의 단독정 부 수립 후 한 달도 안 된 9월 9일에는 북한에서 공산 정권을 세우는 기념식을 따로 치렀기 때문이다.

한국의 독립을 보고 9월 초 귀국길에 오른 밀러의 심경은 착잡했다. 오랫동안 꿈꾸던 대학원 진학을 포기하고 한국에 정착하려는 그를 가족들이 반길 것 같지 않았기 때문이다. 워싱턴 공항에 내린 그는 펜타곤으로 어머니를 찾아갔으나 2년 전의 제대 귀국 때처럼 반가운 기색이 아니었다. 아들이 다시 한국으로 떠날 거라는 사실을 알고 있던 그녀는 고향 피츠턴으로 동행할 생각도 안 하고 연말까지 3개월이 남았으니 ECA 한국 지부 취업을 재고하라는 숙제만 던져주었다.

고향에서 연말까지 머무는 동안 밀러의 마음은 편치 않았다. 만나는 사람마다 가족 및 친지와 떨어져 고국까지 등지며 한국에서 살려는 이유를 물었기 때문이다. 그때마다 그는 "한국은 매력이 넘치는 나라다. 언젠가는 미국으로 돌아올 것이다"라는 말로 얼버무렸다.

1948년 말, 한국으로 가기 위해 워싱턴에 도착한 밀러는 다시 어머니를 찾았다. 에드나는 아들이 한국 취업을 재고하라는 숙제를 제대로 해오지 않으리라는 것을 잘 알고 있었다. 게다가 이미 출국 짐까지 싸 들고 온 아들을 보자 할 말을 잃었다. 평생 어머니의 말을 거스른 적 없는 밀러도 한국에 정착하겠다는 말이 차마 입에서 나오지 않았다. 그래도 언젠가는 해야 할 말이었다.

"엄마, 너무 섭섭해하지 마세요. 나는 아무래도 한국에서 살아야 할 것 같습니다."

민병갈, 나무 심은 사람

아들의 출국 인사를 받는 에드나의 표정은 어둡기만 했다.

"페리스, 엄마는 네가 한국에 집착하는 이유를 모르겠다. 지난번의 연장 근무는 허락했으나 대학원 진학까지 포기하고 한국에 아예 눌러살겠다는 데는 찬성할 수 없다."

전에 없던 어머니의 단호한 모습에 밀러는 흠칫 놀랐다. 그러나 이미 결정한 일이니 되돌릴 수 없었다. 이런 사태를 예견하고 한국에서의 세 번째 근무를 어머니와 상의 없이 결정한 터였다.

"엄마, 나도 모르게 그 나라가 끌립니다. 한국에서 사는 것이 하나님의 뜻인가 봅니다."

"하나님의 뜻인지는 두고 볼 일이다. 엄마는 네가 네 조국 미국을 떠나지 않도록 간절히 기도하겠다."

어머니에게 불편한 하직 인사를 한 밀러는 석 달 만에 다시 한국에 왔다. 전부터 숙소로 쓰던 취산장 109호실에 여장을 푼 그는 계약대로 1949년 1월 초부터 반도호텔에 있는 ECA 사무실로 출근했다. 숙소에서 근무처가 가까워 가급적 걸어서 출퇴근했다. 그가 맡은 부서는 원조 결과를 점검하는 평가팀Performance Review Section으로, 그의 윗자리에는 ECA 한국 지부 책임자 윌리엄 셔먼William Sherman이 있었다.

ECA 근무는 장교 및 군정 시절에 이어 밀러에겐 한국 생활 제3기라고 할 수 있었다. 새 직장은 미국의 해외 원조 기구이기 때문에 일하기가 편했다. 군정청 근무 시절에는 점령지 통치 기관에서 일하는 신분이라 한국인을 대하는 데 부담을 느꼈으나, 이제는 도움을 주는 산타클로스 입장이 되었으니 누구를 만나도 허심탄회하게 대할 수 있어서 좋았다.

한국어 공부부터 시작

미국 기관에서 세 번째 한국 생활을 시작한 밀러는 몇 가지 새로운 다짐을 했다. 이제 한국 정착이 불가피하니 한국어를 제대로 배워 한국에서 발행하는 책과 신문을 읽을 정도의 실력을 갖추어야겠다고 생각했다. 그리고 한국의 전통문화를 좀 더 많이 익히고 일상생활도 한국인처럼 살기로 했다. 이미 한국에서 3년 넘게 지낸 그는 식성도 상당 부분 한국인과 다를 바 없었다. 세 번째 다짐은 장기 근무를 할 수 있는 한국 내 고정 직장을 구하는 것이었다. 1년 단위로 고용 계약을 해야 하는 미국 기관은 아무래도 불안했다.

한국 생활 4년째를 맞은 1949년 밀러의 한국어 실력은 높은 수준에 올라 있었다. 비록 군부대와 군정청에서 근무하며 어깨너머로 배운 것이나 지방 여행을 할 때 현지인과 의사소통을 하는 데 아무런 어려움이 없었다. 한글도 짧은 글이나 간

민병갈, 나무 심은 사람

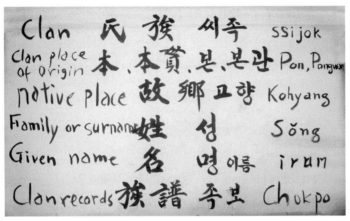

밀러가 한국어를 처음 배울 때 사용한 학습용 괘도. 한자를 잘 알았던 그는 한자를 한글로 읽는 방법부터 배웠다.

판 문자 정도는 무난히 읽었다. 그래서 개인 교사를 두고 한국어를 배울 생각은 없었다. 군정청에 부임해서 원한경 목사로부터 영어로 된 한국어 사전을 받았을 때도 본격적인 한국어 학습은 고려하지 않았다. 당시만 해도 한국 근무를 일시적이라 생각했고, 주변에 일본어를 잘하는 한국 지식인이 많아 한국어를 잘 못해도 무난하게 한국인과 소통할 수 있었기 때문이다.

그러나 한국 정착을 결심한 뒤부터 밀러는 자신의 한국어 실력이 한국 생활에 적응할 만한 수준이 못 된다는 사실을 절감했다. 우선 신문을 읽기가 어려웠다. 한국어를 모르고서는 한국에서 사는 진미를 못 느낄 터였다. 그래서 일본어에 이어 한자권의 또 다른 언어인 한국어에 도전하기로 했다. 이미 일본어를 배운 덕분에 언어 체계가 같은 한국어를 배우는 데 어려움이 없었다. 한국어 학습에서 특히 큰 도움이 된 것은 일본어학교에서 익힌 3,000자의 한자 실력이었다.

밀러가 ECA 직원으로 한국에 와서 점찍은 한국어 교사는 최병우였다. 그러나 그는 주일 대표부(대사관)로 발령이 났기 때문에 한국어를 가르칠 형편이 못 되었다. 그 대역으로 찾은 사람이 뒷날 AFP통신 한국 특파원을 지낸 민병규라는 청년이었다.

한국어 공부를 새로 시작한 밀러가 가장 바란 것은 한국어로 쓰인 책을 읽고 한국어로 글을 쓸 수 있는 능력이었다. 의사소통이나 간단한 글을 쓰는 정도의 초보 수준을 넘어서 독서와 집필까지 가능한 단계로 실력을 높이고 싶었다. 민병규는 밀러의 이 같은 뜻을 받아들여 그의 수준에 맞는 특수 교재를 마련했다. 그것은 커다란 백지에 주요 낱말을 한글, 한자, 영문 등 3개 국어로 병기한 괘도였다. 그는 밀러 앞에 이 괘도를 걸어놓고 주 4회 3시간씩 한국어를 가르쳤다.

밀러는 한국전쟁이 일어나기 전인 1950년 4월 8일 편지에서 자신의 한국어 공부에 대해 이렇게 썼다.

저의 한국어 학습은 한참 뒤처져 있습니다. 복습을 충분히 해놓지 않으면 그다음 학습 시간에 미스터 민한테 호되게

민병갈, 나무 심은 사람

혼납니다. 따로 단어를 암기해야 하는 숙제도 있어요. 일과를 끝낸 뒤 3시간씩 개인 교습을 받고 나면 밤 10시부터 11시까지 1시간은 미스터 서에게 영어를 가르칩니다. 그래서 새벽 2시나 돼야 잠자리에 듭니다. 저의 한국어 학습은 초등학교 4학년 중간 수준이라는데, 오는 8월까지 6학년 수준으로 올릴 생각입니다.

그러나 6학년 수준은 한국전쟁으로 인해 이루지 못했다. 중단된 한국어 학습은 전쟁이 끝나고 3년 뒤에야 속개되었다. 이때부터 밀러는 민병규를 다시 만나 초등학교 국어 교과서 6학년 과정을 끝냈다.

한국어를 정식으로 배우면서 밀러가 놀란 것은 한국말에 나오는 명사의 태반이 한자어라는 점이었다. 한자 낱말이 많은 것은 한자 실력이 풍부한 그에게 도움이 되었으나, 한자를 한국어로 읽지 못하는 것은 큰 고통이었다. 예를 들어 '旅行'이라는 단어가 나오면 뜻은 알아도 '여행'으로 읽지 못하고 '료코'라는 일본어 발음이 튀어나왔다.

뒷날 자신의 한국 이름에 어려운 한자 맑을 갈灡을 넣어 민병갈이 된 그는 한국에서의 한문 공부가 일본어학교 시절보다 더 어려웠다고 회고했다.

1960년대 들어 밀러의 한국어-한글 실력은 국내 간행물을 무리 없이 읽고 신문에 칼럼까지 기고할 정도로 발전했다.

한국어 첫 기고는 1963년 4월 22일 자 〈동아일보〉에 실려 있다. 이 신문의 인기 칼럼 '서사여화書舍餘話'의 고정 필자로 선정된 밀러가 첫선을 보인 글의 제목은 〈음력 그리고 제주도〉였다. 신문에 한글과 한자를 병용하던 당시, 그의 글에는 한자가 절반을 차지했다. 철자법과 띄어쓰기만 고치고 필자가 쓴 대로 전재한다는 편집자의 주석이 붙은 그의 칼럼은 이렇게 시작한다.

> 저로 하여금 이 나라에 관한 의견을 표시할 기회를 〈동아일보〉에서 준 것을 기쁘게 생각합니다. 외국인이지만 거진 한국의 신환경에 순응된 눈입니다. 제 한국말이 몹시 부족하며 외국어로 쓰는 것이 체면 없는 것이 아니라 위험성도 있습니다. 제가 실수를 해도 오해하지 마세요.

필자 자신이 '위험'을 예견했듯이 그는 연재를 중단해야 하는 '필화'를 겪었다. 글 내용 중 두 가지가 독자의 거센 반발을 일으켰기 때문이다. 하나는 난립하는 교회 건물을 귀물鬼物이라 표현한 것이고, 또 하나는 해외 유학 지원을 외화 낭비라고 꼬집은 것이다. 다음 쪽 글은 필화의 원인이 된 1963년 5월 5일 자 칼럼 기사 전문이다.

민병갈, 나무 심은 사람

〈동아일보〉 '서사여화' 기고문

미의 관점에서 종교를 하나 고르려고 하면 나는 불교를 선택합니다. 기독교가 물질의 시설(예배당. 성당)에 너무 흥미를 끌지 않는 것이니까 그 안에 무엇이 있는지 호기심이 조금도 안 나옵니다. 한편 불교의 사찰은 원래 소극적인지라 장소도 대개 격리되어 있고 취미를 기초로 정한 것이며, 건축물도 주위와 잘 어울리고 실로 자연미와 인조미가 상호 조화되어 있습니다. 그 이상으로 또한 사찰의 승려들이 주위에 있는 수목과 꽃(가끔 희귀함)을 보호하니까 손님에게 유쾌하게 즐거움을 주며, 나에게는 절들은 이 세속의 불결을 피하고 정적靜寂하게 수양을 할 수 있는 소小 오아시스입니다.

반면 기독교는 한국에서 전 국민의 비율로 보아 소수인의 종교임에도 활개를 칩니다. 예배당 또는 성당을 지을 적에 가장 돌출한 장소를 선택하고 눈에 불쾌한 건물을 건축합니다. 통상 그 건물에는 미가 완전히 없습니다. 어떤 때 예배당의 꼴이 얼마나 추해 보이고 개자색芥子色 혹은 다른 보기 나쁜 빛으로 건물을 칠하여 자연미도 전혀 없어요. 좋은 건축이란 무엇입니까. 사람에 따라 다른 줄 나도 압니다. 교인들이 만족하면 그것으로 충분하지만 나하고 남는 90퍼센트의 한국인들은 적어도 그 당堂의 외면을 가끔 보게 됩니다. 내가 근역槿域에서 본 예배당과 성당 중에서 마음에 맞는 집이 셋밖에 없어요. 셋 다 성공회 집인데, 둘은 강화도(온수리하고 강화읍)에 있고 하나는 서울에 있는 성공회 성당입니다. 나머지는 호의적으로 말하면 대개 건축법상 귀물鬼物입니다. 나는 기독교 신자도 아니고 불교 신자도 아니니까 이 문제를 객관적으로 봅니다. 그렇기 때문에 종교의 내용을 가지고 의견을 말하는 것은 아닙니다. 순수한 아취미雅趣美의 관점에서만 보아 외관상 건축물이 그렇게 흉한데 내 어찌 그 안에 내포된 교리에 흥미를 기울일 수 있겠습니까.

국내 최대 독자를 보유한 〈동아일보〉에 이 기사가 나가자 기독교계의 거센 반발이 일어났다. 이어 국비 유학을 꼬집은 칼럼이 문제 되어 민병갈 칼럼은 5회로 끝났다. 비록 연재는 중단되었으나 한국어를 10년 정도 배운 서양인이 국내 신문에 칼럼을 연재한 것은 대단한 실력이었다.

밀러의 한국어 실력은 1960~1980년대의 30년이 절정기였다. 이 기간 동안 그는 신문 기고뿐 아니라 한국은행에서 외국 손님을 상대로 한국어 통역도 했다. 그는 어머니에게 보낸 편지에서 일본어 통역장교 출신인 자신이 이제는 한국어 통역자가 되었다고 자랑했다.

한국의 강렬한 유혹

주말을 이용해 미국인 친구 몇 명과 1박 2일 예
정으로 강릉 지방을 여행했습니다. 여주를 지나
면서 한국에서 가장 유명한 세종대왕릉을 보았
습니다. 강원도 험한 산길을 지프로 달릴 때는
벼랑으로 구를까 봐 가슴이 조마조마했습니다.

1950년 6월 18일 편지

한국인이 점점 좋아져요

밀러의 한국 사랑은 한국인을 좋아하면서 시작되었다. 그가 처음으로 안 한국은 지도상에 있는 한 작은 나라의 이름이었을 뿐이고, 그다음으로 안 것은 일본의 식민지라는 정도였다. 그러다가 군사학교에 들어가서 배런 교장을 통해 한국인이 어떤 민족인지 어렴풋이 알게 되었다. 그가 오키나와에서 처음 만난 한국인 포로들은 배런 교장이 말한 "지구상에서 가장 착한 민족"이라는 인상을 그대로 주었다. 그러나 한국에 와서는 "한국인들은 싸우기를 좋아하나 봐요"라고 편지에 쓸 만큼 많이 희석되었으나 여전히 한국인에 대한 호감은 변하지 않았다.

밀러가 처음으로 가까이 만난 한국인은 씨그-K 직원이었다. 이들을 통해 한국인은 머리가 좋다는 새로운 사실을 알았다. 그리고 어느 정도 시일이 지나서는 배런 교장이 말한 것처럼 마냥 착하기만 하지는 않다는 다소 실망스러운 측면도 깨달았다. 신탁통치 문제를 놓고 좌우익 세력이 극렬하게 대치하는 장면을 보았기 때문이다. 그때 그는 이렇듯 호락호락하지 않은 한국인이 어떻게 이웃 나라에 35년간 점령을 당했는지 이해가 되지 않았다.

정보장교로 한국 생활 석 달째를 맞은 1945년 12월 밀러는 가족에게 보낸 편지에서 한국인의 모습을 이렇게 썼다.

민병갈, 나무 심은 사람

한국인은 매우 영리한 민족입니다. 겉으로 보기에는 무뚝뚝한 편이고 때로는 호전적이나 심성은 착합니다. 일본인보다 위생 관념이 부족한 불결함 때문에 미군에게 호감을 주지 못하는 것은 사실입니다. 그러나 35년간 이민족의 식민통치를 받은 불행한 역사를 생각하면 그렇게 흉을 볼 것이 못 됩니다.

1947년 초 군정청 직원으로 다시 한국에 온 밀러는 서울의 살벌한 분위기에 잠시 혼란에 빠졌다. 신탁통치 찬반을 놓고 찬탁과 반탁으로 갈라진 좌우익 간 대립이 한국을 떠난 5개월 전보다 더 심해져 있었기 때문이다. 선량한 줄만 알았던 한국인의 이미지가 깨진 게 아쉬웠지만, 군정청 정보 자료를 통해 한민족의 운명을 결정짓는 중대 시국이란 사실을 알고 나서는 그토록 험악한 대결이 왜 일어나고 있는지 어느 정도 이해할 수 있었다. 1947년 종반 들어서 한반도 정세는 신탁통치 논란은 한물가고, 독립정부 수립을 위한 절차 문제로 좌우익 간에 또다시 첨예한 대결 양상을 보였다.

잇따른 폭력 사태가 밀러에게는 짜증스러웠으나 그렇다고 한국인 자체가 실망스러운 것은 아니었다. 그가 좋아하는 진정한 한국인은 투쟁의 서울 거리가 아닌 한적한 시골에 있다고 생각했기 때문이다. 그래서 틈만 나면 자동차를 몰고 지방 여행길에 나섰다. 밀러는 군인으로 11개월간 한국에서 근무한 적이 있기 때문에 어디에 가면 무엇이 볼만하고 어떤 사람들을 만날 수 있는지 대충 알고 있었다.

한국어 대화가 어느 정도 가능해진 다음부터 밀러는 지방 여행에 나서면 현지인과 어울리며 이야기하는 시간을 즐겼다. 여행 스타일도 바꾸었다. 종전의 단독 여행이나 그룹 여행은 가급적 피하고 마음에 맞는 친구와 함께 1박 2일 코스로 다니는 단출하고 내실 있는 여행을 즐겼다. 그의 지방 여행에는 군정청 동료 직원 버거슨Bugerson이 단골로 따라붙었다. 그 역시 한국어를 배우고 있었기 때문에 밀러와 함께 여행하면서 한국인과 직접 대화하는 실전 연습을 하고 싶어 했다.

밀러는 자동차로 시골길을 가다가 일하는 농부를 보면 그냥 지나치는 경우가 드물었다. 차를 세우고 "안녕하세요"라는 인사말로 말을 거는 게 예사였다. 특히 들녘에서 일하던 농부들이 쉬면서 막걸리를 즐기는 새참 자리에 끼어들기를 좋아했다. 그곳에 가면 어김없이 좋아하는 김치를 얻어먹으며 농부들과 대화를 나눌 수 있었기 때문이다. 막걸리가 입에 안 맞았던 두 사람은 이럴 경우를 대비해 자동차에 맥주를 싣고 다녔다. 농부들은 대개 갑자기 나타난 외국인을 경계했으나, 한국어를 할 줄 아는 서양인에게 이내 호감을 드러내며 그들이 안주로 내놓은 군용식을 즐겼다.

밀러(맨 오른쪽)는 지방 여행 중 길에서 노인을 만나면 그냥 지나치지 않았다.

밀러가 농촌 여행을 하면서 유달리 반긴 한국인은 시골 노인이었다. 한자를 좋아했던 그는 이들을 지칭하는 '촌로村老'라는 말을 즐겨 사용하며 한국인의 전형적 모습은 촌로의 얼굴에 새겨져 있다는 말을 자주 했다. 그가 찍은 한국의 풍물 사진을 보면 노인이 유난히 많다. 나무 그늘 아래서 장죽을 물고 장기를 두는 할아버지나 시장에서 좌판을 벌이고 앉아 있는 할머니 모습이 그런 것들이다. 그가 시장 구경을 할 때 자주 산 물건은 촌로가 파는 비단 주머니나 얼레빗 같은 민예품이 많았는데, 이것들을 대부분 고국의 가족에게 선물로 보냈다.

밀러는 한국의 촌로에게는 몇 가지 공통점이 있다며 대단한 발견이라도 한 듯 친구들에게 자랑 삼아 이를 소개하곤 했다. 그가 나름으로 정리한 한국 촌로의 공통점은 다음과 같다.

첫째, 긴 담뱃대를 입에 물고 다닌다. 둘째, 흰옷과 갓으로 의관을 정제한다. 셋째, 흰 고무신을 신고 신작로를 자주 걷는다.

이 같은 노인상은 한국을 잘 모르는 이방인의 단편적 지식에서 나온 것이었으나 밀러는 한국 노인에 대한 자기 나름의 견해에 자부심을 갖고 있었다. 한술 더 떠서 그는 한국인의 보편적인 이목구비와 골격 구조에 ·대해 독특한 시각을 갖고 있기도 했다.

인류학이나 골상학을 공부한 적 없는 밀러가 밝힌 한국인의 전형적 얼굴 모습과 체형은 좀 특이했다. 키가 크지 않고 마른 체형에 얼굴은 갸름한 것이 그 기본이다. 눈자위와 함께 광대뼈가 약간 나오면 더 한국인답고, 피부가 하야면 순수 한국인이 아니라는 게 그의 주장이었다. 이 같은 견해는 몽골계와 알타이족이 한국인의 뿌리라는 학설과 크게 어긋났으나 밀러는 열심히 자기주장을 폈다. 밀러의 독특한 관상학은 민병갈로 이름을 바꾼 노년에 들어서도 변함이 없었다. 그의 한국인 관상학 강론은 외국인 친구들 사이에서 심심찮게 화젯거리로 떠올랐으나, 한국을 사랑하는 한 서양인의 개인 견해 이상으로 주목을 끌지는 못했다.

민병갈의 한국인 사랑은 연민과 동정의 반복이었다. 순진한 군사학교 시절 시작된 한국에 대한 관심은 한국인을 실제로 만나면서 피압박 민족에 대한 연민으로 바뀌었다. 오키나와 전선에서 만난 한국인 포로의 불쌍한 모습이 그 시초였다. 한국의 역사를 어느 정도 안 뒤부터는 외침에 시달리고 왕정에 수탈당한 한국민의 불행한 과거가 연민을 부추겼다. 그리고 한국에 정착하고 나서는 한국인의 소박한 삶의 모습을 사랑하게 되었다.

한국인에 대한 밀러의 남다른 애정은 여러 사례에서 나타난다. 군 복무를 끝내고도 한국에 남아 대한민국의 정부 수립을 지켜본 것이나, 한국전쟁이 터진 뒤 일본으로 피란을 가면서도 한국에 남으려 한 것이나, 한국의 공산화를 저지하기 위한 전쟁에 참전하지 못해 괴로워한 것이 그런 사례다. 어떻게 보면 편견도 없지 않았으나 그는 자기 방식대로 한국인을 사랑했다.

여행을 하면서 낯선 농부와 촌로를 만나 정담을 즐기던 밀러는 이력이 붙자 대화 상대의 격을 높이고 싶었다. 적어도 자신이 익힌 한문을 이해하는 정도의 선비급을 만나고 싶었다. 산행 중 절을 자주 찾은 그는 한문을 익힌 스님들과 수준 있는 대화를 나누기도 했으나 농촌에서는 거의 불가능했다. 서울의 양반 문화를 체험해봤기에 시골에서도 좀 지체 있는 대화 상대를 만났으면 했다. 그런 기대에 부응하듯 나타난 선비는 뜻밖에도 시골 서당의 훈장이었다.

군정 말기이던 1948년 봄, 계룡산을 등반하기 위해 공주에 간 밀러는 계룡산 자락의 한 마을에서 서당이라는 어린이 학습장을 처음 보았다. 망건을 쓰고 장죽을 입에 문 훈장이 상석에 앉고 그 아래로 댕기 머리를 한 10여 명의 학동이 둘러앉아 서책을 펴놓고 공부하는 모습은 그냥 지나칠 수 없는 새로운 풍경이었다. 공부가 끝나길 기다려 학동들과 몇 마디 얘기를 나눈 밀러는 훈장에게 인사를 건넸다.

"안녕하세요, 훈장님. 저도 한자를 조금 배웠습니다만 부족한 점이 너무 많습니다."

"아따, 서양 양반. 아까 우리 애들이 배우는 《천자문》 읽는 걸 보고 놀랐소이다. 어디서 한문을 배웠소?"

"미국에서 일본어학교 다닐 때 배웠습니다. 글씨 모양과 뜻만 익혔습니다. 한국말로 읽을 수 있는 글자는 몇 안 됩니다."

한자 3,000자를 익혔다는 밀러의 말에 놀란 훈장은 마치 시험이라도 치르듯 《동몽선습童蒙先習》을 꺼냈다. 밀러가 더듬거리자 훈장은 "부자유친父子有親, 군신유의君臣有義"를 읊조리며 몇 마디 가르침을 주었다. 한자라면 어느 정도 자신 있던 밀러는 낯선 한문책에 당황하고 제대로 못 읽은 게 창피했으나, 시골에서 모처럼 지식인을 만난 것은 큰 즐거움이었다.

밀러는 대단한 발견이라도 한 듯 서당 목격담을 한국인 친구에게 자랑스럽게 털어놓았다. 해방 직후 씨그-K에서 직원으

로 일했던 서정호徐正虎는 2002년 4월 민병갈 원장의 장례식
장에서 이렇게 회고했다.

군정이 끝날 무렵, 하루는 민 원장이 계룡산에 가서 희한
한 구경을 했다며 자신이 찍은 사진을 보여주었어요. 그
사진을 보니 우리 사회에서 흔히 볼 수 있는 서당 풍경이
더군요. 그는 학동들이 익히는《천자문》에 관심을 보이며
자신이 다 아는 한자이지만 그 책을 갖고 싶다고 해서 한
권 구해준 적이 있습니다.

계룡산 서당에서 훈장을 만난 밀러는 말로만 듣던 선비의
모습을 본 것이 너무 기뻤다. 서울에서 명문가의 선비 방을 본
적이 있으나 실제로 망건을 쓰고 한서를 읽는 선비를 보기는
처음이었다. 불현듯 자신도 한국의 선비처럼 살고 싶은 생각이
들었다. 그가 언뜻 떠올린 선비의 모습은 한서를 읽고 서예를
하는 양반집 아들의 풍모였다. 선비가 되기 위해서는 기본적으
로 한자 실력을 더 갖추어야 한다고 생각한 그는 이미 시작한
한국어 학습 과정에 한자 공부를 추가했다. 그리고 돈을 부지
런히 모아서 괜찮은 한옥 한 채를 빌린 다음 거기서 서예를 하
며 화초를 기르는 선비처럼 살겠다고 별렀다.

선비처럼 살고 싶은 마음

밀러가 한국의 전통문화를 익히면서 가장 마음에 든 한국인상
은 선비의 모습이었다. 한국적 시각으로 보면 그에겐 사실상
선비 기질이 다분했다. 독서와 글쓰기를 좋아하고 학업을 떠
난 뒤에도 공부를 게을리하지 않은 것이 그런 모습이다. 게다
가 옛 선비의 또 다른 측면인 풍류 기질도 다분했다. 술기운이
거나해지면 흥겹게 피아노 건반을 두드리는 버릇은 풍월을 즐
기던 선비의 모습과 다를 바 없었다. 항상 옷을 단정히 입고 집
안에서 넥타이를 매는 습성도 의관을 정제하던 옛 선비와 비
슷했다.

　밀러가 한국의 선비 문화를 처음 접한 때는 군정청 근무 초
기인 1947년 봄이었다. 북촌에 있는 한 양반집의 서재를 본 것
이 그 시초였다. 정보장교로 있을 때 가까이 지내던 미스터 박
이 초대한 자택에는 그의 아버지가 서재로 쓰는 사랑방이 있
었다. 문갑과 지필묵 등을 갖춘 방을 둘러보며 잠시 학창 시절
의 추억에 잠겼던 밀러는 그 신선한 충격을 오랫동안 잊지 못
했다.

　그 후 군정청 근무를 마치고 일시 귀국한 밀러가 1948년 말
부터 다시 한국 생활을 시작하면서 결심한 것 중 하나는 한국
인처럼 사는 것이었다. 첫 번째 목표인 한국어를 제대로 익히

한복을 입고 글을 쓰는 민병갈.

기 위해 개인 교사까지 둔 그는 한국 지식인의 전형인 선비의
생활양식을 따라 한국인처럼 사는 길을 모색했다. 그러기 위해
서는 우선 한옥에서 살아야 했으나 그럴 만한 형편이 못 돼 한
문 공부와 함께 급한 대로 서예를 배우기로 했다.

　한국 생활 4년 차이던 당시 밀러의 한자 실력은 웬만한 한
국 지식인의 수준에 도달해 있었다. 군사학교에서 1년 반 동안

한복을 입은 채 양반다리로 앉아서 책을 읽는 민병갈. 그는 전통 한옥에서 서재에 문방사우를 갖춰
놓고 선비처럼 살고 싶어 했다.

일본어 교육을 집중적으로 받으면서 3,000자의 한자를 익혔으
나 한국에 와서는 《천자문》도 읽기 어려웠다. 개별 한자의 뜻
은 알아도 여러 한자를 조합한 문장에서는 그 의미를 전혀 이
해할 수 없었다. 그래서 민병규가 가르치는 한국어 학습 과정
에 사자성어 과목을 추가했다.

  밀러가 꿈꾸는 선비 같은 삶은 그냥 흉내 내는 정도로 족했
다. 진짜 선비처럼 사는 것은 과욕이라는 걸 그 자신이 더 잘
알았다. 하지만 아무리 그래도 기본 모양새는 갖추고 싶었다.
초보 한문책은 무난히 읽을 수 있는 한자 실력에 붓글씨 정도
는 쓸 줄 알아야 한다고 생각한 것이다.

다행히 한자를 조금 아는 것이 한국의 선비처럼 살고 싶은 밀러에겐 큰 위안이었다. 1949년 가을 밀러는 서예를 배우기로 결심하고 적당한 지도 교사를 구하기 위해 단골로 드나들던 인사동의 고서점 통문관을 찾아갔다. 그리고 주인 산기 선생에게 붓글씨를 배우고 싶다는 뜻을 밝혔다.

세월이 흘러 2002년 당시 93세이던 산기 이겸로 옹은 아들에게 물려준 통문관 2층에 매일 출근해 고서를 정리하곤 했다. 자신보다 12세 아래인 밀러가 먼저 타계한 것을 아쉬워한 그는 서예 공부에 빠졌던 53년 전 그의 모습을 이렇게 회고했다.

군정 시절부터 우리 가게를 자주 들락거렸던 밀러가 어느 날 와서는 부탁 좀 하자고 해요. 또 무슨 책을 구하려나 했더니 서예를 배우고 싶으니 좋은 선생님을 소개해달라는 거예요. 내가 어려울 것 없다며 서예가로 꽤 이름 있는 심재 이건직을 소개했지요. 심재는 가난한 선비였으나 수입을 떠나서 서예를 배우고 싶어 하는 서양 청년을 기특하게 생각하고 기꺼이 응했습니다.

덕분에 밀러는 뜻하지 않게 이름 있는 서예가를 선생님으로 모실 수 있었다. 전각의 대가이던 심재는 서예뿐 아니라 한학에도 조예가 깊었다. 28세의 밀러는 온갖 예를 갖추어 심재를 스승으로 대했다. 공부를 시작하기 전 스승의 벼루에 먹을 가는 제자의 도를 지켰음은 물론이다. 그리고 일주일에 한 번씩 체본體本을 받아와 숙소에서 열심히 연습해 검수를 받았다. 업무상 해외 출장이 잦았던 그는 제자의 답례로 국내에서 구하기 어려운 일본과 대만제 지필묵을 사다가 선물해 심재를 기쁘게 했다.

밀러가 붓글씨를 처음 배운 곳은 북촌에 있는 심재의 자택이었다. 그런데 집 안 천장이 낮아 장신의 밀러는 들고 날 때마다 머리를 찧기 예사였다. 이를 보다 못한 산기는 밀러의 회현동 숙소로 학습 방을 옮기고 밀러가 자동차로 심재 선생을 모시도록 했다. 그러나 이렇게 어렵사리 시작한 서예 공부는 이듬해 한국전쟁이 발발해 열 달도 안 되어 중단해야 했다. 밀러가 제대로 묵향墨香을 느낀 때는 전쟁이 끝나고 서예 학습을 다시 시작한 1954년 이후였다.

밀러는 서예를 배우면서 한자를 붓글씨로 쓰는 재미에 푹 빠졌다. 그러는 사이 마음속에 자신의 이름을 한자로 쓰고 싶은 욕망이 생겼다. 한국의 선비처럼 살고 싶은 그에게 한국 이름을 갖고 싶은 마음은 당연했다. 그러나 적당한 이름 석 자가 쉽게 떠오르지 않아 고민하던 중 한국전쟁이 터져 더 이상 궁리할 겨를이 없었다.

한동안 숙제로 남았던 밀러의 한국 이름 짓기는 1952년 임시 수도 부산에서 쉽게 풀렸다. 그 해결사는 1949년 미국 국무부 산하 기관 ECA 직원 시절부터 가까이 지냈던 한국은행 간부 민병도였다. 전시 피란지에서 한 직장의 동료가 된 두 사람 사이는 의형제로 발전했다. 나이가 세 살 아래로 동생인 밀러는 형의 성과 돌림자를 따서 민병갈閔丙渴이라고 이름을 지었다. 끝 자 '갈'은 본명에 있는 칼Carl의 발음을 따른 것이다.

서예를 배우고 한자 이름을 얻었으니 호號를 안 가질 수 없었다. 민병갈은 스승인 심재에게 청해 동여東旅라는 호를 받았다. '동방에 온 나그네'라는 뜻이다. 전각을 잘하던 심재는 얼마 후 자신이 지어준 호를 돌에 새겨 서예 작품에 찍을 낙관으로 사용하도록 했다. 이때부터 민병갈은 한국어로 쓰는 편지 끝에 '민병갈' 또는 '동여'라고 썼다. 그 후 40여 년 뒤인 2000년 원불교에 입교할 때 임산林山이라는 법호를 받았으나 잘 쓰지는 않았다.

민병갈이 서예를 공부한 기간은 10년에 가깝다. 수목원을 만든 다음부터는 서예에서 멀어졌으나 애착은 남달랐다. 그가 남긴 작품으로는 〈화향조어총시정 花香鳥語總詩情〉 일곱 글자를 전서체篆書體로 쓴 액자 하나가 전해지고 있다. '꽃의 향기와 새의 지저귐이 모두 시의 정취'라는 뜻의 이 칠언시七言詩는 낙관 부분에 '경자년 봄'이라고 쓰여 있다. 이해는 1960년으로, 서예 공부를 시작한 지 6년 만에 쓴 작품인 셈이다. 전문가들

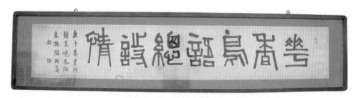

1960년(경자년)에 쓴 민병갈의 서예 작품. 전문가들이 볼 때는 초보 수준이지만 서양인으로서 동양의 전통문화에 대한 이례적인 애정과 한자 사랑이 돋보인다. 그를 지도한 서예가는 전서체의 대가 심재 이건직이다.

이 볼 때는 초보 수준이지만 선비처럼 살고 싶어 한 한 서양인의 열성과 집념이 담긴 작품이다.

한옥에서 사는 즐거움

한국어와 한자를 익히고 서예에 입문한 데 이어 한국 이름까지 갖게 된 민병갈에게 한국인처럼 사는 길의 남은 과제는 한옥에서 사는 것이었다. 한옥 생활은 한국어를 배우기 전부터 바라던 오랜 꿈이었다. 그러나 당분간은 직장에서 무료로 제공하는 회현동의 취산장에서 살아야 했다. 일본 집인 이곳에서도 그는 온돌과 비슷한 다다미방 생활을 했다.

민병갈은 한국 생활 초기부터 한옥에 반했다. 정보장교로 취산장에 처음 입주했을 때 가장 정감 있게 바라본 한국 풍물은 숙소 주변에 자리 잡은 남산골의 기와집이었다. 군정청 근무 때는 한국인 친구가 사는 북촌 양반집의 선비 방을 보고 한옥의 품격에 탄성을 질렀다. 그러나 가장 큰 감동을 준 한옥은 1950년 봄에 본 관훈동의 한 대갓집이었다. 이방인 청년의 넋을 잃게 한 그 아름다운 한옥은 구한말 고관을 지낸 민영휘閔泳徽(1852~1935)가 살던 집이었다.

민병갈이 민영휘 고택을 보게 된 것은 그의 손자 민병도와 가까웠기 때문이다. 한국은행을 통해 ECA 자금을 관리하던 그는 한은에 근무하는 민병도와 업무상으로 가까울 수밖에 없었다. 민병도 입장에서도 한국은행의 돈줄인 ECA 관계자와 친해야 했다. 마침 민병갈이 한옥을 좋아한다는 사실을 안 그는 좋은 기회라 생각하고 할아버지가 살았던 멋진 기와집을 그에게 보여주었다. 민영휘의 고택을 돌아본 민병갈은 예상대로 입을 다물지 못했다. 그가 가장 유심히 본 곳은 역시 사랑채에 있는 주인의 서재였다. 이 고택에서 그는 양반 위에 귀족이 있다는 한국의 신분 사회를 발견할 수 있었다.

하지만 한옥에서 살고 싶다는 소망이 이루어지기까지는 시일이 더 필요했다. 문갑과 지필묵까지 준비해놓고 적당한 한옥을 물색하던 중 갑작스레 한국전쟁이 터진 것이다. 피란 짐을 싸 들고 허둥지둥 일본으로 탈출한 그는 전쟁이 끝날 때까지 3년 동안 한국, 미국, 일본을 오가며 방황했다.

민병갈이 처음으로 한옥을 체험한 것은 전쟁이 한창이
던 1953년 초의 부산 피란 시절이었다. 임시 수도 부산에서
UNCACK(유엔군사원조단) 일을 할 때 그의 도움으로 미국 유학
을 하게 된 이기환의 한옥에서 두 달가량 살 기회를 얻은 것이
다. 생각지도 않게 한국인 가정에 머물게 된 것은 이기환 부모
의 간곡한 권유에 따른 것이었다. 민병갈은 그 진귀한 체험을
편지에 적어 워싱턴의 어머니에게 보냈다. 1953년 1월 26일
편지에 쓰인 홈스테이 체험담은 자못 생생하다.

부산 피란 시절의 한국 가정 체험

저는 지금 대신동의 미군 퀀셋을 떠나 남포동에 있는 한옥에서 살고 있
습니다. 이기환이라는 한국인 친구의 집인데, 그의 부모가 아들이 유학
가서 적적하다며 기환이 쓰던 방을 내주었어요. 한옥에서 한국식 생활을
하며 한국인 가정의 한 식구로 사는 것이 너무 재미있습니다. 함께 사는
가족은 기환의 부모님, 그의 형제자매 3명, 가사 도우미, 그리고 나를 포
함해 7명입니다. 식사는 함께 안 하지만 기환의 가족은 내가 출근한 낮에
내 방에 들어와 청소하고 빨래까지 해주어요. 퇴근하고 돌아오면 따로 한
국식으로 차린 저녁 밥상을 내줍니다. 지금 막 저녁 식사를 마친 상태인
데, 메뉴는 빨간 콩이 섞인 쌀밥, 김치, 김, 그리고 고춧가루와 마늘로 양
념한 채솟국 등입니다. 물론 모두 내 입에 딱 맞는 음식들이에요.
방에는 라디오가 놓여 있는 앉은뱅이책상이 있을 뿐입니다. 물론 침대
나 의자 따위는 생각도 못 합니다. 작은 벽장에는 책과 내 사물들을 넣어
두었어요. 방구석에 놓여 있는 내 트렁크에는 쿠키, 캔디, 통조림 등 주로
음식류가 들어 있습니다. 옷가지는 벽에 박혀 있는 못에 걸어둡니다. 한

쪽 벽에는 한국인의 생활 모습이 담긴 2개의 그림과 부엉이 시계를 걸어 놓았어요. 방 조명은 플로렌스가 크리스마스 선물로 보내준 탁상용 전등이 해줍니다.

이 밖에 내 축음기와 기환에게 받은 은제 티포트 등이 있는데, 이것들은 식탁보로 가려놓았습니다. 방 크기는 길이 8피트, 폭 5피트에 불과하니 얼마나 좁은지 엄마는 상상하실 만할 거예요. 제 말은 기거하기 어렵다는 불평이 아니라 이 좁은 방이 너무 안락하다는 것입니다. UNCACK에서 제공한 대신동 숙사에서 계속 머물고 있었다면 나는 차가운 철판 퀀셋에서 냉랭한 겨울을 보내고 있을 것입니다.

지난 토요일 오후에는 일본 출장에서 돌아와 대신동 퀀셋에서 하룻밤 잤는데 이곳보다 너무 불편했습니다. 기환의 가족에게 신세를 너무 많이 지는 것 같아 마음에 걸립니다. 미국에 있는 기환에게 겨울방학 중에 우리 집을 가보라고 편지했으니 그가 피츠턴에 오면 잘 대접하라고 엄마가 고모께 잘 말씀해주세요.

지금은 자정이니 조금만 더 쓰겠습니다. 나는 목요일에 한국어 공부를 새로 시작합니다. 한문도 함께 배울 예정이에요. 한자를 상당히 알기 때문에 이제부터는 중국 고전을 익히려 합니다. 그리고 일주일에 이틀은 저녁에 붓글씨를 배울 생각입니다. 저의 건강은 정상을 찾았으니 걱정하지 마세요. 간 기능도 좋아졌고 잠도 잘 잡니다.

민병갈이 독자적인 한옥 생활을 시작한 때는 전쟁이 끝나고 한국은행에 취업한 1954년 봄이었다. 미국에 있는 그를 초빙해 고용한 은행 측은 그의 취향에 맞추어 한옥 한 채를 마련해 주었다. 한국어 공부, 한국식 생활에 이어 세 번째 목표인 한국 내 고정 직장을 갖게 된 그는 마침내 오랜 꿈이던 한옥 살림을 시작했다.

민병갈이 입주한 한옥은 팔판동에 있는 대갓집의 별채였다. 경복궁과 창덕궁 사이에 있는 이 집은 규모는 작았으나 한양의 양반골로 유명하던 북촌에 자리 잡아 그런대로 예스러운 운치가 있었다. 그러나 전쟁의 상처가 곳곳에 남아 운치를 즐길 겨를이 없었다. 소공동에 있는 한국은행까지 도보로 통근하던 그는 폭격을 맞은 시가지를 지날 때마다 가슴이 아팠다.

팔판동에서 1년쯤 산 민병갈은 은행 신세를 더 이상 안 지고 좀 더 넓은 한옥에서 살고 싶은 생각에 독립문 근처에 있는 큰 기와집을 장기 임대했다. 그리고 자기 취향대로 집을 대폭 수리해 1955년 가을에 입주했다. 그는 이 집에서 10년을 살

민병갈, 나무 심은 사람

며 한국 생활의 터전을 닦았다. 주소가 서대문구 현저동 46의 1728번지인 그 집의 구조와 형태는 〈동아일보〉 1961년 3월 19일 자 탐방기에 다음과 같이 소개되어 있다.

> 민병갈 씨의 집에 들어가려면 '남대문만 한 대문'을 지나야 한다. 단청을 했으나 약간 중국 냄새가 풍긴다. 대문에 들어서면 30여 칸으로 보이는 본채와 7~8칸의 ㄱ자형 행랑채가 적당한 거리를 두고 서 있으며, 그 중간에는 잔디가 깔린 정원이 아담스럽다. 안방, 대청, 건넌방(응접실로 사용), 그리고 거실 등에는 귀목나무 '앞다지'와 장고, 이조 시대의 도자기들이 알맞게 비치되어 있는 품이 아마추어 수준을 훨씬 넘은 듯하다. 서화는 오세창 글씨의 병풍을 비롯하여 문신文信, 전농典農, 심재心齋 등 제씨의 작품들이 걸려 있고 목판 글씨의 '청개구리의 동화'까지 액자로 꾸며져 걸려 있었다.

민병갈이 1963년 5월 10일 어머니에게 보낸 편지에는 정원을 다음과 같이 묘사했다. 그가 보낸 많은 편지에서 처음으로 등장하는 나무 관련 설명이다.

> 현저동 집의 정원에는 온갖 이국적 나무와 관목이 자라고

민병갈이 10년 동안 임대해 살았던 현저동 한옥. 그는 이 집에서 해마다 외국인을 상대로 김치 파티와 서예, 동양화 전시회를 열었다.

있습니다. 지금은 철쭉이 만개했어요. 그런데 하얀 협죽도夾竹桃, oleander와 치자나무는 올봄에 꽃을 피우지 않았습니다. 저는 매일 아침 몇 분간 정원을 산책하며 하루가 다르게 변하는 나무들을 관찰하는 것이 큰 즐거움입니다.

민병갈은 집 안에 각종 한식 가구를 들여놓고 서재를 선비의 방처럼 꾸몄다. 양자와 가사 도우미를 맞아들여 한 식구로 삼았다. 식탁 메뉴에는 김치가 빠지지 않았고, 집 안에서는 가급적 한복을 입었다. 그러다 보니 의식주가 한국인보다 더 한국적으로 바뀌어갔다.

1966년 현저동 집을 내줘야 할 형편이 되자 민병갈은 다른 한옥을 물색했다. 집을 옮길 바에는 좀 더 멋진 한옥에서 살고 싶었다. 그가 탐을 낸 집은 가회동에 있는 한 명문 고택이었다. 900여 평의 대지에 아름다운 정원을 갖춘 이 집에는 한옥에서 보기 드문 2층 별당이 있었다. 당시 상당한 재력을 쌓은 그는 이 집의 임대가 가능해지자 재빨리 계약을 체결해 3년 동안 살았다.

민병갈이 새로 입주한 가회동 한옥은 백병원을 설립한 외과의사 백인제 소유로, 원주인은 이완용의 외조카 한상룡이었다. 민병갈이 보기엔 그가 일찍이 반했던 관훈동의 민영휘 고택보다 훨씬 크고 아름다웠다. 그는 별채 한 곳을 현저동 집의 서재보다 훨씬 고급스럽게 꾸며놓고 서예를 하며 옛 선비 같은 삶을 즐겼다. 이 한옥은 1977년 서울시가 민속문화재 22호로 지정해 '백인제 가옥'이라는 이름으로 지금까지 보존하고 있다.

민병갈이 살던 당시 백인제 가옥은 동네에서 '부엉이집'으로 통했다. 세입자가 부엉이를 키웠기 때문이다. 동물을 좋아한 그는 이 집의 너른 정원에서 식물을 키우는 새로운 취미에 빠졌다. 그 취미가 수목원 설립으로 발전할 줄은 꿈에도 몰랐지만 말이다.

민병갈이 한옥 사랑에는 초가집도 포함된다. 군정청 직원으로 와서 농촌 여행을 즐길 때 그는 초가집에서 한옥의 또 다른

민병갈이 3년 동안 살았던 가회동 백인제 가옥. 그는 이 집에서 동백림간첩단사건에 연루돼 옥고를 치른 이응로 화백의 개인전을 열어주었다.

아름다움을 발견했다. 시골길을 지나다가 옹기종기 모여 있는 초가집을 보면 자신도 모르게 자동차를 세워 동행자의 재촉을 받기도 했다.

　민병갈의 남다른 한옥 사랑은 그가 평생 사업으로 일군 천리포수목원 안에 열한 채의 한옥을 지은 것에도 잘 나타나 있다. 그중 한 채는 초가집이다. 그가 생전(1995년)에 지은 현재의 민병갈기념관 지붕은 초가 형태로 설계되어 있다.

김치 즐기며 한복 생활을 하다

한옥 생활을 바라던 민병갈은 현저동에 널찍한 기와집이 생기자 여기서 뭔가 특별하고 한국적인 행사를 벌이고 싶었다. 궁리한 끝에 생각해낸 것이 외국인 친구들에게 한국의 맛을 알리는 김치 파티였다. 1957년에 시작해 해마다 김장철에 열린 김치 파티는 1965년까지 8년 동안 연례행사로 이어졌다.

한국인의 의식주 중 민병갈이 가장 좋아한 것은 한옥이었으나, 실제로 먼저 즐긴 것은 음식과 한복이었다. 음식 중에는 김치가 단연 으뜸을 차지했다. 그가 처음으로 김치를 맛본 곳은 정보장교로 한국에 온 지 얼마 안 돼서 호기심으로 찾아간 한국 식당이었다. 그가 언론 인터뷰 때마다 "처음 먹어본 김치가 입에 쩍쩍 붙었다"고 한 말은 이때를 두고 하는 얘기이다.

얼마 후 민병갈은 또 다른 김치 맛을 알게 되었다. 깍두기였다. 시골 여행 중 들녘에서 일하는 농부들의 새참에 끼어들었다가 처음 먹어본 깍두기가 맵지 않고 새콤한 맛으로 입에 당겼다. 그래서 깍두기는 김치와 함께 그의 한식 밥상에 빠질 수 없는 반찬이 되었다. 중국 음식점에 가서도 김치를 먼저 찾을 정도였다.

해외여행을 자주 하는 민병갈이 가장 괴로운 것은 여행 중에는 한국 음식을 먹을 수 없는 것이었다. 1977년 1월 뉴질랜

현저동 한옥에서 열린 김치 파티에 참석한 외국인들. 파티를 주관한 민병갈(오른쪽에서 두 번째)은 반드시 한복을 입어야 한다는 참석 조건을 달았다.

드 여행 중 어머니에게 보낸 편지에서 외국 식탁에 앉으면 김치 생각이 간절하다며 한국화한 식성을 고백했다. 수목원 초창기부터 17년간 천리포에서 수발을 들어준 박동희(1931~)에 따르면 민병갈이 김치와 깍두기 외에 즐긴 한국 음식은 오이소박이와 깻잎절임이었다. 된장은 좋아하지 않았다.

서양인 친구들은 미식가로 소문난 밀러가 김치를 즐기는 걸 이상하게 생각했다. 그러나 이들 중 몇 사람은 김치 파티를 통해 김치 마니아로 변했다. 파티는 해를 거듭할수록 인기가 높아져 3년쯤 지난 뒤부터는 참가자가 30명 규모로 늘었다.

김치 파티가 인기를 끌자 민병갈은 좋은 기회다 싶어 외국인에게 한국 전통문화를 소개하는 모임으로 격상시켰다. 국악 공연과 함께 한국을 소재로 한 동양화 그리고 그가 좋아한 서예 작품 전시를 병행하기로 한 것이다. 이후부터 김치 파티를 할 때는 현저동 골목이 시끄러웠다. 서양 손님들이 타고 온 자동차가 골목을 메우고 이를 구경하려는 동네 아이들이 몰리는 가 하면, 대금과 장고 등 국악 연주 소리가 요란했기 때문이다.

> 김치 파티에 참석하는 손님은 부부 동반이 많아 30명이 오면 김치를 20인분 정도만 준비했습니다. 나는 이들의 식성에 맞게 맵지 않은 겉절이를 만들어 시식회에 내놓았어요. 돌아갈 때는 김치를 한 통씩 선물로 가져가도록 했습니다. 참가비를 받으므로 공짜는 아니었어요. 그런데 민 원장님은 안내장을 보낼 때 참석자는 반드시 한복을 입고 와야 한다는 특별한 조건을 달았습니다.

김치 담그기를 주도한 가사 도우미 박순덕의 회고담이다. 김장 파티의 단골손님이던 원일한 전 연세대 교수는 2002년 봄 HSA 학회지에 기고한 민병갈 추모사에서 "서양인들에게 김치를 성공적으로 소개한 인물"이라고 그를 회고했다.

김치 파티와 병행한 미술 전시회에서는 이름 있는 작가들의 작품을 선보였다. 동양화가 이응로(1904~1989)와 김기창 (1913~2001), 판화가 배융(1928~1992), 서예가 이건직과 이기우(1921~1993) 등이 그들이다. 변변한 화랑이 없던 1960년대 당시 민병갈의 현저동 한옥은 가난한 예술가들에게 싼값에라도 작품을 팔 수 있는 기회의 장소였다.

김치 파티에서는 가끔 한국의 전통 관례식冠禮式도 치렀다. 한국전쟁이 끝난 뒤 미군 교회에 나가던 민병갈은 교인 중 20세를 맞는 미군 병사가 있으면 김치 파티에 초대해 전통 관례대로 성년식을 해주었다. 관례 의식은 특별히 초빙된 성균관 관계자가 주재했다.

민병갈은 김치만은 못해도 한복을 좋아했다. 그가 한복을 처음 입어본 것은 26세 생일 때였다. 1947년 12월 24일 저녁, 한국인 친구들이 베푼 생일 축하를 겸한 크리스마스이브 파티에서 깜짝 놀랄 선물을 받았다. 씨그-K 장교 시절 부대 직원으로 데리고 일하던 미스터 박 등 한국인 3명이 한복 한 벌을 생일 선물로 준 것이다.

생일 파티가 열린 곳은 군정청이 친교장으로 사용하던 덕수궁 중명전의 서울클럽°이었다. 이때 민병갈은 주변 사람들의 성화에 못 이겨 현장에서 한복으로 갈아입었다. 그는 난생처음 입어본 이 한복을 2년 반 뒤 한국전쟁이 터졌을 때 피란 짐에 챙겨갈 정도로 아꼈다.

민병갈은 생일잔치 등 집안 파티가 있을 때는 어김없이 한복을 입고 손님을 접대했다. 미국에 사는 어머니가 아들을 보러 한국에 오면 한복 입히는 것을 좋아했다. 어머니처럼 따른 루스 고모에게도 한복 한 벌을 선물했다. 1990년 수목원 창립 20주년 때는 직원 모두에게 개량 한복을 한 벌씩 선물했다. 박순덕에 이어 가사 도우미로 들어온 김주옥은 민 원장이 어머니와 함께 살 때는 모자가 함께 한복을 자주 입는 바람에 이를 뒷바라지하기 힘들었다고 회고했다.

그의 이런 한복 사랑은 민병갈이 만년에 원불교에 입교하는 계기도 마련했다. 한복을 단정히 입고 다니는 여성 교무들에게 호감을 가진 그는 1995년 태안 교당에서 봉직하던 안선주 교무를 수양딸로 삼았다. 그리고 5년 뒤 안 교무의 간곡한 권유로 원불교 신도가 되었다. 그런 인연으로 한복 한 벌을 선물한 안 교무는 얼마 후 그 옷을 입고 외국 여행에서 돌아온 양아버지로부터 특별한 감사의 말을 들었다. 비행기를 탈 때마다 탑

○ 서울클럽: 구한말인 1904년 고종 황제가 내국인과 외국인의 문화 교류를 촉진하기 위해 설립했다. 초기에는 덕수궁 안에 있는 중명전을 모임 장소로 이용했으나 시대의 흐름에 따라 자주 바뀌었다. 1985년부터 현재의 장충동에 자리를 잡았다. 고급 사교 클럽으로 회원은 내국인과 외국인 반반이었다. 민병갈은 이 클럽의 종신회원으로 2002년 타계 직전까지 내외국인 친구를 만나는 장소로 애용했다.

한복을 처음 입어 본 민병갈.

민병갈, 나무 심은 사람

승객들의 집중적인 시선을 받으며 아름다운 옷이라는 찬사를 들었다는 것이다.

고희 때부터 천리포수목원의 기와집에서 열린 민병갈의 생일 파티는 양반집 잔치를 방불케 했다. 전통적인 생일상을 앞에 두고 한복 차림으로 앉아서 양아들 가족과 직원들로부터 차례로 절을 받는 모습은 옛날 양반집 어른의 생일잔치와 다를 것이 없었다.

민병갈은 초가집을 좋아했으나 살고 싶은 집은 기와집이었다. 남산골의 한옥촌에서 시작된 그의 기와집 사랑은 북촌에 있는 양반집을 본 뒤부터 하나의 꿈이 되었다. 1949년 ECA 직원으로 세 번째 한국에 왔을 때 처음 한옥 생활을 시도했으나 한국전쟁이 터지는 바람에 한참 뒤로 미루어야 했다. 그 오랜 꿈을 실현한 곳이 1956년부터 10년 동안 산 현저동 한옥이다.

전쟁의 소용돌이 속에서

전쟁이 터지고 이틀 후 새벽, 미국 민간인들은
긴급 대피령에 따라 황급히 미국 대사관에 모
였습니다. 대사관 마당은 기밀문서 등의 서류를
태우는 불기둥이 하늘로 솟고 피란민과 피란 짐
을 김포공항으로 실어갈 차량들로 북새통을 이
루었습니다.

1950년 7월 3일 일본에서 보낸 편지

숨 막히는 탈출

1950년 6월 25일 새벽, 북한군의 기습 남침으로 시작된 한국 전쟁은 민병갈이 한국에서 겪은 가장 충격적인 사건이었다. 서울에서 ECA 직원으로 일하던 중 졸지에 맞은 이 전쟁은 개인적인 피해를 떠나 그의 한국 생활에서 중대한 전환점이었다. 오키나와 전선에 있을 때도 경험하지 못한 전쟁의 참극에 몸서리를 쳤지만, 그 참혹한 전쟁은 마음 여린 이방인 청년 민병갈에게 한국과 한국인을 더 깊이 사랑하는 계기가 되었다. 전쟁 발발 직후 어쩔 수 없이 미국 대사관의 피란 대열에 합류했으나, 일본으로 대피한 지 석 달도 안 돼 그는 부산을 경유해 한국으로 다시 들어왔다.

민병갈이 전쟁 소식을 들은 것은 일요일 휴무로 숙소에서 잠을 깬 아침나절이었다. 북한군이 남침을 시작한 지 5시간쯤 지난 뒤였다. 같은 숙소에서 지내는 사람이 지나가는 말로 전방에서의 교전 소식을 전해주었다. 하지만 늦잠을 잔 민병갈은 당시 흔히 일어나곤 하던 38선의 군사 충돌 정도로 생각했다. 이날 밤 등화관제령이 내렸을 때도 북한군이 서울까지 오리라고는 상상도 못 했다. 그런데 다음 날 오후, 서울 교외에서 포성이 들리고 곧이어 서울 상공에 북한 공군기가 나타났다. 그는 당황하지 않을 수 없었다. 그래도 정보장교 출신이라 웬만한 군사정보는 손바닥 안에 있던 그가 보기에 서울 방어선이 무너질 것 같지는 않았다. 그러나 설마는 현실로 닥쳤다. 미국 대사관이 한국에 있는 모든 미국인에게 긴급 대피령을 내린 것이다.

미국 대사관은 긴급 대피령을 내리기에 앞서 25일 아침, 외출을 자제하라는 경계령을 발령했다. 그날은 일요일이라 출근을 안 했기 때문에 민병갈이 사는 회현동의 외국인 숙소 취산장에는 입주자 가족이 전부 모인 상태였다. 집에 머무르며 불안한 하루를 보낸 그들은 오후 늦게 비상대기하라는 통보를 받고 등화관제령이 내려진 어둠 속에서 피란 짐을 싸야 했다. 다행히 26일 아침에는 대기령이 풀리고 27일부터 정상 업무를 할 수 있다는 반가운 소식이 들어왔다. 그러나 오후 들어 사태가 악화해 취산장 사람들은 다시 공포의 밤을 맞았다. 그리고 27일 0시 긴급 대피령이 내려지자 민병갈도 짐을 싸들고 다른 일행과 함께 미국 대사관으로 가야 했다.

당시 미국 대사관이 있던 소공동의 반도호텔 앞 거리는 26일 자정부터 피란 준비로 북새통을 이루었다. 대사관 서류를 태우는 불길이 하늘 높이 솟는 가운데 거리는 사람과 짐과 이들을 실어 나를 차량으로 가득했다. 한밤중에 대사관에 집결한 미국인들은 새벽 4시부터 군용 트럭에 실려 김포공항으로 갔다. 그리고 공항에 대기 중인 미군 수송기에 분승해 일본으

민병갈, 나무 심은 사람

로 향했다. 민병갈은 25일 아침 경계령 발령부터 27일 낮 일본으로 긴급 대피하기까지 그 숨 막혔던 과정을 생생한 기록으로 편지에 남겼다.

피란을 하고 8일 뒤 가족에게 쓴 편지를 보면, 민병갈은 대사관 측의 요구에 따라 급한 짐만 꾸린 채 김포공항까지 가서도 한국을 떠날 생각을 하지 않았다. 마지못해 탑승한 마지막 비행기 C-54 미군 수송기는 이륙 얼마 후 북한기의 공격을 받아 날개에 총구멍이 나는 위기일발의 비상사태를 맞기도 했다. 민병갈은 이 같은 일련의 피란 과정을 1950년 7월 4일과 23일 두 차례에 걸쳐 쓴 편지에 상세히 기록했다. 19쪽에 이르는 장문의 육필 편지에서 한국전쟁 발발 전후의 급박한 상황만 발췌한 내용은 다음과 같다.

아슬아슬한 한국전쟁 탈출기

6월 25일 새벽 2시까지 나는 침대에 누워 책을 읽다가 잠이 들었습니다. 그로부터 2시간이 지나 북한군이 38선을 돌파해 남침을 시작했으나 그런 사실을 알 길 없던 나는 아침 10시까지 늦잠을 잤습니다. 그날은 일요일이었기 때문입니다. 잠이 덜 깬 상태에서 침대에 누워 있는데 한 친구가 38선에서 군사 충돌이 일어났다며 외출을 삼가라는 미 대사관의 경계령을 전해주었습니다. 아침 겸 점심을 먹고 오후 1시쯤 숙소 취산장을 나오는 길에 38선에서 심각한 군사 충돌이 일어났음을 알리는 뉴스 벽보를 읽었습니다. 나는 사무실로 가서 오후 내내 2개의 여행 기록을 타이핑

했으나 불안한 마음에 속도가 나지 않았습니다. 사무실에는 일요일인 데도 여러 사람이 나와서 군사 충돌을 걱정했으나 누구도 서울이 점령되리라고는 상상도 못 했습니다. 애써 타자해 사무실에 남겨두었던 나의 여행기는 아쉽게도 그날이 마지막이었습니다.

오후 5시께 사무실을 나와 한국 라디오 방송국에서 일하는 미국인 친구를 만나러 갔습니다. 도중에 전선으로 가는 한국군 행렬을 보았습니다. 큰길 양쪽에는 많은 시민이 나와서 군인들에게 손을 흔들고 있었습니다. 어떤 사람은 울음을 터뜨려 뭔가 심상치 않음을 느꼈어요.

이날 저녁 미국인 친구 몇 사람과 양식당 '부셰'에 가서 스파게티와 미트볼을 시켰으나 입맛이 나지 않았습니다. 식사 중 김포 상공에 북한 공군기가 나타나 기총소사를 했다는 소식이 들려왔거든요. 숙소에 돌아와서는 취산장 위를 지나는 몇 대의 북한기를 목격했습니다. 이들은 폭탄을 투하하지 않았으나 얼마 후에는 기관총 소리가 들렸습니다.

저녁이 되자 멀지 않은 곳에서 포성과 함께 기관총 소리도 들렸습니다. 이날 밤 처음으로 등화관제령이 내렸습니다. 같은 숙소를 쓰는 우리 미국인들은 모두 불을 끄고 휘장으로 창문을 가린 한 방에 모여 촛불을 켜놓고 자정까지 불안한 시간을 보냈습니다. 그때까지도 서울이 함락되리라고 생각한 사람은 아무도 없었습니다.

자정을 넘겨 잠자리에 든 지 30분도 안 돼 미국 대사관으로부터 가족들의 피란을 준비하라는 급한 전갈이 왔습니다. 가족이 없는 나는 처자가 있는 숙소원의 방을 찾아가 어둠 속에서 피란 짐 꾸리는 것을 도왔습니다. 26일 새벽 3시, 대사관 차량이 와서 여성들만 실어갔습니다. 짐은 한 사람에 옷 가방 한 개로 제한했습니다. 새벽 5시에 다시 잠자리에 들었으나 잠이 오지 않았습니다.

나는 무선통신기로 미군 친구들을 불러 교신했으나 전황을 아는 사람이 없었습니다. 뜬눈으로 밤을 새우고 외출해 아침 요기를 하던 중 공습 기관총 소리가 들려 불안했습니다. 그런데 오후 들어 뜻밖에도 이튿날 (27일)부터 정상 근무가 가능하다는 반가운 소식이 들어왔습니다. 기분이 좋아진 나는 옥상에서 일광욕을 하고 저녁 식사 후에는 평소대로 한국어 개인 학습에 들어갔어요. 그러나 30분도 안 돼 숙소 건물 바로 위에서 기총소사 소리가 들려 공부를 중단해야 했습니다.

숙소원들은 전날처럼 다시 한곳에 모여 지붕 위에만 신경을 곤두세웠습니다. 밤 11시쯤 내 방에 와서 눈을 붙이려는데 전화벨이 요란하게 울리며 "사태가 악화됐으니 비상대기를 하라"는 전갈이 왔습니다. 그래도 서울을 떠나랴 싶었는데 그다음에 울린 전화벨은 모든 기대를 꺾었습니다. 북한군이 서울 근교까지 쳐들어왔으니 전원 미 대사관에 집결해 피란 대기를 하라는 다급한 통보였습니다.

나는 어두운 방에서 회중전등을 켜고 서둘러 짐을 꾸렸습니다. 다행히 두꺼운 휘장을 친 작은 방과 회중전등이 있어서 도움이 되었어요. 가장 먼저 챙긴 슬라이드 필름은 너무 많아서 절반만 트렁크에 넣었습니다. 의류 가방에는 한복을 가장 먼저 챙겼습니다. 책은 부피가 크고 무거워 한 트렁크 분량만 챙겼습니다. 오랫동안 정이 든 취산장을 떠나는 게 가슴 아팠으나 다른 숙소원들은 머지않아 다시 오리라고 믿는지 그렇게 아쉬워하지 않는 기색이었습니다.

서둘러 짐을 꾸려놓은 숙소원들은 대사관 차량을 기다렸으나 차 소리는 안 들리고 라디오 방송의 음악 소리만 무거운 정적을 깼습니다. 스티븐 포스터의 구성진 멜로디가 불안한 마음을 더 심란하게 했어요. 새벽 2시께야 온 차를 타고 도착한 대사관은 완전히 불 난 집 같았습니다. 각종 문서를 태우는 불길이 휘황한 가운데 곳곳에 공수해갈 짐짝들이 널려 있었어요. 주변 거리도 바쁘게 움직이는 사람들과 차량들로 북새통을 이루고 있었습니다.

대사관 직원과 민간인을 실은 차량은 예정보다 늦은 오전 4시 30분 미 대사관을 출발했습니다. 26마일을 달려 김포공항에 도착하니 막 동트는 시각이었습니다. 나는 대사관 측에 서울에 남겠다고 했으나 받아들여지지 않았어요. 오전 7시 첫 비행기가 이륙한 후 계속 탑승을 미루며 마지막 비행기는 좌석이 없길 바랐으나 반밖에 차지 않아 결국 탈 수밖에 없었습니다.

내가 오른 C-54 수송기는 오전 8시 김포공항을 이륙했습니다. 그러나 얼마 후 북한 야크기의 공격을 받아 이젠 죽었구나 싶었어요. 다행스럽게도 미군 전투기가 날아와 북한기를 격추시키는 바람에 무사했습니다. 날개에 총구멍이 나는 등 기체 일부가 파손된 우리 탑승기는 저속, 저공으로 비행한 끝에 오전 10시 30분 일본의 이타즈케板付 미 공군기지에 착륙했습니다. 공항에는 미국 적십자 회원들이 우리를 마중 나와 있었습니다.

일본 호후防府에서 보낸 편지

민병갈은 일본으로 긴급 탈출한 후 가족에게 장문의 편지를 보냈다. 19쪽에 이르는 편지에는 전쟁이 일어난 직후 서울의 모습과 허둥지둥 피란길에 오르는 미국 대사관 직원들의 모습이 생생하게 적혀 있다.

민병갈, 나무 심은 사람

한국전쟁 발발 직후 민병갈의 서울 탈출기는 생생하고 상세하다. 비록 개인적인 편지일지라도 그 내용의 일부는 북한군의 전격 남침과 미국 대사관의 긴급 피란을 증언하는 사료적 가치도 갖는다. 미국 국무부 산하 기관 ECA의 직원이 미국 대사관의 철수단에 끼어 허둥지둥 피란길에 오른 것은 미국의 사주로 남측이 먼저 공격했다는 북침설의 허구를 반증하는 확실한 증거이기 때문이다. 24세의 이 새파란 청년은 편지 마무리에 어머니에게 용돈을 보내달라는 응석을 부리기도 했다.

이 편지에서 흥미를 끄는 대목은 민병갈이 피란 비행기에 오르기 직전까지 한국에 남으려 안간힘을 썼다는 것이다. 한국에 대한 애착심에서 나온 것인지, 아니면 전쟁 현장을 목격하고 싶은 모험심에서 나온 것인지 당사자는 그 여부를 생전에 해명한 적이 없다.

일본 도착 후 호후 미군 기지에서 불안한 나날을 보내며 한국의 전황에 촉각을 세우던 민병갈은 서울이 함락된 데 이어 북한군이 낙동강까지 진격했다는 뉴스에 크게 낙담했다. 설상가상으로 심한 간염에 걸려 병원에서 우울한 나날을 보내던 그는 얼마 후 유엔군 참전으로 전세가 역전됐다는 반가운 소식을 듣고 전쟁이 한창이던 9월 14일 다시 한국으로 향했다. 서울을 떠난 지 석 달도 안 돼 찾은 한국 땅은 임시 수도 부산이었다.

김포공항에서 일본으로 미국 피란민을 싣고 갈 비행기를 기다리는 민병갈. 그는 한국에 남아 있으려고 탑승을 미뤘으나 끝내 비행기를 타야 했다.

위기일발의 열차 상경 작전

황급히 일본으로 탈출했던 민병갈은 피란 2개월 17일 만에 다시 한국에 왔다. 당시 부산을 통해 입국한 것은 서울이 아직 수복되지 않고 공산 치하에 있었기 때문이다. 미군이 곧 대규모 상륙작전을 펼 것이라는 군사정보를 탐지한 그는 서둘러 미군 수송기 편으로 부산에 발을 디뎠다. 한반도 전체가 전쟁에 휩쓸린 위험 지대였으나 마음은 한국에 가고 싶은 생각뿐이었다.

부산에 와서도 서울에 들어갈 궁리만 했다. 인천에 상륙한

민병갈, 나무 심은 사람

유엔군이 9월 28일 서울에 입성했다는 뉴스가 전해지자 민병 갈은 반색하며 상경 준비에 들어갔다. 며칠 뒤 부산에 있던 미국 대사관이 서울로 옮긴다는 소식이 들어와 같은 국무부 계열의 ECA 직원으로서 동행을 요청했으나, 비행기에 빈자리가 없어 다음 항공편을 기다려야 했다. 그러나 곧 온다던 대사관 비행기는 나흘이 넘도록 오지 않았다.

낙심한 민병갈이 군용기 편을 물색하던 차에 동료 직원 앤디 벨로티Andy Bellotti가 급한 정보를 가져왔다. 부산항에 도착한 미군 병력을 전방으로 수송하는 열차가 10월 15일 오전 11시 30분 부산역을 출발한다는 소식이었다. 두 사람은 열차 출발 1시간 30분을 남겨놓고 서둘러 짐을 꾸려 지프에 싣고 부산역으로 달려갔다. 다행히 열차는 예정 시간보다 늦게 출발해 여유 있게 탑승할 수 있었다.

민병갈과 앤디는 12개의 짐을 미군 열차에 싣고 상경 길에 올랐다. 당시 서울은 수복되어 적군이 없었으나 내륙에는 곳곳에서 공산군과 게릴라가 출몰하고 있었다. 두 사람이 탑승한 미군 열차는 이름만 급행열차red ball였을 뿐 부산역에서 영등포역까지 가는 데 4박 5일이 걸렸다. 민병갈은 이 위험천만한 열차 편 상경 작전을 1950년 12월 12일 편지에서 자세히 묘사했다. 그 장문의 체험담을 간추리면 다음과 같다.

전시 열차를 이용한 위험한 상경 작전

서울로 가는 군용열차가 곧 출발한다는 것을 뒤늦게 안 우리 두 사람은 서둘러 짐을 싸서 부산역으로 갔습니다. 다행히 열차는 예정보다 45분 늦은 일요일(15일) 낮 12시 15분에 부산역을 출발했습니다. 그리고 우리가 서울의 노량진역에서 내려 미국 대사관에 도착한 시간은 5일 후인 목요일(19일) 오후 4시였습니다. 위험하고 지루한 긴 여로였으나 잊을 수 없는 모험이기도 했습니다.

우리는 마지막 칸에 짐을 싣고 괜찮은 좌석도 잡았습니다. 열차에는 젊은 GI(미군 병사)들로 가득 차 있었고 민간인은 앤디와 나 둘뿐이었습니다. 그러나 우리 둘은 미 육군 복장을 하고 있었기 때문에 미군 병사들은 우리가 민간인이라는 것을 알아보지 못했습니다. 나중에 보니 우리가 탄 열차의 맨 끝 칸에는 뜻밖에 한국 군인들도 타고 있더군요.

부산역을 출발할 때 오기 시작한 비는 오락가락 종일 내렸습니다. 우리가 탄 열차는 창이 거의 다 떨어져 나가고 붙어 있는 차창도 거의 다 유리가 깨져 있었습니다. 나무로 만든 의자는 때가 잔뜩 묻어 있고 열차가 움직일 때마다 삐걱 소리가 나서 신경이 쓰였어요. 날이 어두워지면서 차가운 가을바람이 깨진 창 사이로 사정없이 들어와 전선으로 실려 가는 군인들의 마음을 더욱 스산하게 했습니다.

그러나 객실에 탄 군인들의 괴로움은 열차 지붕 위에 앉아서 비를 맞는 피란민들의 고통에 비하면 아무것도 아니었습니다. 그들은 수복된 서울로 돌아가려는 사람들이었습니다. 그들이 탄 열차 지붕도 치열한 경쟁 끝에 얻은 자리였습니다. 거의 매일 비가 오는 5일 동안 달리는 열차의 지붕 위에서 밤낮으로 쪼그리고 앉아 있는 모습을 상상해보세요. 아낙네들은 대부분 어린아이나 젖먹이를 데리고 있었어요. 정말 눈물겨운 정경이었습니다.

열차가 대구역에 정거해 있을 때 한 불쌍한 엄마를 보게 되었습니다. 머리에 짐을 이고, 등에 아기를 업고, 서너 살 정도 된 아이의 손을 잡고 있는 그녀는 우리가 탄 기차를 타지 못해 애를 태우고 있었어요. 그 모습이

민병갈, 나무 심은 사람

1950년 10월 중순. 민병갈이 대구역에서 찍은 피란민 상경 열차. 부산·대구 지역에 피란해 있던 서울 사람들이 수복된 서울로 돌아가기 위해 병력 수송용 군용열차 지붕에 올라타 있다.

너무 가여워 나는 열차에서 내려 사정을 물었습니다. 그녀는 서울에 있는 남편을 찾기 위해 꼭 기차를 타야 한다며 울먹이더군요. 미군 수송관에게 그녀의 딱한 사정을 말하고 도와주길 청했으나 듣지 않았습니다. 울음을 터뜨리는 그녀가 너무 딱해서 나는 때마침 출발하는 다른 열차에 태워주고 5,000원(2달러)을 주었습니다. 그 돈은 한국에서 며칠간 요기를 할 수 있는 금액입니다.

우리가 탄 열차는 명색이 급행열차일 뿐 지나는 역을 거의 다 섰습니다. 때로는 한 역에서 몇 시간씩 정거하기도 했어요. 대구역에는 부산역 출발 18시간 만인 16일 오전 6시에야 도착했습니다. 그리고 오후 6시까지 12시간을 멈춰 있었습니다. 정거 시간이 길어 지루해진 나는 GI들을 따라 열차 밖으로 나갔습니다. 한국 어린이들이 선로에 들어와 스카프를 팔고 있었습니다.

전쟁의 소용돌이 속에서

스카프 한 장 값은 1,000원(40센트)이었습니다. 이 돈은 한국인 한 사람이 며칠 먹을 수 있는 식량값과 같아요. 그런데 스카프를 사고도 돈을 주지 않는 GI가 더러 보여 화가 났습니다. 어떤 군인은 돈을 내라고 울며 조르는 아이에게 총부리를 겨누는 어처구니없는 짓을 했습니다. 내가 본 이들은 대부분 18세 정도의 애송이들이었어요. 그들을 본 순간 내가 미국 국민이라는 사실이 부끄러웠습니다. 비행 청소년들까지 모아 해외 전쟁터에 내보내는 정치가나 위정자는 반성해야 합니다.

열차는 땅거미가 지는 오후 6시에야 대구역을 출발했습니다. 대구 지역은 공산군이 집결했던 곳이어서 그 현장을 보고 싶었으나 날이 어두워져 그럴 수 없었습니다. 열차는 잠시 왜관역에서 머문 뒤 이번에는 산속을 지나게 되었습니다. 터널을 지날 때면 기차 매연이 객차 안으로 들어와 숨이 막힐 지경이었습니다. 열차 지붕에 있는 피란민들은 오죽했을까 상상해보세요.

위험 지역을 통과하는 동안 열차는 모든 조명을 껐습니다. 산악 지대를 통과할 즈음 난데없이 총격 소리가 들려오자 열차 안은 비상이 걸렸습니다. GI들이 차창 밖을 향해 총을 겨누고 응전 태세에 들어갔습니다. 적군의 총격이 심해지자 어린 GI들은 모두 열차 바닥에 납작 엎드렸으나 앤디와 나는 동요하지 않고 의자에 앉아 있었습니다. 서행하던 열차는 안 되겠다 싶었는지 몇 마일 후진하더니 날이 새기까지 멈춰 있었습니다. 우리 두 사람은 열차 밖으로 나와 선로 근처에서 3~4시간 동안 어둠 속에서 긴장의 시간을 보냈습니다.

새벽 4시가 지나 동이 틀 즈음, 열차는 다시 전진해 추풍령에 도착했습니다. 우리가 다시 열차에서 내려 다리 펴기 운동을 하고 있는데, 멀리서 요란한 총소리가 들렸습니다. 알고 보니 교전 중인 한국군과 공산 게릴라들이 쏘는 소총과 기관총 소리였어요. 나는 철로 바로 옆에서 급히 매장한 무덤 하나를 보았습니다. 나뭇가지로 무덤 표시를 한 봉분 옆에는 가마니로 만든 들것이 놓여 있고, 다른 한쪽에는 야생화 한 그루가 놓여 있었습니다.

민병갈, 나무 심은 사람

우리가 탄 열차를 자세히 보니 여러 곳에 총 맞은 자국이 있었습니다. 총알이 철판을 관통 못 하고 튕겨 나간 흔적이었어요. 열차가 1~2시간 멈춰 있자 기차 구경을 하러 나온 많은 아이가 보였습니다. 헐벗은 이들 중에는 굶어서 배가 부은 아이도 있었어요. 들녘에는 곡식이 무르익었으나 아이들에게는 관련 없는 식량처럼 보였습니다. 열차에서는 끼니때가 되면 음식이 나왔습니다. 깡통에 담긴 차가운 군용식인데, 때로는 김밥과 함께 한국산 사과와 감을 주기도 했습니다.

우리 열차가 다시 멈춘 황간역 철로 변에서 3명의 북한 병사 시체와 소 세 마리가 죽어 있는 걸 보았습니다. 전사한 북한군 철모에는 총탄 자국이 보였어요. 역 건물은 완전히 파괴되었고, 기관차들이 만신창이가 돼 있는가 하면, 화차에 총구멍이 숭숭 나 있는 등 역 주변은 전쟁 피해가 막심했습니다. 한 녹슨 화차에는 영어로 'School Boy'라고 쓰여 있었는데, 누가 무슨 의미로 그런 말을 썼는지 알 수 없었습니다. 우리는 음식을 구하러 마을로 갔으나 먹거리를 가진 주민을 찾아볼 수 없었습니다. 민가의 피해는 집 벽에 구멍이 나거나 지붕이 날아간 정도로 역 구내보다 덜했습니다.

그다음 여정에서도 보이는 것은 전쟁의 상처뿐이었습니다. 어떤 마을에서는 포탄이 떨어진 논에 거대한 웅덩이가 파여 있었습니다. 우리가 지나는 철로 주변에는 파괴된 기차 잔해가 널려 있었어요. 뒤틀려서 들떠 있는 철로가 있는가 하면, 기관차에서 떨어져 나간 열차 바퀴도 보였어요. 겉으로는 멀쩡해 보이는 객차도 파손된 자국을 땜질한 것들이 대부분이었습니다. 궂은 날씨는 충북 영동역에 도착했을 때 많이 갰습니다. 우리는 전투가 치열했던 한 곳을 잠시 둘러보았습니다.

열차가 천안역에 도착한 시간은 10월 18일(수요일) 아침 6시였습니다. 서울은 천안에서 60마일밖에 안 되고 철도가 잘 깔려 그날 저녁에는 목적지인 미국 대사관에 도착할 줄 알았습니다. 그래서 우리 두 사람은 오산역에서 준비해온 달걀과 레이션을 모두 피란민에게 나누어주었습니다. 그러나 우리 열차는 밤을 넘겨 이튿날인 19일 아침 7시 30분에야 영등포역에 도착했습니다.

아름다운 한국식 건축미를 자랑하던 수원역 건물은 폭격을 맞아 폐허로 변해 있었습니다. 평택 마을은 우리가 본 곳 중 가장 피해가 큰 지역이었어요. 남아 있는 건물이 거의 없었으니까요. 서울로 가는 대로변에는 파괴된 트럭, 지프, 버스 등 전쟁 잔해가 널려 있었습니다. 한 곳에는 소련제 탱크 일곱 대가 망가져 있더군요. 모든 길목마다 전쟁의 흔적이 역력하게 드러나 있었습니다.

영등포역에 도착한 열차는 한강 철교가 폭파됐기 때문에 더 이상 갈 수 없었습니다. 무선통신기를 통해 대사관으로부터 트럭을 보내주겠다는 연락을 받았습니다. RTO(미군 철도운수사령부) 간이 막사에서 트럭을 기다리는 동안 우리는 빗속에서 또 다른 전쟁의 참상을 보았습니다. 우리가 내린 짐 옆에는 북한군 시체 두 구가 놓여 있었습니다. 역 구내에서는 수천 명의 북한군 포로가 삼엄한 경비 아래 열차에 탑승하는 모습이 보였습니다.

우리가 미국 대사관에 도착한 것은 오후 3시가 지나서였습니다. 이어 회현동 숙소를 찾은 나는 닷새 만에 몸을 씻고 잠에 곯아떨어졌습니다. 앤디와 내가 100시간이 넘게 겪은 전시 열차 여행담을 책으로 쓴다면 한 권으로는 부족할 겁니다.

숨 가빴던 상경 모험을 끝내고 여장을 푼 곳은 장교 시절 이래 5년 가까이 사용했던 회현동의 외국인 숙소 취산장이었다. 다행히 숙소 건물은 전쟁 중에 폭격을 맞지 않아 미군 공병대가 난방시설 등을 복구해놓은 상태였다. 그러나 그가 쓰던 109호실은 완전히 난장판이었다. 미처 챙겨가지 못한 세간과 옷가지는 남은 것이 없고 책들만 어지러이 널려 있었다. 그

민병갈, 나무 심은 사람

유엔군이 수복한 서울에서 민병갈이 찍은 사진. 전쟁으로 잿더미가 된 도시에서 어린이들이 놀고 있다.

런 중에도 책이 남아 있는 것은 천만다행이었다. 세간이나 옷은 다시 사도 되지만 일부 책은 구하기 어려운 희귀본이라서 그는 '도둑들은 참 바보'라며 속으로 웃었다.

　다시 서울 살림을 시작한 민병갈이 무엇보다 아쉬워한 것은 자동차를 잃어버린 일이었다. 다행히 미국 영현등록부대American Graves Registration, AGR에서 근무하는 '미스터 차'가 자동차의 소재를 알려줬다. 그가 알려준 대로 무학여고 운동장에 가보니 과연 민병갈이 애용하던 셰브Chev 세단이 있었다. 하지만 차는 그야말로 뼈대만 남아 있었다. 헤드라이트, 타이어, 배터리, 라디오, 의자, 배전기, 시동기, 경적기, 히터, 시계 등 부속을 다 빼간 데다 도어 록마저 망가지고 도어 핸들에는 총구멍이 나 있었다. 차량 엔진까지 안 보여 크게 낙담했으나 운 좋게도 미군 헌병대가 따로 떼어내 보관하고 있었다.

민병갈은 군정청 시절 이래 지방 여행의 추억이 담긴 자동차를 버리기 아까웠다. 어떻게든 그걸 다시 사용하고 싶었던 그는 며칠 동안 서울 시내를 뒤지고 다니며 없어진 부품의 대용품을 구하고 헌병대 정비병의 도움을 받아 수리를 마쳤다. 민병갈은 가족에게 보낸 편지에서 "라디에이터의 물이 새고 경적은 자전거 소리를 내지만 그런대로 움직인다"며 히터 버튼이 작동하고 후면 등이 켜지는 게 너무 신기하다고 썼다. 그리고 뒷날 회고담에서 정비공에게 사례로 준 것은 위스키 두 병뿐이었다고 밝혔다.

민병갈이 쓴 장문의 '열차 상경기'에는 미군 병사를 나무라는 다음과 같은 구절이 나온다. 기본적으로 그의 의식 속에는 한국인에 대한 애정이 깊숙이 배어 있었음을 알 수 있다.

내가 만난 한국인들은 일제의 압제로부터 그들을 해방시킨 미국을 고맙게 생각하고 있습니다. 많은 한국인은 미국인과 가까이하고 싶어 하지만 미국 군인들이 그런 기회를 주지 않는 것 같아요. 언행으로 볼 때 훨씬 품격 있는 한국인들이 교양 없는 미군 병사들에게 손을 내미는 모습은 보기에 안쓰럽기만 합니다. 나와 같은 객차를 탄 미군 병사들은 대부분 전쟁터로 보내기엔 적합하지 않은 비행 청소년이었습니다. 이들은 동양인을 비하하는 '국Gook'이라는 말을 한국인에게 예사로 쓰고 있습니다. 그들이 한국을 싫어하는 것은 자유이지만, 한국인에게 못된 짓을 할 권리는 없습니다.

전시 중 38선을 넘어 탐험하다

부산에서 위험한 상경을 한 지 한 달도 안 돼 민병갈은 아슬아슬했던 4박 5일의 악몽을 잊고 또 다른 모험을 했다. 9월 28일 서울을 탈환한 유엔군이 북진을 계속해 10월 말 평양까지 진격하자 불현듯 북한에 가보고 싶었다. 11월 12일 일요일을 맞아 38선 넘어 전곡리를 돌아본 그는 그곳 주민들의 처참한 생활상에 눈물을 흘렸다. 그는 편지에서 사람이 그토록 불쌍하게 살 수 있는지 회의감이 들었다며, 밤 한 가마니를 사서 마을 주민들에게 나누어주었다고 썼다. 당시 한국군과 유엔군은 압록강 근접까지 진격해 북한 땅을 절반 이상 평정한 상태였다.

전곡리에서 전재민의 참상을 보고 큰 충격은 받은 민병갈은 더 멀리 북한 지역을 돌아보기로 마음을 굳혔다. 이왕이면 추수감사절에 뜻깊은 여행을 하기로 마음먹고, 11월 23일 아침 10시 동료 두 사람과 함께 중부 전선이 있는 북쪽으로 자동차를 몰았다. 최종 목적지는 개성 북쪽에 있는 해주로 정했다. 그곳에 그의 오랜 친구인 버거슨이 유엔군 점령 지역의 민간 관할 책임자로 있었기 때문이다. 이날의 탐험 기록은 그가 가족에게 보낸 11월 30일 편지에 자세히 쓰여 있다. 편지는 38선 이북 수복 지역의 전시 상황과 미군 공수특전대의 병영 문화를 부분적으로 소개해 흥미를 끈다.

북한에 관한 이야기를 수없이 들은 나는 38선 이북의 실상을 보고 싶은 마음이 간절했습니다. 그러던 차에 유엔군이 북한을 점령해 통행 길이 열린 기회를 놓칠 수 없었습니다. 전쟁이 한창인 북한 지역을 여행한다는 것은 정말 가슴 설레는 일이었습니다. 나는 11월 23일 아침, 왕복에 충분할 만큼 차에 가솔린을 채우고 간단한 간식을 준비해 10시에 두 동료와 함께 출발했습니다. 개성까지 가는 길은 북진하는 유엔군의 전선으로 통하는 주요 보급로였기 때문에 미군 공병대에 의해 잘 닦여 있었습니다. 보통 3시간 걸리는 서울-개성 구간을 우리는 사진을 찍기 위해 몇 차례 자동차를 세웠는데도 2시간 만에 도착했습니다.

민병갈, 나무 심은 사람

전쟁 중 파괴되어 길가에 방치된 장갑차.

개성 가는 길 주변에는 처참하게 파괴된 전쟁 잔해가 곳곳
에 널려 있었습니다. 불에 그을리고 망가진 채 버려진 군
용 장비는 이번 전쟁이 얼마나 참혹한지 잘 설명해주었습
니다. 짐작하건대 그 잔해는 불과 몇 주일 전 벌어진 전쟁
의 흔적이었습니다. 엿가락처럼 휘고 뒤틀린 탱크와 망가
진 트럭·지프가 사방에 나뒹그러져 있었어요. 불에 탄 한
국 버스도 보였습니다. 우리는 차량 운반선에 자동차를 싣
고 임진강을 건넜습니다. 운반선은 한 척뿐이기 때문에 헌
병의 지시에 따라 군용 차량들을 먼저 보내고 도강했습니
다. 많은 군용 차량이 줄지어 북쪽으로 가고 있었어요. 개

성에 도착하니 정오였습니다. 이 도시는 전쟁 발발 직후 북한군이 첫 번째로 점령한 곳이고, 유엔군이 탈환한 38선 이남의 마지막 도시입니다. 부분적으로 38선에 걸려 있는 이 도시는 불에 탄 집들이 많지 않아 의외로 전쟁 피해가 적어 보였습니다.

개성을 지난 민병갈은 해주를 향해 자동차를 몰았다. 지도에 나타난 길을 따라가다가 우회전해야 할 지점에서 도로 폐쇄 팻말이 나타나 더 이상 갈 수가 없었다. 낭패를 당한 일행은 궁여지책으로 금천을 경유하는 우회도로를 찾아 달리던 중 길을 잘못 들어 생각지도 않던 남천점이라는 곳에 도착했다. 이렇게 되면 시간이 얼마 안 남아 해주로 가는 계획을 포기하는 수밖에 없었다.

그러나 길에서 방황한 것이 아주 헛된 일은 아니었다. 도중에 북한 피란민 행렬과 여러 번 마주쳐 전쟁이 남긴 참상을 생생하게 볼 수 있었기 때문이다. 민병갈은 피란민의 모습을 편지에 이렇게 썼다.

피란민은 대부분 나이 지긋한 중년이었습니다. 그들은 커다란 보따리를 등에 메거나 머리에 이고 힘없이 도로변을 터덕터덕 걷고 있었습니다. 그 모습이 너무 불쌍해 우리는 빈자리를 내어 한 사람만 태워주기로 하고 혼자 걸어가는 할머니 옆에 차를 세웠습니다. 어디로 가느냐고 물었더니 평양으로 간다고 했어요. 50파운드는 돼 보이는 무거운 보따리를 머리에 인 할머니는 개성에서 평양까지 150마일을 걷는 중이었습니다. 우리는 이 북한 할머니를 남천점까지 데려다주고 군용식까지 주었습니다.

평양 가는 길목에 있는 남천점은 꽤 큰 시가지였으나 폭격을 맞은 흔적은 보이지 않았다. 군용식으로는 허기를 못 채운 그들은 요기할 곳을 찾아 시장에 갔으나 식당을 찾을 수 없었다. 다만 물가는 서울보다 저렴해 달걀과 농산물을 사서 차에 실었다. 민병갈은 편지에서 달걀 10개 가격이 서울에서는 1,500원(40센트)인 데 비해 이곳 점령지에서는 600원(15센트)에 불과하다고 썼다. 그런데 뜻밖에 차를 태워주었던 할머니가 치마에 과일을 가득 담고 나타나 세 미국인에게 고맙다는 인사치레를 했다.

민병갈 일행은 남천점 시장에서 우연히 미군 몇 사람과 마주쳤다. 몇 주 전 석천과 선천에 내린 11공수특전대 소속인 그들은 자기네 야영지로 일행을 데려가 샌드위치와 커피를 주었다. 난로 몇 개가 놓인 야전 군막에는 나무 탁자가 놓여 있었다. 전쟁이 스쳐간 북한 땅에서 고국의 전투병을 만난 민병갈은 갑자기 가슴이 찡했다.

　이날 23일은 미국의 추수감사절이었다. 일행이 방문한 특전단도 당연히 감사절 잔치를 벌일 예정이었으나 하루를 늦추어 행사를 하기로 했다는데, 그 이유가 특별했다. 바로 수마일 떨어진 산속에 숨어 있는 공산군 게릴라를 마저 소탕하고 여유 있게 칠면조 고기와 감사절 특식 레이션을 즐기기로 했다는 것이다. 최근 전투에서 전사 4명, 부상 7명의 사상자를 냈다고 말하는 특전대원들이 그 정도 희생은 별문제 되지 않는다는 표정을 지어 민병갈을 놀라게 했다.

　특전대원들은 최근의 전황을 궁금해했으나 민병갈은 유엔군이 평양을 점령한 후 계속 북진 중이라는 것 정도의 정보만 알아 시원한 답을 주지 못했다. 부대장은 오후 5시까지 기다렸다가 저녁 식사를 하고 가라고 권했으나 서울로 갈 길이 먼 일행은 사양할 수밖에 없었다. 그 대신 부대 배식 담당관이 특식 레이션을 미리 받았다며 비엔나소시지 한 상자와 사워 체리sour cherry 등 음식을 감사절 선물로 잔뜩 주었다.

　귀로에 오른 민병갈 일행은 중도에 큰 사고를 낼 뻔했다. 심한 먼지를 일으키는 군용 트럭 행렬에 끼었다가 뒤쪽 범퍼 반쪽이 찌그러지는 추돌 사고가 일어난 것이다. 자칫했으면 차가 논두렁으로 처박힐 뻔했다.

　이 같은 일련의 상황을 편지에 적은 민병갈은 며칠을 못 참고 다시 북한 지역 여행 준비에 들어갔다. 당시 전황은 역전되어 그가 남천점을 방문하고 사흘 후인 11월 23일은 북진했던 유엔군이 중공군의 대공세에 밀려 후퇴하는 시점이었다. 10월 26일 압록강에 태극기를 꽂았던 국군 제6사단 제7연대도 일주일 만에 후퇴하지 않으면 안 되었다. 이런 전황을 까맣게 모르고 있던 민병갈은 12월 초 평양 탐험을 결심했다.

북한 탐험이 남천점에서 끝난 게 아쉬웠던 민병갈은 건강에 이상 징후가 있었으나 결심을 굽히지 않았다. 겨울 날씨를 대비해 스노파카 등 만반의 준비를 갖추고 뜻이 맞는 한 친구와 함께 평양 쪽으로 자동차를 몰았다. 앞이 잘 안 보이는 눈발을 뚫고 북행길에 나선 두 사람은 출발한 지 1시간도 안 돼 큰 낭패를 겪었다. 남하하는 유엔군 후퇴 행렬과 마주친 것이다. 개성을 조금 지나서는 헌병이 아예 길을 막았다.

전황을 알 길이 없던 민병갈은 헌병에게 북행을 막는 이유를 물었으나 시원한 대답을 해주지 않았다. 유엔군의 후퇴 행렬을 보고 사태가 심상치 않음을 직감한 두 사람은 자동차를 돌리지 않을 수 없었다. 이 좌절의 실패담은 수전 멀닉스Susan Mulnix가 영문 잡지 〈아리랑〉 1986년 겨울호에 쓴 인터뷰 기사에 실려 있다.

중공군이 평양 남쪽으로 내려오기 전, 칼 밀러는 유엔군이 점령한 평양을 돌아보기 위해 38선을 지나 북쪽으로 자동차를 몰았다. 한 친구와 동행한 그는 두꺼운 방한복을 입고 맥주도 준비한 상태였다. 그러나 도중에 유엔군의 후퇴 행렬에 막혀 자동차는 더 이상 갈 수가 없었다. 밀러가 평양에 가지 못한 것은 그를 위해 다행스러운 일이었으나, 그는 전황을 제때 밝히지 않아 헛걸음하게 한 유엔군의 태도에 유감이 많았다. 군인들은 자기네 목숨을 유지하기 위해 후퇴하면서 그런 사실을 공표하지 않아 민간인이 위험한 관광 길에 나서도록 했다는 것이다. 밀러는 그런 이상한 전쟁을 하는 유엔군 사령부가 자기네 잘못을 반성하고 있는지 의심스럽다고 밝혔다.

민병갈의 집요한 한국 사랑과 탐험 정신은 전쟁도 아랑곳하지 않았다. 일본 피란 생활을 오래 끌지 않고 서둘러 부산으로 들어온 그는 군용열차를 타고 위험한 상경을 한 뒤에도 전시에 북한 수복 지역을 둘러보는 탐험을 계속했다. 연달아 강행군을 한 그가 심각한 간염에 걸려 있다는 사실을 안 때는 평양 여행이 실패로 끝난 직후였다. 체력이 눈에 띄게 떨어지고 피로를 자주 느끼는 등 건강에 이상이 있음을 직감한 그가 미군 병원에서 진단받은 결과는 중증 간염이었다. 담당 의사는 본국의 큰 병원에서 장기 치료를 받으라고 권했다.

힘들게 다시 찾아온 한국을 또 떠나게 된 민병갈은 난감하기만 했다. ECA 측은 미국에서 치료를 받으라고 권유했으나, 한국에서 멀리 떠나 있는 게 싫어 가까운 일본에서 치료받기로 하고 짐을 쌌다. 중공군 개입으로 유엔군이 계속 밀리고 있다는 소식에 불안해진 그는 그동안 무사했던 책을 모아 열차 편으로 탁송해 부산의 미군 창고에 보관하도록 했다. 이어 12월 12일에는 일본으로 가서 도쿄의 미군 병원에 입원했다.

병원에 입원한 지 두 달이 지나 해가 바뀌었고, 한국전쟁의 양상은 더 악화되었다. 중공군 개입으로 전세가 역전돼 1월 4일에는 서울을 다시 공산군에 내주는 사태가 일어났다. 일본에서의 치료도 여의치 않던 민병갈은 ECA의 종용에 따라 2월 13일 미국으로 가서 볼티모어의 병원에 입원했다. 이 같은 일련의 사태로 그는 한국에 첫발을 디딘 이래 제대 직후와 군정 종료 후에 이어 세 번째 장기 공백 기간을 갖게 되었다.

한국과의 질긴 인연

일본으로 건너가 간염 치료를 하고 있던 민병갈은 크리스마스를 앞두고 서울이 위태롭다는 소식을 들었다. 16개국의 군대로 편성돼 막강해진 유엔군이 밀리고 있다는 소식이 믿기지 않았다. 무엇보다 부산에 탁송한 책들이 걱정된 그는 부산의 ECA 사무실로 전화를 걸어 화물이 무사히 도착했다는 사실을 확인했다. 그러나 이 책들이 3년 뒤 부산역에서 일어난 대화재로 잿더미가 될 줄은 상상도 못 했다. 민병갈은 뒷날(1980년) 영자 신문 〈코리아타임스〉에 기고한 글에서 장서 소실을 이렇게 회고했다.

> 내가 서울에서 탁송한 책들은 부산역 구내에 있는 유엔 한국재건단UNKRA 창고에 보관돼 있었다. 이 책들은 한국 생활 5년 동안 수집한 것으로 대형 트렁크 13개 분량이었다. 그런데 탁송 3년 후인 1953년 추수감사절(11월 21일)에 부산역에 대화재가 일어나 나의 귀한 책들이 모두 소실되고 말았다. 휴전 성립 후 곧장 이 책들을 창고에서 찾아오지 않은 것이 큰 실수였다.

장래 일을 알 길 없는 민병갈은 소중한 책들이 무사히 부산에 도착해 역 창고에 보관되어 있다는 소식에 안도하며 한국전쟁이 끝나길 기다렸다. 그러나 들리는 소식은 서울이 적군의 수중에 넘어갔다는 등 실망스럽기만 했다. 병상에 있는 그는 거의 매일 참혹한 전쟁의 악몽에 시달렸다. 그의 뇌리에 끊임없이 스쳐가는 환상은 폭격 맞은 주택가에 널려 있는 양민들

반세기 동안 친구였던 민병갈과 재일 교포 윤응수는 2000년 1월에 마지막으로 만났다.

의 시신, 여자와 아이들의 울부짖음으로 가득한 피란민 행렬이었다. 이때 병상에서 어머니에게 쓴 편지에는 그가 한국과 한국인을 얼마나 사랑했는지 그 절절한 심정이 잘 담겨 있다.

민병갈은 일본의 미군 병원에 입원해 있을 때 특별한 한국인 한 사람을 만났다. 주일 미군 정보사령부에서 일하는 윤응수尹應秀라는 청년이었다. 평양 태생으로 일본 유학 중 종전을 맞은 그는 영어를 잘하고 일본에 적개심을 품은 한국인이라는 신분 때문에 도쿄에 있는 미군 정보기관에 발탁되어 첩보 활동을 하고 있었다. 전쟁이 한창인 고국의 근황이 궁금했던 그는 밀러의 신분을 알고 일부러 병원까지 찾아왔다. 특히 윤응수는 민병갈이 자신도 잘 아는 미 해군 군사학교 교장 에드워드 배런 신부의 제자였다는 사실을 알고 더욱 친밀감을 나타냈다. 독실한 가톨릭 신자이던 그는 평안도에서 선교 활동을 한 배런 신부를 잘 알고 있었다. 밀러 역시 배런 교장을 아는 윤응수에게 호감을 느꼈다. 이 같은 인연으로 두 사람은 한국이나 일본으로 출장 갈 때면 잊지 않고 만나는 매우 친밀한 사이가 되었다.

간염은 일본 병원에서 두 달을 치료해도 낫지 않았다. 민병갈은 한국과 가까운 곳에 있고 싶었으나, ECA 측의 강력한 권유로 2월 9일 일본을 떠나 미국으로 가야 했다. 미국에서 그가 입원한 병원은 볼티모어에 있는 존스홉킨스대학병원이었다. 이 명망 있는 병원에서 치료 효과를 본 그는 한 달 만에 퇴원해 고향 피츠턴에서 4월 말까지 요양을 했다. 이때 그는 한국에 있는 ECA가 머지않아 폐쇄될 것이라는 반갑지 않은 전갈을 받았다.

민병갈은 1951년 5월 초 다시 한국으로 돌아와 임시 수도 부산에 있는 ECA에 복귀했다. 당시는 1·4후퇴 70일 만에 유엔군이 서울을 탈환한 상태에서 중공군 참전으로 전력이 막강해진 공산군과 치열한 공방전을 벌일 때였다. 일본을 경유해 부산으로 입국한 민병갈은 ECA로부터 뜻밖의 제안을 받았다. 제2차 세계대전 피해국의 경제 재건을 돕던 ECA가 임무를 끝내고 상호안전보장본부Mutual Security Agency로 기구 개편을 한다

민병갈, 나무 심은 사람

며 대만 근무를 제의한 것이다. 그러나 한국 말고는 다른 곳에 갈 생각이 없던 그는 그해 10월부터 실직 상태가 되었다.

1951년은 민병갈에게 매우 불행한 1년이었다. 간염이 발병해 일본으로 갔으나 병세가 호전되지 않아 미국에서 장기 치료를 받았는가 하면, 일본으로 떠나고 며칠 안 돼 1·4후퇴로 서울이 다시 공산군 수중에 들어가 숙소 취산장에 두었던 모든 소장품이 없어졌다. 거의 5개월 만에 한국에 돌아와 부산에서 머물던 그가 잠시 서울을 찾아 취산장을 돌아보았을 때는 옷과 생활용품 등 남은 게 하나도 없었다.

간염 치료는 일단 끝났으나 민병갈의 심기는 불편하기만 했다. 부산 피란살이에다 서울의 가재도구마저 없어지고 직장까지 잃었기 때문이다. ECA가 봉급을 장기 체불한 것도 경제적으로 그를 궁핍하게 했다. 그래서 그는 1951년을 '상실의 해'라고 편지에 썼다.

고통스러웠던 1년은 이듬해 1월 UNCACKº라는 새 직장에

º   United Nations Civil Assistance Corps Korea: 유엔한국민사지원단. 1950~1953년 한국전쟁 당시 한국의 재건을 돕기 위해 결성한 유엔의 민간 원조 기구이다. 주요 사업은 식량난 해결과 질병 예방, 그리고 민심의 동요를 막는 것이었다. 실질적인 자금 지원이 어려워 식량과 물자 등 현물 및 기술 지원을 많이 했다. 모든 인구에 백신 접종을 하는 등 국내 최초로 방역 체계를 세우는 역할도 했다.

다니면서 일단 끝났다. 그러나 이 유엔 기구는 한국전쟁 기간 중에만 한시적으로 운영하기 때문에 불안하기만 했다. 그러던 중 그해 가을 UNCACK 단장으로부터 한국은행에 가서 파견 근무를 하라는 지시를 받았다. 유엔 산하 기관이던 UNCACK 는 한국은행에 고문과 고문보좌관을 두고 있었는데, 고문보좌 관이 병가病暇 중이니 그를 대신해 근무하라는 것이었다. 그로 부터 15년 후 민병갈은 한국은행 사보社報를 통해 당시의 암울 하던 시절을 이렇게 회고했다.

한국전쟁이 한창이던 1952년 나는 부산에 있던 UNCACK 재정과에 근무하고 있었습니다. 당시 유엔은 태국인 프라 이어드 씨를 한국은행 고문관으로 파견했습니다. 그런데 그를 보좌하던 베이커 씨가 신병으로 장기 휴가를 받아야 했기 때문에 내가 그 빈자리를 맡게 되었습니다. 부산에서 맺은 인연은 2년 후 한국은행이 내 평생직장이 되는 계기 가 되었습니다. UNCACK 근무가 끝나면 UNKRA(유엔한 국재건단)에 취직할 생각이었으나 뜻대로 되지 않아 미국으 로 돌아갔습니다. 그러던 중 미국에 와 있던 신병현 조사 부 차장이 나를 한국은행으로 데려왔어요.

1967년 6월 15일

부산에서 보낸 한국은행 파견 근무는 10개월로 짧았으나 민병갈에게는 의미 있는 기간이었다. 한국은행에서 정년까지 28년 동안 근무하는 질긴 인연이 맺어졌기 때문이다.

한국전쟁은 1953년 7월 27일 휴전협정 조인으로 3년 1개월 만에 끝났다. 이에 따라 부산에 있던 임시 수도의 기능을 모두 서울로 이전하는 환도還都가 시작되었다. 중앙은행인 한국은행과 원조 기관 UNCACK도 서울로 옮겼다. 민병갈 또한 직장을 따라 8월부터 서울 근무에 들어갔다. 숙소는 회현동의 취산장을 그대로 쓰기로 했다. 간염 치료를 받기 위해 일본으로 떠나면서 비워둔 이래 2년 만에 옛집을 찾은 민병갈은 감회가 깊었다.

취산장의 세간살이를 정리한 그는 전쟁 중 서울이 어떻게 달라졌는지 보고 싶어 시가지 산책에 나섰다. 그의 눈에 들어온 것은 처참한 전쟁의 상처였다. 한국전쟁이 터지고 석 달이 지난 뒤 수복된 서울의 모습도 비참했지만 이 정도까지는 아니었다. 폭격 맞은 주택가를 보았을 때는 사람 사는 곳이 어떻게 이처럼 철저히 파괴될 수 있는지 믿기지 않았다. 그를 더욱 가슴 아프게 한 것은 부모와 집을 잃고 거리를 배회하며 구걸하는 전쟁고아들의 모습이었다.

2년 반 만에 서울을 찾은 민병갈이 가장 궁금한 것은 뿔뿔이 흩어진 한국 지인들의 소식이었다. 들리는 얘기는 모두 경악스럽기만 했다. 절친했던 김익호는 집에 있다가 폭격을 맞아 죽을 뻔했으나 옆에 있던 어머니를 잃은 충격에 정신착란 상태가 되었다. 취산장에서 하우스보이로 일한 소년은 인민군에 끌려가던 중 도망치다가 총살당했다. 가족처럼 지내던 서 여사 부부는 일본 피신 중 서울 집이 잿더미로 변해 알거지가 되었다. 마작 친구였던 송호성 장군이 인민군을 따라 월북했다는 소식에는 실망이 앞섰다.

휴전 성립 후 UNCACK가 유엔 민사처 Korean Civil Assistance Command, KCAC로 개편되면서 밀러의 직장 명칭도 바뀌었다. 그러나 고용계약상의 근무는 1953년 11월로 끝내야 했다. 밀러는 거의 1년 단위로 고용계약을 새로 하거나 직장을 바꿔야 하는 악순환에 진력이 났다. 계약 만료를 앞두고 그는 혼란에 빠졌다. 또 새 직장을 잡아 한국에 계속 남을 것인가, 아니면 차제에 한국 생활을 청산하고 미국으로 돌아갈 것인가. 그가 취업을 바랐던 UNKRA는 휴전 후 기구 축소에 들어갔기 때문에 가망이 없었다.

중대한 기로에 선 32세의 민병갈은 깊은 고민에 빠졌다. 한국을 떠나기에는 지난 8년간 쌓아온 한국과의 인연과 애정이 너무 깊었다. 그러나 현실은 계속 한국에 머물 여건이 못 되었다. 무엇보다 그를 괴롭힌 것은 아들을 애타게 기다리는 어머니의 마음이었다. 긴 망설임은 결국 '일단 귀국'으로 결론이

민병갈, 나무 심은 사람

났다.

귀국을 결심하고 짐을 싸는 민병갈의 마음은 착잡했다. 가재도구는 그에게 한국어를 가르친 민병규에게 거의 다 주었다. 한국과 관련한 소량의 기념품과 한복은 미국으로 가져가고 싶어 이삿짐에 넣었다. 부산 UNKRA 창고에 보관 중인 책들은 나중에 가져가려 했으나 그가 한국을 떠나고 얼마 지나지 않아 잿더미로 변하고 말았다. 그해 12월 20일, 민병갈은 뭔가를 두고 떠나는 미진함과 공허감을 안고 귀국 비행기에 올랐다.

그러나 한국과의 질긴 인연은 민병갈을 고국에 눌러살지 못하게 했다. 그가 1년 가까이 임시직으로 일했던 한국은행이 평생 고용을 조건으로 그에게 손을 내민 것이다. 한국에서 고정 직장을 갖는 것은 한국인으로 살고 싶었던 그의 오랜 목표이기도 했다. 지나고 보면 운명의 신은 끊임없이 미국인 칼 밀러를 한국인 민병갈로 바뀌도록 인도했다. 끊길 듯하면 다시 이어지고 이어질 듯하면 끊기는 단절의 연속이 민병갈과 한국 사이에 놓인 질긴 인연의 다리였다.

마침내 한국인

한국인 친구의 집에서 묵으며 한국식 생활을 체험하고 있습니다. 저녁 밥상에 오른 빨간 콩 섞인 쌀밥과 고춧가루와 마늘로 양념한 채솟국이 입맛을 돋웠습니다. 나는 온돌방에 빈 밥상을 놓고 엎드린 자세로 이 편지를 쓰는 나 자신이 너무 즐겁습니다.

1953년 1월 26일 편지

'한은맨'으로 새 출발하다

1953년 12월 24일 저녁, 오랜만에 밀러 집안의 많은 친지가 한자리에 모였다. 한국에서 돌아온 밀러를 환영하고 그의 32세 생일을 축하하는 자리였다. 크리스마스이브 행사를 겸한 이날 집안 모임은 웨스트피츠턴에 있는 조지프 할아버지 집에서 열렸다. 84세 고령의 조지프가 살아생전에 자기 집에서 사랑하는 손자의 생일을 축하해주고 싶어 했기 때문이다. 관례대로 참석자들은 각자 음식을 가져오고 집에서 차리는 요리는 프레다 할머니와 루스 고모가 맡았다. 또한 어머니 에드나와 여동생 준이 미리 와서 거들었다. 당시 58세이던 에드나는 워싱턴 직장 생활을 정리하고 사우스피츠턴의 옛집에 돌아온 지 얼마 안 된 때였다.

이날 민병갈은 7년 전인 1946년 가을 제대 귀향을 했을 때보다 더 열띤 환영을 받았다. 전례 없이 많은 친지가 모인 이브 행사에서 민병갈이 가장 반긴 사람은 여동생 준이었다. 7년 전 결혼한 그녀는 어느새 두 아이의 엄마가 되어 있었다. 함께 온 남편 빌 맥데이드Bill MacDade는 인근 지역의 재산가 아들로 귀공자 타입이었다. 남동생 앨버트는 펜실베이니아주립대학교 졸업 후 제너럴일렉트릭GE에 취업해 멀리 떨어져 있었기 때문에 참석하지 못했다. 이튿날 루터교회의 성탄 예배에 참석한

1954년 초에 찍은 가족사진. 민병갈을 중심으로 오른쪽에 어머니 에드나와 루스 고모, 왼쪽과 아래에 여동생 준과 세 자녀, 가장 왼쪽에 남동생 앨버트가 있다.

민병갈, 나무 심은 사람

민병갈은 마을 신도들로부터 환영 인사를 받느라 바빴다.

오랜만에 가족들과 겨울 휴가를 즐긴 민병갈은 어느 날 뜬금없는 전화 한 통을 받았다. 상대는 한국은행 임시직으로 일할 때 가까이 지내던 조사부 차장 신병현이었다. 그는 은행의 간부 교육 프로그램에 따라 뉴욕으로 유학을 왔다며 피츠턴으로 가겠으니 한번 만나자고 했다. 무슨 일로 먼 길을 찾아오겠다는 걸까? 의아해한 민병갈은 낯선 길을 오느라 고생할 것 없이 중간 지점인 워싱턴에서 만나자고 제안했다. 약속한 날 워싱턴에서 반가운 인사를 나눈 신병현은 뜻밖의 제안을 했다.

"김유택 총재가 자네를 데려오라고 했네. 프라이어드 고문이 2월 말로 그만두는데, 그는 유엔 직원이었기 때문에 어차피 떠날 사람이었지. 한국은행이 영문 자료를 만들려면 영어를 모국어로 하는 사람이 필요하네. 우리 조사부원 전원이 자네 초빙을 추천했지. 김 총재가 웬만한 요구 조건은 들어주겠다고 했으니 나와 함께 한국은행에서 일하세."

민병갈은 내심 놀랐으나 표정을 숨겼다. 그런 제안은 좀 더 일찍 했어야지 하는 생각도 들었다. 신병현은 한국은행 문양이 찍힌 공문서 형식을 갖춘 고용계약서 초안까지 내놓았다. 연봉 공란에 연필로 써놓은 금액은 UNCACK에서 받던 금액에 미치지 못했다.

"고맙지만 어렵겠네. 어머니를 또 실망시킬 수 없네. 다른 사람을 찾아보게."

"내가 부탁하는 게 아닐세. 자네가 우리 은행에서 1년 가까이 촉탁으로 근무하는 모습을 본 은행 간부들이 칼 밀러를 탐내고 있다네. 자네도 한국에서 살고 싶어 하지 않나."

민병갈은 일단 사절했으나 마음속에서는 망설임의 파장이 일고 있었다. 이 나이에 대학원에 들어가서 박사 학위를 받고 교수직까지 오르려면 얼마나 많은 시일이 걸릴 것인가. 한국에 다시 가겠다고 하면 어머니가 얼마나 큰 충격을 받을까. 워싱턴을 다녀온 뒤 그는 이런저런 생각으로 며칠 동안 고민에 빠졌다.

오랜 친구의 흔들리는 마음을 감지한 신병현은 김유택 총재와 연락하며 계속 설득했다. 그의 전화가 올 때마다 한은 측이 제시하는 고용 조건이 좋아졌다. 민병갈의 고민은 마침내 어머니와 상의해야 할 단계에 이르렀다. 그러잖아도 자주 걸려오는 한국인의 전화에 무언가 심상치 않음을 느끼고 있던 에드나는 주저하며 입을 여는 아들의 얘기를 듣고 할 말을 잃었다. 아들의 설명을 묵묵히 들은 에드나는 무겁게 입을 열었다.

"너와 함께 노후를 보내려는 엄마의 바람은 과욕이었나 보다. 고민하지 말고 네 뜻대로 해라."

에드나는 그 이상의 말을 하지 않았다. 어머니의 이 짧은 말한마디가 그를 더없이 괴롭게 했다. 차라리 화를 내며 고국에 남아 있으라고 역정을 냈으면 마음은 편했을 것 같았다. 에드나는 철학을 공부한 지식인답게 감정을 절제하고 있었다. 괴롭지만 서른 고개를 넘은 아들의 장래 문제에 사사로운 모정이 작용해서는 안 된다고 생각한 것이다.

너무 쉽게 고민이 풀린 민병갈은 자신의 심중을 헤아려준 어머니가 존경스러웠다. 그는 "언젠가는 한국에서 엄마와 함께 살겠다"는 말로 한국에 돌아갈 뜻을 분명히 밝혔다. 이 다짐대로 그는 1960년 어머니를 한국으로 모셔와 6년간 함께 살기도 했다.

가장 어려운 관문을 지났다고 생각한 민병갈은 뉴욕에 있는 신병현에게 전화를 걸어 한 가지 조건을 제시했다. 2년에 한 번 고향의 노모를 문안할 수 있는 시간과 여비를 계약상으로 보장해달라는 내용이었다. 신병현은 한국은행 본점에 연락해 이 같은 밀러의 요구 사항을 반영한 고용계약을 성사시켰다. 연봉은 보너스를 제외한 5,000달러였다. 이 금액은 군정청 직원 때 받은 액수에는 못 미쳐도 당시 한국의 임금 수준과는 비교가 안 될 정도로 높았다.

1954년 이른 봄, 영구 귀국인 줄 알고 반겼던 가족들의 실망을 뒤로하고 고향 집을 떠나는 민병갈의 심정은 착잡했다. 군대에 갈 때는 기약 있는 출향出鄕이었으나, 이번에는 이민과 다름없어 언제 돌아올지 막막했다. 특히 그가 가슴 아파한 것은 고령의 할아버지 할머니와의 작별이었다. 어쩌면 다시는 못 볼지 모른다는 생각에 손자는 석별의 포옹을 풀지 못했다. 걱정한 대로 조지프 할아버지는 이듬해 85세, 페드라 할머니는 그 이듬해 81세로 세상을 떠났다. 민병갈은 그 후 여러 차례 고향을 방문했으나 자신이 태어난 피츠턴 집은 이때가 마지막이었다. 혼자 남은 에드나가 이듬해 이 집을 팔고 올케인 루스 집에서 함께 살았기 때문이다.

신병현의 배웅을 받으며 뉴욕 공항을 떠난 민병갈은 김포공항에서 또 다른 한국은행 친구 민병도의 영접을 받았다. 밀러에게 같은 돌림자를 쓰는 한국 이름을 갖게 한 주인공이기도 한 그는 임시 숙소를 마련해주는 등 온갖 배려를 다했다. 장교 시절 이래 6년 동안 사용했던 회현동 숙소 취산장은 더 이상 쓰지 않기로 했다.

한국은행에 첫 출근을 하기에 앞서 민병갈은 몇 가지 중요한 결심을 했다. 한국 이름 민병갈을 공식적으로 사용하고, 전통 한옥에서 살며 전쟁으로 중단된 서예 학습을 계속하는 것이었다. 모두 제대로 된 한국인으로 살고 싶은 마음에서 나온 결정이었다. 은행 측은 이 같은 그의 뜻을 받아들여 그의 한자 이름이 들어간 명함을 만들어주고 북촌(팔판동)의 한 고가古家에 딸린 별채 한옥을 쓰도록 했다. 식사를 주인집에서 제공하는 일종의 하숙 생활이었다.

한국 중앙은행의 정규직 고문으로 첫 출근하는 민병갈의 모습은 고향을 떠날 때의 무거운 발걸음이 아니었다. 무엇보다 떠돌이 직장인을 벗어난 것이 좋았다. 미국에는 없는 종신고용 덕분에 직장 문제로 일시 귀국하는 악순환이 다시는 없을 거라 생각하니 너무 행복했다. 민병갈이 생전에 가장 즐겨 쓴 한국말은 "기분 좋아요"인데, 장교 시절부터 사귄 그의 오랜 친구 서정호는 그가 한국은행에 취업했을 때부터 이 말을 쓰기 시작했다고 회고했다.

한국에서 생활 근거가 확실해진 민병갈은 오래전부터 꿈꾸던 한국식 생활에 들어갔다. 미국으로 가져갔던 한복을 다시 챙겨온 그는 붓글씨 연습을 할 때는 한복을 꺼내 입고 붓을 잡았다. 그러나 얼마 후에는 먹물로 옷이 더러워지는 게 아까워 작업용 한복을 따로 장만했다. 1950년 초에 시작한 서예 학습이 한국전쟁으로 중단되었다가 4년 만에 다시 이어진 것이다. 지도는 전에 맡았던 심재 이건직이 계속했으나 심재를 소개한 산기 선생(이겸로)에 따르면 진도는 매우 느렸다고 한다.

부산의 한국인 친구 집에서 맛만 보는 것으로 끝났던 한옥인데, 이제 자기만 쓸 수 있는 너른 한옥 공간을 가졌다는 게 믿기지 않았다. 한옥 생활에 재미를 들인 그는 얼마 후 자비로 독립문 근처 현저동에 있는 널찍한 한옥 한 채를 장기 임대해 양반식 한옥 생활에 들어갔다.

왕립아시아학회 활성화

한국은행 취업으로 한국 정착이 확실해진 민병갈은 자신이 좋아하는 한국을 위해 무언가 좋은 일을 하고 싶었다. 한국에 와 있는 외국인의 한 사람으로서 전쟁에 시달린 이 작은 나라를 도울 수 있는 일은 무엇일까? 한국의 아름다운 자연과 독특한 문화를 서양인에게 효과적으로 알릴 방법은 없을까? 이런저런 궁리를 하던 중 그의 뇌리에 떠오른 것은 한국전쟁으로 활동이 중단된 왕립아시아학회 RAS였다.

이 외국인 친목 단체는 해방 직후 미국 선교사 원한경 목사가 재건했으나 얼마 안 가 한국전쟁이 발발해 제 기능을 못 하는 상태였다. 민병갈은 군정청 직원으로 있을 때 같은 군정청의 고문으로 있던 원 목사와 가까워지면서 RAS 총무를 맡아 이 단체의 재건을 도운 적이 있었다. 그런데 회장직에 있던 원목사가 1951년 부산에서 갑작스레 사망하는 일이 일어났다. 민병갈은 이 같은 사정을 알고 외국인에게 한국을 알리는 방책으로 RAS 활성화를 생각하게 된 것이다.

휴면 상태에 있던 RAS를 되살리려는 민병갈의 구상을 누구보다 반긴 사람은 아버지의 뒤를 이어 명목상 회장을 맡고 있던 원일한이었다. 아버지를 잃은 상심에 젖어 있던 그는 부친이 못다 한 RAS 사업을 이어갈 후계자가 생긴 게 너무 기뻤다.

1954년 봄 RAS 한국 지부 이사회를 소집한 그는 민병갈을 회장으로 추대하고 아버지가 갖고 있던 관련 자료를 모두 넘겨주었다.

졸지에 RAS 회장이 된 민병갈은 무엇보다 회원을 규합하는 게 시급하다고 판단했다. 당시 외국인 회원은 전쟁으로 귀국하는 등 뿔뿔이 흩어져 있는 상태였다. 다행히 이들 대부분은 휴전이 성립된 후 서울로 돌아왔기 때문에 회원 수를 늘리는 데 큰 어려움은 없었다. 전쟁이 끝난 서울에는 회원으로 유치할 외국인이 많았다. 각국 대사관의 직원 수가 늘어나고, 많은 서양 선교사가 한국을 찾아왔으며, 한국전쟁에 참전한 유엔군 고위 간부도 많았다. 이들은 대부분 한국을 잘 모르는 상태이기에 RAS에 들어와서 한국을 이해하고 공부하라는 민병갈의 권유가 잘 먹혀들었다. 이 같은 노력으로 회장직에 취임한 후 처음 가진 모임에 50명 넘는 회원이 참석했다.

민병갈은 회장 취임 후 RAS 활성화에 온갖 정성을 쏟았다. 한국은행이라는 든든한 직장이 있기에 마음 놓고 여가 활동을 할 수 있었다. 은행 측에서도 외국인에게 한국을 소개하는 RAS 문화사업의 가치를 인정하고, 민병갈이 쓰는 고문실에 RAS 전용 데스크를 따로 마련해주었다. 민 회장은 자신이 맡았던 총무직 후임에 미국 여성 페라Ferrar를 앉히고 한은 사무실에서 업무를 보도록 했다.

1964년 3월 27일 제주도 관광에 나선 왕립아시아학회 회원들이 천지연폭포 앞에서 기념 촬영을 하고 있다. 오른쪽에 관광을 안내하는 민병갈이 보인다.

민병갈, 나무 심은 사람

민병갈이 회장 취임 후 얼마 안 돼 RAS는 활력을 되찾아 도약 단계로 올라섰다. 이 같은 성과를 올리는 데는 주변 친구들의 도움이 컸다. 가장 열성적으로 도운 사람은 당연히 원일한 연세대 교수였다. 한국에서 태어난 그는 대를 이어 한국에서 봉사하는 삶을 살았다. 또 한 사람은 한국전쟁 참전 군인으로 한국에 정착한 미국인 프레더릭 더스틴Frederic Dustin(1930~2018)이었다. 훗날 제주 미로공원을 설립한 그는 평생을 자연과 함께 살다가 한국에서 생애를 마치는 등 민병갈과 비슷한 삶을 산 이방인이다.

휴전 후 장기 체류하는 외국인이 늘어난 것도 RAS 활성화를 도왔다. 전후 복구 사업에 참여하는 외국 기업의 주재원과 경제 사정이 좋아진 한국에서 돈을 벌려는 외국 상사원이 그들이다. 새로 외교 관계를 맺는 수교 국가가 늘면서 서울에 상주하는 외교관 또한 부쩍 늘었다. 한국에 대해 공부하러 온 외국 학자와 전쟁에 시달린 한국인에게 기독교를 전파하려는 선교사의 입국이 줄을 이었다. 이들 상사원, 외교관, 선교사에게는 RAS가 한국을 공부하는 학습장으로 안성맞춤이었다.

RAS 초기 모임은 한국의 역사와 문화를 익히는 강연회가 중심이었다. 당시는 영어를 하는 한국인 학자나 전문가가 드물어 한국을 어느 정도 익힌 민병갈과 원일한이 강사로 나서는 수밖에 없었다. 한국인 회원으로 영입한 유한양행 창업자 유일한은 영어를 잘했으나 한국에 대해 아는 게 없다며 고사했다. 예일대학교 박사 출신인 연세대 총장 백낙준은 몇 차례 강단에 서서 한국의 역사와 문화를 소개했다. 1960년대부터는 외국에서 돌아온 한국인 학자가 많아 강사를 구하는 데 어려움이 없었다. 이후 단골로 초대받은 강사는 성공회 신부 리처드 러트, 국악에 빠져 있던 앨런 헤이먼, 족보학자 에드워드 와그너 등이었다.

한국학 강좌가 궤도에 오르자 민병갈은 새로운 아이디어로 RAS를 활성화시켰다. 강의실에서 배운 것을 현장에서 확인하는 이른바 'RAS 투어'를 개발한 것이다. 1960년대 초부터 정례화한 이 현장 답사 프로그램은 외국인에게 큰 인기를 끌어 회원 확장과 함께 민병갈의 부수입원으로 예상 밖의 성과를 거두었다. 이재에 밝았던 그가 투어 참여자를 대상으로 도시락을 팔아 적잖은 부수입을 올린 것이다. 솜씨 좋은 두 가사 도우미와 이를 위해 고용한 주부들이 만든 음식이었으니 맛도 좋았을 테고, 좀 비싸게 받아도 불평할 회원들이 아니었다.

1954년 봄 30여 명의 회원으로 재기한 RAS는 5년 만에 회원이 200여 명으로 늘어날 만큼 주한 외국인의 관심을 끌었다. 이 모임에서 특히 인기를 끈 프로그램은 당연히 RAS 투어였다. 버스 한두 대로는 모자라 다섯 대를 전세 낼 때도 있었다. 경주 등 철도가 닿는 곳에 갈 때는 열차를 전세 냈다.

민병갈, 나무 심은 사람

한국 단체 관광의 시초인 RAS 투어는 1970년대 들어 민병갈 회장의 노력으로 참가 회원이 100명을 넘는 게 예사였다.

1970년대 중반 제주 탐방 때는 미 해군의 함정을 지원받기도 했다. 회원 중 미 해군 제독이 있었기 때문이다. 전국의 명승지와 문화유적을 답사하는 이 기획 여행은 한국에서 처음 등장한 단체 관광으로 알려졌다. 관광 열차도 이때 처음 선보였다.

전세 버스마다 앞자리 하나는 비워두었다. 해설자이자 안내자인 민병갈을 위한 자리였다. 버스가 여러 대라 돌아가면서 안내와 해설을 해야 했기 때문에 그는 한곳에 오랫동안 앉아 있기 어려웠다. 그가 앞에 서면 승객들은 숨을 죽였다. 그의 입에서 한국의 역사, 지리, 문화에 대한 지식이 거침없이 나왔기 때문이다. 웬만한 명승지는 거의 다 답사하고 행선지 관련 자료를 미리 파악해둔 그는 한국을 모르는 초보자들에게 막힐 것이 없었다.

RAS 회원은 한국 민속놀이 행사에도 자주 참여했다. 단오절에는 강릉이나 남원에 가서 그네뛰기를 즐겼다. 석탄일이 가까워지면 민병갈이 운영하는 천리포수목원을 방문해 연못에 물고기를 방생하는 행사를 벌이는 게 관례였다. 회원 중에는 기독교인이 많았지만 그들은 기꺼이 물고기를 연못에 풀며 행사에 참여했다.

1960~1970년대 RAS 관광단은 가는 곳마다 현지인의 열렬한 환영을 받았다. 전쟁에서 무사했던 것이 미국 등 참전국의 은혜라고 생각한 주민들은 낯선 외국인이 나타나면 은인들이 왔다고 생각했다. 학생들이 플래카드를 들고 단체로 나와서 환영하기도 했다. 관광단이 도착하면 지역 기관장이 영접을 하고 어린이가 꽃다발을 건네주는 환영 행사가 벌어지기 예사였다. 1979년 추석 무렵 울릉도에 갔을 때는 군수가 나와서 "우리 섬이 생긴 이래 외국 손님이 이렇게 많이 오기는 처음"이라며 소 한 마리를 잡아 준비한 음식으로 푸짐한 환영 잔치를 베풀어주기도 했다. 2002년 4월 민 원장 장례식에 참석한 RAS 회

원 최문희는 이 같은 일화를 전하면서 울릉도 탐방을 잊지 못했다.

2020년 설립 120주년을 맞은 RAS 한국 지부는 여전히 외국인을 위한 한국 전통문화 강좌를 정기적으로 개설하고 있다. RAS 투어도 그 맥을 잇고 있으나 옛날처럼 활발하지는 않다. 2019년 4월, RAS 회장을 맡고 있던 영국 출신 영문학자 안선재安善財, Anthony Teague는 미니버스에 10여 명을 태운 RAS 관광단을 이끌고 천리포수목원을 방문해 민병갈 전 회장을 추모하기도 했다. 같은 해 가을에는 해리스 주한 미국 대사가 정동에 있는 대사관저 하비브 하우스에서 RAS 연차 모임을 위한 연회를 베풀고, 자신이 만든 막걸리 칵테일로 분위기를 돋웠다.

RAS를 키운 민병갈의 공로는 그의 오랜 친구이던 원일한의 회고담에 잘 나타나 있다. 민병갈보다 앞서 그의 아버지 원한경이 회장일 때부터 회원이던 그는 2002년 미국호랑가시학회지 〈홀리저널〉이 기획한 민병갈 추모 특집에 기고한 글에서 RAS에 헌신한 고인의 모습을 다음과 같이 썼다.

> 칼 밀러는 헌신적이고 활동적인 회원이었다. 그는 한국에 사는 외국인들이 한국을 알고 이해하는 데 도움을 주려고 애썼다. 40년 넘게 회장, 자문위원, 평회원, 강사, 그리고 관광 안내자로 RAS를 위해 일했다. 밀러는 전국 방방곡곡

을 다니며 그 지방의 향토사와 전래 설화를 익혔다. 그렇게 터득한 풍부한 지식은 그의 설명에 생기를 불어넣었고, 회원들에게 관광 현지에 대한 흥미를 불러일으켰다. 한국을 위한 회원 간의 우정과 이해를 증진하는 일에 그가 쏟은 노력은 헤아릴 수 없이 많다.

민병갈은 RAS를 통해 개인적인 평생 우정을 쌓기도 했다. 그 대표적 인물이 메이너드 도로Maynard Dorow 루터교 목사다. 민병갈의 장례식에서 친구 대표로 조사를 낭독한 그는 RAS 투어와 관련한 고인의 모습을 이렇게 회고했다.

나는 RAS 투어에 참가하면서 민병갈 원장을 알게 되었습니다. 단체 여행 때마다 그는 안내자로 나서서 한국을 잘 모르는 외국인 여행자에게 방문지에 얽힌 흥미로운 역사와 유익한 정보를 알려주었습니다. 민 원장은 RAS 투어와 그 밖의 여러 활동을 통해 많은 외국인과 우정을 쌓았습니다. 그와 가까이 지내던 사람들은 민 원장이 얼마나 해박한 지식과 따뜻한 마음씨를 가졌는지 잘 기억할 것입니다.

민병갈, 나무 심은 사람

내외국인 우정의 다리를 놓다

한국에 반해 한국에 정착한 30대의 민병갈은 다른 외국인도 자신을 닮길 바랐다. 그런 마음에서 한국에 와 있는 외국인에게 한국의 얼을 심어주려는 그의 노력은 끊임없이 계속되었다. 그 최초의 성과가 김치 파티와 RAS 활성화였다. 이와 별도로 그는 규모가 작고 특화된 내외국인 사교 모임을 만들고 싶었다. 그래서 생긴 것이 '코리아클럽' '한국브리지협회' '한국호랑가시학회' 3개 단체다. 1950년대 중반부터 1960년대 초에 결성된 이들 모임은 외국인이 중심인 RAS와 달리 한국인이 같은 비율로 참여하고 회원이 많지 않은 게 특징이다.

RAS 한국 지부의 운영이 어느 정도 자리를 잡자 민병갈은 한국인 문화계 인사들이 참여하는 소규모 내외국인 친선 모임의 필요성을 느꼈다. 이를 적극 찬동하고 나선 친구가 같은 RAS 회원이던 미국인 프레더릭 더스틴과 〈코리아타임스〉 편집국장 최병우였다. 민병갈이 두 사람의 협조를 받아 1956년 발족한 문화계 중심의 한국인-외국인 친목 단체가 '코리아클럽'이다. 훗날 제주도의 명소 미로공원을 설립한 더스틴은 2004년 봄, 미로공원 사무실에서 코리아클럽 시절을 이렇게 회고했다.

코리아클럽은 한국의 명사들이 참여한 멋진 문화단체였습니다. 문학평론가 백철, 뒷날 〈조선일보〉 주필을 지낸 소설가 선우휘, 여류 시인 모윤숙, 뒷날 유명한 언론 단체를 만든 최병우 등 쟁쟁한 멤버였어요. 미국인으로는 조선 시대 족보를 연구하러 온 미국 학자 에드워드 와그너, 한국의 전통음악에 관심이 많았던 제임스 웨이드, 영어 교육자로 활동하던 루카브, 루터교 선교사 메이너드 도로 부부 등이 참여했습니다. 우리는 충무로에 있는 사보이호텔의 일식점에서 만찬을 함께 하며 한국 문화에 관해 토론했습니다.

모임을 가질 때는 영어가 짧은 한국인 회원을 위해 민병갈과 최병우가 번갈아 통역했다. 더스틴은 이 클럽의 인연으로 선우휘와 가까워져 후일 그의 대표작 〈불꽃〉을 영어로 번역해 미국 대학에 석사 학위 논문으로 제출했으나 심사를 통과했는지는 알려지지 않았다. 박사과정의 논문 주제로 한국 족보를 연구하던 와그너는 나중에 하버드대학교 교수가 되어 이 대학에 한국학과를 개설하는 데 주도적 역할을 했다. 그는 코리아클럽에서 알게 된 최병우가 타계한 뒤 그의 아내 김남희와 재혼했다.

국내 문화계의 저명인사와 한국을 공부하는 미국 지식인이 만나는 코리아클럽은 3년 정도 모임을 갖다가 흐지부지되었다. 설립 초기부터 운영에 참여한 더스틴의 회고에 따르면, 클럽 회원 간 소통을 이끌던 최병우가 1958년 금문도 포격전 취재 중 순직한 뒤부터 의사소통이 제대로 안 되고, 민병갈도 RAS 일로 바빠 클럽 운영이 어렵게 되었다고 한다.

코리아클럽에 이어 민병갈이 주도해 결성한 또 다른 내외국인 친목 단체는 '한국브리지협회'라는 게임 클럽이다. 브리지는 일종의 카드 게임인데 18세기 유럽의 귀족 사회 놀이로 시작된 이후 식민지 확대와 함께 전 세계에 퍼져 국제적 사교 게임이 되었다. 어려서부터 가족 놀이로 이 게임에 익숙하던 민병갈은 자신의 취미를 살리면서 한국인과 외국인이 친교를 나누는 자리로 브리지 클럽을 생각했다. 그는 주한 미군 정보장교 시절부터 한국에 머무는 동안 브리지 게임을 계속 즐긴 터였다.

민병갈은 1960년대 초 브리지를 할 줄 아는 한국인 몇 사람과 한국브리지협회를 결성하고 회장직을 맡았다. 그러나 한국인 회원이 너무 적어 초기에는 외국인 회원 중심으로 협회를 운영할 수밖에 없었다. 그런 중에도 브리지 보급에 힘써 3~4년 뒤에는 한국인 회원이 30퍼센트를 차지했다. 협회는 서울클럽과 제휴를 맺고 덕수궁에서 장충동으로 옮긴 클럽의 연회장에서 정기적으로 게임을 하기로 했다. 이때 시작한 서울클럽의 목요일 저녁 브리지 게임은 지금까지 이어져오고 있다.

다만 민병갈이 창건한 한국브리지협회의 법통은 끊기고 같은 이름의 다른 단체가 대한체육회에 등록되어 있는 상태이다. 이 협회가 제휴한 서울클럽은 고급 사교장의 맥을 이어가고 있다. 한국전쟁 전 민병갈이 5달러를 내고 평생회원이 된 이 클럽의 입회비는 7,000만 원으로 크게 치솟았다. 그것도 대기 인원이 많아 몇 년을 기다려야 한다고 한다.

민병갈이 한국브리지협회를 만든 이면에는 브리지 게임을 좋아하는 개인 취향에 앞서 휴전 후 어려운 처지에 있는 한국을 간접적으로 돕는 민간외교의 장이 되게 하려는 숨은 의도가 담겨 있었다. 협회에 가입한 외국인 중에는 그가 기대한 대로 경제원조 등 미국의 대한對韓 정책에 영향력을 행사할 수 있는 외국인 실력자가 적지 않았다. 그러나 한국인 회원 중 영어를 잘하는 사람이 거의 없어 민간외교의 성과는 기대하기 어려웠다.

민병갈은 1970년 천리포수목원을 설립하면서 한국브리지협회 회장직을 내놓았다. 그러나 서울에 있는 동안에는 매주 목요일 저녁 서울클럽에서 열리는 브리지 게임에 빠지지 않았다. 2인조로 진행하는 게임 방식에 따라 출전자는 파트너가 필요한데, 민병갈의 단골 파트너는 거의 그의 양아들이었다. 4명의 양아들 중 셋은 양아버지의 훈련 결과, 베테랑급 게이머 실력을 쌓았다. 민병갈은 해마다 열리는 국제브리지대회에 양아들과 함께 한국 대표로 출전하기도 했다.

민병갈이 만든 또 하나의 내외국인 친교 클럽은 그가 천리
포수목원을 설립하고 8년 뒤인 1978년에 결성한 한국호랑가
시학회라는 식물 애호 단체다. 크리스마스 장식으로 쓰는 호랑
가시나무holly는 그의 고국인 미국에서 인기가 있을뿐더러 개
인적으로 좋아하는 나무라 민병갈은 이 나무를 한국에 널리
보급하고 싶었다. 그는 천리포수목원을 설립한 지 얼마 안 돼
서 미국호랑가시학회°에 가입해 호랑가시나무를 수목원의 간
판 수종 중 하나로 키우고 있었다. 그래서 솔선해 만든 단체가
이 호랑가시나무 동호회였다.

민병갈은 주변의 인맥을 총동원해 한국호랑가시학회를 발
족시켰다. 물론 회장직도 맡았다. 창립 당시의 회원은 곽병하
고려대학교 교수, 임경빈 서울대학교 교수, 곽동순 창경원 식
물과장 등 식물학자와 전문가를 포함해 37명이었다. 그러나
의욕적으로 시작한 이 단체는 회원들의 인식 부족과 참여율
저조로 5년 이상 유지하기 어려웠다. 민병갈은 실망했으나 생

° 　미국호랑가시학회: 호랑가시나무를 많이 키우는 미국 수목원 중심의 비영리
학술 단체. 20개 공식 회원 수목원으로 운영하고 있으며 미국 이외의 회원은 한
국의 천리포수목원, 프랑스와 벨기에 수목원이 각각 1개씩이다. 1926년 미국
기업 실리카샌드가 크리스마스 때 고객들에게 호랑가시나무 가지를 발송한 데
서 유래했으며, 동호회가 급속히 늘어 크리스마스 상징물로 자리 잡았다.

각을 바꾸어 매년 열리는 미국호랑가시학회 모임에 빠짐없이
참석해 호랑가시나무 신품종을 수집하는 일에 전념했다. 천리
포수목원의 호랑가시나무 수집 규모는 세계적 수준으로 평가
받고 있다.

민병갈은 내외국인을 아우르는 친목 단체 말고도 외국인 친
구들에게 한국인의 전통 생활문화를 보여주는 개인 행사도 수
시로 갖는 등 한국을 알리는 데 열성을 쏟았다.

외국인에게 한국을 알리는 민병갈의 사회 활동은 1970년
천리포에 나무를 심기 시작하면서 중단되었다. 오랫동안 몸담
았던 RAS에서도 회장직을 내놓고 평회원으로 물러앉았다. 다
만 별로 일이 없는 한국브리지협회 회장직은 계속 맡아 게임
을 즐겼다. 당시 그는 한국은행에 계속 출근하고 있었으나, 매
달리는 사업은 오로지 천리포수목원을 키우는 일이었다,

펜실베이니아 민씨

1954년 3월 한국은행에 정규직으로 취업하면서 한국 이름 민
병갈을 공식화한 미국인 칼 밀러는 자신의 한국 이름을 매우
좋아했다. 외국에서 사인할 때도 영어 본명 대신 'Min Byung-
Kal'이라고 썼다. 특히 자기 이름을 한자로 쓰는 것을 좋아해

명함에도 자신의 성명 석 자가 한자로 쓰이길 원했다. 사람들이 그 한자 이름에 흥미를 보이면 그는 민병갈이라는 이름에 자부심을 느끼며 이렇게 설명했다.

나의 성 민씨의 본관은 여흥이에요. 명성황후도 우리 민씨지요. 내 이름은 남녘 병, 초두 밑에 목마를 갈 자가 붙는 맑을 갈 자를 씁니다. 그런데 신문이나 잡지에 난 내 이름을 보면 대부분 초두를 빼먹어요. 남의 이름을 잘못 표기하는 것은 실례죠.

한자에 해박하던 민병갈은 자신의 한국 이름에 쓸 한자를 고르는 데서도 실력을 발휘했다. 마지막 이름자인 '맑을 갈'은 웬만한 옥편에선 찾아보기 어려운 한자다. 인쇄물에서 그의 마지막 이름자가 자주 틀리게 나오는 것은 컴퓨터에 내장이 안 된 희귀한 한자이기 때문이다.

한옥에 살고 한국 직장에 다니며 한국 이름까지 갖게 된 1960년대의 민병갈에게 남은 한국화 과제는 법적으로 한국인이 돼 자신의 한국 이름을 호적에 올리는 것이었다. 그런데 그가 한국에 귀화하기로 결심한 시기는 그리 이르지 않았다. 어머니로부터 귀화 승낙을 받아내기까지 3년이 걸렸다는 그의 말을 감안하고 1978년 9월 법무부에 귀화 신청을 한 사실로 미루어볼 때 결심은 1975년에 한 것 같다.

귀화를 고려하고 있던 1977년 12월 중순, 민병갈은 한국은행 사무실로 배달된 여러 장의 크리스마스카드를 읽다가 한 봉투에 쓰인 발신자 이름을 보고 깜짝 놀랐다. 생각지도 않던 대학 동창생 캐서린 프로인드가 보낸 것이었다. 카드 안에는 예쁜 글씨로 쓴 두 장의 편지가 들어 있었다. 대학 졸업 후 군사학교 생도 시절과 한국 생활 초기에 고향을 방문했을 때 등 두 차례 잠깐 만났을 뿐인 그녀가 카드를 보낼 줄은 꿈에도 몰랐다. 1977년 12월 15일에 쓴 첫 편지 내용은 다음과 같다.

페리스, 2년 전 한 크리스마스이브 파티에서 루스 데이비스 고모를 통해 당신이 아직 한국에 있으며, 그곳 한국은행에서 근무한다는 소식을 들었습니다. 작년에도 같은 파티에서 만난 그녀가 당신의 고향 방문 사실을 알려주며, 한국은행으로 편지를 하면 당신이 받아볼 수 있을 것이라고 했습니다. 루스 고모의 말을 들으니 지난 30년 넘는 침묵의 세월이 떠오르며, 당신이 옛 친구로부터 편지를 받으면 재미있어할 거라는 생각이 들었어요. 나는 버크넬대학교를 졸업하고 30여 년간 킹스턴학교와 YAR고등학교 등에서 영어를 가르쳤습니다. 부모님은 여러 해 병마에 시달리다가 1962년과 1965년에 돌아가셨어요. 그 후 나는 여행에 취미를 붙여 주로 유럽을 많이 다녔습니다. 한 달가량 여행한 일본이 마음에 들더군요. 나는 당신이 미국인으로서 한국에 사는 재미에 푹 빠져 있으리라고 믿어요. 그 이야기를 듣고 싶습니다. 아무쪼록 즐거운 크리스마스와 건강이 넘치는 새해를 맞이하기 바랍니다.

민병갈은 편지를 읽으면서 감회에 젖었다. 캐서린이 쓴 글에는 안 만난 지 30년 가까운 여성이 보낸 첫 편지 같지 않은 따듯한 정감이 담겨 있었다. 그녀가 다 늙어서 편지를 보낸 이유는 무엇일까? 결혼은 분명히 했을 텐데 지금은 혼자 사는 것일까? 56세 노총각 민병갈의 뇌리에 온갖 상념이 스쳐갔다. 이 편지를 계기로 민병갈과 캐서린의 관계는 끊임없이 편지를 교환하는 사이로 발전했다.

캐서린에게 보낸 첫 편지에서 민병갈은 한국 자랑을 잔뜩 늘어놓으며 아시아 여행 계획이 있으면 한국을 여정에 넣으라고 권했다. 그리고 한국에 귀화하고 싶은 속마음을 드러냈다. 이때부터 민병갈과 편지를 교환한 캐서린은 나중에 에드나와도 가까이 지내면서 그의 한국 귀화를 지원하는 우군이 되었다.

아들의 성화에 못 이겨 한국에서 6년 동안 직장 생활을 마치고 귀국해 있던 에드나는 한국 귀화를 허락해달라고 조르는 아들의 또 다른 성화에 직면했다. 노모가 사랑하는 아들과 국적상으로 남남이 되는 걸 싫어한 것은 당연했다. 그러나 몇 차례 캐서린의 방문을 받고 나서는 생각이 바뀌었는지 1978년 중반 들어 에드나는 아들의 한국 귀화를 허락했다.

어머니의 승낙을 받은 민병갈은 곧장 법무부에 귀화를 신청했다. 그리고 1년이 조금 더 지나서 법원의 허가가 떨어져 소망대로 한국인이 되었다. 귀화 승인은 1979년 11월 6일 자 공문서로 통보됐다. '법무752'라는 일련번호가 붙은 대한민국 국적 취득 허가서를 받은 민병갈은 기쁨이 앞섰지만, 자신이 태어난 미국 국적을 포기하는 섭섭함은 어쩔 수 없었다. 당시는 법적으로 이중국적을 허용하지 않던 시절이다.

그런데 귀화는 법적인 승인 절차로 끝나는 것이 아니었다. 민병갈이라는 이름이 호적에 오르기 위해서는 주민등록이라는 또 다른 번거로운 절차가 필요했다.

법무부의 귀화 승인 직후 서울 연희동 자택으로 관할 동사무소 직원과 파출소 경관이 찾아왔다. 이들은 간단한 방문 조사라고 밝혔으나 중도에 예상치 못한 입씨름거리가 생겼다. 호적 등재에 필요한 본관本貫을 정하는 문제로 공무원과의 설왕설래가 시작되었다.

"호적에는 본관을 명기해야 합니다."

"본관이라는 게 뭐요?"

"조상이 살던 지방 이름을 뜻합니다."

1979년 당시 민병갈은 환갑을 바라보는 나이에 한국 생활이 34년째였건만 그때까지 본관의 의미를 모르고 있었다. 그것이 조상의 터전을 뜻한다는 사실을 안 그는 평생 마음의 고향으로 생각하는 펜실베이니아를 떠올리지 않을 수 없었다.

"그렇다면 우리 조상이 살던 지명을 따서 펜실베이니아 민씨로 합시다."

"그런 본관은 있을 수 없습니다. 한국 지명이어야 합니다."

민병갈은 펜실베이니아 민씨를 거듭 소청했으나 호적 담당 공무원의 대답은 한결같았다. 할 수 없이 그는 형님처럼 모시는 민병도의 본관 여흥驪興을 따르기로 했다. 그 후 민병갈은 자신의 고향 펜실베이니아를 한국 호적의 본관에 올리지 못한 것을 늘 안타깝게 생각했다.

민병갈의 한국 귀화 사실이 알려지자 많은 언론 매체는 정부 수립 이후 '서양인 남자로는 최초의 귀화'라고 소개했으나 여기에는 약간의 혼선이 있다. 서강대학교 교수를 지낸 미국인 길로연Kennenth Killoren(1919~?) 신부가 먼저 귀화 승인을 받았기 때문이다. 따라서 기록상으로는 길로연이 '서양인 1호'에 해당한다. 그러나 그는 말년에 고국으로 돌아갔으므로 민병갈을 그 첫 자리에 두는 것이 옳다.

1980년 봄, '주민등록번호 211224-1037617'이 적힌 주민등록증을 받은 민병갈은 고향의 어머니에게 법적으로 한국인이 되었음을 보고했다. 귀화를 만류하던 어머니의 반응이 궁금했으나 에드나는 의외로 아들의 소망이 이루어진 것을 반겼다. 이해 7월 처음으로 대한민국 여권을 사용해 고향 방문길에 오른 민병갈은 뉴욕 국제공항에 도착해 잠시 혼란에 빠졌다. 입국장에서 버릇대로 내국인(미국인) 통로의 대기 열에 섰다가 자신이 설 자리가 아니라는 사실을 깨달은 것이다. 줄을 바꾸어 외국인 전용 통로에 들어서니 여권을 본 입국 심사관이 이상하다는 표정으로 물었다.

"당신은 한국인이 확실합니까?"

"맞아요. 작년 말에 미국인에서 한국인으로 바꾸었어요."

심사관은 덩치가 큰 흑인이었다. 그는 멀쩡하게 잘생긴 백인이 동양의 작은 나라로 국적을 바꾸었다고 하니 좀처럼 이해하기 힘든 모양이었다.

"위대한 미국을 버리고 왜 작은 나라의 국민이 됐나요?"

"한국이 너무 좋아요. 당신도 한국인으로 귀화해보세요."

더 물을 것이 없었다. 심사관은 어이없다는 표정을 지으며 통과 스탬프를 찍었다.

뉴욕 국제공항을 빠져나와 민병갈이 찾아간 곳은 어머니 에드나와 함께 살고 있는 고모 집이었다. 당시 에드나는 워싱턴 직장을 정리하고 피츠턴 집에서 살다 루스가 남편과 사별해 혼자 지내게 되자 고령의 올케를 돌보기 위해 집을 옮겨 살고 있었다. 피츠턴 집은 에드나가 아들과 살기 위해 한국으로 오기 전에 처분한 상태였다. 민병갈은 자신의 생가에 다시는 못 가게 된 것이 아쉬웠으나 어머니가 고모와 함께 사는 것은 다행이라 생각했다.

오랜만에 고향의 친지들과 하룻밤을 묵은 민병갈은 이튿날 아침 자신을 찾는 낯선 전화 한 통을 받았다. 한 지역신문의 기자라고 밝힌 상대방은 미국인이 한국인이 된 사정을 듣고 싶다며 인터뷰를 요청했다. 민병갈은 일단 인터뷰에 응하기로 했으나 자신에 관한 정보를 지역신문이 어떻게 알았는지 궁금했다. 나중에 인터뷰를 하면서 상대 기자가 최근 들어 자주 편지를 교환한 동창생 캐서린의 친구라는 사실을 알고 깜짝 놀랐다. 한때 연락이 끊겼다가 3년 전부터 편지를 주고받은 캐서린은 한국인이 된 민병갈의 내력이 특별하다고 여겨 이를 세상에 알리고 싶은 마음에 신문기자로 일하는 친구에게 제보한 것이었다.

며칠 후 지역신문 〈선데이인디펜던트〉는 민병갈 인터뷰 내용을 파격적으로 크게 보도했다. '피츠턴 토박이 칼 밀러가 한국인 민병갈이 되다'라는 제목으로 민병갈을 소개하는 장문의 글을 실은 것이다. 그리고 여러 장의 사진과 함께 민병갈이 일군 천리포수목원이 얼마나 아름다운지 자세히 설명했다. 1980년 7월 12일 자 이 신문은 민병갈을 '피츠턴 토박

Pittston Native Carl F. Miller Is Korean Citizen Min Byong-gal

By MINNIE MacLELLAN
Staff Writer

A large arboretum in Chollipo, Korea on some 164 acres is fast becoming known as one of the world's finest ones with rare and complete plantings. And its owner is recognized as one of the world's leading horticulturists.

In Korea, he is known as Min Byong-gal, but in this country and particularly in Pittston where his mother and school friends reside, he's known as Carl Ferris Miller.

Back in West Pittston Public Schools, he was known as Ferris Miller and his classmates remember him as a quiet, steady, hard-working student. He was graduated in 1939 and soon after joined the US Navy. It was during his stint in Okinawa. In September 1945, that he first visited Korea as a lieutenant junior grade. In July, 1946, he returned to the States after 11 months as a US Naval officer in a censorship unit. The main job of the 225th Civil Communications Group, Korea was to gather intelligence information and keep the Japanese from taking assets back to Japan.

Back home, his mind kept returning to Korea and some seven months later he went back as an American civilian to work at the claims bureau of the Ministry of Justice of the then US military government. Next, he worked with the Agency for International Development (AID) in the planning department.

Today, Miller is a full fledged, much loved Korean. On Nov. 6, 1979 he became a Korean citizen. His mother, Edna, who resides with her sister-in-law at 30 Washington Terrace, Pittston, lovingly calls her son, "Henry Kissinger", because of his physical likeness to the American statesman.

For the past 27 years, Ferris has been a consultant for the Bank of Korea and his expertise in financial matters has not only allowed him to become a "daddy" to many Koreans, but has made him much in demand for many large industries and foundations seeking investment counsel.

In addition to being recognized for his exceptional arboretum, Miller is also cited for his valuable book collection on his adopted country. He has over 5,000 books, many of which were secured during his early days in the Far East country. Many were obtained from old bookstores in Japan with the Isseido Bookstore in Tokyo as a favored place. For a few years that Miss Louneta Lorah of West Pittston served as a missionary-teacher in Tokyo, her former student in West Pittston schools visited her frequently and she also enjoyed visits to Korea. In fact, he called her last week when he made a quick visit here to see his mother en route to other international meetings on plants.

Miller estimates some 8,000 different kind of trees in his arboretum which he established to collect rare trees and shrubs from both Korean and foreign countries to give them a safe place in Chollipo and to use the collection for educational purposes.

The Chollipo Arboretum has already been recogniz-

CARL FERRIS MILLER

ed among the world's horticultural circles for its wide variety of trees and its free offerings of its seeds.

Pittston's native son boasts the best collection of holly in the world, with some 450 different kinds. He also has some 180 different kinds of magnolia and his garden of pine trees is second to none in the world. All the tall trees and shrubs in the arboretum are classified by number, date of acquisition, source and size. And, once a year seeds are distributed to institutions around the world free of charge.

Chollipo doesn't help Miller financially. In fact it swallows up a great deal of his income derived from stock investments. He has 12 employee, including one professional American who majored in ornamental horticulture at the University of Delaware. Just a short distance from Seoul, Miller gets in his old Datsun stationwagon and drives there every weekend.

At 59, Ferris has maintained his bachelorhood, but enjoys his adopted family of four Korean sons, their wives and children. He is presently living with the 24-year-old youngest son. The oldest son is now living in America and his second son is working in Saudi Arabia as a Korean construction company employee. His second son he found by reading a newspaper which told the plight of a couple unable to wed as his family together because of expenses. And his third son works for a scientific instrument company in Seoul. All have college educations and love their American-born father.

As for his new country, Miller said "Though I do not believe in the transmigration of souls, I sometimes feel that I might have been a Korean in my former life. I liked kimchi from the very first try in 1945 and I drink soju with raw fish and kochujang".

His mother also loves Korea and visits her son frequently. In fact she worked there four years doing the payroll for the Eighth Army. And many mothers complain about their children being a few hours away? She said it used to be quite a long trip, now she can leave Philadelphia Friday night and arrive there early Sunday morning. Just a few short "love" hours away.

Miller is pictured with his family and a friend in front of one of his homes in Chollipo. The home is straw covered, one of the few remaining structures so covered. His mother, Mrs. Edna Miller, is pictured next to him and his aunt, Mrs. Ruth Kyte stands next to his mother. The woman on the extreme left is a friend.

Pictured is one of the newer, terra cotta roofed structures owned by Miller on his island of Chollipo. His aunt, Mrs. Ruth Kyte is at left and his mother, Mrs. Edna Miller, is at right.

Pictured is another home on Chollipo owned by Miller, with living accommodations.

민병갈의 한국 귀화 사실을 크게 보도한 피츠턴 지역신문 〈선데이인디펜던트〉 1980년 7월 12일 기사. 민병갈의 인터뷰와 함께 천리포수목원을 소개하는 글과 사진으로 지면을 채웠다.

민병갈, 나무 심은 사람

이 Pittston native son '라고 표현하고 그가 어떻게 한국인이 되었는지, 그리고 한국에서 어떻게 살고 있는지 심도 있게 소개했다. 이 같은 보도로 한국 이름 민병갈은 그의 고향에서도 널리 알려지게 되었다.

3부.
천리포수목원을 일구다

한국의 자연에 반해 산행을 자주 하던 민병갈은 헐벗은 산속에서 보석처럼 빛나는 사찰림을 보고 문득 떠오르는 아이디어가 있었다. 나무를 한곳에 모아 잘 키우는 방법이 없을까? 52세 장년에 그 실천 방안으로 시작한 사업이 수목원 조성이었다. 그가 우연히 매입한 천리포 해안 땅은 하늘이 점지해준 천혜의 수목원 자리였다. 불모지와 다름없는 해안 절벽 위에 나무를 심기 시작한 지 30년도 채 안 되어 그가 일군 천리포수목원은 세계 원예인들이 주목하는 식물 전시장이 되었다. 늦깎이 식물학도로 나무 공부를 시작한 그는 범인을 뛰어넘는 노력으로 세계의 유명 식물원 및 식물계 거물들과 교류하는 식물 전문가 수준으로 올랐다. 그리고 천리포수목원을 국제적인 수목원으로 만들었다.

한국의 자연에 빠지다

한국인의 소박한 생활 문화에 이어 한국의 자연
에 빠진 민병갈은 1950년대까지 남한의 웬만한
큰 산은 다 올라봤다. 그가 나무 공부에 발을 들
여놓게 된 시초는 설악산 등반 중 한 식물학도
를 만나 식물의 학명에 눈을 뜬 1963년 여름이
었다. 당시 42세이던 그는 이를 계기로 나무와
함께 사는 삶에 들어섰다.

첫눈에 반한 한국의 자연

한국인이 좋아서 한국에 온 민병갈은 몇 달을 살면서 한국의 새로운 매력을 알게 되었다. 미국에서는 보지 못한 소박하면서도 아기자기한 산과 강이었다. 한국인의 전통적인 생활양식이 보고 싶어 틈만 나면 서울을 벗어나 농촌을 찾은 그는 마을을 지날 때마다 어김없이 만나는 야트막한 산과 맑은 물이 흐르는 강에서 정겨움을 느꼈다. 한국의 산하는 어딘가 그가 좋아하는 한국인과 닮았다는 생각이 들었다. 이때부터 그의 풍물 탐사에는 자연이 포함되었다.

민병갈이 최초로 만난 한국의 자연은 1945년 9월 8일 새벽 인천 상륙 때 함상에서 본 월미도 숲이었다. 그러나 상륙작전의 긴박한 상황에서 주변 경관을 눈여겨볼 겨를이 없던 그가 비로소 주변의 경관을 찬찬히 바라본 때는 열차를 타고 서울로 이동하는 시간이었다. 스쳐가는 평화로운 들녘과 먼빛으로 보이는 야트막한 산들이 정감 있게 다가왔다.

점령군 장교로 서울에 진주한 밀러 중위가 처음으로 가까이 본 한국의 자연은 남산 숲이었다. 숙소로 정한 회현동은 일본인이 많이 살던 곳이라 주택가에 잘 가꾼 일본식 정원이 많았다. 그러나 그의 눈길을 끈 것은 집 안의 조경미가 아니라 남산의 자연미였다. 그래서 틈만 나면 남산에 올라 유서 깊은 고도

의 전경을 조망하며 한국의 자연에 빠져들곤 했다. 그의 눈길은 창덕궁 숲을 지나 그 너머로 보이는 북악산과 인왕산에서 멈추었다. 그리고 저 돌산에 오르면 더 많은 자연의 조화가 펼쳐지리라 생각했다.

서울에 주둔하고 두 달쯤 지나서 민병갈은 하지 사령관이 공관으로 사용하는 경무대(지금의 청와대)를 찾게 되었다. 그는 이곳에서 단풍이 곱게 물든 북악산의 아름다움을 지척에서 볼 수 있었다. 남산 위에서 먼빛으로만 보던 산세와는 크게 다른 자연미가 선명한 아름다움으로 그를 사로잡았다. 그때부터 북악산을 오르고 싶었던 그는 얼마 후 공관을 지키는 미군 경비대에 등반 신청을 했다. 그가 한국 생활 중 처음 마음먹고 북악산에 오른 때는 1946년 봄이었다.

북악산은 산길이 조성되어 있고 높이도 342미터로 낮아 정상까지 오르는 데 1시간도 걸리지 않았다. 그러나 주변 경관과 산세가 너무 아름다웠다. 그리고 산 너머에는 그가 상상했던 대로 서울 북쪽의 아름다운 자연경관이 한눈에 들어왔다. 특히 민병갈의 눈길을 끈 것은 북악산 너머로 3개의 봉우리가 높이 솟아 있는 웅장한 산이었다. 그게 삼각산으로 불리는 북한산이라는 사실은 뒤늦게 알았다. 민병갈은 곧 이 산에도 오르리라 마음먹었다.

그러나 북한산 등반은 그로부터 2년이 지난 1948년 5월에야 가능했다. 북한산의 산세는 북악산과 비교가 안 될 만큼 웅장했다. 얼마 후에는 북한산 자락의 도봉산 능선에 올라 새삼 한국의 자연미에 빠졌다. 이때부터 그의 산행 코스는 점점 멀어져 북한산을 기점으로 동북으로는 수락산과 소요산, 서남으로는 관악산과 전등산 등으로 뻗어나갔다. 그리고 좀 더 나아가 충북의 명산 속리산을 등반하려던 차에 한국전쟁이 일어나 단념할 수밖에 없었다. 벼르던 속리산 등반은 그로부터 4년 뒤인 휴전 성립 이듬해 가을에 달성했다.

북한산은 한국전쟁을 전후해 민병갈이 가장 많이 오른 산이다. 당시에는 변변한 지도나 등산로가 없어 지리에 밝은 현지 안내인을 고용할 수밖에 없었다. 그가 가장 오르고 싶었던 인수봉은 등산 장비가 없어 근처에 가서 올려다보는 것만으로 끝났다. 최고봉 백운대에 오른 것은 전쟁이 끝나고 한참 뒤였다. 그것도 현지에 주둔해 있던 한국군의 안내를 받지 않으면 안 되었다.

1954년 한국은행에 취업해 생활이 안정된 민병갈은 전쟁으로 미루었던 자연 답사를 재개했다. 1차로 속리산을 다녀온 그는 그보다 가까운 치악산과 계룡산을 찾아 한국 산세의 아름다움을 재확인한 뒤, 이듬해에는 바다 건너 제주도로 가서 한라산까지 올랐다. 남한에서 가장 웅장한 지리산은 휴전 후에도 공산 게릴라들이 출몰하는 위험 지대여서 등반하기 어려웠다. 1950년대 중반에는 지리산 종주를 위해 안내자와 짐꾼까지 고용했으나 화엄사 입구에서, 무장 공비들이 우글거리는 산에 미국인은 갈 수 없다며 경찰이 막는 바람에 발길을 돌려야 했다.

1960년대 초 벼르고 벼르던 지리산을 종주한 민병갈이 새로운 각오로 도전한 것은 설악산이었다. 금강산 자락의 이 빼어난 산은 원래 38선 이북에 있었으나 유엔군이 점령한 상태에서 휴전이 이루어져 남한 영토에 편입되었다. 설악산은 지리산보다 더 험하고 북한군이 주둔했던 곳이라 위험했다. 그러나 민병갈은 전문 안내원 등 만반의 준비를 갖추고 4박 5일간의 종주에 성공했다.

민병갈, 나무 심은 사람

설악산 등반은 민병갈의 산악 등산에서 정점이자 전환점이 되었다. 이 산행을 계기로 식물과 식물 전문가를 알게 되어 이후부터는 산행이 식물 탐사로 바뀌었기 때문이다. 그 전에는 단순한 자연 탐사를 위한 레저형 등산이었다. 그가 자랑스레 밝힌 "남한에서 웬만큼 높은 산은 다 올랐다"는 말은 설악산 등반을 마지막으로 두고 한 말이다. 그의 등반 시기는 1960년을 전후한 4~5년에 집중되었다.

민병갈이 한국에서 산 긴 세월을 놓고 볼 때 그가 궁극적으로 사랑한 대상은 한국인보다 한국의 자연이었다. 한국인의 의식주를 포함해 생활 풍습과 전통문화 등 그가 좋아한 것을 다 합쳐도 그 매력을 따를 수 없는 것은 한국이 태곳적부터 품고 있는 자연이었다. 전 국토의 60퍼센트가 넘는 산악 지대를 탐험하면서 느낀 자연의 신비는 황량한 광산촌에서 자란 이방인 청년의 마음을 사로잡기에 충분했다.

한국 정부 수립 후 ECA 직원으로 재입국한 민병갈은 한국의 자연에 밀도 있게 접근하려 했으나 돌발적인 전쟁을 만나 한국을 떠나지 않으면 안 되었다. 전시를 무릅쓰고 재입국했으나 그의 눈에 비친 한국의 자연은 전쟁으로 쑥대밭이 된 상태였다. 3년을 끈 전쟁이 끝난 뒤 한국에서 고정 직장을 갖게 된 그는 중단한 산행을 계속하려 했으나 곳곳에 지뢰나 불발탄이 남아 있고, 일부 지역에는 공산 게릴라들이 할거해 입산 자체가 어려웠다. 자유로운 등산은 1960년대에 들어서야 가능했다.

풍물 여행에 이어 등산에 빠진 민병갈이 산행을 하면서 깨달은 중요한 공식 하나가 있다. 절이 있는 곳에는 숲이 있다는 등식이다. 아무리 헐벗은 산이라도 사찰이 있는 곳 주변에는 나무들이 잘 보존되고 있다는 사실은 뒷날 그가 한국 땅에 국제적 수목원을 조성하도록 이끄는 중대한 암시로 작용했다.

민병갈은 등산을 즐기면서 취미 속 또 다른 취미를 즐겼다. 다름 아닌 등산길에 절을 구경하는 재미였다. 등산복 차림으로 열심히 절을 찾은 것은 사찰 건물들이 모두 그가 좋아하는 한옥으로 지어졌기 때문이다. 대웅전 내부를 들여다보니 그 안의 불상 역시 그의 마음을 사로잡았다. 책을 통해 어느 정도 불교를 알고 있던 그는 처음 체험해보는 법당 분위기가 신비스러웠다. 자연히 절에 머무는 시간이 길어져 사찰 주변의 숲을 찬찬히 보게 되었고, 나중에는 스님들과 대화를 나누는 단계에 이르렀다. 이때 처음 민병갈은 스님들로부터 나무의 이름을 배웠다.

이러한 산사 탐방은 민병갈의 삶에 중대한 변화를 일으켰다. 스님들을 통해 단편적인 지식이나마 나무에 대해 알게 되고 사찰림을 통해 수목원에 대한 힌트를 얻은 것이 뒷날 그의 진로를 결정짓는 방향타 작용을 했기 때문이다. 이때부터 민병

민병갈, 나무 심은 사람

갈의 의식 속에는 나무를 한곳에 모아놓고 잘 가꾸고 지키면 아름다운 녹지 공간을 개인의 힘으로도 만들 수 있다는 신념이 싹텄다.

우연히 매입한 천혜의 땅

한국의 자연에 반해 산행을 즐기던 민병갈은 산이 아니더라도 자연미가 빼어난 또 다른 곳이 있음을 발견했다. 그것은 삼면이 바다로 둘러싸인 한반도의 해안이었다. 그가 한국에 와서 처음으로 여유 있게 바다를 조망한 해변은 부산 근무 시절 가끔 찾은 해운대였다. 그러나 당시는 불안한 전시라서 정취를 즐길 겨를이 없었다. 그러던 그가 휴양지로서 바다를 즐긴 곳은 휴전 후에 찾은 서해안의 대천해수욕장이었다. 이곳에는 미군 휴양소가 있어 ECA 직원이던 그는 무시로 드나들며 좋아하는 수영을 즐길 수 있었다. 그러다 보니 서해안의 낙조가 친숙한 한국 자연미의 하나로 그의 마음속에 각인되었다.

민병갈이 즐겨 찾던 서해안 해수욕장은 한국은행에 취직한 이후부터 대천해수욕장에서 태안반도의 만리포로 바뀌었다. 만리포의 정취가 더 마음에 들고 이곳에 대천의 휴양소보다 전망이 더 좋은 지인의 별장이 있었기 때문이다. 별장 주인은 한국은행 부총재를 지낸 장기영이었다. 당시 장기영은 〈한국일보〉 사장으로 있었으나 그가 한국은행에 근무할 때 촉탁 직원이던 민병갈과 막역한 사이였기 때문에 옛 직장 후배에게 자신의 만리포 별장을 수시로 내주었다. 더구나 민병갈은 당시 장 사장이 운영하는 〈코리아타임스〉의 고정 칼럼에 정기 기고하는 필자이기도 했다.

1962년 9월 중순, 민병갈은 주말 휴식을 위해 예정대로 장기영의 만리포 별장을 찾았다. 이날의 여로에는 한국은행 동료로 절친한 신병현이 동행했다. 한국은행 조사부장을 지낸 그는 당시 주미 한국 대사관에서 참사관직을 끝내고 일시 귀국한 터라 민병갈과 여행하며 회포를 풀고 있었다. 동갑내기 친구인 민병갈에게 직장으로 한국은행을 알선했던 신병현은 미국 유학을 끝낸 뒤 한국은행 일본 지점을 거쳐 주일 대사관에서 근무했다. 그 후 미국의 대학 강단에 섰다가 전두환 군사정부 때 경제부총리를 역임했다.

민병갈과 신병현이 투숙한 장기영 별장은 만리포와 천리포 경계에 있는 '묻닭섬'이라는 해안 돌출부에 자리 잡아 전망이 뛰어났다. 섬이 아닌데도 묻닭섬으로 부른 것은 바로 앞에 있는 섬이 '닭섬'이었기 때문이다. 해수욕 철은 지났어도 별장 위치가 명당이어서 해안 정취를 즐기는 데는 그만이었다. 장기영이 1964년 경제부총리가 되기 전까지 애용하던 이 별장은 주인의 호를 따서 '백상百想 별장'이라 불렀다.

　서울에서 자동차로 7시간 동안 달려와 여장을 푼 두 사람은 별장 관리인의 아내가 차려준 저녁상을 물리고 휴식을 취하던 중 아주 특별한 내방객을 맞았다. 민병갈이 만리포에 올 때마다 만나는 마을 주민인데, 그러잖아도 민병갈은 성이 지씨인 이 늙수그레한 천리포 토박이에게 확답을 주어야 할 사안이 있었다. 바로 그의 땅을 매입하는 문제였다. 몇 차례 땅을 사달라는 요청을 받은 그는 이 중노인이 찾아온 사연을 알기에 신병현이 있는 거실을 피해 내방객을 데리고 테라스로 나갔다.

　"밀러 양반, 우리 땅 사는 문제를 오늘 결정해주시것지유? 우리 딸내미한티 적당한 혼처가 생겼는디 아직 정혼을 못 했시유. 변변한 장롱 하나라도 해주고 싶은디 좀 봐주어유. 평당 500환을 다 안 쳐주어도 드릴 것이니께."

　땅을 팔려는 지씨의 집념은 대단했다. 사뭇 간청하는 목소리에 충청도 사투리가 심해서 말귀를 못 알아들었는지 민병갈은 잠자코 듣기만 했다. 그는 왜소한 몸집의 가난한 어부 앞에 서 있는 자신의 키가 너무 커서 미안하다는 생각이 들었다. 사실 그의 마음은 이미 정해져 있었으나 상대의 소망을 너무 빨리 들어주면 싱거울 거라는 생각이 들었다. 좀 뜸을 들이고 싶은 장난기가 발동한 것이다.

"지 서방의 딱한 사정은 알겠는데, 부자도 아닌 내가 이 먼 곳에 땅을 사둘 이유가 없어요. 더구나 나는 외국인이라서 한국 땅을 살 수 없는 입장입니다."

지씨는 애간장이 탔다. 이 사람이 아니면 자기 땅을 살 사람이 아무도 없을 거라는 생각에 온갖 지혜를 짜내서 장날 시장 바닥에서 하듯 어설픈 흥정을 하기 시작했다.

"지난여름에 데려온 양아들 이름으로 사면 안 될까유? 평당 450환으로 값을 내릴 테니께 불쌍한 우리 딸내미 시집 좀 가게 해줘유."

"나도 지 서방의 딸을 본 적이 있는데, 그런 참한 아가씨를 위해서도 그 땅을 사야겠군. 값은 원래 부른 대로 평당 500환씩 쳐서 3,000평 값 150만 환을 주겠어요. 다음 주 내 비서를 보낼 테니 그대로 계약을 진행하세요."

민병갈은 마침내 천리포 해안 절벽 위에 있는 불모지 3,000평을 사기로 했다. 지씨와 그 가족의 기쁨이 얼마나 컸을지는 짐작할 만하다. 사실 그가 이때 그걸 산 것은 지씨 말대로 가난한 어부에 대한 동정심 때문이었다. 그런데 마지못해 산 이 작은 땅이 뒷날 민병갈의 운명을 바꾸는 전진기지가 될 줄은 꿈에도 몰랐다. 그가 1962년에 사들인 태안군 소원면 의항리 118번지 3,000평은 15년 뒤 18만 평 규모의 천리포수목원으로 탈바꿈하는 모태가 되었다.

민병갈, 나무 심은 사람

민병갈이 매입할 당시의 천리포 땅 주변.

　구두 계약을 한 이튿날, 민병갈은 신병현을 데리고 지주의 안내를 받아 사기로 한 땅을 보러 갔다. 세 사람이 찾아간 곳은 자동차는 물론 우마차도 들어갈 수 없는 척박한 땅이었다. 벼랑 아래까지 갯벌 위로 조심스레 자동차를 움직인 다음 힘겹게 길도 없는 비탈을 올라야 발을 디딜 수 있었다. 졸지에 땅 주인이 된 민병갈에게 그나마 위안을 주는 것은 천리포 앞바다가 한눈에 보이는 전망 좋은 해안 고지대라는 점이었다.

　서울로 올라온 민병갈은 비서를 천리포로 보내 가사 도우미 박순덕 이름으로 계약을 체결했다. 당시 국내법상 외국인은 부동산을 소유할 수 없었기 때문이다. 그런데 이 3,000평과 나중에 사들인 주변의 천리포 지역은 천혜의 수목원 입지를 갖추고 있는 것으로 뒤늦게 밝혀졌다. 그러나 매입 당시에는 곰솔 몇 그루와 잡목만 자라는 황량한 야산이었다. 이곳에 식목의 첫 삽질을 한 때는 그로부터 8년 뒤인 1970년 봄이었다.

아무 생각 없이 사들인 천리포 야산은 민병갈에게 큰 행운을 안겨주었다. 주변의 자연환경은 같은 위도보다 따뜻한 해양성기후인 데다 내륙의 찬 공기를 차단하는 산으로 둘러싸여 식물들에게는 더없이 좋은 생장 조건이었다. 겨울에는 영하 10도 이하로 내려가는 경우가 드물어 해당화 등 난대성 식물이 자라기에 적합했다. 주변의 리아스식해안도 다양한 식물이 자라기에 더할 나위 없었다.

다만 식물에 불리한 것은 염분 섞인 운무가 많은 것과 척박한 토질이었다. 연간 강수량이 1,000밀리미터를 못 넘는 것도 나쁜 조건이었다. 그러나 굴곡이 심한 리아스식해안은 기온이 영하로 내려가도 난대성 식물이 얼어 죽지 않는 장점이 있었다.

민병갈이 1998년 미국호랑가시학회에서 발행하는 계간지 〈홀리저널〉에 기고한 천리포의 자연조건은 다음과 같다. 영국의 저명한 원예가 존 갤러거John Gallager가 국제목련학회지에 소개한 천리포의 기후 조건도 비슷한 내용이다.

천리포의 기후 조건

　태안반도 모퉁이에 위치한 천리포수목원은 굴곡이 심한 해안 지방에 흔히 나타나는 따뜻한 해양성기후이다. 겨울 날씨는 영하 10도 이하로 내려가는 경우가 드물다. 우리 수목원 기록상으로는 1976년 12월 26일 영하 14.5도가 최저였다. 여름 최고기온도 좀처럼 30도를 넘지 않으며 무더위 기간도 매우 짧다. 이처럼 춥지 않은 겨울과 서늘한 여름은 식물의 다양화에 큰 도움을 준다. 특히 따뜻한 가을이 긴 것은 결실을 풍성하게 한다. 천리포 앞바다의 조수 간만의 차이는 10미터로 세계 최고 수준이다. 주변 산의 최고 높이는 122미터밖에 안 돼 수목원 산으로는 적당한 고도지만 일부 지역은 경사가 심해 식목을 관리하는 데 어려움이 있다. 겨울에는 바람이 심해 나무들이 피해를 입기도 한다. 연간 강수량이 1,000밀리미터를 넘지 않는 것과 염분 섞인 바다 안개가 많은 것도 식물 성장에 불리한 조건이다.

　이창복 교수가 제자들과 함께한 학술 조사에서도 위도상으로 볼 때 살기 어려운 난대성 식물이 천리포에서 잘 자라고 있는 것으로 밝혀졌다. 이를테면 변산반도가 북방 한계선으로 알려진 동백나무나 일부 호랑가시나무가 이곳에서는 잘 자랐다. 남부 지방에서만 자생하는 무환자나무도 냉해 없이 겨울을 보냈다. 러시아 등 추운 지방에서 자라는 자작나무도 따뜻한 천리포 기후에 잘 적응했다. 전문가들은 이 같은 현상을 천리포의 특수한 자연환경 때문이라고 분석했다.

천리포가 천혜의 수목원 땅이라는 점을 보여주는 한 가지 사례가 있다. 천리포수목원에서 내방객들에게 인기가 높은 삼색참죽나무가 그 주인공이다. 이 나무는 계절 따라 잎의 색깔이 곱게 변하는 특성이 있는데, 천리포를 벗어나면 그런 조화를 부리지 않는다. 많은 사람이 그 아름다움에 반해 묘목을 사다 심지만 세 가지 색이 나타나지 않는 보통 참죽나무로 자란다. 그 이유를 전문가들은 해양성 온난 지대를 벗어났기 때문이라고 생각한다.

천리포 지역은 식물 배양 기후 조건을 지도로 나타내는 국제적 기준으로 볼 때 제7구역Zone 7에 해당해 수목원을 조성하는 데 매우 좋은 환경이다. 문제가 되는 척박한 토질과 적은 강수량은 급수 시설이나 토질 개량 등 인공적 노력으로 해결 가능했다. 이래저래 천리포는 민병갈에게 하늘이 점지해준 땅이었다.

설악산 종주 등반의 추억

민병갈은 1962년 태안반도의 모퉁이 해안에 있는 작은 땅을 산 것을 까맣게 잊고 자연 탐사를 계속했다. 그해 가을 강원도 오대산을 등반한 그는 같은 태백산맥의 북쪽 끝자락에 있는

천리포 지역에서만 제 빛깔을 내는 삼색참죽나무. 천리포 일대의 기후 특성을 설명해주는 식물이다.

1963년 6월 민병갈과 설악산을 등반했던 산악인 박재곤은 2018년 4월 8일 민 원장의 16주기 추모식에 참석해 55년 전의 우정을 되새겼다. 당시 82세이던 그는 민 원장의 수목장 터에 전자식 향불을 켜놓고 헌화했다.

남한 최고의 명산 설악산을 등반하고 싶은 마음이 간절했다. 그러나 이 산은 남한 땅에 편입된 지 얼마 안 되어 등산용으로 쓸 만한 자료는 미군이 쓰는 작전용 지도와 공중 촬영한 사진 몇 장밖에 없었다.

1963년 6월 민병갈은 모든 자료를 뒤져 자기 나름의 코스를 정하고 설악산 등반 준비 작업에 들어갔다. 아무래도 전문 산악인의 안내가 필요하다고 생각해 미국공보원USIS에서 일하는 한국인 친구 안광옥에게 동행할 등산가를 구해달라고 부탁했다. 얼마 후 소개받은 산악인은 대구 출신 박재곤朴載坤 (1936~)이었다. 당시 27세의 대한산악연맹 회원이던 그는 외국인과의 등반에 흥미를 갖고 선뜻 안내에 응했다.

안광옥을 통해 박재곤하고 만날 장소와 시간을 정한 민병갈은 자동차에 텐트와 취사도구 등 야영 장비를 싣고 등반 전날 설악산 입구로 갔다. 그리고 숙소를 정한 다음 여관 주인의 도움을 받아 현지인 2명을 짐꾼으로 고용했다.

1963년 7월 27일부터 시작된 민병갈의 설악산 4박 5일 종주 등반은 박재곤이 사이버 카페 '한강 포럼'에 쓴 체험기에 자세히 소개되어 있다. 뒷날 팔순이 되어 민병갈 추도식에 참석한 그는 설악산 등반을 잊을 수 없는 추억이었다고 회고하며 민 원장과의 만남을 이렇게 설명했다.

밀러 선생을 소개해준 선배의 말대로 약속한 시각에 신흥사 입구로 갔더니 한 외국인이 두 짐꾼과 함께 미리 와 있었습니다. 어설픈 영어로 인사말을 했더니 상대가 유창한 한국어로 응대해 무안했습니다. 놀랍게도 그는 외설악 신흥사 쪽에서 정상을 오른 뒤 내설악 백담사로 내려오는 코스까지 잡아놓았더군요.

박재곤은 두 짐꾼이 지고 온 등산 장비가 너무 많은 것에 더 놀랐다. A텐트 2개와 4인 침구, 버너 등 취사도구, 무전기와 나침반 등 탐험 기구가 대부분 미군이 쓰는 야전 장비였다. 여기에 4인의 3일분 식량과 김치까지 준비했다.

박재곤은 지도를 펴놓고 예정된 등반 코스를 설명했다. 첫 날은 신흥사 입구에서 출발해 와선대-마등령을 거쳐 오세암에서 숙영하는 코스로 잡았다. 둘째 날은 오세암에서 봉정암으로 오르기로 했는데, 가파른 암벽 지대라서 산악인도 꺼리는 난코스였다. 대청봉은 그 이튿날 새벽에 올라 동해의 일출을 보기로 했다. 하산 길은 오세암으로 다시 돌아와 아침밥을 지어 먹고 쌍용폭포-수렴동계곡-영신담을 지나 백담사로 내려오는 코스로 잡았다.

네 사람은 곧장 산행에 돌입했다. 민병갈은 출발 전 각자에게 초콜릿과 물 한 통씩을 나눠주었다. 날씨는 쾌청했으나 무더운 여름 날씨에 암벽을 타고 오세암까지 가려면 엄청 땀을 쏟아야 할 터였다. 오세암은 등산객에게 꽤 알려졌건만 제대로 된 길이 보이지 않아 덤불과 넝쿨을 헤치며 기어오르다 미끄러지는 경우가 한두 번이 아니었다. 녹음이 우거졌지만 허리가 잘리고 포화에 그을린 나무 등 전쟁의 상처가 곳곳에 보여 마음이 무거웠다. 일행은 적당한 그늘을 찾아 점심 요기를 했다. 메뉴는 빵과 햄, 그리고 커피와 주스 등 주로 미군이 먹는 야전 식이었다.

오세암에 이르니 전란에 불탄 절터만 남아 있어 힘겹게 오른 등산이 허망하게 느껴졌다. 낯선 침입자에 놀란 산새들이 푸드덕 날아가며 깊은 산속의 정적을 깼다. 다행히 우물은 깨끗해 야영과 취사에 어려움이 없었다. 일행은 텐트를 친 뒤 저녁 준비를 했다. 버너 하나에는 밥을 짓고 나머지 2개에는 찌개와 커피 물을 끓였다. 한 짐꾼이 쌀을 씻어 밥을 짓는 사이 박재곤은 김치에 햄을 듬뿍 넣은 김치찌개를 끓였다. 민병갈은 군용 우비를 깔아 자리를 마련하고 레이션 박스를 뜯어 각종 야전식을 펼쳐놓았다. 그리고 나뭇가지에 석유등을 걸어 불빛을 밝히고 준비해온 맥주와 소주를 꺼냈다.

"어때요? 이만하면 먹을 만하지 않나요?"

민병갈이 먼저 말을 꺼냈다. 세 한국인은 산속에서 이런 호강이 어디 있겠는가 하며 식사를 즐겼다. 정보장교 출신 민병갈에게도 군막을 치고 별빛 아래서 한국과 미국의 음식을 동시에 즐기는 야외 식사는 진귀한 체험이었다. 깊은 산속에 등불까지 밝히고 보니 더없이 주흥이 돋았다. 한국의 민속을 잘 알고 있던 민병갈이 첫 잔은 설악산 산신에게 바쳐야 한다며 소주를 땅에 부었다.

이날 자리를 함께한 네 사람은 서로 초면이었으나 전장의 전우처럼 허물없이 술잔을 부딪쳤다. 두툼한 햄 안주에 맛을 들인 두 짐꾼은 서울에서 온 전문 등반가의 권유에 〈강릉아리랑〉을 구성지게 불러 분위기를 돋웠다.

이튿날 봉정암으로 가는 길은 더 가팔랐다. 사람이 다닌 흔적조차 보이지 않는 급경사 바위산이다 보니 등반 재미는 쏠쏠했으나 두 짐꾼의 고생이 이만저만 아니었다. 그래도 코스는 짧아 한나절 만에 목적지에 도착할 수 있었다.

봉정암에는 암자가 제대로 남아 한 스님이 지키고 있었다. 좀처럼 사람 구경을 못 한 스님은 난데없는 손님에 반색하며 저녁 준비를 했다. 민병갈은 가져온 쌀과 김치를 내놓았다. 이날 저녁 일행은 김치와 산나물무침 등 풍성한 자연식품으로 산행에 허기진 배를 채웠다. 스님은 옥수수 통조림을 처음 먹어본다며 자신이 만든 차를 끓여 내놓았다. 그런데 난데없이 산 아래 멀리서 사람들의 비명 소리가 들렸다.

이 밤중에 웬일인가 싶어 놀란 민병갈은 전등을 켜 들고 일행과 함께 비명이 들리는 산 아래로 내려갔다. 길도 없는 험한 능선을 따라 내려가서 보니 길 잃은 등산객 여러 명이 고함을 지르고 있었다. 알고 보니 이들은 서울서 약초를 캐러 온 약학대학 동문이었다. 민병갈 일행은 이들을 봉정암으로 안내했다. 절 방이 모자라 봉정암 마당은 한밤중에 갑자기 야영촌으로 변했다. 이때의 인연으로 민병갈은 이 약사들과 오랫동안 친분을 유지했다.

사흘째는 이번 산행의 최종 목표인 대청봉을 등반하는 날이었다. 민병갈과 박재곤은 짐꾼들에게 아침 식사를 준비하도록 이르고 새벽 등반에 나섰다. 그런데 중청봉을 지나고 얼마 후

민병갈, 나무 심은 사람

두 사람은 차마 볼 수 없는 끔찍한 장면을 목격했다. 유골만 남은 30여 구의 시신이 정상 부근 산마루에 널려 있는 것이 아닌가. 전쟁의 희생자로 보이는 시신 잔해는 드디어 설악산 정상에 오른다는 민병갈의 들뜬 기분을 싹 가시게 했다. 남달리 심약한 그는 떼죽음을 본 충격으로 발걸음이 떨어지지 않았다.

그러나 표고 1,708미터의 대청봉에 오른 민병갈은 시야에 펼쳐진 설악산의 웅장한 산세에 숨이 막힐 지경이었다. 등을 돌리자 동해안 수평선을 붉게 물들이며 태양이 떠오르고 있었다. 민병갈은 일출의 장관에 넋을 잃었다. 제주도에서 보았던 일출과는 또 다른 감동이었다.

민병갈은 대청봉의 감동에서 벗어나 하산 길에 올랐다. 이번에는 해골이 널려 있는 끔찍한 현장을 우회해 봉정암으로 내려와 아침 식사를 했다. 이날의 조반상은 간밤에 구조된 약제사들이 음식을 많이 내놓아 메뉴가 푸짐했다. 동행했던 두 짐꾼은 아침 식사 후 짐을 챙겨 따로 하산했다. 사흘째는 민병갈과 박재곤 두 사람만 남아 수렴동계곡 쪽으로 내려와 백담사에서 하룻밤 묵기로 했기 때문에 야영 장비가 필요 없었다.

백담사로 가는 길은 짐도 줄고 오름이 많지 않아 등반이 편했다. 두 사람은 이 하산 길에 각각 평생 인연을 맺는 특별한 등산객을 만났다. 민병갈은 그를 식물의 세계로 인도한 한 대학생을 알게 되었고, 박재곤은 평생 배필이 될 한 여성을 만난 것이다. 민병갈이 수렴동계곡에서 만난 대학생은 당시 서울대학 임학과에 재학 중이던 홍성각(1939~)으로, 후일 건국대학교 교수가 되었다.

홍성각은 민병갈의 요청으로 수렴동계곡에서부터 동행자가 되었다. 백담사에 도착한 일행은 주지 스님의 배려로 만해卍海 한용운 스님이 지내던 방에서 하룻밤을 묵었다. 민병갈은 그때 한용운이 한국인에게 존경받는 이름난 스님이라는 사실을 처음으로 알았다.

이튿날 이들 3명은 다시 산행 길에 올랐다. 이번에는 내설악의 절경을 보기 위해 발길을 돌려 흑선동계곡을 타고 대승령에 올랐다. 대승폭포의 시원한 물줄기로 땀을 씻은 일행은 장수대로 내려와 용대삼거리까지 20리 길을 더 걸었다. 그리고 서울서 오는 버스를 타고 설악마을로 돌아가 민병갈의 자동차를 타고 속초로 가서 바다 정취를 즐기며 해단식을 가졌다. 민병갈에게 평생 잊을 수 없는 설악산 등반은 그가 본격적인 나무 공부에 들어가는 분수령이기도 했다.

그로부터 56년이 지난 2018년 4월 8일, 천리포수목원에서 열린 민병갈 17주기 추모식에 백발의 노인 박재곤이 나타났다. 어느덧 83세의 호호 할아버지가 된 그는 수목장으로 묻힌 민병갈의 손바닥만 한 무덤에 전자식 향불을 피워놓고 허리를 숙여 반세기 전의 우정을 되새겼다. 그가 추모식에 참석한 것

민병갈, 나무 심은 사람

은 2012년 10주기 때에 이어 6년 만이었다.

추모식이 끝난 뒤 그는 1988년 3월 12일을 정확히 짚으며 그날 천리포수목원에서 민 원장을 만나 설악산 등반을 추억하는 시간을 가졌다고 회고했다. 민 원장 숙소에서 하룻밤을 묵으며 25년 전의 이야기로 시간 가는 줄 몰랐다면서 그는 등반 당시 민병갈의 모습을 이렇게 술회했다.

> 등산에는 자신 있던 나도 키가 큰 민병갈 선생의 보폭에는 보조를 맞추기 힘들었습니다. 나보다 열다섯 살이나 많은 그분의 체력은 대단했어요. 안내를 맡은 내가 따라갈 정도였으니까요. 백담사에서 묵을 때 주지 스님으로부터 만해 스님 이야기를 듣고 깊은 감동을 받은 기색이었습니다. 미국 사람이 한국 스님에 관심이 많은 것을 보니 좀 이상한 기분이 들었어요.

대학생들 틈에서 나무 공부를 하다

민병갈이 나무에 대해 알게 된 것은 산행 중 스님들에게서 배운 것이 시초였다. 한국의 웬만한 큰 산은 다 올랐다고 공언한 1950년대 말까지도 그가 나무에 대해 아는 것이라고는 스님들에게서 들은 단편적 지식에 불과했다. 그러다가 1963년 여름 설악산 등반 중 식물학도 홍성각을 만나고 나서 나무 공부를 식물학 수준으로 높일 생각을 하기에 이르렀다.

민병갈이 설악산에서 홍성각을 만난 것은 우연한 행운이었다. 대청봉을 오른 후 백담사 쪽으로 하산하는 길에 수렴동계곡에 도착한 그는 나무 그늘에서 잠시 더위를 식히던 중 바로 옆에서 나무 한 그루를 열심히 관찰하고 있는 한 젊은 등산객에게 시선이 갔다.

"그 나무는 이름이 뭔가요?"

청년은 낯선 외국인의 질문에 잠시 당혹해했다. 나무 이름을 몰라서가 아니라 서양인이 한국어로 물었기 때문이다. 그는 내친김에 영어 이름까지 가르쳐주었다

"분비나무라고 합니다. 영어 이름은 킹간 퍼 Khingan Fir 입니다."

"고마워요. 학명도 알고 있나요?"

청년은 고맙게도 분비나무 *Abies nephrolepis* 의 원산지와 라틴어 학명까지 설명해주었다. 민병갈은 단박에 청년에게 반해 계곡을 떠날 생각을 않고 이 나무 저 나무에 관해 물었다. 그때마다 나무 이름을 귀신처럼 알아맞혀 민병갈을 감탄시킨 이 청년은 당시 서울대학교 농업대학 4학년이던 홍성각이었다. 혼자서 식물 탐사 중이던 그는 이때부터 민병갈의 동행이 되었다.

식물학도를 영입한 민병갈은 신바람이 났다. 이날 민병갈의 산행 자세는 종전과 완전히 달라져 있었다. 자연경관은 뒷전이고 홍성각만 따라다니며 나무 이름을 익히기에 바빴다. 서울에서 먼 길을 와 산길을 안내하던 박재곤은 자신이 밀려난 것 같아 은근히 자존심이 상했다.

2012년 민병갈 10주기 추모 행사에 참석했던 77세의 박재곤은 반세기 전 설악산에서 본 민병갈의 모습을 이렇게 회고했다.

> 설악산 등반 중도에 산림학을 공부하는 한 대학생과 동행이 되고부터는 내 역할이 무색해졌습니다. 하도 어이가 없어서 민 선생에게 식물을 공부하느냐고 물었더니 '식물 백치'라고 대답하더군요. 그로부터 15년쯤 후 천리포수목원을 방문한 자리에서 그 학생을 계속 만나느냐고 물었더니 자신한테 많은 도움을 주는 식물학자가 되었다고 했어요.

세 사람은 그 후 관악산을 한 차례 더 등반할 기회가 있었다. 그러나 이때부터 민병갈은 산행을 식물 탐사로 바꾸었기 때문에 식물에 관심이 없던 박재곤과는 멀어질 수밖에 없었다. 물론 홍성각과는 식물 탐사를 계속하는 등 관계를 유지했다. 얼마 후, 홍성각은 스승인 식물학자 이창복 교수를 소개해 민병갈에게 본격적인 식물 공부의 길을 열어주었다.

　민병갈은 훗날 해외 식물학회 모임에서 자신의 나무 학습에 관한 경력을 공개적으로 밝힌 적이 있다. 1978년 미국 보스턴에서 열린 미국호랑가시학회 연차 총회에서 한국 식물을 소개하는 연사로 나선 그는 "15년 전만 해도 나는 소나무와 전나무를 분별하지 못하는 식물의 문외한이었다"고 말했다. 학회지에 실린 연설문대로 그로부터 15년 전이라면 그가 설악산을 종주 등반한 1963년과 일치한다. 따라서 이해는 그가 나무 공부를 본격적으로 시작한 원년에 해당한다. 그때 나이는 불혹을 넘은 42세였다.

　민병갈이 홍성각을 만난 뒤부터 가장 열심히 익힌 것은 식물의 라틴어 학명이었다. 라틴어는 학창 시절 배웠기 때문에 생소한 언어가 아니었다. 그 교사는 버크넬대학교에서 라틴어와 철학을 공부한 어머니였다. 기억력이 타고난 그에게 나무 학명을 외우는 것은 일도 아니었다. 그의 나무 학습은 취미 단계를 넘어 서서히 전공 분야가 되었다.

　홍성각은 1964년 봄 민병갈에게 진짜 식물 공부하는 모습을 보여주었다. 서울대학 임학과 학생들의 야외 학습 현장을 안내한 것이다. 당시 대학원생이던 그는 학부생들의 현장학습을 참관할 기회를 제공해주고, 이어 자신의 지도교수인 이창복을 소개했다. 한국은행 고문으로 있던 민병갈은 결근계를 내서

라도 학생들의 현장학습에 참가하곤 했다. 당시 40대 중반이던 그는 젊은 대학생들과 나무 공부를 하는 재미에 푹 빠졌다.

임학과 학생들의 현장 실습은 주로 야생식물 탐사였다. 높은 산을 많이 등반했던 민병갈은 야산을 찾아 식물을 관찰하는 재미도 쏠쏠하다는 것을 느꼈다. 특히 식물의 생태를 관찰하고 표본과 씨앗을 채집하는 작업은 대학에서 화학을 공부한 그에게 새로운 실험·실습 영역으로 보여 또 다른 유혹으로 다가왔다.

현장 탐사에 참여하면서 민병갈은 점점 식물의 세계에 빠져들었다. 상식 단계를 넘어서자 그의 호기심은 적극적인 관심으로 변하고, 어느 정도 학술적인 접근이 가능해지자 감동으로 변했다. 가장 잊지 못하는 식물 탐사는 1960년대 말 강원도 화천 저수지(파로호)에서 왕느릅나무 군락지를 둘러보는 현장학습이었다. 그때까지 주로 산에서 자라는 야생목을 탐사하던 그에게는 아주 특별한 체험이었다.

민병갈이 잊지 못하는 또 하나의 현장학습은 학술적 성과를 올린 무등산 탐험이었다. 이창복 교수가 주도한 이 학술 조사에서 그는 학계에 보고 안 된 신종 식물을 발견한 식물학자의 감동을 처음으로 목격했다. 이때 무등산 야영장에서 발견한 식물은 실거리나무로 알려졌다.

민병갈은 학생들의 야외 학습장에 참석하게 되면 자동차에 소주, 사이다, 오징어 등 먹거리를 두둑이 실어갔다. 현장학습에 끼워준 학생들에 대한 보답이었다. 학생들도 아버지뻘 되는 이방인을 기꺼이 학습 친구로 받아들였다. 이런 탓에 〈경향신문〉은 1981년 7월 11일 자 지면에서 민병갈을 "대학생들과 어울리기 좋아하는 괴짜"라고 평했다. 이 기사의 날짜로 봐서는 수목원을 조성한 후에도 그는 서울대생 현장학습에 참가한 것 같다.

식물학자 이창복을 알게 된 것은 민병갈의 나무 인생에서 중요한 의미를 갖는다. 그를 통해 식물학 차원에서 나무를 공부하게 되었을 뿐 아니라 국내 식물학계와 폭넓은 소통의 길을 열었기 때문이다. 이창복은 나무에 정신이 팔린 이방인에게 호감을 갖고 도움을 아끼지 않았다. 민병갈의 학습을 돕는 한편, 국내 식물계의 실력자 여러 명을 소개해주었다. 그 대표적 인물이 당시 국립시험장 연구관으로 있던 그의 제자 조무연趙武衍이다. 이창복과 조무연은 민병갈의 나무 인생에서 가장 많은 영향을 준 은인이다.

민병갈의 식물 학습은 이창복을 알게 된 1960년대 중반부터 탄력을 받기 시작했다. 그의 관심은 애초부터 초본식물보다 목본식물, 즉 나무에 집중되어 있었다. 특히 임학과 학생들의 현장학습에 참여한 뒤부터는 나무에 대한 열정이 더 커졌다. 나무를 집중적으로 공부하기로 한 그가 첫 교재로 삼은 책은 이창복에게서 선물로 받은 그의 저서 《대한식물도감》이었다. 민병갈은 수목원을 조성하기 전부터 이 책을 탐독해 한국 자생목에 대한 기초 지식을 쌓았다.

민병갈이 나무 공부를 하면서 늘 염두에 둔 것은 천리포 땅이었다. 1962년 처음으로 매입한 3,000평은 그 후 꾸준히 늘어 1960년대 말에는 4만 평 규모로 커져 있었다. 천리포 땅을 늘린 것은 자신이 공부하고 있는 나무를 이곳에 심고 싶은 마음에서였다. 그는 나무와 떨어져 살 수 없는 자신의 운명을 감지하고 있었다. 마침내 민병갈은 자신의 속내를 가까이 지내는 이창복과 조무연에게 털어놓았다. 당연히 두 사람은 적극 찬동하고 지원을 약속했다.

민병갈이 애초에 그린 천리포 땅의 밑그림은 4만~5만 평 규모의 농원이었다. 그는 이곳에 아담한 한옥 별장을 짓고 주변에 오만가지 나무를 심어 그 수목들과 대화하며 한국에서 청정한 노후를 보낼 구상을 하고 있었다.

맨땅에 세운 나무 천국

아름다운 서해안의 한 모서리에 자리 잡은 3에
이커 미만의 야산을 샀습니다. 면적은 좁지만
바다를 향한 벼랑 위에 있기 때문에 전망이 뛰
어납니다. 농원이나 별장 부지로 알맞은 곳이에
요. 언젠가는 이 땅이 매우 쓸모 있는 소유지가
되리라 믿습니다.

1963년 7월 10일 편지

해안 벼랑의 전진기지

1970년 봄, 만리포와 천리포를 잇는 해안에서 희한한 광경이 주민들의 시선을 끌었다. 많은 구경꾼이 바닷가로 나와 조심스럽게 썰물의 개펄로 들어가는 대형 군용 트럭과 지프 한 대를 지켜보며 저마다 한마디씩 수군댔다. 트럭에는 헐린 기와집에서 나온 건축물 폐자재가 가득 실려 있고, 운전석에는 험상궂게 생긴 미군 흑인 병사가 핸들을 잡고 있었다. 앞장선 지프에 탄 사람은 코가 큰 백인 장교였다.

"개펄에 처박히면 어쩌려고 바다로 들어가는겨?"

"미군 트럭인 것 같은데 쓰레기를 바다에 버릴 작정인가?"

"쓰레기는 아녀. 뭔가 용처가 있으니께 실어왔겠지."

"모르는 소리 말게. 천리포에 자주 오는 그 미국인이 뭔가 하려나 보네."

트럭에 실린 것은 헐린 기와집에서 나온 폐자재이고, 지프에 탄 미군 장교는 민병갈의 친구인 미군 공병대장 로저스 대령이었다. 그는 토목 기술자로 달포 전 만리포 개펄이 대형 트럭의 하중을 견딜 만큼 단단한지 지표 조사를 한 인물이었다. 당시 만리포에는 천리포로 들어가는 차도가 없었기 때문에 썰물 때 생기는 개펄을 차도로 이용할 수밖에 없었다. 천리포 앞바다는 개펄이 단단해 트럭이 지나는 데 큰 어려움이 없었다.

마을 사람들은 육중한 화물차가 개펄 위를 미끄러지듯 가는 모습이 신기하기만 했다.

이날 미군 트럭이 실어온 짐은 서울 독립문 근처 도로 공사장에서 폐기물로 나온 기와집 잔해였다. 이 버려진 한옥 자재가 멀리 천리포까지 실려 오기까지 그 배경에는 민병갈의 남다른 한옥 사랑이 깔려 있다.

현저동 한옥에서 살았던 민병갈은 집과 가까운 무악재에서 많은 한옥이 도로 확장 공사로 헐리는 것이 아까웠다. 그래서 이를 되살릴 생각으로 마음에 드는 한옥 몇 채의 부산물을 천리포로 가져가 재건축하려 한 것이다. 이축에는 오랜 친구 로저스 대령의 도움이 컸다. 그러나 거의 공짜로 받은 이 폐자재는 값을 쳐준 기와나 기둥을 빼고는 재활용하기 어려웠다.

한옥 개축 공사는 서울서 데려온 기와집 전문가 김시철이 맡았다. 차에서 내린 한옥 폐자재를 둘러본 그는 난감했다. 철거 현장에서 자신이 선별한 자재였으나 막상 집 지을 현장에 벌여놓고 보니 버릴 게 더 많았다. 대들보와 일부 기둥은 쓸 만했지만 서까래와 문짝은 새것으로 바꿀 수밖에 없었다. 건축 규모는 30간 규모 두 채와 창고로 쓸 작은 기와집 등 모두 세 채였다. 그는 이에 필요한 목수와 인부를 고용했다.

첫 공사는 5월 중순에 들어갔다. 세 채 중 가장 큰 집은 이해 6월 21일 상량식을 갖고 풍습에 따라 돼지머리를 놓고 고사를

첫 한옥 공사의 상량 잔치. 이 집은 '본부'로 불리며 수목원 조성의 전진기지 역할을 했다. 상량일 1970년 6월 21일은 천리포수목원의 창립 기념일이 되었다.

지냈다. 나중에 '해송집'이라고 이름 붙은 이 집의 상량일은 천리포수목원의 설립일로 기념하고 있다. 비슷한 시기에 준공해 '소사나무집'으로 명명한 한옥은 전망 좋은 쉼터라는 의미로 정자라 불렀다. 나머지 창고형 한옥은 전력을 공급하는 발전실이 되었다. 1970년 가을에 완공한 이들 세 채의 한옥은 수목원을 조성하는 전진기지 역할을 했다. 이 중 민 원장이 지휘소로 쓴 해송집을 직원들은 '본부'라고 불렀다.

공사는 그해 가을에 끝났다. 민병갈은 7월 초 중간 점검을 하러 천리포에 간 이후 9월 말까지 서울 업무 때문에 공사 현장을 돌아보지 못했다. 공사가 끝났다는 보고를 듣고 기분이 좋아진 그는 10월 중순 주말에 준공식을 하기로 하고 천리포로 내려갔다. 해안의 한옥 별장이 생겼다는 기쁨에 들떠 있던 그는 서울에서 자동차로 7시간 걸리는 천리포 가는 길이 이날 따라 10시간도 넘는 먼 길로 느껴졌다. 천리포에 도착한 그는 당장 현장에 가보고 싶었으나 날이 어두워 그럴 수 없었다. 마을 친구 김승래의 집에서 하룻밤 묵은 민병갈이 이튿날 서둘러 찾아간 곳은 당연히 새로 지은 해안 별장이었다.

이튿날 아침 민병갈은 김승래를 재촉해 해안의 험한 산길을 걸어 건축 현장에 도착했다. 첫눈에 들어온 것은 아침 햇살에 빛나는 두 채의 기와집이었다. 집주인의 입에서 신음 비슷한 탄성이 나왔다.

"아, 저 한옥 너무 예뻐요!"

민병갈은 먼저 일자형으로 지은 작은 집으로 갔다. 뒷날 소사나무집이라는 이름이 붙은 이 집에는 누마루 모양의 넓은 테라스가 있었다. 바다가 한눈에 들어오는 이곳에 오른 그는 한옥에 딸린 서양식 전망대를 흐뭇해했다. 이어 그곳에서 20여 미터 떨어진 큰 집으로 발걸음을 옮기던 중 공사 감독을 맡은 김시철이 직원 노일승, 운전기사 남상돈과 함께 나타났다. 이들의 안내로 큰 기와집에 도착한 민병갈은 기둥마다 달려 있는 주련柱聯에 반색을 했다. 그가 좋아하는 한자로 쓰여 있었기 때문이다. 그런데 주련을 따라 집을 돌아보던 그가 큰 발견이라도 한 듯 탄성을 터뜨렸다.

"아니, 이게 웬 나무들인가? 누가 기증했나 본데 이름은 뭐지?"

민병갈은 버릇대로 나무 이름에 관심을 보이며 집 주변에 심은 10여 그루의 나무를 돌아보기 바빴다. 집을 짓느라 고생했다는 치하의 말을 기대했던 김시철과 노일승은 새 집보다 나무에 관심이 많은 집주인에게 은근히 부아가 났다. 성질 급한 노일승이 퉁명스럽게 대꾸했다.

"이건 후박나무이고 저건 동백입니다. 선물 받은 게 아니라 목수들이 캐온 거예요."

순간 민병갈의 안색이 달라지며 목소리가 높아졌다.

"캐오다니, 어디서 캐왔다는 거야!"

눈치 빠른 노일승은 상대의 심중을 알면서도 너스레를 떨었다.

"목수들이 공사를 끝내고 대뱅이섬에 가서 캐왔어요. 이따 준공식 때 목수와 인부들한테 보너스를 두둑이 챙겨주셔야 합니다."

"야생목을 캐오다니 말도 안 돼. 보너스는커녕 벌을 받아야겠군."

민 원장은 나무가 상처를 입은 것 같아 줄기와 잎새를 조심스레 살폈다. 그리고 준공식장에서 목수와 인부들을 단단히 혼내주리라 마음먹었다.

이날 오전 11시, 해송집에서 치른 준공식 잔치는 술과 떡 그리고 돼지머리 등 상량식 잔치보다 더 푸짐했다. 돈 많고 나무를 좋아하는 서양인 집주인으로부터 포상을 잔뜩 기대했던 시공자들은 금일봉을 받기는 했으나 난데없는 꾸중의 말을 들어야 했다.

"자생지에서 잘 자라고 있는 나무를 캐다 심으면 절대 안 돼요. 대뱅이섬이라는 곳이 얼마나 상처가 컸겠어요. 여러분은 나무들에게도 큰 죄를 지은 겁니다. 앞으로는 야생목을 캐다 심어서는 안 됩니다."

이해 민병갈이 쓴 수목원 일지를 보면 대뱅이섬에서 캐온 나무는 후박나무 7그루와 참식나무 한 그루, 그리고 동백나무 여러 그루로 기록돼 있다. 그러나 그로부터 7년 뒤 그는 미국 호랑가시학회 회지에 기고한 글에서 대뱅이섬과 관련한 일화를 소개하며 야생목을 캐온 인부들에게 화를 낸 것은 자신의 불찰이었다고 고백했다. 그 이유에 대한 설명은 다음과 같다.

"자생목을 캐다 심은 게 마음에 걸렸던 나는 몇 해 뒤 직원 몇 사람과 대뱅이섬을 찾아갔다. 그러나 보고 싶었던 후박나무는 한 그루도 없었다. 모두 몸통이 잘려 나가 밑동만 남아 있었다. 그 흔적으로 보아 이 무인도는 규모가 큰 후박나무 군락지였다. 군락을 이루던 후박나무가 무참히 잘린 이유를 알아보니 섬 근처에 사는 주민들과 약종상들이 목재용이나 한약재로 남벌해 갔기 때문이었다. 결과적으로 살아남은 대뱅이섬의 후박나무는 우리 천리포수목원에서 자라는 7그루뿐이다."

민병갈이 천리포에 한옥을 이축한 것은 이곳에 아담한 자연 농원을 꾸미려는 의도에서 시작했다. 그로부터 9년 뒤 그는 천리포에 첫 삽질을 하게 된 경위를 공개적으로 처음 밝혔다. 1979년 말 그가 서양인으로는 드물게 한국에 귀화한 것이 화제가 되어 많은 언론이 이를 보도했는데, 그중 〈한국일보〉와의 인터뷰에서 그는 천리포수목원의 초기 구상을 이렇게 회고했다.

처음엔 자연 농장을 꾸밀 생각이었습니다. 아담한 한옥을 짓고 주변엔 내가 좋아하는 꽃나무를 많이 심을 작정이었지요. 1960년대 초만 해도 나의 식물 지식은 거의 백지상태라서 어떤 나무를 심어야 좋을지 몰라 사둔 땅은 내버려둔 채 자연 답사에만 전념했습니다. 나무를 심기 시작한 초기에는 목련이나 장미 등 보기 좋은 꽃나무에 집착했는데, 내가 산 땅은 토질이 나빠 꽃나무에 적합하지 않다는 것을 알고 나서 여러 가지 나무를 심었습니다.

1970년대 초 천리포의 생활환경은 열악하기만 했다. 전기가 들어오지 않는 데다 자동차 길도 나지 않아 농원 규모도 조성하기 어려웠다. 나무를 심으려면 물이 있어야 하는데 수도가 없으니 용수 얻기가 막막했다. 지하수를 이용하려 해도 전기가 없으니 펌프를 가동할 동력이 없었다. 외지에서 차량으로 묘목을 들여와야 할 텐데 만리포로 통하는 유일한 길이 있었으나 우마차도 다니기 어려웠다. 민병갈은 발전기를 가동하고 연못을 파는 등 난관을 하나씩 해결해나갔다.

시련을 넘어서 앞으로

천리포에 국내산 묘목을 심은 민병갈의 다음 목표는 외국산 나무를 심는 것이었다. 애초부터 외국 나무에 관심이 많았던 그는 묘목을 공짜로 준 임업시험장에 신세도 갚을 겸 미국 메릴랜드에 있는 팅글Tingle 양묘장에 다량의 묘목을 주문했다. 발주 시기는 임업시험장의 묘목을 심은 같은 해 10월이었다. 이듬해 봄에 도착한 미국산 묘목은 18종 1,000여 그루였는데, 그 수량은 이미 식재한 국내산 나무보다 더 많았다. 그중 대표적인 수종은 콜로라도블루스프루스Colorado Blue Spruce, 캐나다헴록Canadian Hemlock, 스코틀랜드소나무Scottish Pine 등이었다.

민병갈은 도입 묘목의 절반을 홍릉 임업시험장에 기증하며 이들 외래종 나무를 잘 키울 수 있는 기술 지도를 요청했다. 그러나 불행히도 국립 임업시험장도 외래종 나무에 대해서는 아는 것이 없었다. 이창복 교수가 관할하는 서울대학교 관악수목원도 마찬가지였다. 결국 팅글 양묘장에서 들여온 묘목들은 한국의 기후 풍토에 적응을 못 하고 대부분 죽는 사태가 일어났다. 임업시험장에 보낸 묘목들도 같은 운명이었다. 나무 베테랑 김이만과 조무연도 처음 보는 외래종 나무에 대한 지식이 없어 식재법이나 관리 요령을 내놓기 어려웠다.

민병갈에게 나무를 심는 초기의 즐거움은 1971년 한 해로 끝났다. 이듬해부터 현실적 문제가 서서히 드러나기 시작한 것이다. 1년간 경험해보니 천리포 지역의 자연환경이 마냥 좋기만 한 것이 아니었다. 이창복 교수의 진단대로 기후 조건은 좋았으나 토질은 그렇지 않았다. 강수량이 적은 것은 이미 파악했으나 생각지도 않던 토양에 문제가 생긴 것이다. 20센티미터 정도 파면 모래흙이나 염분 섞인 황토가 나오기 예사였다. 어떤 곳은 토탄土炭 성분이 많아 나무가 자라기 어려웠다. 세찬 바닷바람도 불리한 조건이었다.

외래종 나무에서 실패의 쓰라림을 맛본 민병갈은 용수난에 이어 토양 문제까지 겹치자 적잖이 당황했다. 그리고 얼마 후에는 나무를 심기 시작한 조림 요지가 세찬 해풍에 무방비 지대라는 것을 알게 되었다. 잇따르는 어려움에 봉착한 그는 불리한 여건을 하나씩 인공적인 노력으로 풀어나가기로 마음먹고 문제 해결의 길을 두 갈래로 정했다. 첫째는 물웅덩이와 방풍림을 조성하는 것이고, 두 번째는 외래종 나무에 대한 무지無知를 해결하는 것이었다.

민병갈은 용수난부터 해결하기로 하고 지하수 개발에 나섰다. 당시 천리포에는 전기가 들어오지 않았기 때문에 지하수를 끌어 올리려면 발전 시설이 필요했다. 그런데 발전기를 갖추고 나니 지하수의 수맥을 제대로 찾아 파이프를 박는 난제가 뒤따랐다. 천리포는 배수가 빠른 바닷가에 있는 탓에 지하수가 많지 않았다. 민병갈은 지하수 개발을 재빨리 단념하고 1972년 가을부터 연못을 파는 작업에 들어갔다. 중장비가 없던 시절이니 삽으로 흙을 파서 지게나 리어카로 나를 수밖에 없었다. 현재 천리포수목원의 연못 2개는 이렇게 조성한 것이다.

다음은 사정없이 불어오는 갯바람을 해결할 차례였다. 당시 민병갈이 확보한 4만 평 중 요지에 해당하는 중앙 구릉지는 해풍을 정면으로 받아 나무가 자라기 어려웠다. 이를 해결하기 위해서는 해안 절벽 위로 방풍림을 심는 수밖에 없었다. 이곳 해안에는 원래 곰솔(일명 해송)이 군락을 이루고 있었으나 남벌로 몇십 그루만 남아 있었다. 민병갈은 사라진 해안 숲을 되살려 방풍림으로 활용하기로 하고 해안 능선을 따라 수백 그루

천리포에 첫 삽질을 할 당시 황량한 주변 모습. 헐벗은 민둥산 위에 보이는 한옥 두 채는 각각 해송집과 소사나무집으로 부른 천리포수목원의 전진기지였다.

의 곰솔을 심었다. 1972년부터 인공 연못과 함께 조성한 곰솔 숲은 현재 천리포수목원 밀러가든의 경관을 살리며 해풍으로부터 나무를 보호하는 구실을 톡톡히 하고 있다.

절벽 위로 나무를 심는 것은 보통 힘든 일이 아니었어요. 자갈투성이 땅을 파기도 힘들거니와 묘목에 줄 물이 있어야지요. 인부들이 물지게로 동네 우물에서 물을 퍼 날랐지만 쉽게 될 일이 아니었지요. 몇십 그루를 심다 보면 해가 저물기 예사였어요. 그래도 민 원장님은 그날에 심을 나무

수를 할당해 기어이 하루 분량을 채우도록 했습니다. 땅거미가 지면 관솔로 만든 횃불을 밝히고 나무를 심었지요.

수목원 조성 초기에 나무를 심었던 박재길의 회고담이다. 천리포 토박이인 그는 1971년부터 직원으로 채용돼 11년간 재산관리인 역할을 하며 수목원 일을 도왔다. 1960년대부터 수목원 부지 18만 평을 매입하는 과정에서도 땅 주인과의 거래를 성사시키는 일에 주도적 역할을 했다.

인공 연못과 방풍림 조성을 독려하기 바쁜 와중에도 민병갈은 본모습인 학구적인 노력을 소홀히 하지 않았다. 우선 박상윤, 박재길, 노일승 등 직원을 채근해 천리포 지역의 토양 조사와 일별 기상 통계자료를 만들도록 했다. 1971년에 시작한 이 기상 조사에서 천리포 지역의 강수량이 연평균 1,000밀리미터에 못 미친다는 결과가 나왔다. 이는 수목원 조성에 매우 불리한 조건이었으나 민 원장은 이를 무난히 극복했다.

외래종 나무에서 실패의 쓴맛을 본 민병갈은 자신의 무지를 실감했다. 그리고 스스로 공부하는 길밖에 없다고 판단해 한국 자생목에 이은 새로운 학습에 도전했다. 중심 과목은 해외 수종이었다. 그가 처음으로 읽은 외국 나무 관련 서적은 자신이 미국 팅글 양묘장에 발주했던 나무들에 관해 기술한 책자였다. 이는 묘목과 함께 발주한 책이기도 했다.

틴글 양묘장에 마구잡이 주문을 했던 민병갈은 그 실패의 경험을 살려 급한 대로 현지 전문가의 자문을 받는 방법을 쓰기로 했다. 1972년 겨울 고향 방문길에 펜실베이니아의 한 양묘장에 들른 그는 그곳 전문가의 추천을 받아 유럽호랑가시나무 등 10여 종의 묘목을 사와 국내 재배에 성공한 사례가 있다. 이때 민병갈은 한국이 세계 식물 분포대의 8구역Zone 8에 들어간다는 학술 정보를 처음으로 알았다. 그는 이들 어린나무를 젖은 수건에 싸서 트렁크에 넣어 가져왔다. 까다로운 식물 통관 절차를 거쳐 서울 연희동 집의 온실에 심어놓고 적응 훈련을 받은 묘목들은 이듬해 봄 천리포에 옮겨져 이국땅에서 기적 같은 생명력을 드러냈다.

민병갈이 1970년대 미국에 발주한 외래종 묘목은 대부분 미군 파우치나 외교 행낭을 통해 들어왔다. 식물 반입은 규제가 심하고 절차가 까다로워 외국 기관의 개인 연줄을 이용하는 편법을 쓴 것이다. 사실상 불법으로 들여온 이 나무들은 뒷날 외래종 나무가 가장 많은 천리포수목원의 초석이 되었다.

내친김에 수목원으로

나무를 본격적으로 심은 1972년 중반까지도 민병갈의 천리포

밑그림은 여전히 '아담한 농원'이었다. 그러나 나무 키우기와 식물 공부에 재미를 붙이면서 해안 별장이 있는 농장 주인으로 만족할 수 없었다. 좀 더 규모가 크고 전문적이며 학술적 가치가 있는 공공 식물 기관으로 키우고 싶어진 것이다. 그러기 위해서는 부지 면적을 더 넓힐 필요가 있었다. 생각이 이에 이르자 그는 땅을 사주던 종래의 태도를 바꾸어 적극적으로 땅을 사들이는 방향으로 돌아섰다.

1962년 3,000평으로 시작한 천리포 소유지는 1966년 말까지 1만 9,000평으로 늘어나고 첫 삽질을 한 1970년에는 4만 평 규모로 확장되었다. 이는 자기네 땅을 사달라는 천리포 주민의 요청이 잇따르고 이에 따라 조금씩 사들인 땅과 연결된 문제가 생겨 추가로 매입한 결과였다. 그러나 천리포에 나무를 심기 시작한 다음부터는 토지 매입에 적극 나서서 1973년에는 10만 평을 넘어섰다.

땅 매입과 관련해 민병갈은 미국호랑가시학회에서 발간하는 계간지 〈홀리저널〉 1990년 겨울호에 기고한 글에서 다음과 같이 설명했다.

1973년 초까지 나는 수목원을 만들 생각을 하지 않았다. 이해부터 많은 나무를 들여와 땅이 모자랄 지경이었다. 나는 계속 토지를 사들여 1970년대 말에는 소유지가 160에

민병갈, 나무 심은 사람

이커(18만 평)로 늘어났다. 당시 천리포는 고립되고 낙후한 지역이라서 땅값이 매우 저렴했다. 전기와 전화가 안 들어 왔고 마을로 들어가는 차도도 없었다. 그래서 할 수 없이 썰물 때를 기다려 바닷가로 자동차를 운행하다 보니 차가 모래밭에 처박히는 일이 생기기도 했다.

1973년 중반 들어 민병갈은 마침내 수목원을 조성하기로 결심하고 그 준비 작업에 들어갔다. 안으로는 부지를 넓히고 밖으로는 해외 통로를 찾았다. 이해에 그는 국제적 식물 단체 인 미국호랑가시학회에 가입했다. 해외 학술 정보를 얻고 국제 적으로 인정받은 수목원을 설립하기 위한 포석이었다. 그리고 가을에는 '천리포수목원'이라는 이름으로 국내 최초의 사설 수 목원을 출범시켰다. 그러나 당시에는 국내에 수목원 관련 법이 없었기 때문에 법적인 승인 절차 없이 형식적인 재단을 만들 어 간판만 달았다.

명목상의 재단이라 해도 이사진을 꾸리지 않을 수 없었다. 민병갈은 스스로 재단 이사장 겸 원장이 되고 이사에는 자신 의 식물 학습과 수목원 조성에 큰 도움을 준 이창복 서울대 교 수와 조무연 국립 임업시험장 연구관을 우선으로 위촉했다. 그 리고 가장 총애하는 양아들 송진수와 수목원에 관심이 많고 평소 가까이 지내던 서성환 徐成煥(1924~2003) 태평양화학 사장

(지금의 아모레퍼시픽그룹 창립자)을 이사로 참여시켰다. 이때부터 민병갈의 공식 직함은 민 원장이 되었다.

1973년 늦가을 주말, 차도로 확장된 천리포 진입로 중간 지점에 세워진 철 대문 기둥에 천리포수목원이라고 쓰인 대형 문패가 걸렸다. 목판에 세로로 양각한 한자 글씨는 민병갈에게 서예를 지도한 심재 이건직이 썼다. 이날 현판식에는 인근에 사는 주민과 몇 안 되는 수목원 직원, 그리고 민병갈 이사장을 포함한 5명의 이사가 참석했다. 이날도 3년 전 본부 한옥의 상량 때처럼 떡, 막걸리, 돼지고기 등이 나왔으나 고사는 지내지 않았다.

현판식이 끝난 뒤 민병갈은 이사장 자격으로 천리포 본부로 쓰는 해송집에서 첫 이사회를 주재했다. 가사 도우미가 준비한 커다란 떡시루를 식탁 한가운데에 두고 이사 다섯이 둘러 앉았다. 서울 등 멀리서 와 함께 떡을 자른 이들에게 민 이사장이 준 선물은 천리포수목원 이사 직함과 이름이 박힌 명함 두 통씩이었다. 건배가 끝나자 당시 현금 재벌로 유명했던 서성환 사장이 한마디 꺼냈다.

"나에게 미리 말했으면 금박 글씨로 된 명함을 만들어주었을 텐데, 이걸 어디에다 내놓겠소."

물론 농담이었지만 술이 세고 호걸 티가 강한 조무연이 뼈 있는 말로 대거리를 했다.

"서 사장님, 금박 명함 대신 1억짜리 유리온실을 하나 지어 주면 빛이 더 날 텐데요."

"그런 쪼매한 것보다 수목원을 내게 넘기면 유리 궁전을 지어놓겠소."

좌중이 일순간 웃음바다가 되었다. 실제로 서성환 사장은 그 후 천리포수목원을 탐내고 파격적인 금액(350억 원)을 제시하며 끈질기게 민 원장을 회유했다. 그러나 천금을 준다 해도 마음이 흔들릴 그가 아니었다.

이로써 천리포수목원은 공식적으로 출범했으나 실제로 법적 지위를 누린 때는 5년 뒤였다. 1979년에야 산림청 산하 비영리단체로 등록했기 때문이다. 그러나 그것도 수목원 관련 법이 없던 때라 학교법인에 준하는 재단 형식만 갖추고 있다가 1996년 공익법인으로 전환되어 오늘에 이르고 있다.

천리포수목원이 생기게 된 배경은 아담한 별장 농원을 갖고 싶어 한 개인의 꿈이었으나, 실제로 민병갈의 마음속에는 그 이전부터 수목원의 꿈이 싹트고 있었다. 군정 시절 이래 산행을 즐길 때 사찰림에 반했던 그는 나무를 잘 보호하면 민둥산에서도 아름다운 자연 동산을 꾸밀 수 있다는 암시를 받았다. 이와 관련해 민병갈은 미국동백학회American Camellia Society, ACS 1997년 연감에 기고한 글에서 한국의 사찰림과 스님들의 관계를 다음과 같이 썼다.

1950년대 내가 즐거웠던 시절은 한국의 산에 오르면서 사찰을 방문하는 것이었다. 왜냐하면 한국의 절은 수세기 동안 세속에서 벗어나 깊은 산속에 있었기 때문이다. 이들은 주변 임야의 보호에 힘써 한국 사찰은 대부분 잘 보존된 산림에 둘러싸여 있다. 스님들은 대개 나무 지식이 풍부해 나로 하여금 나무에 대한 호기심을 불러일으켰다.

민병갈에게는 수목원을 조성하도록 이끈 또 하나의 동기가 있었다. 그것은 북한에 교육용 수목원이 있다고 소개한 외국 잡지의 기사였다.

1999년 6월 18일 한미우호상을 받은 민병갈은 수상 소감에서 수목원을 조성한 배경을 밝혔다. 1970년대 초 영국에서 발행한 세계 수목원 관련 책을 보다가 평양에 교육용 수목원이 있다는 사실을 알고 남한에도 괜찮은 수목원이 하나 있으면 좋겠다는 생각을 했다는 것이다. 1978년 미국호랑가시학회 회지에 기고한 글에서는 1973년에 수목원 조성을 결심한 사실을 밝히고 "나를 키워준 나라에 보답하는 가치 있는 시도worthy endeavor였다"고 회고했다.

1970년 천리포에 첫 삽질을 한 이후 민병갈이 살아온 내력을 일별해보면 마치 하루하루가 모두 전쟁 같은 치열한 삶이었다. 직장인으로서 한국은행 일을 하고, 투자가로서 경제 상황과 증권 시세 흐름에 신경을 곤두세우고, 수목원 설립자로서 나무 공부에 매달리고, 사회 활동을 위해 사람을 만나고, 업무상 빈번하게 해외 출장을 나가고, 브리지 게임 등 취미 활동을 하려니 몸이 10개라도 모자랐다.

민 원장이 한국에서 보낸 일상생활의 주간 일정을 보면 두 갈래로 나뉜다. 월요일부터 금요일 오전까지는 서울에서 일상 업무를 처리하고, 금요일 오후에는 천리포로 내려가 2박 3일 간 수목원을 가꾼다. 그리고 월요일 새벽 천리포를 출발해 서울의 한국은행으로 곧장 출근해서 새로운 한 주를 맞는다. 그가 얼마나 바쁘게 생활했는지 그 한 사례가 1978년 1월 18일 어머니에게 보낸 편지에 잘 나타나 있다.

전보다 더 바쁘게 지냅니다. 천리포수목원 일도 많은 데다 서울에선 답장을 보내야 할 편지가 너무 많아요. 한국 식물에 대한 문의가 전 세계에서 쇄도해 정신이 없군요. 오늘 밤엔 활동을 막 시작한 한국호랑가시학회 관계자 7명과 식사 약속이 돼 있습니다. 지난주에는 우리 집에서 한국두루미보존회 회원 26명이 모였지요. 어제는 한국식물분류학회 회장으로 있는 이영로 박사를 만나 점심을 먹으며 학술 서적 간행 문제를 협의했고요. 분류학회와 우리 수목원이 공동 참여하는 출판위원회에서 나는 기획 책임

자로 일해야 할 입장이에요. 이렇게 할 일이 많으니 낮이
나 밤이나 눈코 뜰 새 없이 바쁘군요. 하지만 어머니, 나는
이 일들이 너무 재미있어요.

편지에는 수목원 업무, 식물학회 모임 참석, 자연보존협회
회동, 학회장과의 만남, 해외 서신 발송 등 빽빽한 일과가 적혀
있다. 민병갈이 한국두루미보존회 회원이었던 것은 알려지지
않은 사실이다.

천리포에 첫 나무를 심다

천리포의 해안 절벽 위에 세 채의 한옥을 이축한 민병갈은 득
의감이 넘쳤다. 아담한 농원을 꾸미는 전진기지를 마련한 것이
더없이 기뻤다. 당초 2만여 평을 예상한 농원 규모가 4만여 평
으로 늘어났다. 현지 땅 주인들의 요청에 따라 조금씩 사들이
다 보니 면적이 계획보다 늘어난 것이다. 이 너른 땅에 무엇을
심을까? 그 대답은 당연히 나무였다.
 민병갈의 천리포 구상은 나무 중심의 농원으로 출발했다.
규모는 4만 평 정도로 생각하고 그동안 친분을 쌓은 식물계의
두 권위자 이창복과 조무연에게 자문을 청했다. 물론 천리포에

전진기지를 마련하기 전의 일이다. 사제지간인 두 사람은 역할 분담을 하기로 하고 이창복이 천리포의 자연환경 조사를, 조무연이 식목 지도를 해주기로 했다. 특히 조무연은 자기 일처럼 생각하고 적극적으로 도왔다. 먼저 최고의 나무 전문가 김이만金二萬(1901~1985)°을 소개해주고 이어 식목 철에 맞추어 임업시험장의 묘목 한 트럭분을 천리포에 보냈다.

1971년 4월 두 번째 토요일 아침, 묘목을 가득 실은 트럭한 대가 천리포에 도착했다. 화물은 서울 홍릉 임업시험장을 출발해 밤새 달려온 어린나무들이었다. 묘목 트럭은 전년 봄에 한옥 자재를 싣고 왔던 미군 트럭이 그랬듯이 썰물 때를 기다렸다가 개펄로 들어섰다. 그리고 거북 걸음으로 개펄 위를 지나 민병갈이 지휘소로 삼은 '본부' 한옥 앞에서 멈추었다.

묘목 트럭이 도착하자 미리 와 있던 민병갈은 인부들을 독려해 묘목을 차에서 내리게 했다. 하역 현장에는 전날 민병갈의 자동차를 타고 서울서 내려온 조무연과 김이만도 나와 있

° 김이만: 18세에 조선총독부 임업실험장의 용원으로 들어가 평생을 나무와 함께 살았다. 20세 때부터 백두산과 금강산 그리고 압록강 변을 포함한 전국의 산하를 탐사해 국내 자생목의 분포를 손바닥 보듯이 알고 있었다. 정년퇴직 후에도 임업시험장의 촉탁 직원으로 국내 식물표본 정리를 했다. 그 공로를 기려 2001년 4월 국립수목원 안에 건립된 '숲의 명예전당'에 박정희, 현신규에 이어 세 번째 인물로 올랐다.

국립수목원 '숲의 명예전당'에 봉안된 김이만의
부조 초상.

었다. 당시 70세이던 김이만은 민병갈의 천리포 식목을 돕기
위해 먼 길을 찾아온 것이다. 정년을 맞은 뒤에도 임업시험장
에서 촉탁으로 일하던 그는 조무연의 소개로 민병갈과 친숙한
사이였다. 그는 직원과 인부들 10여 명 앞에서 일장 연설을 한
다음 직접 삽을 들고 나무 심는 시범을 보였다.

민병갈, 나무 심은 사람

나무를 심을 때는 묘목 크기에 맞게 구덩이를 판 다음 잔뿌리를 조심해서 묻어야 합니다. 묻은 다음에는 몸통을 잡아 살짝 올리며 공기가 스미지 않도록 밟아줍니다. 물은 조금씩 여러 번 주는 것이 좋아요. 나무는 심는 것으로 끝내지 말고 자식 키우듯 계속 돌봐야 합니다. 자랑은 아니지만 나는 나무를 돌보는 일에 정신이 팔려 자식 셋의 생일을 아직도 모릅니다.

나무 할아버지의 목소리는 젊은이 못지않게 카랑카랑했다. 민병갈도 인부들 틈에 끼어 나무를 심었으나 아무래도 삽질이 서툴렀다. 보다 못한 김이만이 다가가서 개인 지도를 했다. 당시 51세이던 민병갈은 어색한 삽질로 한 그루뿐인 개살구를 포함해 10여 그루를 심었다.

천리포의 민병갈 소유지에서 기획 식목을 한 것은 1971년 봄이 처음이었다. 전해에 심은 대뱅이섬의 나무는 인부들이 생각 없이 심은 것이라서 첫 식목이라고 보기 어렵다. 이날 심은 임업시험장의 나무는 개살구, 쥐똥나무, 물푸레나무, 둥근잎다정큼나무, 피라칸타, 마가목 등 모두 여섯 종류 500여 그루였다. 그중 개살구는 한 그루, 마가목은 4그루로 소량이었다. 피라칸타를 제외한 이들 수종은 천리포 지역에서도 흔한 나무였다. 인부들은 지천으로 깔려 있는 나무를 캐다 심으면 될 것을 멀리 서울에서 돈 들여 실어올 게 뭐냐고 수군거렸으나 민병갈은 들은 척도 안 했다.

천리포에 첫 식목 사업을 한 민병갈은 곧 후속 작업에 들어갔다. 임업시험장이 준 묘목 500여 그루만으로는 미흡해 따로 국내 묘목상 세 곳에 주문을 냈다. 이때 충북 한림농원, 대전 만수원, 전북 임업시험장에서 들여온 묘목은 모감주나무, 낙상홍, 능수버들, 계수나무 등 300그루였다. 이들 국내산 묘목은 임업시험장에서 준 나무들과 함께 아무 탈 없이 잘 자라서 민병갈을 기쁘게 했다.

나무들을 잘 관리하기 위해서는 아무래도 전문가가 필요했다. 평일에는 서울에서 한국은행 업무를 봐야 했던 민병갈은 천리포에 머물며 나무를 돌볼 정원사 한 명을 채용했다. 그는 가사 도우미 박순덕의 조카뻘로 대학에서 조경을 공부한 박상윤이었다.

정원사 채용과 함께 들어간 작업은 조무연의 권고대로 온실을 짓는 일이었다. 소유지 안에서 가장 양지바른 곳에 지은 온실에 처음 파종한 씨앗은 나무가 아니라 식용식물이었다. 박순덕은 이곳에 상추와 토마토 등 여러 채소류를 파종하고 옥수수까지 심었다. 민병갈이 구해온 오크라okra를 파종했으나 이 아열대 식용식물은 먹을 수 있을 만큼의 소출이 나오지 않았다. 민병갈은 1972년 1월 28일 가족에게 보낸 편지에서 온실

재배를 이렇게 소개했다.

> 온실에 심은 상추와 토마토 등 채소류도 겨울을 이기며 탐
> 스럽게 자라고 있습니다. 천리포에서는 적상추가 특히 잘
> 자라는데, 유감스럽게도 옥수수는 희망이 없으나 오크라
> 는 그런대로 재배가 되는 편입니다. 지난주에는 무를 파종
> 했습니다.

1971년을 보내는 민병갈의 마음은 흐뭇하고 행복했다. 애
써 심은 묘목 1,000여 그루가 겨울을 잘 나고 있을 뿐 아니라
온실에 파종한 채소류도 잘 자라고 있었기 때문이다. 그 기쁨
은 이듬해 봄까지 갔다. 그의 느긋한 마음이 편지에 잘 나타나
있다.

> 뉴질랜드 여행을 하고 3주 만에 돌아와 보니 천리포에는
> 놀라운 변화가 있었습니다. 지난봄 바닷가 언덕배기에 심
> 은 나무들이 건강하게 자라 아름다운 해안 숲을 이룰 것
> 같습니다. 뉴질랜드에서 가져온 몇 종류의 씨앗을 심으면
> 천리포는 머지않아 한 폭의 그림이 될 것입니다.
> 1972년 1월 28일

일요일 아침, 나 홀로 한옥에 앉아 바다를 바라보며 사념
에 잠겨 있는 시간입니다. 거실 창문을 통해 오른쪽으로
보이는 섬을 향해 거센 파도가 몰아치고 있군요. 나는 천
리포에 오면 이렇듯 바다를 조망하는 무념의 시간을 즐깁
니다. 봄이 저만치 와 있는 시점, 오늘따라 아침 햇살의 빛
이 선명합니다. 크로커스 2그루가 막 꽃망울을 터뜨릴 자
세입니다. 지난겨울에는 사실상 겨울이 없었습니다.

1972년 3월 12일

천리포에 나무를 심은 뒤부터 민병갈은 그 나무들이 어떻게
자라는지 궁금해 주말만 되면 천리포로 내려갔다. 서울서 자동
차로 7시간 이상 걸리는 먼 거리였다. 실제 거리는 200킬로미
터가 조금 넘었으나 천안-만리포 간의 꼬불꼬불 자갈길을 지
나자면 금요일 퇴근 후 자정이 다 돼서야 도착했다. 그리고 일
요일 저녁이면 그 반대 길로 상경해 월요일 아침 한국은행으
로 곧장 출근했다. 타계 직전까지 직장을 다닌 민병갈의 이 같
은 주말 일과는 평생 계속되었다. 서해안고속도로가 뚫린 뒤에
는 거리가 170킬로미터로 줄고 운행 시간은 3시간대로 단축
되었으나 민 원장이 그 혜택을 누린 건 2~3년밖에 안 되었다.

낯새를 기다리는 마음

1973년 가을 천리포수목원을 공식 출범시킨 민병갈은 10만
평의 수목원 부지가 좀 좁다는 생각이 들었다. 소유지를 좀 더
넓혀 국제 규모의 수목원으로 발전시키고 싶었다. 이때 그를
유혹하는 그림 같은 후보지가 하나 있었다. 그의 해안 소유지
에서 400여 미터 떨어진 '닭섬'이라는 무인도였다. 본부 사무
실 해송집에서 정면으로 보이는 이 섬은 울창한 숲으로 덮인
천연 수목원이었다.

닭섬이 지닌 또 하나의 매력은 썰물 때면 모세의 기적처럼
뭍길이 열리는 것이다. 민병갈은 이 길을 건너 섬 안으로 들어
갔다. 당시 식물 지식이 초보는 벗어나 있던 그는 곰솔들이 군
락을 이룬 모습을 보고 반색을 했다. 천리포에서 많이 훼손된
나무였기 때문이다. 이어 섬을 한 바퀴 돌아본 그는 각종 상록
활엽수가 섬 전체에 분포되어 있다는 사실을 알고 탄성을 질
렀다. 무엇보다 반가운 것은 사람의 손을 타지 않고 자연미가
잘 보존된 점이었다.

민 원장은 1만 5,000평의 닭섬을 사고 싶어 안달이 났다. 그
러나 강화도에 사는 땅 주인 금씨 노인은 좀처럼 내놓으려 하
지 않았다. 현지인 직원 박재길을 중간에 세워 2년을 교섭한
끝에 닭섬은 1975년 가을 마침내 천리포수목원에 편입되었다.

그러나 1만 5,000평 중 1,000평은 원주인 몫으로 남겨두는 조건이었다.

닭섬을 소유하게 된 민 원장의 기쁨은 말할 수 없이 컸다. 그런데 어쩐 일인지 소유권이 넘어온 날부터 엉뚱한 일에 신경을 써서 직원들을 어리둥절하게 했다. 며칠 동안 머리를 끙끙 앓던 그가 내놓은 것은 닭섬을 수목원의 요지로 꾸미는 미스터플랜이 아니라 닭섬을 다른 이름으로 바꾸는 개명안이었다.

"닭섬은 안 되겠어. 내가 닭을 얼마나 싫어하는데…. 곰솔섬이라고 하면 안 될까?"

"원장님, 닭섬은 지도에 나와 있는 지명입니다. 바꿀 수 없어요."

"내 섬이니까 내 맘대로야. 닭보다는 새가 좋으니 새 이름을 찾아봐."

민 원장은 고집을 꺾지 않았다. 소년 시절부터 닭 혐오증이 심하던 그는 어렵게 사들인 섬 이름이 닭섬이라는 사실에 너무 기분이 상했다. 원장이 쉽게 마음을 바꿀 것 같지 않다고 본 한 직원이 태안중학교 생물 교사가 조류 연구가임을 밝히고 자문을 구해보라 했다. 민 원장은 그길로 태안중학교로 가서 전기형 교사를 찾아 자신의 뜻을 밝혔다.

며칠 후 전기현 교사가 만면에 웃음을 머금고 천리포수목원에 나타났다. 민 원장은 반색하며 필시 좋은 새 이름을 찾아냈

새로 심은 나무를 바라보는 민병갈 앞에 닭섬이 보인다. 닭을 싫어했던 민 원장은 닭섬이 수목원에 편입되자 이름을 낭새섬으로 바꾸었다.

으리라 믿었다.

"원장님, 기뻐하세요. 닭섬에는 낭새라는 멋진 새가 살았음을 확인했습니다."

"낭새라고요? 그런 새가 있었나요?"

민 원장은 이름이 듣기 좋아서 반가웠으나 너무 생소한 새였다. 아무리 부르기 좋은 이름이라도 섬에 근거 없는 조류 이름을 붙일 수는 없었다. 그런 민 원장의 기색을 눈치챈 전 교사는 조류도감을 꺼내 새 사진을 보여주고 낭새가 닭섬에 서식했다는 자신의 연구 결과를 열심히 설명했다.

"낭새는 바다직박구릿과에 속하는 갯바위 텃새입니다. 청잣
빛 깃털을 날개 속에 숨기고 다니는 아주 예쁜 새예요. 지금은
사라졌지만 제가 어릴 적만 해도 천리포에서 여러 번 본 새입
니다."

이쯤 되면 더 이상 좋은 이름이 나올 수 없었다. 민 원장은
마음을 굳히고 전 직원을 불러 전 교사의 설명을 듣게 했다. 그
리고 그날부터 천리포수목원의 모든 문서와 표지판에는 닭섬
을 '낭새섬'으로 표기한다고 공표했다. 직원들도 좋은 이름이
라며 이론을 달지 않았다. 새로 지은 섬 이름은 민 원장이 세상
을 떠난 뒤에도 수목원의 문서나 안내 팻말 등에서 계속 살아
있다. 관람객들도 낭새섬이라고 즐겨 부른다. 그러나 지도를
포함해 태안군이 발행하는 간행물이나 각종 도면에서는 여전
히 닭섬으로 표기되어 있다.

민 원장은 이듬해부터 낭새섬의 보호와 복원에 각별한 노력
을 기울였다. 이 섬은 대뱅이섬과 달리 주인이 있었기 때문에
숲이 비교적 잘 보존되었으나 군데군데 상처 난 자국이 눈에
띄었다. 민 원장은 전기형 교사가 10여 년 전 닭섬을 답사한
조사 결과를 토대로 섬에서 사라진 자생목을 다시 심었다. 이
때 심은 나무들은 후박나무, 참식나무, 가시나무, 동백, 돈나무,
다정큼나무 등 상록 활엽수였다.

해마다 봄이면 낭새섬을 찾아 나무를 심던 민 원장이 간절

민병갈이 수목원 작업 현장에서 직원들과 함께 찍은 사진. 민병갈 옆에 서 있는 이는 나중에 미국 국립수목원 아시아식물과장이 된 배리 잉거다.

히 바란 것은 낭새가 돌아오는 것이었다. 하지만 조류도감에서 파란 머리와 붉은 가슴을 가져 태극 문양을 닮았다고 소개된 낭새는 끝내 낭새섬에 돌아오지 않았다.

1975년 낭새섬 매입을 계기로 민 원장은 수목원을 명실상 부한 국제 규모로 키울 구상을 했다. 54세로 중년을 넘겼지만 그의 머릿속에는 몇백 년을 내다본 필생 사업의 청사진이 그려지고 있었다. 1970년 아담한 자연 농원으로 시작된 푸른 동산의 밑그림은 1973년 말 수목원으로 바뀌고, 그로부터 6년 뒤 재단 인가를 받았을 때는 18만 평 규모의 국제 규격을 갖춘 수목원으로 커져 있었다.

민 원장은 1979년 7월 천리포수목원을 산림청 산하 비영리 단체로 등록한 이후부터 더 이상 수목원 확장에 신경을 쓰지 않았다. 수목인으로서 자신의 연구 능력을 배양하며 수목원의 내실화에 전념했다. 그리고 직원들을 부지런히 해외에 내보내 선진 원예 기술을 익히도록 했다. 민병갈에게 최대의 꿈은 자신의 분신과 같은 천리포수목원을 세계 유명 수목원과 대등한 교류를 할 수 있는 수준으로 올려놓는 일이었다.

자나 깨나 나무 공부

벨기에에 명문 수목원을 설립한 거부 드벨더와
사흘 동안 일본 후지산 지역의 자생식물 탐사
를 했습니다. 그는 새로 짓는 식물도서관을 위
해 일본에서 식물 관련 고서를 잔뜩 샀는데, 내
가 구입한 책값도 치러주었어요. 식물 관련 종
합 연구센터를 건립할 계획이랍니다.

1977년 4월 23일 편지

최고의 나무 선생님들

민병갈의 일생을 보면 평생을 공부에 매달린 사람이다. 학자는 아니었지만 그가 매달린 학습 기간과 쏟은 학구열은 웬만한 교수나 박사급을 뛰어넘는다. 그의 일생을 한마디로 규정한다면 만년 식물학도가 맞는 말이다. 많은 이가 남의 나라에 와서 호사를 즐긴 돈 많은 외국인으로 여기지만, 그가 한국에서 보낸 반세기는 치열한 탐구의 삶이었다.

민병갈은 공부를 잘하는 기본 요건을 거의 다 갖추고 있었다. 명석한 두뇌와 뛰어난 기억력, 그리고 끊임없이 노력하는 근성이 그것이다. 여기에 독서광과 기록광 기질까지 갖추었으니 명문 수목원 설립자나 유능한 펀드 매니저로 끝날 인물이 아니었다. 한마디로 그는 노력하는 수재였다.

학습광 민병갈의 으뜸 재산은 탁월한 기억력이었다. 수천 개의 나무 학명을 줄줄 외우는 기억력은 오랜 친구이던 메이너드 도로 루터교 목사의 추도사에서 잘 나타난다. 그는 2002년 4월 12일 천리포수목원에서 열린 민병갈 장례식 때 이렇게 말했다.

민병갈 원장은 정말로 특별한 사람이었습니다. 그는 명석한 두뇌와 전설적인 기억력의 소유자였습니다. 그는 수목

원 안에 있는 수천여 종의 식물 이름을 한국어와 영어는
물론 라틴어 학명으로도 정확히 외운다고 밝혀 친구들을
놀라게 했습니다.

민병갈의 나무 학습열은 천리포에 나무를 처음 심은
1971년 중반 불붙기 시작했다. 그때까지 그가 갖고 있던 나무
지식이란 서울대 학생들의 현장 실습에 참여하고, 조무연·홍
성각 등과 식물 탐사를 하면서 익힌 정도의 수준이었다. 그러
다가 자기 소유지에 나무를 심게 되자 나무는 더 이상 취미 학
습의 대상이 아니었다. 본격 학습에 들어간 그의 나이는 50세
였다.

집념도 강했다. 어떤 공부든지 한번 시작하면 끝장을 봐야
직성이 풀렸다. 대학에서 외국어를 익힐 때도, 군사학교에서
일본어를 배울 때도, 한국 생활 초기에 한국어를 공부할 때도
그랬다. 그가 끝장을 못 본 것이 있다면 노년에 시작한 중국어
공부를 중도 포기한 것이다. 그런 근성의 민병갈이 마지막으로
승부를 건 학습은 나무 공부였다. 그가 늘그막에 보인 학습열
은 통역장교가 되기 위한 일본어 학습이나 한국 생활 적응을
위한 한국어 공부와는 차원이 달랐다.

만년 식물학도 민병갈에게 최고의 행운은 최고의 개인 교사
를 만난 것이었다. 그의 주변에는 언제든지 가르침을 받을 수

있는 당대 으뜸의 식물 교사들이 포진해 있었다. 이들의 가르침이 없었다면 그가 아무리 머리 좋고 열성적이며 돈이 많았어도 천리포수목원은 범작으로 끝났을지 모른다.

민병갈의 나무 선생님 1, 2호는 이창복 서울대 교수와 그의 제자인 조무연 임업시험장 연구관이다. 이 두 사람의 성실한 학습 지도와 전폭적 지원은 천리포수목원의 모태가 되었다. 이창복의 이론 교육과 조무연의 실무 지도가 초석이 된 것이다. 수목원 초창기에는 나무 할아버지 김이만이 선생님 노릇을 톡톡히 했다.

민병갈에게 나무를 가르친 식물학자는 이창복 외에도 여러 명이 있다. 그 통로는 한국식물분류학회라는 학술 단체였다. 국내 식물학자들과 교류하고 싶었던 그는 1974년 조무연을 통해 이 학회의 가입을 타진했으나 정규 식물 교육과정을 받아야 하는 회원 규정 때문에 입회가 어려웠다. 대안으로 자문위원이 된 그는 이덕봉, 이영로, 임경빈, 곽병화 등 명망 있는 식물학자들의 지도를 받을 기회를 얻었다.

이영로 교수와는 학회를 통해 가장 자주 만난 사이였다. 이창복과 학문적 라이벌 관계에 있던 그는 늦깎이 식물학도의 열성에 감동해 지도를 아끼지 않았다. 학회의 소장과 회원이던 동년배의 임경빈(서울대), 곽병화(고려대)도 민 원장을 가르친 식물학자이다. 나이는 아래지만 설악산 등반 중 만난 홍성각(건국대)과 심경구(성균관대)도 학습을 도왔다. 분류학회 간사를 맡아 민 원장과 오랜 친분을 나눈 이은복(한서대)은 그 인연으로 천리포수목원 재단 이사장직에 선임돼 세 차례 연임했다.

민병갈이 식물 공부를 얼마나 열심히 했는지는 그가 탐독한 식물도감들의 손때 묻고 해진 모습에 잘 나타나 있다. 가장 많이 읽은 이창복의 《대한식물도감》은 형체를 알아볼 수 없을 만큼 누더기로 변했다. 그가 최초로 읽은 정태현鄭台鉉의 1962년판 《한국식물도감》도 제본의 묶음 줄이 풀어져 있다. 영국에서 발행한 《와이만 정원백과 Wyman's Gardening Encyclopedia》 역시 넝마처럼 해졌다. 이영로의 《원색 한국식물도감 Flora of Korea》과 산림청 임업시험장이 낸 《한국수목도감》 등 나머지 두 권은 비교적 온전한 모습으로 남아 있으나 손때가 묻기는 마찬가지였다. 가사 도우미 박순덕에 따르면 화장실에 갈 때는 물론 식탁에서도 도감을 놓지 않았다고 한다.

민병갈의 학습열은 이창복 교수의 증언에서도 잘 나타난다. 그는 자신이 가르친 제자 중 가장 뛰어난 학생을 뽑으라면 서슴없이 민병갈을 지목하겠다고 말했다. 한번 질문을 시작하면 끝이 없고, 시도 때도 없이 전화 문의를 해서 자택과 연구실의 전화가 '통화 중'에 걸려 불통일 때가 많았다고 한다. 그는 2001년 4월 〈월간조선〉 인터뷰에서 이렇게 회고했다.

민 원장이 탐독한 한국 식물도감들. 책장을 너무 많이 넘겨서 책들이 형태를 잃을 만큼 해졌다. 그에게 가장 많은 가르침을 준 이창복 교수(왼쪽)의 《대한식물도감》은 밑에서 두 번째 책이다.

나는 교단 생활 40년 동안 수많은 제자를 가르쳤지만 민 원장처럼 열심히 공부하는 사람은 처음 보았습니다. 학습열은 물론이고 기억력도 탁월해 학습 진도가 젊은 학생 이상으로 빨랐어요. 내가 처음 만났을 당시 40대였는데도 젊은 학생들에 못지않은 학습 진도를 보였습니다. 전문서 독해력도 빨라 책을 준 다음 날 문의가 왔습니다.

민병갈의 식물 학습에서 중심 과목은 나무, 즉 목본木本이었다. 초본식물은 좋아만 했을 뿐 깊이 들어가지는 않았다. 그가 국내 자생목을 배우는 과정에서 기술적인 실무 분야의 신세를 많이 진 지도교사는 지방 원예식물계에 많았다. 이들은 민 원장이 식물채집을 위해 자주 찾은 남부 지방에 집중돼 있다.

민병갈에게 나무를 가르친 지방 교사 중에서 가장 출중한 인물은 마산의 김효권이다. 공무원 출신인 그는 독학으로 전문가 경지에 오른 사람인데, 민병갈을 어린 제자 대하듯이 엄격하게 다루어 '밀러를 혼내준 유일한 한국인'이라는 평판을 듣기도 했다. 1980년대 국제로도덴드론Rhododendron(철쭉속)학회의 유일한 한국인 회원이던 그는 향나무(가이스카) 분야에서도 독보적 전문가로 알려졌다.

민병갈의 나무 선생님은 전국에 깔려 있었다. 제주에는 여미지식물원 원장을 지낸 이내증이 있고, 완도에는 푸른농원 주인 김해식이 있다. 광양의 카이저수염 김정섭은 감나무 전문가답게 그의 독특한 영농 기법을 전수했다. 박씨 성을 가진 부안의 한 단위농협장은 민 원장이 변산반도 채집 여행 때마다 찾아가는 동백나무 기술자였다. 서울 근교에서는 국제식물원을 운영하는 김운초가 자주 자문에 응했다.

민병갈의 나무 공부는 마치 왕자나 재벌가 아들이 당대 최고의 스타급 가정교사를 여러 명 두고 분야별로 개인 지도를 받는 형국이었다. 그것도 거의 공짜였다. 그를 지도한 학자나 전문가 역시 한국의 자연에 깊이 빠져 있는 부유한 이방인의 향학열을 충족시켜주는 일에 수고를 아끼지 않았다. 민병갈도 열성적인 학습 태도로 지도교사의 성의에 보답했다. 식물학자를 도와준 경우도 있다. 무궁화 박사로 유명한 심경구가 육종해 특허받은 무궁화 품종 '릴킴 Lil Kim'을 미국에 수출할 기회를 마련해준 것이 그런 사례다. 거제도의 외도식물원을 세운 이창호도 민 원장의 도움을 많이 받았다.

민병갈은 정규 식물 교육을 받지 않았으나 이론과 실습을 병행하는 자연과학 학습의 전형대로 자료 섭렵, 현장 탐험, 실험·실습 등 할 것은 다 했다. 자생지를 벗어난 식물의 적응력을 실험하는 산림과학자의 길도 걸었고, 나무를 잘 키우는 육림가育林家로 두각을 보였는가 하면, 나무 사랑을 전파하는 계몽가 역할도 했다. 민병갈의 진면목은 세계적 수목원을 일군 집념의 성취보다 늦깎이 식물학도로서 보인 치열한 탐구 정신에서 더 두드러진다.

국내에선 안 된다, 학습장을 해외로

기본적으로 서양인이던 민병갈은 수목원을 설립하기로 결심한 후에는 국내 자생목만으로 만족할 수 없었다. 그의 관심은 자연히 해외 수종 쪽으로 쏠렸다. 농원을 수목원으로 전환하기로 결심하기 전에 외국 묘목을 대량으로 들여온 것도 그런 생래적 욕구에서 나온 것이다. 사실 그는 한국의 식물학자나 전문가들이 외국 나무를 너무 모른다고 은근히 불만을 품고 있었다. 외국 나무 공부는 그에게 어쩔 수 없는 선택이었다.

민병갈이 외국 나무를 집중적으로 공부하게 된 결정적 동기
는 해외에서 도입한 묘목이 무더기로 고사한 실패의 쓰라림이
었다. 1972년 봄 미국 팅글 양묘장에서 들여온 묘목이 한국의
기후와 풍토에 적응을 못 하고 죽은 사태가 그것이다. 이때 국
내 식물학계나 원예계에서 아무런 도움을 받을 수 없어 난감
해하던 민 원장의 모습을 당시 직원이던 노일승은 이렇게 전
했다.

> 온실에 심은 미국산 묘목이 잇달아 고사하자 민 원장님은
> 어쩔 줄 몰라 했습니다. 당시 국내에서는 시들어가는 이들
> 외국 나무에 대한 처방을 낼 수 있는 학자나 전문가가 아
> 무도 없어서 보고만 있어야 했습니다. 천리포에 내려온 원
> 장님은 종일 온실을 들락거리며 "국내에서는 안 되겠다"는
> 말을 수없이 중얼거렸어요.

결국 민 원장은 자신이 외국 나무를 공부하는 자력갱생의
길을 택했다. 본격 학습은 수목원을 공식 출범한 1973년부터
시작되었다. 그 첫 단계로 해외에 다량의 식물 서적을 발주한
데 이어 같은 해 말에는 미국호랑가시학회에 가입해 그가 가
장 좋아하는 호랑가시나무를 배우는 학습 통로를 열었다. 이

학회에서 그는 호랑가시나무의 세계적 전문가로 알려진 대만 출신 여성 약용식물학자 후슈잉 胡秀英(1908~?)을 만났다.

이어 1975년에는 전 세계 식물계를 아우르는 영국의 왕립 원예학회 Royal Horticulture Society, RHS에 가입했다. 1804년 설립된 이래 지구상의 모든 식물을 연구 대상으로 삼아온 이 국제적 식물 단체 가입은 민병갈에게 세계 최고 수준의 나무 전문가 들을 선생님으로 모시는 계기가 되었다. 그 대표적 인물로 영국 왕실로부터 경 sir 칭호를 받은 힐리어가든 설립자 해럴드 힐리어 Sir Harold Hillier(1905~1985)와 세계적 식물 수집가 plant hunter 로이 랭커스터 R. Lancaster(1937~)를 꼽을 수 있다. 이 밖에 힐리어 경의 아들 존 힐리어와 식물 애호가 존 갤러거도 민 원장과 인연이 깊은 영국 식물계의 주요 인물에 들어간다.

민 원장이 만나고 싶어 한 세계의 식물 인재는 모두 RHS 회원으로 가입해 있었다. 그 대표적 인물로 유럽 원예계의 명망가 로베르트 드벨더 Robert de Belder(1921~1995)가 꼽힌다. 벨기에의 광산 재벌인 그는 명문 캄트호우트 Kalmthout수목원의 주인이기도 했다. 스웨덴의 육종학자 니첼리우스 토르 Nitzelius Tor(1914~1999) 교수와 폴란드의 식물분류학자 브로비츠 K. Brovicz 박사도 RHS를 통해 만난 유럽 식물학계의 석학이다.

토르 교수는 민 원장을 알기 전인 1966년 예테보리대학교 교수로 있을 당시 한국의 자생식물을 탐사한 적이 있어 한국

민병갈의 나무 선생님들. 위 두 사람은 영국의 저명한 식물 수집가 로이 랭커스터(가운데)와 존 갤러거. 아래는 민 원장의 첫 해외 식물 선생님인 대만 출신의 세계적 약용식물학자 후슈잉이다.

자나 깨나 나무 공부

민병갈을 도운 해외의 저명한 나무 전문가들. 스웨덴의 육종학자 니첼리우스 토르 교수, 그리고 벨기에의 캄트호우트수목원 설립자 드벨더-예레나 부부(오른쪽 가운데).

식물을 잘 알았다. RHS 모임에서 민병갈을 만난 그는 1987년 한국을 다시 방문해 73세 노령에도 민 원장과 울릉도 자생식물을 탐사했다. 이후에도 서신을 통해 학술 정보를 교환한 그는 1989년 런던 RHS 모임에서 민병갈에게 자신이 배양 선발한 목련*Magnolia x Gotoeburgensis* 한 그루를 주었다. 중국의 함박꽃과 일본의 목련을 교배시킨 이 목련은 전 세계에서 스웨덴·영국·한국 등 세 나라에 각각 한 그루씩 배정되었다는데, 민 원장이 이를 널리 퍼뜨려 이제는 희귀종이 아니다.

RHS를 발판으로 유럽 원예계에 진출한 민 원장은 1977년 국제수목학회 International Dendrology Society, IDS에 가입해 자신의 입지를 굳혔다. 그리고 2년 뒤에는 미국계가 주도하는 국제목련학회 Magnolia Society International, MSI에 가입해 미국, 캐나다 쪽으

민병갈, 나무 심은 사람

로 보폭을 넓혔다. 그와 가까이 지낸 미국 식물계 인사로는 펜실베이니아주립대학교 부설 모리스수목원 원장을 지낸 폴 마이어Paul Myer와 미국 국립수목원 아시아식물과장을 지낸 배리 잉거Barry R. Yinger가 있다. 이들은 민 원장보다 나이가 어렸지만 동호인 친구로 가까이 지냈다.

일본 원예인과도 왕래가 잦았다. 식물학자 요시모토吉本, 붓꽃Iris 전문가 카모加茂 등이 그들이다. 그가 1977년 초 일본 규슈와 아마미오시마奄美大島에서 자생식물 탐사를 할 때는 식물학자 야마모토山本와 다바타田畑의 도움을 받았다.

민 원장에게 처음으로 도움을 준 해외 식물학자는 대만 출신 후슈잉이다. 미국 하버드대학교 부설 아놀드식물원의 원장을 지낸 그녀는 개인 연구 활동을 하던 1976년 가을 민 원장의 초청으로 천리포수목원을 방문해 호랑가시나무를 키우고 배양하는 방법을 지도했다. 민 원장은 이때 후 박사를 통해 재배종cultiva 개념을 처음으로 알고 그 기술을 익혔다. 재배종이란 파종된 씨앗에서 발아한 변이종을 뜻하는데, 민 원장에게는 새로운 식물계의 신비였다. 후 박사는 그 후에도 민 원장과 긴밀한 관계를 맺으며 천리포수목원의 국제화를 도왔다.

후 박사가 떠난 뒤 천리포수목원은 국제 원예계의 두 거물을 손님으로 맞았다. 힐리어가든 설립자 힐리어 경과 벨기에의 캄트호우트수목원 설립자 드벨더가 일본 후지산 식물 탐사를 마친 후 귀로에 한국에 들른 것이다. 부부 동반으로 온 이들은 나무를 심은 지 6년밖에 안 되는 천리포수목원을 돌아보고 민 원장에게 많은 가르침을 주었다. 민병갈은 어머니에게 쓴 편지 에서 힐리어와 드벨더 이야기를 이렇게 썼다.

> 힐리어와 드벨더 부부는 천리포에서 묵으며 우리 수목원 을 돌아보고 지난 일요일 한국을 떠났습니다. 힐리어 경은 제가 앞으로 수목원을 어떻게 꾸려가야 할지 많은 영감을 주었습니다. 그는 박 아주머니가 해준 음식이 너무 맛있다 고 칭찬했어요. 남아공의 다이아몬드 광산주인 드벨더는 인간미가 넘치고 친절한 나무 애호가입니다. 유고슬라비 아 출신인 그의 부인 옐레나도 유럽 식물계에서 명망 있는 여성입니다. 이들은 서울 인사동에서 값비싼 한국의 고가 구를 잔뜩 사갔습니다.
>
> 1976년 10월 16일

힐리어와 드벨더는 천리포 야산에서 민병갈에게 기념비적 인 나무 씨앗 한 종류를 채취해갔다. 곱게 단풍 든 떡갈나무 이 파리에 매력을 느끼고 받아간 이 씨앗은 그 이듬해 벨기에에 서 파종돼 변이종으로 나타났다. 한국의 토종 나무에서 나온 이 변종은 민병갈의 본명 '칼 페리스 밀러'로 명명되어 전 세계

민병갈, 나무 심은 사람

나무 시장에서 인기 품목으로 유통되고 있다.

힐리어 경의 방문은 천리포수목원의 위상을 높이는 상징적 의미가 컸다. 그의 뒤를 따라 세계 식물계의 명망가인 로이 랭커스터와 아버지의 명망을 잇고 있는 존 힐리어(1931~) 등이 천리포에 와서 현장 지도를 했기 때문이다. 이들 중 힐리어 경과 랭커스터는 세계 원예인의 최고 영예인 베치 Veitch 메달 수상자이다. 유럽에서 수목원 설계 전문가로 활동하는 존 힐리어는 1985년 아버지가 세상을 떠난 뒤에도 한국에 와서 민병갈을 많이 도왔다.

천리포수목원을 도운 영국의 원예 전문가로 존 갤러거를 빼놓을 수 없다. 민 원장과 친구가 된 이후 한국에 자주 온 그는 런던 자택에 태극기까지 게양할 만큼 한국을 사랑했다. 그는 영국 연수를 온 천리포수목원 직원을 자기 집에 묵도록 하며 식물 학습을 돕기도 했다. 2018년 세상을 떠나기 앞서 그는 자신의 유해 일부를 천리포수목원에 뿌려달라고 유언했다. 수목원 측은 밀러가든 한구석에 그의 뼛가루를 묻고 작은 추모 팻말을 세웠다.

민병갈에게 나무를 가르친 해외 교사들은 이 밖에도 여러 명이 더 있다. 나이는 한참 어리지만 미국 펜실베이니아주립대학교 부설 모리스수목원 원장이던 폴 마이어와 가까웠다. 미국 델라웨어대학교를 나와 1976년부터 2년간 천리포수목원에 와서 연수를 받은 배리 잉거는 후에 미국 국립수목원의 아시아식물과장 등 현역 생활을 하는 동안 여러 차례 천리포를 방문해 학습 선배인 민 원장에게 학문적으로 신세를 갚았다. 은퇴 후 태국과 아프리카에서 연구 활동을 하고 있는 그는 2019년 마이어와 함께 천리포수목원을 방문해 직원들에게 특강을 했다.

민 원장은 수시로 해외로 나가서 선진 식물원의 현장을 보며 현지 전문가의 지도를 받았다. 해외 식물학회 모임이 있으면 거의 빠지지 않고 참석했다. 그에게는 회의 자체보다 회의에 참석하는 식물학자나 전문가를 통해 새로운 원예 정보를 얻고 그들의 기술을 배우는 것이 더 중요했다.

국내외를 뛰며 현장학습을 하다

민병갈의 나무 공부는 현장학습이 그 시초였다. 식물도감 등 식물 서적이나 전문가를 통해 나무를 배운 것은 훨씬 뒤의 일이다. 산행을 하면서 산사의 스님들로부터 나무를 처음 배운 그는 식물학도 홍성각를 알게 되면서 나무 학습을 위한 등산을 했다. 처음으로 식물학적인 접근을 한 것이다. 이때부터 그의 산행에는 어김없이 식물 전문가나 식물학도가 동행했다. 뒤를 이어 이창복 교수의 배려로 대학생들의 현장 실습에 참여

1970년대 중반 민병갈(가운데)은 미국 모리스수목원의 폴 마이어 원장(오른쪽)과 함께 용문산 식물 탐사를 했다.

했다.

1960년대 중반에 민병갈이 갖고 있는 나무 지식이란 한국의 자생목을 조금 아는 정도였다. 그런 초보 지식을 한 단계 높여준 사람은 임업시험장의 조무연 연구관이었다. 그는 민병갈을 산으로 데려가 야생목을 가르치는 열성도 보였다. 두 사람은 1967년 봄에 2박 3일간 설악산 탐험에 이어 이듬해 가을에는 지리산 종주 탐험을 했다. 이 같은 현장학습은 1970년 천리포에 첫 삽질을 한 뒤에도 계속되었다.

천리포수목원이 어느 정도 뿌리를 내리자 민 원장은 수목원 자체의 식물 탐사팀을 운영하고 싶었다. 이번에는 학습 차원이 아니라 야생목의 종자 채집을 위해서도 현장 답사가 필요했다. 직원의 여유가 생긴 1976년 봄 천리포수목원의 첫 야생식물 탐사가 시작되었다. 이번에는 씨앗 채취가 아니라 종자를 받기 위한 사전 답사였다.

탐사팀장은 민 원장이 맡고 대원은 직원 셋이었다. 3월 말 이들이 돌아본 곳은 완도 등 남해안 서부 일대였다. 첫 탐험지를 남해안으로 잡은 것은 천리포수목원의 입지가 바닷가에 있고 그 자신도 해양성 식물에 관심이 많았기 때문이다. 특히 완도 지역은 민 원장이 좋아하는 호랑가시나무가 많이 자생하는 곳이었다. 이들은 3박 4일 동안 변산반도를 거쳐 광양을 지나 완도로 들어가 탐사를 했다. 첫 탐사는 만족스럽지 않았지만 첫술부터 배부를 수는 없었다.

남해 지역 식물을 탐사하고 얼마 뒤, 미국의 한 식물학회로부터 한라산의 진달래 군락지를 탐사하겠으니 안내해달라는 요청이 왔다. 민병갈은 자신의 경험을 살릴 좋은 기회라 생각하고 양아들 송진수와 함께 악천후 속에서 6일 동안 외국 학술팀의 식물 탐사를 도왔다. 시기는 5월이라 진달래는 이미 졌으나 탐사팀 13명은 개의치 않고 세밀하게 서식지 생태 조사를 했다. 민 원장은 이때 서울대생의 학술 조사와는 비교가 안 되는 철저한 식물계 학술 조사를 보고 혀를 내둘렀다. 그는 어머니에게 보낸 1976년 6월 1일 편지에서 이렇게 썼다.

저는 지난주 6일 동안 제주 지방 진달래속 식물을 관찰하
는 미국진달래학회 조사팀을 안내했습니다. 참가자는 워
런 버그Warren Berg 학회장 부부와 히데오 스즈키 일본진달
래학회 회장 등 13명이었습니다. 며칠 동안은 비를 맞으
며 탐사를 했어요. 잠은 비가 새는 한라산 대피소에서 잤
습니다. 나는 가져온 침낭까지 젖어서 차가운 잠자리를
견뎌야 했습니다. 50대인 버그 학회장 부부는 원시적인
잠자리를 재미있어하는 모습이었습니다. 빗속의 탐험에
서 엄마의 이 아들은 대단한 체력을 보였습니다. 테니스화
를 신고도 남보다 앞장서 걸었으며 젖은 옷을 입고 잤는데
도 끄떡없었어요. 함께 갔던 진수는 감기에 걸려 지금까지
끙끙 앓고 있어요. 정말 유익하고 재미있는 식물 탐사였습
니다.

미국진달래학회의 제주 식물 탐사에 동행한 데 이어 민 원
장은 한국식물분류학회가 주관하는 무등산 식물 탐사에 참여
했다. 1976년 가을에 1박 2일 진행된 이 탐사에는 곽병화, 심
경구, 홍성각, 조무연 등이 참가했다.
천리포수목원의 야생식물 탐사는 1976년부터 봄가을로 나
누어 해마다 두 차례씩 계속되었다. 탐사에서 민 원장이 빠지
는 경우는 거의 없었다. 초기에는 종자 채집이 우선이었으나

민 원장이 가사 도우미의 도움을 받아 야생식물 탐사에서 채취한 씨앗을 다듬고 있다.

2~3년 뒤부터는 식물 표본조사도 병행했다. 민 원장이 지침을 세운 종자 채집 방법은 아주 특별했다. 봄에는 어디에 무슨 나무가 있는지 관찰하고 사진을 찍어두었다가 가을이면 그 자리를 찾아가 씨앗을 받아오는 방식이었다.

천리포수목원의 식물 탐사에 여러 번 참여한 김군소는 50대의 민 원장이 산에 오를 때는 젊은 직원들이 따를 수 없는 체력을 보였다고 회고했다. 1979년 가을 일주일 예정으로 설악산과 오대산 종자 채집에 나선 수목원 탐사팀은 민 원장의 고집 때문에 많은 애를 먹었다. 중도에 심한 독감에 걸렸는데도 산행을 고집했기 때문이다. 겨우 달래 여관방에 두고 탐사를 끝

민병갈, 나무 심은 사람

낸 다음 돌아와서 보니 민 원장은 이불을 뒤집어쓴 채 오한에 떨며 알 수 없는 나무들의 씨앗을 정리하고 있었다. 알고 보니 그 씨앗은 동네 아이들이 용돈을 받고 근처 야산에서 채취해 온 것들이었다.

외지에 나가면 끊임없이 고향의 가족에게 편지를 보냈던 민 병갈은 식물 탐사 성과 등 자랑거리가 있으면 직접 어머니에게 따로 편지를 썼다. 1979년 초 남해안 겨울 탐사를 마친 그는 어머니에게 자신의 강한 체력을 자랑했다.

새해를 맞은 이튿날 저는 남상돈, 노일승, 김군소 등 3명과 천리포를 떠나 7일까지 남해안 일대를 돌았습니다. 첫 이틀 동안은 남해에 있는 보길도에서 보냈어요. 이 섬에 가려면 다리로 연결된 또 다른 섬 완도에서 배를 타고 4시간을 가야 합니다. 많은 호랑가시나무를 보고 씨앗을 채취하는 등 유쾌하고 유익한 시간을 보냈습니다. 보길도는 인구가 8,000명이나 되는데도 자동차는 물론 여관과 식당도 없었어요. 다행히 전남대학교 임업시험장에서 숙소를 구할 수 있었습니다. 우리는 보길도에 있는 험한 산 하나를 탐험하고 나서 별난 호랑가시나무 한 종류를 보기 위해 다시 배를 타고 또 다른 외딴섬 예각도에 갔습니다. 남상돈은 감기에 걸려 못 가고 노일승과 김군소도 피로에 지쳐

있었으나 나는 그들보다 나이가 서른 살이 많은데도 아무
렇지 않았어요. 이번 여행에서 제가 얼마나 햇볕에 그을렸
는지 엄마가 보면 놀라실 거예요.

국내 자생식물 탐사에 맛들인 민병갈은 그다음 단계로 해
외 원정 탐사에 눈을 돌렸다. 첫 탐험지로 잡은 곳은 그가 좋아
하는 호랑가시나무의 별종이 서식하는 일본 남쪽 끝자락에 자
리 잡은 아마미오시마라는 섬이었다. 규슈 지방에 있는 이 섬
은 그가 통역장교로 근무한 오키나와섬과 가까운 곳이라 특별
한 애정이 갔다. 그가 남긴 편지를 보면 아마미오시마를 탐험
한 기록이 1977년 1월과 5월 두 차례 나온다. 그는 편지에 탐
험 과정을 생생하게 적어 가족에게 보냈다.

두 차례에 걸친 규슈 지방 여행은 이곳에서 자생하는 호랑
가시나무 종자 채집을 위한 탐험이었다. 이때 채집해온 호랑
가시나무 희귀종 디모르포필라*dimorphophylla* 씨앗은 천리포에서
배양되어 전 세계로 퍼져나갔다. 민 원장은 국제적인 종자 교
환 프로그램인 인덱스 세미넘 Index Seminum (종자 교환 목록)° 발행

○ 인덱스 세미넘: 식물 관련 연구소나 단체가 회원 간 종자 교환을 위해 발행하
는 잉여 종자 목록. 각 기관이 보유한 여분의 씨앗을 밝혀 필요한 만큼 나눠 쓰
자는 일종의 물물교환 제안서이다. 1683년 영국의 첼시가든과 네덜란드의 레

민병갈이 일본 규슈에서 채취해와 전 세계에 퍼뜨린 류큐호랑가시나무.

을 통해 이 희귀종을 각국 식물원과 식물 연구 기관에 무료로
배포했다. 민 원장은 1977년 2월 3일과 6월 17일 편지에서 일
본 식물채집 과정을 생생하게 묘사했다.

이덴대학교 식물원이 종자 교환을 시작한 데서 비롯했다. 종자 목록은 1901년
첼시가든이 처음 발행한 후 각국의 대학 연구소와 유명 식물원의 호응이 잇달
아 2000년에는 참여 기관이 37개국 368개소로 늘어났다. 회원 기관은 종잣값
을 주고받거나 종자를 상용화해서는 안 되며, 식물 자원 보존이나 연구용으로
만 써야 할 의무가 있다. 1992년 국가 간 식물다양성협약이 발효됨에 따라 식
물 자원 보존을 위한 주요 매체로 각광받고 있다.

일본 식물 1차 탐사

일주일간의 일본 식물 탐사 여행은 아주 성공적이었습니다. 첫 이틀은 후쿠오카와 가고시마에서 묵었습니다. 내가 탐사하려는 식물은 일본 남부 도서 지방에 서식하는 호랑가시나무였습니다. 가고시마에서 비행기를 타고 내린 곳은 규슈 남쪽 수백 마일 지점의 아마미오시마라는 섬이었어요. 섬에 도착하니 벚꽃이 만발해 있더군요. 나는 미리 약속한 이곳 산림연구소로부터 안내인을 소개받았습니다.

억수 같은 비를 맞으며 안내인과 찾아간 곳은 유한다케湯灣岳라는 산이었어요. 내 몸은 발부터 머리끝까지 흠뻑 젖었지요. 안내인 다바타는 일요일인데도 나와서 내가 보고 싶어 한 나무가 있는 곳까지 친절하게 안내해주었습니다.

규슈로 돌아와서 이튿날 아침 나의 식물채집을 돕기로 약속한 야마모토를 만나 또 다른 산으로 갔습니다. 이날은 눈보라가 심했습니다. 우리는 산에 올라 낯선 두 종류의 희귀한 호랑가시나무를 발견하고 씨앗과 가지를 채집했습니다. 나는 서둘러 후쿠오카 공항으로 와서 한국행 비행기에 올랐습니다. 피로에 지쳐 잠에 곯아떨어진 후 깨어보니 김포공항에 도착해 있더군요. 입국 심사대의 세관원은 첫 가방에 젖은 옷과 나뭇가지가 너절하게 들어 있는 것을 보더니 나머지 가방은 열어보지도 않고 통과시켜주었어요.

서울 연희동 집에 도착한 나는 쉴 틈도 없이 거실 바닥에 채집해온 나무들을 쏟아놓고 정리 작업에 들어갔습니다. 가져온 나무들은 모두 서양에서 알려지지 않은 희귀종이었어요. 나는 종류별로 나누어 라벨을 붙이고, 잘라온 가지는 젖은 천으로 감싸고, 천리포로 이송하는 도중에 손상이 없도록 포장에 신경을 썼지요. 두 아주머니와 운전사가 거들었어도 몇 시간이나 걸렸어요. 이번 여행은 일생을 통해 기억에 남을 체험이었습니다. 무엇보다 잊을 수 없는 것은 큰 고통을 감내하며 안내해준 일본인 친구들의 헌신적 도움입니다.

1977년 2월 3일

민 원장이 아마미오시마에서 호랑가시나무 희귀종 디모르포필라를 채집해온 것은 2차 탐사 때였다. 1차 탐사를 하고 넉 달 뒤인 5월 12일 출국해 이틀 뒤 아마미오시마를 다시 찾은 그는 정글로 덮인 유한다케산에 올라 마침내 호랑가시나무 희귀종 디모르포필라 군락지를 발견했다. 이어 동행한 일본인의 도움을 받아 나뭇가지 몇 개와 씨앗을 채집하는 데 성공하고 17일에 귀국했다. 그는 가족에게 보낸 편지에서 밀림 지대의 험한 산을 오르기가 쉽지 않았으나, 너무 보고 싶었던 식물이기에 강행군을 했다고 술회했다.

식물 사랑, 생태계 사랑

1980년대 초, 민 원장이 묵고 있는 천리포수목원의 '후박집'에서 잠을 자던 노일승은 한밤중에 놀라서 벌떡 일어났다. 안방에서 잠을 자던 민 원장이 황급한 목소리로 방문을 두드렸기 때문이다. 웬일인가 싶어 문을 여니 잠옷 바람의 노인네가 눈물을 흘리며 서 있었다. 그러곤 그야말로 아닌 밤중에 홍두깨 같은 말을 꺼냈다.

"정자에 빨리 가봐. 그 앞에 심은 회화나무가 아프다고 울고 있어!"

수목원 초창기에 민 원장이 거처로 쓰던 본원의 한옥을 정자라고 불렀다.

"꿈을 꾸셨군요. 괜찮을 테니 원장님이나 울지 말고 편히 주무세요."

선잠을 깬 노일승은 어이가 없어 퉁명스러운 말로 안심시켰지만, 그냥 넘어갈 나무 할아버지가 아니었다. 현장에 가보라고 자꾸 채근했다. 웃어른의 말씀을 거역할 수 없었던 그는 전등을 들고 집 밖으로 나왔다. 하지만 차가운 밤공기를 맞으며 1킬로미터 넘게 떨어진 정자까지 갈 생각이 없었다. 그는 1시간가량 집 근처를 서성거리다가 후박집으로 돌아와서 허위 보고를 했다.

"회화나무는 아무렇지도 않으니 안심하고 주무세요."

그때까지 민 원장은 마음이 안 놓여 잠을 이루지 못하고 있었다. 그가 울면서 걱정한 나무는 한국은행에서 일할 때 본점 마당가에서 자라던 회화나무의 가지 하나를 잘라 천리포로 가져와 꺾꽂이로 심은 것이었다. 속으로 혀를 찬 노일승은 집주인을 달래며 그의 방으로 데려갔다.

"아니야, 나무는 분명히 아프다고 신음하고 있었어. 내일 아침 내가 직접 가봐야겠군."

민 원장은 잠자리에 들면서도 좀처럼 믿으려 하지 않았다. 거짓말을 한 노일승은 이 머리 좋은 서양인의 꿈이 어쩌면 사

민병갈, 나무 심은 사람

실일지 모른다는 생각이 들어 불안했다. 그러나 그의 병적인 나무 사랑을 잘 알고 있던 터라 설친 잠을 보충하기 위해 다시 자기 방으로 들었다.

그런데 민 원장의 꿈에서 아픔을 호소했던 그 회화나무는 몇 년 뒤 정자로 불리던 소사나무집의 화재로 큰 화상을 입었다. 그리고 2000년 여름에는 태풍 프라피룬이 덮쳐 뿌리가 솟고 몸통이 기우는 등 수난을 겪었다. 그로부터 20여 년이 지난 지금도 이 나무는 여전히 삐딱한 자세로 늙어가고 있다. 은퇴 후 천리포에서 사는 노일승은 이 나무를 볼 때마다 민 원장의 꿈이 단순한 환영이 아니었음을 회상하고, 이미 고인이 된 할아버지에게 거짓 보고한 죄를 뉘우친다고 했다.

민 원장의 나무 사랑은 병적이라 할 만큼 정도가 심했다. 가지치기는 물론 다른 나무를 살리기 위한 간벌도 허용하지 않았다. 때로는 산림 전문가의 건의를 받아들여 간벌을 허락하기도 했으나 나무를 자르는 작업 현장에는 보기 싫다고 근접도 안 했다. 그리고 얼마 후에는 몸통이 잘린 죽은 나무의 밑동을 찾아다니며 "나무야, 미안하다"라고 사과했다.

민 원장의 나무 사랑은 그가 즐기던 야생식물의 종자 채집에서도 나타난다. 늦가을이면 직원들을 데리고 야생목 종자 채집을 하러 산에 가길 좋아하던 그는 씨앗을 딸 때 나무에 작은 손상도 주지 않도록 세심하게 신경을 썼다. 아주 작은 씨앗

민 원장 생전에 본원(밀러가든) 논두렁에 놓여 있던 개구리 석상. 다음 생에 개구리로 태어나길 바란 민병갈의 남다른 생태계 사랑을 상징하는 기념물이었다. 현재는 그의 흉상 앞에 개구리 석상이 있다.

민병갈, 나무 심은 사람

을 딸 때는 나뭇가지를 다칠까 봐 붓으로 털어내도록 했다. 채취한 씨앗은 봉지에 담아 신줏단지 모시듯 보관했다가 연희동 집이나 수목원으로 가져와 정성을 다해 싹을 틔웠다.

1970년대 말, 민 원장과 함께 1박 2일간 충남·전북 일대로 식물채집을 하러 갔던 식물학자 이은복은 다음과 같은 일화를 소개했다.

> 민 원장은 멀쩡히 잘 있는 식물은 절대로 채집하지 않았습니다. 사람에게 밟힐 수 있는 산길이나 토벽이 무너질 우려가 있는 절개지 위 등 위험에 처해 있는 식물만 골라서 채집했어요. 귀로에 자동차가 자갈길을 지나게 되자 트렁크에 실린 채집 식물부터 걱정했습니다. 돌부리에 부딪치는 요란한 소리에 자동차가 망가지는 줄 알고 걱정했더니 민 원장은 "부서진 차는 고치면 되지만 상처 입은 식물은 대책이 없다"고 말했어요.

민병갈을 흔히 '나무 할아버지'라고 부르지만, 그는 식물뿐만 아니라 야생동물을 포함한 생태계 전반을 사랑했다. 그의 남다른 생태계 사랑은 천리포수목원 연못에서 서식하는 오리와 물고기 등의 보호에 각별하게 신경을 쓴 데서도 나타난다.

나무에 줄 물을 대기 위해 본원(밀러가든)에 만든 큰 연못에

는 철 따라 흰뺨검둥오리, 청호반새, 해오라기 등 물새들이 서
식해 민 원장을 즐겁게 했다. 어쩌다 오리가 새끼를 치게 되면
수목원은 비상이 걸렸다. '접근 금지' 특명이 내려졌기 때문이
다. 어미가 새끼들을 데리고 나들이를 나설 때면 원장실 창가
에는 망원경을 들고 오리 가족을 관찰하느라 여념이 없는 민
원장의 모습이 비쳐 이를 본 직원들은 웃음을 참지 못했다. 수
양딸로 10년 넘게 측근으로 지내던 안선주 교무는 민 원장의
생태계 사랑을 이렇게 회고했다.

> 아버님과 수목원 오솔길을 산책할 때는 개미를 밟거나 거
> 미줄을 손상시킬까 봐 항상 조심해야 했어요. 한번은 산책
> 을 따라나섰다가 앞서가던 아버님이 갑자기 발길을 멈추
> 고 "앗, 소리!"라고 말해서 웬일인가 했더니 거미줄을 건드
> 리곤 거미에게 하는 말이었어요. 그러고는 나에게 멈추라
> 는 손짓을 하며 거미줄을 피해 돌아서 가시더라고요.

본원과 멀리 떨어진 천리포수목원의 종합원에는 뱀골이라
는 곳이 있다. 민 원장은 한 외국 학회지에 기고한 천리포 소
개 글에서 "뱀골에 뱀이 없다"고 한탄했다. 그는 식물과 생태
계 사랑을 행동으로 보여주었을 뿐 아니라 강연과 집필을 통
해 이를 널리 전파하는 계몽자 역할도 했다. 그중 한 사례가

민병갈, 나무 심은 사람

〈코리아타임스〉 1980년 4월 5일 자에 실려 있다. 이례적으로 비판적인 주장을 편 글의 일부는 다음과 같다.

생태계 훼손 비판

나는 참호랑가시나무를 보려고 완도로 탐사 여행을 갔다가 그 야생 나무들이 무더기로 죽어 있는 모습을 보고 깜짝 놀랐다. 알고 보니 마을 아이들이 새를 잡는 아교풀을 얻기 위해 이 같은 짓을 했다는 것이다. 참호랑가시나무 껍질에는 아교 성분이 있다는데, 아이들이 노린 것은 나뭇가지에 발라놓으면 새가 잡히는 그 아교였다. 결과적으로 아이들은 겨울방학 동안 새도 죽이고 나무도 죽이는 이중의 잘못을 저질렀다.

무참하게 잘린 호랑가시나무들은 껍질이 벗겨진 채 땔나무로 가져가는 사람도 없이 버려져 있었다. 그와 함께 새들도 적잖이 죽었을 것이다. 조류는 자연의 조화를 이루는 데 필수인 생명체로 이를 잘 보존하지 못하면 큰 화가 미칠 것이다. 겨울철 시골에 가게 되면 죽은 새를 허리띠에 주렁주렁 매달고 다니는 공기총을 든 사냥꾼을 자주 본다. 정부가 참새 사냥을 제한적으로 허용한 것으로 알고 있으나 그렇다고 마구잡이로 총을 쏘아서는 안 된다.

한번은 공기총을 든 한 사냥꾼에 다가가서 사냥 허가증을 보자고 했더니 그는 집에다 두고 왔다고 대꾸했다. 어떤 마을에서는 경찰관이 종종 꿩 사냥에 나선다고 하니 이래서야 경찰이 일반인들의 새 사냥을 단속할 수 있겠는가.

이 나라의 생태계를 보호하기 위해서는 경찰이나 산림관 등 단속 공무원들에게 자연을 지켜야 할 자신의 책무가 무엇인지 그 사명감을 일깨우는 교육이 우선돼야 한다. 자연보호의 역점은 쓰레기나 담배꽁초를 줍는 따위의 일에서 벗어나 근원적인 대책으로 바뀌어야 할 것이다.

민병갈은 1953년 4월 육군 신문 〈통일〉과의 인터뷰에서 한국은 세계에서 몇째 안에 드는 아름다운 자연을 가진 나라라고 말했다. 당시 전쟁의 폐허를 가슴 아파한 그는 한국이 살아날 길은 천혜의 자연을 자원으로 삼아 관광산업을 일으키는 것이라고 주장하기도 했다. 그리고 미국의 호랑가시학회지에 기고한 글에서는 한국의 야생식물은 어느 나라에 못지않게 다양하다고 소개하며, 그 다양성을 보전하는 것이 한국 식물계의 과제라고 주장했다.

식물계 인재를 키우다

민병갈은 나무만 열심히 키운 것이 아니라 꿈나무도 키웠다. 인재를 키우는 데도 정성을 다했다는 것이다. 그는 태안과 서산·당진 등 천리포에서 가까운 지역 학교에 장학금을 주어 집안이 어려운 학생들의 학업을 도우면서 그중 특별히 우수한 학생을 골라 대학 졸업 때까지 학비를 지원했다. 유능한 금융 투자가로 소문난 그가 장학 사업을 한 것은 그리 대수로울 것도 없다. 그러나 그의 인재 육성이 돋보이는 것은 식물 분야의 인재를 키워 국내 식물학계나 원예계에 내보낸 것이다.

식물 인재 양성은 해외 유학과 자체 교육 등 두 갈래로 진행했다. 수목원에서 일하는 유능한 직원을 골라 영국과 미국 식물원에 보내 선진 원예 기술을 익히게 하는 한편, 수목원 자체에서 교육생을 뽑아 실습 중심의 전문교육을 시켰다. 이들 중해외 연수생은 영국과 미국 등 식물 강국의 원예 기술을 익힌 전문가로 떠올라 국내 원예계의 선진화에 큰 공헌을 했다. 사실 그 전의 한국 원예 기술은 국제 시장에 명함도 못 내미는 후진 수준에 머물러 있었다.

천리포수목원 직원의 해외 연수는 세계의 식물원, 수목원과 소통하는 민 원장의 개인 네트워크를 통해 이루어졌다. 타고난 친화력으로 국제 원예식물계 인사들과 가깝게 지내던 그는 큰돈을 안 들이고 직원들에게 해외 연수 길을 열어주었다. 연수생을 받은 식물 기관 측이 연수생에게 정기적으로 노임을 주도록 알선한 것이다. 1979년 그가 해외 연수를 처음 내보낸 곳은 영국의 위슬리가든Wisley Garden이었다. 뒤이어 미국의 롱우드가든Longwood Garden과 벨기에의 캄트호우트수목원 등으로 연수지를 다변화했다. 그 후 단골로 연수생을 보낸 기관은 영국의 힐리어가든으로 굳어졌다. 연수 기간은 대개 1~2년인데, 일부 연수생은 교육기관 평가에서 최고 성적을 받아 민 원장을 기쁘게 했다.

민 원장이 공들인 직원의 해외 연수 사업은 결과적으로 국내 원예식물계에 선진 기술을 익힌 인재를 공급한 것으로 나타났다. 그의 도움으로 해외 연수를 받은 원예 인재들이 대부분 전국의 국립·사립 수목원에 스카우트되어 천리포수목원을 떠났기 때문이다. 현재 수목원에 남아 있는 해외 연수생 출신은 최창호 부원장뿐이다.

민 원장이 특별히 아껴 해외 연수를 두 차례나 보내고 유학까지 시킨 인재도 있다. 만리포 앞바다에 있는 '검은섬(일명 흑도)'에서 태어나고 자란 김군소였다. 그는 수목원을 조성한 지 얼마 안 되어 바닷가에서 발견한 진주였다. 초등학교를 나와 천리포수목원의 말단 용원으로 들어간 그는 나이를 뛰어넘는 두각을 보여 해외 연수생으로 발탁되었다.

천리포에 나무를 심기 시작한 지 3년째를 맞은 1973년 봄, 수목원에 새로 심은 나무들의 점검을 끝낸 민 원장은 하오의 햇볕을 쬐고 싶어 사무실로 쓰는 해송집을 벗어나 모래밭 산책에 나섰다. 그런데 저만치에서 책을 읽는 소년이 눈에 띄었다. 외딴 갯마을에서 좀처럼 보기 드문 모습이었다. 민병갈은 보물이나 발견한 듯 다가갔다.

"독서를 즐기는 기특한 소년이군."

소년은 자신에게 흥미를 보이는 코 큰 이방인이 누구라는 것을 잘 알고 있었다. 당시 민병갈은 만리포와 천리포 일대에서 너른 땅을 매입해 나무를 심는 돈 많은 서양인으로 소문나 있었기 때문이다.

민병갈, 나무 심은 사람

"무슨 책을 읽고 있는 거지?"

"《갈매기의 꿈》이라는 책이에요."

"리처드 바크의 소설이군. 읽고 싶던 책인데 여기서 보네."

민병갈은 우선 소년이 읽고 있는 책이 반가웠다. 1970년 미국에서 《갈매기 조녀선 리빙스턴Jonathan Livingston Seagull》이란 이름으로 출판된 이 책은 세계적 베스트셀러로, 그는 〈타임〉의 출판 정보를 통해 그 책에 대해 알고 있었다. 이 가난한 어부의 아들은 운 좋게도 민 원장의 눈에 띄어 천리포수목원의 심부름꾼으로 들어간 뒤 독학으로 중학·고교 검정시험에 합격하는 등 발군의 학습 능력을 보여 1982년 8월 천리포수목원의 첫 해외 연수자로 뽑혔다. 미국 롱우드가든에서 선진 원예 기술을 익힌 그는 민 원장의 배려로 다시 미국 델라웨어대학에 진학해 박사과정까지 마쳤다.

김군소는 국제적으로 활약하는 원예 전문가horticulturist로 성장해 현재 예일대학교 부설 마시Marsh수목원의 부원장직에 있다. 2001년부터 시카고의 모턴Morton수목원에서 수석 큐레이터로 장기간 근무한 그는 2015년 삼성그룹의 에버랜드에 스카우트되어 3년간 국내에서 활동하기도 했다. 2002년 4월 민 원장이 세상을 떠나자 그는 미국호랑가시학회 학회지에 실린 글에서 자신의 평생 은인을 이렇게 추모했다.

민병갈 원장님은 평생 자연주의자naturalist, 교육자educator, 금융가financier 세 가지 길을 걸으셨습니다. 이분은 특히 교육에 관심이 많아 유능한 지역 학생이나 저를 포함한 수목원 직원들에게 배움의 길을 마련해주었습니다.

1974년 2월 민병갈은 한국은행 집무실로 찾아온 군복 차림의 한 시골뜨기 청년을 만났다. 전북대학 원예학과 재학 중 입대한 김용식 이등병이었다. 군대 내무반에 비치된 한 신문에서 천리포수목원에 관한 기사를 읽고 설립자에게 편지를 쓴 그는 민 원장에게서 답장이 오자 용기를 내어 먼 길을 찾아온 터였다. 편지를 통해 상대가 누구인지 이미 잘 알고 있던 민 원장은 반갑게 청년을 맞았다.

"건장해 보이는군. 나에게서 무엇을 배우고 싶은 거지?"

"신문에 난 원장님 이야기에 감동했습니다. 식물과 관련한 영문 전문 서적을 읽고 싶습니다."

"좋아요. 내가 천리포에 연락해놓을 테니 그곳에 가서 책을 읽도록 하게."

휴가를 받아 고향 고창으로 향하던 김용식은 그길로 천리포에 가서 며칠 동안 독서에 빠졌다. 그가 읽은 책들은 대학 도서관이나 국내 서점에서는 볼 수 없는 식물 관련 원서였다. 그는 2년 뒤 제대하자마자 곧장 천리포수목원에 들어가 10개월간

민병갈, 나무 심은 사람

1980년대 초 천리포수목원을 찾은 김용식 영남대학교 교수와 함께한 민 원장.

민 원장 밑에서 연수생(인턴)으로 일했다. 그 후 서울대학교 대학원에 진학한 그는 1983년 민 원장의 추천을 받아 영남대학교 교수가 되었다. 그리고 이 대학에서 정년까지 교단을 지킨 후 2018년 3월부터는 3년 임기의 천리포수목원 원장직에 취임했다. 설립자의 수목원 운영 철학을 누구보다도 잘 아는 그는 식물도서관과 식물표본실 설립 등 민 원장의 숙원 사업을 재임 중 지표로 삼았다.

김용식과 김군소 외에도 민 원장이 키운 식물계 인재는 많다. 이들은 그가 세상을 떠난 뒤에도 국내 유수의 수목원과 식물원에서 두각을 보이고 있다. 산림청 산하 국립수목원 발전을 도운 정문영과 배준규, 미산식물원을 차린 송기훈, 한화그룹의 제이가든을 키운 김종건, 천리포수목원에 남아 있는 최창호 부원장과 김건호 교육부장, 그리고 일본 식물계에서 활동하는 임운채 등이 이들이다. 민 원장은 1970년대 중반 한국식물분류학회 학회지 발간에 재정 지원을 해 국내 식물학계의 연구 활동에 도움을 주기도 했다.

민 원장은 수목원 자체에서 직원이 아닌 일반 식물학도를 대상으로 교육 프로그램을 운영했다. 김용식 원장이 그 1기생인 셈이다. 1979년부터 격년제로 10여 명의 연수생을 뽑아 실무 교육을 시키는 이 프로그램은 민 원장 사후에도 이어져 이제는 '전문가 과정'이라는 이름으로 뿌리를 내렸다. 지금도 천리포수목원에 가면 30명 안팎의 연수생이 사무실이나 야외에서 열심히 일하는 모습을 볼 수 있다.

민병갈은 수목원 사업을 시작할 때부터 식물 교육에 관심이 있었다. 수목원이 어느 정도 자리를 잡은 1970년대 중반 그는 또 다른 교육 사업의 하나로 천리포 주변 학교에 각종 나무를 보급했다. 나무 사랑은 어릴 때부터 가르쳐야 한다는 생각을 갖고 있었기에 태안면(지금은 읍)과 소원면의 몇몇 초등학교(당시 국민학교)에 묘목과 씨앗을 보내 어린이들이 직접 심고 키우도록 했다. 얼마 후엔 서산농업고등학교에 학습용으로 묘목을 전달하고, 1980년대 초엔 서울 태릉에 있는 육군사관학교에 묘목을 기증해 실습과 조경을 도왔다.

민병갈은 생전에 세계적 수준의 식물도서관을 세우려는 야망이 있었다. 중동中東 특수로 증권 시장이 호황이던 1970년대 중반 식물 분야 도서 3만 권 수집을 목표로 해외 출판사와 연구 기관에 전문 서적을 대량 주문했다. 그러나 1979년 박정희 대통령이 사망한 10·26사태로 주가가 폭락하는 바람에 큰 손실을 입은 그는 수목원 설립에 이은 또 다른 원대한 꿈을 접지 않을 수 없었다. 하지만 그가 생전에 수집한 식물·원예학 전문 서적은 국내 어느 대학도 따라올 수 없는 규모인 것으로 알려졌다.

세계의 나무를 천리포로

천리포는 지금 완전히 꽃동산입니다. 온갖 종류
의 목련이 활짝 꽃을 피웠고 수백 그루의 튤립
과 구근류의 꽃망울이 그 아름다움을 더해주고
있지요. 여기에 벚꽃이 한창이고, 수많은 나무
가 싱그러운 녹색의 장관을 펼치고 있습니다.

1977년 4월 28일 편지

한국의 토종 식물을 세계에 알리다

민병갈 원장이 천리포수목원을 통해 가장 잘한 일 중 하나는 한국의 토종 식물을 세계에 알리고, 그보다 더 많은 외국 수종을 국내에 보급한 것이다. 이 같은 사실은 1980~1990년대 국내에서 대표적 식물학자로 꼽히던 민 원장의 오랜 친구 이창복 교수도 인정한다. 그는 생전에 민병갈을 이렇게 평했다.

> 민 원장은 국제 원예식물계에서 한국 식물의 위상을 높이는 데 큰 공헌을 했다. 만일 세계 나무 지도라는 것이 있어서 그 지도에 한국 나무가 표시될 수 있게 한 공로자를 찾는다면 단연 그 자리에 민병갈의 이름이 올라야 할 것이다. 한국의 목본식물이 오늘의 국제적 위상을 지니게 된 것은 민병갈이라는 한 걸출한 원예인이 있었기 때문에 가능했다. 그는 식물학자는 아니었으나 전문가급 실력과 뛰어난 해외 섭외력으로 한국 식물의 존재 가치를 한 단계 위로 올려놓았다.

민 원장이 한국의 자생목을 해외에 알리는 통로로 삼은 것은 인덱스 세미넘이라는 국가 또는 식물 기관 간의 종자 교류 시스템이었다. 17세기 영국에서 처음으로 선보인 이 시스템은 소수의 식물원들이 잉여분의 종자를 주고받는 형식으로 통용되다가 그 효용성 때문에 전 세계로 확산되었다. 그러나 국내에서는 1977년 민 원장이 처음 도입하기까지 전혀 알려지지 않았다.

엄밀히 말해서 인덱스 세미넘은 식물원이나 식물 연구 기관이 각자 어떤 씨앗을 얼마나 여유 있게 보유하고 있는지 그 내역을 밝히는 목록이다. 그래서 각 식물 기관은 다른 기관이 발행한 그 목록을 보고 자기네가 필요한 식물의 씨앗을 달라고 요청하게 된다. 이 과정에서 상대에게 대가를 달라거나 받아서는 안 된다.

인덱스 세미넘을 발행하기 위해서는 잉여 씨앗이 있어야 했다. 그러나 수목원 초창기에는 씨앗을 자체 생산할 여건이 안 돼 야생식물에서 채집할 수밖에 없었다. 그래서 1976년부터 야생식물 탐사반을 가동하고 그 이듬해에 첫 인덱스 세미넘을 발행하게 된 것이다. 천리포수목원의 기록을 보면 1988년부터 1998년까지 10년 동안 인덱스 세미넘을 통한 종자 교환 실적이 36개국 140개 기관에 이른다. 해외로 내보낸 국내 수종의 씨앗은 100여 종도 안 되지만 해외에서 들여온 씨앗은 수입한 것을 포함해 6,000여 종에 가깝다.

인덱스 세미넘 발행을 통해 들여온 외국 수종의 씨앗은 천리포수목원의 수종 국제화에 탄력을 높였다. 보유 수종이 다양화하고 해외 교류가 활발해졌기 때문이다. 돈 주고 사오는 종자 도입도 절차가 까다로운 묘목 도입보다 여러모로 효율적이었다. 민 원장은 온실에 씨앗을 심어 묘목을 생산하는 새로운 재미에 빠졌다. 그는 이 과정에서 새로운 목련 변종을 찾아내는 성과를 올렸다. 그가 명명해 1987년 국제목련학회의 공인을 받은 '라즈베리 펀Raspberry Fun'이 그것이다.

1979년 7월 천리포수목원을 재단법인으로 등록하고 이어 대한민국 국적을 취득한 민병갈은 한국인이 된 기념으로 한국을 위해 무언가 좋은 일을 하고 싶었다. 그러던 차에 천리포수목원에서 2년간 근무한 적이 있는 미국인 배리 잉거로부터 좋은 소식이 왔다. 그는 귀국 후 식물학자가 되어 미국 국립수목원의 아시아식물과장으로 있었다.

잉거가 알려온 소식은 미국 국립수목원에서 다른 이름 있는 식물원과 연대해 한국 자생식물을 탐사하는 대규모 프로젝트를 구상하고 있다는 내용이었다. 인덱스 세미넘 참여로 좋은 성과를 보고 있던 민 원장은 한국 식물을 세계에 알리는 또 다른 좋은 기회로 생각하고 천리포수목원도 이에 참여하기로 했다. 그러나 미국 식물원의 합동 탐사라는 명목 때문에 제휴가 어렵게 되자, 민 원장은 탐사 과정에서 수목원 직원 한 사람만 보내기로 했다.

미국 합동조사단의 한국 자생식물 탐사는 1984년 봄에 시작되었다. 첫 탐사는 강화도, 소청도, 대청도, 백령도 등 서해안 일대 도서 지방을 코스로 잡았고, 이듬해 2차 탐사는 진도, 대흑산도, 소흑산도, 변산반도 등 서해 남부의 섬과 해안으로 정했다. 3차 조사는 2년을 건너뛰어 1989년 봄부터 설악산, 치악산, 용문산 등 태백산 줄기를 거쳐 멀리 울릉도까지 탐사 경로를 잡았다. 이 탐사 중 소흑산도에서 비비추 한 종을 발견한 배리 잉거는 자신의 이름을 따서 '잉거 비비추'라는 이름을 붙였다.

배리 잉거가 주도한 미국 수목원 합동조사단의 한국 식물 탐사는 의외로 규모가 컸다. 국립수목원을 비롯해 홀덴수목원, 롱우드가든, 모리스수목원 등 미국의 쟁쟁한 식물 기관으로 편성되었다. 조사 기간도 길어 1984년부터 1989년까지 햇수는 5년이었으나 중간에 2년의 공백 기간을 두어 실제는 3년 동안 탐사하는 프로그램이었다. 이 같은 대규모 학술 조사에서 미국 합동조사단이 한국 식물계에 기여한 것은 서울대 관악수목원에 몇 점의 식물표본을 기증한 정도로 알려졌다. 민 원장이 파견한 김군소는 세 번째 탐사에 참여했다.

그런데 미국 식물 기관의 학술 조사에 협력한 민 원장을 곱지 않게 보는 시선이 있었다. 1997년 한 공영 TV가 〈종種의 전쟁〉이라는 기획 프로그램을 통해 천리포수목원의 인덱스 세미넘 발행과 함께 민 원장의 미국 조사단 지원을 중대한 국익 침

해로 꼬집은 것이다. 이 방송은 국가 간 종자 교환 사업은 토종 식물을 해외로 유출하는 행위로 규정하는 한편, 외국 식물 기관의 합동 조사를 돕거나 이에 참여한 것은 천연자원의 유출을 방조한 것이라고 비판했다. 방송은 해외로 나간 토종 식물이 변종으로 국내에 역수출되는 사례를 비판의 근거로 삼았다.

이 같은 보도를 전해 들은 민 원장은 "우물 안 개구리"라는 말로 불쾌한 심정을 드러냈다. 그는 한국의 토종 식물을 해외에 소개한 사람은 모두 외국인이었다는 역사적 사실을 거론하며 자신이 일본 규슈 아마미오시마의 희귀한 호랑가시나무를 채집하러 갔을 때, 악천후 속에서 자신을 열심히 안내한 사람은 현지 일본인이었다고 회고했다. 실제로 그 희귀종 호랑가시나무는 민 원장의 채집 전파로 전 세계에서 자라는 식물이 되었다.

원로 식물학자 이창복 교수는 문제의 방송 보도에 대해 취재진의 식견 부족을 탓했다. 2004년 '우리 식물 살리기 운동본부'(1999년 발족) 대표직에 있던 그는 "우리 토종 식물을 외국에 보급하는 것은 격려의 대상이지 비판의 대상이 될 수 없다"며 국내 자생식물을 해외에 가장 많이 소개한 사람은 민병갈이라고 못 박았다. 국가 간 종자 교환은 멸종 위기에 처한 자생식물을 보존하기 위해서도 필요하다는 것이 노학자의 주장이었다. 실제로 민 원장이 들여온 외국 식물 씨앗은 국외로 보낸 한국 자생종보다 배가 더 많았다. 인덱스 세미넘은 그 뒤 국립수목원을 비롯한 공공 기관이 받아들여 이제는 국내 식물 기관에 보편화되었다.

민 원장은 한국 토종 식물 하나를 해외에 알리는 데 도움을 준 적이 있다. 1980년대 초 한국의 토종 분꽃나무Koreanspice viburnum가 당시 공산국이던 폴란드의 우표 도안에 오르도록 한 것이다. 그는 가까운 친구인 식물학자 브로비츠 박사가 폴란드에서 정부 발행 우표에 오르는 식물을 선정하는 실력자 위치에 있음을 알고 한국의 분꽃나무를 포함시키도록 강력히 추천해 이를 성사시켰다. 민 원장은 이 토종 꽃나무가 18세기 영국 학자에 의해 유럽으로 소개된 이래 동양의 아름다운 관상수로 세계 원예계에서 인기를 끌었으나, 원산지인 한국에서는 대접을 못 받고 있다며 애석해했다.

애써 가꾼 정원을 허물 수는 없다

석양의 햇살이 드리운 천리포수목원의 후박집 거실에는 무거운 침묵이 흘렀다. 등나무 원탁을 사이에 두고 마주 앉은 두 거인은 서로 먼저 말을 꺼내길 주저하는 기색이었다. 한쪽에 앉은 민병갈 원장은 상대방의 표정이 밝지 않다는 게 적이 마음에 걸렸다. 맞은편에서 민 원장을 바라보는 영국의 저명한 수목원 설계자 존 힐리어도 상대방의 불안한 표정을 읽고 있었다. 아무래도 첫 말은 자신이 꺼내야 할 것 같아 힐리어는 먼저 입을 열었다.

"페리스, 이런 말을 해서 미안하지만 천리포수목원의 기본 설계를 다시 하는 게 좋겠습니다. 사흘 동안 경내를 답사한 나의 결론적인 소견입니다."

듣고 싶지 않던 말을 들은 민 원장의 표정에 잠시 그늘이 졌다. 그러나 이내 표정을 바꾸고 특유의 미소와 부드러운 목소리로 상대방을 편안하게 했다.

"여러 날 현장 조사하느라고 고생이 많았어요. 아마추어인 내가 주도해 설계한 수목원이니 전문가인 당신이 보기에는 부족한 점이 많을 거라는 짐작은 했어요. 어디가 기본적으로 잘못되었나요?"

"기본 설계가 잘못되어 있습니다. 마스터플랜이 없다는 것입니다. 주제별로 나무를 심어 테마가 있는 정원이 돼야 할 터인데 전반적으로 그 점이 미흡합니다. 여러 속屬, genus의 나무들이 흩어져 있다 보니 산만한 나무 전시장이 된 것 같습니다."

민 원장은 자신보다 10년 아래인 상대방이 영국인답게 매우 솔직 담백하다는 것을 느꼈다. 더구나 세계적 권위를 자랑하는 힐리어가든의 운영 책임자가 아닌가. 존 힐리어는 아버지 해럴드 힐리어 경에 이어 3대째 가업을 잇고 있는 영국의 저명한 수목원 전문가였다. 민 원장은 5년 전(1985년) 타계한 아버지에 이어 그 아들과도 두터운 인간관계를 맺고 있었다. 그런 인연으로 존에게 천리포수목원의 종합 진단을 의뢰해 그 결과를 듣는 자리를 마련한 터였다.

"우리 수목원의 주제가 산만하다는 의견에는 공감합니다. 애초에 뚜렷한 계획을 세워 시작한 수목원이 아니었으니까요. 땅이 나오는 대로, 나무가 들어오는 대로, 돈이 마련되는 대로 그때그때 설계를 하고 나무를 심었으니 마스터플랜이 없었던 것은 당연합니다. 그러나 나름대로 열심히 연구하고 전문가의 의견을 들어 지난 20여 년간 수목원을 꾸몄어요. 전문가로서 실현 가능한 의견을 주면 고맙겠습니다."

"제 의견만 드리는 것이니 그것을 받아들이는 것은 페리스의 몫입니다. 전통적인 나무 견본장을 만들려면 과감한 수술이 필요합니다. 한마디로 뜯어고쳐야 해요."

존 힐리어의 말은 점점 민 원장의 심기를 건드렸다. 전문가로서 소신이 강하던 그는 나름대로 이 고집 센 영감의 철두철미한 나무 사랑을 이참에 고쳐주고 싶은 생각도 들었다. 그는 여러 차례 민 원장을 만나면서 그의 병적인 나무 사랑에 대해 잘 알고 있었다. 가지치기나 간벌을 용납하지 않는 천리포수목원의 관리 지침은 사실 영국의 전통적인 정원 가꾸기와 크게 멀어져 있었다.

"그렇다면 많은 나무를 옮겨 심어야 한다는 건가요?"

"그렇습니다. 큰 나무는 이식하다 죽을 수도 있겠지요. 일부 나무는 아예 잘라내는 결단도 필요합니다."

민 원장은 단호해지는 상대방의 목소리가 듣기 싫었다. 존은 그런 기색을 눈치채고 듣기 좋은 말로 방향을 틀었다.

"천리포의 입지 조건은 우리 힐리어가든보다 훨씬 좋습니다. 영국에서 이런 자연환경을 갖춘 수목원 자리는 찾기 힘듭니다. 마스터플랜을 잘 짜서 그대로 진행하면 원장님의 지식과 열성으로 세계적 수목원을 조성할 수 있을 것 같습니다."

존 힐리어는 자신이 개략적으로 설계한 도면을 보이며 몇 가지 의견을 말했다. 그것은 본원 지역 2만여 평의 수종별 식물 식재도와 탐방로의 동선이었다. 전문가가 구상한 천리포수목원 개혁 지도를 찬찬히 살펴본 민 원장은 결론을 냈다.

"고마워요, 존. 앞으로 수목원을 가꾸는 과정에서 이 도면을 귀중한 참고 자료로 삼겠습니다. 다만 내가 자식처럼 키운 나무를 옮겨 심거나 베어내는 일은 못 하겠습니다. 구역별로 테마가 없어도, 나무가 커서 자리가 비좁아져도 저희들끼리 오손도손 살게 하는 것이 나의 수목원 경영 철학입니다."

민 원장의 말을 들은 존 힐리어는 사흘 동안 샅샅이 탐사하고 식재 도면을 구상한 자신의 노력이 비록 결실을 맺지 못했으나 결코 헛되지 않았다고 생각했다. 칠순에 이른 수목 애호가의 범접할 수 없는 나무 사랑을 확인했기 때문이다.

그로부터 5년 후인 1996년 봄, 존 힐리어는 천리포수목원을 다시 찾았다. 그가 못 본 5년 사이에 수목원이 어떻게 달라졌는지 확인하고 싶었던 그는 본원을 한 바퀴 돌아본 뒤 후박집에서 민 원장과 마주 앉았다. 서해가 석양에 물드는 저녁나절이었으나 크게 자란 나무들이 창을 가려 바다가 잘 보이지 않았다.

"어때요, 존. 이번에도 수목원 구조가 마음에 들지 않았나요?"

"아닙니다, 페리스. 5년 전 제 건의를 받아들이지 않은 것은 정말 잘한 일입니다. 경내를 한 바퀴 돌아보니 너무 좋았습니다. 사람의 손때가 안 묻은 자연미가 감동입니다. 영국의 나무들은 너무 가위질을 많이 해서 모양을 내는 것이 탈입니다."

민 원장은 물론 존 힐리어의 말을 액면대로 받아들이지 않았다. 그래도 나무들에 상처를 주지 않으려는 자신의 노력에 점수를 주고 싶은 상대방의 마음을 읽었다. 당시 존 힐리어는 150년 전통(1878년 설립)의 힐리어가든 상속자였으나 아버지 해럴드 힐리어 경이 뉴햄프셔주 의회에 위탁 경영을 맡겨 이사직에 머물러 있었다. 그는 87세 때인 2018년에 은퇴했다.

영국 수목원 전문가 존 힐리어와 민 원장. 존은 힐리어가든 설립자 해럴드 힐리어 경의 아들로 천리 포수목원을 재정비하라고 건의했다.

나무 경매장의 큰손

해외에서 들여오는 나무 형태는 묘목과 씨앗 두 가지뿐이다. 삽목이나 접목을 위해 가지 형태로 들여오는 경우도 있으나 엄밀히 말하면 가지도 묘목에 들어간다. 제일 무난한 형태는 씨앗이나 들여와도 싹이 안 틀지 모르고 발아에 성공했어도 몇 년을 걸려 묘목으로 키워야 하는 인고의 세월이 필요하다. 그래서 민 원장은 씨앗 도입은 인덱스 세미넘을 활용하고 되도록이면 묘목 형태로 들여왔다.

묘목을 들여오는 방법은 여러 갈래다. 가장 보편적 방법은 해외 종묘상에 발주해 이를 항공편으로 들여오는 것이다. 두 번째 방법은 해외 종묘상을 직접 찾아가 마음에 드는 묘목을 산 다음 트렁크에 넣어 수하물로 가져오는 것인데, 해외 출장이 잦았던 민 원장은 이 방법을 많이 썼다. 또 하나는 식물학자 등 해외 친구들에게 의뢰해 쓸 만한 묘목을 들여오는 방법이다. 그런데 민 원장은 남이 잘 안 쓰는 제4의 방법을 즐겨 썼다. 나무 경매장에 가서 마음에 드는 나무를 사오는 방식이었다.

민병갈이 단골로 찾은 나무 사냥터는 미국호랑가시학회HSA의 홀리 옥션과 국제목련학회IMS의 목련 옥션이었다. 매년 장소를 바꾸어가며 3~4일간의 연차 모임을 갖는 두 학회는 총회 마무리 행사로 회원들이 출품한 어린나무들을 경매에 부치는 진귀한 행사를 벌인다. 어릴 적부터 호랑가시나무를 좋아했던 민 원장은 목련 옥션에 가끔 도전했지만, 가을철에 미국에서 열리는 HSA 연차 모임에는 어김없이 참석해 경매장의 '큰손' 노릇을 했다.

1993년 10월 31일, 미국 오하이오주의 유서 깊은 도시 콜럼버스에 있는 힐튼호텔의 컨벤션 홀에서 호랑가시나무 경매가 벌어졌다. 이날의 경매는 미국호랑가시학회 46차 연례회의를 마감하는 마지막 행사였다. 출품된 나무는 회원들이 육종 과정에서 선발한 재배종hybrid 호랑가시나무들로 각자의 명예가 걸린 작품이었다. 그 명예는 자기 출품작이 얼마나 높은 값에 팔리느냐에 좌우된다. 최고가에 팔려 받은 돈은 모두 학회에 기증하고 출품자는 그 금액만큼의 명예만 가져갈 뿐이다.

드디어 경매가 시작되었다. 초반에는 50달러 이하의 저가품이 나오는 것이 관례다. 이는 범작으로 시작해 분위기를 띄우고 서서히 경매의 열기가 달아오르도록 하려는 주최 측의 꼼수다. 이를 잘 아는 민병갈은 응찰석 뒷자리에 앉아 관망만 했다. 경매가 중반에 이르자 눈에 띄는 물건이 나오기 시작했으나 그는 거들떠보지도 않고 전시 기간에 눈여겨봐둔 '게이샤'라는 호랑가시나무가 등판하기만 기다렸다.

마침내 게이샤가 경매 테이블 위에 올랐다. 이때부터 명품 호랑가시나무의 운명을 결정짓는 진풍경이 벌어졌다. 당시 민

원장을 수행했던 이규현 비서의 목격담을 중계하면 다음과
같다.

"일본 규슈 지방에서 자생하는 호랑가시나무의 씨앗에서 나
온 특이 변종 게이샤를 소개합니다. 200달러부터 시작하겠습
니다."

경매인의 말이 나오기 무섭게 300달러 호가가 나왔다. 경매
인이 다시 초록빛 감도는 게이샤의 하얀 꽃을 선전하자 값이
400달러로 급등했다. 이쯤에서 자신이 나설 때라고 생각한 민
원장은 450달러로 가격을 올려 첫 도전장을 냈다. 470달러가
나오더니 뒤이어 500달러를 호가한 사람은 낯익은 나무 경매
장의 라이벌이었다. 그는 몇 차례 호가 경쟁을 벌인 끝에 양보
해 게이샤는 결국 700달러에 낙찰되어 민병갈 손에 들어왔다.

홀리 옥션에는 뜨거운 경쟁 관계만 있는 곳이 아니었다. 게
이샤를 양보한 HSA 회원은 켄 틸트Ken Tilt라는 나무광으로 민
원장과 입찰 대결을 자주 하다 보니 친밀감이 생겨 나중에는
가까운 친구 사이가 되었다. 몇 해 뒤 그는 한국에 와서 천리포
수목원을 둘러본 뒤 방명록에 다음과 같은 글을 남겼다.

"천리포는 정말 아름다웠습니다. 활짝 핀 가을꽃 뒤로 또 다
른 꽃들이 꽃봉오리를 내밀고 있었지요. 제가 경매에서 매번
진 것이 나무들에게는 행운이었던 것 같습니다. 괜히 저 때문
에 비싼 가격에 낙찰받은 것은 아닌지 이제야 미안해집니다."

민병갈, 나무 심은 사람

경매에서 이긴 나무를 가져올 때는 민 원장의 동작이 전례 없이 빨라졌다. 수분 처리한 어린나무가 마를까 봐 경매 다음 날이면 젖은 나무를 싸 들고 공항으로 가서 그날로 한국에 돌아왔다. 그가 어린나무를 자주 가져오는 걸 잘 아는 김포공항 세관원은 요식 절차로 통관을 시켜주었다. 식물 반입을 심하게 규제하지 않던 1990년대 초의 이야기이다. 이렇게 해서 가져온 나무는 일단 서울 연희동 집에 있는 온실에서 한국 기후에 적응하는 훈련을 받은 후 천리포로 옮겨졌다. 민 원장과 나무가 함께 오는 날은 수목원이 부산해졌다.

"나무도 미술품처럼 경매에 부치나요?"

민 원장이 경매 전리품을 꺼내 보이면 신참 직원들이 가장 자주 묻는 질문이었다. 그러면 그는 기다렸다는 듯이 홀리 옥션에서 자기가 어떻게 경쟁자를 따돌렸는지 자랑하기 바빴다.

"홀리 학회의 연차 대회에서 가장 인기 있는 프로그램은 홀리 옥션이지. 일종의 뒤풀이 행사로 보면 돼. 회원 각자가 자신이 배양한 변종을 가져와 공개적으로 평가받는 자리라 그 열기가 대단해. 명품이 나오면 서로 가져가려고 야단이지만, 나는 놓친 적이 거의 없어. 돈으로 치면 내가 못 당할 회원이 많으나 나는 그들을 따돌리는 비법을 알아. 무엇보다 갖고 싶은 나무에 대한 애정이 필요해. 경쟁자가 포기할 생각을 할 만큼."

민 원장이 얼마나 홀리 옥션에서 이름을 날렸는지는 미국호

랑가시학회의 다른 회원들이 증언해준다. 학회지 〈홀리저널〉
이 2002년 여름호에 기획한 민병갈 추모 특집에는 나무 경매
장의 '큰손' 민 원장의 면모를 소개하는 다음과 같은 두 건의
글이 실려 있다.

버드 겐리치의 추모사

나는 홀리 옥션의 경매인을 맡으면서 페리스를 처음 알게 되었다. 그는
어떤 아이템이든 먼저 값을 올려 부르는 웃는 얼굴의 신사였다. 나는 페
리스가 나타나면 경매 테이블에 놓여 있는 좋은 나무들을 거의 다 그가
차지할 거라고 예상했다. 페리스는 일부러 높은 가격을 불러 참가자들의
관심을 끌어들이고 출품자를 기쁘게 했다.

그 후 나는 2주간의 한국 여행 중에 천리포수목원을 방문해 페리스가
경매에서 이겨 가져간 호랑가시나무들을 볼 기회가 있었다. 수목원은 기
대 이상으로 아름다운 자연 동산이었다. 나는 수목원 안에 있는 멋진 전
통 가옥에서 머물렀다.

로널드 E. 솔트 추모사

페리스는 HSA 연차 모임의 경매 행사에 빠진 적이 없다. 그는 좋은 아
이템을 보면 거리낌 없이 높은 가격을 불러 나를 놀라게 했다. 그에게 낙
찰된 나무들은 모두 한국으로 가져갔다. 페리스는 스크랜턴에 있는 어머
니를 방문하는 길에 곧잘 나의 종묘소에 들르곤 했다. 한번은 호랑가시나
무 경매에서 몇 그루를 낙찰받은 후, 나의 농장에 와서 물이끼를 구해갔
다. 그것을 왜 미국에서 사는지 의아했으나 알고 보니 한국으로 가져가는
도중 나무가 목마르지 않도록 준비하기 위해서였다.

민병갈, 나무 심은 사람

민 원장이 호랑가시학회 모임에 나타나면 홀리 옥션의 VIP로 회원들의 주목을 받았다. 탐나는 호랑가시나무가 경매 탁자에 오르면 무슨 수를 쓰든지 손에 넣는 데다 그가 낙찰받아 내놓는 나무 가격의 총액이 적지 않았기 때문이다. 그 돈은 고스란히 학회의 수입으로 들어가므로 그는 HSA 후원자나 다름없었다.

민병갈은 좋은 나무를 갖기 위해서는 못 할 일이 없었다. 합법이 어려우면 편법을 쓰고 그것도 안 되면 불법을 쓰기도 했다. 대표적 사례가 1970년대 말 국교가 없던 중국에서 모감주나무 묘목 한 그루와 몇 종류의 씨앗을 들여온 것이다. 민 원장은 나무가 어떻게 중국에서 왔는지 밝히지 않았으나 알 만한 사람들은 미국 CIA가 도와준 것으로 믿는다. 당시 CIA 동아시아 관할 책임자 헨리 버드Henry Bud가 민 원장의 절친한 친구였기 때문이다. 1973년 미국·중국 수교를 전후해 그는 중국 본토를 자주 드나들던 정보 요원이었다.

군사정권의 서슬이 퍼렇던 1980년대 초에 북한산 씨앗을 구해 심은 일도 있었다. 북한 식물을 탐사하고 돌아온 한 영국 식물학자로부터 받은 무궁화 씨앗 몇 알이 그것이다. 한국전쟁 이후 처음으로 남한 땅에 왔을 법한 이 북한 야생종은 연희동 온실에서 아기 나무로 잘 자랐으나 천리포에 옮겨 심은 뒤 3년 만에 병으로 죽고 말았다.

수목원 초창기에는 미국에서 불법으로 묘목을 들여오는 경우도 있었다. 운송 기간을 줄이고 통관 절차를 피하기 위해 미군 군용기와 미 대사관의 외교 행낭을 이용한 것이다. 1970년대에 미주 노선은 직항 편이 없었기 때문에 살아 있는 나무를 실어오기에는 운항 시간이 너무 길었다. 그래서 당일로 오는 미군 수송기 편을 이용한 것인데, 이 같은 사정을 알 길 없는 천리포수목원 직원들은 US 마크가 붙은 파우치가 도착하면 대단한 선물이나 온 듯이 반겼다. 하지만 내용물은 젖은 천에 싸인 어린나무들뿐이었다.

민 원장이 미군 군용기를 이용할 수 있었던 것은 장교 출신으로 쌓은 미군 고위 관계자와의 오랜 친분 덕분이었다. 그는 명백한 불법인 줄 알면서도 개인의 이득을 위한 것이 아니고 자연의 미물을 살리려는 선의의 행동이라는 구실로 위안을 삼았다. 그러나 1979년 말 대한민국 국적을 얻고 같은 해 대한항공의 서울-뉴욕 첫 직항편이 생기고서는 정상 경로를 이용해 통관 절차를 밟았다.

1990년대 들어서는 정상 경로로 반입된 식물도 공항의 통관과 검역 과정에서 퇴짜를 맞기 예사였다. 한번은 반입 식물의 위생 검사 필증이 없다는 이유로 김포공항에서 압수·폐기 처분되는 일이 벌어졌다. 그런 일이 있을 때마다 민 원장은 두 번째 조국의 성장 발전을 반기며 지난날의 위법에 대한 업보로 생각하고 처벌을 달게 받았다.

완도호랑가시나무를 발견하다

민병갈에게는 그의 나무 일생을 빛내주는 기념비적인 작품 하나가 있다. 1978년 3월 말 완도 지방의 자생식물 탐사 중 발견한 완도호랑가시나무가 그것이다. 완도 일부 지역에서 자라는 감탕나무 *Ilex integra*와 호랑가시나무 *Ilex cornuta* 사이에 자연 교접으로 생겨난 이 품종은 학명에 'Miller'라는 민병갈의 본래 성姓이 붙어 평생을 나무와 함께 산 그의 생애를 대변하는 상징물로 남았다.

수목원의 식물 탐사팀을 운영한 지 3년째 되던 1978년 봄, 민 원장은 예년처럼 직원 몇 명과 남부 지방의 자생식물 탐사여행에 올랐다. 봄철 탐사는 가을에 씨앗을 받기 위해 꽃을 봐두는 일종의 사전 답사였다. 탐사 여행은 내장산에서 하루 묵으며 굴거리나무 군락지를 돌아본 후 전남 진도를 거쳐 사흘째는 완도 지방의 자생식물을 탐사하는 코스로 잡았다. 탐사팀에는 김군소와 남상돈, 그리고 수목원에서 연수 중인 미국인 식물학도 배리 잉거가 끼었다.

숲이 잘 보존된 완도는 어디를 가나 자생식물이 많아 민 원장이 특별히 좋아하는 큰 섬이었다. 탐사 사흘째 배를 빌려 완도군의 신지도를 탐사한 일행은 이튿날 불목국민학교 교정에서 자라는 호랑가시나무 등 완도 자생목을 돌아본 후 점심 식사를 마치고 정도리의 해안 숲 탐사에 나섰다. 완도읍에서 서남쪽으로 4킬로미터 정도 떨어진 이 숲은 유명한 구계등九階燈 갯돌 해변을 끼고 있기 때문에 해변 정취를 더해준다. 구계등은 파도에 밀려 표면에 나타난 자갈밭이 9개의 계단(등)을 이룬다고 해서 붙은 이름이라고 전한다.

일행이 한참 나무들을 관찰하며 사진을 찍고 메모하는 중에 한 나무를 유심히 지켜보던 민 원장이 갑자기 탄성을 지르며 근처에 있는 김군소를 불렀다.

"군소, 이리 와봐. 이상한 놈이 하나 있어. 내가 전혀 모르는 놈이야."

갑자기 눈빛이 달라진 민 원장을 보고 눈치 빠른 김군소가 얼른 자동차로 가서 식물도감을 가져왔다. 그리고 호랑가시나무 항목을 펴 보여주었다. 도록에 나와 있는 호랑가시나무인지 확인해보라는 뜻이었다. 호랑가시나무라면 달달 외고 있는 민 원장이 아무리 자세히 도록을 살펴봐도 바로 자신 앞에 있는 나무가 나와 있지 않았다. 이는 학계에 보고 안 된 식물이라는 얘기였다.

민 원장의 입에서 비명 같은 신음이 나왔다. 10여 년의 식물 공부로 자신의 감식안에 확신을 갖고 있던 그는 뛸 듯이 기뻐하며 문제의 호랑가시나무를 촬영하고 식물의 특징을 자세히 메모하기 바빴다. 이때 탐사에 동행했던 배리 잉거는 후일 미국호랑가시학회지에 기고한 민병갈 추모의 글에서 "민 원장은 식물을 관찰하고 식별하는 감식안이 탁월했다"고 회고했다. 당시 그는 미국 국립수목원 아시아식물과장을 거쳐 이름 있는 식물학자로 성장해 있었다.

그런데 문제의 호랑가시나무를 발견한 장소에는 약간의 혼선이 있다. 민 원장은 1980년 5월 23일 자 〈코리아타임스〉 칼럼에서 완도의 서세포리라고 밝히고 있으나 탐사에 동행했던 김군소에 따르면 정도리 해안 숲이다. 서세포리는 현지인이 쓰는 말로 지도상에 나오지 않는 지명이다. 신종 호랑가시나무를 발견하던 날 민 원장을 밀착 수행한 김군소는 당시의 들뜬 분위기를 이렇게 전했다.

민 원장님은 새 호랑가시나무를 발견했다는 기쁨에 넘쳐 있었어요. 탐사를 끝낸 우리 일행 4명은 숙소에 들기 전 포구의 선술집에 들러 자축 술판을 벌였습니다. 직원들 사이에 구두쇠로 통하는 민 원장님은 이날만은 값비싼 생선회를 시키더군요. 통행금지 시간이 지나서야 숙소를 찾은 우리는 굳게 잠긴 여관 문을 한바탕 두드려 주인을 깨워야 했습니다.

자축 술판을 벌이고 이튿날 잠이 깬 민 원장은 뭔가 미진함을 느꼈다. 전날 발견한 호랑가시나무가 혹시 신종이 아니고 미기록 종이 아닐까 하는 우려에서였다. 미기록 종은 이미 발견했으나 학계에 보고 안 된 식물을 말한다. 그래도 여정을 바꿀 수 없었던 그는 귀로에 변산반도 일대의 자생식물을 탐사하고 서둘러 귀경했다. 그리고 완도 채집물을 이창복 교수의 서울대 연구실에 보내 감정을 의뢰했다.

며칠 후 이창복 교수로부터 전화가 왔다. 한국은행 고문실의 여비서가 바꾸어준 수화기를 받는 민 원장의 가슴이 떨렸다.

"민 원장, 축하합니다. 보내준 식물은 신종으로 확인되었습니다. 원종은 아니지만 식물학도로서는 대단한 발견입니다."

조마조마하던 민병갈은 기다리던 답이 나오자 뛸 듯이 기뻐했다. 그가 정도리에서 발견한 별난 호랑가시나무는 학계에 보고 안 된 교잡종交雜種이었다. 이 교수는 문제의 나무를 분석한 결과, 꽃가루의 자연 교접으로 생긴 신품종이라며 교접된 두 나무의 품종 이름을 가르쳐주었다. 잔뜩 흥분한 그는 채집한 호랑가시나무의 표본과 사진을 미국 국립수목원 표본실에 보내 검증을 의뢰하고, 미국호랑가시학회에도 같은 방법으로 채집 결과를 보고했다. 이렇게 해서 탄생한 식물이 민병갈이 라틴어로 학명을 지은 '완도호랑가시나무 *Ilex x wandoensis*'이다.

민병갈이 찾아낸 완도호랑가시나무가 식물학계의 공인을 받기까지는 몇 차례 더 까다로운 절차를 밟아야 했다. 4년 뒤 (1982) 미국호랑가시학회 학회지와 《호랑가시도감 Hollies, the Genus Ilex》에 발견자의 이름이 붙는 학명 '*Ilex x wandoensis* C. F. Miller'로 등재되었으나 세계 식물학계의 공인 절차는 이것으로 끝나지 않았다. 국제 학술지에 관계 논문을 발표해야 하는 또 다른 요건이 남아 있었다. 신종 발견 자체만으로 만족했던 민병갈은 더 이상의 요식행위를 하지는 않았다.

마지막 절차는 민 원장이 작고하고 2년 뒤 그를 좋아하는 한 식물학자가 대행해주었다. 김무열 전북대학교 교수가 2004년 민병갈의 조사 자료를 기초로 학술 논문을 발표해 학계의 공인을 받은 것이다. 그래서 완도호랑가시나무의 공식 학명은 논문 발표자인 김 교수의 성을 추가한 '*Ilex x wandoensis* Miller & Kim'으로 확정되었다.

완도호랑가시나무는 민 원장이 발견할 당시 전 세계적으로 완도에서만 볼 수 있던 희귀종이었다. 민 원장은 그 후 천리포수목원의 인덱스 세미넘 발행을 통해 그 씨앗을 전 세계에 퍼뜨려 지금은 외국 식물원과 수목원에서 거의 다 볼 수 있는 수종이 되었다.

이 한국 토종 식물은 한때 유럽 나무 경매장에서 최고 인기

민병갈이 1978년 남해안 야생식물 탐사 중 발견해 국제적 공인을 받은 완도호랑가시나무. 그의 나무 인생에서 기념비적 성과로 평가받고 있다.

민병갈, 나무 심은 사람

를 누렸다. 자연 교잡종이기 때문에 세계 원예식물 애호가들이 키우는 과정에서 다양한 변종이 나온 것으로 알려졌다. 천리포수목원은 설립자의 40년 나무 인생에서 기념비적 작품으로 꼽히는 완도호랑가시나무 보호에 각별하게 신경을 쓰고 있다.

민병갈의 나무들

천리포수목원에는 완도호랑가시나무 말고도 설립자와 인연이 깊은 '민병갈 나무'가 몇 종류 더 있다. 민 원장이 선발해 이름 지은 '라즈베리 펀'과 '옐로 시'도 그가 자랑스러워한 재배종 목련이다. 이와 함께 그의 본명 '칼 페리스 밀러Carl Ferris Miller' 라는 이름으로 전 세계 나무 시장에서 유통되는 한국의 토종 나무도 있다.

민 원장이 노년에 기거하던 후박집 앞에는 '어머니 나무'라는 목련 한 그루가 있었다. 3월 중순이면 연분홍색의 우아한 꽃망울을 터뜨리는 이 목련은 민 원장이 라즈베리 펀으로 이름 붙인 특별한 나무이다. 그가 1978년 국제목련학회로부터 받은 레너드 메셀Leonard Messel이라는 목련 씨앗을 파종해 얻은 성과물인데, 모체보다 꽃잎이 많고 꽃 색깔도 다른 변이체로 나타나서 주목을 끌었다. 민 원장은 식물학에서 일컫는 선발selection 과정을 거쳐 1987년 이를 국제목련학회에 보고했다. 라즈베리 펀은 1994년판 세계 변종 목련 목록에 정식으로 등재되어 'Magnolia x loebneri Rasberry Fun'이라는 공식적인 학명을 갖게 되었다. 라즈베리 펀이 '어머니 나무'가 된 것은 민 원장의 모친 에드나가 이 목련을 남달리 좋아했기 때문이다.

민 원장이 선발해 세계에 퍼뜨린 또 다른 목련은 옐로 시Yellow Sea라는 재배종이다. 이 목련은 1981년 스웨덴 식물학자 칼 플링크Karl E. Flink가 목련종 아쿠미나타Acuminata와 데누다타Denudata를 교잡시킨 묘목을 민 원장이 받아서 키우던 중 선발한 것으로 'Magnolia Yellow Sea'라는 학명으로 세계 변종 목련 사전에 올라 있다. 민 원장은 노란 색깔의 예쁜 꽃에 반해 천리포수목원이 자리한 황해(서해) 이름을 붙여 옐로 시로 작명했다. 이른 봄에 탐스러운 노란 꽃봉오리를 터뜨리는 이 목련 한 그루는 2020년 6월 21일 천리포수목원 설립 50주년을 기념하는 나무로 밀러가든에 심어 설립자 기념 공원에서 자라고 있다.

민병갈의 이름이 붙은 칼 페리스 밀러는 1976년 한국을 방문한 세계 식물계의 두 거물이 민 원장에 대한 우정의 징표로 작명한 나무이다. 국내에서 가장 흔한 떡갈나무에서 파생된 이 재배종은 영국의 힐리어가든 설립자 해럴드 힐리어 경과 벨기에의 거부 식물 수집가 로버트 드벨더가 한국에 와서 채취해 간 씨앗에서 나온 것이다. 네덜란드 헤멜레이크Hemelrijk 종묘장에서 파종해 영국 식물학자 앨런 쿰스Alen Coombes가 선발한 이 나무는 씨앗을 제공한 힐리어와 드벨더의 뜻에 따라 칼 페리스 밀러로 이름 지었다. 원조 떡갈나무보다 잎이 약간 얇은 이것은 한때 세계 나무 시장에서 인터넷 검색 1위에 오를 만큼 인기였다.

1970~1980년대 민병갈이 거처하던 소사나무집 앞에는 특별한 사연을 가진 회화나무 한 그루가 자라고 있다. 그가 다니던 한국은행 본점 구내에 있는 나무의 작은 가지 하나를 가져와 삽목한 것이다. 집 안에 심으면 고명한 선비가 나온다는 속설에 따라 옛 사대부의 집 뜰에 많이 심었던 이 나무는 서양에서도 학자나무scholar tree라는 애칭으로 사랑받는다. 한국은행 퇴직 기념으로 이 나무를 숙소 옆에 심어둔 민 원장은 나무가 크게 자라자 그 옆에 벤치 하나를 가져다 놓고 그늘 아래 앉아 독서하며 정들었던 한국은행 시절의 추억에 잠기곤 했다. 그런데 이 회화나무는 1998년 그 옆에 있는 소사나무집의 화재로 큰 화상을 입었다. 그리고 2000년 여름에는 태풍 프라피룬이 덮쳐 한쪽 뿌리 일부가 드러날 정도로 쓰러질 뻔했다. 그 후 20여 년의 세월이 흐르면서 상처는 아물었으나 몸통은 여전히 휘어 있다.

민병갈이 선발한 목련 라즈베리 펀(위)과 옐로 시(아래 왼쪽), 영국 친구가 선발해 이름 붙인 떡갈나무 칼 페리스 밀러(아래 오른쪽). 이들 세 나무는 한때 국제 나무 시장에서 인기 품목이었다.

민병갈, 나무 심은 사람

특별한 종은 아니지만 민 원장이 한국 땅에서 처음으로 시범을 보여 널리 전파한 2개체의 외국 나무가 있다. 이제는 국내 과수 농가의 소득을 높이는 외래 식물로 인기 높은 키위와 블루베리가 그것이다. 키위는 나중에 양다래라는 한국 이름이 붙게 되었다.

미국서 들여온 묘목에서 실패의 쓴맛을 본 민 원장은 묘목 도입 지역을 지구의 남반구로 바꾸었다. 그 첫 시도로 1974년 뉴질랜드 종묘상 '던컨 앤드 데이비스Duncan & Davis'에 주문한 묘목 목록 중에 우연히 키위나무 6그루가 들어 있었다. 그 묘목을 천리포에 심을 때만 해도 이 난대성 나무가 한국 풍토에 적응해 열매를 맺으리라고는 아무도 믿지 않았다. 그런데 이 키위나무가 의외로 잘 자라자 민 원장은 남부 지방에서는 더 잘 자랄 거라 생각하고 남해안 야생식물 탐사를 하러 갈 때마다 현지 농가에 한두 그루씩 선물했다. 이들 키위가 열매를 맺었다는 소문이 퍼지자 해남영농조합이 천리포수목원으로 단체 견학을 오는 일이 벌어졌다. 이때 민 원장이 견학단을 환영하며 선물한 키위 묘목 10여 그루는 1980년부터 남부 과수 농가의 중요한 소득원으로 떠오르는 원조 나무가 되었다.

6그루이던 천리포수목원의 키위나무는 한 그루로 줄었는데, 지금은 사라진 본원(밀러가든)에서 농기구 보관소로 쓰던 초가집 앞에서 자라던 이 나무도 40여 년간 명품 나무로 사랑

받다가 수명을 다했다. 하지만 그 자손들은 이제 남해안 전역에 퍼져 과수 농가의 소득에 도움을 주고 있다. 양다래나무로 불리는 국내산 키위는 열매를 딴 뒤 얼마간 숙성시켜야 제맛이 난다고 한다.

키위와 달리 중부 지방의 기후 조건에도 잘 자라 국내 과수 농가에 널리 보급된 블루베리 역시 민 원장이 퍼뜨린 식물이다. 어려서부터 블루베리 시럽을 좋아했던 그가 1980년 초 고향 펜실베이니아에서 작은 뿌리 몇 개를 가져와 천리포에 심은 것이 국내 블루베리의 원조가 되었다. 이 진달랫과 식용식물에 맺는 작은 포도알 같은 열매를 새들이 좋아해 민 원장은 나무 위에 그물을 쳐놓고 결실을 맺도록 도왔다. 그의 가사 도우미가 만든 블루베리 시럽은 천리포를 찾는 외국인 손님들에게 큰 인기였다. 블루베리도 키위의 경우처럼 천리포에서 잘 자란다는 소문이 퍼져 영농인의 소득을 높이는 농작물로 전국적 재배 바람을 일으켰다.

천리포수목원에는 호기심 많은 민병갈을 상징하는 특별한 넝쿨나무가 있었다. 밀러가든 뒷산에서 20여 년간 뒤엉킨 모습으로 하늘 높이 솟아 있던 등나무가 그것이다. 이 나무는 1970년대 중반 민 원장이 갈등葛藤이라는 한자를 실험해보기 위해 칡과 함께 심은 것이다. 한자에 밝았던 그는 칡과 등나무가 함께 있으면 갈등이 일어나는지 알아보고 싶었다. 그런데

둘은 초반에 갈등 관계를 보이다 칡이 먼저 죽어서 민 원장을 실망시켰다. 칡을 이겨낸 등나무도 10여 년을 더 살다가 수명을 다했다.

떡갈나무 칼 페리스 밀러는 한국의 원종보다 잎이 약간 작은 특징이 있다. 이 나무는 한때 온라인 나무 시장에서 베스트 인기 목록에 올라 있었다. 묘목상들은 이 나무의 매력은 이파리에 있다며 "싱싱하게 살아 있을 때보다 쭈글쭈글하게 시드는 모습이 더 아름답다"고 인터넷에 광고했다.

제2의 조국에 바치는 선물

한국인은 꽃과 나무를 괴롭히는 이상한 관행이
있다. 살아 있는 꽃과 나뭇가지를 잘라서 화환
이나 꽃다발을 만들어 축하나 조문용으로 쓰는
것은 식물에 대한 가학 행위로 반성해야 한다.
나무가 가장 무서워하는 것은 태풍이나 병충해
가 아니라 사람이다.

〈코리아타임스〉 1990년(날짜 미상) 인터뷰

나무들의 피난처

민병갈의 머릿속에 있는 수목원 개념은 보통 사람들의 인식과 크게 달랐다. 일반적으로 수목원이라 하면 나무를 잘 연구해 많은 사람에게 선보이는 녹색 공간이라는 것이 상식이나 민 원장에게는 그런 개념이 통하지 않았다. 그가 생각하는 수목원이란 사람들이 구경하는 자연 공간이 아니라 나무가 주인이 되어 살도록 인간이 보살펴주는 일종의 자연보호구역이다. 즉 나무들이 인간의 위해로부터 안전을 보장받는 피난처haven로 본 것이다.

민 원장의 유별난 나무 사랑은 그가 공개적으로 밝힌 수목원 설립 목적에서도 나타난다. 그는 1978년 미국호랑가시학회의 계간지 〈홀리저널〉에 발표한 기고문에서 천리포수목원 설립 배경을 이렇게 설명했다.

> 1970년부터 천리포에 나무를 심고 있던 나는 한국에 수목원이 없다는 사실을 알고 1973년 제대로 된 수목원을 조성하기로 결심했다. 그것은 나를 키워준 나라foster country를 위해 매우 가치 있는 일이라고 생각했기 때문이다. 내가 수목원을 설립한 또 다른 의도는 세상의 위험에 노출돼 있는 나무들에게 안전한 피난처safe haven를 제공하려는 것이

었다. 천리포수목원이 과연 가치 있는 존재였는지는 미래
가 결정할 것이다.

천리포수목원은 나무들의 피난처라고 공언한 민 원장은 또
다른 글에서 "사람을 위한 것이 아닌 식물을 위한for plants and not
people"이라고 수목원의 성격을 분명히 밝혔다. 한마디로 그가
생각하는 수목원은 사람들이 와서 보라고 만든 것이 아니고,
오히려 나무들이 사람들을 피해서 안전하게 살도록 터전을 잡
아준 보호구역이었다.

수목원의 입지에서도 일반 사람과 개념이 달랐다. 보통 사
람이 생각하는 수목원 자리는 주변 경치가 빼어나고 숲이 우
거진 자연녹지를 우선 조건으로 삼지만 민 원장이 생각하는
수목원의 명당은 그런 자리가 아니었다. 진정한 수목원은 황
무지에 나무를 심어 아름다운 자연녹지로 바꾸어놓는 것, 즉
무無에서 유有를 창출하는 것이 진짜 수목원이라는 게 그의 주
장이었다. 산 좋고 물 좋은 곳이라면 이미 그곳에 수목원이 있
는 것과 다름없기에 천혜의 땅을 파헤쳐 수목원을 꾸미는 것
은 오히려 자연 파괴로 보았다.

실제로 천리포수목원은 척박한 모래땅과 황폐한 민둥산
에 장기간 나무를 심고 이를 잘 가꾸어 이루어놓은 성취물이
다. 애초의 수목원 부지 모습은 남벌과 풍해 때문에 몇 그루의

민병갈, 나무 심은 사람

나무만 남아 있는 황량한 야산이었다. 해풍이 곧바로 닿는 해안에 위치한 데다 토질마저 척박해 나무들이 쉽게 자랄 수 없는 곳이었다. 이 같은 악조건을 극복하고 사막에 핀 꽃처럼 가꾼 곳이 천리포수목원이다. 이에 대한 자부심이 대단했던 민 원장은 비슷한 사례로 캐나다가 자랑하는 식물원 '부차트가든Butchart Garden'을 들었다. 전 세계인의 사랑을 받고 있는 이 식물원은 버려진 폐광에 꽃과 나무를 심어 환상적인 자연미를 창출한 곳으로 알려져 있다.

민 원장이 때 묻지 않은 자연미에 반해 1970년대 중반부터 자주 찾은 곳은 전남 완도였다. 이 섬에는 그가 좋아하는 호랑가시나무 군락지가 있고 울창한 해안 숲이 장관을 이루어 그의 식물 탐사 여행 코스에서 빠지지 않았다. 그런데 어느 해부터 민 원장은 완도로 가는 발길을 끊었다. 그 이유는 간단했다. 대한민국에서 제일가는 천혜의 수목원이 없어졌다는 것이다. 이는 섬의 최고 경관 지대에서 잘 보존되고 있던 숲을 중장비로 밀어내고 수목원을 조성한 데 대한 불만에서 나온 말이었다.

자연 훼손에 대한 민 원장의 분노는 골프 혐오에서도 드러난다. 미국인으로 태어나고 운동을 좋아했던 그가 미국에서 가장 대중적인 운동인 골프를 멀리한 것은 자연녹지를 좀먹는 골프장 때문이었다. 비행기 여행을 자주 했던 그는 국내 상공을 지날 때 창밖으로 골프장이 내려다보이면 한국의 아름다운 산들이 벌레 먹은 꼴이 되었다고 한탄하곤 했다.

민 원장은 도시 조경에도 불만이 많았다. 조경 자체는 반대할 이유가 없었으나 그걸 위해 동원되는 나무들이 어디서 왔는지 미심쩍었기 때문이다. 식목 철에 지방 여행 중 대형 트럭에 실려 가는 조경수를 볼 때마다 그는 불법으로 파낸 야생 나무가 아닐까 의심했다. 그 나무들이 각종 개발과 토목사업에서 부산물로 나온 생나무나 육묘장에서 키운 조경용 묘목으로 보기에는 그 수가 너무 많고 크기가 너무 컸기 때문이다.

도시 조경 중에서 민 원장이 가장 마땅치 않게 본 것은 소나무 숲이었다. 소나무가 있어야 할 곳은 따로 있는 법인데, 행정기관이 앞장서서 자연의 섭리에 역행하는 조경 정책을 펼치고 있다는 것이 그의 생각이었다. 도시 조경용으로 심은 소나무 역시 그의 눈에는 개발 지역의 벌목 대상에서 구제된 것으로 보이지 않았다. 그래서 그는 공공 기관이나 빌딩 주인들이 조경업자의 자연 훼손을 조장하고 있다고 개탄했다. 그는 서울 여의도의 인공 숲이나 태평로의 소나무 조경을 지날 때면 이런 말을 자주 했다.

"저 나무들은 아무리 봐도 조경업자가 산에서 캐온 것이 분명해요. 소나무가 좋으면 묘목을 만들어 심고, 진달래가 좋으면 씨앗을 받아다 심을 것이지, 산에서 멀쩡하게 잘 자라는 소나무와 진달래를 왜 캐다가 공기 나쁜 도심에 옮겨 심는지 모르겠군. 저것 보세요. 동아줄로 묶여 있는 나무들이 불쌍하지 않아요? 저렇게 몇 년씩 옭아매두었다가 운이 좋으면 살고 그렇지 못하면 말라 죽어 재목으로도 못 쓰게 돼요. 자연은 자연대로 놔둬야 하는 건데…"

민병갈의 과도한 자연주의는 사람과 멀어지는 부작용을 낳기도 했다. 그 한 예가 나무를 보호하기 위해 수목원 경계에 철조망을 치거나 수목원을 지나는 통행로를 막아서 이웃 주민들의 원성을 산 것이다.

수목원이 어느 정도 틀이 잡힌 1970년대 중반 민 원장은 나무를 심은 소유지 경계에 철조망을 쳐서 외부인의 접근을 차단했다. 비록 남의 땅이지만 예사롭게 들어가서 나물을 캐고 도토리를 줍던 주민들에게는 처음 경험하는 야박한 인심이었다. 더구나 일상적으로 통행하는 지름길까지 막으려 하니 가만히 있을 주민들이 아니었다. "사람 다니는 길을 막는 건 3대가 망할 짓"이라며 들고 일어났다. 그러나 자본주의가 몸에 밴 서양인 입장에서는 소유권 행사를 방해하는 주민의 행동이 불법으로 보였다.

민 원장은 수목원 직원들에게서도 원성을 여러 번 샀다. 근무시간에 사무실에 있는 직원을 보면 "수목원 직원은 나무와 함께 있어야 한다"고 호통을 쳐서 밖으로 내쫓기 예사였기 때문이다. 한번은 가지치기하는 직원을 '나무 학대죄'로 현장에서 해고하기도 했다. 오솔길 통행에 불편을 주는 나뭇가지를 낫으로 쳐냈다가 졸지에 해고당한 직원은 나무를 잘랐다고 사람의 목을 칠 수 있느냐고 항변했으나 민 원장은 일벌백계라며 용납하지 않았다.

자연 훼손에 대한 지나친 경계심은 민 원장 자신과 그가 가꾸는 수목원을 이웃으로부터 고립시키는 부작용을 낳기도 했다. 개발에 대한 거부감과 자연미에 대한 지나친 집착도 수목원을 비인간화하는 문제를 낳았다. 말년에 그의 마음을 가장 아프게 한 것은 수목원의 경계를 침범하는 도로포장 공사였다. 비포장도로가 자연 친화적이라고 완강하게 공사를 반대하던 그는 먼지 안 나는 포장도로를 원하는 마을 주민들에게 미움을 샀다. 나중에 수목원을 지나는 길은 포장도로로 시원하게 뚫리긴 했지만 그곳을 지나는 민병갈의 마음은 결코 시원하지 않았다.

민병갈은 생명 사랑에도 차등을 두었다. 생명체를 사람, 동물, 식물 등 세 부류로 분류해 그중 가장 사랑하는 대상을 고르라 한다면 그는 서슴지 않고 식물을 꼽을 사람이었다. 식물 중에서는 당연히 나무가 으뜸일 것이다. 희한하게도 그는 자신이 속해 있는 사람에 대해서는 좋은 점수를 주지 않았다. 그의 말을 빌리면 사람은 '파괴자'다. 그리고 동물은 '소비자'라는 말로 사람보다 윗자리에 둔다. 그리고 가장 높은 자리에 '생산자'라는 이름으로 식물을 올려놓았다. "식물은 생산자, 동물은 소비자, 인간은 파괴자"라는 것이 그의 입에 달린 말이었다.

민 원장은 자연보호를 계몽하는 일에도 소홀하지 않았다. 산행이나 식물채집 여행 중 나무를 꺾는 주민이나 아이를 보면 그냥 지나치지 않았다. 한국어가 유창했던 그는 상대가 듣건 말건 자연의 가치와 존엄성을 열심히 설명했다. 완도의 한 섬에 가서는 총으로 새를 잡는 청년에게 다가가서 사냥 허가증을 보자고 했다가 "당신이 경찰이냐"고 따지는 핀잔을 받기도 했다. 그는 잡지나 신문에 기고할 기회가 생기면 열심히 자연보호를 주장했다. 1980년 식목일을 앞두고 〈서울경제신문〉에 기고한 글에서 한국인의 나무에 대한 무관심과 실효 없는 자연보호 운동을 이렇게 나무랐다.

한국은 산악 지대가 전 국토의 66퍼센트나 되는데도 산림 자원에 대한 관심이 너무 미약하다. 소나무와 잣나무를 구분할 줄 아는 학생과 성인들은 10퍼센트도 안 되는 것 같다. 자연보호를 한다고 어깨에 띠를 두르고 거리나 등산로 입구에서 캠페인을 하는 것도 이상하다. 더욱 한심한 것은 쓰레기를 줍게 한다고 봄철에 수백 명의 청소년 학생을 산 속에 풀어놓는 것이다. 쓰레기는 줄어들지 모르지만 막 움트는 수많은 새싹들이 그들의 발길에 밟혀 죽을 테니 얼마나 애석한 일인가!

민병갈이 보는 나무는 인간을 즐겁게 하는 관상용이라든가, 인간 삶에서 유용하게 쓰이는 목재용이라는 일반적 관점과는 완전히 달랐다. 나무에 대한 그의 일관된 시각은 인간을 위한 자원이 아니라 지구를 살리는 존엄한 생명체였다. 그래서 2002년 타계 직전 대통령이 주는 금탑산업훈장을 받을 때도 훈장 명칭에 '산업'이란 말이 들어간 것을 마땅치 않게 생각했다.

빛나는 국내외 성적표

민 원장은 생전에 국내외에서 적지 않은 상훈과 공로패를 받았다. 그 대표적 상은 국내에서 받은 금탑산업훈장과 영국에서 받은 베치 메달이다. 그 밖에 한미우호상, 우정의 메달, 자랑스러운 충남인상 등 여러 개가 더 있다. 그러나 그가 여느 사람처럼 집무실 등 실내에 상장이나 상패를 진열해놓고 자랑한 적은 한 번도 없다.

그런데 민 원장이 예외적으로 남의 눈에 잘 보이게 걸어놓

은 상패가 2개 있었다. 민병갈 개인이 아닌 법인 천리포수목원
에 주어진 미국호랑가시학회의 인증패와 국제수목학회의 공
로패가 그것이다. 이 상패는 그때까지 국내의 어떤 수목원이
나 식물원도 받은 적 없는 해외 식물 기관의 포상이었다. 수상
대상은 천리포수목원으로 돼 있으나 실제로는 민 원장 개인을
보고 준 상이었다.

'공인 호랑가시 수목원Official Holly Arboretum' 인증패는 HSA의
공식 회원 기구로 인정하는 징표로서, 이를 받은 천리포수목원
은 그만큼 국제적 위상이 높아졌다. 미국·유럽 중심의 HSA가
아시아 식물 기관으로는 최초로 인증패를 준 것은 1991년 당
시 천리포수목원이 보유한 호랑가시나무가 350종류(분류군)로
국제 수준에 도달했기 때문이다.

국제수목학회 공로패의 공식 명칭은 '공로가 현저한 수목
원Arboretum Distinguished for Merit'인데, 주로 신생 수목원에 대한
격려의 뜻으로 주는 상이다. 홍콩의 한 식물원에 이어 아시아
에 두 번째로 주어진 이 상패는 로렌스 뱅크스 IDS 회장이 직
접 천리포수목원을 방문해 2000년 4월 16일 민 원장에게 전
달했다.

민 원장이 HSA 인증패와 IDS 공로패를 본부 건물(지금의 민
병갈기념관) 입구에 걸어놓았으나 그가 내심 가장 자랑스러워한
상은 영국 왕립원예학회로부터 받은 베치 메달이었다. 1989년

2월 28일 런던에서 열린 영국 왕립원예학회 연차 총회 때 수여받은 이 메달은 아시아 원예인으로는 최초의 영예였다. 시상식장에서 수상 소감을 말하던 민 원장은 감격에 겨워 잠시 말을 끊었다고 동행했던 이규현 비서가 전했다.

엘리자베스 여왕의 부군 필립 공이 배석한 시상식에는 민 원장에게 나무를 가르친 로이 랭커스터와 존 갤러거가 참석해 수상을 축하해주었다. 랭커스터는 그 전의 수상자였다. 베치 메달은 전 세계 원예인이 선망하는 명예의 상징으로 국제 원예계의 노벨상급으로 통한다. 그런데 이 메달의 진가를 몰랐던 국내 언론들은 민 원장이 세상을 떠난 뒤에야 수상자임을 소개했다.

2001년 말 민 원장의 병세가 침중하다는 소식이 전해지자 그가 타계하기 전에 국가 차원의 서훈이 있어야 한다는 의견이 정부 일각에서 제기되었다. 그런데 어떤 훈장을 주느냐가 문제였다. 절차상 서훈 추천은 천리포수목원을 관할하는 산림청에서 할 수밖에 없었다. 그래서 나온 결론이 산림청이 상신할 수 있는 최고 훈장인 금탑산업훈장이었다.

2002년 3월 11일 아침, 극도로 병약해져 있던 민병갈은 당시 천리포수목원 이사장을 맡고 있던 문국현 등 수행원 몇 명과 훈장을 받기 위해 청와대를 방문했다. 대통령 비서실은 휠체어를 내주어 이를 타고 대통령 접견실에 가도록 배려했다.

이윽고 김대중 대통령이 부인과 함께 접견실에 나타났다. 민병갈은 있는 힘을 다해 일어나서 김 대통령과 악수를 나누고 훈장을 받았다. 훈장을 목에 걸어준 김 대통령은 병약한 수훈자를 위해 긴말을 하지 않았다. 훈장 수여식은 대통령과 수훈자의 짧은 대화로 끝났다.

"어떤 동기로 그렇게 어려운 일을 하셨습니까?"

"내가 좋아서 했을 뿐입니다."

중병의 고통을 참고 있던 민병갈에게는 더 이상 할 말이 없었다. 낯선 나라에 와서 나무 사랑에 헌신한 반세기에 대해 그가 설명한 말은 "좋아서"라는 한마디였다. 배석했던 사람의 말을 들어보면 훈장을 받는 민 원장의 표정은 자랑스러움이 아닌 비애가 가득했다고 한다. 사실 그는 자신이 받는 게 산업훈장이라는 소식에 "내가 목재 산업을 했나?"라며 매우 언짢아했다. 그로부터 한 달도 안 돼 그는 세상을 떠났다.

타계 직후 받은 상도 있다. 미국 프리덤재단이 주는 '우정의 메달'이다. 다행히 민 원장은 이 메달을 받는다는 사실을 알고 눈을 감았다. 그가 세상을 떠나고 19일 후인 2002년 4월 27일 미국 필라델피아의 래디슨 트웰브 세자르 호텔에서 수여된 이 메달은 고인의 여동생 준 맥데이드가 대리 수상했다.

그러나 민병갈이 진짜 자랑스러워할 영예는 세상을 떠나고 한참 뒤에 주어졌다. 2005년 4월 7일 국립수목원 안에 있는

민병갈은 국내외에서 2개의 큰 상을 받았다. 타계하기 한 달 전인 2002년 3월 11일 김대중 대통령에게 금탑산업훈장을 받았다. 그보다 13년 전인 1989년 2월 28일에는 영국 런던에서 왕립원예학회가 수여하는 베치 메달을 수상했다.(아래)

민병갈, 나무 심은 사람

'숲의 명예전당'에 그의 부조浮彫 초상이 헌정된 것이다. 이는 산림청이 각계의 의견을 수렴해 선정한 임업 발전 공로자 5명 중에 포함된 결과였다. 그의 이름에 앞서 오른 4명은 박정희 대통령을 필두로 육종학자 현신규, 나무 할아버지 김이만, 독립가 임종국이다. 이들의 부조상은 '숲의 명예전당'에 세워진 화강암 벽면에 사진, 공적 사항과 함께 횡렬로 배치되어 있다.

한옥으로 한국의 얼을 심다

민 원장은 천리포에 나무만 심은 것이 아니라 한국의 전통문화도 열심히 심었다. 수목원 곳곳에서 눈에 띄는 전통 가옥과 석등, 묘석 등 각종 민속품이 그것이다. 한국 생활 초기부터 농촌의 초가를 좋아한 그는 수목원을 조성하게 되자 그 안에 있던 낡은 초가집과 여섯 마지기의 논을 지키는 일에 정성을 쏟았다. 헛간처럼 지은 초가 창고에는 각종 농기구를 보존했다.

수목원을 조성하면서 식목과 함께 민 원장이 열성을 보인 것은 도시에서 개발 사업으로 헐리는 한옥들을 옮겨 짓는 일이었다. 민 원장 생존 당시 수목원 안에 있던 낡은 한옥들이 그것이다. 한국의 옛 정취가 물씬한 이들 한옥은 다른 수목원과 차별화되는 천리포수목원 고유의 개성미를 살리는 역할도

민병갈 원장은 2005년 4월 국립수목원에 있는 '숲의 명예전당'에 박정희, 현신규, 김이만, 임종국에 이어 다섯 번째로 헌정되었다.

한다.

천리포수목원에는 열한 채의 한옥이 있었다. 그중 두 채는 전부터 있던 초가집이고, 나머지는 이축하거나 신축한 것이다. 이축한 다섯 채의 기와집은 헐릴 처지에 있는 고옥을 뜯어서 옮겨 지은 것이고, 직원용으로 신축한 네 채는 시멘트 기와를 사용한 개량형 한옥이다. 이들 한옥에는 제각각 나무 이름으로 된 옥호가 달려 있다. 이를테면 목련집, 후박집, 감탕나무집, 비자나무집 식인데, 집 근처에서 자라는 나무를 근거로 이름을 지었다.

1970년 가장 먼저 지은 해송집은 서울 홍제동에 있던 기와집을 옮겨 개축한 것이다. 민 원장의 숙소로 사용하던 이 집

민병갈, 나무 심은 사람

은 너무 낡아서 이축 44년 만인 2014년에 전면 개·보수했다. 그 옆에 지은 소사나무집은 서울 독립문에 있던 고옥을 이축한 것으로, 천리포에서 가장 전망 좋은 곳에 터를 잡아 영빈관으로 자주 쓰였다. 2000년 11월 화재로 소실되었다가 민 원장 별세 후 같은 모양으로 다시 지었는데, 이 집에 각별한 애정을 가졌던 민 원장은 불타기 전의 사진을 걸어놓고 옛 생각에 잠기곤 했다.

열한 채의 한옥 중 가장 오래된 것은 '다정큼나무집'이라 불리는 초가집이다. 본원(밀러가든) 복판에 자리 잡은 이 집은 수목원이 생기기 전부터 있었다. 민 원장은 지은 지 100년도 더 돼 보이는 이 집을 보존하기 위해 각별한 정성을 쏟았다. 초가 지붕 이엉을 만들 수 있는 농부를 따로 고용할 정도였다. 2년마다 이엉을 교체하는 불편을 덜기 위해 해안에서 많이 자라는 갈대를 지붕 재료로 쓰는 연구도 했다. 시범으로 보인 농기구 창고의 갈대 지붕은 짚보다 수명이 길어 민 원장이 바라던 효과를 나타냈다.

민 원장은 수목원 교육생들에게 다정큼나무집을 숙소로 쓰게 해서 자라는 세대들에게 한옥 사랑을 심었다. 때로는 이곳으로 내방객을 안내해 전통 한옥의 가치를 일깨우기도 했다. 그러나 지은 지 100년 넘은 이 집은 너무 낡아서 전면 보수도 어려웠다. 민 원장이 타계한 뒤에도 설립자의 뜻을 거스를 수

민 원장은 천리포수목원의 초가집 다정큼나무집을 지키는 일에 각별한 노력을 기울였다. 1990년 대 중반 민 원장이 방문객들에게 초가집을 보여주며 그 가치를 설명하고 있다.

없어 손은 못 대고 있다가 2005년 어쩔 수 없이 헐고 다시 짓기에 이르렀다. 그러나 태안군의 공사 지원비 5,000만 원이 적었는지 개축된 집은 원형을 잃은 개량형 초가집이 되었다. 그래도 이름은 변함없이 다정큼나무집이다.

민 원장의 초가집 사랑은 수목원 본부 사무실의 건축양식에도 드러난다. 초가집 두 채를 일자로 연결한 형태의 이 콘크리트 건물은 양아들인 건축사 송진수가 양아버지의 주문대로 초가 형으로 설계해 1995년 완공했다. 콘크리트로 지은 직원용

주택 한 채도 지붕은 초가 모양으로 설계했다.

한국의 대가족제도를 좋아했던 민 원장은 한옥 두 채를 지어 양아들 가족과 아래위 집에서 살고 싶었다. 그렇다고 새 집을 지으려는 것은 아니었다. 관례대로 헐리는 집을 이축하기로 하고 대상을 물색하던 중 서울 홍은동에 있는 큰 기와집 한 채가 도시계획으로 철거 대상에 올라 있다는 걸 알게 되었다. 민병갈은 우선 자신이 사용할 집을 먼저 짓기로 하고 헐리는 홍은동 집의 폐자재를 실어와 천리포에 이축했다. 이 집이 그가 1979년부터 세상을 떠날 때까지 23년간 머문 후박집이다.

후박집 안방에 달린 옆방은 옛날 사대부 집안의 사랑방처럼 꾸몄다. 위창 오세창의 글씨를 표구한 6폭 서예 병풍을 배경으로 세우고 방바닥에 비단 보료를 깔았다. 그리고 상석에 주인용 등받이 안석과 장침을 두고 그 아래로는 손님용 방석 몇 개를 놓아두었다. 한쪽에 문갑과 지필묵이 있었으나 그냥 장식품에 불과했다. 한때 열심히 익혔던 서예는 수목원을 설립한 이후 그만두었기 때문이다.

후박집에 입주하고 2년쯤 지나서 한옥 전문가 김시철로부터 반가운 연락이 왔다. 안동댐 공사로 수몰될 위기에 처한 대갓집 한옥 한 채가 있다는 소식이었다. 민 원장은 즉시 사람을 보내 적지 않은 비용을 들여 헐리는 집의 폐자재를 천리포로 실어왔다. 이것이 후박집 옆에 50평 규모로 지은 '목련집'이다. 민 원장은 양아들 송진수 가족을 위해 이 집을 지으면서 설계상으로 자신이 전용 서재로 사용할 큰 방 하나를 배정해놓았다.

1984년에 완공한 목련집은 천리포수목원에서 가장 크고 호사스러운 한옥이다. 안동의 한 명문 종갓집에서 나온 대들보, 서까래 등 목재 구조물은 모두 홍송을 깎은 최고급 건축자재였다. 기와와 벽돌도 장인급이 구운 고급품이었다. 다만 기둥, 마루판, 문짝 등은 대부분 새것으로 갈아야 했다. 새로 쓴 목재는 모두 외국산이었다. 1983년 봄에 착공해 1년 넘게 지은 목련집은 당시 관할관청인 서산군에서 호화 주택으로 분류해 준공검사에 큰 애를 먹었다.

민 원장은 가족에게 보낸 편지에서 목련집에 대해 이렇게 설명했다.

> 새로 지은 큰 집은 진수와 그의 가족이 살도록 할 것입니다. 진수를 내 후계자로 키워 장차 수목원 운영을 맡길 생각이나 그가 결정할 문제입니다. 방 4개가 있는 이 집에서 가장 큰 방은 나의 서재로 사용할 계획입니다. 이곳에 내 장서를 갖다 놓고 틈틈이 독서를 하면서 한국식으로 집안 어른 노릇을 하면 어떨까 싶어요. 사랑하는 정근, 정애 두 손주와 가까이 살게 되면 이보다 기쁜 일이 없습니다.

천리포수목원의 후박집과 목련집은 한국의 대가족처럼 살고 싶었던 민 원장의 오랜 꿈이 서린 한옥이다. 한때 그는 소망대로 양아들 가족과 이웃에 살면서 귀여운 손주의 재롱을 보는 즐거움을 만끽했다. 민 원장이 세상을 떠난 뒤에도 그가 서재로 사용하던 목련집의 큰 방에는 이응로 작품인 동양화 등고인이 아끼던 미술·서예 작품들이 주인 없는 방을 지키고 있었다.

민병갈이 헐리는 한옥을 열심히 옮겨 지은 것은 단순한 소유욕이나 돈 많은 사람의 사치성 취미가 아니었다. 그가 진심으로 바란 것은 헐리는 한옥이 아주 사라지지 않도록 보존하고 천리포수목원을 찾는 사람들에게 한옥의 가치를 널리 알리는 것이었다. 그에게 천리포수목원의 우선 사업은 나무를 심는 것이었지만, 사람들 마음속에 한옥 사랑을 심는 것도 그에 못지않게 중요한 일이었다.

남이 몰라준들 어떠리

민 원장이 살았던 후박집 대청에는 서각 작품 한 점이 항상 걸려 있었다. 한글 글씨를 예쁘게 음각한 이 작품은 가로형 현판처럼 생겼다. 세로쓰기로 새긴 글 내용이 꽤 길다. 유명 작가의 작품도 아닌 이 서각 현판을 집주인이 눈에 잘 띄는 대들보 밑에 걸어둔 이유가 있었다. 새긴 글씨가 예뻐서가 아니라 글 내용이 마음에 들었기 때문이다. 서두에 '텅 빈 마음 꽉 찬 마음'이라는 제목이 붙어 있는 작품의 글은 다음과 같다.

임께서 내 마음 모르신들 어떠하며 벗들이 내 세정 안 돌

보면 어떠하리. 깊은 산 향 풀도 제 스스로 꽃다웁고 삼경
밤 뜬 달도 제멋대로 밝삽거늘 하물며 군자가 도덕 사업
하여갈 제 세상의 알고 모름 그 무슨 상관이랴.

제목을 비롯해 집주인의 마음이 전해지는 글귀다. 글에서
말하는 도덕 사업은 수목원일 것이고, 그 사업을 하는 군자는
민 원장을 뜻한다는 생각이 들게 한다. 그러나 《성경》 구절도
아닌 어려운 옛말이 쓰인 한글 현판이 서양인의 거실에 걸려
있는 것은 주인을 잘 아는 방문객이라도 의아해하지 않을 수
없다.

어느 날 원불교 태안 교당의 안선주 교무가 후박집에 와서
현판의 글을 읽더니 반색을 했다. 그녀가 못 보던 현판이 걸린
것을 특별히 반긴 이유가 있었다. 글 내용이 원불교 교전에 있
는 말이었기 때문이다.

"집주인과 이 집에 딱 어울리는 작품이에요. 글 내용도 의미
가 깊고 글씨도 예쁘게 새겼군요. 원장님은 여기에 새겨진 글
이 어디에 나오는 말씀인지 아세요?"

민 원장은 한복을 곱게 입고 문안 온 안 교무를 반기며 고개를 저었다. 그녀가 수양딸이 되기 전의 일이다.

"누가 한 말인지 나도 몰라. 글 내용이 마음에 들어서 진수한테 잘 보이게 걸어두라 했지."

"이 말씀은 원불교 교전에 나와요. 이렇게 어려운 우리 옛말을 읽고 이해하시다니 놀랍네요. '세상의 알고 모름 그 무슨 상관이랴.' 이건 원장님의 마음이 아닌가요?"

이 현판은 민 원장과 가깝게 지내던 대전여성합창단의 한 여성 단원이 선물로 가져온 것이었다. 서각을 한 작가는 율촌 신혜경이다. 민 원장은 가까이 지내는 여성이 자신의 마음을 제대로 읽고 있다 싶어 기분이 좋았다. 사실 그는 내용을 모르고 있다가 양아들이 해석해준 뒤에야 그 뜻을 알고 현판을 잘 대접한 터였다.

현판 글은 우연하게도 민병갈의 마음을 잘 대변하고 있었다. 실제로 수목원 사업은 그에게 세상이 알아주든 몰라주든 상관없이 추진해온 도덕 사업이었다. 그는 후박집에 머물게 되면 흔들의자에 앉아 창 너머로 보이는 바다를 응시하며 목판에 새겨진 글의 의미를 되새겼다. 짧은 글귀에는 무언가 그에게 주는 암시가 있었기 때문이다.

민병갈은 원불교 교전에 있는 이 서각문이 인연이 되어 원불교와 가까워지고 마침내는 원불교도가 된다. 수양딸로 삼은 안선주 교무의 간곡한 권유를 못 이겨 1994년 기독교 모태 신앙을 버리고 원불교에 입교한 것이다. 이해 8월 민 원장은 전북 익산에 있는 원불교 총부를 방문해 이광정李光淨 종법사로부터 임산이라는 법호를 받고 정식으로 입교했다. 이 법호가 마음에 든 그는 종전에 쓰던 '동여' 대신 임산을 자주 썼다. 그러나 법회에 참석하는 교도가 되지는 않았다.

원불교도가 된 뒤부터 민병갈은 도덕 사업 문구가 새겨진 후박집 현판에 전보다 자주 눈길이 가는 것을 느꼈다. 자신이 하는 일에서 명확한 지표를 찾지 못하고 있던 터였다.

"그렇지. 바로 내가 하려는 일이 이거야. 도덕 사업? 그것참 좋은 말이군!"

민병갈이 평생 사업으로 일으킨 천리포수목원은 출범 10년이 지난 뒤부터 국제적 위상이 잡히기 시작했다. 공식적인 첫 평가는 1989년 영국 왕립원예학회가 민 원장에게 세계적 권위를 자랑하는 베치 메달을 수여하는 것으로 나타났다. 베치 메달은 개인의 영광이지만 수상 배경은 천리포수목원이었다.

천리포수목원의 국제적 위상은 1991년 미국호랑가시학회로부터 '공인 호랑가시 수목원'으로 지정받아 더욱 공고해졌다. 당시 HSA 회장 바버라 테일러Barbara Taylor는 학회지 〈홀리 저널〉에 발표한 글에서 천리포수목원이 보유한 일부 수종에 대해 "세계 으뜸 수집의 하나one of the great collections of the world"라는 표현을 썼다. 그가 말한 일부 수종이란 호랑가시나무를 비롯해 목련과 동백을 말한다.

천리포수목원을 말할 때 '세계적'이라는 수식어가 붙는 것은 목련, 호랑가시나무, 동백 등 세 가지 식물을 집중적으로 수집해 육성한 결과였다. 식물분류학 용어로 3대 속屬 식물을 간판 수종으로 키우는 특화 전략이 효과를 나타낸 것이다.

민 원장은 원래 호랑가시나무를 가장 좋아해 수집 대상 1순위에 올렸으나 한국의 기후와 풍토에 맞추다 보니 목련이 3대 속의 첫 자리에 오르게 되었다. 목련 수집 규모는 1990년대 초에 이미 400종류(분류군)를 달성해 세계 랭킹에 올라 있었다. 당시 이만한 목련 종류를 보유한 식물원은 전 세계에서 몇 군데에 불과했다. 호랑가시나무도 같은 시기에 350종류를 보유해 세계 랭킹에 올라 있었다.

천리포수목원이 보유한 목련속 Genus Magnolia은 2020년 말 기준 789종류에 이른다. 이는 전 세계에 존재하는 목련의 약 80퍼센트에 해당한다. 다시 말하면 천리포수목원에 가면 20퍼센트를 제외한 전 세계 목련을 다 볼 수 있다는 이야기이다. 수목원 자료에 따르면 이들 보유 목련 중 24종은 세계자연보전연맹 IUCN 이 멸종 위기 식물로 분류한 적색 목록 Red list에 올라 있다. 그중에는 '극히 위급 CR: Critically Endangered' 1종과 '위험종 EN: Endangered' 4종이 포함되어 있다.

민 원장이 좋아했던 호랑가시나무가 포함된 감탕나무속 *Genus Ilex*은 528종류를 수집해 여전히 천리포수목원의 간판 수종에 들어 있다. 동백나무속 *Genus Camellia*은 감탕나무속보다 많은 800종류를 수집해 보유 수종의 서열 2위로 올라섰다. 2002년 봄 민 원장이 세상을 떠난 뒤에는 이들 3대 속 외에 간판 수종을 늘려 무궁화속 300종류와 단풍나무속 251종류를 보유하게 되었다. 이들 목련, 동백나무, 감탕나무, 무궁화, 단풍나무 등 다섯 종류는 천리포수목원이 집중적으로 육성하는 5대 속이다.

2000년대 들어 천리포수목원에서 새롭게 떠오른 식물군은 대한민국 국화인 무궁화이다. 이는 민 원장이 한국을 사랑하는 마음에서 뒤늦게 시작한 것으로 성과는 그의 사후에 나타났다. 그는 1997년 무궁화 전문가 김건호(식물학 박사)를 채용해 한국 국화를 육성하는 임무를 맡겼다. 본부 건물(에코힐링센터) 앞에 조성한 무궁화원에는 300여 종의 다양한 무궁화가 자라 수목원의 새로운 명소가 되었다.

18만 평(58헥타르)에 이르는 천리포수목원에는 국내 수목원과 식물원 중 가장 다양한 식물이 자라고 있다. 그 으뜸은 외래종 나무이다. 수목원 자료에 따르면 2020년 5월 말 기준 이곳에서 자라는 식물은 모두 1만 6,851종류(분류군)에 이른다. 이 중 목본은 1만 531종류, 초본은 6,320종류로 집계되었다. 이들 식물이 자라는 수목원 땅은 낭새섬을 포함해 7개 구역으로 분산돼 있어 관리하는 데 어려움이 많으나 지형별로 유사한 식물을 한곳에 모을 수 있는 장점도 있다. 현재 유료 입장으로 일반에게 개방하는 지역은 '본원'으로 불리던 밀러가든이다.

임산 민병갈은 천리포수목원과 함께 국내 식물계에 귀중한 유산을 몇 가지 남겼다. 그와 가까웠던 식물학자의 이야기를 종합하면 다음과 같다.

절친한 친구이자 수목원 설립을 도운 식물학자 이창복 교수는 2004년 민 원장의 가장 큰 공로는 세계의 변방에 있는 한국의 토종 식물을 국제 식물계에 퍼뜨려 한국 식물의 세계화를 이끈 것이라고 말했다. 그의 말은 국내 최초로 인덱스 세미넘을 발행해 국가 간 잉여 종자 교환으로 한국 식물을 세계에 알렸다는 뜻이다. 천리포수목원 재단 이사장을 연 3회 역임한 식물학자 이은복 교수는 세계적 목원을 일군 공로와 함께 식물종과 생명에 대한 사랑을 심은 계몽가의 역할이 컸다고 말했다. 식물학도 때부터 존경심을 품고 민 원장을 따랐던 김용식 교수는 식물의 재배종 개념을 국내 식물학계에 새롭게 인식시키고, 원예계에 이를 보급한 공로가 가장 큰 업적이라고 밝혔다.

천리포수목원이 누리고 있는 오늘의 위상은 칼 페리스 밀러라는 49세의 이방인이 천리포에 나무를 심을 때부터 81세의 한국인 민병갈로 죽을 때까지 32년간 쏟은 노력의 결정체다. 설립 20년도 채 안 되어 세계의 명문 식물원·수목원과 소통하는 수준으로 수목원을 키웠던 그는 이후 10여 년의 정열을 더 쏟아부어 일부 수종의 수집에서는 세계에서 으뜸가는 반열에 올려놓았다. 그런 성취가 가능했던 것은 민병갈이라는 특별한 인물이 그 일을 맡았기 때문이다. 식물 애호가의 열정, 재력가의 돈줄, 권력자의 채찍질을 다 합쳐도 그것은 이루기 힘든 일이었다.

그렇다면 '민병갈이 아니면 안 된다'는 이유는 무엇인가? 그 이유는 그만이 갖고 있는 다음 네 가지 요건을 모두 갖춘 또 다른 인물이 한국에는 존재하기 어렵기 때문이다.

첫 번째는 나무에 대한 광적인 집착이고, 두 번째는 식물 전공자를 뺨치는 향학열이다. 이 두 가지 요건을 갖춘 사람은 수만 명이 있을 수 있다. 그러나 영어를 모국어처럼 구사하며 해외 식물계의 거물들을 친구로 삼을 수 있는 친화력과 섭외력을 갖춘 세 번째 요건을 충족시킬 식물 인재를 찾는다면 그 수는 10여 명으로 줄어든다. 마지막의 네 번째 요건인 재력까지 겸비한 인물을 찾는다면 민병갈 같은 사람이 없다고 봐야 할 것이다. 그는 한 푼의 수입도 안 나오는 수목원 사업에 1년에 수십억 원씩 30년을 쏟아부었다.

이래저래 민병갈은 천리포수목원을 위해 태어난 사람이었다.

Carl Ferris Miller

4부.
내 전생은 한국인

민병갈이 평소에 자주 한 얘기는 "내 전생은 한국인"이라는 가장 한국인다운 말이었다. 키가 크고 콧날이 선 민병갈의 겉모습은 서양인 그대로였으나 성품과 취향에서는 한국인과 닮은 데가 많았다. 느긋한 몸자세나 유유자적하는 마음가짐이 그런 점이다. 생활 습관도 한국인과 크게 다를 것이 없었다. 식탁에 김치가 있어야 밥맛이 나고, 온돌에서 자야 잠이 잘 왔다. 불교를 좋아하던 그는 잠자리에 들 때는 알아들을 수 없는 독경 소리를 들으며 잠을 청했다. 인간관계도 매우 다양했다. 한국에서 반세기 넘게 금융인으로 살았으나, 그가 정작 가까이 사귄 한국인 친구는 문화 예술인이 더 많았다.

인간미 넘치는 승부사

내가 높은 코와 파란 눈을 가졌다고 해서 나를
미국 사람으로 보지 않았으면 합니다. 나의 마음
은 한국 사람과 똑같아요. 한복이 너무 편하고
스테이크보다 김치와 고추장이 입에 잘 맞아요.
한옥은 세계에서 가장 아름다운 건축물입니다.
〈신아일보〉 1979년 5월 9일 인터뷰

투자의 귀재, 증권가의 큰손

모든 달력에 4월 5일이 빨간 글씨로 나오던 1970~1990년대 식목일이 가까워지면 천리포수목원의 민병갈 원장은 언론의 인터뷰 대상에서 항상 1순위였다. 인터뷰 때마다 기자들의 질문에는 항상 두 가지가 따라붙었다. 그 첫째는 "수목원에 쏟아부은 그 많은 돈을 어떻게 벌었는가"이고, 둘째는 "왜 결혼을 않고 평생을 독신으로 사는가"로 모아졌다. 실제로 많은 사람이 궁금해하는 이런 질문이 나올 때마다 그는 예외 없이 비슷한 답변을 했다. 돈에 관해서는 "저축과 투자 이익금"이라 밝히고, 독신에 대해서는 "나무와 결혼했다"고 얼버무렸다. 그러곤 "내가 결혼했다면 천리포수목원을 이만큼 키울 수 있었겠나"라는 반문 한마디로 설명을 끝냈다. 그 말이 설득력이 있기는 하나 그래도 재차 물으면 "나는 나무와 결혼했기 때문에 여성과 결혼하면 이중 결혼이 된다"며 질문자의 입을 막았다.

민병갈은 외형상 여성들이 좋아할 조건을 두루 갖춘 남자였다. 훤칠한 키에 수려한 용모, 그리고 너그러움과 자상함이 넘쳤다. 친절한 매너와 재치 있는 유머 감각은 또 다른 매력이었다. 거기에다 명석한 두뇌에 돈까지 많았으니 여성에겐 최고의 결혼 상대가 아닐 수 없었다. 그래서 그의 주변엔 항상 여성이 많았다. 그러나 민병갈은 다른 돈 많은 독신 남자와 달리 여성과 관련한 스캔들이 없었다. 1960년대 최고의 미녀 배우 문정숙과는 한 영화에서 주연급으로 연기한 사이였으나 친구 이상으로 발전하지 않았다.

독신 생활은 개인 취향이니 그렇다 치더라도 막대한 자금력에 대해서는 궁금해하는 사람이 많았다. 30여 년간 수목원에 들인 돈은 대기업 총수의 재력 수준을 웃돌기 때문이다. 아무리 증권투자의 대가라 하더라도 물 먹는 하마 같은 18만 평의 맨땅에 물을 대듯 계속 돈을 쏟은 것은 불가사의한 일이었다. 1970년 민 원장이 천리포에 나무를 심은 이래 2002년 세상을 떠날 때까지 30여 년간 이곳에서 번 돈은 한 푼도 없고 몇천만 원의 기부금만 들어왔을 뿐이다. 그러나 그가 얼마나 철저히 아끼며 돈을 잘 굴렸는지 알면 그렇게 이상할 것도 아니다.

민병갈의 돈줄은 증권투자 수익이었다. 투자는 1956년 한국 증권시장 개장과 함께 시작되었다. 당시 한국은행 직원이던 그는 종잣돈이 많지 않아 미국에 있는 고모와 동생으로부터 이자 돈을 빌려야 했다. 은행 융자는 금리가 낮은 미국 은행을 이용했다. 루스 고모에게 보낸 1957년 3월 15일 편지에 다음과 같은 얘기가 나온다.

저는 동생 앨버트에게 4,000달러를 빚졌습니다. 그중 700달러는 연말에 이자로 줄 돈입니다. 고모님의 돈

1,000달러만 보내주세요. 나중에 200달러를 이자로 가산해드리겠습니다. 한국은 기회의 나라입니다.

처음으로 해보는 주식 투자는 초반부터 탄력이 붙기 시작했다. 어느 정도 투자 이력이 붙은 민병갈은 남의 돈을 관리해주고 수수료를 받으면 좋겠다는 생각이 들었다. 당시 왕립아시아학회RAS 회장직에 있던 그는 증권사에 RAS 계좌를 개설하고 적립된 회비로 증권을 사두었다. 이 투자 수입이 예상 밖으로 높다는 사실이 학회의 연말 회계 보고에서 밝혀지자 돈을 맡기는 외국인 회원이 부쩍 늘어났다. 국내 자본시장에서 펀드fund라는 개념은 이래서 생기게 되었다.

민병갈에게는 미국 은행에 예치한 자금을 관리해주는 친족 한 명이 따로 있었다. 루스 고모가 워싱턴에서 직장 생활을 하는 어머니를 대신해 그 일을 맡았다. 고모에게 보낸 편지에 나타난 1960년대 투자 사례는 다음과 같다.

- 주식과 채권에 투자해 6개월 만에 배를 벌었습니다. 그 이익금으로 개인 빚을 다 갚고 은행 융자금과 엄마 빚 2,500달러만 남았습니다. (1962년 2월 26일)
- 연이자 35%가 나오는 한국 국채에 1만 달러를 투자했습니다. 매달 이자 4퍼센트를 받기로 하고 5,000달러를

빌려간 한국인이 약속을 안 지켜 걱정입니다. (1962년 9월)

- 아주 싸게 산 대한중석 주가가 가파르게 상승하고 있습니다. 연말까지 안 팔면 주가 차익 말고도 보유 주식에서 3,000달러의 배당금이 나옵니다. (1963년 7월 10일)
- 1만 3,000달러를 투자한 버섯 사업이 죽을 쑤고 있습니다. 나는 지금 한 달에 이자를 5퍼센트나 물어야 하는 고리채를 쓰고 있습니다. (1966년 12월 19일)
- 저의 재력은 상당한 수준에 올라 있습니다. 증권 등 현금 자산은 20만 달러가 넘으며 부동산도 그만한 액수를 보유하고 있습니다. (1969년 3월 7일)
- 2만 1,000주를 갖고 있는 유한양행 주식이 최근 4달러가 올랐습니다. (1969년 6월 26일)

민병갈이 주식 투자를 얼마나 잘했는지는 한 선교사가 맡긴 1만 달러의 관리에서 나타난다. 1960년 미국인 친구 휴 린턴Hough Linton(한국명 인휴人休) 목사에게 받은 이 종잣돈으로 그는 인 목사의 5남 1녀 학비를 대학까지 댔다. 민 원장의 학비 지원으로 한국과 미국에서 의과대학을 나와 세브란스병원 국제진료센터 소장이 된 막내아들 인요한은 그 자초지종을 이렇게 설명했다.

민병갈, 나무 심은 사람

아버님은 목사 월급으로는 6남매를 가르치기 어렵다고 생각해 1960년 유산으로 받은 1만 달러를 맡기며 학비 조달을 부탁했답니다. 우리 6남매를 포함해 내 아내까지 7명이 1983년 모두 대학을 졸업하자 아버님은 민 원장님에게 큰 신세를 졌다며 원금과 투자 이익 이상으로 받아온 금액은 우리가 분담해 갚으라 했습니다. 이듬해 사무실로 찾아가서 우리가 갚아야 할 돈이 얼마냐고 물었더니 아버님 계좌를 검토한 민 원장님은 장부상으로 2억 원이 남았다며 며칠 후 그 돈을 되돌려주었습니다.

어느덧 민병갈은 외국 자본가들의 주목을 받는 펀드매니저로 떠올랐다. 1980년 초 홍콩의 유력 경제 잡지 〈파 이스턴 이코노믹 리뷰Far Eastern Economic Review〉는 그의 자금 운용 능력을 높이 평가해 아시아에서 가장 유능한 펀드매니저의 한 사람으로 꼽았다. 비슷한 시기에 영국의 저명한 투자 전문가 존 템플턴John Templeton 경이 적지 않은 자금을 맡겨 상당한 투자 수익을 챙겨간 것으로 알려졌다. 그의 편지에 따르면 1980년의 운용 자금은 모두 200만 달러였다. 이는 당시 환율 800원으로 환산하면 16억 원에 불과하나 국민소득이 1,800달러에 그쳤던 1980년의 국내 경제 규모로 봐서는 큰돈이었다. 여기에 개인 투자금을 합치면 금액이 더 늘어난다.

민병갈이 큰 투자 수익을 낼 수 있었던 것은 개인의 능력에서 나온 것이지만 시대를 잘 만난 운세도 무시할 수 없다. 그가 집중적으로 투자했을 때는 한국의 고도성장 시대였기 때문이다. 그에게는 인복도 있었다. 1962년 국내 대표적 모범 기업 유한양행이 기업공개를 할 때 이 회사의 주식 1만여 주를 설립자 유일한에게 액면가로 배정받은 것이다. 이는 광복 직후 군정청 직원으로 있을 때 도움을 준 데 대한 일종의 공로주였다. 광복 후 유일한은 군정청 규제로 반입하기 어려웠던 사업 자금을 민병갈의 도움으로 미국에서 들여올 수 있었다. 유한양행은 상장 10여 년 만에 주식값이 수십 배로 뛰었으니 그 수익 규모를 알 만하다. 유한양행 보유 주식은 1970년 6월에 2만 1,000주였다가 3년 뒤인 1973년 초에는 4만 5,000주로 늘었다.

민병갈의 투자 기법은 일반 투자가의 방식과 많이 달랐다. 그는 주변 사람에게 "한국 사람은 이상하게 투자한다"라는 말을 자주 했다. 한마디로 매우 조급하다는 것이다. 증권가에 통용되는 "뛰는 말을 타라"는 상식은 그에게 통하지 않았다. 그의 장기는 '쉬는 말'을 잡고 뛰기를 기다리는 것이었다. 어떤 때는 유명 기업의 주식 단 1주를 사서 탐색전을 벌이기도 했다. 미심쩍으면 비서를 기업체 현장에 보내 어떻게 경영하고 있는지 알아보도록 했다.

민병갈이 증권사에 출근하는 날이면 영업시간 내내 사무실에서 그의 옆자리를 지켰던 수행 비서 이규현에 따르면, 그는 장기 투자만 고집하지는 않았다. 때로는 치고 빠지는 단기 투자도 했으나 '이건 된다'라는 확신이 서야 뛰어들었을 뿐이다. 그런 단타 매매는 어쩌다가 터지는 호재를 놓치지 않고 취미로 즐겼을 뿐 투자로 한 것은 아니었다. 그가 주로 의존한 투자 자료는 기업의 재무제표였으나 장부상의 숫자보다는 업황과 시장 흐름을 더 중시했다.

라면이 대용식으로 인기를 끌기 전, 민 원장은 점심시간을 이용해 명동을 산책하면서 길가의 작은 식당에서 라면을 먹는 사람이 많은 것을 보고 머지않아 라면업체가 큰 이익을 낼 거라고 점쳤다. 또 한번은 새우깡이 잘 팔리니 그 업체를 주시하라 했다. 그 말을 지나는 말로 들은 이규현은 몇 년 뒤에야 그의 예상이 적중했음을 알고 무릎을 쳤다. 그러나 그때 민병갈은 라면과 새우깡 주식을 다 처분한 뒤였다.

민 원장은 증권계의 인재도 키웠다. 미래에셋증권 부회장을 지낸 유승규가 그 대표적 인물이다. 1960년 초부터 투자 담당 비서로 들어가 20년 가까이 있으면서 '민병갈 투자 기법'을 익힌 그는 증권사에 스카우트되어 발군의 투자 실력을 보였다. 유승규가 동원증권에 있을 때 그를 국내 최연소 지점장으로 발탁한 박현주는 뒷날 미래에셋증권을 설립해 국내 최대 증권사 회장으로 떠올랐다. 이 같은 인연으로 유승규는 2001년 미래에셋증권 부회장으로 영입되었다.

1960~1980년대 한국의 자본시장은 민병갈에게 기회의 장이자 황금 어장이었다. 연간 경제성장률이 10퍼센트를 넘나들던 고도성장의 호기를 타고 그는 명석한 두뇌와 앞을 내다보는 예지력으로 한국 증권시장의 큰손 역할을 했다. 1984년 한국은행을 퇴임하자 그를 투자 고문으로 영입하려는 증권 회사가 많아 한양증권과 쌍용투자증권 등에서 일했다. 투자 감각은 칠순이 돼서도 변함이 없었다. 1990년 초 다량으로 사들인 한국이동통신(지금의 SK텔레콤) 주식의 평균 매입가는 주당 4만 원대였다. 그 후 550만 원까지 오른 이 주식을 그는 400만 원을 웃돌 때 팔았다. 100배 수익을 올린 것이다.

민병갈은 거의 무일푼으로 한국에 와서 막대한 부를 쌓았다. 노다지를 캔 적도 없고 로또에 당첨된 일도 없었다. 그렇다고 기업 경영이나 부동산 투자를 한 것도 아니다. 순전히 저축과 금융 투자로 돈을 모았다. 소득 사업을 했다면 송이버섯 재배와 그가 이끌던 RAS를 통해 도시락 장사를 한 것이 전부이다. 1960년대 말 1만 3,000달러를 투자한 버섯 재배 사업은 실패로 끝났다. RAS 관광단 회원을 대상으로 도시락을 팔아 번 돈은 수목원 직원 한두 명분의 월급에도 못 미쳤다.

민병갈, 나무 심은 사람

고물 자동차를 애용한 통 큰 구두쇠

민병갈은 어릴 적부터 절약 정신이 몸에 배어 있었다. 그의 유품 중 고등학교 다닐 때 쓴 수첩을 보면 노트 한 권 산 것까지 지출 항목을 깨알같이 써놓았다. 군사학교 다닐 때는 얄팍한 생도 봉급을 쪼개 꼬박꼬박 저축하고, 입대 때 고모에게서 빌린 돈을 나누어서 갚기도 했다.

몸에 밴 근검절약 정신은 군사학교에 다닐 때 어머니에 보낸 편지에서 잘 나타나 있다.

- 머리만 잘랐을 뿐인데 이발료를 90센트나 냈어요. 다음부터는 내가 스스로 머리를 자르기로 했습니다. (1943년 9월)
- 버크넬대학교에 진 빚 50달러를 갚았어요. 그 돈은 제가 정규 과목 외에 수강 신청을 한 과목에 대한 수강료입니다. (1943년 5월)
- 10월 봉급 184달러를 받아 어머니에게 20달러 부치고 크리스마스 선물값으로 70달러를 썼습니다. 신문 구독료 4.5달러를 빼면 지난 두 달 동안 용돈으로 나간 돈은 20달러 안팎입니다. (1945년 1월 초, 국방부 근무 중)

한국은행 재직 때는 외국인 고문으로 적지 않은 급여를 받으면서도 값싼 기성복만 입었다. 한번은 값싼 와이셔츠를 고집해 가사 도우미의 애를 먹였다. 한남동 노점에서 사왔다는 30장의 와이셔츠는 한 번 입고 세탁하면 다림질을 할 수 없을 만큼 조악한 제품이었다. 출근복으로 입은 옷이 너무 낡아 보여 이를 안타깝게 여긴 이규현은 1991년 70세 생일 선물로 양복 한 벌을 선물했다가 "낭비했다"며 혼쭐나게 꾸지람을 당했다. 그는 20년 모신 상사의 모습을 이렇게 전했다.

"원장님은 구두를 한 켤레 사면 밑창과 굽을 수없이 갈아가며 신었어요. 나중에는 위 가죽까지 바꾸어서 정말 어이가 없었습니다."

민 원장의 투철한 절약 정신은 천리포수목원에서 쓰는 각종 용지에서도 나타난다. 수목원 문양을 넣은 통신문 종이를 보면 사전 용지처럼 얇고 가볍다. 무게를 줄여 우푯값을 아끼려는 것이다. 사무용으로 쓰는 종이도 지난 달력을 A4 용지로 재단한 이면지가 많았다. 겨울에는 집에서도 연료비를 아끼기 위해 실내 온도가 13도 이하로 내려가기 전에는 보일러 가동을 못하게 했다.

민 원장의 씀씀이를 보면 "이 양반이 증권가의 큰손이며 천리포에 수백억 원을 쏟아붓는 자산가인가" 의심이 갈 정도였다. 식사 전에 반주로 소주를 빠뜨리지 않는 그가 낯선 식당에 가면 메뉴판의 가격표부터 봤다. 이때 만일 그의 입에서 "이 집은 소줏값이 500원 비싸"라는 말이 나오면 그 식당 출입은 그것으로 끝이다.

미식가였음에도 손님 접대를 제외하고는 고급 식당에 가지 않았다. 기껏해야 장충동에 있는 서울클럽을 찾을 뿐이었다. 옛 왕실이 외국인 전용으로 개설한 이 클럽은 민병갈이 군정청 근무 때 단돈 5달러를 내고 입회한 고급 사교장이다. 내국인은 수천만 원의 입회비를 내도 들어가기 어려운 곳이다 보니 음식은 고급이나 값은 저렴했다. 평생회원인 민 원장은 접대비를 아끼는 방편으로 이곳을 애용했으나 정작 즐겨 찾는 식당은 값싼 한식집이었다.

1990년대 점심시간에 민 원장이 자주 간 곳은 명동의 '곰국시집'과 인사동의 한식집 '경복궁'이었다. 한번은 민 원장과 그의 비서 이규현 등 셋이 '경복궁'에 가서 점심을 함께 하게 되었다. 1만 원짜리 한정식과 소줏값을 치른 민 원장은 근처에 있는 단골 고물점을 찾아갔다. 문 앞에 세워놓은 2개의 작은 묘석을 유심히 바라보던 그는 고물점 안으로 들어갔다. 오랜 단골을 반기는 주인의 인사를 받을 겨를도 없이 민 원장은 묘석에 대한 호기심부터 나타냈다.

"문밖에 서 있는 석상 2개는 무언가요?"

"묘를 지키는 묘석입니다. 무속 신앙에서 나온 유물로 보시면 돼요."

"내가 사고 싶은데 귀한 건가요?"

"역시 안목이 있으시네요. 300~400년쯤 된 건데 풍상 마모만 있을 뿐 온전합니다."

"좀 헐하게 팔 수 있나요?"

"한 개에 300만 원씩 쳐서 600만 원은 받아야 하는데, 저의 집 단골이시니 500만 원에 드리겠습니다."

"좋아요. 지금 대금을 줄 테니 천리포로 보내주세요."

반주에 약간 취기가 돈 민 원장은 즉석에서 수표를 끊어 가게 주인에게 주었다. 그 모습은 소주 한 병 가격이 500원 더 비싸다고 투덜대는 구두쇠 영감으로 도저히 보이지 않았다. 자신을 위해 쓰는 돈은 한 푼이라도 아꼈지만 수목원을 위한 것이라면 아무리 비싸도 주저 없이 샀다. 미국호랑가시학회가 해마다 갖는 나무 경매에서는 그를 당해낼 경쟁자가 없었다. 탐나는 나무가 보이면 최고가를 불러 손안에 넣었기 때문이다.

젊어서부터 자동차 여행을 즐긴 민병갈이 타고 다닌 승용차는 언제나 고물이었다. 그가 타계 직전까지 타고 다닌 차는 12년 된 대우 브로엄이었고, 이 차를 사기 전에 폐차시킨 승용차는 19년을 탄 일본제 닛산 스테이션왜건이었다. 그의 편지를 보면 1953년까지 탔던 쉐보레 1948년형 6기통은 재생품이었다. 한국전쟁 중 서울에 놔두고 피란 갔다가 서울 수복 후 다시 찾았으나 엔진만 남은 껍데기였다. 그는 망가진 다른 차의 부속을 떼다가 조립해 2년을 더 탔다.

그런 민 원장이 예외적으로 자신이 쓰는 물건에 큰돈을 낸 적이 있다. 자신을 위해서라기보다는 두 번째 고향으로 삼은 천리포 관할인 태안을 위하는 마음에서였다.

1995년 민 원장은 천리포수목원 요지에 번듯한 사무용 건물을 지었다. 건축을 전공한 양아들 송진수에게 설계를 맡기면서 자신의 집무실을 전망 좋은 자리에 배치하도록 특별히 일렀다. 전통 한옥의 누마루형으로 꾸민 2층 원장실은 본원의 전경이 한눈에 들어오도록 설계했다. 건물이 완공된 뒤 자신의 전용 공간을 돌아본 민 원장은 흡족해하며 이곳에 품위 있는 책걸상을 두고 싶었다. 그 사무용품 물색은 당연히 이규현 비서가 맡았다.

20여 년간 수행 비서로 민 원장을 모시면서 그의 취향과 의중을 꿰뚫고 있던 이규현은 백방으로 수소문한 끝에 호두나무 목재로 짠 고급 책상을 골라 그 모델 사진을 민 원장에게 보여주었다. 모양만으로 일단 응낙한 민 원장은 마침 그 모델이 수목원과 가까운 태안의 한 가구점에 있다는 사실을 알고 이 비서의 안내를 받아 직접 실물을 보게 되었다. 문제의 책상은 원목의 결이 은은하게 살아 있고 꽃과 공작이 새겨진 나무 조각에 품위가 있어 보여 민 원장이 보기에도 나무랄 데가 없었다.

현장에서 대금 500만 원을 치르려 하자 이 비서는 깜짝 놀라 민 원장의 손을 잡아끌어 가게 밖으로 나왔다.

"원장님, 너무 비쌉니다. 본사 공장에 알아봤더니 350만 원에 배달까지 해주겠답니다."

"비싸더라도 내가 사는 태안에서 사야 해. 그래야 내 고장이 발전하지."

민 원장은 비서의 만류를 뿌리치고 의자 가격까지 합쳐 500만 원을 다 지불했다. 그로부터 7년 후 세상을 떠날 때까지 그는 주말이면 천리포로 내려와 이 책상을 지키며 수목원을 키우는 일에 몰두했다. 수목원 설립자의 체취가 담긴 이 책상은 민병갈기념관으로 이름이 바뀐 초가형 건물의 그 자리에 지금도 남아 있다.

비상한 기억력의 기록광

민병갈은 어려서부터 기억력이 뛰어났다. 그의 탁월한 암기 능력은 학창 시절 외국어에 뛰어난 재능을 보인 데서 나타난다. 그의 외국어 구사 능력은 한국어를 포함해 7개 국어에 이른다. 이민 온 독일계 할아버지 밑에서 자라 독일어는 어릴 때부터 했다. 스페인어, 러시아어, 이탈리아어는 학생 때 익혔고 정보학교에서는 일본어를 전공했다. 일본어를 배울 때는 의무적으로 익혀야 하는 한자 3,000자 암기를 누구보다도 먼저 달성했다. 이때 취미로 익힌 히브리어는 신문을 읽을 수 있는 수준이었다. 여섯 번째로 배운 한국어는 1956년 〈동아일보〉에 칼럼을 연재할 수 있는 수준이었다. 60대 후반 들어서는 중국어에 도전했으나 제대로 끝내지 못했다.

민병갈의 탁월한 기억력은 서울 증권가에서도 소문이 자자했다. 여섯 자리 숫자로 된 증권 코드를 줄줄 외웠기 때문이다. 증권 전산화가 잘 안 되어 있던 1980년대에는 코드를 외워두면 주문을 빨리 낼 수 있기에 투자하는 데 유리했다. 증권사 사무실의 여비서이던 윤혜정의 말에 따르면, 그가 외우는 종목 코드는 300개가 넘었다고 한다. 남을 앞지르는 기억력은 유능한 펀드매니저로 성장하는 데 큰 도움이 되었다.

나무 공부를 하는 데서도 민 원장은 뛰어난 기억력으로 주변 사람들을 놀라게 했다. 뒤늦게 공부를 시작했는데도 3~4년 만에 수천 종의 식물 이름을 라틴어와 영어로 암기했다. 한국 식물은 속명까지 그의 기억 속에 들어 있었다. 그러나 자신의 기억력을 과신하지 않고 끊임없이 메모하고 기록했으며, 그 모든 것을 소중하게 보관했다.

민 원장의 기록 습성은 그가 남긴 엄청난 분량의 문서와 통신문, 그리고 메모 쪽지에서 나타난다. 특히 수목원 초창기의 기록은 식물학도로서 진지하고 성실한 학습 자세를 실증적으로 보여준다. 1970년부터 쓰기 시작한 일지에는 투철한 기록 정신이 그대로 드러나 있다. 첫 2년 동안은 직접 일지를 작성해 수목원 직원들에게 시범을 보였다. 라틴어, 영어, 한글, 한자 등으로 쓴 초창기 일지를 보면 새로 심은 나무들의 생장 기록이 꼼꼼하게 적혀 있다. 종자로 들여온 경우는 씨앗의 파종·발아 일자와 그 싹이 묘목으로 자라 정식定植될 때까지 과정을 육아 일기 쓰듯 적었다.

직원을 훈련시켜 쓰도록 한 천리포의 기상 기록도 매우 꼼꼼하다. 기상 일지를 보면 수목원이 출범하기 직전인 1972년 이후 20년간의 날씨 흐름이 일목요연하다. 태안반도의 1970~1990년대 날씨 변화를 알려면 기상청 자료보다 천리포수목원 일지가 더 정확할 것 같다. 민 원장이 국제목련학회지에 보고한 천리포의 자연조건을 보면 "겨울 날씨는 영하 10도 이하로 내려가는 경우가 드물다. 우리 수목원 기록상으로는 1976년 12월 26일 영하 14.5도가 최저였다. 연간 강수량도 1,000밀리미터를 넘는 해가 드물다"고 쓰여 있다.

민병갈의 기록을 보면 매우 치밀하고 세밀하다. 식목을 한 날은 어떤 나무를 어디에 심었는지 도면까지 그려 표시해두었고, 병든 나무에는 병력病歷까지 적어놓았다. 해외 출장 중 작성한 수첩을 보면 외국의 식물학자나 연구 기관으로부터 얻은

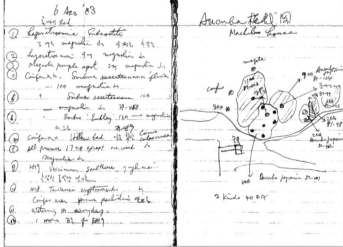

천리포수목원 일지에 남은 민 원장 필적. 1971년부터 5년 동안 그가 직접 쓴 일지에는 식물 도입 기록과 식재 도면 등이 상세히 적혀 있다.

정보가 깨알같이 적혀 있다.

식물 부문을 떠나서도 그의 기록 습성은 예외가 없다. 작은 거래를 할 때도 계약서나 영수증에 있는 문구를 철저히 챙겼다. 1953년 5월 부산 피란 시절에 작성된 자동차 매매 계약서를 보면 약식 거래가 통하던 전시 중인데도 40만 환짜리 고물차(1948년형 6기통 쉐보레) 한 대를 팔면서 위약금 청구 등 까다로운 조건이 나열돼 있다.

민병갈의 기록 정신은 그가 남긴 수많은 편지, 슬라이드 필름, 녹음테이프 등에서도 나타난다. 어머니에게 보낸 편지는 일기장이나 보고서처럼 자세하다. 해외여행 중 보낸 편지나 식물 탐사 여행에 관한 글은 마치 기행문 같다. 디지털카메라가 없던 시절, 그는 기록 영상을 보존하기 위해 슬라이드로 사진 찍는 방법을 선택했다.

그가 남긴 서간문이나 기행문을 보면 문학적 소양도 남다르다. 한 예로 1950년 7월 4일 일본에서 보낸 한국전쟁 탈출기는 일선 기자가 현장을 취재한 보도 기사처럼 생동감이 넘친다. 등화관제로 불을 끈 어둠 속에서 피란 짐을 싸놓고 미국 대사관에서 차량이 오길 기다리는 숨 막히는 미국인 숙소의 상황 묘사는 기록문학으로도 손색이 없을 정도이다. 그 절체절명의 순간 라디오방송에서 흘러나온 음악은 스티븐 포스터의 곡이었다고 썼다.

문학적 소양은 편지 쓰기를 좋아한 데서도 나타난다. 군사학교 생도 시절부터 한국 정착 때까지 민병갈은 일주일이 멀다 하고 가족에게 편지를 썼다. 한두 장으로 끝나는 편지는 거의 없었다. 여행 체험담을 쓸 때는 열 장을 넘기기 예사였다. 수목원을 설립한 다음부터는 해외 식물 전문가들에게 보내는 편지를 매일 쓰다시피 했다. 이렇게 편지를 많이 보내다 보니 받는 우편물도 엄청 많았다. 그는 자신이 받은 우편물은 엽서 한 장도 버리지 않고 고스란히 보관했다.

취미 생활도 미친 듯이

민병갈에게 가장 두드러진 인간적 면모를 한마디로 말한다면 '미쳐서 사는 사람'이다. 어떤 일에 한번 빠져들면 정신없이 거기에 몰입하는 근성을 보였다. 그 상징적 표현을 하나 든다면 미친 듯이 피아노 건반을 두드리는 모습이다. 물론 피아노 실력은 아마추어 수준이지만, 동전 수집 같은 하찮은 일에서도 적당히 넘어가지 않았다.

평생을 바쁘게 산 민병갈은 취미로 하는 일에도 미친 듯이 몰입했다. 그가 평생을 통해 미쳐 있던 취미를 순서대로 말하면 브리지 게임, 여행, 편지 쓰기, 도서 수집, 사진 찍기 등을 꼽을 수 있다.

취미를 즐기는 데도 바빴다. 시간만 나면 브리지 게임에 빠지고 여행을 떠났다. 그의 취미는 아주 다양하고 낭만적이었다. 맛집을 찾아다니는 미식가이자 애주가이기도 했다. 주안상에 김치와 소주가 빠지면 술맛이 나지 않았다. 술이 거나해 있을 때 옆에 피아노가 있으면 흥겹게 건반을 두드렸다. 그가 일과로 삼았던 증권투자도 따지고 보면 취미에 가까운 승부 게임이었다. 다만 돈벌이 수단으로 했을 뿐이다. 그러나 이 나무광에게는 나무를 키우는 즐거움을 따를 만한 취미는 존재하지 않았다.

민병갈이 가장 즐긴 취미는 브리지 게임이었다. 그는 어려서부터 이 게임에 친숙해 있었다. 크리스마스 등 명절에 집안 모임이 있을 때는 할아버지 내외를 비롯해 어머니와 고모 등 식구 전체가 모여서 이 게임을 즐기곤 했다. 이렇듯 가문의 게임이 되다시피 했으니 나이 어리다고 빠질 수 있는 자리가 아니었다. 입문한 지 얼마 지나지 않아 머리가 명석했던 그는 남동생 앨버트와 함께 선수급이 되었다.

미군 장교로 한국에 온 그가 가장 먼저 벌인 오락판도 브리지 게임이었다. 군인 숙사에 친구들을 불러 취미 활동을 한 것이다. 한국 생활이 어느 정도 뿌리를 잡아 한국인 친구들이 늘어난 뒤에는 브리지 보급에 열을 올렸다. 그 결과로 생긴 것이 1970년대 초 그가 주도해 만든 한국브리지협회이다. 회장직을

민 원장이 평생 즐긴 오락은 브리지 게임이었다.

맡아 이 협회를 20년간 이끈 그는 한국에 브리지 게임을 보급한 선구자로 인정받고 있다.

민병갈은 해마다 해외에서 열리는 국제 브리지 대회에 한국 대표로 출전했다. 2인 1조로 두 팀이 출전하는 이 대회에서 그의 단골 파트너는 양아들 송진수와 구연수였다. 국제 대회에서 우승한 적은 없지만 승부욕은 대단했다. 그는 주변 사람들에게 이런 말로 브리지를 즐기도록 권장했다.

"브리지 게임은 돈을 거는 일반 도박과 달리 두뇌 플레이를 하는 건전한 오락입니다. 중국 지도자 덩샤오핑과 명배우 오마 샤리프가 즐긴 카드 게임이기도 해요. 샤리프는 이렇게 브리지를 예찬했지요. '내가 평소 좋아하는 대상으로 여성, 이발, 브리지 등 세 가지가 있는데, 그중 가장 좋아하는 것이 브리지'라고 말입니다."

증권투자에서 단련된 승부사 기질은 민병갈의 여러 취향에서 나타난다. 브리지 게임장에 이은 또 다른 승부처는 해외 식물학회가 연차 총회 마무리 행사로 갖는 나무 경매장이었다. 마음에 드는 나무를 놓친 적이 없다고 자부하는 그가 진짜 즐긴 것은 좋은 나무를 차지한 일보다 남과의 경쟁에서 이겼다는 승리감이었다.

한국의 선비처럼 살고 싶었던 민병갈은 서예를 배우는 등 취미에서도 선비를 닮으려 했다. 한자에 밝았던 그는 한때 서예인과 어울리며 한시와 동양 고전을 읽는 즐거움에 젖기도 했다. 원래부터 그에게는 풍류 기질이 다분했다. 음주가무는 아니더라도 술은 애주가 수준이었고, 아주 잘하지는 못했으나 흥겨우면 노래도 부르고 춤도 추었다. 1988년 4월 5일 자 〈서울신문〉은 식목일 인터뷰를 통해 그의 풍류객다운 기질을 소개했는데, 목련이 만개한 천리포수목원의 정취를 말하면서 그는 "목련 그늘 아래서 소주 한잔하고 싶다"고 했다.

민병갈의 풍류객 면모는 피아노 연주를 즐기는 모습에서도 나타난다. 수목원의 두 한옥에는 각각 피아노가 한 대씩 있었다. 숙소로 쓰는 후박집에는 독주용으로, 파티를 자주 여는 해송집에는 접대용으로 두었다. 천리포에서 외국 손님을 위한 파티가 열리면 어김없이 피아노 연주가로 나섰다. 그의 피아노 실력은 교회 성가대 반주자로 아르바이트를 하면서 쌓은 것이다. 대학에 다닐 때는 성당에서 파이프오르간을 연주해 용돈을 벌었고, 대학 기숙사의 주말 콘서트에서는 피아노 연주자로 활약했다. 1971년 3월 15일 어머니에게 보낸 편지에서 그는 피아노를 더 배우고 싶다고 썼다.

> 보내주신 악보를 유용하게 쓰고 있습니다. 저는 아직도 피아노 치는 것을 좋아하며 가끔 내 나름대로 건반을 두들기는 시간을 가져요. 천리포에 피아노 한 대를 가져다 놓고 비 오는 날 연주를 하고 싶습니다. 저는 흘러간 음악을 좋아하는데, 지금 한 곡을 부르고 싶군요. 좋은 레코드판을 보면 보내주시기 바랍니다. 저는 피아노를 치며 노래 부르기를 좋아해요. 한국에 오시면 달라진 제 스타일의 피아노 연주를 보실 거예요. 낸시가 와서 피아노 레슨을 해주었으면 좋겠습니다. 요즘 신세대의 피아노 연주는 어떤 경향인지 배우고 싶습니다.

이 편지는 서울 팔판동 한옥에서 살 때 쓴 것으로 글 속의 낸시는 여동생 준의 딸로 당시 여대생이었다. 민병갈은 학창 때부터 재즈광으로 그 취향은 한국에 와서도 변함이 없었다. 미국 재즈의 본고장 뉴올리언스 근처 폰차툴라Pontchatoula에 1,000만 평 넘은 거대한 장원을 소유하고 있는 그의 친구 존 브라이트John Bright의 회고에 따르면, 민병갈은 그의 장원에서 묵을 때면 몇 마일 떨어진 뉴올리언스의 재즈 바로 가서 밤늦도록 흘러간 미국식 풍류를 즐기고 새벽녘에야 돌아왔다.

재즈 취향은 70객이 되어서도 여전했다. 서울 연희동 집에서 머물 때는 가까운 홍대 앞 거리의 재즈 카페를 즐겨 찾았다. 동행했던 이규현에 따르면 젊은이 일색인 카페에 민 원장이 나타나면 연주자들이 반길 정도로 그는 재즈 카페의 단골손님이었다.

한국의 전통음악도 좋아했다. 1960년대 말 현저동에서 함께 살았던 송진수는 양아버지가 사물놀이패와 국악인을 불러 외국인 친구들과 함께 우리나라 전통 가락을 즐기는 모습을 여러 번 보았다고 회고했다. 해마다 김장철이면 외국인 친구를 초대해 김치 파티를 열었던 민병갈은 파티 분위기를 돋우기 위해 국악인 초대 연주회를 곁들였다.

민 원장은 흥이 나면 피아노 실력에는 못 미치지만 노래도 곧잘 불렀다. 그가 즐겨 부른 노래는 서양인답지 않게 민요 가락이었다. 매년 12월 24일 저녁마다 천리포수목원의 목련집에서 열린 그의 생일 파티에는 으레 노래판이 벌어졌다. 크리스

친목 모임에서 흥겹게 춤을 추는 민 원장.

마스이브와 겹치는 파티인데도 그가 자기 차례에 목청껏 부르는 노래는 캐럴이 아니라 한국 민요였다. 그의 생일 주제곡은 "짜증을 내어서 무엇 하나"로 시작하는 〈태평가〉였다.

민 원장에게는 특별히 좋아하는 대중가요 한 곡이 있었다. 1960년대 초를 풍미했던 〈방랑시인 김삿갓〉인데, 1990년대에 들어서도 주흥이 나면 이 노래를 즐겨 불렀다. 그가 이 가요를 좋아한 것은 곡보다 가사가 마음에 들었기 때문이다. 특히 가사 서두에 나오는 말을 좋아했다.

죽장에 삿갓 쓰고 방랑 삼천리 흰 구름 뜬 고개 넘어가는 객이 누구냐. 열두 대문 문간방에 걸식을 하며 술 한 잔에 시 한 수로 떠나가는 김삿갓.

민병갈은 외국인 친구들과 어울릴 때도 이 노래를 즐겨 부르며 가사 내용을 열심히 소개했다. 애주가에다 풍류 기질이 다분했던 그는 한국 생활 반세기에 김삿갓을 닮아 있었다. 기자와의 인터뷰 때도 "목련 그늘 아래서 소주 한잔하는 즐거움"을 즐겨 이야기하곤 했다. 수목원 고참 직원들은 토요일 일과가 끝나면 사무실에서 민 원장이 베푸는 맥주 파티의 즐거움을 잊지 못한다.

민병갈의 취미 중에서 사진 찍기를 빼놓을 수 없다. 그가 한국 생활 중에 찍은 사진은 슬라이드 필름만 수만 장에 이른다. 한국 생활 초기 10년은 여행 사진을 많이 찍었고, 수목원을 설립한 후에 찍은 것은 식물이 대부분이다. 그가 국내 여행 중 즐겨 찍은 대상은 농부, 촌로, 노점상, 아이들 등 주로 농촌 사람의 얼굴이 중심이었다. 이는 그의 골상학 취미와 무관하지 않다. 민 원장이 남긴 수많은 식물 사진은 대부분 학습용이다.

평생 나무를 수집했듯이 민병갈은 수집의 달인이었다. 학구파로서 그가 가장 많이 모은 것은 책이었으나 취미로 수집하는 것도 많았다. 그 대표 품목은 우표와 돈(화폐)이다. 우편물에 붙은 우표를 열심히 오려내 보관했던 그는 동전과 지폐도 열심히 모았다. 고서화, 골동품, 민속품도 적잖이 수집했으나 실제로 가장 열심히 모은 것은 나무였다. 청년 시절에는 마작과 포커를 즐겼지만 전업 투자가가 된 뒤부터는 도박에 일절 손대지 않았다.

한국인이 되고 싶은 마음

한국민들이 오랫동안 지켜온 민속 문화는 서양
인의 시각으로 볼 때 너무 정겹다. 한국 문화의
특징이 살아 있고 한국인의 정서가 배어 있는
설, 추석, 초파일, 공자 탄일, 한식날을 국가적인
명절로 지정하여 축제의 날로 지켰으면 좋겠다.

〈동아일보〉 1963년 4월 22일 인터뷰

갸륵한 효심, "내 전생은 한국인"

민병갈이 입버릇처럼 자주 한 말은 "내 전생은 한국인"이라는
표현이었다. 의식주 취향이나 몸가짐을 보면 정말 전생이 한국
인이 아니었나 싶기도 하다. 갸륵한 효심과 대가족 선호, 그리
고 폭력을 싫어하는 것도 한국인의 전형을 닮았다. 그가 스스
로 밝힌 한국인을 닮은 자신의 모습은 1979년 5월 9일 〈신아
일보〉 인터뷰에 잘 나타나 있다.

> 내가 높은 코와 파란 눈을 가졌다고 해서 미국 사람으로
> 보지 않았으면 합니다. 나의 마음은 한국 사람과 똑같아요.
> 나의 의식주 생활은 모두 한국식을 따릅니다. 한복이 너무
> 편하고 스테이크보다 김치와 고추장이 입에 맞으며 온돌
> 에서 자야 잠이 잘 옵니다. 한옥의 아름다움은 세계의 어
> 느 나라 건축도 따를 수 없다고 봅니다. 그런데 한국말이
> 서툴러서 야단이에요.

이 말을 하던 당시 민병갈은 법무부에 귀화를 신청한 상태
였는데, '야단'이라는 토속어를 쓸 만큼 언어 습관도 한국화해
있었다. 한국 생활 초기부터 그의 일상적 모습은 한국인보다
더 한국적이었다. 그가 좋아하던 한국인의 품성은 그 자신의

모습이기도 했다.

민병갈은 일찍부터 한국인의 여유로움과 순박함을 사랑했다. 그가 닮은 한국인의 모습 중 하나는 마음이 여리고 인정이 많은 성품이었다. 한민족은 평화를 사랑한다는 교과서적 정의가 맞는 말이라면, 그의 성품은 한민족에 아주 가까운 이민족이라 할 만하다.

영화 관람을 좋아하면서도 전쟁 영화나 폭력물은 보지 않았다. 타고난 승부사이던 민병갈은 미식축구나 브리지 등의 경기나 게임을 좋아했으나 권투나 레슬링 등 투기는 좋아하지 않았다. 군인으로 한국에 와서 전투 훈련은 한 번도 받은 적이 없는 정보장교 출신인 그는 영화를 보다가도 총소리가 나거나 유혈 장면이 보이면 얼굴을 돌리곤 했다.

홀어머니에 대한 지극한 효심 또한 빼놓을 수 없는 민병갈의 한국인다운 모습이다. 한국식으로 말하면 가히 효자빗감이었다. 집을 처음 나와서 해군 군사학교에 다니던 시절에는 끊임없이 어머니에게 문안 편지를 했고, 한국에 와서는 중요한 결정을 내리기에 앞서 반드시 어머니에게 허락을 구했다. 한국에 귀화할 때는 어머니의 허락이 떨어지기까지 3년을 기다렸다. 가사 도우미 박순덕은 민 원장의 효심을 이렇게 설명했다.

원장님은 하루 담배 두세 갑을 피우는 골초였어요. 그런데 담배 냄새를 싫어하는 어머니와 함께 산 6년 동안 집 안에서 담배 피우는 모습을 보지 못했습니다. 모친이 귀국한 뒤부터는 집 안에 담배 냄새가 다시 심해졌습니다. 그러다가도 어머니가 오시면 집 밖에서도 아예 담배를 입에 대지도 않았어요. 한번은 양로원에 있는 어머니 곁을 지키는 여동생이 호주 여행을 하게 되자 구순의 어머니를 외롭게 할 수 없다며 모든 일을 제쳐두고 미국으로 가서 2주 동안 말벗 노릇을 하고 돌아왔습니다.

어머니의 임종을 못 지킨 것은 민병갈에게 큰 한이었다. 1996년 1월 여동생 준으로부터 부음을 듣고 서둘러 피츠턴에 갔으나 장례식만 보는 것으로 끝나야 했다. 그해 봄 그는 어머니가 가장 좋아하던 목련 라즈베리 펀 한 그루를 수목원 거처 앞에 심어 천리포에 머물 때면 아침마다 문안 인사를 했다. 그리고 그 목련 앞에 에드나 오버필드(1895~1996)라는 어머니 이름과 함께 사모思母의 말을 새긴 비석을 세웠다. 3월 중순이면 연분홍색의 우아한 꽃망울을 터뜨리는 라즈베리 펀은 민병갈이 선발해 이름을 지은 꽃나무다.

민병갈의 한국인다움은 동물 중에서 유난히 개구리를 좋아한 데서도 엿볼 수 있다. 천리포수목원 경내에 있는 생태계를 존중했던 그는 "내 전생은 한국인"이라는 표현에 이어 "내 후생은 개구리"라는 표현을 즐겨 썼다. 불교의 윤회 사상에 따라 다음 생이 있다면 개구리로 태어나고 싶다고 했다. 물론 우스개로 한 말이겠지만 그가 남다른 개구리 팬이었던 것은 사실이다. 그에게는 개구리와 관련한 이런 예화가 있다.

천리포수목원에는 네 마지기의 논이 있었다. 이를 잘 보존하기 위해 농부까지 채용한 민 원장은 해마다 논농사를 짓다 보니 새로운 취미가 생겼다. 다름 아닌 개구리들의 오케스트라를 듣는 재미였다. 모내기 철부터 개구리들의 합창을 듣는 것이 큰 즐거움이었다. 어떤 때는 일과가 끝나도 숙소로 돌아갈 생각을 안 하고 개구리 소리를 듣기 위해 창문을 활짝 열어놓고 밤늦도록 원장실을 지켰다.

"내 친구들이 왔군. 개구리는 촌스러워서 좋아."

이른 봄 개구리 소리가 들리면 반색하며 귀를 쫑긋 세우는 사람은 눈이 파란 논 주인이었다. 수목원장의 이런 취향을 잘 아는 임운채라는 한 젊은 직원은 야밤에 논두렁에 숨어서 개구리들 몰래 그들의 합창을 녹음했다. 그리고 월요일 아침, 서울로 출근하는 원장에게 그 녹음테이프를 선물했다. 그는 서울에 도착할 때까지 자동차 뒷좌석에서 몸을 기대고 앉아 눈을 지그시 감고 카세트에서 울려 나오는 개구리 합창을 들었다. 그가 개구리를 좋아한 것은 겁이 많고 촌스러워 보이는 이 자연의 미물이 한국인을 많이 닮았다고 생각했기 때문이다.

수목장을 치르기 전에 있던 민 원장의 묘소에는 그가 좋아한 개구리 석상이 10년 동안 놓여 있었다.

천리포수목원에는 설립자를 추모하는 상징으로 요소마다 개구리상이 놓여 있다. 수목장을 치르기 전의 민 원장 묘소는 참배객들이 놓고 간 개구리상들이 지키고 있었다. 여러 형상으로 만든 이들 개구리상은 옛날의 묘석과 다름없었다.

1994년 원불교에 입교한 임산 민병갈은 나이 탓인지 아니면 불교의 윤회 사상에 젖은 때문인지 전생보다 내세에 대한 말을 자주 꺼냈다. 이는 한국인에 대한 실망일 수도 있다. 사실 그가 노년에 보인 한국인에 대한 시선은 한국 생활 초기와 크게 달라져 있었다. 나이가 들어서 "한국인이 변했다"라는 표현을 자주 한 것은 한국인이 개구리처럼 마냥 순박할 수 없는 시대 흐름을 간과했기 때문인 것 같다.

민병갈의 인간적 매력은 목표에 정진하는 불굴의 정신력이 아니라 따뜻한 인간미에서 나타난다. 그는 좋아하는 개구리를 닮았는지 소박한 성미에 겁도 많았다. 모험과 경쟁을 즐겼으나 결코 군림하려 들거나 남과 다투는 일이 없었다. 어려운 주변 사람을 돌보는 일을 즐거움으로 삼았다. 한때 실패를 가슴 아파하고 배신을 서러워했으나, 결코 가슴에 오래 품지 않았다. 그러나 만년에는 죽음을 두려워하는 나약함도 보였다. 임산의 진정한 매력은 보통 사람으로 살면서 범인은 이루기 어려운 큰일을 해낸 것이다.

한국은 나의 두 번째 조국

1979년 귀화해 법적으로 한국인이 된 민병갈은 진짜 한국인처럼 달라졌다. 한국을 말할 때 반드시 '우리나라'라고 했다. 글로 표현할 때는 '무궁화 고장'이라는 뜻으로 근역 槿域이라는 용어를 자주 사용했다. 가장 놀라운 것은 모태 신앙을 버리고 한국에서 창시된 원불교 신도가 된 것이다. 의식주도 전래의 한국인 방식을 따랐다.

민병갈은 외국 학회에 제출한 발표문에 한국을 지칭하는 말로 두 번째 조국 foster country이라는 표현을 썼다. 외화 부족으로 국산품 애용을 강조하던 시절(1960~1970년대)에 보인 국산품 애용은 남달랐다. 돈 많은 미국인에 미군 PX를 무시로 이용할 수 있는 위치에 있었으나 귀화한 뒤부터는 철저히 한국 제품만 골라 사용했다. 서울 연희동 자택이나 천리포 숙소를 가보면 냉장고, 텔레비전, 세탁기 등 가전품이 모두 국내산이고 피아노 두 대도 국산 호루겔이었다. 외국산이 있다면 도서류가 고작이었다. 줄담배를 피운 그가 자주 입에 문 담배는 국산 저가품 '아리랑'이었다. 코카콜라가 국내에서 생산되기 전 그의 천리포 숙소에 있는 냉장고에는 국산 '815콜라'가 들어 있었다.

민병갈의 한국 사랑은 귀화하기 훨씬 전에 쓴 편지에서 잘 나타난다. 한국전쟁 중 신병 치료차 일본에 머물 때 어머니에게 보낸 편지를 보면 그가 한국을 얼마나 사랑했는지 알 수 있다. 그는 편지에서 입원해 있는 자신을 한탄하고 전투병으로 한국전쟁에 참전하고 싶다고 밝혔다. 편지에는 글귀마다 그의 절절한 한국 사랑이 배어 있었다.

다음은 민병갈이 도쿄 미군 병원에서 쓴 1950년 12월 25일 편지의 일부이다.

제가 겪는 질병의 아픔은 제 친구들이 한국에서 당하고 있거나, 앞으로 감내해야 할 고통에 비하면 아무것도 아닙니다. 지금 저는 한국의 전쟁 상황에 신경이 곤두서 있습니다. 하나님께 간절히 기도하는 것은 더 많은 사람이 죽기 전에 정의의 세력이 승리하는 것입니다. 한국이 다시 평화로운 자유국가로 되기까지 저는 결코 행복할 수 없습니다. 만일 우리 미군이 한국에서 패전해 공산군이 수백만의 반대 세력을 박해하는 사태가 일어난다 해도 나는 한국을 떠나지 않을 것입니다. 저의 삶은 한국과 너무 끈끈하게 묶여 있습니다. 모든 친구가 한국을 떠난다 해도 나 홀로 머물러 있을 만큼 말입니다. 그리고 내 손으로 직접 싸우고 싶은 마음입니다. 다른 사람들이 싸우는 것을 내버려둔 채 도쿄 병원에 누워 있고 싶지 않아요. 이번 한국전쟁은 돌진해오는 악마 군단을 격퇴하기 위해 목숨을 걸고 싸워야 하는 하나의 성전聖戰입니다. 지금 저의 가슴은 글로 표현할 수 없을 만큼 무겁습니다.

민 원장은 자신의 평생 터전으로 삼은 천리포수목원을 행정상으로 관할하는 태안을 제2의 고향으로 사랑했다. 그가 평생 못 잊어 한 미국 고향 피츠턴은 20년을 산 곳이지만 태안은 30여 년을 살았으니 그럴 만도 했다. 서울 연희동 주소로 돼 있던 주민등록을 태안으로 옮긴 그는 물건을 살 때도 같은 것이라면 값을 따지지 않고 태안에서 샀다.

민병갈, 나무 심은 사람

향토 사랑은 천리포 주변의 인재를 키운 장학 사업에서도 나타난다. 이제는 시로 승격한 서산이 천리포수목원을 관할하던 때 민 원장은 서산군 관내 학교에 장학금을 주는 한편, 관공서에는 나무를 기증했다. 수목원과 가까운 만리포와 천리포 도로변에 자라는 나무 중에는 민 원장이 기증한 것이 많다.

민병갈은 노년에 들어 기독교 신앙을 버리고 한국의 토착 종교의 신도가 되었다. 그는 원래 모태 신앙을 가진 독실한 기독교 신자였다. 그의 가문은 독일 루터교 시노트파派에 소속된 프로테스탄트 집안으로 기독교 신앙의 뿌리가 깊었다. 태어나자마자 유아 세례를 받은 데 이어 유년기에는 성경학교까지 다녔다. 고교·대학교 시절에는 피아노 실력을 발휘해 고향 마을 교회에서 성가대 반주자로 용돈을 벌기도 했다. 입대해 정보학교에 다닐 때도 일요일이면 어김없이 교회에 가서 예배에 참여했다. 한국에 와서도 변함없는 루터교 신자로 한남동에 있는 미군 루터교회에 나갔다. 그의 한국 생활 중 가장 가까이 지낸 미국인 친구 중에서 메이너드 도로와 레너드 바틀링Leonard P. Bartling 두 사람이 모두 루터교 선교사였던 점을 봐도 그가 얼마나 독실한 신자였는지 알 수 있다.

그런 민병갈이 산행을 즐기면서 사찰 및 스님들과 친숙해진 다음부터 불교와 가까워졌다. 산행 길에는 버릇처럼 불당에 가서 스님을 만나 대화를 나누는 것이 큰 즐거움이었다. 처음에는 매력적인 동양의 종교 정도로 생각했으나 시간이 흐르면서 그의 마음은 불교를 사랑하는 쪽으로 기울었다. 그리고 그의 의식 속에 어느새 서서히 불심이 싹텄다. 그가 입버릇처럼 얘기하던 "나의 전생은 한국인"도 사실은 이승과 저승을 연관시키는 불교의 윤회 사상에서 나온 말이다.

민병갈이 남긴 사진을 보면 사찰을 배경으로 하거나 스님과 함께 있는 장면이 많다. 이름난 큰스님은 먼 길을 찾아가서라도 만났다. 설악산 등반 때는 봉정암에서 하룻밤을 묵었고, 하산 길에는 백담사에 들러 만해가 머물던 방에서 묵으며 큰스님의 자취를 더듬어보기도 했다. 1950년대에는 친구 이응로 화백을 만나러 충남 예산으로 간 길에 수덕사의 견성암을 찾아 당시 출가한 신여성으로 유명했던 김일엽金一葉 스님을 만나 개인 설법을 듣는 시간도 가졌다.

점점 불교에 마음이 끌린 민 원장은 천리포수목원을 설립한 후 그 안에 절을 하나 두고 싶었다. 때마침 1975년에 매입한 천리포의 닭섬에 빈집 한 채가 있어 이를 활용하기로 했다. 섬 이름을 자기 취향대로 낭새섬으로 바꾼 그는 이 집을 한 스님에게 맡겨 사찰로 쓰도록 했다. 그러나 무인도에 있던 이 작은 절은 얼마 뒤 서해 간첩 침투 사건이 발생하자 당국의 지시로 헐리고 말았다.

점점 교회와 멀어진 민병갈이 가장 괴로워한 것은 독실한

등산을 즐겼던 젊은 날의 민병갈은 산사를 찾아 스님과 대화 나누
기를 좋아했다.

기독교 신자인 어머니의 뜻을 거스르는 불효였다. 그는 어머니
가 한국에 머문 6년 동안 일요일이면 어김없이 교회에 모시고
갔다. 하지만 에드나가 귀국한 뒤부터는 교회에 열심히 나가라
는 어머니의 당부를 지키지 못했다. 왕립아시아학회의 RAS 투
어를 이끌던 그는 자신도 모르게 명승지 탐방 코스에 이름난
사찰을 포함시키는 사례가 늘었다. 이러한 친불교적 행태는 그

와 가까웠던 미국인 목사와 선교사들이 걱정할 정도였다.

1980년대 말 즈음 민병갈은 자신도 모르는 사이 잠자리에 들 때 불교방송의 염불 소리를 들으며 잠을 청하는 버릇이 생겼다. 당시 불교방송은 거의 모든 시간을 염불 소리로 채웠다. 그의 불교 지식은 독경의 내용을 이해하는 수준에 이르지는 못했으나, 막연하게 들리는 염불은 부담 없이 들을 수 있었다. 노년이 되면서 난청에 시달렸던 그에게는 의미를 알 수 없는 염불이 자장가 소리로 들렸다. 목탁 소리와 어우러진 스님의 낭랑한 독경 소리는 희미하지만 신비한 음향으로 그를 사로잡았다.

이렇듯 불교와 가까웠던 민병갈의 마음을 잡은 사람은 스님이 아닌 원불교 교무였다. 1990년대 초 천리포수목원을 방문한 한 중년 여성의 한복 차림에 관심을 보인 것이 그 계기였다. 당시 흰 저고리와 검정 치마를 입은 교무복으로 민 원장의 시선을 끈 여성은 원불교 태안 교당에 부임한 안선주 교무였다. 그 후 안 교무는 민 원장을 따르며 교당에서 가까운 수목원을 자주 찾아 양아버지로 모셨고, 민 원장 또한 안 교무를 수양딸로 생각하게 되었다. 자연히 안 교무는 양아버지가 원불교와 가까워지도록 온갖 정성을 쏟았다. 결국 임산이라는 법호를 받고 원불교도가 된 민병갈은 세상을 하직했을 때도 원불교식 장례 절차로 이승을 떠났다.

한국의 전통 가족제도를 선망하다

한국 생활이 어느 정도 익숙해진 1960년대에 들어서도 민병갈의 한국에 대한 탐구심과 호기심은 수그러들지 않았다. 특히 그가 관심을 보인 것은 혈연과 가문을 중시하는 한국인의 전통적인 씨족사회와 족보 문화였다. 이 같은 관심은 그의 조상 밀러 가문에 대한 애착과 일맥상통한다. 그는 이례적으로 선조들의 해묵은 사진을 매우 소중하게 간직했다.

민병갈은 한국의 전통적인 대가족제도를 좋아해 이를 모방하려 했다. 1955년 현저동에 큰 한옥을 장기 임대한 그는 어머니를 설득해 1961년 한국으로 모셔왔다. 이어 일본에서 근무하는 남동생 앨버트를 달래 이웃에 살게 했다. 혹시 이들 가족의 마음이 바뀌어 떠날까 봐 어머니는 용산 미군 부대에, 남동생은 제너럴 일렉트릭 서울지사에 취직시켰다. 그래서 한때는 에드나와 앨버트 일가족 5명 등 모두 7명이 서울에서 살았다. 이들 중 어머니만 6년 동안 한국에 머물고, 앨버트 일가는 1년 반 만에 미국으로 돌아가 대가족 생활은 2년을 채우지 못했다.

민병갈은 그 후 한 번 더 어머니 및 남동생과 한국에서 함께 사는 방안을 추진했으나, 두 사람 다 시큰둥한 반응을 보여 성사되지 않았다. 그 아쉬움을 1971년 10월 14일 어머니에게 보낸 편지에 이렇게 썼다.

우리 가족이 서울에서 다시 뭉쳐 사는 계획이 실패로 돌아
가 유감입니다. 그러나 저는 내년에 다시 이 일을 추진하
려 합니다.

한때는 양아들 송진수 가족과도 합쳐 한집에서 3대가 함께
어울려 사는 것을 구상했다. 그가 천리포 숙소로 쓰던 후박집
옆에 대형 한옥 목련집을 지은 것도 여기서 양아들 가족이 살
도록 해 할아버지부터 손주까지 이웃에서 살려는 것이었다. 목
련집에 자신의 서재를 둔 것도 아들 집에 자주 머물며 한집살
이를 하려는 의도에서였다.

이러한 그의 구상은 실현되어 해마다 12월 24일 민 원장 생
일에는 목련집에서 전통적인 생일잔치가 벌어졌다. 이날은 병
풍을 배경으로 모두가 한복을 차려입었다. 잔칫상을 차려놓고
양아들 내외와 두 손주의 절을 받는 모습은 양반집 대가의 전
통적인 옛 생활 습속과 다를 게 없었다.

조상 숭배와 혈연 중시 등 한국인의 유교적인 가족 문화도
민병갈에게는 관심의 대상이었다. 특히 한국인의 족보에 호기
심이 많았다. 연구까지는 아니더라도 족보에 관심을 갖게 된
것은 유명한 족보학자 에드워드 와그너의 영향이 컸다. 하버
드대학 교수로 평생을 한국학 연구에 매달린 와그너는 한국에
서 지낸 1960~1970년대에 민병갈과 각별한 사이였다. 와그

민 원장은 자신의 생일이나 명절마다 한복을 입고 손주들로부터 큰절 받는 것을 큰 즐거움으로 삼았다.

너 박사에게도 한국의 전통 생활 습속과 한자에 밝은 민병갈은 좋은 연구 협력자였다. 그는 은퇴 후에도 한국을 자주 방문해 세 살 연상인 민 원장과 돈독한 관계를 유지했다.

한국에 귀화해 여흥 민씨로 호적을 올린 민병갈이 가장 먼저 찾아간 곳은 동사무소가 아니라 종친회 사무실이었다. 문중 원로의 동의로 여흥 민씨 족보에 오르자 그 답례로 천리포수목원에서 종친회 회의를 열도록 배려했다. 그리고 그 후부터는 만나는 사람에게 "나는 조선왕조의 왕비 민 황후와 충정공 민영환의 후예"라며 자신의 집안이 명문가라고 자랑했다. 민병

갈은 원래 미국 고향 이름이 붙은 '펜실베이니아 민씨'의 원조
가 되고 싶어 했다. 그러나 호적을 올리는 과정에서 담당 공무
원의 반대로 뜻을 이루지 못했다.

족보와 함께 성씨에도 관심이 많던 민병갈은 한국에 김씨,
이씨, 박씨가 많은 이유가 궁금했다. 가족에게 보낸 편지에도
한국의 성씨에 관한 이야기가 많이 나온다. 지방 여행을 즐기던
그는 작은 씨족사회인 집성촌을 탐방 코스에 자주 넣곤 했다.

한국의 성씨에 대한 호기심은 70대 노인이 돼서도 변함이
없었다. 1990년대 초 주말을 맞아 관례대로 천리포수목원으로
내려갈 준비를 하던 수행 비서 이규현은 민 원장으로부터 뜬
금없는 지시를 받는다.

"천리포로 가는 길에 보령군 주포로 갈 일이 생겼으니 그리
알게."

"그곳을 가려면 한참 돌아가야 하는데 무슨 급한 일인가
요?"

"신문에 보니 주포에 궉鵴씨가 산다는데, 한번 만나봐야겠
어."

이 비서가 어이없어하며 서울에서 200킬로미터 넘는 길을
자동차로 달려 찾아간 곳은 서해안의 한적한 어촌이었다. 민
원장은 먼저 찾아간 이장이 안내한 궉씨 집이 그가 좋아하는
초가집이라는 게 우선 마음에 들었다. 난데없이 외국인의 방문

을 받은 집주인은 어리둥절했으나 서양 노인이 유창한 한국어로 인사를 하자 반갑게 응대를 했다.

"나도 한자는 좀 아는데 궉 자는 처음 봅니다. 하늘 천天 자 아래에 새[鳥] 자가 붙는 특별한 이유가 있나요?"

"나 역시 모릅니다. 우리 조상이 중국에서 왔다는 사실만 알고 있습니다."

"아주 귀한 성이니 나라에서 잘 보호해야 할 것입니다. 나는 원래 미국 사람이라 '궉' 발음이 자꾸 '꿕'으로 나와서 죄송합니다."

"괜찮습니다. 그러잖아도 우리 집 애들이 학교 다닐 때 아이들에게서 그렇게 불려서 기분이 안 좋았으나, 이제는 희귀성으로 존중을 받아서 편합니다."

당시 민 원장은 해가 저무는 줄 모르고 궉씨 문중의 최고 어른과 이런저런 이야기를 많이 나누었다. 궉씨를 만난 것이 큰 자랑거리였던 그는 그 후 알 만한 사람을 만나면 궉 자를 한자로 써 보이며 "꿕… 꿕…" 하는 꿩 소리에서 유래된 궉씨 설화까지 들려주었다.

어머니와 동생 일가를 데려와 함께 사는 대가족 계획이 뜻대로 안 되자 민병갈은 다른 방법을 모색했다. 두 가사 도우미와 양아들 가족을 한데 모은 '인조 가족'을 꾸린 것이다. 이 대가족 실험은 일단 성공해 20여 년간 유지되었다. 그러나 두 양아들이 미국으로 이주하고 가장 오래 남았던 송진수 가족이 독립하는 바람에 말년에는 원래의 독신으로 돌아갔다. 오랜 친구이던 재일 교포 윤응수에 따르면 2000년 민병갈은 '자식 농사'라는 말을 쓰며 이런 탄식을 했다.

> 나는 한국에 와서 많은 것을 성취해 성공적인 삶을 살았습니다. 버섯 재배 사업 등 실패한 경우도 있으나 그런 건 문제가 되지 않습니다. 다만 자식 농사에서 실패한 것은 가슴이 아파요. 열심히 영어를 가르쳤더니 넷 중 둘은 미국으로 가버리더군요. 가장 사랑한 둘째는 머리도 좋고 수목원에 헌신적이어서 많은 기대를 했으나 그 역시 남의 아들이었습니다.

양아들 송진수와 사이가 벌어진 이유는 한국인의 상식으로 보면 크게 문제 될 게 없었다. 갈등의 핵심은 서양인 양아버지의 합리주의와 동양인 양아들의 온정주의 간 충돌이었다. 갚기로 하고 꾸어준 돈을 갚지 않는 것은 어머니와 고모에게 빌린 돈을 이자까지 쳐서 갚았던 민병갈에게 납득이 안 될 만도 했다. 아무리 아들이라도 공사비는 다 받아가고 하자 보수를 안 하는 것도 합리주의가 몸에 밴 그에게 용납이 안 되었다. 결국 이들 부자간의 갈등은 사고방식의 차이에서 생긴 것이었다.

풍물 여행에서 답사 여행으로

민병갈의 취미 중 여행을 빼놓을 수 없다. 많은 사람이 성장기에 그렇듯 그도 소년 시절에는 멀리 떠나기를 좋아했다. 그러나 집안이 빈한해 아르바이트를 하기 바빠서 여행다운 여행을 하지 못했다. 기껏해야 고향 근처에 있는 서스쿼해나강에 가서 물장구를 쳤을 뿐이다. 그가 최초로 자연 정취를 즐긴 여행은 콜로라도의 해군 군사학교 생도 시절 하루 코스로 로키산맥을 돌아본 것이었다. 그는 어머니에게 그 여행담을 이렇게 썼다.

> 7월인데도 많은 사람이 스키를 즐기고 있었어요. 호수도 꽁꽁 얼어붙어 있고요. 상상만 해도 희한하지 않나요? 나를 태운 힐더 아줌마는 차를 세웠으나 너무 추워서 밖으로 못 나가고 차 안에서 구경만 했습니다. 우리가 있는 지점은 해발 1만 2,183피트 고지, 거리로 따지면 2마일이나 됩니다. 커브 길을 돌 때마다 놀랄 만한 새로운 경치가 시야에 들어와 마치 요정들이 사는 꿈의 세계를 여행하는 느낌이었습니다. 여름에 보는 로키산의 눈 덮인 모습은 사람의 손때가 전혀 안 묻은 자연의 신비였습니다.
>
> 1943년 7월 14일

그러나 제대로 하는 여행은 한국에서 시작되었다. 1945년 9월 정보장교로 와서 시작한 첫 여행은 서울 근교의 농촌을 돌아보는 이국의 풍물 구경이었다. 나들이 수준을 벗어난 지방 여행은 1947년 군정청 근무 때부터 본격화되었다. 1940년대 말 한국인으로는 꿈도 꿀 수 없던 자동차에다 돈과 시간이 있었으니 그에게는 못 갈 데가 없었다.

한국 생활 5년째를 맞는 1950년이 되자 밀러는 현장학습을 좀 더 깊이 있게 해야겠다는 생각을 했다. 종전에 해오던 호기심을 채우는 식의 풍물 구경에서 벗어나 구체적으로 한국인의 생활 현장에 접근하고 싶었다. 그리고 가능하면 한국의 역사가 담긴 문화재를 탐방하는 방향으로 여행 계획을 짜기로 했다. 한국 역사에 대해 그가 아는 것이라곤 아주 초보 수준이었으나 호기심 많은 이 이방인 청년에게는 그 초보 지식을 확인하는 현장학습이 급했다.

밀러의 달라진 한국 탐험 자세는 가족에게 보낸 편지에 쓴 여행기에서 잘 나타난다. 그중 1950년 3월 5일 편지에 쓰여 있는 장문의 수안보 기행이 흥미를 끈다. 이를 간추린 내용은 다음과 같다.

민병갈, 나무 심은 사람

수안보 1박 2일 여행기

어디 갈 데 없나 한국 지도를 보다가 문득 가고 싶은 곳이 생겼습니다. 내 손가락에 짚인 곳은 '수안보'라는 이름과 함께 온천 표시가 돼 있었어요. 이곳에는 뭔가 재미있는 게 있을 것 같아 주말을 이용해 찾아가보기로 했습니다.

지난 토요일 오후 1시 반에 나는 친구 4명을 내 차에 태우고 서울을 벗어났습니다. 우리는 음식 등 준비를 단단히 했어요. 자동차 연료 탱크에 가솔린을 가득 채우고 예비용으로 연료 5갤런, 오일 2쿼트, 타이어 2개를 따로 준비했어요. 계피빵, 상추, 익힌 햄, 오렌지 등을 넣은 음식 박스와 코카콜라 한 상자를 차에 실었습니다. 여기에 야영을 할지도 몰라서 텐트까지 준비했습니다.

우리는 천천히 자동차를 몰며 볼만한 것이 나타나면 차를 세웠어요. 우리가 지나온 길은 울퉁불퉁하고 변변한 다리도 없었어요. 개울을 건너야 할 때는 물 위로 차를 몰아야 했습니다. 그러다가 강바닥의 돌부리에 걸

려 자동차 하체가 긁히기도 했지만 별일은 없었습니다. 충주에 이르러서
는 자동차를 나룻배에 싣고 강을 건너야 했습니다.

충주에 도착한 시각은 6시 45분으로 해가 막 질 무렵이었습니다. 충주
주변에는 몇 개의 산이 있으나 나무가 거의 없는 민둥산이었어요. 마치
애리조나주나 유타주의 황량한 산 그대로였습니다. 충주에서 잠시 머문
우리는 수안보가 있는 남쪽으로 차를 몰았습니다. 산길을 지날 즈음에는
날이 어두워져서 주변 경관을 제대로 볼 수 없었어요. 산을 낀 강 길을 따
라 몇 마일을 더 가서 오후 8시쯤에 수안보에 도착했습니다. 다행히 여관
이 있어서 챙겨간 텐트를 칠 필요가 없었습니다.

여관방은 한식과 일본식 두 종류인데, 우리는 각각 하나씩 2개의 방을
쓰기로 했습니다. 다른 숙박객이 없었기 때문에 우리는 특별 대접을 받으
며 온천 목욕을 즐겼습니다. 목욕을 마친 우리는 여관 측이 내준 한국 옷
을 입고 9시 30분에 별실에서 저녁 식사를 했습니다. 한식으로 차린 밥
상에는 김 등 이름을 알 수 없는 여러 가지 음식이 입맛을 돋우고, 방 밑에
불을 넣어 데운 방바닥이 따뜻했습니다. 이곳에는 서울에서도 귀한 전기
가 들어와 있었습니다.

식사가 끝나자 마을 파출소장이 찾아와 우리를 환영한다며 새벽 1시까
지 전기를 써도 좋다고 했습니다. 전기 사정이 나빠서 경찰이 절전 감시
를 하는 모양입니다. 그 젊은 경찰관은 이튿날 오전에 볼만한 곳으로 안
내해주겠다며 돌아갔어요. 이날 밤 나는 운전자 특권으로 침대가 있는 일
본식 방을 혼자 쓰는 특혜를 누렸습니다. 피로감 때문에 일찍 잠자리에
들었는데, 침대란 것은 스프링이 없는 침상이고 베개는 처음 보는 나무토
막이었습니다.

이튿날 아침 8시에 우리는 다시 온천욕을 했습니다. 여관 측은 또 한 차
례 거창한 아침 밥상을 차려주었으나 나는 버릇대로 아침을 거르고 동네
산책에 나섰습니다. 수안보는 산으로 둘러싸여 마치 작은 항아리의 바닥
에 자리 잡은 꼴이었습니다. 주변 산에는 아름다운 나무들이 많고 공기가
맑아 신선한 마을이라는 인상을 주었어요. 그러나 전기가 들어오지 않았

민병갈, 나무 심은 사람

다면 500년 전 마을과 다를 바 없다는 생각이 들었습니다.

우리는 이날 수안보 사람들에게 특별한 관심의 대상이었습니다. 화성에서 온 외계인도 우리보다 더 관심을 끌지 못했을 거예요. 나는 마을을 돌아보고 숙소로 돌아와 떠날 준비를 했습니다. 우리가 낸 숙박비는 모두 6,000원으로 미국 돈으로 치면 2달러밖에 안 됐어요. 다섯 사람이 하룻밤을 묵고 두 끼의 식사에 온천욕까지 즐긴 값치고는 너무 싸지 않나요? 미국 같았으면 60~70달러가 넘었을 겁니다.

이튿날 약속대로 파출소장이 관광 안내를 했습니다. 이날 몇 시간 동안 본 수안보 주변 경치는 미국의 로키산보다 더 아름다워 보였습니다. 우리가 차를 타고 오른 산은 웅장하고 아름다웠습니다. 가드레일이 없는 비탈진 외길을 오를 때는 정말 조마조마했어요. 그러나 그만큼 자주 차를 세웠기 때문에 경치를 찬찬히 볼 수 있었습니다. 그 기분은 미국 버지니아의 스카이라인을 달리며 느끼는 감동에 비할 것이 못 됩니다. 특히 눈 덮인 산 정상에서 바라본 주변의 경관은 우리를 넋 잃게 했습니다. 정상에서 내려다보면 양쪽으로 산봉우리와 분지들이 시야에 들어오는데, 한쪽은 충청북도 산이고 다른 한쪽은 경상북도 산입니다. 산 정상에는 아래의 분지와 달리 많은 눈이 남아 있었습니다.

우리는 느린 주행으로 산을 내려왔습니다. 하산 도중 바위에 새겨진 2개의 불상을 보았어요. 이들은 고려 말에 조각한 것으로 그 시기는 500~600년 전입니다. 우리는 자동차를 세우고 불상과 그 근처에 있는 아름다운 폭포를 잠시 둘러보았습니다. 이곳에는 또한 1500년 일본 도요토미 히데요시의 침공 때 일본군과 중국의 명나라 군사가 격전을 벌인 전쟁터가 있습니다.

우리는 다시 충주로 갔습니다. 더없이 좋은 날씨에 온갖 빛깔을 내는 자연이 우리를 감쌌습니다. 하늘은 푸르고 강물은 파랗기만 했습니다. 이렇게 맑고 푸르며 반짝반짝 빛나는 강물은 본 적이 없어요. 우리는 한 중국 식당을 찾아내 저녁 식사를 주문해놓고 잠시 충주 읍내를 돌아보았습니다. 매우 오래된 도시였으나 크지는 않고 인구는 4만 1,000명 정도랍니 밀러는 좀 더 멀리 가보고 싶었으나 열악한 도로 사정 때문에 장거리 여행은 선뜻 나서기 어려웠다. 수안보 여행에 이어 한국전쟁 직전까지 석 달 동안 두 차례 지방 여행을 더 했다. 1차 여행은 3월 25일 서울에서 북쪽으로 40마일 떨어진 가평 지역이었다. 그는 여행기에서 금곡리에 있는 홍유릉과 청평댐 일대를 돌아본 소감을 자세히 적었다. 한 고찰에서 스님들의 융숭한 대접을 받았다는데, 그 절 이름은 밝히지 않았다. 2차 여행기는 초파일을 앞두고 5명이 여주 신륵사를 탐방한 내용이다. 편지에는 귀로에 자동차 브레이크 고장으로 큰 고역을 치르고 새벽녘에야 서울에 도착한 사실을 쓰고 있다. 밀러는 그다음 여행을 위해 자동차를 정비 공장에 맡긴 상태에서 돌발적인 한국전쟁을 맞았다.

전쟁으로 멈추었던 국내 여행은 1953년 7월 휴전 성립 후 다시 이어져 10년 동안 계속되었다. 풍물 중심이던 민병갈의 여행 패턴은 이때부터 자연미를 즐기는 산행 중심이 되었다. 그래서 그의 입에서 "1950년대에 한국의 큰 산은 안 가본 데가 없다"는 말이 나왔다. 산행은 1963년 설악산 등반 중 한 식물학도를 만난 것을 계기로 식물 탐험으로 바뀌었다. 그리고 1970년 천리포에 나무를 심기 시작한 다음부터는 왕립아시아 학회 투어에 참여하는 것으로 그의 오랜 취향인 여행을 대신했다.

폭넓은 인간관계

한국의 기자들은 인터뷰할 때마다 내가 왜 한국
에 귀화했는지 자꾸 묻는다. 그것은 너무 식상
한 질문이다. 내가 한국인이 된 것은 한국인이
미국으로 이민 간 것과 같다. 수많은 한국인이
미국 국적을 딴 것처럼 나도 한국에서 살고 싶
은 마음에서 한국인이 되었을 뿐이다.

〈코리아헤럴드〉 1983년 12월 18일

가장 가까웠던 세 한국인

민병갈은 반세기 넘게 한국에서 사는 동안 많은 한국인과 교
분을 쌓았다. 그들은 각계각층이었다. 가장 많은 친구는 그의
평생 사업인 수목원을 위해 사귄 식물 관계자들이다. 그다음으
로는 평생직장이던 한국은행에서 만난 동료들일 것이다. 부업
인 투자 업무와 취미인 브리지 게임과 관련한 친구들도 적지
않다. 그러나 이들과의 관계는 대부분 일과성으로 끝났다. 오
래 사귄 경우는 극히 드물다는 것이다. 한국이 좋아서 한국인
이 된 그였으나 그가 좋아한 사람은 그냥 한국인이었을 뿐이
다. 예외적으로 오랜 기간 가까이한 측근이 있다면 양아들이나
가사 도우미 등 특수한 관계자들뿐이다.

그런 민병갈에게도 개인적 호감을 갖고 의도적으로 가까이
하며 오래 사귄 한국인 몇 명이 있다. 식물 분야를 제외한 그
대표적 인물을 든다면 유한양행 창업자 유일한柳一韓(1985~
1971), 한국은행 총재를 역임한 민병도閔丙燾(1916~2006), 〈코
리아타임스〉 편집국장을 지낸 최병우崔秉宇(1924~1958) 등 세
사람이다. 이들과는 모두 군정청 등 외국 기관에 근무하던 시
절 처음 만났다.

1947년 초 군정청 사법부에 근무하던 밀러는 영어가 유창
한 한국인 신사의 방문을 받았다. 군정청에 사업상 도움을 청

하러 온 유한양행 창업자 유일한이었다. 미국에서 사업에 성공해 국내에 회사를 설립한 그는 군정청의 규제로 자금 반입이 어려운 처지에 있었다. 밀러가 그를 만난 것은 담당 부서인 사법부 직원이었기 때문이다.

유일한을 본 밀러는 첫눈에 호감이 갔다. 아버지뻘 되는 이 신사가 보통 한국인이 아니라는 사실을 느꼈다. 자신도 모르게 존칭 sir을 쓰며 정중한 말로 물었다.

"제가 도울 수 있는 일이 무엇인가요?"

"나는 1926년 한국에 유한양행을 설립해 1939년까지 성공적으로 운영했습니다. 그러나 내가 미국에 가 있는 동안 회사가 어려운 사정에 놓이게 되었어요. 당장 미국에서 돈이 들어와야 하는데, 그 송금 경로가 막혀 있어요. 돈줄을 관리하는 군정청의 도움이 필요합니다."

유일한의 요청은 밀러에게 직무상으로 어려운 일이 아니었다. 자금 문제가 잘 풀리도록 도와준 그는 그 후에도 유 사장을 개인적으로 자주 만나 깍듯이 어른으로 대접했다. 유일한도 밀러에게 호감을 갖고 아들 대하듯 한국에서 잘 사는 방법을 알려주곤 했다. 친아들이 없던 그는 1966년 9월 민병갈을 유한양행 이사로 위촉했다.

가사 도우미의 아들로 오랫동안 민 원장 집에서 살았던 노일승은 '유일한·민병갈' 팬이다. 그는 유일한이 존경받는 기

업인으로 초등학교 교과서에 올랐듯이 민 원장도 같은 대접을
받아야 한다고 주장한다. 그는 두 사람의 관계를 이렇게 설명
했다.

> 민 원장은 유 사장을 아버지라고 부른 적이 없지만 그 이
> 상으로 따랐습니다. 대방동에 있는 유 사장 사무실을 자주
> 방문하고 외국에 나갈 때나 들어올 때는 반드시 전화로 출
> 국·귀국 인사를 했습니다. 유 사장의 여동생 유순한에게
> 는 항상 '고모'라고 불렀어요.

1970년 3월 유일한이 별세했을 때 누구보다 슬퍼한 사람은
민병갈이었다. 3월 15일 장례식에 참석하고 돌아온 그는 어머
니에게 보낸 편지에 "내가 깊이 존경하는 한국인이 별세했습
니다. 오늘 아침 장례식에서 나는 그만 눈물을 보이고 말았습
니다"라고 썼다. 그는 유 사장 별세 후에도 그의 외동딸 유애
라와 오누이처럼 가까이 지냈다.

민병도와는 1949년 밀러가 ECA 직원일 때 한국은행에 출
입하면서 업무상으로 만난 사이다. 명문 집안의 아들이라는 신
분에다 귀공자 풍모 때문에 한국의 사대부 집안과 선비 문화
에 관심이 많았던 민병갈의 환심을 샀다. 특히 금융인답지 않
게 그는 문화 예술에 대한 소양과 관심을 보여 학구파인 민병

군정청 근무 시절 민병갈에게 유일한 유한양행 사장은 가장 존경하는 한국인이었다. 언론인 최병우
(오른쪽)는 가장 가까운 친구였다.

갈에게 존경의 마음을 일으켰다. 민병도는 다섯 살 아래인 민
병갈을 동생처럼 대하고 한국 생활의 적응을 도왔다.

구한말 고관 민영휘의 손자인 민병도는 민병갈에게 전통 한
옥의 아름다움과 상류층 양반 계급의 생활 모습을 보여주었다.
특히 선비 문화에 눈을 뜨게 해 한서와 서예를 익히고, 한옥 생
활을 하는 길잡이 역할도 했다. 이런 인연으로 민병갈은 한국
이름을 지을 때 민병도의 성과 이름 돌림자를 따랐다. 동성동
본이 된 것이다.

한국은행을 통해 맺어진 민병도와 민병갈 우애는 평생토록

이어졌다. 민병갈은 천리포수목원이 법인 인가를 받은 1970년 부터 18년간 민병도를 재단 이사에 위촉했다. 민병도 역시 민 병갈의 수목원 조성에 힌트를 얻어 가평에 있는 남이섬을 가 꾸는 녹색 사업을 시작했다. 천리포수목원에는 두 민씨의 우애 를 기념하는 소공원이 있다.

제대 후 군정청 직원으로 다시 한국에 온 밀러가 가장 허물 없이 사귄 한국인 친구는 같은 직장에서 만난 최병우였다. 당 시 그는 군정청의 외무처 문서과에서 촉탁으로 있었다. 군정청 에서 점령군의 집행관과 말단 용원으로 만난 두 사람은 의기 가 투합해 절친한 사이가 되었다. 밀러는 세 살 아래의 똑똑한 한국 청년이 마음에 들었고, 최병우도 한국에 대한 애정이 깊 은 이방인 청년에 호감이 갔다. 더구나 두 사람은 서로 상대방 의 모국어를 제대로 배우고 싶어 했다. 그래서 두 사람은 끊임 없이 만나서 상대방의 모국어를 익혔다.

밀러와 최병우의 운명적 관계는 시대의 격동기를 거치면서 10년 넘게 단속적으로 이어졌다. 1947년 말 최병우가 일본으 로 떠나면서 단절되었던 두 사람의 관계는 1949년 초 밀러가 일본 출장이 잦은 ECA 직원으로 부임하면서 다시 이어졌다. 그리고 한국전쟁으로 연락이 두절되었다가 1951년 부산 임시 수도에서 재회했다. 민병갈은 생전에 최병우와 함께한 다음과 같은 언어 학습 시절의 일화를 들려주었다.

최병우는 가장 실감 나게 한국을 가르쳐준 한국인이었습니다. 한번은 스승의 권위를 보여준다며 삼촌, 형수 등 집안 호칭 10개를 암기해 오라는 숙제를 안 했다고 종아리를 호되게 때렸어요. 또 한번은 종로 술집에서 나오며 한국에서 사는 재미를 느껴보라며 골목길에서 함께 오줌을 누자는 거예요. 그 일을 해보니 너무 상쾌했습니다.

민병갈도 엄격한 스승의 자세를 보이려 했으나 잘되지 않았다. 그러나 최병우는 공부할 때 세 살 위의 원어민 선생님을 깍듯이 예우했다. 총명하고 영어 기초가 튼튼했던 그는 밀러에게서 배운 회화 실력으로 뒷날 한국전쟁의 정전 협상을 취재하는 과정에서 영어를 가장 잘하는 한국 기자로 명성을 날렸다. 그러나 두 사람의 우정은 1958년 9월 최병우가 〈한국일보〉 종군기자로 대만 금문도 취재 중 순직하면서 11년 만에 끝났다.

물놀이 친구 정주영 형제

중앙은행(한국은행) 고문과 유능한 자산 운용가이던 민병갈은 돈 많은 사람들과 가까워질 수밖에 없었다. 그러나 그런 신분이나 직분을 떠나서 유일한의 경우처럼 인간적으로 친했던 재계 인사도 적지 않았다. 그 대표적 인물이 1970~1980년대 한국 재계를 주름잡은 현대그룹 회장 정주영(1915~2001)과 한라 그룹을 만든 그의 동생 정인영(1920~2006)이다.

민병갈이 정주영을 처음 만난 때는 정보장교 시절인 1946년 초여름이었다. 제대를 앞두고 씨그-K에서 잔무를 정리하고 있던 어느 날, 부대 직원 정인영으로부터 반가운 제안을 받았다.

"밀러 중위님, 날씨도 더운데 이번 주말에 수영하러 가지 않겠어요?"

"어디 수영할 데가 있나요? 인천은 너무 멀고."

"가까운 곳에 좋은 수영장이 있으니 시간만 비워놓으세요."

민병갈이 수영을 좋아한다는 사실을 알고 있던 정인영은 날씨가 무더워지자 윗사람에게 잘 보일 좋은 기회라고 생각했다. 그러잖아도 몸이 찌뿌드드하던 민병갈은 잘되었다 싶어 동행을 응낙했다.

신바람이 난 건 정인영이었다. 그는 즉시 친형 정주영한테 연락해 미군 장교와 수영을 하게 되었으니 함께 가자고 했다. 사업을 하는 형에게 뭔가 도움을 주려는 마음에서였다. 당시 정주영은 어렵게 차린 자동차 정비 공장을 화재로 잃어 큰 어려움을 겪고 있었다. 그 역시 점령군의 장교를 알아두면 사업에 도움이 될 거라 생각하고 동행을 반겼다.

주말에 정인영이 안내한 곳은 뚝섬이었다. 현재의 광진구 구의동인 이곳은 일제강점기부터 여름이 되면 장안의 물놀이 명소였다. 민병갈이 정인영과 함께 지프를 타고 현장에 도착하니 정주영이 미리 와서 기다리고 있었다. 첫인사로 그의 손을 잡는 순간 민병갈은 상대 손의 거친 촉감에서 강렬한 에너지를 느꼈다. 나이가 여섯 살 많은데도 자신보다 더 패기 있어 보였다. 정주영도 훤칠한 키에 잘생긴 서양 청년에게 호감이 갔다.

뚝섬의 강물은 맑았고 강변의 모래는 고왔다. 오키나와 같은 해안 정취는 없었으나 수영을 즐기는 데는 아무런 불편이 없었다. 모처럼 수영의 상쾌함에 젖은 민병갈은 해가 기울어도 떠날 생각이 없었다. 이후부터 민병갈과 정씨 형제는 틈만 나면 뚝섬을 찾아 수영을 즐기는 사이가 되었다. 힘이 장사이던 정주영도 수영에서는 민병갈을 따라가지 못했다.

한국을 떠나기 직전 민병갈은 정주영을 도와준 일이 있다. 지프로 이삿짐을 날라준 것이다. 갈월동에 살던 정주영이 상도동에 새 집을 마련해 이사하려 했으나 리어카로 나르기엔 거리가 너무 멀고 짐이 많았다. 이 같은 사실을 안 민병갈은 자신의 작은 지프를 동원해 대여섯 차례 짐을 날라주었다.

민병갈은 귀국 후 군정청 직원으로 다시 한국에 왔으나 정씨 형제와의 관계는 1953년 한국전쟁이 끝날 때까지 단절되었다. 그사이에 정주영은 착실히 사업을 키우고, 정인영은 전시 통역장교를 거쳐 형의 사업을 도왔다. 휴전 후 형이 설립한 현대건설의 부사장이 된 정인영은 사업상 민병갈을 찾지 않을 수 없었다. 미국인의 연줄이 필요했기 때문이다. 당시 한국은행 고문이던 민병갈은 옛정을 생각해 미 8군 공병대장에게 말해 미군 공사를 따도록 도와주었다. 당시 공병대장은 민병갈과 각별한 사이이던 로저스 대령이었다.

그러나 정주영은 민병갈을 찾지 않았다. 사업이 번창함에 따라 정신없이 바쁘다 보니 이삿짐 신세 진 것은 마음 쓸 거리가 아니었다. 어쩌다가 리셉션 등 공식 행사에서 마주치면 반가운 악수와 몇 마디 말로 회포를 나눌 뿐이었다. 반면 정인영은 씨그-K에서 맺은 인연을 만년까지 이어갔다. 현대건설을 키운 공로를 몰라주는 형과 불화가 생긴 그는 1988년부터 독자적으로 한라그룹을 성장시키는 바쁜 일정에 쫓기면서도 틈틈이 민병갈에게 안부 전화를 했다.

민병갈도 바쁘기는 마찬가지였다. 한국인으로 귀화한 이듬해 천리포수목원 정비 작업에 바빴던 그는 재계의 거물이 된 정주영에게 전화를 걸어 만나자고 했다. 1970년 봄, 둘이 만난 곳은 상업은행 건물 뒤에 있던 대한항공빌딩 11층 스카이라운지였다. 당시 민병갈을 수행한 노일승의 목격담은 이렇다.

"코티나 한 대가 필요한데 시중에서는 살 수가 없어요. 당신이 왕회장이니 한 대 구해줘요."

만나자고 한 사람이 먼저 말을 걸었다. 코티나는 현대자동차가 내놓은 인기 차종이었다. 미국 포드사와 제휴해 1968년 말부터 생산한 이 자동차는 시중에 나오자마자 매진된 상태였다.

"현대자동차 사장이 내 동생(정세영)이지만 전권을 준 터에 이래라저래라 할 수 없어요. 알아보긴 하겠지만….."

정주영이 뜸을 들였다. 사실 그의 한마디면 현대 계열사에서 못 할 것이 없는 그룹 총수였건만, 일부러 멈칫거리며 민병갈의 약을 올렸다.

"왕회장이 그것도 못 해요? 공짜로 달라는 것도 아닌데. 나는 공짜로 자동차를 내서 직접 운전해 이삿짐까지 날라다주지 않았소?"

"참 그렇군요. 여유분이 있으면 한 대를 그냥 보내주리다."

이튿날 왕회장의 말 한마디가 떨어지기 무섭게 정세영 현대차 사장은 코티나 한 대를 민병갈에게 보냈다. 그러나 실제로 이 코티나는 민 원장의 미국인 친구가 사려 했던 것으로, 자동차 가격은 그 친구가 다 치렀다.

그로부터 10여 년 뒤 이번에는 정주영이 먼저 저녁 식사를 하자고 제안했다. 장소는 롯데호텔 지하 1층에 있는 한식당 '무궁화'였다. 아무리 거물과 식사를 해도 수행원을 데려갔던

정인영 한라그룹 회장(오른쪽)은 민병갈이 정보장교 시절 알게 된 이래 반세기의 우정을 나눴다. 2000년 가을 한 호텔 식당에서 만나 정담을 나누고 있다.

민 원장은 이날도 비서 이규현을 옆에 앉혔다. 그런데 국내 제 일의 재벌 총수가 특급 호텔 한식당에서 주문한 만찬 메뉴는 8,000원짜리 갈비탕이었다. 민 원장은 "맛있다"며 그릇을 비 웠으나, 이규현은 왕회장의 짠돌이 심중을 이해하지 못했다.

그런 반면 재력이 훨씬 못한 동생 정인영은 최고급 요리로 민병갈을 대접했다. 그가 자주 초대한 자리는 특급 호텔 인터 컨티넨탈의 중국 음식점이었다. 형의 홀대에 반발해 독립한 그 는 한라그룹을 재계 12위로 올려놓는 경영 수완을 보였으나, 잇따른 불운과 건강 문제가 겹쳐 1999년 봄 민병갈을 만났을 때는 휠체어에 몸을 의지해야 했다. 1년여 만에 재회한 두 사람은 뚝섬에서 수영하던 20대 미군 부대 시절 등 지난날을 회고하면서 시간 가는 줄 몰랐다. 그러나 정주영에 관한 이야기는 누구도 꺼내지 않았다.

민병갈과 가까웠던 한국 기업인으로 태평양그룹 창업자 서성환 회장도 빼놓을 수 없다. 개성상인 특유의 경영 방식으로 한국 화장품업계의 왕좌에 오른 그는 업계에서 현금 재벌로 통했다. 1970년대 중반부터 한방 화장품을 개발하면서 약용식물의 원료를 찾고 있던 그는 다양한 식물이 자라는 천리포수목원을 주목했다. 당대의 펀드매니저였던 민병갈에게도 돈 많은 서성환은 유망한 고객이었다. 이렇게 되면 수목원 주인과 화장품 공장 주인은 친해질 수밖에 없었다.

이해관계로 맺어진 민병갈과 서성환의 관계는 나중에 우정으로 발전했다. 1979년 천리포수목원을 법인으로 등록할 때 민 원장은 서 회장을 재단 이사에 위촉할 만큼 두 사람은 가까워졌다. 이사장 민병갈을 제외한 재단 발족 초기의 다른 이사진은 양아들 송진수, 식물학자 이창복, 전 한은 총재 민병도였다. 일설에 따르면 서 회장은 거액을 제시하며 천리포수목원을 인수할 의사를 비쳤다고 한다. 물론 이에 응할 민병갈이 아니었다.

사람 안 가리고 평등한 교우

민병갈은 사람을 사귀는 데 신분이나 종교의 차이를 두지 않았다. 마음만 맞으면 시골 농부든, 산속 스님이든, 고관 현직이든 가까이 지냈다. 때로는 일부러 찾아가서 만나기도 했다. 그래서 그의 한국인 친구는 각계각층이다. 그 대신 교제 기간은 그리 길지 않았다. 계제가 되면 다시 만나고 소식이 끊기면 굳이 찾으려 하지 않았다.

사람을 대접하는 데서도 차별을 두지 않았다. 재벌 총수도 민병갈에게는 우대 대상이 되지 못했다. 이를테면 대우 문제로 삼성그룹의 이병철 회장과 가까워질 기회를 내친 것이 그런 사례이다. 1970년대 중반 용인에 대규모 농원을 설립할 계획이던 이 회장은 천리포수목원을 주목하고 이곳에서 며칠 묵으며 설립자와 의견을 나누고 싶다는 뜻을 전했다. 민 원장은 이를 흔쾌히 받아들이고 한옥 한 채를 숙소로 쓰도록 했다. 문제의 발단은 삼성 측에서 이 회장이 묵을 한옥을 대폭 수리하겠다고 제안한 데서 비롯되었다. 당시 수목원 직원이던 노일승은 그 정황을 이렇게 설명했다.

> 1차 답사를 하고 간 삼성 비서실 팀이 두 번째 와서는 설계
> 도까지 보여주며 한옥을 새 집처럼 잘 꾸며놓겠다고 했어

요. 나는 잘되었다 싶어서 서울로 원장님에게 전화로 보고
했더니 역정을 내며 한옥에 손대지 말고 그대로 쓰든가 말
든가 하라는 거예요. 공짜로 집 안을 고급스럽게 고칠 기
회를 놓쳐서 너무 아까웠습니다.

　민 원장이 한옥 수리를 거부한 것은 모든 사람을 평등하게
대한다는 그의 원칙에서 벗어나기 때문이었다. 이 같은 통보에
이 회장이 화가 났는지 며칠 후 삼성 측은 회장의 방문 계획을
취소한다고 통보했다. 현대 총수 정주영과는 달리 또 다른 한
국 재계의 거목 이병철 회장과의 인연은 이것으로 끝났다. 이
때 이 회장이 추진한 대단위 녹지 계획은 몇 년 후 500만 평
규모의 용인자연농원으로 이루어졌다. 이 농원은 다시 대규모
위락 단지 에버랜드로 탈바꿈했다.
　만나고 싶은 한국인이 있으면 여성이라도 주저하지 않았다.
민병갈이 찾아간 대표적 여성은 조선왕조의 마지막 황후 윤비
였다. 왕립아시아학회 한국사 강좌를 통해 순정효황후純貞孝皇
后(1894~1966)의 존재를 알게 된 그는 1955년 봄 그녀의 거처
낙선재를 찾아가 한국 최고의 귀부인에게 정중한 문안 인사를
했다.
　몇 년 후에는 비구니가 된 유명한 신여성을 만나려고 충남
수덕사를 찾아갔다. 견성암에서 수도 중인 김일엽 스님이었다.

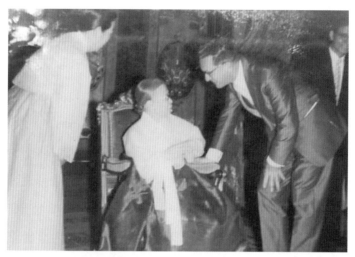

1955년 봄 민병갈은 한국의 최고 귀부인을 만나고자, 조선 최후의 황후였던 윤비가 머물던 낙선재를 찾아갔다.

일제강점기 시인으로 계몽 활동을 한 그녀는 광복 후 불가에 귀의해 장안의 화제가 된 여성이다. 윤비와의 만남은 한 번으로 끝났으나, 일엽 스님과의 만남은 몇 차례 더 이어졌다. 수덕사 근처에 살았던 동양화가 이응로를 찾아갈 때마다 견성암에 들렀기 때문이다.

고암 이응로는 민병갈에게 특별한 인연이 있는 화가이다. 1950년대 말 현저동 한옥에서 김치 파티와 함께 열린 동양화 전시회의 출품 작가이던 그는 나중에 민병갈로부터 큰 은혜를 입었다. 그가 유럽에 진출해 파리 화단에서 활동하던 중

1967년 동백림간첩단사건에 휘말려 곤욕을 치를 때 구명 운동을 하고, 출소 후에는 작품 활동을 도운 것이다. 1968년 고암이 풀려나자 민병갈은 자택에서 그림을 그리도록 작업실을 내주고, 1970년에는 군사정권의 눈치를 보며 자신이 사는 가회동의 백인제 가옥에서 개인전을 열어주기도 했다.

민병갈은 고암이 프랑스로 떠나기 전 그의 작업장이 있는 수덕사 근처의 집에 자주 갔다. 이때 종종 동행한 사람이 그에게 서예를 가르친 심재 이건직이었다. 소전 손재형과 쌍벽을 이루는 서예의 대가이던 그는 고암과 함께 민병갈이 가장 좋아하는 예술인이었다. 나이가 20여 세 아래인 민 원장은 두 예술인이 세상을 떠나자 침소에 그들의 작품을 걸어두고 못 잊어 했다. 천리포수목원에 있는 민 원장의 숙소 후박집 안방에는 민 원장이 세상을 떠날 때까지 고암의 그림과 심재의 글씨가 걸려 있었다.

수목원 운영과 한국은행 업무를 떠나서 민병갈이 가까이한 한국인 친구 중에는 문화 예술계 인사가 많다. 고암과 심재 말고도 동양화가 청전 이상범, 부부 화가 김기창과 박래현, 판화가 배융과 가까웠다. 이들은 모두 김치 파티의 단골 작가였다. 서양화가 박수근은 1950년대 초 미군 부대에서 만나 작품 몇 점을 사준 가난한 작가였다. 민병갈은 헐값에 산 그의 그림들을 제대로 챙기지 않았는데, 박수근이 유명해졌을 때는 이미

집 안에서 그림들이 사라진 뒤였다. 2001년 운보 김기창의 부음을 병석에서 들은 그는 "운보가 우향雨鄕을 따라갔구나" 하며 애달파했다. 우향은 먼저 세상을 떠난 운보의 부인 호이다. 이듬해에 민병갈 자신도 타계했다.

한국을 익히는 동안 많은 예술인을 사귄 민병갈의 교우 관계는 한국은행에 취업하고 투자 업무에 관여하면서 금융 및 재계 쪽으로 바뀌었다. 한은 고문으로 32년간 일한 그는 한은 맨들과 친교가 두터웠다. 총재나 부총재를 지낸 장기영, 송인상, 민병도, 신병현, 유창순 등이 그들이다. 이들 중 가장 가까웠던 친구는 민병도와 신병현이다. 장기영(1916~1977), 송인상(1914~2015)과는 나이 차이가 많아 선후배 사이로 지냈다. 이들은 모두 한은 싱크탱크 역할을 한 조사부 인재들이다.

증권맨이던 민병갈은 한국은행 밖의 금융계에도 지인이 많았다. 그 대표적 인물이 증권협회 회장을 지낸 박동섭(1927~?)과 해동화재 회장을 지낸 김동만(1909~?)이다. 두 사람 다 상당한 재력가로 증권가의 큰손 민 원장과 투자 관련 업무로 접촉이 잦았다. 정계 지인으로는 국회부의장 황성수, 청와대 경호실장 박종규, 재무부장관 김용환 등이 있다. 총리를 지낸 김종필과는 정치인이 되기 이전에만 교분이 있었을 뿐이다. 군인으로는 해군 소장 황상학과 해군 대령 정준이 가끔 만나는 사이였다.

민병갈(중앙)의 회갑연에 참석한 것으로 보이는 한국인 친구들. 민 원장 좌우로 식물학자 이덕봉, 경제인 송인상이 앉아 있다. 가운데 서 있는 사람은 식물학자 이창복이다. 앉아 있는 사람 중에는 한국은행 총재 민병도, 임업시험장 연구관 조무연, 서강대학교 교수 김영덕 등이 보인다.

학구파이던 민병갈은 국사학자 이병도, 지리학자 노도양, 문학평론가 백철 등 원로급 지식인들을 알고 있었으나 자주 만나지는 않았다. 목련 가꾸기에 각별한 취미가 있던 조영식 경희대학교 총장과 교수 시절의 김준엽 고려대학교 총장과 가까웠고, 물리학자 김영덕 서강대학교 교수와는 RAS를 통해 친밀한 사이였다. 여성 학자로는 이화여대 박물관장을 지낸 김호순, 노옥순 교수와 가까워 이화여대 도서관에 장서를 기증하는 계기가 되었다. 언론계에서는 〈코리아타임스〉 편집국장을 지

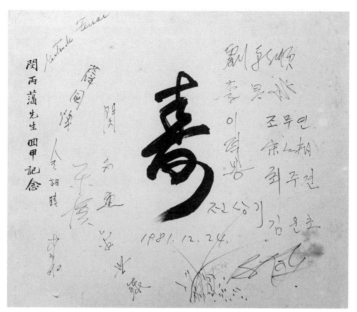

1981년 12월 24일 민병갈에게 회갑연을 베풀어준 한국인 친구들의 축하 사인. 이날 참석한 사람들에는 식물계에서 이덕봉 고려대학교 교수, 이창복 서울대학교 교수, 조무연 임업시험장 연구관, 최주견 화훼 연구가, 김운초 국제식물원장, 전상기 분재 연구가 등이 있다. 재계 등 기타 인사로 유창순 부총리, 송인상 부흥부장관, 민병도 한국은행 총재, 설국환 〈한국일보〉 논설위원 등이 있다. 외국인으로는 영어 교육자 저트루드 페라가 유일했다.

낸 절친 최병우 외에 〈사상계〉 사장 장준하, 〈한국일보〉 초대 워싱턴 특파원 설국환 등과 가깝게 지냈다.

민병갈의 교우 관계 중심은 역시 식물계였다. 1970년 천리포에 첫 삽질을 한 뒤부터 그가 만나는 사람의 최우선순위는 식물 관계자였다. 그중 대표적 인물은 식물학자 이창복, 이덕봉, 이영노 등이 있고 식물 전문가로는 임업시험장 연구관 조무연, 나무 할아버지 김이만 등이 있다. 식물을 사랑하는 동호인 친구는 광주 홍안과 원장 홍승민, 국제식물원 대표 김운초, 화훼계 원로 최주견, 분재계 원로 전상기 등과 각별한 사이였다.

민 원장이 천리포수목원을 설립한 후 식물채집을 위해 지방에 가면 가장 먼저 찾는 사람은 그 지방에서 나무를 가장 잘 아는 사람과 농원 주인이었다. 그런 인물 탐색으로 알게 된 사람이 장성의 편백 숲을 조성한 임종국, 마산의 향나무 전문가 김효권, 제주도의 식물 전문가 이내증, 광양의 감나무 농장 주인 김정섭, 완도의 푸른농장 주인 등이 그들이다. 천리포 주변에서는 원북우체국장을 지낸 유상훈이 식물 애호가로 가까이 지냈다.

민병갈은 아름다운 한국의 한 미녀 배우와 농염한 베드신을 보인 영화에 출연한 경력이 있다. 1960~1970년대 국내 영화계에서 정상의 인기를 누리던 문정숙이 그 상대역이었다. 그가 주한 미군 장교로 출연한 이 작품은 1964년에 개봉한 〈나는 속았다〉라는 반공 영화다. 여간첩 김수임 사건을 소재로 한 이 영화의 줄거리는 한 미군 장교(민병갈)가 북한 스파이(문정숙)의 미모에 홀려 중대한 군사기밀을 빼돌린다는 내용이다. 흥행에는 성공하지 못했으나 민병갈에게는 평생 잊을 수 없는 추억이 담긴 영화였다. 그가 이 영화에서 받은 출연료는 400달러

미군 장교로 출연한 민병갈과 북한 간첩을 연기한 문정숙이 베드신을 벌이는 영화 〈나는 속았다〉의 한 장면.

였다.

이 영화 출연을 계기로 두 사람은 급속히 친해져 영화계 일각에서는 염문설이 무성했으나 본인은 극구 부인했다. 그러나 민 원장과 가까웠던 미국 식물학자 배리 잉거에 따르면 이 미모의 여배우와 몇 차례 밀회한 것은 사실이다. 2000년 3월 여섯 살 아래의 문정숙이 세상을 떠났다는 소식을 듣고 민 원장은 잠시 옛 추억에 젖었다. 그는 이 영화를 다시 보고 싶은 마음이 간절했으나 끝내 필름을 찾지 못하고, 문정숙 타계 2년 뒤에 세상을 떠났다.

민병갈과 친했던 또 다른 연예인으로는 배우 김동원과 신성
일·엄앵란 부부 배우가 있다. 1990년대 음력설만 되면 부부
는 민 원장을 찾아와 세배를 했다. 의상 디자이너로 유명하던
앙드레 김(김복남)도 민 원장과 가까웠던 연예계 인물에 들어
간다. 의료계에서는 외과 의사 김정근, 광주 홍안과 원장 홍승
민과 가까웠다. 식물 애호가로 친했던 홍 원장은 천리포수목원
재단 이사를 역임했다.

폭넓은 사교 활동을 한 민병갈은 자연스레 유명 인사를 많
이 알게 되었으나, 만년에 가까웠던 지인은 무명의 보통 사람
들이었다. 그 계층은 한옥 목수, 미술 교사, 아마추어 사진작가,
영화 촬영 기사 등 다양했다. 1990년대는 대전에서 활동하는
수요여성합창단 단원들과도 친하게 지냈다.

민 원장과 가장 오랜 우정을 나눈 친구는 낙원동에서 개인
사업을 하던 서정호라는 동갑내기다. 1945년 11월 씨그-K
의 직원으로 들어가 부대장 밀러 중위와 인연을 맺은 그는
2002년 4월 민 원장이 사망할 때까지 57년간 변함없이 우정
을 지켰다. 민 원장이 투병할 때도 사무실을 찾아와 건강을 걱
정하고, 부음을 듣고는 천리포의 영결식장을 찾아와 고별의 헌
화를 했다. 장례가 끝난 뒤 그는 "페리스 덕분에 미군 PX에서
양주를 싸게 샀다"며 오랜 친구의 타계를 슬퍼했다.

천리포에는 민병갈과 오랜 친교를 나눈 3명의 친구가 있었

다. 그중 한 사람은 1963년 자신의 땅을 사달라고 조른 김승래이고, 나머지 두 사람은 같은 또래의 박상곤과 김낙환이다. 수목원 초창기 민 원장이 천리포에 내려오면 이들과 허물없는 친구로 어울렸다. 그러나 2001년 겨울 수목원에서 열린 팔순 잔치에는 박상곤만 참석했다. 세 친구 중 혼자만 생존해 있던 그는 이듬해 봄 민 원장마저 세상을 떠나자 고인이 탄 꽃상여의 모가비(선소리꾼)로 나서 오랜 이방인 친구의 마지막 길을 안내했다.

가까웠던 외국인 친구들

미국 출신 민병갈은 한국에서 사는 동안 많은 외국인을 친구로 두었다. 그중에는 민 원장처럼 한국이 좋아서 아예 이 땅에 눌러앉아 살다가 삶을 마감한 외국인도 적지 않다. 또 어떤 외국인은 한국에서 오래 살다가 노년에 자기 나라로 돌아간 경우도 있다. 이들의 공통점은 민병갈이 그랬듯 한국의 전통문화와 한국인의 소박한 인심에 반해 귀국을 단념했거나 최대한 늦춘 백인계라는 점이다.

　민 원장이 가장 가까이 지낸 외국인 친구 두 사람을 남녀별로 든다면 연세대 교수와 재단 이사를 지낸 원일한과 영어 교육자로 활동한 저트루드 페라를 꼽을 수 있다. 두 사람 다 한국에 귀화하지는 않았으나 교육자로 민 원장과 각각 54년, 39년을 가까이 지내다 한국에서 숨졌다.

한국에서 태어난 원일한은 연세대학교를 세운 언더우드 가문의 3세로, 한국을 사랑한 선교사로 유명한 원한경 목사의 아들이다. 민병갈은 1947년 군정청 근무 때 상사인 원한경의 소개로 그를 처음 만나 소멸 상태에 있던 외국인 친목 단체 RAS를 함께 재건했다. 원일한은 1950년 한국전쟁이 나자 미 해군에 입대해 잠시 떨어져 있었으나 휴전 후 민병갈을 다시 만나 RAS 활성화를 도왔다. RAS를 통해 한국 문화를 외국인에게 알리는 데 앞장선 그는 민병갈의 든든한 후원자이자 친구로 반세기 동안 교우했다. 2002년 민 원장이 세상을 떠나자 85세의 노령에도 천리포 장례식까지 찾아와 오랜 친구의 타계를 슬퍼했다.

민병갈보다 한 살 위인 미국 여성 페라는 1963년 한국에 와서 RAS 회장 민병갈을 만나 그의 업무를 돕는 RAS 총무 역할을 했다. 한국은행에 마련한 RAS 사무실에 출근해 2년간 비서 일도 했던 그녀는 독립해서 영어 교육자로 나선 뒤에도 민병갈을 남동생으로 생각하고 가까이 지냈다. 천리포에서 민 원장의 수발을 든 가사 도우미 박동희 말에 의하면, 페라는 천리포수목원을 가장 많이 방문한 여성 중 한 명이다. 1965년 국내 첫 어학원 LATT Language Arts Testing and Training를 설립한 그녀는 공무원 어학 훈련 등 우리나라 영어 교육에 큰 자취를 남겼다. 활달한 성격으로 직언을 잘해서 심약한 민병갈을 쩔쩔매게 했으나 우정과 사랑이 담긴 바른말이었다. 2002년 봄 민병갈의 부음에 충격이 컸던지 그해를 못 넘기고 11월 10일 82세로 타계했다. 민병갈은 생전에 이런 말을 한 적이 있다.

> 내게는 끊임없이 잔소리하는 세 여성이 있다. 가정부 박순덕 아주머니는 예배당에 나가라고 채근하거나 값싼 옷만 입어 다림질이 어렵다고 투정해 애를 먹는다. 한국에 자주 오는 바버라 테일러(미국호랑가시학회장)는 수목원 설계에 대해 이러쿵저러쿵 말이 많아서 골치 아팠다. 페라는 잔소리가 가장 심해 내가 우표와 동전 수집 등 너무 자질구레한 일에 매달린다며 탓하고, 만날 때마다 휴식 시간과 운동하는 시간을 가지라고 야단이었다.

민병갈에게는 한국에서 생애를 마친 또 하나의 이방인 평생지기가 있다. 제주에 미로공원을 설립한 프레더릭 더스틴이다. 미군 장교로 한국전쟁에 참전했던 그는 휴전 후 알게 된 민병갈과 의기투합해 한국의 문화계 인사들과 교류하는 코리아클럽 결성에 적극 동참했다. 천리포수목원 초창기에 여러 번 현장 답사를 한 그는 자신도 민 원장처럼 녹색 사업을 하기로 마음먹고 제주도에서 나무로 장식한 관광 명소를 조성했다. 평생 독신으로 산 그는 2018년 타계하기에 앞서 한때 교수로 몸담았던 제주대학교에 학교 발전 기금과 장학금 등으로 7억 7,000만 원을 기증했다. 그는 민 원장 타계 후 16년을 더 살았다.

독실한 루터교 집안에서 태어난 민병갈은 한국에 와서 미국인 선교사들과 가까이 지냈다. 그중 대표적 인물이 한국에서 40년간 루터교를 선교한 메이너드 도로와 레너드 바틀링 목사였다. 한때 한남동에 있는 루터교회에 열심히 나갔던 그는 나중에 불교 쪽으로 기울었으나, 1958년에 시작된 두 선교사와의 우정은 죽을 때까지 이어졌다. 2002년 4월 민 원장이 세상을 떠나자 두 친구는 천리포에서 치른 장례식에 아내와 함께 참석했으며, 도로는 친구를 대표해 조사를 했다. 장로교 선교사 인휴 목사와도 각별한 사이로 그의 재산을 관리해주면서 여섯 자녀의 학업을 도왔다. 민병갈은 타계 직전에 막내아들 인요한(연세대학교 의대 교수)을 천리포수목원 재단 이사에 위촉했다.

민병갈의 외국인 친구 중에는 한국을 사랑해 장기 체류하는 지식인이 많았다. 그중 대표적 인물로 한국에서 작곡가이자 저술가로 20년 활동하다 양화진 외국인 묘지에 묻힌 제임스 웨

민병갈, 나무 심은 사람

이드와 족보 연구가로 하버드대학교 교수를 역임한 에드워드 와그너가 있다. 웨이드와는 그의 삼청동 집에 뻔질나게 드나들 정도로 가까웠다. 1980년대에 자주 만났던 와그너에게는 한국 여성과 결혼하는 중간 역할도 했다. 한국의 전통문화에 빠졌던 또 한 사람의 외국인 친구는 미국인 앨런 헤이먼이다. 한국전 쟁 참전 미군으로 와서 한국의 전통음악에 심취했던 그는 민 병갈이 그랬듯이 한복을 즐겨 입었고, 한국에 귀화(1995년)해 이 땅에서 숨졌다.

원일한과 처음 만난 군정청 시절부터 사귄 사회사업가 멜빈 프레리Melvin E. Frarey(1920~1997)도 빼놓을 수 없는 외국인 친구 이다. 1949년 ECA에서 함께 근무했던 그는 운크라 등 유엔 기 구 직원으로 한국에 장기 체류하며 한국의 전쟁고아와 피폐한 농촌을 돕는 일에 헌신했다. 그는 1950년대 민병갈이 즐겼던 농촌 여행의 단골 파트너이기도 했다.

민병갈의 지인 중에는 해몽가解夢家라는 독특한 별명이 붙 은 미국인이 있다. 연세대학교 겸임교수 프레드 셀리그슨Fred J. Seligson(1945~)이다. 1977년 한국에 와서 RAS에 가입해 스물네 살 연상인 민 원장을 형님처럼 따랐다. 한복을 입고 한국식 생 활을 즐긴 그는 세상 만물에는 저마다 영혼이 있다고 주장하 며 이와 관련한 여러 권의 저서를 냈다.

민 원장과 절친한 사이로 천리포수목원을 자주 찾았던 헨리

민병갈이 한국 생활 중 가까이 지냈던 외국인 친구들. (위로부터) 제주 미로공원 설립자 프레데릭 더 스틴. 영어 교육자 저트루드 페라. 루터교 선교사로 40년 봉직한 메이너드 도로 목사 부부. 부인은〈코리아타임스〉에 요리 칼럼을 장기 연재했다.

민병갈, 나무 심은 사람

버드Henry Budd라는 베일 속의 미국인도 있다. 미국 CIA 동아시아 총책이라는 사실 말고는 그에 관해 알려진 것이 없다. 서울에서 오래 살았던 그는 중국과 국교가 없던 시절(1980년대) 민 원장이 중국에서 나무를 들여오는 데 도움을 준 것으로 알려진 인물이다. 이승만 초대 대통령의 수석 고문 로버트 올리버 박사의 여비서이던 올리브 페레라Olive Perera는 민병갈이 한국에서 가장 먼저 사귄 여자 친구로, 그녀가 1980년대 말 케냐에서 정착하기까지 막역한 사이로 지냈다. 2020년 RAS 총무를 맡고 있는 미국 태생 수잔나 오Suzanna Oh도 나이는 한참 아래지만 친구로 가까이 지낸 여성이었다.

미국 가족, 한국 가족

나는 어머니를 모시고 한국에서 사는 것이 너무
행복합니다. 동생 앨버트 내외도 이웃 간에 살
아 자주 만납니다. 우리 네 가족이 한데 모여서
앨버트의 딸 데비의 재롱를 보고 있으면 시간
가는 줄 모릅니다. 그러나 앨버트 일가가 곧 한
국을 떠나게 되는 것이 가슴 아픕니다. 나는 한
국 대가족처럼 혈육들과 함께 살고 싶습니다.

1962년 2월 2일 루스 고모에게 보낸 편지

어머니와 고모, 그리고 여동생

평생 독신으로 산 민병갈에게는 한평생을 가까이 지낼 수밖에 없었던 근친 여성이 3명 있다. 어머니 에드나와 고모 루스, 그리고 여동생 준이다. 이들과 한집이나 이웃에서 살았던 기간은 민병갈의 성장기에 끝났으나 그의 평상심에서 이들이 떠난 적은 한 번도 없다. 가족애를 넘어선 이들의 끈끈한 인간관계는 그와 세 여성 사이에 수십 년간 오간 수천 통의 편지가 잘 말해준다.

30대의 에드나. 민병갈은 쓸쓸한 미소를 머금은 어머니의 마음을 읽고 사진 뒤에 "그녀는 웃고 싶지 않았다(She doesn't want to smile)"라는 말을 써놓았다.

15세에 아버지를 여읜 이후 민병갈에게 어머니 에드나 오 버필드는 하늘과 같은 존재였다. 나이가 들어서도 그는 모든 문제를 어머니와 상의해 그 결정을 따랐다. 젊은 나이에 홀로 된 어머니에 대한 애틋한 마음에서 생긴 그런 효심은 한국에 정착한 뒤에도 변함없이 이어졌다.

에드나에게는 애틋한 사랑 이야기가 있었다. 영국계 이민자 의 딸인 그녀는 교회에서 만난 독일계의 동갑내기 찰스와 첫 사랑에 빠졌다. 대학 졸업을 앞두고 그녀는 제1차 세계대전에 참전하는 찰스와 당분간 헤어지지 않으면 안 되었다. 그러나 전쟁이 끝나기도 전에 유럽 전선에서 돌아온 찰스는 독가스 후유증으로 제대한 부상자였다. 에드나는 부모의 반대를 무릅 쓰고 찰스와 결혼해 사랑의 언약을 지켰다. 그래서 낳은 첫아 들이 민병갈이다.

1936년 찰스가 후유증으로 세상을 떠나자 어린 세 남매를 둔 에드나는 생계가 막막했다. 청소부 등 허드렛일을 하다 벌 이가 시원치 않아 양계업을 시작했으나 큰 도움이 안 되었다. 고심하던 그녀는 취업을 결심하고 공무원 시험에 응시해 합격 했다. 그러나 근무처는 집에서 800킬로미터 떨어진 수도 워싱 턴의 펜타곤으로 발령이 났다. 어쩔 수 없이 그녀는 어린 자녀 들을 시부모에게 맡기고 워싱턴에 가서 10년이 넘게 직장 생 활을 했다. 그사이에 첫아들은 입대해 해군 장교가 된 뒤 한국

민병갈, 나무 심은 사람

대단한 효자였던 민병갈은 어머니 에드나를 한국에 모셔와 6년 동안 함께 살았다. 그는 어머니가
한국에 있는 동안 한복을 입고 생활하길 바랐다.

에 와서 정착했다.

1955년 60세 나이로 퇴직한 에드나는 아들의 성화에 못 이
겨 1960년부터 6년 동안 한국 생활을 했다. 민병갈은 어머니
가 떠날까 봐 용산 미군 사령부에 취직시켜 고정 직장을 갖게
했다. 그러나 에드나는 한국 생활에 적응 못 하고 1966년 미
국으로 돌아갔다. 독실한 기독교 신자이던 그녀는 귀국 후 피
츠턴의 '우먼스클럽'에 가입해 브리지 게임과 피노클 게임을
즐기며 여생을 보냈다. 그녀가 마지막으로 한국을 방문한 해
는 95세 때인 1990년이었다. 그리고 6년 뒤인 1996년 2월
101세의 나이로 세상을 떠났다.

에드나가 세상을 떠나자 그녀가 회원으로 활동하던 우먼스 클럽의 마거리트 우드러프 회장은 클럽 회지에 고인을 추모하는 장문의 글을 실었다. 에드나에게 한국은 제2 고향이었다고 소개한 추모사를 요약하면 다음과 같다.

에드나 오버필드 밀러 여사는 1895년 9월 19일 펜실베이니아주 미소펜에서 태어났다. 오빠가 있었으나 세 살을 조금 넘긴 나이에 디프테리아로 사망했다. 그로부터 5년 후 에드나가 태어났고 그녀는 외동딸로 자랐다. 아버지 노먼은 대장장이였다가 후에 정비공이 되었다.

성장해서 에드나는 버크넬대학교에서 수학, 라틴어, 독일어, 철학 등을 공부했다. 졸업 후 1년 동안 교사로 일했으나 그 일이 자신에게 잘 맞지 않는다는 것을 알고는 그만두었다. 그사이에 에드나는 찰스 E. 밀러를 만나 사랑에 빠졌다. 그러나 곧 전쟁이 일어나 유럽 전선으로 찰스를 보내지 않으면 안 되었다. 에드나에게 자주 편지를 썼던 찰스는 불행히도 전선에서 큰 부상을 입고 고향으로 돌아왔다. 두 사람은 1920년 3월 24일 서둘러 결혼식을 올렸고 페리스와 준, 앨버트가 태어났다.

16년간의 결혼 생활을 끝으로 찰스는 세상을 떠났다. 전쟁으로 인한 부상 후유증과 무리한 수술의 결과였다. 당시 에드나의 나이는 겨우 마흔이었고, 아이들의 나이는 15세, 13세 그리고 10세였다. 생활을 위해 온 식구가 무슨 일이든 해야 했다. 에드나는 로터리클럽에 음식을 납품했고 중증 장애아를 돌보았으며, 남는 시간에 청소부와 세탁부로도 일했다. 아이들은 집에서 채소와 닭을 길러 시장에 내다 팔았다.

1938년 에드나는 행정부 공무원 시험을 우수한 성적으로 통과해 워싱턴DC의 펜타곤으로 발령받았다. 이미 큰아이 둘은 혼자 힘으로 대학에 갔고, 막내는 조부모에게 맡겼다. 에드나는 민원실에서 속기, 타이핑 등의 사무를 보았다.

1960년 에드나는 큰아들 페리스가 살고 있는 한국으로 직장을 옮겼다. 미 8군에서 일하며 그녀는 주말이면 아들과 함께 RAS(왕립아시아학회) 투어를 즐겼다. 마침 일본에서 해군으로 복무하던 작은아들도 한국에서 근무하게 되어 한동안 세 식구가 모여 살 수 있었다. 에드나는 1964년 7월 13일까지 한국에서 일했다. 한국은 그녀에게 제2의 고향이었다.

전 세계를 여행한 에드나는 친구들에게 이런 말을 자주 했다. "가능하면 모든 나라에 가보세요. 우리와 다른 문화를 배우세요. 그러면 당신은 타인에 대해 훨씬 관대해지고 이해심이 높아질 것입니다."

민병갈이 어머니 다음으로 사랑한 루스 고모.

아버지의 유일한 여동생 루스 고모는 민병갈에게 어머니 이상이었다. 에드나보다 두 살 위인 그녀는 올케가 워싱턴에서 장기 직장 생활을 하는 동안 그 빈자리를 채워주었다. 슬하에 자녀가 없던 루스는 페리스 등 세 조카를 친자식처럼 사랑했다. 민 원장이 소장한 편지 중 가장 많은 분량을 차지하는 편지는 루스가 보낸 것이다. 글 쓰는 것을 좋아했던 그녀는 일주일이 멀다 하고 장문의 편지를 보냈다.

루스는 집에서 말을 기르며 승마를 즐길 만큼 활달한 여성이었다. 광산 회사 경리 사원 출신으로 회계에 밝았던 그녀는 민병갈의 미국 내 재산을 도맡아 관리했다. 그 시작은 페리스

민병갈, 나무 심은 사람

의 입대 시절로 거슬러 올라간다. 페리스는 군인 봉급을 쪼개서 루스 고모에게 보내면, 루스는 그 돈을 꼬박꼬박 은행에 넣고 수시로 이자를 포함한 예금 잔고를 편지로 알려주었다. 민병갈이 증권투자를 시작하자 종잣돈을 대주고, 금리가 싼 미국 은행에서 자금을 융통해주었다.

민병갈은 어머니에게도 밝히지 않은 한국 내 재정 상태를 루스 고모에게는 빠짐없이 보고했다. 증권투자에서 어떤 종목으로 얼마 만에 팔아서 몇 퍼센트 손익이 났는지 상세하게 알려주었다. 그리고 수시로 용돈과 선물을 보냈다. 민병갈의 한국 내 증권투자 계좌에는 루스 고모 것이 따로 있었다. 투자금을 받아 따로 관리해주는 계좌였다.

이웃에 살면서 남편 하워드와 함께 말 농장을 운영하던 루스는 밀러가 중학교에 들어가자 승마를 가르쳤다. 초보 수준이지만 이때 익힌 승마 기술은 해군 군사학교에 들어간 밀러에게 말타기를 취미로 즐기는 길을 열어주었다. 후일 한국으로 귀화한 민병갈은 승마를 배운 것과 자신이 입대하려고 집을 떠날 때 전별금 15달러를 받은 기억을 더듬으며 고인이 된 고모를 잊지 못했다.

루스는 조카의 초청으로 여러 번 한국에 왔는데, 그때마다 민병갈은 한복을 입혀 친구의 파티에 데려가는 등 어머니를 대하듯 극진히 공경했다. 에드나와 함께 10여 차례 한국을 방문한 루스는 올케보다 10년 앞선 1986년 90세로 세상을 떠났다. 고모를 잃은 슬픔이 컸던 민 원장은 천리포수목원에 목련한 그루를 심고 루스 추모비를 세웠다.

민 원장이 사랑한 집안 여성은 어머니와 고모 말고 두 살 아래인 여동생 준 맥데이드가 있다. 어릴 때부터 어려운 환경에서 함께 자란 준은 결혼해서 집을 떠났어도 변함없이 가까운 혈육이었다. 민병갈에게는 준에 대한 아픈 기억이 있다. 집안이 어려워 양계업을 하던 시절, 닭의 목을 치는 엽기적인 일이 자기 몫인데도 심약한 그는 차마 이 일을 못 하고 나이 어린 준에게 떠맡겼기 때문이다. 민병갈은 이 끔찍한 기억 때문에 평생토록 닭고기를 안 먹는 닭 혐오증이 생겼다.

대학에서 영문학을 공부한 준은 고등학교 영어 교사가 되었다. 그리고 23세 때 부잣집 아들로 자연에 파묻혀 사는 빌 맥데이드와 결혼해 2남 2녀를 두었다. 민병갈의 초청으로 여러 차례 한국을 방문한 그는 2002년 3월 말 오빠의 마지막 모습을 보기 위해 한국에 왔다. 그리고 수척해진 오빠를 보고 눈물을 흘리며 돌아갔다. 민병갈은 준을 만난 뒤 일주일을 못 넘기고 세상을 떠났다. 그로부터 3주 후인 4월 27일 준은 필라델피아에 가서 프리덤재단이 민병갈에게 주는 '우정의 메달'을 오빠를 대신해 받았다.

에드나는 세상을 떠나기 이태 전 큰아들에게 받은 편지와

민 원장이 한국을 방문한 여동생 준 가족(남편과 딸)을 만나 점심 식사를 하고 있다. 민 원장의 매제 빌의 맞은편에 앉아 있는 사람은 수행 비서 이규현.

선물을 모두 딸 준 맥데이드에게 주었다. 준은 어머니 유품 중 오빠의 편지들을 따로 보관했다가 2014년 5월 자택을 방문한 민 원장의 오랜 비서 이규현을 통해 천리포수목원에 기증했다. 당시 91세이던 준은 남편 빌 맥데이드와 사별하고 펜실베이니아주 오듀본Audubon에 있는 한 고급 실버타운에서 여생을 보내고 있었다. 2021년 현재 98세인 그녀는 페이스북에 글을 올리는 등 정정한 노년을 보내고 있다.

민병갈에게는 준 밑으로 네 살 아래인 남동생 앨버트 밀러가 있다. 전기 기술자로 제너럴 일렉트릭 일본 지부에 근무하다가 일본 여성 에미코와 결혼한 그는 형의 요청에 따라 한때 한국에서 살았다. 그는 2021년 현재 96세로 아내와 미국 뉴욕 주 롬에서 살고 있다.

영원한 친구 캐서린

미남이었던 칼 밀러에게는 따르는 여자가 많았다. 그 첫 여성을 찾는다면 대학 동창생 캐서린 프로인드일 것이다. 대학 4년을 함께 다니고 그중 2년은 같은 기숙사에서 생활한 그녀는 페리스를 못 잊어 평생을 독신으로 살았다. 그러나 페리스는 그녀에게 좀처럼 마음을 주지 않았다.

학창 시절 페리스와 캐서린의 데이트는 두 번으로 끝났다. 대학 콘서트홀에서 재즈 연주를 들은 것과 기숙사 식당에서 열린 종강 파티에서 손잡고 춤 한 번 춘 것이 전부였다. 대학 졸업 후에는 밀러가 군사학교 생도 시절 휴가 중에 한 번 만났고, 한국에 와서는 일시 귀국했을 때 잠시 대화를 나누었을 뿐이다. 그러나 캐서린은 단념하지 않고 편지를 보내 캠퍼스 데이트 30여 년 만에 페리스와 끈끈한 관계를 맺었다.

대학 졸업 후 그들은 각자의 길을 가며 연락이 끊겼다. 페리스는 군문에 들어가서 정보장교로 변신하고, 캐서린은 고향의 고등학교에서 영어를 가르치는 선생님이 되었다. 세월이 흘러도 페리스에 대한 그리움이 컸던 캐서린은 주소조차 모르는 페리스의 한국 직장으로 편지를 띄웠다. 마지막으로 만난 지 25년 만이었다.

1972년 12월 하순, 한국은행에 출근한 민병갈은 비서가 가져다준 우편물을 보다가 깜짝 놀랐다. 크리스마스카드가 든 한 봉투에서 캐서린 프로인드의 이름을 발견했기 때문이다. 봉투에 쓰인 수신자 주소는 한국은행Bank of Korea이라고만 적혀 있었다. 페리스의 직장이 한국은행이라는 사실만 알았던 캐서린이 막연한 주소로 카드를 보낸 것이다. 카드 속에는 편지가 따로 들어 있었다. 그녀는 밀러의 직장을 알게 된 경위와 자신의 근황을 밝히고 "한국 이야기를 들으면 재미있을 것 같다"라는 말로 답장 주기를 바랐다.

뜻밖에 캐서린의 성탄 카드와 편지를 받은 민병갈은 잠시 상념에 잠겼다. 눈을 지그시 감은 그에게 가물가물 남아 있는 기억은 자기 품에 안겨 춤을 추던 그녀의 탐스러운 머릿결이었다. 그리고 그때 귀에 속삭인 말도 생각났다.

"나는 혼자 살기로 했어. 우리는 다시 만난다 해도 친구일 뿐이야."

그러고 보니 캐서린이 결혼했는지 궁금했다. 한 살 아래였으니 이제는 50세의 중년 아줌마가 되었을 거라고 생각한 민병갈은 30년 전의 통통하던 여대생 모습을 떠올리며 지금쯤 장성한 자녀의 엄마가 돼 있을 거라고 믿었다. 그리고 카드와 편지를 보낸 것은 단순한 문안으로 여기고 간단한 답장을 보냈다. 그런데 캐서린이 아직도 독신을 지키며 자신을 못 잊어 한다는 사실은 그녀가 두 번째 보낸 장문의 회신을 통해 알았다. 그때부터 태평양을 사이에 둔 남녀의 편지 왕래가 시작되었다.

이후 캐서린이 보인 사랑은 연인이나 아내 이상이었다. 민병갈의 편지를 몇 차례 받은 그녀는 가까이 사는 그의 어머니부터 찾아갔다. 당시 에드나는 아들의 성화로 한국에 가서 6년간 머물다가 돌아와 피츠턴에서 루스 고모와 살고 있었다. 고령의 시누이가 유일한 말벗이던 그녀는 수시로 찾아와 친구가 돼주는 캐서린이 며느리처럼 느껴졌다. 이번에는 세대 차이를 뛰어넘은 두 여성 간의 우정이 시작되었다.

사정이 이쯤 되자 아무리 목석같은 민병갈도 마음이 달라지지 않을 수 없었다. 첫 편지를 받은 이듬해인 1973년 10월 그는 고향 방문길에 캐서린을 만나기로 하고 약속 장소를 정했다. 이번에는 군사학교 생도 시절에 방학을 이용해 만났던 버크넬대학교의 구내식당과는 격이 다른 피츠턴의 아주 고급스러운 레스토랑에서 만났다. 만찬에는 어머니와 고모가 합석했다.

거의 30년 만에 본 캐서린은 살이 많이 쪘으나 고운 살결은 그대로였다. 캐서린이 본 밀러 역시 잘생겼던 옛 모습은 사라지고 머릿결이 하얗게 변한 초로의 신사가 되어 있었다. 캐서린은 따로 둘만의 시간을 갖고 긴 이야기를 나누고 싶었으나, 민병갈의 무심한 자세는 학창 시절과 다름없었다. 어머니에게 잘해주어서 고맙다는 말과 함께 한국에서 준비해간 자개 꽃병 하나를 선물로 주었을 뿐이다. 캐서린이 준 것은 한정판으로 기념 제작한 지퍼 라이터였다. 그녀는 밀러가 하루에 담배 세 갑을 피우는 골초라는 사실을 에드나로부터 들어 알고 있었다.

이번에는 두 사람의 만남이 단발로 끝나지 않았다. 그 후 민병갈이 고향을 찾을 때마다 캐서린을 만났는가 하면, 끊임없이 편지와 카드를 보내고 선물 교환도 자주 했다.

1980년 여름 마침내 캐서린은 에드나와 함께 한국을 방문했다. 일본을 여행한 적이 있는 그녀는 처음 본 한국에서 또 다른 동양의 전통미를 발견하고, 밀러가 한국에 반해 정착한 이유가 무엇인지 짐작이 갔다. 그리고 천리포수목원을 돌아볼 때는 자신이 좋아하는 한 남자가 만리타국에서 일군 자연 동산의 아름다움에 잠시 넋을 잃었다. 이후부터 그녀는 천리포수목원의 달라지는 모습을 보는 게 일상적 바람이 되었다.

캐서린을 생각하는 민병갈의 마음도 옛날 같지 않았다. 편지를 자주 보내고 고향을 방문할 때는 어김없이 선물을 챙겼다. 어머니가 한국에 오게 되면 캐서린이 동행하도록 두 장의 왕복 비행기표를 보냈다. 1996년 에드나가 세상을 떠난 뒤에는 여동생 준과 함께 오도록 했다. 하지만 캐서린만을 초청한 경우는 한 번도 없었다.

문학도였던 캐서린은 틈만 나면 그리움의 시를 써서 보냈다. 그녀가 예쁜 글씨로 정성껏 쓴 편지와 카드에는 가까운 친구에 대한 우정의 표시로 보기에는 너무 절절한 심정이 문구마다 담겨 있다. 캐서린은 여행담 같은 긴 편지를 쓸 때만 타자기를 사용하고, 평상시에는 손 글씨로 자신의 마음을 나타냈다. 1987년 크리스마스를 앞두고 보낸 편지에는 다음과 같은 내용이 있다.

> 잠시 시간을 내어 당신에서 두 가지를 알립니다. 하나는 당신의 생일을 축하하는 시를 녹음한 테이프를 보낸 것입니다. 크리스마스 선물 상자에 넣었으니 당신이 잘 들었으면 해요. 또 하나는 당신이 보낸 3개의 예쁜 캘린더를 받은 데 대한 고마움입니다. 나는 복이 많은 여자예요. 그 달력들은 내가 당신과 한국을 생각하는 추억물로 우리 집에서 가장 잘 보이는 곳에 걸릴 거라고 믿으면 돼요. 당신의 생일이기도 한 이번 크리스마스이브에는 당신이 서울과 천리포 중 어디에 있을지 알고 싶습니다. 그날 내가 전화를 하든지 무언가 할 거니까요.

민병갈, 나무 심은 사람

민병갈의 영원한 여자 친구 캐서린 프로인드. 그는 평생 독신으로 살면서 민 원장과 헌신적인 우정을 나눴다.

1996년 1월 에드나가 세상을 떠나자 캐서린의 슬픔은 밀러에 못지않았다. 검은 상복을 입고 장례식에 참석한 그녀는 이듬해 봄 에드나 대신 준과 함께 천리포수목원을 방문해 에드나를 추모하는 헌수獻樹를 했다. 수목원에서 스카이라인이라고 부르는 산등성이에 목련 한 그루를 심고 그 앞에 에드나를 사모하는 추모비를 세웠다. 헌수를 거들은 수목원 직원들은 캐서린이 시어머니를 공경하는 한국식 며느리 노릇을 한다고 생각했다.

캐서린에게 더 큰 충격은 2001년 1월 민 원장이 치명적인 직장암 진단을 받았다는 소식이었다. 이때부터 캐서린은 끊임없이 문안 전화와 쾌유를 비는 카드를 보냈다. 그리고 직장암과 관련한 내용이 담긴 비디오테이프를 구해 보내는 등 원격이나마 병구완을 위해 온갖 정성을 쏟았다. 2002년 4월 민병갈의 부음을 들은 캐서린의 슬픔이 얼마나 컸을지는 새삼 말할 필요가 없다.

캐서린은 민 원장이 타계한 뒤 10년을 더 살았다. 무남독녀이던 그녀는 버크넬대학교 영문과를 나와 고향 근처 윌크스배리에서 고등학교 영어 교사로 정년까지 근무했다. 50세 때 민병갈과 재회한 그녀는 해외여행을 즐기며 민병갈을 만나기 위해 여러 차례 한국을 방문했다. 40대에 잇달아 부모를 여의고 친척도 없이 평생 독신으로 살았던 캐서린은 유일한 남자 친구마저 잃고 양로원에서 고독한 말년을 보냈다.

2013년 10월, 캐서린은 피츠턴의 한 고급 양로원에서 민 원장의 오랜 수행 비서이던 이규현의 방문을 받았다. 안면이 있는 그를 보자 91세의 할머니는 눈물을 감추지 못했다. 그가 전용으로 쓰는 거실과 침실에는 민병갈을 추억하는 사진과 기념물로 가득했다. 한국의 문갑 위로 한국화 한 폭이 걸려 있고, 민 원장이 선물한 한국 고가구 위에는 함께 찍은 사진과 선물로 받은 소품들이 놓여 있었다. 캐서린은 민 원장으로부터 받은 편지를 보고 싶다는 방문객의 요청에 '개인 보물'이라며 복사도 거부했다.

캐서린은 그 이듬해 2014년 5월 21일 고향의 한 요양 병원에서 92세로 쓸쓸히 숨졌다. 평소에 가까웠던 민 원장의 여동생 준 맥데이드도 뒤늦게 알아 장례식에 참석하지 못했다고 했다. 매장을 했는지, 화장을 했는지, 유품은 어떻게 처리했는지, 특히 민병갈이 보낸 숱한 편지들은 어디로 갔는지 알아볼 만한 사람은 아무도 없다. 준은 이메일로 캐서린의 부음을 전하며 이런 말을 남겼다.

"오빠가 살아 있었으면 캐시가 그렇게 허무하게 세상을 뜨지는 않았을 거예요."

친족 이상의 인조 가족

민병갈은 평생 독신을 지키며 홀아비로 살았으나 한국 생활 초기를 제외하고는 한국에서 혼자 산 경우는 거의 없다. 한국 생활이 안정된 다음부터 가사 도우미와 양아들을 두었기 때문이다. 1960년에는 어머니를 모셔와 6년 동안 한집에 살거나 이웃 간에 살았다. 어머니가 귀국한 후에는 양아들이 결혼

미국 가족, 한국 가족

해 며느리와 손주가 생겼다. 혈연관계를 떠나서 한 지붕 아래서 산 이들은 사실상 '인조 가족'이었다. 4명의 양아들과 2명의 가사 도우미, 그리고 그 자녀가 그들이다.

한국에서 머문 57년 중 민병갈이 혼자 산 기간은 1945년 9월 입국 때부터 1954년 현저동 한옥에 입주할 때까지 9년간이다. 현저동 이후부터는 박순덕과 김옥주 두 가사 도우미와 양아들 송진수 등 세 사람이 한집에서 살았다. 이들이 인조 가족의 시초다.

민병갈은 생전에 모두 4명의 양자를 두었다. 첫 입양자는 1960년 데려온 제주도 출신 김갑순(1943~)이다. 그리고 이듬해 15세 중학생이던 송진수를 입양했다. 이 밖에 김홍건, 구연수 등 2명의 양아들이 더 있다. 4명의 양자 중 둘째인 송진수(1945~2004)는 민병갈의 최측근으로 가장 오랫동안 함께 살았다. 그는 결혼 후 슬하에 남매를 두었다. 며느리와 손자까지 합치면 민병갈의 측근 가족은 1980년대 말까지 모두 9명으로 늘었다.

두 손주가 생기자 민병갈은 가족이 늘었다고 기뻐하며 데리고 살다시피 했다. 이들이 유치원에 다닐 때는 손수 운전을 해서 데려다주고 데려왔다. 추위를 많이 탄 그는 해마다 신년 초가 되면 진수 가족과 하와이 여행을 떠나곤 했다. 양아들 가족에 대한 극진한 사랑은 그가 수목원 숙소로 쓰던 후박집 지붕에 새겨져 있다. 기와집 지붕의 4개 방풍널에 쓰인 '갈渴, 진珍, 정貞, 근根'은 병갈, 진수, 정근, 정애 이름에서 한 자씩 따온 것이다. 며느리를 포함해 진수 가족 4명은 민 원장이 꿈꾸던 대가족의 구성원이 되었다.

송진수는 중학교 3학년 때인 1961년 '진학이 어려운 가난한 수재'로 소개된 〈한국일보〉 기사가 인연이 되어 입양했다. 민 원장은 그의 재능을 아껴 영어와 브리지 게임을 가르치고 장성해서는 두 차례 해외 연수를 보냈다. 한양대학교 건축공학과를 나와 건설 회사에 취직한 송진수는 뛰어난 영어 실력으로 해외 공사 수주에 수완을 보였다. 퇴직 후 설계사가 된 그는 초가집처럼 생긴 현재의 민병갈기념관을 설계하고 시공했다. 후계자로 키웠던 그는 2002년 4월 민 원장이 세상을 떠나자 상주가 되어 장례를 주도했다. 민 원장 별세 후 천리포수목원 이사직을 내놓은 그는 건강이 크게 나빠져 2004년 59세로 타계했다.

민병갈에게 가장 가까웠던 인조 가족은 30여 년간 함께 살며 집안일을 돌봐준 박순덕과 김옥주 두 가사 도우미이다. '아주머니'로 불렸던 두 여성은 1960년대 말 용산에 있던 미 8군의 영내 학교에서 일하다가 민 원장과 인연을 맺었다. 먼저 입주한 박순덕은 요리사 출신으로 유복자 외아들을 키우는 독신이었고, 나중에 한집살이를 하게 된 김옥주는 간호보조원 출신

의 미혼녀였다. 두 아주머니와 함께 민 원장의 수발을 들어준
또 다른 여성으로 천리포 주민 박동희가 있다. 일찍 남편을 여
윈 그녀는 수목원에서 허드렛일을 하면서 세 아들을 키웠다.

애플파이를 잘 만든 박순덕은 서양 요리 솜씨가 뛰어나 외
국인 초대 손님들에게 큰 인기였다. 민 원장이 수목원을 설립
한 뒤부터는 연희동 집에서, 외국에서 들여온 묘목이나 씨앗을
다듬고 이를 배양하는 온실 관리도 했다. 2001년 초 민 원장이
암 진단을 받은 뒤부터 그녀는 1년 반 동안 헌신적으로 병구완
을 했으나 끝내 사별의 슬픔을 겪어야 했다. 이처럼 친족처럼
살다 보니 그의 외아들 노일승도 성장기에는 인조 가족의 한
사람이 되었다. 그는 수목원 초창기에 직원으로 들어가 10년
동안 일했다.

민 원장의 천리포 숙소를 지켰던 박동희는 20년 뒷바라지
로 세 아들을 잘 키웠다. 장남 신경철은 2020년 태안군 군의회
의장이 되었다. 천리포에서 가장 큰 식당을 운영하는 막내 신
호철은 수목원 근무 시절의 민 원장을 회고하며 "나무 공부를
하라고 특별히 당부한 말씀을 못 지켰다"고 못 잊어 했다.

세 가사 도우미에 이어 민 원장에게 가족과 다름없는 네 번
째 한국 여성은 수양딸로 삼은 안선주 원불교 교무다. 그는 해
외여행 중인 민 원장에게 한글 편지를 받은 유일한 한국인이
다. 기독교인이던 민병갈을 원불교로 인도한 안 교무는 양아버

평생 독신으로 산 탓에 국내에는 가족이 없던 민 원장은 양아들과 가사 도우미를 가족처럼 생각하고 가까이 지냈다. 사실상 인조 가족인 셈이다. 앞자리 가운데의 며느리를 좌우로 가사 도우미 박순덕과 박동희가 있고, 뒤에는 오른쪽부터 송진수와 구연수 등 두 양아들이 서 있다.

지의 장례식을 집전하는 교무로 나와 구슬픈 헌사를 했다. 민 원장을 양아버지로 모신 것에 대해 그녀는 이렇게 설명했다.

> 처음 몇 차례 뵙고 나서 마음의 상처가 큰 분이라는 것을 알았습니다. 말씀은 안 하셨지만 실망의 기색이 역연하여 누군가에게 배신을 당했구나 싶었어요. 노인네가 가끔 한숨짓는 모습이 너무 가슴 아파 이분의 상처 난 마음을 잘 보듬어드려야겠다는 생각을 하게 되었습니다. 그래서 아버님처럼 가까이 모셨습니다.

민 원장의 재일 교포 친구이던 윤응수의 말을 들어보면 안 교무는 민 원장의 마음을 제대로 짚은 것 같다. 한국에 자주 오는 옛 친구에게 자주 했다는 다음과 같은 말에는 노년의 민 원장 심정이 잘 나타나 있다.

나는 한국에 와서 나무를 키우면서 사람도 열심히 키워보았으나, 결국 나를 실망시킨 쪽은 사람이었다.

1980년부터 22년간 민 원장을 그림자처럼 따랐던 수행 비서 이규현도 인조 가족이나 다름없다. 수목원에서 직원 한 사람을 쓸 때나 작은 물건 하나를 살 때도 그와 의논하는 일급 참모였다. 민 원장이 해외에 나갈 때면 어김없이 따라나섰던 그는 병상 옆에서 임종까지 지켰다. 음력으로 민 원장의 제사까지 지내는 그는 묘소(수목장지)에 가게 되면 불붙인 담배 한 개비와 소주 한 잔을 준비해놓고 재배한다. 줄담배에 소주를 즐겼던 고인을 추모하는 마음에서다. 2020년 말 기준 천리포수목원 이사로 있는 이규현은 민 원장의 유지를 계승하는 데 각별한 신경을 쓴다.

RAS 담당 비서로 10년 넘게 일한 배수자도 오랜 측근이었다. 그는 1968년부터 한국은행 사무실에서 민 원장의 RAS 한국 지부 재건을 도왔다. 민병갈이 회장직을 내놓은 뒤부터는 사무총장을 맡아 운영난에 빠진 RAS의 100년 전통을 지키는 데 힘을 쏟았다.

민 원장은 수목원 직원을 가족처럼 대했다. 직원들도 어버이처럼 따르고 공대했다. 음력 설날에는 어김없이 목련집에서 전통적인 신년 인사회가 벌어졌다. 민 원장은 한복을 입고 대청마루에 정좌해 젊은 직원들의 세배를 받았다. 1980년대 세뱃돈은 당시 최고액권인 5,000원짜리 한 장이었다.

천리포수목원에는 30년 이상 근속자가 여러 명 있다. 입사순으로 김동국, 이원덕, 이규현, 정문영, 최창호 등이 그들이다. 농사일을 전담한 유동현과 초가지붕 전문가 김동국은 정년까지 수목원을 지켰다. 무궁화 박사로 통하는 고참 직원 김건호는 토요일 일과가 끝나면 민 원장과 사무실에서 맥주 파티를 하는 것이 큰 즐거움이었다고 회고했다. 2002년 봄 꽃상여에 오른 민 원장을 모시고 장지까지 동행한 상여꾼들은 고인이 가족처럼 사랑한 수목원 직원들이었다.

The most beautiful arboretum

Carl Ferris Miller

에필로그

내 시신을 나무의 거름으로

2001년 5월 3일, 그날 오후의 서해는 전례 없이 파도가 높았다. 평소 같으면 주말 낚시꾼들을 태운 어선이 많이 보였을 휴일의 만리포 앞바다에는 배 한 척도 보이지 않았다. 폭풍주의보가 내려진 것이 분명했다. 해수욕 철이 아니더라도 일요일엔 나들이객의 발길이 잦은 백사장도 인적이 끊긴 채 파도 소리만 요란했다. 흰 거품을 일으키며 삼킬 듯이 해안을 향해 밀려오는 성난 파도가 자못 음산한 분위기를 자아냈다.

백사장을 끼고 도는 해안도로는 이날따라 더 을씨년스러웠다. 전망이 좋아 승용차들이 많이 멈추는 북쪽 길도 한적하기만 했다. 땅거미가 질 무렵, 천리포 쪽에서 베이지색 승용차 한 대가 들어와 미끄러지듯 멈추더니 1시간 넘게 떠날 줄을 몰랐다. 누가 저렇듯 쓸쓸히 운전석에 앉아 있을까? 차창 밖으로 성난 파도를 뚫어지게 응시하고 있는 사람은 뜻밖에도 백발의 이국 노인이었다.

넥타이를 단정히 매고 두툼한 재킷을 걸친 노인의 주름진 얼굴엔 병색이 완연했다. 바닷바람이 차가웠는지 반쯤 내렸던 차창을 올린 그는 파도 너머로 아스라이 보이는 먼바다에서 눈길을 떼지 못했다. 그리고 담배 한 개비를 꺼내 한참 동안 물고만 있더니 라이터 불을 붙였다. 담배 몇 모금이 꿀맛인 듯 연기를 내뱉는 그의 표정은 성난 바다를 보던 비애의 자태에서 많이 누그러져 있었다.

"암 환자가 저러면 안 되는데…."

먼발치로 보이는 중환자의 흡연이 걱정스러웠지만 담배를 피우고 싶은 마음이 너무 간절해 보였다. 인사라도 하고 싶었지만 강풍과 파도가 몰아치는 바다를 응시하는 노인의 무겁고 침울한 모습에 망설여졌다. 텅 빈 해수욕장의 해안도로에서 하염없이 바다를 바라보는 이 푸른 눈의 노인은 바로 옆에 있는 천리포수목원을 설립한 민병갈 원장이었다.

이날은 천리포수목원이 해마다 갖는 후원 회원의 날이었다. 민 원장이 승용차에서 바다를 응시하고 있을 즈음, 그곳에서 수백 미터 떨어진 수목원 잔디밭에서는 '후원회 우정의 날' 행사가 끝나가고 있었다. 민 원장이 아프다는 소식을 들은 참석자들은 예년처럼 만나기를 기대하지는 않았으나, 그들이 보고 싶었던 주인공이 근처 바닷가에서 차를 세우고 외롭게 옛 생각에 젖어 있는 줄은 상상도 못 했다. 후원 회원들을 만나기 위해 미리 천리포에 와 있던 민 원장은 행사가 열리는 날 몸이 불편해 종일 후박집에서 머물고 있었다. 그리고 무슨 생각을 했는지 저녁나절에 혼자 자동차를 몰고 만리포 바닷가로 나왔다.

80세의 중환자가 홀로 집을 나와 바닷가에서 장시간 무슨 생각을 했을까? 이방인으로 이 땅에 와서 반세기 넘게 살아온 그가 어떤 상념에 젖어 있었을지 짐작이 갔다. 살날이 얼마 안 남았음을 잘 알고 있던 그가 불편한 몸을 무릅쓰고 슬그머니 집을 빠져나온 게 확실했다.

민병갈이 차창을 통해 하염없이 바라본 바다는 그가 군함을 타고 한국에 처음 올 때 지났던 서해였다. 불현듯 그의 뇌리에 한반도 해역에 들어서며 긴장했던 56년 전 자신의 모습이 떠올랐다. 그때 새벽 물살을 가르는 미군 수송단의 기함 캐톡틴호 갑판에서 가슴을 두근거리며 바라본 한국 땅이 지금 자기가 있는 천리포가 아니었을까 싶었다. 생각이 여기에 이르자 바다를 응시하는 노안에 이슬이 맺혔다. 한국에 첫발을 디뎠을 때 팔팔한 24세이던 칼 페리스 밀러 해군 중위가 어느덧 80세 백발의 한국인 민병갈이 되어 있다는 사실이 병객의 마음에

민병갈, 나무 심은 사람

비애를 일으킨 것이다. 당시 그는 더 이상 손을 쓰기 어려운 말기 암 환자였다.

2001년 초, 몸에 이상을 느끼고 세브란스병원을 찾은 민병 갈은 의사로부터 매우 충격적인 진단을 받았다. 직장암 말기에 앞으로 살날이 석 달 정도라는 것이었다. 불과 한 달 전에 한 유명한 건강 진단 기관으로부터 가벼운 폐 질환을 제외하곤 건강상 다른 이상이 없다는 통보를 받은 그로서는 어처구니가 없었다. 재검을 했으나 결과는 같았다. 담당 의사는 방사능 치료가 어려우니 항암제 주사를 맞아야 한다고 했다. 담담히 치료 방법을 받아들인 그는 그날부터 1년이 넘는 투병 생활에 들어갔다.

세브란스병원 심장혈관 병동 13층에 입원한 민병갈은 환자 같지 않았다. "석 달 정도 더 살겠다는 건 말도 안 돼. 그보다는 훨씬 더 살 테니 걱정 말아요"라며 시사 잡지 〈뉴스위크〉를 사다달라고 했다. 간호사에 따르면 입원 첫날 그는 두 가지를 주문했다고 한다. 병원식에 닭고기를 넣지 말 것과 특실 입원비가 너무 비싸니 값싼 1인실로 옮겨달라는 것이었다. 하루 62만 원짜리 병실은 그의 재력과 병세를 고려해 비서가 신청한 것이었으나, 수목원 운영비를 축낸다며 옮길 것을 재촉했다.

정기적으로 항암제 주사를 맞는 사흘의 입원 치료가 끝나면 민 원장은 곧장 명동 쌍용투자증권 사무실로 출근했다. 그리고 금요일 오후에 어김없이 천리포로 내려가 나무 곁을 지켰다. 두 번째 투약을 받은 2001년 3월 말에는 아일랜드 더블린에서 열리는 국제수목학회에 참석하기 위해 해외 출장에 나서기도 했다. '마지막 해외여행'이라며 그해 가을에 찾은 곳은 베트남이었다. 귀국 후 병세가 악화했으나 서울과 천리포를 오가는 근무 형태는 조금도 바뀌지 않았다.

중환자의 과로가 걱정돼 주변 사람들이 업무 중단과 요양을 권하면 민 원장은 "수목원은 어쩌란 말이냐!"고 버럭 역정을 냈다. 그에게는 자신의 건강보다 수목원의 안위가 더 중요한 듯 보였다. 그러나 내심은 어떻게 하면 병을 고칠 수 있을까 노심초사했다. 겉으로 애써 태연해 보이려는 노력은 주변 사람들을 더 가슴 아프게 했다. 세상을 떠나기 5개월 전, 장충동의 서울클럽 식당에서 아리스 킴이라는 여성 친구가 그의 수척한 모습을 보고 놀라서 문안을 했다.

"안색이 안 좋으시네요. 어디가 아프신가요?"

"나, 암 걸렸어. 의사가 곧 죽을 거래."

"농담이 여전하시네요. 20년은 더 사실 분이….."

"이 사람한테 물어봐. 나 죽기 전에 한번 놀러 와."

민병갈은 동행자를 가리키며 오랜만에 만난 지인에게 임박한 자신의 죽음에 대해 태연히 말했다. 세브란스병원 의사로 있는 친구의 아들 인요한이 입원실에 들르면 "내가 살날이 얼마나 남았어?"라는 어처구니없는 질문을 하기 예사였다. 항암 치료로 머리가 많이 빠져서는 모자 패션에 신경을 쓰며 "암 환자로 안 보이지?"라고 물어 여비서 윤혜정을 당혹스럽게 했다. 울고 싶은 마음을 웃음으로 달래는 낙천적 성격 때문인지 그는 의사의 진단보다 13개월을 더 살았다. 항암제 주사의 후유증으로 나타나는 탈모 현상도 아주 늦게 나타났다.

민 원장이 입원했을 당시에는 전업 간병인이 없던 때라 가사 도우미 박순덕과 비서 이규현이 교대로 간병을 했다. 필자는 그 틈새에 끼어 두 차례 민 원장의 투병을 지켜볼 기회가 있었다. 특실은 병실 옆에 가족실이 따로 있어서 간병하기 편했다. 그 첫 번째 날 밤에 본 병상의 민 원장은 자정까지 단행본 소설을 읽고 있었다. 두 번째 날은 밤새 VCR(녹화재생기)를 돌리기에 무슨 테이프인가 확인해보니 직장암에 관한 내용이었다. 환자가 가끔 영어로 내뱉는 혼자 말은 간병인의 가슴을 아프게 했다.

"What should I do(나는 어떻게 해야 한단 말인가)?"

비디오테이프를 본 다음부터 이 말을 자주 했다. 아무래도 치료가 어렵다는 비관적 내용이 아니었나 싶다.

민병갈은 얼마 안 남은 시간을 평상시처럼 살고 싶어 했다. 평일은 서울에서, 주말은 천리포에서 보내는 주간 일정을 세상 떠나기 직전까지 지켰다. 세상을 떠나기 한 달 전부터는 유언장을 고치는 등 신변 정리를 하며 주변 지인들과 고별의 자리를 마련했다. 장소는 명동 사무실과 가까운 은행회관 중식당으로 정하고 먼저 외국인 친구 10여 명을 초대했다. 도로 목사, 전 여비서 페라, 외국어대 교수 커닝햄 등이 그들이었다. 함께 RAS를 재건하는 등 오랜 친구이던 원일한은 고령으로 이 '최후의 오찬'에 나오지 못했으나, 천리포에서 치른 민 원장 장례식에는 참석했다. 도로 목사는 민병갈 영결식 추도사에서 최후의 만남을 다음과 같이 회고했다,

"페리스는 세상을 떠나기 일주일 전에 몇몇 친구를 불러 점심을 함께 했습니다. 그때 그는 걷지도 못하고 아무것도 먹지 못하는 채로 의자에 앉아 있었습니다. 하지만 그 상황에서도 평상시처럼 친구들의 안부를 묻고 그들의 행복을 빌었습니다."

두 번째 고별모임에는 국내 친지들을 초대했다. 이 자리에는 장승익 한라중공업 부사장, 측근 비서 이규현과 윤혜정, 여류 화가 송경희 등이 참석했다. 절친한 사이인 옛 한국은행 동료 민병도, 식물학자 이창복 등은 연로해서 나오지 못했다. 주빈인 민 원장은 작은 병에 든 병원식을 겨우 목으로 넘기면서도 "음식을 남기면 죄"라며 식사를 권했으나 누구도 음식을 쉽사리 먹을 수 있는 자리가 아니었다.

세상을 떠나기 5일 전, 민 원장은 혈육 중 가장 사랑했던 여동생 준 맥데이드 내외와 연희동 자택에서 고별의 밤을 가졌다. 그리고 이튿날 명동에 있는 사무실로 마지막 출근을 했다. 그날은 4월 4일 목요일 아침이었다. 잠시 집무석을 지킨 그는 곧 비서 이규현을 채근해 평생 일터였던 천리포수목원으로 내려갔다. 그날 밤 병세가 악화해 이튿날 새벽 태안보건의료원에 입원했다. 그리고 생애 마지막 사흘을 제2 고향 태안에서 보내고 4월 8일 오전 11시 그를 마지막까지 보필하던 이규현의 손을 잡고 운명했다. 그때 나이 81세. 한국 땅에 첫발을 디딘 지 57년 만이었다.

"지금부터 고 임산 민병갈 선생의 영결식을 시작하겠습니다."

민 원장이 세상을 떠나고 나흘 뒤인 12일 아침, 10시 정각이 되자 이날의 행사를 알리는 마이크 방송과 함께 은은한 범종 소리가 수목원 경내에 울려 퍼졌다. 이어 천리포에서는 좀처럼 듣기 어려운 목탁 소리와 독경 소리가 수목원의 정적을 깼다. 장례식을 원불교 의식으로 치른 것은 고인의 교적敎籍에 따른 것이었다. 1시간가량 진행된 장례식 집전은 민 원장의 수양딸 안선주 교무 등이 맡았다. 추도사는 오랜 친구이던 도로 목사가 맡아 눈길을 끌었다.

이날도 만리포 앞바다는 파도가 높았다. 해안의 곰솔들이 윙윙 바람 소리를 내고, 연못가의 벚나무들은 어지러이 꽃잎을 날렸다. 수목원 경내에는 기화요초들이 싱그러운 봄 나래를 펴고 있건만, 그들을 가꾸는 일에 평생을 바친 민병갈은 차가운 관 속에 누워 있었다. 그가 그토록 사랑했던 목련들은 주인의 마지막 길을 전송하듯 일제히 꽃망울을 터뜨려 봄의 장관을 연출했다.

영결식이 끝난 뒤 임산 민병갈의 시신은 꽃상여로 옮겨졌다. 상여는 수목원 직원들이 '원장님'의 마지막 길을 인도하려는 마음에서 특별히 구해온 것으로 상여꾼도 이들이 맡았다. 임산의 마을 친구로 지낸 박상곤 노인은 모가비를 맡아 상여를 이끌었다.

"이제 가면 언제 오나, 에 헤이…, 에 헤이…."

상여를 따르는 조문객 중에는 민 원장보다 나이가 많은 이창복 교수도 있었다. 그는 상여 뒤에 바짝 붙어서 상여 줄을 잡고 40년 친구를 전송했다. 상여는 원장실이 있는 본부 건물을 지나 민 원장이 지내던 후박집 마당에 잠시 멈추었다. 노제를 지내기 위해서였다.

상여가 언덕을 오를 즈음, 잡고 가던 상여 줄을 놓치지 않으려 애쓰는 노신사의 모습이 불안해 보였다. 그는 당시 83세의 고령을 무릅쓰고 먼 길을 와서 오랜 친구의 마지막 길을 전송

민병갈, 나무 심은 사람

2002년 4월 12일 천리포수목원에서 영결식을 치른 고 민병갈 원장은 꽃상여를 탔다. 이날 상여는 고인을 어버이처럼 따랐던 수목원 직원들이 멨다.

했다. 많은 가르침을 주었던 식물학자 이영로 박사(당시 85세)는 장례식에 앞서 태안보건의료원의 빈소를 찾아 자신의 저서 《원색 한국식물도감》 2002년판을 헌정했다. 또 다른 오랜 미국인 친구 원일한은 고령으로 장례식에만 참석했다.

이날 전국에서 찾아온 1,000여 명의 조문객 중에는 고인과 면식이 없는 식물 애호가도 많았다. 전남 완도의 한 초등학교 교사는 완도호랑가시 발견자를 추모하고, 30여 년 전 강원도 오대산을 안내한 적 있는 작은 은혜에 감사하는 마음으로 왔다고 했다. '튼튼 영어'로 유명한 저트루드 페라는 "페리스에게 가장 잔소리를 많이 한 여자"라고 자신을 소개하며 자기보다 한국을 더 사랑한 미국인 선배의 죽음을 안타까워했다.

민 원장은 생전에 매장을 원하지 않았다. 그는 "나는 죽어서도 나무의 거름이 될 거야"라며 한 줌의 재로 나무의 자양분이 되고 싶어 했다. 그러나 양아들 송진수가 강력하게 주장해 전통적인 매장을 했다. 그러다가 2012년 4월 8일 10주기를 맞아 당시 수목원장직을 맡은 조연환 전 산림청장이 주도해 고인의 유지를 지켰다. 화장한 유해 가루를 나무 곁에 묻는 수목장을 한 것이다. 민 원장은 사후 10년 만에 본원(밀러가든)에 있는 태산목 아래에 묻혀 소원대로 나무의 영원한 친구가 되었다.

가까이에서 본 민병갈

필자가 처음 본 민병갈은 다정다감하고 자상한 70세의 노신사였다. 1991년 4월 초, 식목일을 앞두고 그의 나무 사랑 이야기를 듣기 위한 인터뷰가 그 자리였다. 당시 그는 식목일이 가까워지면 신문 방송에서 인터뷰 대상 영순위에 올라 있었다. 명동에 있는 쌍용투자증권 고문실에서 만난 그는 수인사가 끝난 뒤 천리포가 내 고향에서 가깝다고 했더니 동향인이 왔다며 반색을 했다. 이 같은 인연으로 민 원장과의 단출한 향우회는 그가 세상을 떠날 때까지 단속적으로 10년간 이어졌다.

민 원장을 만나면 고향의 선배를 만난 듯 편안했다. 그의 천리포 숙소이던 후박집에서 처음 묵었을 때 그가 한 말은 "내집처럼"이었다. 편안하게 있으라는 뜻으로 그 뒷말은 하지 않았다. 그의 다정다감한 인간미를 다시 한번 느낀 때는 그 후 인사동의 한 한식집(두레)에서였다. 전통 한옥으로 꾸민 이 식당의 대문 안으로 들어서던 그는 문 앞에 놓인 우편물을 주워다 주인에게 건네며 "예쁜 봉투에 흙이 묻었다"고 걱정했다. 소심하지는 않았으나 그는 작은 일에서도 남을 배려했다.

군인 출신이면서도 민병갈은 폭력을 싫어했다. 영화를 좋아했으나 전쟁 영화는 보지 않았다. 그가 원시적인 자연미가 담긴 영화를 좋아한다는 것을 알고 1990년대 중반 명작으로 평가받은 서정물 〈인도차이나〉를 상영하는 호암아트홀로 안내한 적이 있다. 그런데 뜻밖에 게릴라들의 총격 장면이 나와서 당혹스러웠다. 유혈이 낭자한 스크린을 외면하는 민 원장의 옆모습을 보려니 영화를 잘못 추천한 후회감이 크게 밀려왔다.

민 원장의 약한 마음은 가끔 눈물로 나타나기도 했다. 2001년 12월 24일, 직원들이 마련한 민 원장의 팔순 잔치 때 이야기다. 당시 극도로 병약하던 그는 직원들의 성의에 고마워하며 수목원 부속 건물에 차린 축하연에 참석했으나, 누군가를 기다리는지 연신 입구 쪽으로 눈길을 보냈다. 이날 그가 그토

집무실에서의 민병갈.

록 기다린 사람은 양아들이 낳은 두 손주였다. 생일이나 명절
에는 으레 한복을 곱게 입고 와서 큰절을 하던 남매가 해 질 녘
까지 안 보이자 눈물을 흘리며 잔치 도중 숙소로 돌아갔다. 당
시 송진수 가족은 수목원 집을 나와서 따로 살고 있었다.

작은 일에는 마음이 여렸으나 큰일에서는 대범했다. 1980년
대 중반 민 원장은 이화여대 도서관에 '통 큰 기증'을 해서 화
제가 되었다. 가까이 지내던 도서관장 노옥순 교수가 그의 장
서를 탐내며 5,000만 원을 줄 테니 도서관에 선심을 쓰라고 졸
랐다. 장서를 아끼던 민 원장은 그 집요한 요청에 마음이 움직
여 "내 책이 5,000만 원 가치밖에 안 돼 보이느냐"며 식물 분

야를 제외한 5,000권을 돈 한 푼 받지 않고 넘겨주었다.《하멜
표류기》의 영문 초판본과 구한말 발행한 조선왕조 우표 등 희
귀본을 포함한 장서 5,000권은 이화여대 100주년기념도서관
에 소장되어 있다.

70대 초반의 민병갈은 50대처럼 활력이 넘쳤다. 평일에는
서울에서 증권투자를 해 돈을 벌고, 주말에는 천리포로 내려가
투자 이익금으로 수목원을 키웠다. 금요일 오후만 되면 수행
비서와 가사 도우미를 데리고 천리포로 가서 나무를 가꾸고,
월요일 아침에는 부리나케 상경해 서울 사무실로 직행했다. 이
처럼 서울과 천리포를 잇는 주간 일정은 해외 출장 등 특별한
경우를 제외하고는 세상을 떠나기 나흘 전까지 계속되었다. 그
러는 중에도 끊임없이 사람을 만나고 책을 읽고 편지를 썼다.
유일한 여가 선용은 목요일 저녁에 양아들과 장충동 서울클럽
에 가서 브리지 게임을 즐기는 것이었다.

민 원장은 가끔 풍류객의 면모도 보였다. 손님이 없을 때도
저녁 식탁에 앉으면 반주를 즐기다가 술이 거나해지면 피아노
를 치는 버릇이 있었다. 천리포에 머물던 어느 해 여름, 한밤의
피아노 소리에 이끌려 그의 숙소 후박집에 가보니 미친 듯이
건반을 두드리는 집주인의 모습이 창가에 비쳤다. 그가 연주하
는 곡은 경쾌한 재즈였다.

매년 12월 24일 저녁에는 천리포수목원의 목련집에서 민

원장의 생일 축하 파티가 벌어졌다. 크리스마스이브이기도 한 모임의 노래판에서 필자는 큰 망신을 당한 적이 있다. 당시 만난 지 얼마 안 돼서 그의 취향을 몰랐던 나는 미국인의 생일과 성탄절을 함께 축하하려는 얄은 생각에서 크리스마스캐럴을 영어로 불렀다. 그런데 한복을 차려입은 그가 목청껏 뽑은 노래는 "짜증을 내어서 무엇하나"로 시작하는 경기민요였다.

민요와 한옥을 포함해 한국의 모든 것을 사랑했던 민 원장이 가장 먼저 사랑한 것은 한국인이었다. 그의 첫눈에 들어온 한국인은 '지구상에서 가장 착한 백성'이었다. 하지만 나이가 든 뒤에는 한국인에 대한 애정이 많이 식어 있었다. 하루는 명동에서 점심을 마치고 근처에 있는 한옥 마을로 산책을 가다가 필동 입구에서 길이 막혔다. 두 여인의 몸싸움이 벌어졌고, 이를 보려는 구경꾼들 때문이었다. 민 원장의 입에서 이런 말이 나왔다.

"한국은 이제 조용한 아침의 나라가 아니야."

노년에 접어든 민 원장이 보인 한국인에 대한 사랑은 옛날 같지 않았다. "한국인이 변했다"는 탄식을 자주 했다. 공손하고 예의 바른 줄만 알았던 남자들이 무례하고 시끄러운가 하면, 여성들도 차분하고 조심스럽던 옛 모습이 아니라는 것이다. 한국인에 대한 실망은 여성에게 더 심한 것 같았다. 그 한 사례를 들면 명동에 있는 어느 건물의 엘리베이터에서 그가 보인 실망의 기색이다. 한 젊은 여성이 자신의 코앞에 서서 소리를 내며 껌을 씹자 그는 얼굴을 찡그리며 고개를 돌렸다. 하필이면 그 멋쟁이 여성은 그가 가장 싫어하는 노란 머리에 미니스커트 차림이었다. 민 원장은 이런 말을 자주 했다.

"아름다운 검은 머리를 왜 노랗게 물들이지? 동양 여성 고유의 아름다움이 망가지고 있어. 자존심까지 버리고 서양 사람을 닮으려는 이유가 뭐지? 머지않아 코도 세우겠군."

민 원장이 세상을 떠난 뒤 그의 예상대로 이 땅에 여성들의 코 성형 바람이 일어났다. 시대의 흐름과 인심의 변화를 읽지 못하고 마땅치 않게 생각한 것은 그 자신의 불행이었다.

태산이 무너져도 끄떡없을 듯했던 민 원장이 충격으로 휘청이는 모습을 본 것은 1997~1998년 외환 위기 때였다. IMF 구제금융 사태로 주식값이 폭락하자 수목원 운영을 걱정하며 애를 태우는 모습은 보기에 안쓰럽기만 했다. 당시 76세의 그는 자신감이 넘치던 70대 초반의 모습이 아니었다. 그 전에 일어난 중동 위기와 10·26사태(박정희 대통령 시해 사건) 때도 그는 주가 폭락을 무난히 넘길 만큼 노련한 투자가였다. 그러나 IMF 외환 위기 사태를 맞아서는 그런 오뚝이가 아니었다. 1998년 6월 주가가 폭락한 날 명동의 증권사 사무실에서 만난 그의 모습은 마치 넋 나간 사람 같았다.

수목원 운영이 막막해진 민 원장은 고심한 끝에 중대 결심을 했다. 천리포수목원을 살리기 위해 자신을 희생하기로 한 것이다. 즉 자식처럼 키운 수목원을 믿을 만한 학술 기관에 기증하고, 자신은 운영에서 손을 떼기로 했다. 1998년 가을 수목원을 맡길 만한 곳은 서울대학교라고 생각해 오랜 친구이자 서울대학교 교수를 지낸 식물학자 이창복을 만나서 기증 문제를 상의했다. 사정을 들은 이창복은 그길로 당시 서울대학교 총장이던 선우중호를 만나 민 원장의 뜻을 전했다. 이어 그가 주관해 민 원장과 선우 총장 간의 협의가 본격적으로 시작되었다. 그런데 그 과정에서 좋지 않은 소문이 돌아 협의가 중단되는 사태가 일어났다.

협의 과정에서 기증 후 민 원장에 대한 대우 문제 등 몇 가지 이견이 있었으나, 수목원 기증을 뒤엎을 중대 사안은 아니었다. 그런데 다 돼가는 협상에 재를 뿌린 것은 어처구니없는 서울대 측의 발상이었다. 사실 여부는 알 수 없으나 민 원장의 귀에 들어온 소식은 천리포수목원의 서울대 기증 문제를 협의 중이라는 사실을 일부 교수들이 알고는 수목원을 기증받으면 교수 휴양소로 활용하면 좋겠다는 의견을 내놓았다는 것이다.

"우리 수목원을 교수 놀이터로 만들겠다고?"

민 원장이 그렇게 화내는 모습을 본 것은 이때가 처음이었다. 기증 문제는 당연히 백지화되었고, 그는 자력갱생의 길을 모색했다. 다행히 외환 위기는 오래 끌지 않았고, 주식값도 많

민병갈, 나무 심은 사람

이 회복해 수목원 운영에 숨통이 트였다. 이 소용돌이 속에서 생긴 것이 1999년에 발족한 천리포수목원후원회이다. 남의 신세를 지면 그만큼 수목원에 부담이 된다고 믿은 민 원장도 위기의 홍역을 치른 뒤에는 순수한 기부는 환영하는 자세로 바뀌었다. 이때의 충격이 너무 컸던지 그는 1년 뒤인 2001년 초 치명적인 직장 암 진단을 받았다.

임산 민병갈은 타계 직전까지 직무에 충실했고 자기 관리를 했다. 우선 주변 정리부터 했다. 그 첫 단계로 변호사를 불러 유언장을 고친 그는 가족과 친구와의 고별 행사를 준비했다. 살아 있는 가족 중 가장 사랑했던 여동생 준 내외를 한국에 오도록 하는 한편, 가까웠던 친구를 외국인과 한국인 두 그룹으로 나누어 '최후의 오찬'을 함께 했다. 당시 그는 아무것도 먹을 수 없는 상태였다. 오찬이 끝난 뒤에는 이승에서 만난 정표로 참석자들에게 개구리 석고상이 든 벽걸이 바구니를 한 개씩 선물했다.

세상을 떠나기 나흘 전에 천리포로 간 것을 보면 민 원장은 죽음을 예견한 것 같다. 몸을 가누지 못하는 중환자가 병원에 안 가고 200킬로미터 장거리 여행을 강행한 것은 그의 평생 사업장인 천리포수목원에서 임종을 맞고 싶은 마음에서였을 것이다. 그리고 천리포는 아니지만 제2 고향인 태안의 보건의료원에서 숨을 거두었다. 필자가 그를 마지막으로 본 것은 고

2001년 12월 24일 천리포수목원에서 열린 팔순 잔치에서 필자와 만난 민병갈 원장. 이듬해 3월 말, 그는 가까웠던 한국인 친구 몇 사람을 불러 최후의 오찬을 베풀고 이승에서 만난 정표로 석고로 만든 작은 개구리상을 하나씩 선물했다. 그는 다음 생에 개구리로 태어나고 싶다고 말했다.

통을 참겠다며 진통제 투약을 거부하고, 산소통 연결선과 링거 주사선을 거추장스러워하던 임종 2시간 전이었다.

가까이에서 본 민병갈은 한마디로 사람보다 나무를 더 사랑한 자연인이었다. 큰돈을 벌었으면서도 자신을 위해 쓰는 것은 푼돈도 아꼈다. 그러나 남에게 좋은 일이라면 아낌없이 주머니를 열었다. 특히 사람을 키우는 교육 사업이라면 주저 없이 도왔다. 대단한 학구파이던 그는 천리포수목원을 나무의 견본장 역할을 하는 연구 교육기관으로 키우려 했으나, 그 뜻을 다 이루지 못하고 타계했다.

공붓벌레이던 민병갈은 수집광이기도 했다. 그가 남긴 유품을 보면 동전, 우표, 라이터 등 소품부터 광주리, 다리미, 장롱, 뒤주, 약장 등 옛 생활용품까지 다양하다. 한국에 장기 체류하는 외국인이 그러했듯이 그도 고서화, 골동품 등 고가품을 많이 모았다. 그러나 늙어서는 수집품을 고국으로 가져간 다른 외국인과 달리 모든 것을 제2 조국에 고스란히 남겨놓았다. 실제로 민 원장이 평생을 통해 가장 열심히 모은 것은 나무였다. 그러고 보면 그가 신명을 다해 이 땅에 모아둔 것은 애초부터 가져갈 수 없는 나무였다.

1921. 12. 24.	미국 펜실베이니아 작은 광산마을 피츠턴 Pittston에서 2남 1녀 중 장남으로 출생.
1936.	아버지 찰스 밀러 사망(전상 후유증). 이웃집 잔디깎이 등으로 용돈 벌이.
	가업으로 시작한 양계업을 돕다가 닭 혐오증 생김.
1939~1941.	월크스초급대학 수학. 교회 성가대 반주자로 용돈 벌이.
1941~1943.	펜실베이니아 버크넬대학교 화학과 수학. 학과 조교로 학비 면제.
1942. 11. 19.	전미 대학 우등생클럽 파이 베타 카파 Phi Beta Kappa 회원 자격 취득.
1943. 6.~1944. 12.	콜로라도 볼더 소재 미 해군 군사학교(일본어 통역장교 양성 과정) 수학.
1945. 4.	미 해군 중위로 2차대전 참전. 일본 오키나와 전선서 일본인과 조선인 포로 심문.
1945. 9. 8.	미 24군단의 한반도 진주 당시 7사단 17보병연대 소속 CCIG-K 부대장으로 인천 상륙. 대원 12명과 주력부대보다 먼저 서울 입성, 중앙우체국 통신 시설 접수.
1945. 9.~1946. 7.	주한 미 24군단 정보사령부 정보장교로 10개월 근무. 일본인 재산 반출 감시, 한국 정치 지도자 통신 감청.
1946. 8.	대위 제대 후 8월 미국으로 귀국.
1947.	주한미군 총사령부(군정청) 사법부 정책고문관 취업(민간인 자격).
	군정청 고문 원한경 Horace H. Underwood과 왕립아시아학회RAS 한국지부 재결성.
	인사동 고서점 '통문관'(주인 이겸로) 통해 한국 관련 영문 책자 수집 시작.
1948. 8.	대한민국 정부 수립과 동시에 군정청 퇴임. 일시 귀국.
1949. 1.~1951. 12.	미국 국무부 산하 경제협조처ECA 근무.
1950. 6. 27.	한국전쟁 발발로 미국 대사관 직원과 일본으로 긴급 피

	신. 유엔군 인천 상륙에 맞추어 9월 27일 부산으로 재입국.
1950. 10.	미군 병력 수송 열차를 통해 3박 4일간 위험한 상경.
	전시 여행 강행. 11월 개성 경유 남천점 방문, 12월 중공군 남하로 평양 여행 좌절.
1950. 12.	간염 치료차 일본에 가서 미군병원에 입원. 1·4후퇴 후 미국으로 가서 요양.
1951. 6.	다시 한국에 와서 ECA 복귀.
1951. 8.	1953년까지 부산에서 유엔군사원조단UNCACK 근무.
1952. 8.	한국은행 고문 임시 보좌역으로 파견 근무 발령.
1953.	한국브리지협회 결성. 남산 서울클럽 등에서 회합.
1953. 10.	취업 어렵자 한국 생활 접기로 하고 귀국해 대학원 진학 준비. 한국은행이 미국 유학 중인 직원 신병현 통해 총재 고문직 제안.
1954.	한국은행 제안 받아들여 한국 정착 결심하고 다시 한국 방문. 1982년까지 28년 동안 한국은행 정규직(총재고문) 취업.
	RAS 회장 맡아 20여 년간 주한 외국인에 한국의 전통 문화와 명승지 소개.
	한은 취업을 계기로 의식주를 한국형으로 바꾸고 본격적으로 한국 문화 수업. 서예가 이건직 지도로 서예 공부 시작. RAS 관광사업 시작.
1955.	프레데릭 더스틴(제주 미로공원 설립자)와 내외국인 친목 단체 코리아클럽 결성.
1956.	한국브리지협회 모임 정례화로 브리지게임 보급 확대.
1957~1967.	현저동 한옥 임대하여 장기간 한옥 생활. 외국인 친구 대상으로 매년 김치 파티 열어 한국인의 의식주 소개.
1960~1964.	어머니 에드나 모셔와 미 8군 취업 알선.
	남동생 앨버트 가족과 함께 한국식 대가족 실험.

1961.	신문에 보도된 '가난한 집안의 수재' 송진수(당시 중3) 입양.
1962.	한 농부의 간청으로 천리포 땅 3,000평을 평당 500환에 매입.
1963.	산악인 박재곤과 설악산 종주 등반(3박 4일). 식물학도 홍성각 만남. 홍성각의 소개로 식물학자 이창복과 알게 돼 나무 공부 시작. 이창복 소개로 김이만과 조무연 등 나무전문가와 폭넓은 교유. 반공영화 〈나는 속았다〉에서 미녀 배우 문정숙과 주연급 출연.
1967~1970.	가회동 명문 한옥 백인제 가옥 입주.
	동백림간첩단사건에 연루된 동양화가 고암 이응로 구명운동 및 개인전 개최 지원.
1970.	천리포에 첫 삽질. 4만 평 규모의 농원 조성을 목표로 개발 시작(천리포수목원 원년). 서울서 헐리는 기와집 3채.
1971.	홍릉 임업시험장에서 기증한 묘목 국내 자생목 200여 그루 식재. 수목원 일지 작성 시작.
1972.	미국 팅글양묘소에 외래종 묘목 다량 발주.
1973.	천리포 농원을 수목원으로 확장개발 결심. 미국호랑가시학회HSA 가입. 수목원 국제화 시동. 식목용 용수 위해 인공 연못 조성 시작.
1974.	한국식물분류학회 자문위원으로 국내 식물학자와 교유. 산림발전 공로 감사패(산림청) 수상. 뉴질랜드서 키위 도입해 국내 보급.
1975.	영국 왕립원예학회RHS 가입.
	천리포 앞바다의 닭섬 매입 후 '낭새섬'으로 개칭.
1976.	수목원 직원과 남해안 일대 자생식물 탐사 시작. 수목원 간판 수종을 '목련, 호랑가시나무, 동백'으로 정하고 집중 수집.
1977.	국제수목학회IDS 가입. 일본 규슈 남방 휘귀종 호랑가

민병갈, 나무 심은 사람

시나무 탐험.

1978.	완도 등 남해안 일대 탐사 중 완도호랑가시나무 발견. 국가 간 잉여 종자 교환 프로그램 참여, 인덱스 세미넘Index Seminum 발행 시작.
1979.	천리포수목원 재단법인 등록. 이사장 취임. 세계목련학회IMS 가입.
1979. 11. 6.	한국인으로 정식 귀화.
1980.	미국 정보기관 통해 중국에서 모감주나무 도입. 태백산 종합 학술조사단 참여.
1982.	완도호랑가시나무 국제공인 등재.
	한국은행 정년 퇴임. 한양증권 고문 취임.
1984.	미국 국립수목원 등 미국 4개 수목원의 한반도 자생식물 합동 탐사 참여. 1985년 2차 탐사, 1989년 3차 탐사까지 세 차례 수목원 직원 파견.
1986.	쌍용투자증권 고문 취임. 이화여자대학교 도서관에 장서 5,000권 기증.
1987.	국제침엽수학회ICS 가입. 스웨덴 식물학자 니첼리우스 토르 교수와 울릉도 자생식물 탐사. 수목원 부지 18만 평으로 확장. 온실 7개로 증축.
1989. 2. 28.	영국 왕립원예협회 베치Veitch 메달 수상.
1992.	국제목련학회 공로패 수상.
1993~1995.	국제목련학회 이사. 천리포수목원 보유 수종 7,000종 달성.
1996.	환경보전 공로상(환경부장관상) 수상. 어머니 에드나 밀러 101세로 별세. 천리포수목원 공익법인으로 재인가.
1997.	자랑스러운 충남인상 수상(1월) 세계목련학회 연차총회 한국 유치.
1998.	국제수목학회–미국호랑가시학회 연차 총회 한국 유치. IMF 외환 위기로 수목원 운영난을 겪으며 서울대학 기

	증 모색했으나, 곧 기증 포기하고 후원회 발족.
1999. 6. 18.	한미우호상 수상.
2000.	수목원 보유 식물, 초본 목본 합쳐 1만 종 달성.
	천리포수목원, 국제수목학회IDS '세계의 아름다운 수목원' 인증패 수상. 미국호랑가시학회 공로패 받음.
	원광대학교 명예 농학박사, 한서대학교 명예 이학박사 학위.
2001. 1.	세브란스병원서 직장암 진단. 투병 생활 시작.
2002. 3. 11.	금탑산업훈장 수상(김대중 대통령 수여).
2002. 4. 8.	태안보건의료원에서 81세로 별세. 타계 4일 전까지 출근함.
2002. 4. 27.	미국 프리덤재단 공로 메달 수상(사후 필라델피아에서 여동생 준이 받음).
2005. 4.	광릉 국립수목원 '숲의 명예전당'에 박정희, 현신규, 김이만, 임종국에 이어 5번째로 동판 초상 헌정.

참고 자료

신문 기사

육군신문 '통일' 1956년 8월호 '한국 경제안정 돕는 칼 밀러'.

동아일보 1961년 3월 19일 '순 한국살림하는 이방인'.

동아일보 1963년 1월 1일 '한국 한국인 한국문화'(좌담).

한은뉴스 1967년 6월 15일 '한은과 나'(기고).

한국일보 1978년 3월 24일 '내집 뜰에 보물을 심자'(기고).

신아일보 1979년 5월 10일 '한국의 강산에 반해 귀화 결심한 민병갈'(유재주).

중앙일보 1979년 8월 24일 '한국호랑가시학회'(박금옥).

경향신문 1980년 4월 5일 '벽안의 푸른 꿈 활짝'(고영재, 유인석).

서울경제신문 1980년 4월 6일 '자연보호 이대로 좋은가'(기고).

경향신문 1981년 7월 11일 '귀화 이방인'.

서울신문 1983년 11월 27일 '천리포수목원 민병갈 이사장'.

농수축산신보 1987년 8월 3일 '벽안의 한국인이 마련한 천리포수목원'.

스포츠서울 1988년 7월 29일 '파란 눈의 한국인, 나무할아버지'(황용희).

경향신문 1985년 8월 5일 '파란 눈의 나무박사'.

이대학보 1988년 11월 28일 '민병갈씨 도서 2차 기증'.

한국일보 1991년(날짜 미상) '희귀목 6,000종 가꾼다'(홍희곤).

중앙경제신문 1992년 4월 5일 '내 시신을 나무 거름으로'(대담 : 임준수).

중앙일보 1993년 8634호 '벽안의 한국인… 식수 30년'(고혜련).

세계일보 1995년(날짜 미상) '오키나와서 한국 위안부 만나'.

조선일보 1995년 9월 7일 '민병갈 재회 50년 만찬'(고중식).

중앙일보 1995년 9월 7일 '귀화 민병갈 씨 한국 생활 50주년'(배유현).

일간스포츠 1995년 9월 7일 '민병갈 한국 생활 50돌 축하연'(박인숙).

문화일보 1996년(날짜 미상) '모래땅에 푸른 동산 일군 한국사랑'(이제교).

한국일보 1997년 1월 3일 '파란 눈의 한국인'(정덕상).

조선일보 1998년 4월 5일 '어느새 나무를 닮아버린 할아버지'(임도혁).

한국경제 1999년 4월 5일 '나무가 많아야 나라가 흥해요'(대담: 임준수).

문화일보 1999년 6월 17일 '한국의 수목, 사람에 반했어요'(김순환).

국민일보 1999년 6월 21일 '한미우호상 받은 민병갈'(윤재석).

한국일보 1999년 11월 20일 '나무는 사람을 무서워해요'(대담: 문화현).

한서대학보 2000년 10월 2일 '명예학위 받은 민병갈 박사'(양진옥).

문화일보 2000년 10월 28일 '세계의 나무가 모여 사는 꿈의 정원'(오병수).

일본 勝統新聞 1983년 7월 30일 '한국에 귀화한 미국인'.

일본 每日新聞 1993년(날짜 미상) '한국인 된 것에 자부심'.

The Ewha Voice 1986년 9월 6일 'Library Appreciates Dr. Miller's Donation'(허정원).

Far Eastern Economic Reviw (날짜 미상) 'Letter from Chollipo'(Mark Clifford)

The Korea Times 1999년 6월 21일 'Carl Miller Cited for Devotion to Korea'(손기영).

Business Korea 1983년 8호 'A one of a kind Korean'(Sylbia Schimmel).

The Korea Herald 1999년 6월 21일 'YJJ'.

잡지 기사

식물분류학회지 1978년 8월 '천리포수목원'.

주간매경 1979년 11월 15일 '벽안의 한은맨'(윤옥섭).

대우가족 1980년 3월호 '남은 인생을 나무에 바칩니다'.

83인물연감 1983년 '나는 전생에도 한국인'(김수길).

원예생활 1984년 5월호 '천리포수목원장 민병갈'.

서울대 농학연구 1985년 12월 '천리포수목원'.

월간조선 '화보' 1991년 9월호 '희귀식물의 집합지 천리포수목원'(이명원).

환경과 조경 1991년 11, 12월호 '영원한 미완성 수목원'(본인 구술).

민병갈, 나무 심은 사람

갯마을 1992년 7월호 '수목들의 천국 천리포수목원'.
마이컴 1992년 9월호 '나무와 정보를 하나로… 천리포수목원'.
자동차생활 1996년 8월호 '바닷가의 희귀식물 낙원'.
환경운동 1996년 7월호 '어느 귀화 한국인의 자연사랑'(정문화).
LG사보 '느티나무' 1997년 7월호 '이 땅의 나무와 함께한 반세기'(신혜선).
뉴스플러스 1998년 129호 '이유미의 숲으로 가는 길'(이유미).
한국관광저널 1998년 9월호 '파란 눈의 목련 할아버지'.
리빙센스 1998년 5월호 '온 가족 테마공원'.
환경과 조경 1998년 12월호 '한국식물 우수성 세계에 입증'(정종일).
연합 포토저널 1999년 10월호 '희귀식물들의 현장'(이창호, 윤영남).
리더스다이제스트 2000년 4월호 '자랑스런 한국인 민병갈'(홍일).
월간조선 2001년 6월호 '벽안의 코리안 나무사랑 50년'(임준수).
월간중앙 2003년 3월호 '황무지에 일군 나무천국'(임준수).

영문 자료 (천리포수목원 소장)

'The Manual of Woody Landscape Plants' by Michel A. Dirr.

'Hollies The Genus Ilex' by Fred Galle.

Botanic Gardens and Arboreta, 'Chollipo Arboretum'.

Holly Letter, July 1978. 'The Korean Holly Society Founded' by Theodore R. Dudley.

Holly Letter, Winter 1978. 'Chollipo-An Asian Horticultural Renaissance' by C Ferris Miller.

The Magnolia Journal, Summer 1982. 'Magnolia Heaven' by Robert Whymant.

Holly Society Journal, Vol 1. No 1., Spring 1983. 'A Korean Holly Tour' by Virginia Morell.

Washington Park Arboretum Bulletin, Vol 56. No 4., Winter 1993~1994, 'Arboretum on the Yellow Sea'.

The Virgianplot and the Leader Star, Mar. 13, 1994. 'Choose plants to please the senses year-round' by Robert Stiffler.

Landscape Plant News, Vol 6. No 2, 1995. 'Weigelia Subsesilis'.

Holly Society Journal, Vol. No 1., Winter 1996. 'Chollipo Arboretum, South Korea' by C. Ferris Miller.

1997 Year Book of American Camellia Society., 'Chollipo Arboretum, A Place of Beauty' by C. Ferris Miller.

Magnolia Journal, Vol 32. No 2., 1997. 'Chollipo and Korea' by John David Tobe.

The Magnolia Society, 1990. 'Magnolia at Chollipo Arboretum' by John Gallagher.

Holly Society Journal, Vol 20. No 3., 2002. 'Chollipo's Legacy to the Morris Arboretum' by Anthony S. Aiello.

RAS-KB 제공

The Chosun, Sep. 1977. 'The Haven for Plants' by G. K. Ferrar.

Morning Calm, Jan. 1991. 'An Arboretum by the Sea'.

Korea Quarterly, 1980. 'Eden by the Sea' by James Wade.

Arirang, Summer 1983. 'Heaven Scent Legacy' by Maggie Dodds.

Arirang, Winter 1986. 'C. Ferris Miller: The Blue Eyed Korean' by Susan Purrington Mulnix.

Arirang, Fall 1991. 'Firsthand Reflection' by Diane Elizabeth Reaxure.

Arirang, Spring 1997. 'Dreaming of Magnolia' by Ann Lowey.

Korea Travel News, 1998년 11월호. 'Chollipo Arboretum'.

Korea Weekly, 1999년 11월 3일자. 'A Korean from Pennsylvania' by Kenneth Knight.

News Review, 1999년 7월 31일자. 'Exquisite Nature' 이경희.

June MacDade 제공

The Korea Times, 'Thoughts of Time', Apr.(날짜 미상) 1980 by C. Ferris Miller.

The Korea Times, 'Thoughts of Time' 2건, 날짜 미상 by C. Ferris Miller.

Far Eastern Economoc Review, Jul. 7, 1988. 'Letter from Chollipo'.

Wilkes-Barre Record, Feb. 23, 1980. ' Pittston Native Carl F. Miller is Korean Citizen Min Byong-gal' by Minnie MacLellan.

Quarterly-Wilkes University, Fall/Winter 1990. 'Miller: Korean, banking, and an Arboretum'.

Telegraph Magazine, Feb 23, 1991. 'Magnolia Heaven in Korea'.

인터넷 검색자료

동아일보 1963년 4월 22일 '왜 음력을 천대하나'(서사여화 기고).

동아일보 1963년 7월 3일 '제일 걱정되는 일'(서사여화 기고).

동아일보 1963년 8월 5일 '예배당 건물'(서사여화 기고).

'The Chronicle of the NCSU Arboretum' 1990 by J. C. Raulston.

Arnold Arboretum Report, 'Korean Adventure', Oct. 1~14, 1977 by Stephen A. Sponberg.

The Interpreter (The US Navy Japanese/Oriental Language School Archival Project), Mar. 15, 2003. 'Carl Ferris Miller Remembered' by Don Knode.

Taranaki Daily News(New Zealand), Jun. 6, 2010. 'Extraordinary man left a legacy' by Glyn Church.

Korea Times, Feb. 20, 2009. 'Can Spring Be Far Behind?' by Hyon O'Brien.

도움 주신 분들

식물학계 · 원예계(직책은 증언 당시 기준)

이창복 서울대학교 명예교수. 1964년부터 민원장과 친교(작고).

이영로 이화여자대학교 명예교수. 1965년부터 단속적으로 만남(작고).

이은복 한서대학교 부총장. 천리포수목원 재단 이사장.

이보식 식물 연구가. 1997~1999년 산림청장. 천리포수목원 원장(작고).

심경구 성균관대학교 명예교수. 무궁화 연구가.

조연환 산림 행정가. 2004~2006년 산림청장. 2012~2015년 천리포수목원 원장.

김용식 영남대학교 교수. 2019~2020년 천리포수목원 원장.

김무열 전남대학교 교수. 천리포수목원 후원회장.

이석창 농원 '제주자연' 대표.

Barbara Taylor 미국호랑가시학회 회장.

Phellen Bright & Fay 부부. 미국 뉴올리언스 장원(1,200만 평) 주인. 국제 목련학회 회원.

Frederik Dustin 제주미로공원 설립자(작고).

Berry Yinger 미국 국립수목원 아사아식물과장. 천리포수목원 근무.

Paul Myer 미국 모리스수목원(펜실베이니아대학교 부설) 원장.

동료 · 친구 · 후배

이겸로 통문관(인사동 고서방) 주인. 1947년부터 20년 단골로 접촉(작고).

서정호 CCIG-K 부대 동료. 1945년부터 친교.

윤응수 재일동포 친구. 1952년부터 친교.

박재곤 산악인. 1963년 설악산 동반 등반.

인요한(John Linton) 세브란스병원 의사. 천리포수목원 이사(2021년 이사장 취임). 선대부터 친교.

한기성 교육자. 휘문고등학교 교장. Malvin Frarey(민병갈 친구) 관련 증언.

최기학 교육자. 근흥중학교 교장.

장승익 한라중공업 부사장. 1998년부터 친교.

정관희 1970~1980년대 브리지 게임 친구.

이정태 RAS 회원으로 1980년대 자주 만남.

배수자 RAS 사무국장. 1968년 비서로 들어가 20년 보좌.

최문희 1970~1980년대 RAS 회원. 새마을운동본부 연수부 교수.

윤혜정 증권사사무실 비서. 1989년부터 13년간 보좌.

가족 · 측근

June MacDade 여동생. 1923년생. 미국 Audubon 거주.

Debbie Albert 조카. 여의사.

Katherine Freund 친구(작고).

송진수 천리포수목원 이사. 양아들(1961년 입양)로 41년 측근(2004년 작고).

이규현 수목원 총무부장(퇴임). 천리포수목원 이사. 1982년부터 30년간 수행비서.

박순덕 연희동 집 가정부. 40년간 한집에 살며 뒷바라지.

박동희 천리포 숙소 17년 가정부. 수목원 개발 초기 살림 보조.

안선주 원불교 교무. 1992년부터 수양딸로 친교.

천리포수목원 직원

노일승 1970년부터 13년 근무.

김군소 미국 예일대학 수목원 부원장.

박재길 1971년부터 10년 근무. 수목원 토지 매입 담당.

권윤상 15년 근속 직원.

정문영 부원장.

송기훈 미산식물 대표.

김동국 최장기 근속 직원.

최창호 부원장.

김건호 무궁화 전문가.

김종근 한화그룹 조경 담당.

지현숙 천리포 원주민.

민병갈, 나무 심은 사람